btb

Buch

Auch die Leidenschaft nach Büchern birgt Gefahren. Zwei bibliophile Kostbarkeiten werden Lucas Corso zum Verhängnis: ein kostbarer okkulter Band, dessen Drucker vor Jahrhunderten auf dem Scheiterhaufen endete, und das Kapitel eines Originalmanuskriptes von Alexandre Dumas. Sind beide wirklich echt? Diese Frage stürzt den cleveren Bücherjäger Corso in einem Strudel von Intrigen, Verbrechen und Abenteuer. Dabei ist er eigentlich genau der richtige für die Aufgabe – recherchiert er doch im Auftrag von Antiquaren, Buchhändlern und Sammlern nach prachtvollen Erstausgaben, skurrilen Sonderauflagen und wertvollen Wiegendrucken. Doch manche Bücherschätze entzünden offensichtlich Leidenschaften, die geradewegs in den Wahnsinn führen können!

Tod und Teufel kommen ins Spiel, werden zu Figuren auf einem imaginären Schachbrett. Verfolgungsjagden, echte und falsche Liebschaften, Reisen durch halb Europa, mysteriöse Gestalten wie aus einem Agatha-Christ-Krimi oder Conan-Doyle-Roman bestimmen die packende Geschichte des »Club Dumas«. Arturo Pérez-Reverte macht seine Leser mit vergessenen Dokumenten, rätselhaften Holzschnitten und literarischen Perlen bekannt – und beteiligt sie an der Aufdeckung eines dunklen Geheimnisses, das seinesgleichen sucht in der Bücherwelt.

Autor

Noch vor kurzem war Arturo Pérez-Reverte (Jahrgang 1951) ein Geheimtip für Leser und Leserinnen auf der Suche nach literarischen Leckerbissen: Heute gilt der ehemalige Reporter für Presse, Funk und Fernsehen als einer der erfolgreichsten Schriftsteller Europas. Nicht allein die Leserschaft in Spanien hat Pérez-Reverte mit seinen spannenden und wissensreichen Romanen im Sturm erobert. Mittlerweile sind seine Bücher in elf Sprachen übersetzt und in achtzehn Ländern erschienen.

Arturo Pérez-Reverte

Der Club Dumas
Roman

Aus dem Spanischen
von Claudia Schmitt

btb

Die spanische Originalausgabe erschien 1993
unter dem Titel »El Club Dumas«

Umwelthinweis:
Alle bedruckten Materialien dieses Taschenbuches
sind chlorfrei und umweltschonend.

btb Taschenbücher erscheinen im Goldmann Verlag,
einem Unternehmen der Verlagsgruppe Bertelsmann.

Genehmigte Taschenbuchausgabe Oktober 1997
Copyright © 1993 by Arturo Pérez-Reverte
Copyright © der deutschsprachigen Originalausgabe
1995 by Weitbrecht Verlag im K. Thienemanns Verlag,
Stuttgart und Wien
Umschlaggestaltung: Design Team München
Umschlagfoto: AKG, Berlin
Satz: IBV Satz- und Datentechnik GmbH, Berlin
RK · Herstellung: Augustin Wiesbeck
Made in Germany
ISBN 3-442-72193-8

FÜR CALA, DIE MICH INS FELD
GESCHICKT HAT

Das Blitzlicht warf den Schatten des Toten an die Wand. Der Erhängte baumelte an der Wohnzimmerlampe, und während der Fotograf knipsend um ihn herumging, wechselte sein Schatten von den Gemälden auf die Vitrinen, die Bücherregale und schließlich auf die zurückgezogenen Vorhänge der großen Fenster. Draußen regnete es.

Der Untersuchungsrichter war jung. Sein struppiges Haar war noch naß vom Regen, ebenso der Trenchcoat, der ihm von den Schultern hing, während er dem Assistenten, der auf einem Sofa saß und seine Reiseschreibmaschine vor sich auf einem Stuhl plaziert hatte, den Untersuchungsbericht diktierte. Nur das Klappern der Tasten war im Zimmer zu hören, dazu die monotone Stimme des Richters und die leisen Kommentare der Polizisten, die auch noch im Zimmer herumliefen.

»... trägt einen Schlafanzug und darüber einen Morgenrock, mit dessen Gürtel der Tod durch Erhängen herbeigeführt wurde. Die Hände der Leiche sind vor dem Bauch mit einer Krawatte zusammengebunden. Der linke Fuß steckt noch in einem Pantoffel, der rechte ist bloß...«

Der Richter faßte den Toten am Schuh, worauf sich der Leichnam an dem straff gespannten Seidengürtel, der von seinem Hals zur Verankerung der Lampe an der Decke führte, leicht zu drehen begann, zuerst von links nach rechts, dann in der entgegengesetzten Richtung, immer langsamer werdend, bis er sich wieder in seiner ursprünglichen Position befand, wie eine Kompaßnadel, die kurz schwankt und sich dann wieder nach Norden ausrichtet. Beim Zurücktreten mußte der Richter einen Schritt zur Seite tun, um einem Polizisten auszuweichen, der unter der Leiche nach Fingerabdrücken suchte. Auf dem Boden lagen eine zerbrochene Blumenvase und ein aufgeschlagenes Buch mit roten Unterstreichungen. Bei dem Buch handelte es sich um ein altes Exemplar des *Grafen von Bragelonne,* eine billige, leinengebundene Ausgabe. Der Richter warf, über die Schulter des Beamten gebeugt, einen Blick auf die markierte Textstelle.

»Sie haben mich verkauft«, murmelte er. »Man erfährt alles!«
»Ja, am Ende erfährt man alles«, erwiderte Porthos, der rein gar nichts erfahren hatte.

Er veranlaßte seinen Assistenten, eine Notiz zu machen, befahl, das Buch der Bestandsaufnahme beizulegen, und ging dann zu einem großen Mann, der am Rahmen eines geöffneten Fensters lehnte und rauchte.
»Was halten Sie von der Geschichte?«
Der große Mann trug eine Lederjacke mit Polizeimarke.
Bevor er antwortete, zog er ein letztes Mal an dem Zigarettenstummel, den er in den Fingern hielt, und warf ihn dann zum Fenster hinaus.
»Wenn es weiß ist und in Flaschen gefüllt werden kann, handelt es sich für gewöhnlich um Milch«, erwiderte er schließlich, aber so kryptisch seine Antwort auch war, sie entlockte dem Richter ein Lächeln. Er sah auf die Straße hinaus, wo es unablässig goß. Irgend jemand öffnete eine Tür und löste einen Windstoß aus, der Regentropfen hereinwehte.
»Schließen Sie die Tür«, befahl der Untersuchungsrichter, ohne sich umzudrehen. Dann wandte er sich wieder an den Polizisten: »Es gibt Morde, die als Selbstmorde getarnt werden.«

»Und umgekehrt«, entgegnete der andere gelassen.

»Was halten Sie von den Händen und der Krawatte?«

»Manchmal haben sie Angst, es im letzten Moment noch zu bereuen... Andernfalls wären ihm die Hände im Rücken gefesselt worden.«

»Das ändert nichts an der Sache. Der Gürtel ist dünn, aber sehr fest«, wandte der Richter ein. »Nachdem er einmal den Boden unter den Füßen verloren hatte, wäre ihm selbst mit freien Händen nicht die geringste Chance geblieben.«

»Alles ist möglich. Warten wir ab, was bei der Autopsie herauskommt.«

Der Richter warf einen Blick auf den Leichnam. Der Beamte, der nach Fingerabdrücken gesucht hatte, stand vom Boden auf, das Buch in den Händen.

»Seltsam, das mit dieser Seite... Ich lese zwar wenig«, sagte er, »aber dieser Porthos war doch einer von den... Wie hießen sie noch gleich? Athos, Porthos, Aramis und d'Artagnan«, zählte er mit dem Daumen an den Fingern einer Hand ab und verharrte dann nachdenklich. »Schon komisch. Ich habe mich immer gefragt, warum man sie die drei Musketiere nennt, wenn es in Wirklichkeit doch vier waren.«

I. Le vin d'Anjou

Der Leser sollte sich darauf gefaßt machen,
den schauerlichsten Szenen beizuwohnen.

E. Sue, *Die Geheimnisse von Paris*

Ich heiße Boris Balkan und habe vor längerer Zeit einmal die *Kartause von Parma* übersetzt. Davon abgesehen verfasse ich Kritiken und Rezensionen für Zeitschriften und Zeitungsbeilagen in halb Europa, veranstalte Seminare über zeitgenössische Autoren an verschiedenen Sommeruniversitäten und habe ein paar Bücher über den Unterhaltungsroman des 19. Jahrhunderts herausgegeben. Nichts Aufsehenerregendes also, vor allem für die heutige Zeit, wo Selbstmorde als Morde getarnt werden, der Arzt von Roger Ackroyd Romane schreibt und viel zuviel Leute es sich nicht verkneifen können, Bekenntnisse von zweihundert Seiten darüber zu veröffentlichen, was sie erleben, wenn sie sich im Spiegel sehen. Aber bleiben wir bei unserer Geschichte.

Ich habe Lucas Corso kennengelernt, als er mich eines Tages, das Manuskript von *Le vin d'Anjou* unterm Arm, besuchen kam. Corso war ein »Söldner der Bibliophilie«, ein Bücherjäger auf fremde Rechnung. Dazu gehörten schmutzige Finger ebenso wie Redegewandtheit, ein gutes Reaktionsvermögen, Ausdauer und viel Glück. Und natürlich ein hervorragendes Gedächtnis, um sich daran erinnern zu können, in welchem staubigen Winkel dieses oder jenes Trödelladens das Exemplar schlummert, für das ein Vermögen bezahlt wird. Sein Kundenkreis war klein und erlesen: ungefähr zwanzig Antiquare in Mailand, Paris, London, Barcelona oder Lausanne, die nur nach Katalog verkaufen, grundsätzlich auf Nummer

Sicher gehen und nie mehr als fünfzig Titel auf einmal anbieten. Hochadel des Wiegendrucks, für den Pergament statt Velin oder drei Zentimeter mehr Blattrand Tausende von Dollars bedeuten können. Diese Gutenberg-Schakale, Piranhas der Antiquariatsmessen, Blutegel der Auktionen, schrecken nicht davor zurück, ihre Mutter für eine Erstausgabe zu verschachern, empfangen aber ihre Kunden in Salons mit Ledersofas und Blick auf den Duomo oder den Bodensee und machen sich nie die Hände schmutzig, geschweige denn, daß sie ihr Gewissen mit irgend etwas belasten. Dafür müssen Typen wie Corso herhalten.

Corso also nahm die Segeltuchtasche ab, die er über der Schulter hängen hatte, und legte sie neben seine ungeputzten Mokassins auf den Boden. Dann betrachtete er das gerahmte Porträt des Romanciers Rafael Sabatini, das neben dem Füllfederhalter, mit dem ich Artikel und Druckfahnen korrigiere, auf meinem Schreibtisch steht, und dies fiel mir angenehm auf, denn meine Besucher schenken ihm für gewöhnlich kaum Beachtung; sie halten ihn für einen Verwandten. Ich wartete auf Corsos Reaktion und sah, daß er ein zurückhaltendes Lächeln aufsetzte, während er Platz nahm: die jugendlich wirkende Grimasse eines cleveren Kaninchens, wie es in jedem Zeichentrickfilm augenblicklich das bedingungslose Wohlwollen des Publikums erwirbt. Später erlebte ich, daß er auch in der Lage war, wie der böse Trickfilm-Wolf zu grinsen, und daß er, je nachdem, was die Situation erforderte, das eine oder andere Gesicht aufsetzen konnte. Aber da war schon viel Zeit vergangen. Damals wirkte er jedenfalls so überzeugend, daß es mich reizte, ihn auf die Probe zu stellen.

»*Er kam mit der Gabe des Lachens zur Welt...*«, *zitierte ich und deutete auf das* Porträt, »*und mit dem Eindruck, die Welt sei verrückt.*«

Ich sah, wie Corso leicht den Kopf neigte – eine langsame, bestätigende Bewegung –, und empfand eine komplizenhafte Sympathie für ihn, die mir trotz allem, was später noch passieren sollte, geblieben ist. Er hatte aus einem irgendwo verborgenen Päckchen eine filterlose Zigarette herausgezogen, die zerknittert war wie sein Mantel und seine Kordhose, drehte sie zwischen den Fingern einer Hand und sah mich dabei durch seine Brillengläser hindurch an, deren verbogenes Metallgestell ihm schief auf der Nase hing. Sein Haar war an einigen Stellen ergraut und fiel ihm ungekämmt in die Stirn. Die andere Hand behielt er, als umklammere sie eine versteckte Pistole, in einer seiner Manteltaschen: ausgebeulte Behältnisse, in denen er Bücher, Kataloge, Notizen und – wie ich ebenfalls später erfuhr – einen Flachmann mit Bols Gin herumtrug.

»*Und das war sein einziges Erbe*«, vervollständigte er mühelos das Zitat, bevor er sich in den Sessel zurücklehnte und erneut lächelte. »Obwohl mir, um ehrlich zu sein, *Captain Blood* besser gefällt.«

Ich hob meinen Füllfederhalter in die Luft, um ihn streng zurechtzuweisen.

»Das stimmt so nicht. *Scaramouche* verhält sich zu Sabatini wie *Die drei Musketiere* zu Dumas.« Ich richtete eine kleine Geste der Reverenz an das Porträt. »*Er kam mit der Gabe des Lachens zur Welt...* In der ganzen Geschichte des Abenteuerromans gibt es keine zwei Anfangszeilen, die diesen vergleichbar wären.«

»Vielleicht haben Sie recht«, gab er nach scheinbarem Nachdenken zu, und dann legte er diesen Aktenordner mit dem Manuskript auf den Tisch. Jede einzelne Seite steckte in einer Plastikhülle. »Was für ein Zufall, daß Sie Dumas erwähnt haben.«

Er schob mir den Ordner zu, wobei er ihn umdrehte, damit ich lesen konnte, was da abgeheftet war. Alle Blätter waren in Französisch und ausschließlich auf einer Seite beschrieben. Sie bestanden aus zweierlei Arten von Papier: Das eine war weiß und über die Jahre vergilbt, das andere blaßblau, fein kariert und ebenfalls unter dem Einfluß der Zeit gealtert. Jeder Farbe entsprach eine eigene Handschrift, obwohl die auf dem blauen Papier, die in schwarzer Tinte ausgeführt war, auch auf den weißen Blättern vorkam, und zwar in Form von nachträglich zur Originalfassung hinzugefügten Anmerkungen. Die Schriftzüge waren kleiner und spitzer. Es handelte sich um insgesamt fünfzehn Blätter, von denen elf blau waren.

»Kurios.« Ich hob meinen Blick und richtete ihn auf Corso.

Er beobachtete mich ruhig und ließ seine Augen zwischen mir und dem Ordner hin- und herwandern. »Wie sind Sie dazu gekommen?«

Der Bücherjäger kratzte sich an einer Augenbraue und überlegte offensichtlich, ob ihn die Information, um die er mich bitten wollte, zu einer Antwort zwang. Schließlich zog er noch eine andere Grimasse, diesmal die eines unschuldigen Häschens. Corso war ein Profi.

»Durch puren Zufall. Über den Kunden eines Kunden.«

»Verstehe.«

Er legte bedächtig eine kurze Pause ein. Bedächtigkeit bedeutet nicht nur Vorsicht und Diskretion, sondern auch Schlauheit. Und das wußten wir beide.

»Klar«, fügte er hinzu, »daß ich Ihnen Namen nenne, wenn Sie das möchten.«

Ich erwiderte ihm, das sei nicht nötig, was ihn zu beruhigen schien. Er rückte mit einem Finger seine Brille zurecht und fragte mich dann, was ich von dem Material hielte, das ich da in der Hand hatte. Ohne ihm gleich eine Antwort zu geben, blätterte ich in dem Manuskript, bis die erste Seite vor mir lag. Die Überschrift war in Großbuchstaben: LE VIN D'ANJOU.

Ich las laut die ersten Zeilen: »*Après de nouvelles presque désespérées du roi, le bruit de sa convalescence commençait à se répandre dans le camp...*«

Ich konnte ein Lächeln nicht unterdrücken. Corso forderte mich mit einem beifälligen Nicken auf, mein Urteil auszusprechen.

»Kein Zweifel«, sagte ich, »das stammt von Alexandre Dumas, dem Älteren. *Le vin d'Anjou, Der Wein von Anjou* oder *Der Anjouwein,* wie es in verschiedenen Übersetzungen heißt: Kapitel zwei- oder dreiundvierzig der *Drei Musketiere,* wenn ich mich recht entsinne.«

»Zweiundvierzig«, bestätigte Corso. »Kapitel zweiundvierzig.«

»Ist das hier das Original? Dumas' persönliches Manuskript?«

»Ehrlich gesagt bin ich hier, um das von Ihnen zu erfahren.«

Ich zuckte leicht mit der Schulter, um eine Verantwortung von mir zu weisen, die mir übertrieben schien.

»Warum von mir?«

Im Grunde wollte ich mit dieser törichten Frage nur Zeit gewinnen. Corso muß es nach falscher Bescheidenheit geklungen haben, denn er unterdrückte eine mißmutige Geste.

»Sie sind doch Experte«, entgegnete er etwas frostig. »Und abgesehen davon, daß Sie der einflußreichste Literaturkritiker des Landes sind, kennen Sie sich bestens mit dem Unterhaltungsroman des 19. Jahrhunderts aus.«

»Sie vergessen Stendhal.«

»Nein, den vergesse ich nicht. Ich habe Ihre Übersetzung der *Kartause von Parma* gelesen.«

»Sieh mal an. Sie schmeicheln mir.«

»Mitnichten. Ich ziehe die von Consuelo Berges vor.«

Wir lächelten beide. Er gefiel mir nach wie vor, und ich begann langsam, seinen Charakter zu durchschauen.

»Kennen Sie meine Bücher?« wagte ich zu fragen.

»Ein paar davon. *Lupin, Raffles, Rocambole, Holmes* zum Beispiel. Auch Ihre Arbeiten über Valle-Inclán, Baroja und Galdós. Oder *Dumas – Die Spur eines Giganten.* Und Ihren Essay über den *Grafen von Monte Christo.*«

»Was? Das haben Sie alles gelesen?«

»Nein. Daß ich mit Büchern arbeite, soll nicht heißen, daß ich sie auch lese.«

Er log. Oder zumindest übertrieb er den negativen Aspekt

der Sache. Dieser Mensch gehörte zum gründlichen Schlag. Bevor er gekommen war, hatte er mit Sicherheit alles gelesen, was er nur von mir auftreiben konnte. Corso war einer jener besessenen Leser, die vom zartesten Kindesalter an Bücher aller Art verschlingen, vorausgesetzt – und das war allerdings unwahrscheinlich –, daß Corsos Kindheit zu irgendeinem Zeitpunkt das Attribut »zart« verdient hätte.

»Verstehe«, erwiderte ich, um irgend etwas zu sagen.

Er runzelte einen Moment lang die Stirn, als überlege er, ob er etwas vergessen habe, nahm dann seine Brille ab, hauchte auf die Gläser und begann sie mit einem völlig zerknitterten Tuch zu putzen, das er aus den unergründlichen Taschen seines Mantels zutage gefördert hatte. Dieses viel zu große Kleidungsstück, die nagetierähnlichen Schneidezähne und seine ruhige Art verliehen ihm einen Anschein von Harmlosigkeit, aber in Wirklichkeit war Corso ein knallharter Typ. Sein scharf geschnittenes, eckiges Gesicht und seine aufmerksamen Augen konnten jederzeit eine Naivität vortäuschen, die dem gefährlich wurde, der sich auf sie einließ. Er war eine jener hilflos wirkenden Gestalten, denen die Männer Zigaretten schenken und die Kellner ein Gläschen spendieren, während die Frauen sie am liebsten auf der Stelle adoptieren würden. Wenn man ihnen dann auf die Schliche kommt, ist es meistens zu spät, sie sind längst über alle Berge und lachen sich ins Fäustchen.

»Kehren wir zu Dumas zurück«, schlug er vor, während er mit seiner Brille auf das Manuskript deutete. »Jemand, der in der Lage ist, fünfhundert Seiten über ihn zu schreiben, sollte beim Anblick seiner Originalhandschriften ein Gefühl der Vertrautheit empfinden... Meinen Sie nicht?«

Ich legte eine Hand auf die mit Plastikhüllen geschützten Seiten, pathetisch wie ein Priester eine Altardecke berührt.

»Ich fürchte, ich muß Sie enttäuschen. Ich empfinde gar nichts.«

Wir brachen beide in Gelächter aus. Corso hatte ein eigentümliches, beinahe etwas verkniffenes Lachen: wie jemand, der nicht sicher ist, ob er und sein Visavis über dasselbe lachen. Ein heimtückisches und distanziertes Lachen, in dem eine Spur von Unverschämtheit anklang, eines jener Lachen, die noch lange in der Luft schwingen, bevor sie endgültig verklingen. Selbst wenn sein Eigentümer längst gegangen ist.

»Gehen wir der Reihe nach vor«, bat ich. »Gehört das Manuskript Ihnen?«

»Nein, das habe ich Ihnen schon gesagt. Ein Kunde hat es vor kurzem erstanden und wundert sich, daß bisher noch niemand etwas von der vollständigen Originalversion dieses Kapitels aus den *Drei Musketieren* gehört hat. Er möchte eine fachliche Expertise, und daran arbeite ich.«

»Es überrascht mich, daß Sie sich mit so etwas abgeben.« Tatsächlich hatte auch ich schon früher von Corso reden hören. »Schließlich gilt Dumas heutzutage...«

Ich ließ meinen Satz offen und setzte ein bitteres Lächeln auf, das der Situation angemessen war und Solidarität ausdrücken sollte, aber Corso ging nicht auf mein Angebot ein und blieb in der Defensive.

»Der Kunde ist ein Freund von mir«, stellte er nüchtern fest. »Es geht um einen persönlichen Gefallen.«

»Verstehe, aber ich weiß nicht, ob ich Ihnen weiterhelfen kann. Ich habe wohl ein paar Originale gesehen, und das hier könnte durchaus echt sein; aber für ein Gutachten wäre ein guter Graphologe vonnöten... Ich kenne da einen ausgezeichneten in Paris: Achille Replinger. Er hat in Saint-Germain-des-Prés ein Antiquariat, das auf Originalhandschriften und historische Urkunden spezialisiert ist. Ein Experte für französische Autoren des 19. Jahrhunderts, ein sehr netter Mensch und guter Freund von mir.« Ich deutete auf einen der Bilderrahmen an der Wand. »Den Brief von Balzac dort hat er mir vor einem Jahr verkauft. Für teures Geld, nebenbei bemerkt.«

Ich zog mein Notizbuch heraus, um die Adresse abzuschreiben, und fügte ein Begleitkärtchen für Corso hinzu. Er verstaute beides in einer abgegriffenen Brieftasche voller Zettel und Notizen, bevor er aus seiner Manteltasche Block und Bleistift hervorkramte. Der Bleistift hatte einen Radiergummi am Ende, der angeknabbert war wie bei einem Schüler.

»Darf ich Ihnen ein paar Fragen stellen?«

»Aber sicher.«

»Existiert überhaupt von irgendeinem Kapitel der *Drei Musketiere* ein vollständiges, handschriftliches Manuskript?«

Ich schüttelte den Kopf.

»Nein. Dieses Werk ist zuerst als Fortsetzungsroman im Feuilletonteil von *Le Siècle* abgedruckt worden, und zwar von März bis Juli 1844. Nachdem der Text gesetzt war, wanderte die Originalhandschrift in den Papierkorb. Trotzdem sind einige Fragmente erhalten geblieben, Sie finden sie im Anhang der Garnier-Ausgabe von 1968.«

»Vier Monate ist wenig.« Corso kaute nachdenklich an seinem Bleistift. »Dumas hat schnell geschrieben.«

»Das haben damals alle. Stendhal hat seine *Kartause* in sieben Wochen zu Papier gebracht. Aber abgesehen davon ließ Dumas sich von Mitarbeitern helfen: Neger, wie man sie im Fachjargon nennt. Im Fall der *Drei Musketiere* war das Auguste Maquet. Sie haben zusammen an *Zwanzig Jahre nachher* gearbeitet, also dem Folgeroman, und am *Grafen von Bragelonne*, der die Trilogie abschließt. Aber auch am *Grafen von Monte Christo* und an noch ein paar Romanen. Die haben Sie doch bestimmt gelesen, oder?«

»Klar, wie alle Welt.«

»Wie alle Welt früher einmal, wollten Sie wohl sagen.« Ich blätterte andächtig in dem Manuskript. »Die Zeiten, in denen ein Schriftzug von Dumas die Auflagen vervielfacht und die Verleger bereichert hat, liegen weit zurück. Fast alle seine Werke sind so erschienen, als Zeitungsromane, mit dem berühmten ›Fortsetzung folgt‹ am Fuß der Seite, und die Leserschaft konnte kaum das nächste Kapitel erwarten...

Aber das wissen Sie bestimmt schon alles.«
»Macht nichts. Sprechen Sie ruhig weiter.«
»Was soll ich Ihnen noch erzählen? Das Erfolgsrezept des klassischen Fortsetzungsromans ist simpel: Der Held, die Heldin sind mit Tugenden oder Eigenschaften ausgestattet, die den Leser dazu verleiten, sich mit ihnen zu identifizieren. Ähnliches passiert heute mit den Fernsehserien. Aber stellen Sie sich vor, was für einen Effekt diese Romane damals gehabt haben mußten, als es weder Radio noch Fernsehen gab, zumal auf ein Bürgertum, das nach Abwechslung und Unterhaltung lechzte und keinen großen Wert auf formale Qualität oder guten Geschmack legte... Genau das hat der geniale Dumas ausgenützt und wie ein kluger Alchimist in seinem Labor ein Produkt zusammengebraut: ein paar Tropfen hiervon, ein bißchen davon und sein Talent. Das Ergebnis: eine Droge, die Süchtige schuf.« Ich klopfte mir stolz auf die Brust. »Und noch immer schafft.«

Corso machte sich Notizen. Reizbar, rücksichtslos und tödlich wie eine Schwarze Mamba, sollte einer seiner Bekannten ihn später einmal beschreiben. Er hatte eine seltsame Art, sich anderen gegenüber zu äußern, durch seine verbogene Brille zu sehen und mit seinem langsamen Nicken eine gewisse Skepsis zum Ausdruck zu bringen, die wohlwollend und durchaus nachvollziehbar wirkte – wie bei einer Nutte, die sich nachsichtig ein Sonett über Cupido anhört. Als wolle er einem Gelegenheit geben, sich zu berichtigen, bevor man sich endgültig festlegte. Ein paar Sekunden, dann hielt er inne und hob den Kopf.

»Aber Sie beschäftigen sich nicht nur mit dem Unterhaltungsroman. Als Kritiker sind Sie vor allem für andere Arbeiten bekannt...« Er zögerte und schien nach dem passenden Wort zu suchen. »Für seriösere. Dumas hat sein Werk ja selbst als leichte Literatur bezeichnet. Das klingt nach Geringschätzung des Publikums, finden Sie nicht?«

Diese Finte war typisch für meinen Gesprächspartner; sie

war eine seiner Unterschriften, wie der Kreuzbube, den Rocambole am Tatort hinterläßt. Er näherte sich den Dingen auf Umwegen, scheinbar unbeteiligt, aber dabei verursachte er mit kleinen Seitenhieben Unbehagen. Ist sein Gegenüber erst einmal gereizt, dann spricht es, führt Argumente und Rechtfertigungen an und liefert damit zusätzliche Informationen. Aber ich war nicht von gestern und durchschaute Corsos Taktik. Trotzdem oder vielleicht gerade deswegen fühlte ich mich unwohl.

»Verfallen Sie nicht in Gemeinplätze«, erwiderte ich etwas ärgerlich. »Der Feuilletonroman hat viel Schund hervorgebracht, aber darüber war Dumas erhaben. In der Literatur ist die Zeit wie die große Sintflut, wo der Herr nur die Seinen kennt. Ich wette mit Ihnen, daß Sie mir keine Romanfiguren nennen können, die so kerngesund wie d'Artagnan und seine Kameraden bis heute überlebt haben, abgesehen vielleicht von Conan Doyles Sherlock Holmes... Der Zyklus der *Drei Musketiere* ist zweifellos ein Mantel-und-Degen-Stück trivialer Natur, Sie finden dort sämtliche Untugenden seines Genres. Aber es ist auch ein glänzender Unterhaltungsroman, der über das gewöhnliche Niveau seiner Gattung hinausgeht. Eine Geschichte von Freundschaften und Abenteuern, die heute noch populär ist, obwohl die Geschmäcker sich geändert haben und spannende Erzählungen völlig zu Unrecht in Verruf geraten sind. Es scheint, als müßten wir uns seit Joyce mit Molly Bloom abfinden und auf Nausikaa am Strand verzichten... Haben Sie nie mein Büchlein *Freitag oder der Steuerkompaß* gelesen? Wenn es um Odysseus geht, dann ziehe ich den des Homer vor.«

Damit hatte ich das Niveau unserer Unterhaltung etwas angehoben, und nun war ich neugierig auf Corsos Reaktion. Er setzte ein schiefes Lächeln auf, ohne durchblicken zu lassen, was er dachte, aber ich erinnerte mich an den Ausdruck seiner Augen, als ich aus *Scaramouche* zitiert hatte, und spürte, daß ich auf dem richtigen Weg war.

»Ich weiß, worauf Sie anspielen«, sagte er schließlich. »Ihre Ansichten sind bekannt und umstritten, Señor Balkan.«

»Meine Ansichten sind bekannt, weil ich dafür gesorgt habe, daß sie es werden. Und was die vermeintliche Publikumsverachtung Dumas' betrifft, von der Sie soeben gesprochen haben, so wissen Sie vielleicht nicht, daß der Verfasser der *Drei Musketiere* während der Revolutionen von 1830 und 1848 in den Straßen kämpfte und Garibaldi Waffen beschafft hat, die er aus der eigenen Tasche bezahlte. Vergessen Sie nicht, daß Dumas' Vater ein bekannter republikanischer General war. Dieser Mann strotzte vor Liebe zum Volk und zur Freiheit.«

»Obwohl er es mit der Wirklichkeitstreue nicht besonders genau nahm.«

»Das ist das Geringste. Wissen Sie, was er einmal geantwortet hat, als ihm vorgeworfen wurde, die Geschichte zu vergewaltigen? *Sicher, ich vergewaltige sie. Aber ich mache ihr hübsche Bälger.*«

Ich legte meinen Füllfederhalter aus der Hand, stand auf, öffnete einen der Bücherschränke, die ringsum die Wände meines Büros bedecken, und zog ein Buch mit dunklem Ledereinband heraus.

»Wie alle großen Fabulierer«, fügte ich hinzu, »erschuf Dumas Geschichten. Die Gräfin Dash, die ihn gut kannte, berichtet in ihren Memoiren, daß es ihm genügte, eine erfundene Anekdote zu erzählen, und schon war aus dieser Lüge eine glaubwürdige Geschichte geworden. Denken Sie nur an den Kardinal Richelieu. Er war der bedeutendste Mann seiner Zeit, aber seit er von Dumas ›umgedeutet‹ worden ist, haben wir ein verzerrtes, unheimliches Bild von ihm: Er steht da wie ein niederträchtiger Schurke...«

Ich drehte mich, das Buch in der Hand, zu Corso um.

»Kennen Sie das? Das hat Gatien de Courtilz de Sandras geschrieben, ein Musketier, der Ende des 17. Jahrhunderts lebte. Es sind die Memoiren d'Artagnans und zwar des echten:

Charles de Batz-Castelmore, Graf von Artagnan. Ein Gascogner, der 1615 geboren wurde und in der Tat Musketier war; obwohl er nicht zur Zeit Richelieus gelebt hat, sondern zur Zeit Mazarins. Er starb 1673 während der Belagerung von Maastricht, als er – genau wie sein fiktiver Namensvetter – kurz davor stand, den Marschallstab zu erhalten. Wie Sie sehen, haben die Vergewaltigungen Alexandre Dumas' wirklich prächtige Bälger hervorgebracht... Den unbekannten Gascogner aus Fleisch und Blut, dessen Name in der Geschichte untergetaucht war, hat der geniale Romancier in einen legendären Giganten verwandelt.«

Corso war sitzen geblieben und hörte mir zu. Ich reichte ihm das Buch, und er begann es behutsam durchzublättern. Langsam schlug er eine Seite nach der andern auf, indem er die Blätter immer nur am Rand anfaßte und dann sacht mit den Fingerkuppen darüberstrich. Ab und zu verweilte er bei einem Namen oder bei einem Kapitel. Die Augen hinter seinen Brillengläsern prüften rasch und sicher. Irgendwann hielt er inne, um den Titel und die dazugehörigen Daten auf seinem Block zu vermerken: *Mémoires de M. d'Artagnan*, G. de Courtilz, 1704, P. Rouge, 4 Bände, im Duodezformat, 4. Auflage. Dann schloß er das Buch, um mir einen langen Blick zuzuwerfen.

»Sie sagen es: Er war ein Schwindler.«

»Ja«, gab ich zu, während ich mich wieder setzte. »Aber genial. Wo andere sich darauf beschränkt hätten, plump abzuschreiben, hat er eine Romanwelt geschaffen, die heute noch begeistert. *Der Mensch stiehlt nicht, er erobert*, pflegte er zu sagen. *Er macht aus jeder Provinz, die er einnimmt, einen festen Bestandteil seines Reiches: Er zwingt ihr seine Gesetze auf, er bevölkert sie mit Sujets und Gestalten und breitet seinen Geist über ihr aus.* Was sonst ist literarisches Schaffen? Für Dumas stellte die französische Geschichte eine Goldgrube dar. Sein Trick war fabelhaft: den Rahmen respektieren – das Gemälde verändern, ungeniert die

Schatztruhe plündern, die gefüllt und offen vor ihm stand...
Dumas verwandelt Hauptfiguren in Nebenfiguren, ruhmlose Komparsen in Protagonisten, und füllt ganze Seiten mit Ereignissen, die in der wirklichen Chronik gerade zwei Zeilen ihn Anspruch nehmen. Der Freundschaftsbund zwischen d'Artagnan und seinen Kameraden hat in Wahrheit nie existiert, schon deshalb nicht, weil sie sich untereinander gar nicht kannten. Es hat auch keinen Grafen de la Fère gegeben, oder besser gesagt, es gab viele, wenn auch keinen mit dem Namen Athos. Aber Athos existierte, er hieß Armando de Sillègue, Herr von Athos, und starb während eines Duells an einem Degenstich, bevor d'Artagnan den Musketieren des Königs beigetreten war. Aramis war Chevalier Henri de Aramitz und ab 1640 Mitglied der Musketiere, die von seinem Onkel befehligt wurden. Er zog sich nach Abschluß seiner Laufbahn mit Frau und vier Kindern auf sein Landgut zurück. Was Porthos betrifft...«

»Erzählen Sie mir nicht, es habe auch einen Porthos gegeben.«

»Doch, den hat es gegeben. Er hieß Isaac de Portau und muß Aramis oder Aramitz gekannt haben, denn er ist drei Jahre nach ihm, also 1643, Musketier geworden. Die Chronik berichtet, daß er sehr jung starb... Wenn nicht an einer Krankheit, dann im Krieg oder wie Athos in einem Duell.«

Corso trommelte mit den Fingern auf den Memoiren von d'Artagnan und wackelte ein wenig mit dem Kopf. Er lächelte.

»Jetzt sagen Sie mir sicher gleich, es habe auch eine Milady existiert.«

»Genau. Aber die hieß nicht Anne de Breuil und war auch keine Milady de Winter. Mit einer Lilie war sie nicht gebrandmarkt, obwohl sie wirklich eine Agentin Richelieus war. Statt dessen hieß sie Gräfin von Carlisle und hat dem Herzog von Buckingham während eines Hofballs tatsächlich zwei Diamantnadeln gestohlen... Machen Sie nicht so ein

Gesicht! Das berichtet La Rochefoucauld in seinen Memoiren. Und La Rochefoucauld war ein ernst zu nehmender Mann!«

Corso sah mich starr an. Dabei war er keiner von denen, die sich leicht über etwas wundern, und schon gar nicht, wenn es um Bücher geht. Aber er zeigte sich beeindruckt. Später, als ich ihn besser kannte, habe ich mich gefragt, ob seine Verwunderung echt war oder nur vorgetäuscht. Heute, da alles vorbei ist, glaube ich, sicher zu sein: Ich war eine Informationsquelle mehr, und Corso ließ mir die Zügel schießen.

»Das ist alles sehr interessant«, sagte er.

»Replinger wird Ihnen noch viel mehr erzählen können, wenn Sie nach Paris gehen.« Ich betrachtete die Handschrift auf dem Tisch. »Ob das die Ausgaben für eine Reise lohnt, weiß ich allerdings nicht. Wieviel könnte dieses Kapitel auf dem Markt wert sein?«

Er kaute erneut an seinem Bleistift und verzog skeptisch das Gesicht.

»Nicht sehr viel. Aber darum geht es mir hier auch gar nicht.«

Ich lächelte traurig und verständnisvoll. Zu dem wenigen, was ich besitze, gehört ein *Quijote* von Ibarra und ein Volkswagen. Selbstverständlich hat mich das Auto mehr gekostet als das Buch.

»Ich weiß, was Sie meinen«, sagte ich freundschaftlich.

Corso machte eine Geste, die Resignation bedeuten konnte, und entblößte etwas seine Nagerzähne.

»Bis den Japanern van Gogh und Picasso zum Hals raushängen«, meinte er, »und sie alles in seltene Bücher investieren.«

Ich warf mich empört in meinen Bürosessel zurück.

»Gott steh uns bei, wenn es so weit kommen sollte.«

»Bestimmt schlimm für Sie«, er warf mir durch seine verbogene Brille hindurch einen ironischen Blick zu. »Ich gedenke jetzt schon, mich gesundzustoßen, Señor Balkan.«

Er verstaute den Block in seinem Mantel, während er sich

erhob und seine Segeltuchtasche umhängte. Einen Moment lang irritierte mich auch jetzt sein Aussehen, so harmlos mit dieser Metallbrille, die ihm ständig von der Nase rutschte. Später erfuhr ich dann, daß er alleine lebte, zwischen eigenen und von Kunden bestellten Büchern, und daß er nicht nur ein bezahlter Jäger war, sondern auch Experte für Planspiele der napoleonischen Kriege, ohne weiteres in der Lage, auf einem Spielbrett aus dem Gedächtnis die Schlachtordnung vor Waterloo exakt nachzustellen: eine etwas seltsame Geschichte, die ich erst viel später einmal ganz in Erfahrung brachte. Ich muß zugeben, daß Corso, so wie ich ihn geschildert habe, nicht sehr sympathisch wirkt. Da ich mich bei meiner Erzählung aber strikt an die Tatsachen halten möchte, so sei hinzugefügt, daß seinem ungeschickten Auftreten, dem er – ohne daß ich Ihnen sagen könnte wie – je nach Bedarf etwas Aggressives oder Hilfloses, Naives oder Zynisches geben konnte, genau das anhaftete, was die Frauen als interessant und die Männer als sympathisch bezeichnen. Ein positiver Eindruck, der sich verflüchtigt, sobald wir auf die Hosentasche klopfen und feststellen, daß man uns soeben den Geldbeutel gestohlen hat.

Corso packte das Manuskript wieder ein, und ich begleite ihn zur Wohnungstür. Im Flur, wo die Porträts von Stendhal, Joseph Conrad und Valle-Inclán finster auf die scheußliche Lithographie hinausblicken, die auf Beschluß der Hausbewohner und gegen meine Stimme vor ein paar Monaten im Treppenhaus aufgehängt worden war, blieb er stehen, um mir die Hand zu schütteln.

Erst in diesem Moment fand ich den Mut, mit meiner Frage herauszurücken: »Ich muß Ihnen gestehen, daß ich gerne wüßte, wo Sie das Manuskript herhaben. Sie haben mich neugierig gemacht.«

Er zögerte, bevor er etwas erwiderte. Zweifellos wägte er das Pro und Kontra einer Antwort ab. Aber ich hatte ihn freundlich empfangen, und er stand in meiner Schuld. Außerdem mußte er womöglich noch einmal auf mich zurückkommen, so daß ihm keine andere Wahl blieb.

»Vielleicht kennen Sie ihn«, erwiderte er schließlich. »Mein Kunde hat es einem gewissen Taillefer abgekauft.«

Ich erlaubte mir, ein überraschtes Gesicht zu machen, freilich ohne zu übertreiben.

»Enrique Taillefer? Der Verleger?«

Sein Blick schweifte durch die Diele, schließlich bewegte er einmal den Kopf, von oben nach unten. »Genau der.«

Wir schwiegen beide. Corso zuckte die Schultern, und ich wußte sehr gut, warum. Der Grund dafür stand im Nachrichtenteil sämtlicher Tageszeitungen: Enrique Taillefer war seit einer Woche tot. Man hatte ihn erhängt im Wohnzimmer seines Appartements gefunden: den Gürtel seines seidenen Morgenmantels um den Hals, die Füße im Leeren baumelnd, über einem aufgeschlagenen Buch und den Scherben einer Blumenvase.

Einige Zeit später, als alles vorbei war, erklärte sich Corso bereit, mir den Rest der Geschichte zu erzählen. So kann ich jetzt ziemlich genau gewisse Einzelheiten rekonstruieren, obwohl ich sie nicht persönlich erlebt habe: die Verkettung von Umständen, die zu dem bitteren Ende führten, und die Auflösung des Rätsels um den *Club Dumas*. Dank der Hinweise des Bücherjägers kann ich in dieser Geschichte den Doktor Watson spielen und Ihnen erzählen, daß die folgende Szene eine Stunde nach unserer Begegnung stattfand, und zwar in Makarovas Bar.

Flavio La Ponte schüttelte sich das Wasser vom Mantel, stützte neben Corso die Ellbogen auf den Tresen und bestellte sich ein Glas Bier, während er langsam wieder Atem schöpfte. Dann sah er grimmig und zufrieden auf die Straße hinaus, als habe er sie unter dem Feuer von Heckenschützen überquert. Es schüttete sintflutartig.

»Die Firma ›Armengol und Söhne, Buchantiquariat und Bibliographische Kuriositäten‹ will dich verklagen«, sagte er. Bierschaum lag auf seinem lockigen, blonden Bart. »Ich habe gerade mit dem Anwalt telefoniert.«

»Warum?« fragte Corso.

»Du sollst eine arme alte Frau betrogen und außerdem noch ihre Bibliothek geplündert haben. Sie schwören, die sei ihnen versprochen gewesen.«

»Dann hätten sie eben früher aufstehen müssen als ich.«

»Das habe ich auch gesagt, aber sie schäumen vor Wut. Als sie den Posten abholen wollten, fehlten bereits der *Persiles* von Cervantes und der berühmte *Fuero Real de Castilla*, das *Großbuch der rechtlichen Satzungen des Königreichs Kastilien*. Außerdem hast du den Rest auf einen Preis geschätzt, der weit über dem wahren Wert liegt. Jetzt weigert sich die Besitzerin zu verkaufen. Sie verlangt das Doppelte von dem, was sie ihr bieten.« Er trank einen Schluck Bier, während er vergnügt und komplizenhaft mit einem Auge zwinkerte. »Eine Bibliothek mit Beschlag belegen, sagt man zu diesem hübschen Manöver.«

»Ich weiß, wie man das nennt.« Corso entblößte seinen Eckzahn in hämischem Grinsen. »Und Armengol und Söhne wissen das auch.«

»So gemein hättest du nicht sein dürfen«, stellte La Ponte objektiv fest. »Aber am meisten schmerzt sie der *Fuero Real*. Sie empfinden es als Schlag unter die Gürtellinie, daß du ihn einfach mitgenommen hast.«

»Hätte ich ihn etwa dort lassen sollen? Eine lateinische Glosse von Díaz de Montalvo, ohne Druckermarke, aber mit Sicherheit von Alonso del Puerto in Sevilla herausgegeben, möglicherweise 1482.« Er rückte sich mit dem Zeigefinger die Brille zurecht, um seinen Freund anzusehen. »Wie findest du das?«

»Ich finde es toll. Aber die Armengols sind nervös.«

»Dann sollen sie Kamillentee trinken.«

Es war Mittag, und die Leute nahmen ihren Aperitif zu sich. Am Tresen war kaum Platz, und sie drängten sich Schulter an Schulter, inmitten von Zigarettenrauch und Stimmenlärm, darauf bedacht, mit ihren Ellbogen die Schaumpfützen auf der Theke zu vermeiden.

»Angeblich solle es sich bei dem *Persiles* um eine Erstausgabe handeln«, fügte La Ponte hinzu. »Einband von Traut-Bauzonnet.«

Corso schüttelte verneinend den Kopf.

»Von Hardy. In Saffianleder.«

»Noch besser. Jedenfalls habe ich geschworen, daß ich nichts mit der Sache zu tun habe. Du weißt ja, daß ich gegen Prozesse allergisch bin.«

»Gegen deine dreißig Prozent aber nicht.«

Der andere hob würdevoll die Hand.

»Moment mal. Hier bringst du was durcheinander, Corso. Das eine ist die edle Freundschaft, die uns verbindet. Etwas ganz anderes das Brot, das ich für meine Kinder verdiene.«

»Du hast doch gar keine Kinder!«

La Ponte grinste.

»Laß mir noch ein bißchen Zeit. Ich bin ja noch jung.«

La Ponte sah sympathisch aus, etwas klein, eitel und sehr gepflegt. Er strich sich mit der Hand das Haar über seine beginnende Scheitelglatze und überprüfte das Ergebnis im Spiegel hinter der Bar. Dann suchte er seine Umgebung mit professionellem Blick nach einer weiblichen Präsenz ab. Auf solche Dinge legte er Wert, ebenso darauf, beim Sprechen kurze Sätze zu bilden. Sein Vater, ein hochgebildeter Buchhändler, hatte ihm das Schreiben beigebracht, indem er La Ponte Texte von Azorín diktierte. Nur wenige erinnerten sich noch an Azorín, aber La Ponte fuhr fort, wie er zu konstruieren. Mit vielen Punkten und ohne Absätze. Das gab ihm eine gewisse Redesicherheit, wenn er im Hinterzimmer seines Buchladens in der Calle Mayor, dort, wo er die Klassiker der Erotik aufbewahrte, Kundinnen verführen wollte.

»Abgesehen davon«, nahm er den Faden wieder auf, »habe ich mit Armengol und Söhnen noch ein paar delikate Geschäfte ausstehen. Und zwar ziemlich rentabel.«

»Mit mir auch«, bemerkte Corso über sein Bier hinweg. »Du bist der einzige arme Buchhändler, mit dem ich zusammenarbeite. Und diese Exemplare wirst du verkaufen.«

»Also gut«, lenkte La Ponte gelassen ein. »Du kennst mich ja: praktisch, pragmatisch, verworfen.«

»Eben.«

»Stell dir mich in einem Western vor. Für einen Freund würde ich höchstens einen Streifschuß riskieren.«

»Allerhöchstens«, nickte Corso.

»Aber ist ja auch egal.« Er sah sich zerstreut um. »Ich habe schon einen Käufer für den *Persiles*.«

»Dann zahl mir noch ein Glas. Und setz es auf die Rechnung!«

Sie waren alte Freunde. Sie mochten beide Bier mit viel Schaum und Bols Gin in dunklen Tonflaschen; vor allem jedoch antiquarische Bücher und die altmodischen Versteigerungen in der Altstadt von Madrid. Kennengelernt hatten sie sich vor vielen Jahren, als Corso im Auftrag eines Kunden Buchhandlungen durchstöberte, die auf spanische Autoren spezialisiert waren. Er suchte damals eine sagenumwobene *Celestina,* die einem Zitat zufolge noch älter war als die bekannte Ausgabe aus dem Jahr 1499. La Ponte hatte dieses Buch noch nie besessen, ja nicht einmal davon gehört. Dafür besaß er aber eine Ausgabe des *Lexikons der bibliographischen Raritäten und Erfindungen* von Julio Ollero, in dem es erwähnt wurde. Beim Plaudern über Bücher entdeckten sie eine gewisse Seelenverwandtschaft, die besiegelt worden war, nachdem La Ponte seinen Laden verriegelt hatte. Beide gingen in Makarovas Bar, um zu leeren, was es dort zu leeren gab, während sie Sammelbildchen von Melville austauschten und Flavio La Ponte von seiner Kindheit erzählte, die er praktisch an Bord der *Pequod* verbracht hatte, von kleinen Abstechern mit Azorín einmal abgesehen. »Nenn mich Ishmael«, sagte er, nachdem er den Pegel der dritten Bols-Flasche auf Null gedrückt hatte. Und Corso nannte ihn Ishmael, und nicht nur das, ihm zu Ehren zitierte er auch noch aus dem Gedächtnis die Episode, in der beschrieben wird, wie Ahab seine Harpunenspitze schmiedet:

> *So wurden denn drei Einschnitte gemacht und das Eisen des Weißen Wals im Blut der Heiden abgelöscht.*

Das wurde gebührlich begossen, so gebührlich, daß La Ponte sogar aufhörte, die Mädchen anzugaffen, um Corso ewige Freundschaft zu schwören. Im Grunde war er – trotz seines militanten Zynismus und trotz seiner Geschäftemacherei – ein naiver Mensch, und daher merkte er nicht, daß sein neuer Freund mit der verbogenen Brille damals ein subtiles Flankenmanöver in die Wege geleitet hatte. Beim Überfliegen von La Pontes Regalen waren ihm ein paar Titel aufgefallen, über die er später einmal zu verhandeln gedachte. Trotzdem stand eindeutig fest, daß La Ponte mit seinem lockigen, blonden Bärtchen, den sanften Augen des Vortoppmanns Billy Budd und mit den Träumereien eines frustrierten Walfängers Corsos Sympathie geweckt hatte. La Ponte war sogar in der Lage, sämtliche Besatzungsmitglieder der *Pequod* aufzuzählen – »Ahab, Stubb, Starbuck, Flask, Perth, Parsi, Quiqueg, Taschtigo, Dagu...« – sowie die Namen aller in *Moby Dick* vorkommenden Schiffe – »Goney, Town-Ho, Jeroboam, Jungfrau, Bouton de Rose, Soltero, Deleite, Raquel...« Und außerdem wußte er genau, was der graue Amber war, und bestand somit die schwierigste aller Prüfungen. Sie sprachen über Bücher und Wale, und so wurde schließlich in jener Nacht die Bruderschaft der Harpuniers von Nantucket gegründet, mit Flavio La Ponte als Generalsekretär, Lucas Corso als Schatzmeister und mit beiden zugleich als einzigen Mitgliedern unter der toleranten Patenschaft Makarovas, die sich weigerte, die letzte Runde zu kassieren, um mit ihnen eine Extraflasche Gin zu teilen.

»Ich fahre nach Paris«, sagte Corso, während er im Spiegel eine dicke Frau beobachtete, die alle fünfzehn Sekunden eine Münze in den Schlitz des Spielautomaten steckte, als ob das Gedudel des Apparats und die vorbeisausenden Bildchen mit ihren Farben, Früchten und Glocken sie bis zum Jüngsten Tag dort festhalten würden, hypnotisiert und reglos. Nur ihre Hand drückte auf die Knöpfe des Kastens. »Um mich mit deinem *Vin d'Anjou* zu beschäftigen.«

Er sah, wie sein Freund die Nase rümpfte und ihn aus den Augenwinkeln heraus betrachtete. Paris, das bedeutete Sonderausgaben und Komplikationen. La Ponte war ein bescheidener Buchhändler und geizig.

»Du weißt, daß ich mir das nicht erlauben kann.«

Corso leerte langsam sein Glas.

»Doch, das kannst du.« Er zog ein paar Münzen aus der Tasche, um die Runde zu bezahlen. »Ich habe dort nämlich noch ein anderes Geschäft zu erledigen.«

»Ein anderes Geschäft«, wiederholte La Ponte und sah ihn interessiert an. Makarova stellte zwei weitere Gläser Bier auf den Tresen. Sie war groß, blond, um die Vierzig, mit kurzem Haar und Ring in einem Ohr – ein Andenken an die Zeit, in der sie an Bord eines russischen Fischkutters herumgeschippert war. Sie trug eine enge Hose und ein Hemd, dessen Ärmel bis zu den Oberarmen aufgekrempelt waren, und ihr kräftig ausgebildeter Bizeps war nicht das einzig Maskuline an ihr. Sie hatte ständig eine qualmende Zigarette im Mundwinkel hängen. Mit ihren baltischen Gesichtszügen und ihren burschikosen Bewegungen erinnerte sie an einen Schlossergehilfen aus irgendeiner Leningrader Kugellagerfabrik.

»Ich habe das Buch gelesen«, sagte sie zu Corso. Beim Sprechen brach die Asche ihrer Zigarette ab und fiel auf ihr feuchtes Hemd. »Diese Nutte Bovary. Arme Idiotin«, stellte sie mit stark gerolltem »r« fest.

»Freut mich, daß du den Kern der Sache erfaßt hast.«

Makarova wischte mit einem Lappen über den Tresen. Am andern Ende der Theke ließ Zizi die Kasse klingeln und sah herüber. Zizi war das Gegenteil von Makarova: viel jünger, klein und sehr eifersüchtig. Manchmal gingen sie, kurz vor der Sperrstunde, im Vollrausch aufeinander los und prügelten sich vor den Augen der letzten Stammgäste. Einmal war Zizi nach so einem Krach mit blauem Auge davongerannt. Makarovas Tränen waren, blub-blub, in die Biergläser gefallen, bis Zizi nach drei Tagen wieder zurückkam. In dieser Nacht schlossen sie früher, und man sah sie Arm in Arm weggehen und sich unter den Häuserportalen küssen. Wie zwei junge Verliebte.

»Er geht nach Paris.« La Ponte deutete mit dem Kopf auf Corso. »Um sich ein paar Asse aus dem Ärmel zu ziehen.«

Makarova räumte die leeren Gläser ab, während sie Corso durch den Rauch seiner Zigarette hindurch ansah.

»Der hat immer irgendwo was am Kochen«, sagte sie gutturral und gelassen. Danach stellte sie die Gläser ins Spülbecken und wandte sich – ihre quadratischen Schultern wiegend – einem anderen Kunden zu. Corso war das einzige Exemplar von Mann, das ihrer Verachtung fürs andere Geschlecht entging, und das pflegte sie ausdrücklich zu betonen, wenn sie ihm ein Glas spendierte. Selbst Zizi betrachtete ihn mit einer gewissen Neutralität. Als Makarova einmal festgenommen worden war, weil sie auf einer Demonstration von Schwulen und Lesben einen Polizisten zusammengeschlagen hatte, verbrachte Zizi die ganze Nacht auf einer Bank im Kommissariat. Corso leistete ihr mit belegten Brötchen und einer Flasche Gin Gesellschaft, nachdem er seine Kontakte zur Polizei hatte spielen lassen, um die Wogen ein wenig zu glätten.

All das machte La Ponte absurderweise eifersüchtig.

»Warum Paris?« fragte er, wenn auch geistesabwesend.

Sein linker Ellbogen war soeben in etwas herrlich Weichem versunken. Er schien hocherfreut, als er sah, daß sich eine junge Blondine mit riesigem Busen neben ihn an den Tresen gestellt hatte.

Corso nahm einen Schluck Bier.

»Ich fahre auch nach Sintra, nach Portugal.« Er beobachtete immer noch die Dicke an dem Spielautomaten. Sie hatte ihr ganzes Kleingeld in der Maschine gelassen und reichte Zizi soeben einen Schein, um ihn sich wechseln zu lassen.

»Wegen einer Sache für Varo Borja.«

Er hörte, wie sein Freund durch die Zähne pfiff: Varo Borja, der bedeutendste Antiquar des Landes. Sein Katalog war dünn, aber erlesen, und außerdem galt er als bibliophiler Sammler, der keine Ausgaben scheute. Le Ponte verlangte beeindruckt nach mehr Bier und Informationen. Er war nun aufmerksam wie ein Raubvogel, so war es jedesmal, wenn er das Wort »Buch« hörte. Mochte er auch feige und geizig sein, Neid gehörte nicht zu seinen Eigenschaften, außer was schöne Frauen betraf, die seinen Jagdtrieb weckten. Beruflich empfand er ehrlichen Respekt vor der Arbeit und Kundschaft seines Freundes, abgesehen davon, daß er ihm bei geringem eigenem Risiko zu guten Geschäften verhalf, was ihn natürlich freute.

»Hast du schon mal was von den *Neun Pforten* gehört?«

Der Buchhändler kramte gerade umständlich in seinen Taschen, um Corso auch diese Runde bezahlen zu lassen. Drauf und dran, sich zu seiner opulenten Nachbarin umzudrehen und sie eingehender zu studieren, schien er mit einem Schlag alles vergessen zu haben und sperrte den Mund auf.

»Erzähl mir nicht, daß Varo Borja dieses Buch will...«

Corso legte sein letztes Kleingeld auf die Theke. Makarova brachte noch zwei Gläser.

»Er besitzt es bereits seit längerer Zeit. Und er hat ein Vermögen dafür bezahlt.«

»Mit Sicherheit. Angeblich gibt es nur noch drei oder vier Exemplare davon.«

»Drei«, präzisierte Corso. Eines befand sich in Sintra, in der

Sammlung Fargas, ein anderes in der Stiftung Ungern in Paris, und das dritte hatte Varo Borja erworben, als die Terral-Coy-Bibliothek in Madrid versteigert worden war. La Ponte kraulte sich interessiert den lockigen Bart. Von Fargas, dem portugiesischen Bibliophilen, hatte er natürlich schon gehört. Und was diese Baronin Ungern betraf, so war das doch die verrückte Alte, die mit ihren Büchern über Okkultismus und Dämonologie zur Millionärin geworden war. Ihr letzter Renner, *Die nackte Isis,* hatte die Verkaufszahlen der Kaufhaus-Buchabteilungen in die Höhe schnellen lassen.

»Ich begreife nur nicht«, schloß La Ponte, »was du damit zu tun hast.«

»Kennst du die Geschichte dieses Buches?«

»Ziemlich oberflächlich«, gab der andere zu. Corso tauchte einen Finger in den Schaum seines Biers und begann auf der Marmortheke herumzumalen.

»Mitte des 17. Jahrhunderts. Schauplatz: Venedig. Hauptdarsteller ein Buchdrucker namens Aristide Torchia, der auf die Idee verfällt, das sogenannte *Buch der neun Pforten ins Reich der Schatten* herauszugeben, eine Art Anleitung zur Beschwörung des Teufels ... Die Zeiten sind schlecht für solche Schriften: Torchia wird schon bald der Inquisition ausgeliefert. Anklagepunkte: Teufelskünste und damit zusammenhängende Verbrechen. Erschwerend kam hinzu, daß er angeblich auch neun Abbildungen aus dem berühmten *Delomelanicon* reproduziert hat, also aus dem Klassiker der Schwarzen Magie, und der ist – so will es die Überlieferung – von Luzifer in Person verfaßt worden.«

Auf der andern Seite des Schanktischs rückte Makarova näher und hörte aufmerksam zu, während sie sich die Hände an ihrem Hemd abtrocknete. La Ponte, der gerade sein Glas zum Mund führte, hielt inne: »Was ist mit der Auflage passiert?«

»Das kannst du dir denken: Sie haben einen prächtigen Scheiterhaufen daraus gemacht.« Corso schnitt eine Grimasse. Er schien es ernsthaft zu bedauern, das nicht miterlebt zu haben.« »Angeblich hörten die Leute aus den Flammen den Teufel schreien.«

Makarova stemmte ihre Ellbogen in die Schaumkrakeleien neben den Zapfhähnen und gab ein skeptisches Brummen von sich. Ihr blondes, nordisches und viriles Selbstverständnis war unvereinbar mit südländischem Aberglauben und Gemunkel. La Ponte, für diese Dinge anfälliger, tauchte die Nase in sein Bier.

»Wen man mit Sicherheit schreien hörte, das war vermutlich der Buchdrucker.«

»Das glaube ich auch.«

La Ponte erschauerte allein bei dem Gedanken.

»Foltern«, fuhr Corso fort, »war für die Inquisitoren bekanntlich berufliche Ehrensache, wenn es um die Schwarzen Künste ging, und so hat der Buchdrucker schließlich zwischen seinen Schreien gestanden, daß es noch ein Buch gab, ein einziges. Irgendwo versteckt. Danach hat er den Mund geschlossen und nicht wieder aufgemacht, bis sie ihn bei lebendigem Leib verbrannten. Und auch dann hat er nur ›Au‹ gesagt.«

Makarova setzte ein verächtliches Lächeln auf, das dem Andenken des Buchdruckers Torchia galt, vielleicht aber auch seinen Folterknechten, die es nicht geschafft hatten, ihm das letzte Geheimnis zu entreißen. La Ponte runzelte die Stirn.

»Du sagst, daß nur ein Buch übriggeblieben ist«, wandte er ein. »Vorher hast du aber von drei bekannten Exemplaren gesprochen.«

Corso hatte seine Brille abgenommen und hielt die Gläser gegen das Licht, um zu sehen, ob sie schmutzig waren.

»Genau da liegt der Hase im Pfeffer«, meinte er. »Die Bücher sind im Verlauf von Kriegen, nach Diebstählen und Bränden auf- und untergetaucht. Heute weiß man nicht mehr, welches das echte ist.«

»Vielleicht sind alle gefälscht«, warf Makarova ein, die einen gesunden Menschenverstand besaß.

»Vielleicht. Und diesen Zweifel muß ich klären. Ich soll herausfinden, ob Varo Borja das Original besitzt oder ob sie ihn reingelegt haben. Deswegen fahre ich nach Sintra und Paris.« Er setzte seine Brille wieder auf und sah La Ponte an. »Nebenbei will ich mich auch mit deinem Dumas-Manuskript befassen.«

Der Buchhändler nickte nachdenklich, während er im Spiegel hinter dem Tresen immer noch das Mädchen mit dem großen Busen fixierte.

»Ist es da nicht übertrieben, daß du deine Zeit mit den *Drei Musketieren* vergeudest?«

»Übertrieben?« Makarova ließ ihre Neutralität fallen und zeigte sich ernsthaft beleidigt. »Das ist der beste Roman, den ich je gelesen habe!«

Sie schlug zur Betonung mit der flachen Hand auf die Theke und massierte sich dann drohend die Muskeln ihrer nackten Unterarme. ›Das hätte Boris Balkan gerne gehört‹, dachte Corso. Auf Makarovas persönlicher Bestsellerliste, an der er selbst als Literaturberater mitwirkte, teilte sich Dumas' Roman den ersten Rang mit *Krieg und Frieden,* Richard Adams' *Watership down* oder *Carol* von Patricia Highsmith. Das nur als Beispiel.

»Du kannst dich beruhigen«, sagte er zu La Ponte. »Die Reisespesen setze ich Varo Borja auf die Rechnung... Obwohl ich eigentlich glaube, daß dein *Vin d'Anjou* echt ist. Warum hätte jemand so etwas fälschen sollen?«

»Es gibt Leute für alles«, stellte Makarova in ihrer unendlichen Weisheit fest.

La Ponte teilte Corsos Meinung, in diesem Fall wäre eine Manipulation unsinnig gewesen. Außerdem hatte ihm der verstorbene Taillefer die Echtheit des Manuskripts garantiert, eigenhändig von Alexandre Dumas verfaßt. Und auf Taillefer war Verlaß.

»Ich habe ihm laufend alte Zeitungsromane angeschleppt; er hat sie alle gekauft.« La Ponte trank einen Schluck und ließ über den Rand seines Glases hinweg ein Kichern vernehmen. »Eine gute Gelegenheit, mir die Beine seiner Frau anzugucken. Tolle Blondine. Spektakulär. Jedenfalls sehe ich eines Tages, wie er eine Schublade öffnet und den *Vin d'Anjou* auf den Tisch legt. ›Das gehört Ihnen‹, sagt er, völlig unerwartet, ›wenn Sie ein Gutachten besorgen und das Manuskript dann zum Verkauf anbieten, aber es muß schnell gehen.‹«

In einiger Entfernung bemühte sich ein Gast schon eine ganze Weile darum, bei der Makarova einen alkoholfreien Bitter zu bestellen, aber sie rührte sich nicht vom Fleck, blieb am Tresen stehen, die brennende Zigarette im Mund, die Augen des Rauches wegen zusammengekniffen, und hörte gespannt zu.

»Ist das alles?« fragte Corso.

La Ponte machte eine vage Geste. »Mehr oder weniger. Ich habe versucht, ihn davon abzubringen, weil ich ja wußte, wie er an solchen Sachen hängt. Er gehörte zu den Typen, die für eine Rarität ihre Seele verkaufen würden, aber er war nicht umzustimmen. ›Wenn Sie es nicht machen, dann macht es ein anderer‹, hat er gesagt. Damit traf er mich natürlich an meiner empfindlichsten Stelle. Geschäftlich, meine ich.«

»Die Erläuterung war überflüssig«, präzisierte Corso. »Andere empfindliche Stellen kenne ich nicht an dir.«

La Ponte suchte in den bleigrauen Augen Makarovas nach etwas menschlicher Wärme, aber dort herrschte ungefähr dieselbe Wärme wie um drei Uhr morgens in einem norwegischen Fjord.

»Wie schön ist es doch, geliebt zu werden«, sagte er schließlich, verdrossen und bissig.

Der Typ, der einen Bitter bestellen wollte, schien wirklich Durst zu haben, denn er versuchte es immer noch. Makarova schielte zu ihm hinüber, ohne ihre Haltung zu ändern, und riet ihm, eine andere Bar zu suchen, bevor er sich hier ein blaues Auge holte. Nach kurzem Nachdenken schien er den Kern ihrer Botschaft erfaßt zu haben und zog ab.

»Enrique Taillefer war ein seltsamer Mensch.« La Ponte

strich sich zum wiederholten Mal das Haar über seine beginnende Scheitelglatze, ohne die üppige Blondine im Spiegel auch nur eine Sekunde aus den Augen zu verlieren. »Er wollte unbedingt, daß ich den Verkauf des Manuskripts an die große Glocke hänge.« Dann senkte er die Stimme, um die Blondine nicht unnötig neugierig zu machen. »›Da wird jemand eine schöne Überraschung erleben‹, hat er in sehr geheimnisvollem Ton zu mir gesagt. Und dabei hat er mit dem Auge gezwinkert, wie jemand, der einen tollen Streich plant. Vier Tage später war er tot.«

»Tot«, wieder holte Makarova guttural. Sie schien dieses Wort richtig auszukosten.

»Selbstmord«, erklärte Corso, aber Makarova zuckte mit den Achseln, als wäre zwischen Mord und Selbstmord kein großer Unterschied. Schließlich gab es ein fragwürdiges Manuskript und einen sicheren Toten, und das genügte für eine Intrige. La Ponte zog bei dem Wort Selbstmord auch ein finsteres Gesicht.

»Angeblich.«

»Du wirkst nicht sehr überzeugt.«

›Ich bin auch nicht überzeugt. Diese Geschichte kommt mir sehr merkwürdig vor.« Er runzelte erneut die Stirn und vergaß den Spiegel. »Da ist etwas faul dran.«

»Hat Taillefer dir nie erzählt, wie er zu dem Manuskript gekommen ist?«

»Anfangs habe ich ihn nicht danach gefragt. Und hinterher war es zu spät.«

»Hast du mit der Witwe gesprochen?«

Bei dieser Frage hellte sich die Miene des Buchhändlers auf. Jetzt grinste er von einem Ohr zum andern.

»Das überlasse ich dir«, sagte er im Ton eines Zauberkünstlers, der einen beinahe vergessenen, fabelhaften Trick aus dem Zylinder zieht. »So kassierst du in Naturalien. Ich kann dir nicht einmal den zehnten Teil dessen bieten, was du Borja für sein Buch mit den neun Tricks abknöpfst.«

»Dasselbe werde ich mit dir machen, wenn du einmal einen *Audubon* gefunden hast und zum Millionär geworden bist. Im Augenblick beschränke ich mich lediglich darauf, dir mein Honorar zu stunden.«

La Ponte zeigte sich wieder gekränkt. ›Für einen Zyniker seiner Größenordnung ist er ziemlich sensibel‹, dachte Corso, ›dabei sind wir erst beim Aperitif.‹ »Ich denke, das machst du aus Freundschaft«, protestierte der Buchhändler. »Du weißt schon, was ich meine: unser Club, die Harpuniere von Nantucket... *Da bläst er* und so.«

»Freundschaft...« Corso sah sich um, als warte er darauf, daß ihm irgend jemand dieses Wort erklärte. »Die Kneipen und Friedhöfe sind voll von unzertrennlichen Freunden.«

»Auf welcher Seite stehst du eigentlich, Mistkerl?«

»Auf seiner Seite«, seufzte Makarova. »Corso steht immer auf seiner eigenen Seite.«

La Ponte stellte bedauernd fest, daß das großbusige Mädchen am Arm eines eleganten Angebers das Lokal verließ. Corso beobachtete immer noch die Dicke an dem Spielautomaten. Als auch ihre letzte Münze geschluckt war, blieb sie mit hängenden Armen vor der Maschine stehen, ratlos und leer. Ein großer, dunkelhaariger Mann löste sie an den Hebeln und Knöpfen ab. Er hatte einen dichten schwarzen Schnurrbart und eine Narbe im Gesicht. Sein Aussehen weckte in Corso eine vertraute Erinnerung, flüchtig, verschwommen, ohne Gestalt anzunehmen. Zur Verzweiflung der dicken Frau spuckte der Apparat jetzt mit großem Getöse einen Schwall von Münzen aus.

Makarova lud Corso zu einem letzten Bier ein, und La Ponte mußte seines diesmal selbst bezahlen.

II. Die Hand des Toten

Milady lächelte, und d'Artagnan fühlte, daß er für dieses
Lächeln blindlings in sein Verderben rennen würde.
A. Dumas, *Die drei Musketiere*

Es gibt natürlich Witwen, die untröstlich sind, aber es gibt
auch Witwen, die ein erwachsener Mann mit dem größten Vergnügen trösten würde. Liana Taillefer gehörte zweifelsohne zur zweiten Kategorie. Sie war groß, blond, hell-
häutig und sehr träge in ihren Bewegungen: die Art von Frau,
die eine Zigarette herauszieht und eine Ewigkeit verstreichen
läßt, bevor sie den ersten Rauch ausbläst. Und die gelassene
Selbstsicherheit, mit der sie ihrem männlichen Gegenüber
dabei in die Augen sah, erwuchs ihr aus einer gewissen Ähnlichkeit mit Kim Novak, aus ihren – beinahe übertrieben –
großzügigen Körpermaßen sowie aus einem Bankkonto, über
das sie als Universalerbin des verstorbenen Verlegers Taillefer verfügte und für das die Bezeichnung »solvent« nur eine
schüchterne Untertreibung war. Kaum zu glauben, was für
eine Unmenge Geld sich mit der Herausgabe von Kochbüchern verdienen läßt. *Die tausend besten Dessert-Rezepte aus
der Mancha,* zum Beispiel. Oder der Klassiker: *Geheimnisse
am Grill,* fünfzehnte Auflage, bereits wieder vergriffen.

Ihre Wohnung befand sich in einem alten Palacio des
Marqués de los Alumbres, der in Luxusappartements um-
gewandelt worden war. Was die Innenausstattung betraf,
so mußte der Geschmack der Eigentümer vor allem von
viel Geld und wenig Zeit beeinflußt worden sein. Nur so
ließ sich erklären, daß in derselben Vitrine, nebeneinander,
Porzellan aus Lladró – ein kleines Mädchen mit Ente, wie

Lucas Corso leidenschaftslos feststellte – und Meißener Hirtenfigürchen ausgestellt waren, für die irgendein schlauer Antiquitätenhändler den verblichenen Enrique Taillefer oder seine Ehegattin vermutlich tüchtig zur Ader gelassen hatte. Natürlich gab es auch einen Biedermeier-Sekretär und einen Steinway-Flügel, vor dem ein hundsteurer Orientteppich lag; des weiteren ein riesiges und sehr bequem wirkendes weißes Ledersofa. Auf ihm überkreuzte in diesem Augenblick Liana Taillefer ihre außergewöhnlich wohlgeformten Beine, die der enge schwarze Trauerrock ins rechte Licht rückte. Da sie saß, endete er knapp oberhalb ihrer Knie und ließ sinnliche Kurven erahnen, stromaufwärts, wo es dem Schatten und dem Mysterium entgegenging, wie sich Lucas Corso bei der Erinnerung an diese Szene später ausdrücken sollte. Hier sei betont, daß seine Bemerkung durchaus ernst zu nehmen war, denn bei Corso handelte es sich nur scheinbar um einen jener verschrobenen Typen, bei denen man sich denkt, sie leben mit einer alten Mutter zusammen, die Socken strickt und ihrem Sohn am Sonntag eine Tasse heiße Schokolade ans Bett bringt; ein Sohn, wie man ihn manchmal in Filmen hinter einem Sarg hergehen sieht, unter strömendem Regen, mit geröteten Augen und trostlos »Mama« murmelnd, wie eine hilflose Waise. In Wirklichkeit war Corso in seinem ganzen Leben nie hilflos gewesen, und von einer Mutter war auch nie die Rede. Jeder, der ihn näher kennenlernte, fragte sich früher oder später, ob er wohl jemals eine Mutter gehabt hatte.

»Es tut mir leid, Sie in einem so ungelegenen Moment belästigen zu müssen«, sagte Corso. Er hatte der Witwe gegenüber Platz genommen, im Mantel, die Segeltuchtasche auf den Knien. Steif saß er auf der Kante eines Sessels, während Liana Taillefers Augen – stahlblau, groß und kalt – ihn von oben bis unten musterten, bemüht, ihn irgendeiner ihr bekannten Spezies von Mann zuzuordnen. Corso war sich der Situation bewußt und unterwarf sich bereitwillig ihrer Prüfung, ohne zu versuchen, einen bestimmten Eindruck zu erzielen. Er kannte die Prozedur, und in diesem Moment wurden seine Aktien an der Wertbörse der Witwe Taillefer eher niedrig notiert. Das reduzierte das Interesse an ihm auf eine Art herablassender Neugierde nach zehnminütiger Wartezeit und vorausgegangenem Scharmützel mit einem Dienstmädchen, das ihn für einen Hausierer gehalten und beinahe zur Tür hinausgeworfen hätte. Nun schielte die Witwe jedoch bereits ab und zu auf den Aktenordner, den Corso aus seiner Segeltuchtasche gezogen hatte, und der Wind begann sich zu drehen. Was Corso betraf, so bemühte er sich, Liana Taillefers Blick durch seine verbogene Brille hindurch standzuhalten, wobei er peinlich die tosende Meerenge mied – Skylla und Charybdis: Corso war Humanist –, die Beine im Süden, und den Busen im Norden, den er nach längerem Überlegen junonisch nannte – junonisch war das richtige Wort, sagte er sich mit Blick auf das, was den schwarzen Angorapullover geradezu furchterregend wölbte.

»Es wäre mir eine große Hilfe«, murmelte er schließlich, »wenn Sie mir sagen könnten, ob Sie etwas von der Existenz dieses Dokuments wußten.«

Er reichte ihr den Ordner und streifte dabei ungewollt ihre Finger mit den langen, blutrot lackierten Nägeln. Vielleicht streiften die Finger aber auch ihn. Wie dem auch sei, dieser leichte Kontakt deutete jedenfalls an, daß Corsos Aktien im Steigen waren. Er gab sich also Mühe, verlegen zu wirken, indem er sich das Stirnhaar kratzte, gerade so unbeholfen wie nötig, um zu signalisieren, daß es nicht zu seinen Spezialitäten gehörte, schöne Witwen zu behelligen. Die stahlblauen Augen betrachteten jetzt nicht den Ordner, sondern ihn und flimmerten auf einmal interessiert.

»Warum sollte ich etwas davon gewußt haben?« fragte die Witwe. Ihre tiefe, etwas heisere Stimme deutete auf eine schlecht verbrachte Nacht. Sie hatte immer noch nicht den Plastikdeckel des Ordners aufgeschlagen und fuhr fort, Corso zu betrachten. Sie erwartete wohl noch mehr Erklärungen. Corso rückte sich die Brille auf der Nasenwurzel zurecht und setzte ein betrübtes Gesicht auf, das der Situation entsprechen sollte. Sie befanden sich noch in der protokollarischen Phase, so daß er das wirkungsvolle Lächeln des ehrlichen Kaninchens für den geeigneten Moment aufsparte.

»Bis vor kurzem hat es Ihrem Mann gehört.« Er zögerte einen Augenblick, bevor er seinen Satz abrundete. »Gott habe ihn selig.«

Sie nickte langsam, als erkläre das alles, und öffnete die Mappe. Corso blickte auf die Wand hinter ihr. Zwischen einem unverkennbaren Tàpies und einem anderen Ölgemälde mit unleserlicher Signatur hing dort das gerahmte Stickbild eines Kindes mit bunten Blümchen, Namen und Datum: *Liana Lasauca. Schuljahr 1970-71.* Corso wäre geneigt gewesen, es als rührend zu bezeichnen, wenn die Blumen, die gestickten kleinen Vögel und das Mädchen mit seinen Söckchen und den blonden Zöpfen ihn nur in irgendeiner Art gefühlvoll gestimmt hätten. Aber das war nicht der Fall. So ließ er seinen Blick zu einem anderen, kleineren Rahmen aus Silber wandern, auf dem der verstorbene Verleger Enrique Taillefer – ein goldenes Probierglas um den Hals und mit einer Schürze bekleidet, in der er entfernt an einen Freimaurer erinnerte – in die Kamera lächelte. Er hielt einen seiner Verlagsrenner aufgeschlagen in der rechten Hand und in der erhobenen Linken ein Messer, mit dem er sich gerade anschickte, ein Spanferkel auf segovianische Art zu zerteilen. Mit seinem dicken Bauch wirkte er pummelig und gemütlich, ja direkt glücklich beim Anblick des Tierchens, das auf der Anrichteplatte alle viere von sich streckte. Corso sagte sich, daß sein frühzeitiger Abgang ihm wenigstens einen Haufen Cholesterin- und Harnsäureprobleme erspart habe. Er fragte sich auch, mit kaltem, technischem Interesse, was Liana Taillefer zu Lebzeiten ihres Gatten wohl unternommen habe, wenn sie einen Orgasmus brauchte. Allein aufgrund dieses

Gedankens warf er einen weiteren, kurzen Blick auf die Beine und den Busen der Witwe, bevor er sich sagte, daß sie zu sehr Frau war, um sich mit einem Spanferkel zufriedenzugeben.

»Das ist das Manuskript von Dumas«, sagte sie, und Corso richtete sich ein wenig auf, wachsam und hellhörig. Liana Taillefer klopfte mit einem ihrer roten Fingernägel auf die Plastikhüllen, mit denen die Seiten geschützt waren. »Das berühmte Kapitel. Klar kenne ich das.« Als sie den Kopf über den Ordner beugte, fiel ihr das Haar vors Gesicht, und durch diesen blonden Vorhang hindurch sah sie ihren Besucher mißtrauisch an. »Wie kommen Sie dazu?«

»Ihr Mann hat es verkauft. Ich prüfe, ob es echt ist.«

Die Witwe zuckte mit den Schultern.

»Soweit ich weiß, ist es echt.« Sie seufzte gedehnt, während sie ihm den Ordner zurückgab. »Verkauft, sagen Sie? Seltsam...« Sie schien nachzudenken. »Enrique lagen diese Papiere sehr am Herzen.«

»Vielleicht erinnern Sie sich daran, wo er sie erworben haben könnte.«

»Keine Ahnung. Ich glaube, es war ein Geschenk.«

»Hat er Originalhandschriften gesammelt?«

»Die einzige, von der ich weiß, war diese.«

»Hat er Ihnen gegenüber nie die Absicht geäußert, sie zu verkaufen?«

»Nein. Sie sind der erste, der mir etwas davon erzählt. Wer ist der Käufer?«

»Ein Buchhändler, mit dem ich befreundet bin. Er möchte sie versteigern, sobald mein Gutachten vorliegt.«

Liana Taillefer beschloß, ihm etwas mehr Interesse zu widmen, Corsos Aktien erfuhren einen weiteren, leichten Aufschwung an der lokalen Börse. Er nahm seine Brille ab, um sie mit dem zerknitterten Taschentuch zu putzen. Ohne Gläser wirkte er schutzlos, das wußte er nur zu gut. Jeder verspürte dann so etwas wie das Bedürfnis, ihm beim Überqueren der Straße behilflich zu sein.

»Ist das Ihre Arbeit?« fragte sie ihn. »Handschriften begutachten?«

Corso bejahte. Ohne Brille hatte er die Witwe ein wenig verschwommen und dabei doch näher vor Augen.

»Unter anderem. Aber ich forsche auch nach Buchraritäten, Stichen und ähnlichen Dingen. Und dafür kassiere ich.«

»Wieviel kassieren Sie?«

»Das kommt ganz darauf an.« Er setzte die Brille auf, worauf sich die Umrisse der Frau wieder scharf auf seiner Netzhaut abzeichneten. »Manchmal viel, manchmal wenig: Der Markt hat seine Schwankungen.«

»Eine Art Detektiv, nicht?« meinte sie in belustigtem Ton. »Ein Bücherdetektiv.«

Das war der richtige Moment, um ein Lächeln aufzusetzen. Er tat es, seine Schneidezähne entblößend und mit einer Bescheidenheit, die auf den Millimeter kalkuliert war. Adoptieren Sie mich auf der Stelle, signalisierte sein Lächeln.

»Ja, so könnte man es, glaube ich, nennen.«

»Und Sie besuchen mich im Auftrag Ihres Kunden...«

»Genau.« Jetzt konnte er es sich erlauben, mehr Selbstsicherheit an den Tag zu legen, und so klopfte er mit den Fingerknöcheln auf das Manuskript. »Schließlich stammt das von hier. Aus Ihrem Hause.«

Sie nickte langsam, während sie die Mappe betrachtete, und schien nachzudenken.

»Eigenartig«, sagte sie nach einer Weile. »Ich kann mir einfach nicht vorstellen, daß Enrique dieses Manuskript verkauft hat. Obwohl sein Verhalten in den letzten Tagen seltsam war... Wie, sagten Sie, heißt der Buchhändler? Der neue Eigentümer?«

»Das habe ich Ihnen nicht gesagt.«

Die Witwe sah ihn von oben nach unten an, überrascht, aber gelassen. Sie schien es nicht gewohnt zu sein, den Männern mehr als drei Sekunden Zeit zu lassen, um ihre Wünsche zu befriedigen.

»Dann tun Sie es jetzt.«

Corso ließ ein wenig Zeit verstreichen, gerade soviel, wie nötig war, bis die Nägel Liana Taillefers ungeduldig auf der Armlehne des Sofas zu trommeln begannen.

»Er heißt La Ponte«, erklärte er schließlich. Das war ein weiterer Trick von ihm, es so einzurichten, daß die anderen für sich als Triumphe verbuchten, was in Wirklichkeit triviale Zugeständnisse von seiner Seite waren. »Kennen Sie ihn?«

»Natürlich kenne ich den, der war sozusagen der Lieferant meines Mannes.« Sie runzelte mißmutig die Stirn. »Er kam laufend hier an, um Enrique mit diesen dämlichen Zeitungsromanen zu versorgen. Ich nehme an, daß er eine Quittung besitzt... Davon hätte ich gerne eine Kopie, wenn Sie nichts dagegen haben.«

Corso nickte zerstreut, während er sich leicht zu ihr hinüberbeugte.

»War Ihr Mann ein großer Liebhaber von Alexandre Dumas?«

»Von Dumas, sagen Sie?« Liana Taillefer lächelte. Sie hatte ihr Haar zurückgeworfen, und ihre Augen glänzten jetzt spöttisch. »Kommen Sie mit.«

Sie richtete sich unendlich langsam auf und strich sich den Rock glatt, wobei sie sich umsah, als habe sie auf einmal den Zweck ihrer Bewegung vergessen. Obwohl sie Schuhe mit flachen Absätzen trug, war sie um einiges größer als Corso. Sie schritt ihm voraus in das angrenzende Arbeitszimmer. Während Corso ihr folgte, betrachtete er ihren Rücken, der breit war wie der einer Schwimmerin, und die schmale Taille, die hart an der Grenze zur Wespentaille war. Er schätzte sie auf dreißig. Sie schien auf dem besten Wege, sich in eine jener nordischen Matronen zu verwandeln, in deren Hüften die Sonne nie untergeht, wie im Reich Kaiser Karls V.

»Wenn es nur Dumas gewesen wäre«, sagte sie und wies ins Innere des Arbeitszimmers. »Sehen Sie sich das an.«

Corso gehorchte. Die Holzregale an den Wänden bogen

sich unter dem Gewicht gebundener Wälzer. Er spürte, wie seine Speicheldrüsen zu arbeiten begannen. Ein beruflich bedingter Reflex. Er machte ein paar Schritte auf die Regale zu und faßte sich an die Brille: *Die Gräfin von Charny,* A. Dumas, acht Bände, La Novela Ilustrada, Herausgeber Vicente Blasco Ibáñez. *Die beiden Dianen,* A. Dumas, drei Bände. *Die drei Musketiere,* A. Dumas, Miguel Guijarro, Stiche von Ortega, vier Bände. *Der Graf von Monte Christo,* A. Dumas, vier Bände, Juan Ros, Stiche von A. Gil. Des weiteren vierzigmal *Rocambole,* von Ponson du Terrail. Zévacos *Les Pardaillan,* vollständig. Und noch mehr Dumas, neben neun Bänden von Victor Hugo und ebenso vielen von Paul Féval, dessen *Buckliger* in einer Luxusausgabe vorlag, mit Saffianlederband und Goldschnitt. Dann Dickens' *Pickwickier* in der Übersetzung von Benito Pérez Galdós, zwischen mehreren Werken von Barbey d'Aurevilly und Eugène Sues *Geheimnisse von Paris.* Und dann noch mehr Dumas – *Die Fünfundvierzig, Das Halsband der Königin, Die Genossen Jehus* – und Mérimées *Mateo Falcone.* Fünfzehn Bücher von Sabatini, mehrere von Conan Doyle, Mayne Reid und Patricio de la Escosura...

»Beeindruckend«, meinte Corso. »Wieviel Bände stehen hier?«

»Ich weiß es nicht. Zweieinhalb- bis dreitausend. Fast alles gebundene Erstausgaben von Fortsetzungsromanen, die vorher in Zeitungen erschienen sind... Daneben auch illustrierte Ausgaben. Mein Mann hat sie geradezu zwanghaft gesammelt und jeden Preis dafür bezahlt.«

»Ein echter Liebhaber, wie ich sehe.«

»Liebhaber?« Liana Taillefer zeigte ein undefinierbares Lächeln. »Für ihn war es die reinste Sucht.«

»Ich dachte, die Gastronomie...«

»Mit Kochbüchern hat er das Geld verdient. Enrique hatte etwas vom König Midas: In seinen Händen verwandelte sich jede billige Rezeptsammlung in einen Verkaufsschlager. Aber sein Herz gehörte diesen alten Fortsetzungsromanen.

Er konnte sich stundenlang hier einschließen, nur um sie in die Hand zu nehmen. Sie sind gewöhnlich auf schlechtem Papier gedruckt, und er war von dem Gedanken besessen, sie konservieren zu müssen. Sehen Sie das Thermometer und das Hygrometer? Aus seinen Lieblingsschmökern konnte er ganze Seiten auswendig zitieren. Manchmal sind ihm sogar Ausdrücke wie ›Alle Wetter‹, ›Tod und Teufel‹ und ähnliches herausgerutscht. Die letzten Monate hat er damit verbracht, zu schreiben.«

»Einen historischen Roman?«

»Nein, einen Fortsetzungsroman. Selbstverständlich mit sämtlichen Gemeinplätzen, die zu dieser Gattung gehören.« Sie ging zu einem der Regale und entnahm ihm ein schweres Manuskript: fadengeheftete Druckbogen, die mit großen, runden Schriftzügen einseitig beschrieben waren. »Wie finden Sie den Titel?«

»*Die Hand des Toten oder der Page Annas von Österreich*«, las Corso laut. »Der Titel ist zweifellos, ähem...«, er fuhr sich mit dem Finger eine Augenbraue nach, während er das angemessene Wort suchte, »vielversprechend.«

»Und langweilig, wie der ganze Text«, fügte sie hinzu, indem sie das Manuskript an seinen Platz zurücklegte. »Und voll von Anachronismen. Und absolut schwachsinnig, das kann ich Ihnen versichern. Glauben Sie mir, ich weiß, wovon ich spreche. Nach jeder Schreibsitzung hat er mir Seite für Seite vorgelesen, vom Anfang bis zum Ende.« Sie klopfte wütend auf den Buchtitel, der in schönen Großbuchstaben ausgeführt war. »Mein Gott. Wie ich diesen Pagen und seine Königin, diese Hure, zum Schluß gehaßt habe!«

»Wollte Ihr Mann das veröffentlichen?«

»Na, klar. Und unter einem Pseudonym. Vermutlich hätte er dafür Tristán de Longueville, Paulo Florentini oder irgend etwas in dem Stil gewählt. Solche Spinnereien waren typisch für ihn.«

»Und sich zu erhängen? War das auch typisch für ihn?«

Liana Taillefer starrte auf die bücherbedeckten Wände und schwieg. Ein etwas künstliches Schweigen, sagte sich Corso. Ein Schweigen wie von einer Schauspielerin, die so tut, als ob sie nachdenkt, während sie in Wirklichkeit eine kurze Pause einlegt, um desto überzeugender in ihrem Dialog fortzufahren.

»Ich werde wohl nie herausbekommen, was wirklich vorgefallen ist«, antwortete sie schließlich, und ihre Selbstsicherheit war auch jetzt wieder umwerfend. »Während der letzten Woche war er ungesellig und deprimiert; er hat dieses Arbeitszimmer kaum noch verlassen. Und dann hat er eines Abends die Tür zugeschlagen und ist aus dem Haus gerannt. Im Morgengrauen kam er wieder zurück. Ich war im Bett und habe ihn kommen hören. Später wurde ich vom Geschrei des Dienstmädchens geweckt: Enrique hatte sich an der Lampe erhängt.«

Jetzt sah sie Corso an, gespannt auf den Effekt. Der Bücherjäger dachte an das Foto mit der Schürze und dem Spanferkel und fand, daß sie nicht übermäßig betrübt wirkte. Obwohl er sie irgendwann bei einem Blinzeln ertappte, als hätte sie Mühe, eine Träne zu unterdrücken, blieben ihre Augen völlig trocken. Aber das hieß gar nichts. Ganze Generationen von gefühlsanfälliger Schminke haben die Frauen gelehrt, sich zu kontrollieren. Und die Schminke Liana Taillefers, ein heller Lidschatten, der die Farbe ihrer Augen betonte, war perfekt.

»Hat er einen Brief hinterlassen?« fragte Corso. »Das tun Selbstmörder für gewöhnlich.«

»Nein. Die Arbeit hat er sich erspart. Keine Erklärung, keine einzige Zeile. Nichts. Diese Rücksichtslosigkeit hat dazu geführt, daß ich von einem Richter und ein paar Polizisten mit Fragen bombardiert wurde. Höchst unangenehm.«

»Das kann ich mir vorstellen.«

»Sicher. Dazu gehört nicht viel.«

Für Liana Taillefer war die Begegnung hiermit abgeschlossen. Sie begleitete Corso, der seine Segeltuchtasche umgehängt und den Manuskriptordner unter den Arm geklemmt hatte, zur Tür und reichte ihm dort die Hand. Corso ergriff sie und fühlte einen festen Druck. Er kam nicht umhin, Liana Taillefer in Gedanken eine gute Note zu geben. Weder lustige Witwe noch völlig dem Schmerz ausgeliefert, noch kalt in der Art ›ein Idiot ist gegangen‹ oder ›endlich alleine‹ oder ›du kannst aus dem Schrank kommen, Liebling‹. Daß im Schrank jemand war, ließ sich allerdings vermuten, aber das ging Corso nichts an. Wie ihn auch der Selbstmord Enrique Taillefers nichts anging, so seltsam er anmuten mochte. Und er war bei Gott seltsam, mit dem Pagen der Königin und dem gehefteten Manuskript, das da noch hineinspielte. Aber das war, wie auch die schöne Witwe, nicht seine Sache. Jedenfalls im Moment.

Er sah Liana Taillefer an. ›Ich wüßte zu gerne, wer sich augenblicklich an dir gütlich tut‹, dachte er mit gelassener, technischer Neugier und erstellte im Geiste ein Phantombild: reif, stattlich, gebildet, wohlhabend. Mit fünfundachtzigprozentiger Wahrscheinlichkeit handelte es sich um einen Freund des Verblichenen. Er fragte sich auch, ob der Selbstmord des Verlegers womöglich damit zusammenhing, aber dann ekelten ihn die eigenen Gedanken. War es nun berufliche Deformation oder was auch immer, jedenfalls hatte er schon die Angewohnheit, wie ein Polizist zu denken. Schlagartig wurde ihm das klar. Man weiß tatsächlich nie, welch düstere Abgründe der Perversion oder der Dummheit die eigene Seele birgt.

»Ich möchte Ihnen dafür danken«, sagte er, während er das rührendste Nette-Häschen-Lächeln seines gesamten Repertoires aufsetzte, »daß Sie sich so viel Zeit für mich genommen haben.«

Sein Lächeln ging ins Leere, die Witwe blickte auf das Manuskript von Dumas.

»Nichts zu danken. Es würde mich natürlich interessieren, wie die Geschichte ausgeht.«

»Ich halte Sie auf dem laufenden... Noch etwas. Haben Sie vor, die Sammlung Ihres Mannes zu erhalten, oder gedenken Sie, sich davon zu trennen?«

Sie sah ihn verblüfft an. Corso wußte aus Erfahrung, was passierte, wenn ein Bibliophiler starb: Vierundzwanzig Stunden nach dem Sarg verließ seine Bibliothek durch dieselbe Tür das Haus. Es wunderte ihn, daß sich noch kein Geier von der Konkurrenz hatte blicken lassen. Schließlich gab Liana Taillefer selbst offen zu, daß sie die literarischen Neigungen ihres Gatten nicht teilte.

»Ehrlich gesagt hatte ich noch gar keine Zeit, darüber nachzudenken... Würden Sie sich denn für diese Romane interessieren?«

»Eventuell.«

Sie zögerte einen Moment. Vielleicht zwei Sekunden länger als nötig.

»Ich muß mich erst noch mit meiner neuen Situation abfinden«, sagte sie schließlich mit einem entsprechenden Seufzer. »Lassen Sie mir ein paar Tage Zeit.«

Corso legte die Hand aufs Geländer und begann die Treppe hinunterzusteigen. Stufe für Stufe, langsam, als empfinde er ein gewisses Unbehagen, wie jemand, der das Gefühl hat, etwas vergessen zu haben. Er hatte nichts vergessen, das wußte er, aber als er den ersten Treppenabsatz erreicht hatte, sah er hoch und begegnete dem Blick von Liana Taillefer, die noch immer auf der Türschwelle stand und ihn beobachtete. Sie wirkte besorgt und zugleich neugierig, oder es schien ihm nur so. Und während er weiter hinunterstieg, rückte der Ausschnitt dessen, was er sehen konnte, langsam nach unten. Nachdem der forschende Blick ihrer stahlblauen Augen daraus verschwunden war, erschien ein letztes Mal Liana Taillefers Körper, ihr Busen, ihre Hüften, schließlich die leicht gespreizten Beine aus festem, weißem Fleisch, beeindruckend und unerschütterlich wie die Säulen eines Tempels.

Corsos Kopf drehte sich noch, als er das Hausportal durchschritt und auf die Straße hinaustrat. Es gab mindestens fünf Fragen, die nach einer Antwort verlangten und deshalb ihrer Wichtigkeit nach geordnet werden mußten. Er blieb vor dem schmiedeeisernen Tor des Retiro, des berühmten Madrider Stadtparks, stehen und blickte zufällig nach links, auf der Suche nach einem Taxi. Wenige Meter entfernt war ein riesiger Jaguar geparkt. Der Chauffeur in dunkelgrauer, fast schwarzer Livree lehnte an der Kühlerhaube und las die Zeitung. In diesem Moment sah er von dem Blatt auf und begegnete den Augen Corsos. Er war nicht mehr als eine Sekunde, in denen sich ihre Blicke kreuzten, dann wandte sich der Chauffeur wieder seiner Lektüre zu. Er hatte dunkles Haar, einen Schnurrbart, und auf einer seiner Wangen befand sich eine lange, blasse Narbe, die von oben nach unten verlief. Sein Äußeres kam Corso bekannt vor. Hatte nicht der Mann so ausgesehen, der in Makarovas Bar die Dicke am Spielautomaten abgelöst hatte? Obwohl es noch etwas anderes sein mußte. Sein Anblick weckte in Corso eine entfernte, ungenaue Erinnerung, aber da tauchte schon ein freies Taxi auf, dem ein Typ mit Lodenmantel und Aktenköfferchen von der andern Straßenseite aus Zeichen machte. Corso nützte es aus, daß der Taxifahrer in seine Richtung sah, trat rasch vom Bordstein auf die Straße hinunter und schnappte dem andern den Wagen vor der Nase weg.

Im Wagen lehnte er sich bequem zurück, bat den Fahrer, das Radio leiser zu stellen, und sah in den Verkehr hinaus. Jedesmal, wenn er die Wagentür eines Taxis hinter sich schloß, genoß er den Frieden wie eine Waffenruhe zwischen sich und der Außenwelt. Er lehnte den Kopf zurück und betrachtete die Straße.

Es war Zeit, an ernste Dinge zu denken: wie an das *Buch der neun Pforten* oder an die Reise nach Portugal, die erste Etappe seiner Arbeit. Aber Corso konnte sich nicht konzentrieren. Die Begegnung mit der Witwe Enrique Taillefers hatte zu viele Fragen offengelassen, und das bereitete ihm eine seltsame Unruhe. Irgend etwas glitt ihm da aus der Hand. Und noch etwas: Es bedurfte mehrerer roter Ampeln, bis ihm klar wurde, daß das Bild des Jaguar-Chauffeurs seine Gedanken durchkreuzte. Das störte ihn gewaltig. Er wußte hundertprozentig, daß er ihn bis zu dem Moment in Makarovas Bar noch nie im Leben gesehen hatte. Aber in seinem Innern bohrte eine Erinnerung, so irrational es auch war. Ich kenne dich, sagte er sich. Da bin ich mir sicher. Irgendwann, vor langer Zeit, bin ich mal einem Typen wie dir begegnet. Und ich weiß, daß du da bist. Irgendwo, im dunklen Teil meines Gedächtnisses.

Grouchy ließ sich nirgends blicken, aber das war auch gar nicht mehr nötig. Bülows Preußen zogen sich von den Anhöhen um Chapelle-Saint-Lambert zurück, die leichte Kavallerie Subervies auf den Fersen. Zur linken Flanke hin, keinerlei Problem: Die roten Verbände der schottischen Infanterie boten nach dem Überfall der französischen Kürassiere ein Bild des Jammers. Im Zentrum hatte die Division Jérômes endlich Hougoumont eingenommen. Und nördlich von Saint-Jean sammelten sich langsam, aber unerbittlich die blauen Bataillone der guten Alten Garde, während Wellington sich herrlich ungeordnet in das kleine Dorf Waterloo zurückzog. Jetzt brauchte man ihm nur noch den Gnadenstoß zu versetzen.

Lucas Corso überflog das Terrain. Die Lösung war natürlich Ney. Der Tapferste unter den Tapferen. Er stellte ihn an die Front, zusammen mit Erlon und der Division Jérômes oder was von ihr übriggeblieben war, und ließ ihn auf der Straße nach Brüssel *au pas de charge* vorrücken. Als sie mit den britischen Formationen in Berührung kamen, lehnte Corso sich ein wenig in den Stuhl zurück und hielt den Atem an, völlig im klaren darüber, welche Entscheidungen seine Tat zur Folge hatte: Er hatte soeben, in knapp einer halben Minute, über Leben und Tod von 22 000 Männern verfügt. Dieses Gefühl auskostend, ergötzte er sich am Anblick der kompakten, blauen und roten Glieder, am sanften Grün des Waldes von Soigne, an den braunen Flecken der Hügel. Was für eine grandiose Schlacht, bei Gott!

Der Zusammenprall war hart. Erlons Armeekorps löste sich auf wie Schnee an der Sonne, aber Ney und die Männer Jérômes behaupteten ihre Stellung. Die Alte Garde rückte vor und machte unterwegs alles dem Erdboden gleich, und die englischen Bataillone verschwanden eines nach dem andern von der Landkarte. Wellington blieb keine andere Wahl, als zum Rückzug zu blasen, und Corso versperrte ihm den Weg nach Brüssel mit der französischen Kavallerie-Reserve. Danach holte er langsam und mit Vorbedacht zum Gnadenstoß aus. Er packte Ney mit Daumen und Zeigefinger und ließ ihn drei Sechsecke auf dem Spielplan vorrücken. Dann zählte er nach, wieviel Streitkräfte dem jeweiligen Lager übrigblieben, und sah in der Tabelle nach: Das Verhältnis war acht zu drei. Wellington war erledigt. Das Schicksal ließ ihm nur mehr eine winzige Chance. Corso warf einen Blick auf die Äquivalenz-Tabelle und stellte fest, daß eine Drei genügen würde. Trotzdem verspürte er einen Anflug von Nervosität, als er zu den Würfeln griff, um den entsprechenden, kleinen Schicksalsfaktor zu bestimmen. Jedenfalls kam der Faktor fünf heraus. Er lächelte, während er dem blauen Napoleon-Figürchen mit dem Nagel freundschaftlich auf die Schulter klopfte. Ich kann mir vorstellen, wie du dich fühlst, Kamerad. Wellington und seine letzten fünftausend Unglücksraben waren tot oder gefangen, und der Kaiser hatte soeben die Schlacht von Waterloo gewonnen. *Allons enfants!* Die Geschichtsbücher konnten alle miteinander zum Teufel gehen.

Er gähnte ausgiebig. Neben dem Spielplan, auf dem im Maßstab 1:5000 das Schlachtfeld dargestellt war, lag zwischen diversen Nachschlagewerken, graphischen Darstellungen, einer Kaffeetasse und einem Aschenbecher voller Zigarettenstummel seine Armbanduhr auf dem Tisch und zeigte drei Uhr früh. Vom Barschrank herüber winkte Johnnie Walker ihm verschmitzt zu, während er auf seinem roten Etikett – rot wie ein britischer Uniformrock – ausschritt. ›Blonder Lümmel‹, dachte Corso. Ihm war es vollkommen gleichgültig, daß soeben mehrere tausend seiner Landsmänner ins flandrische Gras gebissen hatten.

Er kehrte dem Engländer den Rücken, um sich einer noch ungeöffneten Flasche Bols Gin zuzuwenden, die auf einem Regal an der gegenüberliegenden Wand zwischen dem *Memorial von St. Helena* in zwei Bänden und einer französischen Ausgabe von *Rot und Schwarz* eingezwängt stand, legte letzteres auf den Tisch, schlug wahllos eine Seite auf und begann zu lesen; gleichzeitig goß er sich Gin in ein Glas.

Rousseaus Bekenntnisse *bestimmten sein Weltbild. Das* Bulletin der Großen Armee *und das* Memorial von St. Helena *vervollständigten seinen ›Koran‹. Für diese drei Bücher hätte er sich umbringen lassen. Er glaubte zeitlebens an nichts anderes.*

Corso trank stehend, in kleinen Schlucken, und streckte dabei seine steifen Glieder. Dann warf er einen letzten Blick auf den Kampfplatz, wo der Schlachtenlärm nach dem Gemetzel langsam verebbte. Er trank und fühlte sich wie ein träumender, berauschter Gott, der mit Menschen umgeht wie mit Zinnsoldaten. Vor Augen stand ihm Lord Arthur Wellesley, der Herzog von Wellington, wie er Marschall Ney sein Schwert übergab. Er sah tote junge Soldaten im Dreck, Pferde ohne Reiter und einen Offizier der Scots Grey, der röchelnd unter der zerstörten Lafette einer Kanone lag und einen goldenen Anhänger mit Frauenbildnis und blonder Haarsträhne in den blutüberströmten Fingern hielt. Jenseits des Schattens, in dem er versank, ertönten die Klänge des letzten Walzers. Und die Tänzerin betrachtete ihn vom Kaminsims aus, mit ihrem goldenen Flitter, der die Flammen des Feuers reflektierte, bereit, dem Teufelchen aus der Schnupftabaksdose in die Hände zu fallen. Oder dem Krämer an der Ecke.

Waterloo. Jetzt konnten sie getrost ruhen, die Gebeine des alten Grenadiers, seines Ururgroßvaters. Er dachte sich ihn auf irgendeinem der kleinen blauen Felder des Spielplans, entlang des braunen Strichs, der die Straße nach Brüssel darstellte. Sein Gesicht war rußig und sein Schnurrbart vom Mündungsfeuer versengt. Heiser und fiebrig schleppte er sich nach drei Tagen Bajonettkampf davon. Er hatte einen abwesenden Blick, den Corso in Gedanken vertausendfachte, auf alle Männer in allen Kriegen übertrug. Und er hielt erschöpft seinen durchlöcherten Bärenfelltschako auf dem Gewehrlauf in die Höhe, wie seine Kameraden. Lang lebe der Kaiser. Das einsame, aufgedunsene, verkrebste Gespenst Bonapartes war gerächt. Ruhe es in Frieden. Hipp, hipp, hurra.

Er schenkte sich ein weiteres Glas Bols ein, prostete schweigend dem Säbel zu, der an der Wand hing, und trank auf die Gesundheit des treuen Schattens von Grenadier Jean-Pax Corso, 1770-1854, Ehrenlegion, Ritter des Ordens von Sankt Helena, unbeugsamer Bonapartist bis zum Tode, französischer Konsul in derselben Mittelmeerstadt, in der ein Jahrhundert später sein Ururenkel zur Welt kommen sollte. Und den Geschmack des Gins im Mund, begann er, das einzige Erbe zu zitieren, das vom einen an den andern weitergereicht worden war, über jenes Jahrhundert hinweg und über die Corsos, die nun mit ihm ausstarben:

So will ich liegen und horchen still,
wie eine Schildwach', im Grabe,
bis einst ich höre Kanonengebrüll
und wiehernder Rosse Getrabe.
Dann reitet mein Kaiser wohl über mein Grab,
viel Schwerter klirren und blitzen;
dann steig' ich gewaffnet hervor aus dem Grab –
den Kaiser, den Kaiser zu schützen!

Er lachte leise vor sich hin, nahm den Telefonhörer ab und wählte La Pontes Nummer. In dem stillen Zimmer war nur das Geräusch der Wählscheibe zu hören, die sich drehte, Bücher umgaben ihn, und seinem dunklen Glasbalkon gegenüber glänzten regennasse Dächer. Der Ausblick von dort war nicht besonders schön, außer an Winterabenden, wenn die Strahlen der untergehenden Sonne durch die Heizungs- und Verkehrsabgase drangen und die Luft sich in einen dicken Vorhang aus roten und ockerfarbenen Flammen verwandelte. Der Arbeitstisch mit dem Computer und dem Waterloo-Spielbrett war vor diesem Panorama aufgestellt, dicht an den Balkon herangerückt, an dessen Scheiben in dieser Nacht Regentropfen herabglitten. An den Wänden hingen weder Andenken noch Fotos. Nur der Säbel der Alten Garde in seiner Scheide aus Messing und Leder. Wenn Besucher zu ihm kamen, so wunderten sie sich, außer den Büchern und dem Säbel keinerlei Spuren eines Privatlebens in diesem Zimmer zu entdecken, keinen jener Ankerpunkte der Erinnerung oder Vergangenheit, die sich jedes menschliche Wesen unbewußt schafft. Genau wie die Gegenstände, die in dieser Wohnung fehlten, war die Welt, aus der Lucas Corso stammte, seit langer Zeit erloschen. Keines der würdevollen Gesichter, die ab und zu in seinem Gedächtnis auftauchten, hätte ihn im Falle einer Auferstehung wiedererkannt, und vielleicht war das auch besser so. Es war, als habe der Bewohner dieser Räume nie etwas besessen und also auch nichts weitergeben können. Als habe er immer sich selbst genügt, mit dem, was er auf dem Leib trug, ein gelehrter Stadtvagabund, der alle seine Habseligkeiten im Futter seines Mantels mit sich herumträgt. Und doch behaupten die wenigen Auserwählten, die erlebt haben, wie Corso in einer jener rötlichen Abenddämmerungen, den Blick vom Gin getrübt, auf seinem verglasten Balkon sitzt und geblendet in die untergehende Sonne starrt, daß seine Miene eines tolpatschigen, hilflosen Kaninchens echt wirkt.

La Ponte meldete sich mit schlaftrunkener Stimme am Telefon. »Ich habe gerade Wellington zu Brei zermalmt«, teilte Corso ihm mit.

Nach einigem Schweigen antwortete La Ponte, das freue ihn sehr. Das perfide Albion, die Nierenpastete und die Münzheizung in den schäbigen Hotels. Dieser Sepoy Kipling und das ganze Bettelpack von Balaklawa, Trafalgar und den Falklands. Und was Corso betraf, so wolle er ihn nur daran erinnern, daß es – das Telefon blieb stumm, während La Ponte nach seiner Uhr tastete – drei Uhr morgens sei.

Danach faselte er unzusammenhängendes Zeug, aus dem nur zwei Worte deutlich zu verstehen waren: »Mistkerl« und »Arschloch«, in dieser Reihenfolge.

Corso lachte immer noch, als er den Hörer wieder auflegte. Einmal hatte er La Ponte per R-Gespräch von einer Auktion in Buenos Aires angerufen, bloß um ihm einen Witz zu erzählen: von der Nutte, die so häßlich war, daß sie als Jungfrau starb. »Ha,ha. Sehr gut. Aber meine Telefonrechnung stecke ich dir in den Hintern, wenn du zurückkommst, verdammter Idiot.« Und einmal, vor vielen Jahren, an dem Morgen, an dem er die Augen aufgeschlagen und Nikon im Arm gehalten hatte, war es sein erstes gewesen, zum Telefon zu greifen und La Ponte zu erzählen, daß er eine wundervolle Frau kennengelernt habe und daß alles ganz danach aussah, als sei er verliebt. Corso war in der Lage, wann immer er wollte, die Augen zu schließen und Nikon vor sich zu sehen, wie sie langsam aufwachte, das offene Haar übers Kissen verteilt. Den Hörer ans Ohr gepreßt, hatte er sie La Ponte beschrieben und eine seltsame Rührung empfunden, eine rätselhafte, ungeahnte Zärtlichkeit, während er am Telefon sprach, sie zuhörte und ihn schweigend betrachtete; und er hatte gewußt, daß die Stimme am andern Ende der Leitung – »freut mich, Corso, alter Junge, Gott sei Dank, war ja auch höchste Zeit, freut mich für dich« – aufrichtig war, während sie an seinem Erwachen, an seinem Triumph, an seinem Glück teilnahm. An diesem Morgen hatte er La Ponte so gerne gehabt wie Nikon. Vielleicht auch sie so gerne wie ihn.

Seit damals war viel Zeit vergangen. Corso löschte das Licht. Draußen in der Nacht rauschte unablässig der Regen. Im Schlafzimmer setzte er sich auf die Kante des leeren Betts, zündete eine letzte Zigarette an und wartete reglos im Dunkeln auf den Nachhall ihrer Atemzüge zwischen den Laken. Danach streckte er eine Hand nach dem Kissen aus, um ihr Haar zu streicheln, das nicht mehr da war. Er trauerte nichts in seinem Leben nach. Nichts, außer Nikon. Der Regen war stärker geworden, die Wassertropfen auf der Fensterscheibe brachen das spärliche Außenlicht und streuten bewegliche Punkte auf das Bettuch, schwarze Rinnsale, winzige Schatten, die abwärts trudelten, ziellos wie die Fetzen eines Lebens.

»Lucas.«

Er sprach seinen Namen laut aus, genau wie Nikon es immer getan hatte, die einzige, die ihn grundsätzlich beim Vornamen genannt hatte. Diese fünf Buchstaben waren ein Symbol für das zerstörte Vaterland, das sie vor langer Zeit einmal beide ersehnt hatten. Corso konzentrierte seine Aufmerksamkeit auf die rote Glut der Zigarette in der Dunkelheit. Er hatte geglaubt, Nikon sehr zu lieben, früher, als er sie schön und intelligent fand, unfehlbar wie eine päpstliche Enzyklika, leidenschaftlich wie ihre Schwarzweißfotografien: Kinder mit großen Augen, alte Leute, Gassenköter mit treuherzigem Blick. Als er sie für die Freiheit kämpfen und Manifeste zugunsten inhaftierter Intellektueller, unterdrückter Völker und ähnliches unterschreiben sah. Auch zugunsten der Robben. Einmal hatte sie es geschafft, daß sogar er unter irgend etwas über Robben seine Unterschrift setzte.

Er stand leise auf, um das Gespenst, das neben ihm schlief, nicht zu wecken, und lauschte auf den Rhythmus ihres Atems, den er manchmal tatsächlich zu hören glaubte. »Du bist so tot wie deine Bücher, du hast nie jemanden geliebt, Corso«. Es war das erste und letzte Mal, daß sie nur seinen Nachnamen aussprach, das erste und letzte Mal, daß sie ihm ihren Körper verweigerte, bevor sie für immer ging. Auf die Suche nach dem Kind, das er nie gewollt hatte.

Er öffnete das Fenster und fühlte die feuchte Kälte der Nacht. Während ihm Regentropfen ins Gesicht fielen, zog er noch einmal an seiner Zigarette und ließ sie dann auf die Straße fallen, ein roter Punkt, der in der Dunkelheit verglühte, eine unterbrochene – oder unsichtbare – Bahn in den Schatten.

Diese Nacht würde es auch über anderen Gegenden regnen. Über den letzten Spuren Nikons. Über den Feldern um Waterloo, dem Ururgroßvater Corsos und seinen Kameraden. Über dem Grab Julien Sorels, der guillotiniert worden war, weil er geglaubt hatte, die Zeit der Helden sei nach dem Verschwinden Bonapartes endgültig vorbei. Ein Irrtum. Lucas Corso wußte es besser, er wußte, daß es immer noch möglich war, sich ein Schlachtfeld zu suchen und sich seinen Lohn als Söldner zu verdienen, der luzid blieb, selbst wenn die Schlacht verloren war. Im dunklen Raunen Tausender von Verlierern, die auf dem Rückzug waren, hielt er standhaft Wache zwischen Gespenstern aus Papier und Leder.

III. Männer des Degens und Männer der Feder

»Tote reden nicht.«
»Sie reden, wann Gott will«, erwiderte Lagardère.
P. Féval, *Der Bucklige*

Die Absätze der Sekretärin klapperten auf dem gebohnerten Parkettboden. Lucas Corso folgte ihr über einen breiten Korridor – cremefarbene Wände, indirekte Beleuchtung, Hintergrundmusik – bis zu einer schweren Eichentür. Er kam ihrer Aufforderung nach, einen Augenblick zu warten, dann öffnete ihm die Sekretärin mit einem kurzen, unpersönlichen Lächeln das Büro. Varo Borja saß in einem Sessel aus schwarzem Leder, zwischen einer halben Tonne Mahagoniholz und einem Fenster, das einen wundervollen Blick auf Toledo bot: alte, ockerfarbene Dächer, die gotische Turmspitze der Kathedrale, die sich gegen den klaren, azurblauen Himmel abhob, und im Hintergrund die graue Silhouette des Alcázar.

»Setzen Sie sich, Corso. Wie geht es Ihnen?«
»Gut.«
»Ich habe Sie warten lassen.«

Das war keine Entschuldigung, sondern eine Feststellung. Corso verzog den Mund.

»Macht nichts. Diesmal waren es ja nur fünfundvierzig Minuten.«

Varo Borja hielt es nicht einmal für nötig, zu lächeln, während Corso Platz nahm. Der Schreibtisch war leer bis auf eine komplizierte Telefon- und Sprechanlage in modernem Design. Auf der Tischplatte spiegelte sich das Gesicht des Antiquars mit der Fensterlandschaft als Hintergrunddekoration. Varo Borja war um die Fünfzig, er hatte eine solariumgebräunte Glatze und bemühte sich, den Eindruck eines achtbaren Menschen zu vermitteln, der er in Wirklichkeit nicht war. Seine Augen waren klein, flink und hinterlistig. Die füllige Taille vertuschte er mit engen, lebhaft gemusterten Westen, über denen er maßgeschneiderte Sakkos trug. Er war ein Marqués soundso und hatte eine bewegte und ziemlich windige Vergangenheit hinter sich, die eine Vorbestrafung ebenso einschloß wie einen Betrugsskandal und vier Jahre freiwilliges Exil in Brasilien und Paraguay, zu dem ihm die Vorsicht geraten hatte.

»Ich möchte Ihnen etwas zeigen.«

Seine ruppigen Umgangsformen waren genau kalkuliert und hatten oft etwas Flegelhaftes. Corso sah, wie er sich erhob, zu einer kleinen Vitrine ging und diese mit einem Schlüsselchen öffnete, das er an einer goldenen Kette aus seiner Westentasche zog. Varo Borja hatte kein Geschäft, das dem allgemeinen Publikum zugänglich gewesen wäre, nur einen festen Stand auf den wichtigsten internationalen Antiquariatsmessen. Sein Katalog umfaßte nie mehr als fünfzig ausgewählte Stücke. Er verfolgte die Spuren seltener Bücher bis in die letzten Winkel der Erde, scheute kein noch so brutales Mittel, um in ihren Besitz zu gelangen, und spekulierte dann mit ihnen je nach den Möglichkeiten, die der Markt gerade bot. Auf seiner Warteliste standen von Fall zu Fall Sammler, Konservatoren, Graveure, Buchdrucker und »Lieferanten« wie Lucas Corso.

»Was sagen Sie dazu?«

Corso streckte seine Hand aus, um das Buch mit einer Behutsamkeit entgegenzunehmen, mit der andere ein neugeborenes Kind auf den Arm nehmen. Es hatte einen goldgeprägten Ledereinband und war vorzüglich erhalten.

»Die *Hypnerotomachia Poliphili* von Colonna«, las er. »Dann haben Sie es also endlich bekommen.«

»Vor drei Tagen. Venedig, 1545. *In casa di figlivoli di Aldo.* Einhundertsiebzig Holzschnitte... Meinen Sie, der Schweizer, von dem Sie mir erzählt haben, wäre immer noch daran interessiert?«

»Ich glaube schon. Ist es denn vollständig?«

»Natürlich. Bis auf vier sind alle Holzschnitte dieser Ausgabe Nachdrucke von 1499.«

»Mein Kunde hätte eine Erstausgabe vorgezogen, aber ich will sehen, ob er sich auch mit einer zweiten Auflage zufriedengibt. Vor fünf Jahren ist ihm auf der Auktion in München ein Exemplar durch die Lappen gegangen.«

»Gut, Sie haben die Option.«

»Geben Sie mir zwei Wochen, um mich mit ihm in Verbindung zu setzen.«

»Ich würde lieber direkt verhandeln.« Varo Borja lächelte wie ein Hai auf der Suche nach einem Badenden. »Selbstverständlich unter Berücksichtigung Ihrer Kommission mit den üblichen Prozenten.«

»Kommt nicht in Frage. Der Schweizer ist *mein* Kunde.«

Borja lächelte ironisch.

»Sie trauen keinem, stimmt's? Sollte mich nicht wundern, wenn Sie als Kind die Milch Ihrer Mutter analysiert hätten, bevor Sie zugriffen.«

»Und Sie haben die Milch Ihrer Mutter wahrscheinlich weiterverkauft.«

Varo Borja musterte den Bücherjäger, der jetzt überhaupt nichts mehr von einem netten Kaninchen an sich hatte, sondern eher von einem Wolf, der seine Zähne fletschte.

»Wissen Sie, was mir an Ihrem Charakter gefällt, Corso? Die Natürlichkeit, mit der Sie die Rolle des gedungenen Meuchelmörders spielen, inmitten all der Großmäuler und Aufschneider, denen man heutzutage begegnet... Irgendwie erinnern Sie mich an diese hageren und gefährlichen Gestalten, von denen Julius Caesar sich verfolgt fühlte. Wie schlafen Sie eigentlich?«

»Hervorragend.«

»Das ist mit Sicherheit gelogen. Sie gehören zu denen, die

stundenlang ins dunkle Zimmer starren – darauf würde ich glatt zwei mittelalterliche Handschriften verwetten. Soll ich Ihnen etwas sagen? Ich mißtraue aus Instinkt Menschen, die hager, zielstrebig und enthusiastisch sind. Ich bediene mich ihrer nur, wenn es sich um hochdotierte Söldner handelt, um Leute ohne familiäre Bindungen und ohne Skrupel. Wer für eine Sache eintritt, sich mit seinem Vaterland oder seiner Familie großtut, ist mir verdächtig.«

Der Antiquar stellte die *Hypnerotomachia* wieder an ihren Platz zurück. Dann gab er ein trockenes, humorloses Lachen von sich: »Haben Sie Freunde, Corso? Manchmal frage ich mich, ob Typen wie Sie welche haben können.«

»Lecken Sie mich doch am Arsch.«

Diese Aufforderung war in völlig gelassenem Ton geäußert. Varo Borja lächelte langsam und mit Vorbedacht. Er wirkte durchaus nicht gekränkt.

»Sie haben recht. Ihre Freundschaft interessiert mich keine Spur, ich kaufe Ihre Loyalität – die solide, dauerhafte Treue eines Vasallen. Oder nicht? Das berufliche Ehrgefühl eines Soldaten, der seinen Vertrag einhält; auch dann noch, wenn der König, in dessen Sold er steht, die Flucht ergriffen hat, wenn die Schlacht verloren ist und keinerlei Hoffnung auf Rettung mehr besteht...«

Er sah Corso herausfordernd an und wartete auf eine Reaktion. Aber dieser beschränkte sich auf eine Geste der Ungeduld, indem er an die Uhr am linken Arm faßte, ohne darauf zu schauen.

»Den Rest können Sie mir schreiben«, sagte er. »Ich werde nicht dafür bezahlt, daß ich über Ihre Witze lache.«

Varo Borja schien einen Augenblick nachzudenken. Dann nickte er, immer noch erheitert.

»Sie haben schon wieder recht, Corso. Kehren wir zu unseren Geschäften zurück...« Er sah sich kurz um, bevor er zum Thema kam. »Erinnern Sie sich an das *Traktat über die Fechtkunst* von Astarloa?«

»Ja. Eine sehr seltene Ausgabe aus dem Jahr 1870. Ich habe Ihnen vor zwei Monaten ein Exemplar verschafft.«

»Derselbe Kunde möchte jetzt den Band *Académie de l'espée*. Kennen Sie ihn?«

»Meinen Sie den Kunden oder das Buch? Sie treiben einen derartigen Mißbrauch mit den Personalpronomen, daß ich manchmal überhaupt nicht mehr mitkomme.«

Varo Borjas finsterer Blick verriet, daß er diesen Kommentar lieber überhört hätte.

»Nicht alle drücken sich so sauber und präzise aus wie Sie, Corso. Ich habe natürlich von dem Buch gesprochen.«

»Das ist ein Elzevier-Druck aus dem 17. Jahrhundert. Groß-Folio mit Stichen. Es gilt als das schönste Traktat übers Fechten. Und als das teuerste.«

»Der Käufer ist bereit, jeden Preis zu bezahlen.«

»Dann müssen wir es wohl auftreiben.«

Varo Borja saß wieder in seinem Bürosessel vor dem Fenster mit Panoramablick und schlug zufrieden die Beine übereinander, während er die Daumen in die Täschchen seiner Weste hängte. Es war offensichtlich, daß seine Geschäfte gut gingen. Nur wenige unter seinen qualifiziertesten Kollegen in Europa konnten sich eine solche Aussicht hinterm Schreibtisch leisten. Aber das beeindruckte Corso nicht. Typen wie Borja hingen von Leuten wie ihm ab, und das wußten sie beide.

Er rückte sich seine verbogene Brille zurecht und sah den Buchhändler an.

»Was machen wir mit der *Hypnerotomachia*?«

Varo Borja ließ seinen Blick zwischen Corso und dem Bücherschrank hin- und herwandern und war unentschlossen, ob er seiner Abneigung oder seinem Geschäftsinteresse nachgeben sollte. »Also gut«, gab er zähneknirschend nach. »Verhandeln Sie mit dem Schweizer.«

Corso nickte, ohne seine Genugtuung über diesen kleinen Sieg zu verraten. Den Schweizer gab es gar nicht, aber das war seine Sache. So ein Buch hatte immer Käufer.

»Lassen Sie uns über Ihre *Neun Pforten* reden«, schlug er vor und sah, wie sich die Miene des Antiquars aufhellte.

»In Ordnung. Nehmen Sie den Auftrag an?«

Corso biß sich das Nagelhäutchen eines Daumens ab und spuckte es wie beiläufig auf die saubere Fläche des Schreibtischs.

»Stellen Sie sich einen Augenblick vor, Ihr Exemplar wäre gefälscht. Und das echte wäre eines der anderen beiden. Oder keines.«

Varo Borja wirkte irritiert, während sein Blick das winzige Nagelhäutchen suchte. Schließlich gab er auf.

»In diesem Fall«, erwiderte er, »schreiben Sie sich alles gut auf und befolgen meine Anweisungen.«

»Und die wären?«

»Das erfahren Sie noch früh genug.«

»Ich möchte es aber jetzt erfahren.« Corso fiel auf, daß der Antiquar einen Moment lang zögerte, und er merkte, daß im hintersten Winkel seines Gehirns, dort wo der Jagdinstinkt steckte, etwas ins Stolpern geriet. *Krack, krack.* Das kaum wahrnehmbare Geräusch einer Maschine, die aus dem Takt gekommen war.

»Wie es weitergeht«, sagte der andere schließlich, »werden wir später entscheiden.«

»Was gibt es da zu entscheiden?« fragte Corso leicht gereizt.

»Eines der Bücher befindet sich in einer privaten Sammlung und das andere in einer öffentlichen Stiftung; keins der beiden ist verkäuflich. Und das bedeutet, daß an diesem Punkt alles zu Ende ist: mein Auftrag und Ihre Forderungen. Ich sage Ihnen, das oder das Buch ist falsch, oder auch nicht. In jedem Fall ist meine Aufgabe damit erfüllt, Sie bezahlen mich, und auf Wiedersehen.«

So einfach ist das nicht, schien das schiefe Lächeln des Antiquars zu sagen. »Kommt ganz darauf an.«

»Das ist es ja, was ich befürchte... Sie führen irgend etwas im Schilde, stimmt's?«

Varo Borja hob ein wenig seine Hand und betrachtete ihr Spiegelbild auf der polierten Schreibtischfläche. Dann ließ er sie langsam sinken, bis sie sich mit ihrem Spiegelbild vereinte. Corso kannte sie nur zu gut, diese breite, behaarte Pratze mit dem riesigen Goldpflaster am kleinen Finger. Er hatte sie gefälschte Schecks unterzeichnen, grobe Lügen beteuern und Hände drücken sehen, die sie später verriet, und immer noch hörte er das verdächtige *Krack-krack* und fühlte sich auf einmal seltsam müde, ja, er war plötzlich gar nicht mehr sicher, ob er diesen Auftrag überhaupt wollte.

»Ich bin nicht sicher«, sagte er laut, »ob ich diesen Auftrag möchte.«

Varo Borja mußte den Unterton in seiner Stimme wahrgenommen haben, denn sein Verhalten änderte sich. Er stützte das Kinn auf die ineinander verschlungenen Finger und verharrte reglos. Seine perfekt gebräunte Glatze glänzte im Licht, das zum Fenster hereinflutete. Er schien nachzudenken, während seine Augen unverwandt auf Corso ruhten.

»Habe ich Ihnen nie erzählt, wie ich dazu gekommen bin, Antiquar zu werden?«

»Nein. Und das interessiert mich einen feuchten Dreck.«

Der andere bekundete mit einem theatralischen Lachen, daß er zum Scherzen aufgelegt war und einiges einstecken konnte. Bis auf neue Order durfte Corso seiner schlechten Laune freien Lauf lassen.

»Ich bezahle Sie dafür, daß Sie mir zuhören, egal, um was es geht.«

»Diesmal haben Sie aber noch nicht bezahlt.«

Borja öffnete eine Schublade, zog ein Scheckheft heraus und legte es auf den Tisch, während Corso sich resigniert und hilflos umsah. An diesem Punkt mußte er entweder seinen Hut nehmen und gehen oder dableiben und abwarten. Freilich hätte es sich auch gehört, daß man ihm an diesem Punkt etwas zu trinken anbot, aber zu der Sorte von Gastgebern gehörte sein Gegenüber nicht. So zuckte er nur kurz die Schulter und berührte mit einem Ellbogen den Flachmann, der eine seiner Manteltaschen ausbeulte. Es war absurd. Er wußte genau, daß er nicht gehen würde, egal welchen Vorschlag er unterbreitet bekam. Und Varo Borja wußte das auch. Er schrieb eine Ziffer, setzte seine Unterschrift unter den Scheck und riß ihn vom Block ab. Dann schob er ihn seinem Visavis über den Tisch hinweg zu.

Corso warf einen Blick auf den Scheck, ohne ihn zu berühren.

»Sie haben mich überzeugt«, seufzte er. »Ich bin ganz Ohr.«

Der Antiquar verzichtete auf eine Gebärde des Triumphs. Er nickte nur, kühl und gelassen, als habe er soeben eine lästige Formalität erledigt.

»Daß ich zu diesem Beruf gekommen bin, war purer Zufall«, begann er zu erzählen. »Eines Tages stand ich ohne einen Heller in der Tasche da, mit nichts als einer Bibliothek, die mir ein verstorbener Großonkel als einzige Erbschaft hinterlassen hatte. Rund zweitausend Bände, von denen höchstens hundert etwas wert waren. Aber zu diesen gehörte eine Erstausgabe des *Quijote,* zwei Psalter aus dem 13. Jahrhundert und ein Exemplar von Geoffroy Torys *Champfleury,* von dem insgesamt nur vier Exemplare bekannt sind. Wie finden Sie das?«

»Sie hatten unverschämtes Glück.«

»Das können Sie laut sagen«, erwiderte Varo Borja. Er erzählte ohne die Selbstgefälligkeit, die viele Erfolgverwöhnte zur Schau tragen, wenn sie von sich sprechen. »Ich hatte damals keine Ahnung von den Sammlern seltener Bücher, aber das Wesentliche begriff ich sofort: Es ging um Leute, die bereit waren, für ein rares Produkt sehr viel Geld hinzublättern. Und ich besaß gleich mehrere von diesen raren Produkten... So kam es, daß ich Begriffe kennenlernte, die ich vorher noch nie gehört hatte, wie Kolophon, Fliegenkopf, goldener Schnitt oder Leporello. Und während ich mich langsam für dieses Gewerbe zu begeistern begann, habe ich eine Entdeckung gemacht: Es gibt Bücher zum Verkaufen und Bücher zum Aufbewahren. Was letztere angeht, so tritt man der Bibliophilie bei wie einer Religion: fürs ganze Leben.«

»Sehr ergreifend. Aber jetzt sagen Sie mir, was ich und die *Neun Pforten* mit Ihrem ewigen Gelübde zu tun haben.«

»Sie haben mich vorhin gefragt, was passiert, wenn sich herausstellen sollte, daß mein Exemplar gefälscht ist... Nun, eins kann ich Ihnen jetzt schon sagen, es ist gefälscht.«

»Woher wissen Sie das?«

»Das weiß ich eben, und zwar mit absoluter Gewißheit.«

Corso verzog den Mund zu einer Grimasse, die durchblicken ließ, was er von absoluten Gewißheiten hielt.

»Aber in der *Bibliografía Universal* von Mateu und im Terral-Coy-Katalog ist es als authentisch verzeichnet.«

»Ja«, gab Varo Borja zu, »wenn Mateu auch ein kleiner Fehler unterlaufen ist. Er spricht von acht Bildtafeln, obwohl das Buch in Wirklichkeit neun enthält... Aber formale Echtheit bedeutet nicht viel. Den Bibliographien zufolge sind auch das Exemplar von Fargas und das von Ungern authentisch.«

»Vielleicht sind sie das ja auch. Alle drei.«

Der Antiquar verneinte mit dem Kopf.

»Das ist unmöglich. Die Prozeßakten des Buchdruckers Torchia lassen keinen Zweifel offen. Nur ein Exemplar ist gerettet worden.« Er lächelte geheimnisvoll. »Außerdem verfüge ich über weitere Beweise.«

»Zum Beispiel?«

»Das fällt nicht in Ihr Ressort.«

»Wozu brauchen Sie mich dann überhaupt?«

Varo Borja schob seinen Sessel zurück und stand auf.

»Folgen Sie mir.«

»Ich habe Ihnen doch schon gesagt«, Corso schüttelte den Kopf, »daß mich diese Geschichte nicht interessiert.«

»Lügen Sie nicht. Sie sterben ja vor Neugier.«

Er packte mit Daumen und Zeigefinger den Scheck und ließ ihn in einem Täschchen seiner Weste verschwinden.

Dann führte er Corso über eine Wendeltreppe ins obere Stockwerk. Das Büro des Antiquars befand sich im hinteren Teil seines Hauses, einem mittelalterlichen Palacio im alten Stadtkern, für dessen Erwerb und Restaurierung Borja ein Vermögen ausgegeben haben mußte. Über einen Korridor, der mit dem Haupteingang und dem Vestibül in Verbindung stand, geleitete er Corso zu einer Tür, die er per Tastendruck mit einer geheimen Zahlenkombination öffnete. Sie traten in ein großes Zimmer mit schwarzem Marmorfußboden, Balkendecke und alten kunstgeschmiedeten Gittern vor den Fenstern. Es gab auch einen Schreibtisch, ein paar Ledersessel und einen großen Kamin aus Stein. Alle Wände waren mit Bücherschränken und Stichen in schönen Rahmen bedeckt.

»Ein hübsches Plätzchen«, meinte er anerkennend – er sah dieses Zimmer zum erstenmal. »Ich dachte immer, Sie würden Ihre Bücher im Keller lagern.«

»Die hier gehören alle mir; keines von ihnen ist käuflich. Es gibt Sammler, die sich auf Ritterromane oder höfische Literatur spezialisieren. Leute, die *Quijotes* oder unbeschnittenen Ausgaben hinterherjagen... Die Bücher, die Sie hier sehen, haben alle denselben Protagonisten: Luzifer.«

»Darf ich sie mir ein bißchen genauer ansehen?«

»Deshalb habe ich Sie ja hierher gebracht.«

Corso trat ein paar Schritte vor. Die Bücher hatten zeitgenössische Einbände, angefangen von den lederbezogenen Holzdeckeln der Inkunabeln bis hin zu den mit Rankenwerk verzierten Maroquineinbänden. Der Marmorboden quietschte unter seinen ungeputzten Schuhen, während er zu einem der Bücherschränke ging und sich niederbeugte, um seinen Inhalt zu betrachten: *De spectris et apparitionibus* von Johannes Rivius. *Summa diabolica* von Benedictus Casianus. *La haine de Satan* von Pierre Crespet. Die *Steganografia* des Abtes Trithemius. *De consummatione saeculi* von Pontianus. Wertvolle und sehr rare Bücher, die Corso zum größten Teil nur aus bibliographischen Verweisen kannte.

»Es gibt nichts Schöneres, stimmt's?« fragte Varo Borja, der Corso aufmerksam beobachtete. »Nichts wie diesen zarten Schimmer: Goldprägungen auf Leder hinter einer Glasscheibe...ganz zu schweigen von den Schätzen, die sie in ihrem Inneren bergen: Jahrhunderte der Forschung und Weisheit. Antworten auf die Geheimnisse des Universums und der menschlichen Seele.« Er hob ein wenig die Arme, um sie dann auf seine Hüften fallen zu lassen, und gab es auf, seinen Besitzerstolz in Worte zu fassen. »Ich kenne Leute, die würden für so eine Sammlung einen Mord begehen.«

Corso nickte, ohne seinen Blick von den Büchern zu nehmen. »Sie, zum Beispiel«, sagte er. »Wenn auch nicht persönlich. Sie würden es so einrichten, daß andere für Sie morden.«

Varo Borja stieß ein verächtliches Lachen aus.

»Das gehört zu den Vorteilen des Reichseins: Man kann Schergen anheuern und die Drecksarbeit von ihnen erledigen lassen. So bleibt man selbst ein Unschuldsengel.«

Corso sah den Antiquar an.

»Das ist auch ein Standpunkt«, gab er nach einem Augenblick des Schweigens zu, währenddessen er wirklich nachzudenken schien. »Aber mir sind die Typen, die sich nie die Hände schmutzig machen, noch mehr zuwider als die anderen.«

»Was Ihnen zuwider ist, interessiert mich nicht. Kommen wir also zu den ernsten Dingen.«

Varo Borja trat an die Bücherschränke heran. Ein jeder von ihnen mochte um die hundert Bände enthalten.

»*Ars Diavoli*...« Er öffnete den nächstgelegenen, um mit den Fingern sanft, beinahe streichelnd über die Buchrücken zu fahren. »Sie werden nirgend woanders so viele versammelt finden. Das sind die seltensten, die erlesensten Exemplare. Es hat mich Jahre gekostet, diese Sammlung zusammenzutragen. Aber es fehlte das Meisterwerk.«

Er zog eines der Bücher heraus, einen Folianten mit schwarzem venezianischem Ledereinband, Rücken mit fünf Bünden, außen kein Titel, aber ein goldenes Pentagramm auf dem Vorderdeckel. Corso nahm es in die Hand und öffnete es mit größter Behutsamkeit. Auf dem ersten gedruckten Blatt, der ursprünglichen Titelseite, stand auf Lateinisch; DE UMBRARUM REGNI NOVEM PORTIS – *Buch von den neun Pforten ins Reich der Schatten.* Es folgten Druckermarke, Ort, Name und Datum: *Venetiae, apud Aristidem Torchiam. M.DC.LX.VI. Cum superiorum privilegio veniaque.* Mit Privileg und Genehmigung der Obrigkeiten.

Varo Borja wartete gespannt auf Corsos Reaktion.

»Einen Bibliophilen erkennt man daran, wie er ein Buch anfaßt«, sagte er.

»Ich bin kein Bibliophiler.«

»Natürlich. Obwohl Sie Ihre Landsknechtmanieren ziemlich gut verstecken können... Und wenn es um Bücher geht, ist das sehr beruhigend. Es gibt Hände, die geradezu kriminell mit ihnen umgehen.«

Corso blätterte weiter. Der ganze Text war lateinisch, in schöner Schrift auf starkem, hochwertigem Papier gedruckt, das sich ausgezeichnet erhalten hatte. Es gab neun wunderschöne, blattgroße Tafeln, auf denen mittelalterlich anmutende Szenen dargestellt waren. Corso schlug wahllos eine auf. Sie war mit einer lateinischen »V« versehen, die von zwei Ziffern oder Buchstaben flankiert wurde, rechts griechisch und links hebräisch. Unter dem Bild ein unvollständiges oder verschlüsseltes Wort: FR.ST.A. Und die Abbildung selbst: ein Mann, der nach einem Händler aussah, zählte vor einer verschlossenen Tür einen Sack Goldmünzen ab, ohne das Skelett zu bemerken, das hinter seinem Rücken stand, in einer Hand eine Sanduhr, in der anderen eine Heugabel.

»Was halten Sie davon?« fragte Varo Borja.

»Sie meinten doch, das Buch sei gefälscht, aber mir sieht es nicht danach aus. Haben Sie es genau untersucht?«

»Mit der Lupe und bis zum letzten Komma. Dazu hatte ich genügend Zeit, seit ich es vor einem halben Jahr gekauft habe, als die Bibliothek Gualterio Terrals von seinen Erben versteigert wurde.«

Der Bücherjäger blätterte weiter. Die Bildtafeln waren von einer schlichten, geheimnisvollen Eleganz und wunderschön. Eine zeigte einen Scharfrichter in Ritterrüstung, der sein Schwert erhoben hatte und drauf und dran war, eine junge Frau zu enthaupten.

»Ich bezweifle, daß die Erben eine Fälschung zum Verkauf angeboten hätten«, schloß Corso, als er mit seiner Untersuchung fertig war. »Sie haben zu viel Geld und interessieren sich nicht für Bücher. Sogar den Katalog der Bibliothek mußte das Auktionshaus Claymore selbst zusammenstellen. Und außerdem hätte der alte Terral, so wie ich ihn kenne, niemals ein gefälschtes oder irgendwie manipuliertes Buch in seiner Sammlung geduldet.«

»Da bin ich einer Meinung mit Ihnen«, erwiderte Varo Borja. »Abgesehen davon, daß Terral die *Neun Pforten* von seinem Schwiegervater geerbt hat, Don Lisardo Coy, der ein Vorbild von einem Bibliophilen war.«

»Und das Buch seinerseits dem Italiener Domenico Chiara abgekauft hat«, Corso legte den Band auf den Tisch und zog seinen Notizblock aus der Manteltasche, »dessen Familie es dem Weiss-Katalog zufolge seit 1817 besaß.«

Der Antiquar nickte zufrieden.

»Wie ich sehe, haben Sie sich gründlich mit dem Thema befaßt.«

»Natürlich habe ich mich damit befaßt.« Corso sah ihn an, als habe er soeben eine große Dummheit gesagt. »Das ist schließlich meine Arbeit.«

Varo Borja machte eine einlenkende Geste.

»Ich hege keine Zweifel an der Ehrlichkeit Terrals und seiner Erben«, stellte er klar. »Ich habe auch nicht behauptet, daß dieses Exemplar nicht alt sei.«

»Sie sagten, es sei gefälscht.«

»Gefälscht ist vielleicht nicht das richtige Wort.«

»Dann müssen Sie etwas deutlicher werden. Mir sieht es jedenfalls ganz nach einem Original aus.« Corso griff erneut nach dem Buch, packte die Schnittkanten der Seiten mit dem Daumen und ließ sie durchsausen, wobei er die Ohren spitzte und auf ihren Klang lauschte. »Sogar das Papier klingt, wie es soll.«

»Aber da ist etwas, das nicht klingt, wie es soll, und ich meine nicht das Papier.«

»Vielleicht die Holzschnitte.«

»Was ist damit?«

»Die bringen eine falsche Note ins Spiel. Normalerweise würde man Kupferstiche erwarten. 1666 hat keiner mehr Holzschnitte angefertigt.«

»Vergessen Sie nicht, daß es sich um eine ungewöhnliche Ausgabe handelt. Die Holzschnitte sind Kopien anderer, älterer Bildtafeln aus einem Buch, das der Buchdrucker Torchia entdeckt oder zumindest gesehen haben dürfte.«

»Das *Delomelanicon*. Glauben Sie das wirklich?«

»Ihnen kann egal sein, was ich glaube. Aber die neun Originalabbildungen des Buches werden nicht irgend jemandem zugeschrieben. Die Legende will, daß Luzifer nach seiner Niederwerfung und Vertreibung aus dem Paradies eine Sammlung von Beschwörungsformeln für seine Adepten zusammengestellt hat: den magischen Meistercodex der Schatten. Das schreckliche Buch wurde in Geheimverstecken aufbewahrt, mehrmals verbrannt und von den wenigen Privilegierten, die es besaßen, für Gold verkauft. Bei den Illustrationen handelt es sich in Wirklichkeit um infernalische Hieroglyphen. Wer sie mit Hilfe des Textes und mit dem entsprechenden Wissen zu deuten weiß, ist in der Lage, den Höllenfürsten zu rufen.«

Corso nickte mit übertriebener Würde. »Ich kenne bessere Arten, seine Seele zu verkaufen.«

»Machen Sie keine Witze. Diese Sache ist ernster, als sie aussieht... Wissen Sie, was *Delomelanicon* bedeutet?«

»Ich denke ja. Das kommt aus dem Griechischen: *delo*, rufen. Und *melas,* schwarz, dunkel.«

Varo Borja bekundete ihm mit einem hysterischen Kichern seinen Beifall.

»Ich hätte beinahe vergessen, daß Sie ein gebildeter Söldner sind. Ja, Sie haben recht, die Finsternis beschwören oder sie erhellen... Schon der Prophet Daniel, Hippokrates, Josephus Flavius und Albertus Magnus haben auf dieses herrliche Buch hingewiesen. Obwohl der Mensch erst seit sechstausend Jahren schreibt, soll das *Delomelanicon* dreimal so alt sein. Die erste ausdrückliche Erwähnung findet sich in dem Papyrus von Turis, der vor dreitausend Jahren abgefaßt wurde. Danach wird es im *Corpus Hermeticum* zwischen dem ersten vorchristlichen und dem zweiten nachchristlichen Jahrhundert verschiedentlich zitiert. Dem *Asclemandres* zufolge ermöglicht uns dieses Buch, *das Licht von Angesicht zu Angesicht zu sehen.* Und in einem Teilinventarium der Bibliothek von Alexandria, das vor ihrer dritten und endgültigen Zerstörung im Jahr 646 erstellt wurde, erscheint es ebenfalls, und zwar unter ausdrücklicher Bezugnahme auf die neun magischen Geheimnisse, die es birgt... Man weiß nicht, ob es nur ein oder mehrere Exemplare gab, und ob eins davon den Brand der Bibliothek überlebt hat. Von diesem Zeitpunkt an tauchen seine Spuren im Verlauf der Geschichte nach Kriegen, Feuersbrünsten und Naturkatastrophen immer mal auf und dann wieder unter.«

Corso schnitt eine skeptische Grimasse. »Wie immer. Alle herrlichen Bücher haben dieselbe Legende: angefangen von Thot bis hin zu Nicolas Flamel... Ich hatte mal einen Kunden, der für die hermetische Chemie schwärmte und wollte, daß ich die von Fulcanelli und seinen Schülern erstellte Bibliographie für ihn auftreibe. Er war beim besten Willen nicht davon zu überzeugen, daß mindestens die Hälfte der darin aufgeführten Bücher überhaupt nie geschrieben worden waren.«

»Das hier aber ist geschrieben worden. Irgend etwas muß an seiner Existenz ja sein, wenn die Inquisition es auf den Index setzt. Was meinen Sie?«

»Was ich meine, ist unwichtig. Es gibt Verteidiger, die nicht an die Unschuld ihres Mandanten glauben und trotzdem seinen Freispruch durchsetzen.«

»Genau darum geht es hier. Schließlich pachte ich nicht Ihren Glauben, sondern Ihr Können.«

Corso wandte sich wieder den Holzschnitten des Buches zu. Auf dem mit der Nummer »I« war ein eigentümlicher Ritter ohne Waffen zu sehen, der den Zeigefinger an die Lippen legte, als gemahne er zum Schweigen oder wolle den Betrachter zu seinem Komplizen machen. Er war zu Pferd und ritt auf eine mauerbewehrte Stadt zu, die auf einem Hügel lag. Unter der Bildtafel las man: NEM. PERV.T QVI N.N LEG. CERT.RIT.

»Diese Legende ist durch Abkürzungen verschlüsselt, aber entzifferbar«, erklärte Varo Borja, der ihn aufmerksam beobachtete: »*Nemo pervenit qui non legitimate certaverit...*«

»*Wer nicht kämpft, wie die Regeln es vorschreiben, wird nie an sein Ziel gelangen?*«

»Mehr oder weniger. Im Augenblick ist das die einzige Bildunterschrift, die wir sicher deuten können. Sie kommt in beinahe identischer Form bei Roger Bacon vor, der ein großer Kenner der Dämonologie, Kryptographie und Magie war. Bacon behauptete, ein *Delomelanicon* mit dem Schlüssel schrecklicher Geheimnisse zu besitzen, das vorher dem König Salomon gehört habe. Dieses Werk, das aus Pergamentrollen mit Abbildungen bestand, ist im Jahr 1350 verbrannt worden, auf persönliche Anweisung von Papst Innozenz VI., der erklärte: *Es enthält eine Methode zur Beschwörung von Dämon*en. Drei Jahrhunderte später beschließt Aristide Torchia, es mit den ursprünglichen Abbildungen in Venedig zu drucken.«

»Nein. Die Bildtafeln sind zu perfekt«, wandte Corso ein.

»Das können keine originalgetreuen Kopien sein, sonst wäre der Stil altertümlicher.«

»Einverstanden. Torchia hat sie wahrscheinlich etwas dem Stil der Zeit angepaßt.«

Auf der Bildtafel mit der Nummer »III« war eine Brücke dargestellt, die über einen Fluß führte und auf beiden Seiten mit turmförmig befestigten Toren versehen war. Corso hob den Blick und sah, daß Varo Borja ein geheimnisvolles Lächeln aufgesetzt hatte, wie ein Alchimist, der genau weiß, was in seinem Reagenzglas brodelt.

»Und noch ein Bezugspunkt, der letzte«, sagte der Antiquar: »Giordano Bruno, Märtyrer des Rationalismus, Mathematiker und Verfechter der Theorie, daß die Erde sich um die Sonne dreht...« Borja machte eine wegwerfende Handbewegung, als wäre dies alles von sekundärer Bedeutung. »Aber das ist nur ein Teil seines einundsechzig Bände umfassenden Werkes, in dem die Magie einen wichtigen Platz einnimmt. Und passen Sie auf: Bruno bezieht sich ausdrücklich auf das *Delomelanicon*, indem er sogar die griechischen Wörter *delo* und *melas* benützt, und fährt dann fort: ›Auf dem Weg der Männer, die nach Wissen streben, gibt es neun geheime Pforten.‹ Danach erklärt er die Methoden, mit denen man Licht in die Dunkelheit bringt. *Sic Luceat Lux,* schreibt er, und das ist zufällig dasselbe Motto« – er zeigte Corso das Zeichen des Buchdruckers: ein Baum, in den der Blitz einschlägt, eine Schlange und daneben ein Motto –, »das auch Aristide Torchia im Frontispiz der *Neun Pforten* verwendet. Wie finden Sie das?«

»Ganz interessant. Aber das sagt überhaupt nichts. Aus einem Text kann man alles mögliche herauslesen, besonders wenn er alt ist und viele Mehrdeutigkeiten enthält.«

»Mehrdeutigkeiten, die Vorsichtsmaßnahmen sein können. Obwohl Giordano Bruno die goldene Regel des Überlebens außer acht gelassen hat: *Scire, tacere.* Wissen und schweigen. Offensichtlich wußte er einiges, aber er konnte den

Mund nicht halten. Aber es gibt noch viel mehr Übereinstimmungen: Giordano Bruno wird in Venedig verhaftet, zum unbekehrbaren Ketzer erklärt und im Februar des Jahres 1600 in Rom auf dem Campo dei Fiori bei lebendigem Leibe verbrannt. Dieselben Begleitumstände, dieselben Orte, dieselben Daten, die siebenundsechzig Jahre später mit der Hinrichtung des Buchdruckers Aristide Torchia einhergingen: in Venedig verhaftet, in Rom gefoltert und im Februar 1667 auf dem Campo dei Fiori in Rom verbrannt. Und achten Sie auf dieses Detail: Damals wurden kaum noch Leute verbrannt, aber ihn hat man angesteckt.«

»Ich bin beeindruckt«, sagte Corso ironisch.

Varo Borja schnalzte mißbilligend mit der Zunge.

»Manchmal frage ich mich, ob Sie überhaupt in der Lage sind, an etwas zu glauben.«

Corso tat, als denke er nach, und zuckte dann mit der Schulter.

»Früher habe ich an gewisse Dinge geglaubt. Aber damals war ich jung und skrupellos. Jetzt bin ich fünfundvierzig, also alt und skrupellos.«

»Das bin ich auch. Trotzdem gibt es Dinge, an die ich glaube. Dinge, die mein Herz höher schlagen lassen.«

»Wie das Geld?«

»Machen Sie sich nicht lustig. Das Geld ist der Schlüssel, der die dunklen Türen des Menschen öffnet. Damit kaufe ich zum Beispiel Sie. Oder das einzige, was ich auf der Welt achte: diese Bücher.« Er ging ein paar Schritte an den vollgestopften Bücherschränken entlang. »Sie liefern uns ein getreues Abbild der Menschen, von denen sie geschrieben wurden. Sie spiegeln ihre Sorgen, ihre Geheimnisse, ihre Wünsche, ihr Leben, ihren Tod. Ich betrachte sie als lebende Materie: Man muß wissen, wie man ihnen Nahrung gibt und Schutz.«

»Und wie man sie benützt.«

»Manchmal.«

»Und das hier funktioniert nicht.«

»Nein, es funktioniert nicht.«

»Sie haben es versucht.« Corsos Äußerung klang nicht nach einer Frage, sondern nach einer Feststellung. Varo Borja warf ihm einen wütenden Blick zu.

»Reden Sie keinen Quatsch. Sagen wir, daß ich die Gewißheit habe, daß es gefälscht ist, und damit basta. Aus diesem Grund möchte ich es mit den anderen Exemplaren vergleichen.«

»Und ich bin nach wie vor der Meinung, daß es nicht unbedingt gefälscht zu sein braucht. Viele Bücher weisen Unterschiede auf, selbst wenn sie aus derselben Auflage stammen... In Wirklichkeit kann es gar keine zwei Exemplare geben, die miteinander identisch wären, da bereits ihre Geburt zu kleinen Abweichungen beiträgt. Und danach lebt jedes Buch sein eigenes Leben: Bestimmte Seiten fehlen ihm, andere werden hinzugefügt oder ausgetauscht, es wird gebunden. Wenn genügend Jahre vergehen, sehen sich zwei Bücher, die auf derselben Presse gedruckt wurden, unter Umständen kaum noch ähnlich. Das könnte auch mit diesem der Fall sein.«

»Finden Sie das heraus. Stellen Sie Nachforschungen an, als gehe es um ein Verbrechen. Heften Sie sich den *Neun Pforten* auf die Fersen. Nehmen Sie jede Seite unter die Lupe, jede Abbildung, das Papier, den Einband... Verfolgen Sie die Geschichte meines Exemplars bis zu seinen Ursprüngen zurück. Und dann machen Sie dasselbe in Sintra und Paris mit den anderen beiden.«

»Es wäre mir eine große Hilfe, wenn Sie mir verraten würden, wie Sie darauf gekommen sind, daß Ihr Buch gefälscht ist.«

»Das kann ich Ihnen nicht sagen. Vertrauen Sie auf meine Intuition.«

»Ihre Intuition wird Sie viel Geld kosten.«

»Beschränken Sie sich darauf, es auszugeben.«

Borja zog den Scheck aus seiner Westentasche und drückte ihn Corso in die Hand. Der drehte ihn unentschlossen zwischen den Fingern herum.

»Warum bezahlen Sie mich im voraus? Das haben Sie bisher nie getan.«

»Sie werden viele Ausgaben haben. Und das hier gebe ich Ihnen, damit Sie anfangen, sich zu rühren.« Er reichte ihm ein dickes, gebundenes Dossier. »Hier finden Sie alles, was ich über das Buch in Erfahrung bringen konnte. Es könnte Ihnen nützlich sein.«

Corso sah immer noch den Scheck an.

»Das ist zuviel für einen Vorschuß.«

»Möglich, daß Sie gewisse Komplikationen haben...«

»Was Sie nicht sagen.«

Nach seiner sarkastischen Bemerkung räusperte sich der Antiquar. Endlich kamen sie zum Kern der Sache.

»Wenn alle drei Exemplare gefälscht oder unvollständig sind«, fuhr Varo Borja fort, »ist Ihr Auftrag erledigt, und wir legen die ganze Sache zu den Akten...« Er machte eine Pause, um sich mit der Hand über die gebräunte Glatze zu fahren, und lächelte Corso etwas verlegen an. »Wenn sich jedoch herausstellt, daß eins der Bücher das echte ist, bekommen Sie noch mehr Geld. Denn in diesem Fall möchte ich es haben, egal wie, ohne Ausgaben oder Mittel zu scheuen.«

»Sie scherzen, oder?«

»Sehe ich so aus, Corso?«

»Das ist illegal.«

»Sie haben auch vorher schon illegale Sachen gemacht.«

»Aber nicht von diesem Kaliber.«

»Weil keiner Ihnen bezahlt hat, was ich Ihnen bezahlen werde.«

»Was bieten Sie mir als Garantie?«

»Ich erlaube Ihnen, dieses Buch hier mitzunehmen, auch weil Sie es für Ihre Arbeit brauchen... Ist Ihnen das genug Garantie?«

Krack, krack. Corso, der immer noch die *Neun Pforten* in der Hand hielt, legte den Scheck wie ein Lesezeichen zwischen die Seiten und blies ein imaginäres Staubkorn von dem Buch, bevor er es Varo Borja zurückgab.

»Sie haben vor kurzem behauptet, daß sich mit Geld alles kaufen läßt – dann probieren Sie es doch selbst. Gehen Sie zu den Besitzern und halten Ihren Kopf hin.«

Er drehte sich um und ging auf die Tür zu, wobei er sich fragte, wieviel Schritte er wohl tun würde, bevor er die Stimme des Antiquars vernahm. Es waren drei.

»Das ist nichts für Männer der Feder«, sagte Varo Borja, »sondern für Männer des Degens.«

Seine Stimme klang verändert. Sie hatte jetzt nichts mehr von der arroganten Selbstsicherheit und von der Verachtung für einen Söldner an sich, dessen Dienste man sich kaufte. Auf einem Dürer-Holzschnitt an der Wand schlug ein Engel hinter gerahmtem Glas sanft mit den Flügeln, während Corsos Schuhe sich langsam auf dem schwarzen Marmorboden drehten. Vor den gerammelt vollen Bücherschränken und dem vergitterten Fenster mit Blick auf die Kathedrale, inmitten all der Dinge, die für Geld zu haben waren, stand Varo Borja da und blinzelte bestürzt mit den Augen. Seine Miene wirkte immer noch überheblich, und die Finger einer Hand trommelten sogar, mechanisch und geringschätzig, auf den Deckel des Buches. Aber Lucas Corso hatte lange vor diesem glorreichen Moment gelernt, eine Niederlage in den Augen eines Menschen zu erkennen. Und die Angst.

Sein Herz pochte ruhig und zufrieden, während er wortlos zu Varo Borja zurückging. Als er vor ihm stand, zog er den Scheck, der zwischen den Seiten herausragte, aus dem Buch, faltete ihn sorgfältig zusammen und steckte ihn in die Tasche. Dann nahm er die *Neun Pforten* und das Dossier an sich.

»Sie hören von mir«, sagte er.

Er wußte, daß der Würfel gefallen war, daß er in einem gefährlichen Strategiespiel auf das erste Feld vorgerückt war und nun nicht mehr zurückkonnte. Aber er hatte Lust zu spielen. Er stieg die Treppe hinunter und ließ das Echo seines eigenen trockenen, durch die zusammengebissenen Zähne ausgestoßenen Lachens zurück. Varo Borja hatte sich geirrt.

Es gab Dinge, die nicht mit Geld zu kaufen waren.

Die Treppe führte in einen Innenhof mit Steinbrunnen und Marmorlöwen. Ein schmiedeeisernes Tor trennte diesen Patio von der Straße. Vom Tajo stieg eine unangenehme Feuchtigkeit herauf, die Corso unter dem Mudejar-Torbogen innehalten ließ, um sich den Mantelkragen hochzuschlagen. Dann ging er die schmalen, stillen Gassen entlang bis zu einem kleinen Platz, auf den sich eine Bar mit Bistrotischen hin öffnete, gesäumt von ein paar kahlen Kastanienbäumen und dem Glockenturm einer Kirche. Er suchte sich ein Fleckchen in der warmen Sonne aus und setzte sich an einen der Tische. Langsam kam wieder etwas Wärme in seine steifen Glieder. Zwei Gläser Gin pur, ohne Eiswürfel, trugen vollends zur Normalisierung der Situation bei. Erst dann öffnete er das Dossier über die *Neun Pforten,* um einen ersten Blick hineinzuwerfen.

Auf zweiundvierzig maschinengeschriebenen Seiten war die gesamte Vorgeschichte des Buches dargestellt, und zwar sowohl die der mutmaßlichen Originalversion – des *Delomelanicon* oder *Beschwörung der Dunkelheit* – als auch der Fassung, die Aristide Torchia unter dem Titel *Die neun Pforten ins Reich der Schatten* im Jahre 1666 in Venedig gedruckt hatte. Verschiedene Anhänge enthielten Bibliographien, Fotokopien von klassischen Texten, in denen das Buch erwähnt wurde, sowie Daten über die beiden Exemplare in Sintra und Paris: Adressen der Besitzer, Restaurierungen, Erwerbsdaten. Darüber hinaus fand sich in dem Dossier eine Transkription der Prozeßakten von Aristide Torchia, einschließlich der Schilderung eines Augenzeugen, eines gewissen Gennaro Galeazzo, der das Ende des bedauernswerten Buchdruckers überlieferte:

Er bestieg das Schafott, ohne sich mit Gott versöhnen zu wollen, und schwieg hartnäckig. Als der Rauch des Feuers ihn zu ersticken drohte, riß er die Augen auf und empfahl mit einem entsetzlichen Schrei seine Seele dem Vater. Viele der Anwesenden bekreuzigten sich, weil sie glaubten, daß er im Anblick des Todes Gott um Gnade anflehe. Andere behaupteten, seine Schreie wären nicht zum Himmel, sondern zum Boden gerichtet gewesen, also zu den tiefsten Abgründen der Erde...

Auf der andern Seite des Platzes fuhr ein Auto vorbei und verlor sich in einer der Gassen, die zur Kathedrale führten. Sein Motor war hinter der Ecke noch eine Zeitlang zu hören, als habe der Fahrer kurz angehalten und erst dann seinen Weg fortgesetzt. Aber Corso achtete kaum darauf, so war er in das Buch versunken. Die erste Seite enthielt den Titel, die zweite war weiß. Auf der dritten Seite begann mit einer schönen Initiale der eigentliche Text in Form einer verschlüsselten Einleitung:

Nos p.tens L.f.r,juv.te Stn. Blz.b, Lvtn, Elm, atq Ast.rot. ali.q, h.die ha.ems ace.t pct fo.de.is c.m t. qui no.st; et h.ic pol.icem am.rem mul. flo.em virg.num de.us mon. hon v.lup et op. for.icab tr.d.o, eb.iet i.li c.ra er. No.is of.ret se.el in ano sag. sig. s.b ped. cocul.ab sa Ecl.e et no.s r.gat i.sius er.t; p.ct v.v.t an v.q fe.ix in t.a hom. et ven. os.ta int. nos ma.et D:
   Fa.t in inf int co.s daem.
   Satanas. Belzebub, Lcfr, Elimi, Leviathan, Astaroth Siq pos mag. diab. et daem. pri.cp dom.

Nach der Einleitung, deren angeblicher Verfasser mehr als evident war, fuhr Corso fort zu lesen:

*D.mine mag.que L.fr, te D.um m. et.pr ag.sco. et pol.c.or
t ser.ire. a.ob.re quam.d p. vvre; et rn.io al.rum d. et
js.ch.st. et a.s sn.ts tq.e s.ctas e. ec.les. apstl. et rom. et
om. i sc.am. et o.nia ips. s.cramen. et o.nes .atio et r.g.
q.ib fid. pos.nt int.rcd. p.o me; et t.bi po.lceor q. fac.
qu.tqu.t m.lum pot., et atra. ad mala p. omn. Et ab.rncio
chrsm. et b.ptm et omn...*

Er sah von dem Buch auf und betrachtete den Portikus der Kirche. Die Stirnbogen waren mit Darstellungen des Jüngsten Gerichts bemalt, die unter dem Einfluß der Witterung gelitten hatten. Über ihnen befand sich – oberhalb einer Säule in der Mitte des Kirchenportals – eine Nische, aus der ein erzürnter Pantokrator herniederblickte. Seine erhobene rechte Hand schien eher Strafe als Barmherzigkeit zu versprechen. Corsos Blick wanderte weiter, zum Turm der Kirche und zu den umstehenden Häusern. Auf ihren Fassaden prangten alte, bischöfliche Wappen, und er sagte sich, daß auch auf diesem Platz einst die Scheiterhaufen der Inquisition gebrannt hatten. Schließlich war das nicht irgendeine Stadt, sondern Toledo. Schmelztiegel von dämonischen Kulten, mysteriösen Initiationsriten und Scheinkonvertierten. Und von Ketzern.

Er trank einen großen Schluck Gin, bevor er sich wieder dem Buch zuwandte. Der lateinische Text in seiner abgekürzten Form nahm weitere einhundertsiebenundfünfzig Seiten in Anspruch, die letzte war leer. Auf den restlichen neun Seiten waren die berühmten Bildtafeln abgebildet, die – wollte man der Legende glauben – Luzifer höchstpersönlich vorgegeben hatte. Jeder Holzschnitt war am oberen Rand mit einer hebräischen, einer lateinischen und einer griechischen Ziffer versehen, und am unteren Rand mit einer Legende in Latein, die sich wie der Buchtext aus rätselhaften Abkürzungen zusammensetzte. Corso bestellte einen dritten Gin, während er noch einmal die Bilder betrachtete. Sie erinnerten an Tarotkarten oder an mittelalterliche Stiche: der König und der Bettler, der

Eremit, der Gehängte, der Tod, der Henker. Auf der letzten Bildtafel war eine schöne Frau dargestellt, die auf einem Drachen ritt. Zu schön für die kirchliche Moral der damaligen Zeit, dachte er bei sich.

Eine identische Abbildung fand er auf einer Seite, die aus der *Bibliografia Universal* von Mateu fotokopiert war – obwohl es in Wirklichkeit nicht dieselbe war. Corso hatte das Terral-Coy-Exemplar der *Neun Pforten* vor sich, aber der kopierte Holzschnitt wurde von dem alten Gelehrten aus Mallorca, der seine Bibliographie im Jahre 1929 verfaßt hatte, einem anderen der beiden Exemplare zugeschrieben:

> *TORCHIA (Aristide). De Umbrarum Regni Novem Portis. Venetiae, apud Aristidem Torchiam. MLCLXVI. In Folio. 160 5., einschl. Titelblatt. 9 Holzschnitte außerhalb des Textes, Von außergewöhnlicher Seltenheit. Nur in 3 Exemplaren bekannt. Bibliothek Fargas, Sintra, Portugal (s. Abbildung). Bibliothek Coy, Madrid, Spanien (Bildtafel 9 fehlt). Bibliothek Morel, Paris, Frankreich.*

Bildtafel neun fehlt. Das war nicht richtig. Corso hatte ihn ja vor sich, den Holzschnitt Nummer neun in dem Buchexemplar aus der Coy-Bibliothek, später Terral-Coy-Bibliothek, und jetzt Besitz von Varo Borja. Hier mußte es sich um einen Druckfehler handeln, oder aber Mateu selbst hatte sich geirrt. Im Jahr 1929, dem Erscheinungsjahr der *Bibliografia* Universal, waren die Verfahren des Buchdrucks und des Buchvertriebs noch lange nicht so entwickelt gewesen wie heute, und viele Gelehrten erwähnten in ihren Schriften Bücher, die sie nur aus den Beschreibungen anderer kannten. Wahrscheinlich war das lückenhafte Exemplar eines der anderen beiden: das in Sintra oder das in Paris. Corso machte sich am Rand der Fotokopie einen Vermerk. Das mußte überprüft werden.

Die Uhr des Kirchturms schlug dreimal, und von den um-

por ti solo ser causada
siente agora el gran dolor
que me das en tu partida
agradesce el gran amor
que te puse con fauor
reparando tu venida.

S. l. ni a. *(hácia* 1525*)*. 4.° let. gót. *4 hojas sin foliacion con la sign*. a.

HOMERO. La Vlyxea de Homero. Repartida en XIII. Libros. Tradvzida de Griego en Romance castellano por el Señor Gonçalo Perez. Venetia, en casa de Gabriel Giolito de Ferrariis, y svs hermanos, MDLIII. 12.° let. curs. *209 hojas foliadas, inclusos los prels. y una al fin, en cuyo reverso se repiten las señas de la impresion.*

He visto la primera edicion, con el siguiente título : *De la Vlyxea de Homero. XIII. libros, traduzidos de Griego en Romance Castellano por Gonçalo Perez. Anvers, en casa de Iuan Stelsio*, 1550. 8.° let. cursiva. *4 hojas prels. y 293 fols*.

Nic. Antonio menciona otra tambien de *Anvers*, 1553. 12.°

OVIDIO NASON. Metamorphoseos del excelente poeta Ouidio Nasson. Traduzidos en verso suelto y octaua rima: con sus allegorias al fin de cada libro. Por el Doctor Antonio Perez Sigler. Nueuamente agora enmēdados, y añadido por el mismo autor vn Diccionario Poetico copiosissimo. Bvrgos, Iuan Baptista Varesio, 1609. 12.° let. curs. *21 hojas prels. y 584 fols*.

Este tomito por ser tan grueso suele hallarse dividido en dos volumenes. No estoi cierto si mi ejemplar está perfectamente completo con las 21 hojas de preliminares.

N.NC SC.O TEN.BR. LVX

Sedano, en el tom. VII. del *Autores* llama á esta primera edicion ; sin embargo me pone en duda el ver lleva la Aprobacion, la Censura, el Privilegio, la Fe de erratas y la Tasa fechadas en 1666. Por otra parte tambien puede ser cierto lo sentado por dicho Sedano, pues D. José Pellicer, al principio de su introduccion biográfico-literaria, observa que *salen ya á luz pública, despues de*

Poema en ciento treinta y cinco octavas. Hai al fin una disertacion en prosa, intitulada: *Prueba, que huuo Cigantes, y que oy los ay*, y por cierto para mi sola prueba que el autor era sumamente cándido ó tenia mui grandes tragaderas : sea esto dicho con perdon de los varios testos bíblicos y de Santos Padres que aduce en confirmacion de sus ideas gigantescas.

liegenden Dächern flogen Schwärme von Tauben auf. Corso zuckte leicht zusammen, als komme er plötzlich zu sich. Er klopfte suchend die verschiedenen Taschen seiner Kleidung ab, zog schließlich einen Geldschein aus der Hosentasche, legte ihn auf den Tisch und erhob sich. Der Gin gab ihm ein angenehmes Gefühl der Abgehobenheit, er dämpfte die Geräusche und Bilder, die von außen auf ihn eindrangen. Corso verstaute Buch und Dossier in seiner Segeltuchtasche und hängte sie sich über die Schulter. Dann betrachtete er gedankenversunken den erzürnten Pantokrator über dem Kirchenportal. Da er keine Eile hatte und sich ein wenig die Beine vertreten wollte, beschloß er, zu Fuß zum Bahnhof zu gehen.

Bei der Kathedrale angekommen, wählte er die Abkürzung durch den Kreuzweg. Er ging an der Souvenirbude vorbei, die geschlossen war, und blieb einen Moment lang vor den leeren Gerüsten der Restauratoren stehen, die man vor den Wandmalereien aufgebaut hatte. Der Ort war völlig verlassen, und seine Schritte hallten unter dem Bogengang. Einmal glaubte er, hinter sich etwas zu hören. Wahrscheinlich ein Pfarrer, der mit Verspätung in seinen Beichtstuhl eilte.

Corso verließ den Kreuzgang durch ein schmiedeeisernes Tor, das auf eine dunkle Gasse hinausführte. Sie war so eng, daß die Autos sie beim Durchfahren streiften, hier und da bröckelten schon die Wände ab. Kaum war er auf die Gasse hinausgetreten, als von hinten das Geräusch eines laufenden Motors an sein Ohr drang. Vor ihm wies ein Verkehrsschild, ein Dreieck mit rotem Rand, auf eine Verengung der Straße hin, und als er es beinahe erreicht hatte, heulte der Motor hinter ihm plötzlich auf. Corso hörte den Wagen näher kommen. ›Der fährt zu schnell‹, dachte er und wollte sich umdrehen, aber da nahm er auch schon eine große, dunkle Masse wahr, die direkt auf ihn zuschoß. Der Gin hatte sein Reaktionsvermögen stark beeinträchtigt, aber seine Aufmerksamkeit war zufällig noch immer auf das Verkehrsschild gerichtet. Instinktiv lief er darauf zu, zwischen Metallpfosten und Wand sah er eine Lücke. Wie ein Stierkämpfer, der hinter der Holzbarriere in der Arena in Deckung geht, zwängte er sich in den wenige Zentimeter breiten Zwischenraum, so daß der Wagen im Vorbeifahren nur seine Hand erwischte. Das allerdings so heftig, daß Corso vor Schmerz in die Knie ging. Er fiel auf die holprigen Pflastersteine und sah dem Auto nach, das sich quietschend entfernte und am Ende der Straße verschwand.

Corso massierte seine geprellte Hand und lief weiter zum Bahnhof. Aber jetzt warf er manchmal einen Blick nach hinten, und der Tragegurt seiner Tasche, in der ja die *Neun Pforten* lagen, brannte auf der Schulter. Er hatte ihn nur flüchtig gesehen, nicht länger als drei Sekunden, aber lange genug, um zu erkennen, wer ihn da soeben fast überfahren hätte: Diesmal war es kein Jaguar, sondern ein schwarzer Mercedes, aber am Steuer saß ein dunkelhaariger Mann mit Schnurrbart und einer Narbe im Gesicht. Der Typ aus Makarovas Bar. Derselbe, der ihm zeitunglesend und in Chauffeursuniform vor dem Haus Liana Taillefers aufgefallen war.

IV. Der Mann mit der Narbe

Woher er kommt, weiß ich nicht.
Aber wohin er geht, das kann ich Euch sagen:
Er geht zur Hölle.

A. Dumas, *Der Graf von Monte Christo*

Corso kam mit Einbruch der Dunkelheit nach Hause. Die geprellte Hand in seiner Manteltasche pochte schmerzhaft. Er ging ins Bad, hob seinen zerknüllten Schlafanzug und ein Frotteetuch vom Boden auf und hielt sein Handgelenk fünf Minuten unters kalte Wasser. Danach öffnete er in der Küche zwei Konservenbüchsen und aß im Stehen zu Abend.

Es war ein seltsamer Tag gewesen, seltsam und gefährlich. Corso dachte immer noch etwas verwirrt über seine Erlebnisse nach, wenngleich er im Grunde eher neugierig als besorgt war. Er nahm unvorhergesehenen Ereignissen gegenüber die Haltung eines Fatalisten ein, der gelassen darauf wartet, daß das Leben den nächsten Schritt tut. Dieser Abstand zum Geschehen, diese Neutralität, schloß von vornherein aus, daß er sich für irgend etwas verantwortlich fühlte. Bis zum heutigen Vormittag in der schmalen Gasse von Toledo hatte er immer nur die Rolle des Vollstreckers gespielt. Die Opfer waren andere gewesen. Wenn er jemanden belog oder mit ihm verhandelte, so geschah dies in völlig distanzierter Weise, ohne moralischen Bezug zu Menschen oder Dingen, die lediglich Gegenstand seiner Arbeit waren. Lucas Corso blieb am Rande – ein Söldner, der sich für seine Dienste bezahlen ließ, mit der Sache an sich aber nichts zu tun hatte. Ein Außenstehender. Wahrscheinlich erlaubte ihm gerade diese Haltung, sich immer in Sicherheit zu fühlen, genau wie wenn er seine Brille abnahm und die Menschen und Dinge vor seinen Augen verschwammen: hatten sich ihre festen Umrisse einmal aufgelöst, so konnte er sie einfach ignorieren – als existierten sie überhaupt nicht. Nun kündigten jedoch der konkrete Schmerz in seiner Hand und die Ahnung einer Gefahr, die gewaltsam in sein Leben, nicht in das eines anderen, einzubrechen drohte, besorgniserregende Änderungen an. Lucas Corso, der so oft den Henker gespielt hatte, war an die Rolle des Opfers nicht gewöhnt. Und das machte ihn ratlos.

Seine verletzte Hand brannte, seine verkrampften Muskeln schmerzten, und seine Kehle war wie ausgedörrt. Er öffnete also eine Flasche Gin und suchte in der Segeltuchtasche nach Aspirintabletten. Davon trug er immer einen kleinen Vorrat mit sich herum, neben Bleistiften und Kugelschreibern, halb vollgeschriebenen Notizheften, einem Schweizer Offiziersmesser, Paß und Geld, einem prallen Telefonbüchlein sowie eigenen und bestellten Büchern. Mit dieser Ausstattung konnte er jederzeit wie eine Schnecke mit ihrem Haus verschwinden, ohne etwas zurückzulassen. Die Segeltuchtasche ermöglichte es ihm, ein provisorisches Lager aufzuschlagen, wo immer der Zufall oder seine Arbeit ihn auch hinführten: in Flughäfen, Bahnhöfen, staubigen Buchhandlungen und Hotelzimmern, die in seiner Erinnerung zu einem einzigen Raum mit austauschbaren Wänden verschmolzen. Erwachen ohne Anhaltspunkte, Herzklopfen in der Dunkelheit, wenn er nach dem Lichtschalter tastete und das Telefon umstieß, Konfusion. Augenblicke, die sich dem Leben und dem Bewußtsein entziehen. Corso war sich dann in nichts sicher, nicht einmal seiner selbst, wenn er die Augen aufschlug, während der ersten dreißig Sekunden, in denen der Körper schneller wach wird als das Denk- oder Erinnerungsvermögen.

Er setzte sich vor den Computer, ordnete seine Notizhefte und verschiedene Nachschlagewerke auf einem Tisch zu seiner Linken an. Die *Neun Pforten* und das Dossier von Varo Borja legte er nach rechts. Dann lehnte er sich in den Stuhl zurück, zündete eine Zigarette an und ließ sie fünf Minuten lang in seinen Fingern vor sich hinqualmen, ohne sie zum Mund zu führen. Während dieser Zeit tat er nichts als schluckweise den restlichen Gin zu trinken, auf den leeren Bildschirm zu starren und auf das Pentagramm, das den Deckel des Buches schmückte. Endlich gab er sich einen Ruck, drückte den Zigarettenstummel in einem Aschenbecher aus, rückte seine verbogene Brille auf der Nase zurecht und begann zu arbeiten. Varo Borjas Dossier stimmte mit Crozets *Enzyklopädie der Drucker und der kuriosen Buchraritäten* überein:

TORCHIA, Aristide. Venezianischer Buchdrucker, Graveur und Buchbinder (1620-1667). Signet: eine Schlange und ein Baum, in den der Blitz einschlägt. Lehre in der Werkstatt der Elzeviers in Leiden (Holland). Nach Venedig zurückgekehrt, gibt er eine Reihe von kleinformatigen Werken (Duodezformat, Sedezformat) zu Themen der Philosophie und des Okkultismus heraus, die großen Anklang finden.
Besonders hervorzuheben sind Die Geheimnisse der Weisheit *von Nicola Tamisso (3 Bde., Duodezformat, Venedig 1650) und ein kurioser* Schlüssel zum Gefängnis der Gedanken *(1 Bd., 132 x 75 mm, Venedig 1653).* Die drei Bücher über die Kunst *von Paolo d'Este (6 Bde., Oktavformat, Venedig 1658),* Ausführliche Erklärung der Hieroglyphen und Arcana *(1 Bd., Oktavformat, Venedig 1659), ein Nachdruck von Bernardo Trevisanos* Das Zauberwort *(1 Bd., Oktavformat, Venedig 1661)* und Die neun Pforten ins Reich der Schatten *(1 Bd., in Folio, Venedig 1666). Der Druck des letztgenannten Buches führt zu seiner Verhaftung durch die Inquisition. Seine Werkstatt wird mit dem gesamten gedruckten oder noch zu druckenden Material zerstört. Torchia erleidet dasselbe Schicksal wie sein Werk. Wegen Schwarzer Magie und Hexerei zum Tode verurteilt, stirbt er am 17. Februar 1667 auf dem Scheiterhaufen.*

Corso legte den Ordner beiseite, um die erste Seite des Buches zu studieren, das den Venezianer das Leben gekostet hatte. DE UMBRARUM REGNI NOVEM PORTIS lautete der Titel. Darunter folgte das sogenannte Signet, das Zeichen des Druckers, das manchmal nur die Form eines simplen Monogramms hat, aber auch eine komplizierte Illustration sein kann. Im Fall Aristide Torchias bestand es aus einem Baum, von dem der Blitz einen Ast abspaltet. Eine Schlange, die sich in den eigenen Schwanz beißt, ein ouroboros, kringelte sich um seinen Stamm. Die Abbildung wurde von dem Motto *Sic Luceat Lux* begleitet: *So erstrahle das Licht.* Am Fuß der Seite Ort, Name und Datum: *Venetiae, apud Aristidem Torchiam. Gedruckt in Venedig, im Hause von Aristide Torchia.* Und darunter: M.DC.LX.VI. *Cum superiorum privilegio veniaque. Mit Privileg und Genehmigung der Obrigkeiten.* Corso tippte weiter:

Exemplar ohne Exlibris und ohne handschriftliche Anmerkungen. Dem Auktionskatalog der Terral-Coy-Sammlung (Claymore, Madrid) zufolge vollständig. Fehler bei Mateu (spricht von 8 statt 9 Holzschnitten in diesem Exemplar). In Folio. 299 x 215 mm. Unbedruckter Vorsatz, 160 Seiten und 9 Holzschnitte außerhalb des Textes, von I bis VIIII durchnumeriert. Seiten: 1 Titelseite mit Druckermarke, 157 Textseiten. Die letzte weiß, ohne Kolophon. Holzschnitte alle Recto, blattgroß. Verso weiß.

Er untersuchte genauestens eine Abbildung nach der anderen. Varo Borja zufolge stammten die Originalzeichnungen ja aus der Feder des leibhaftigen Teufels. Jeder Holzschnitt wurde von einer römischen Ordinalzahl und ihrer jeweiligen Entsprechung im Hebräischen und Griechischen begleitet, sowie von einem lateinischen Satz, der mit Abkürzungen verschlüsselt war. Corso fuhr fort zu schreiben:

I. *NEM. PERV.T QVI N.N LEG. CERT.RIT:* Ein Ritter reitet auf eine Stadt zu, die mit einer Stadtmauer umgeben ist. Er legt den Zeigefinger an die Lippen, als gemahne er zur Vorsicht oder zum Schweigen.

II. *CLAVS. PAT.T:* Ein Eremit, der zwei Schlüssel in der Hand hält, steht vor einer verschlossenen Tür. Auf dem Boden steht eine Laterne. Er wird von einem Hund begleitet. Neben ihm ist ein Zeichen abgebildet, das dem hebräischen Buchstaben Teth ähnelt.

III. *VERB. D.SVM C.S.T ARCAN.:* Ein Wanderer oder Pilger geht auf eine Brücke zu, die über einen Fluß führt.
Sie ist an beiden Enden mit einem Turm bewehrt, dessen Tore verschlossen sind. Von einer Wolke aus zielt ein Bogenschütze auf den Weg, der zu der Brücke führt.

IIII. Die lateinische Zahl ist so dargestellt, nicht in ihrer üblichen Form IV) *FOR. N.N OMN. A.QVE:* Ein Narr mit Schellenkappe steht vor einem Labyrinth aus Stein, dessen Eingangstür auch hier verschlossen ist. Auf dem Boden liegen drei Würfel, von denen jeweils drei Seiten mit einem, zwei und drei Punkten zu sehen sind.

V. *FR.ST.A:* Ein Geizhals oder Kaufmann zählt einen Sack Goldstücke ab. Hinter seinem Rücken steht der Tod, in einer Hand eine Sanduhr und in der anderen eine Heugabel.

VI. *DIT.SCO M.R.:* Hier ist die Figur des Gehängten dargestellt, wie man ihn aus den Tarotkarten kennt. Er hat die Hände auf dem Rücken gefesselt und hängt an einem Bein von der Mauerzinne einer Burg. Neben ihm ein Turm mit verschlossenem Tor. Aus einer Schießscharte des

DE VMBRARVM REGNI
NOVEM PORTIS

Sic   *Luceat*

Lux

Venetiae, apud Aristidem Torchiam

M. DC. LX. VI.

Cum superiorum privilegio veniaque

א I α

NEM. PERV.T QVI N.N LEG. CERT.RIT

CLAVS. PAT.T

VERB. D.SVM C.S.T ARCAN.

FOR. N.N OMN. A.QVE

FR.ST.A

DIT.SCO M.R.

DIS.S P.TI.R M.

VIIII

N.NC SC.O TEN.BR. LVX

Turmes reckt ein Arm mit Panzerhandschuh ein brennendes Schwert heraus.

VII. *DIS.S P.TI.R M.: Ein König und ein Bettler spielen Schach. Das Schachbrett hat ausschließlich weiße Felder. Durch ein Fenster, das sich neben einer verschlossenen Tür befindet, scheint der Mond in den Raum. Unter dem Fenster raufen zwei Hunde.*

VIII. *VIC. I.T VIR.: Ein Scharfrichter mit erhobenem Schwert schickt sich an, eine Frau zu enthaupten, die mit entblößtem Hals vor einer Stadtmauer kniet. Im Hintergrund ein Glücksrad, auf dem sich drei menschliche Figuren in unterschiedlichen Positionen befinden: eine auf dem Scheitelpunkt, eine in aufsteigender, eine in absteigender Richtung.*

VIIII. *(Auch diese Zahl ist so dargestellt, anstatt des üblichen IX) N.NC SC.O TEN.BR. LVX: Auf einem siebenköpfigen Drachen reitet eine nackte Frau, die ein geöffnetes Buch in der Hand hält. Ein Halbmond, der in ihrem Schoß liegt, verdeckt ihr Geschlecht. Im Hintergrund eine brennende Burg auf einem Hügel, deren Tor – wie die Türen der anderen acht Holzschnitte – verschlossen ist.*

Er hörte auf zu tippen, streckte seine steifen Glieder und gähnte. Vom Lichtkegel seiner Arbeitslampe und dem Bildschirm des Computers abgesehen, lag das Zimmer im Dunkeln. Durch die Scheiben der Glasveranda drang das schwache Licht der Straßenlaternen zu ihm herauf. Er trat auf den Balkon, um in die Nacht hinauszuspähen, obwohl er eigentlich nicht wußte, was er dort zu sehen erwartete. Vielleicht einen Wagen mit gelöschten Scheinwerfern, an den Bordstein geparkt, und die Umrisse einer schwarzen Gestalt hinterm Steuer. Aber bis auf die Sirene eines Krankenwagens, die sich zwischen den massigen dunklen Häuserblocks verlor, fiel ihm nichts auf. Sein Blick wanderte zur Uhr eines nahegelegenen Kirchturms: Es war fünf Minuten nach Mitternacht.

Er setzte sich wieder vor den Computer und das Buch und betrachtete noch einmal die erste Abbildung, das Signet auf der Titelseite mit der Schlange, die Aristide Torchia sich als Symbol ausgewählt hatte. *Sic Luceat Lux.* Schlangen und Teufel, Beschwörungsformeln und okkulte Zeichen. Corso hob sein Glas und trank voller Sarkasmus auf das Andenken des Druckers. Er mußte entweder sehr mutig oder sehr dumm gewesen sein. Im Italien des 17. Jahrhunderts bezahlte man solche Scherze teuer, auch wenn man *cum superiorum privilegio veniaque* druckte.

Moment mal... Corso starrte in eine Ecke des dunklen Zimmers und verfluchte sich laut. Warum war er da nicht *früher draufgekommen? Mit Privileg und Genehmigung der* Obrigkeiten? Das konnte ja gar nicht sein!

Seine Augen blickten unverwandt auf die Buchseite, während er sich zurücklehnte und noch eine seiner zerknitterten Zigaretten anzündete. Ihr Rauch stieg spiralförmig im Lichtschein der Lampe auf und bildete einen dünnen, grauen Vorhang, hinter dem die gedruckten Zeilen sich wellten.

Dieses *cum superiorum privilegio veniaque* war völlig absurd! Oder aber meisterhaft subtil. Unmöglich, daß dieses Imprimatur, diese Druckerlaubnis, von einer der herkömmlichen Obrigkeiten erteilt worden war. Die katholische Kirche hätte im Jahr 1666 niemals ein Buch genehmigt, dessen unmittelbarer Vorgänger – das *Delomelanicon* – bereits seit fünfundfünfzig Jahren auf dem Index der verbotenen Schriften stand. Demnach bezog Aristide Torchia sich also nicht auf eine Druckerlaubnis der kirchlichen Zensoren. Und auch nicht auf die der weltlichen Behörde, die dafür zuständig gewesen wäre, die Regierung der Republik Venedig. Er mußte zweifellos anderen Obrigkeiten gehorcht haben...

Corso wurde vom Läuten des Telefons unterbrochen. Es war Flavio La Ponte, der ihm erzählen wollte, daß er zusammen mit einem Posten Bücher – En-bloc-Angebot: alles oder nichts – eine Kollektion europäischer Straßenbahnfahrscheine gekauft hatte. 5 775, um genau zu sein. Alle Nummern Palindrome, in Schuhkartons nach Ländern geordnet. Ja, das meinte er im Ernst. Der Sammler war vor kurzem gestorben, und seine Familie hatte den Plunder loswerden wollen. Kannte Corso nicht jemanden, der eventuell daran interessiert war? Natürlich, La Ponte wußte, daß es nur einem Fanatiker oder Irren einfallen konnte, 5775 Fahrscheine mit Zahlenpalindromen zusammenzutragen, ein absolut nutzloses Unternehmen. Wer sollte so einen Quatsch kaufen? Doch, die Idee war vielleicht gut: das Londoner Verkehrsmuseum. Diese Engländer mit ihren Perversionen... Ob Corso sich um diese Sache kümmern könnte?

Was das handschriftliche Kapitel Dumas' betraf, so war auch La Ponte etwas besorgt. Er hatte zwei anonyme Telefonanrufe erhalten – ein Mann und eine Frau, die sich für den *Vin d'Anjou* interessierten, und das war seltsam, denn er hatte in Erwartung des Gutachtens mit keinem über diese Angelegenheit gesprochen. Corso berichtete ihm von seiner Unterhaltung mit Liana Taillefer und davon, daß er selbst ihr gesagt hatte, wer der neue Besitzer des Manuskripts war.

»Sie kannte dich von deinen Besuchen bei dem Verblichenen, und übrigens«, fiel ihm wieder ein, »sie möchte eine Kopie deiner Quittung haben.«

Am anderen Ende der Leitung erklang dröhnendes Gelächter. Eine Quittung, das konnte sie sich aus dem Kopf schlagen. Taillefer hatte ihm die Handschrift verkauft und damit basta. Aber wenn die Witwe die Sache noch einmal persönlich mit ihm besprechen wollte – La Ponte lachte anzüglich –, so stand dem von seiner Seite nichts im Wege. Corso fragte ihn, ob es nicht möglich sei, daß der Verleger vor seinem Tod mit irgend jemandem über das Manuskript gesprochen habe,

aber sein Freund war skeptisch. Taillefer hatte nachdrücklich
darauf bestanden, daß er den Mund hielt, bis er selbst ihm
einen entsprechenden Hinweis geben würde. Und das hatte
er zum Schluß unterlassen, es sei denn, man interpretierte
seinen Selbstmord als Hinweis.

»Warum nicht?« fragte Corso. »Das wäre doch kein
schlechter Hinweis.«

La Ponte ließ ein zynisches Lachen vernehmen und wollte
dann nähere Einzelheiten über den Besuch bei Liana Taillefer wissen, den er mit obszönen Bemerkungen kommentierte.
Dann beendeten beide das Gespräch, ohne daß Corso ihm
von seinem Erlebnis in Toledo berichtet hätte.

Nachdem er eingehängt hatte, wandte sich der Bücherjäger
wieder den *Neun Pforten* zu, aber es wollte ihm nicht mehr
gelingen, sich darauf zu konzentrieren. Seine Gedanken krei-
sten um das Dumas-Manuskript. Eine innere Stimme sagte
ihm, daß zwischen dem *Vin d'Anjou* und dem Anschlag, der
in Toledo auf ihn verübt worden war, eine Verbindung bestand, auch wenn er diese Ahnung nicht begründen konnte.
Er wußte nur, daß er seit seinem Besuch bei der Witwe Taillefer eine seltsame Unruhe mit sich herumtrug. Schließlich
holte er den Ordner mit den blauen und weißen Blättern,
massierte sich die schmerzende Hand und rief die DUMAS-
Dateien im Computer auf. Der Bildschirm begann zu blinken.
Unter dem Dateinamen BIO fand er folgendes:

Dumas, Alexandre (Alexandre Davy de la Pailleterie).
Geboren am 24.7.1802. Gestorben am 5.12.1870. Sohn
des Thomas Alexandre Dumas, General der Republik.
Autor von 257 Romanen, Memoiren und anderen Erzäh-
lungen. 25 Theaterstücke. Hat exotische Gesichtszüge,
da väterlicherseits Mulatte. Äußeres Erscheinungsbild:
groß gewachsen, kraftstrotzend, mächtiger Hals, Kraus-
haar, fleischige Lippen, lange Beine. Charaktereigen-
schaften: vergnügungssüchtig, dominant, schwindlerisch,

unzuverlässig, jovial. Hatte mindestens 27 Geliebte, zwei eheliche und vier uneheliche Kinder. Verdiente mit seiner schriftstellerischen Tätigkeit ein Vermögen, das er für Feste, Reisen, teure Weine und Blumenarrangements verschwendete oder sich von den Geliebten, Freunden und Schmarotzern abknöpfen ließ, die ihn in seinem Schloß belagerten. Seine Freigebigkeit brachte ihn schließlich an den Rand des Ruins. Nicht politische Gründe, wie im Fall seines Freundes Victor Hugo, sondern die Gläubiger zwangen ihn zur Flucht aus Paris. Freunde: Hugo, Lamartine, Michelet, Gérard de Nerval, Nodier, George Sand, Berlioz, Théophile Gautier, Alfred de Vigny u. a. Feinde: Balzac, Badère u. a.

Nein, das brachte ihn nicht weiter. Unzählige Fährten, die falsch oder nutzlos waren: Corso hatte das Gefühl, im dunkeln zu tappen. Und doch mußte es irgendwo einen Anhaltspunkt geben. Mit seiner gesunden Hand gab er den Dateinamen DUMAS.NOV ein:

Romane von Alexandre Dumas, die in Fortsetzungen erschienen sind: 1831: Historische Szenen *(Revue des Deux Mondes). 1834:* Jacques I et Jacques II *(Journal des Enfants). 1835:* Isabel de Bavière *(Dumont). 1836:* Murat *(La Presse). 1837:* Pascal Bruno *(La Presse).* Die Geschichte eines Tenors *(Gazette Musicale). 1838:* Lecomte Horace *(La Presse).* La salle d'armes *(Dumont).* Le capitaine Paul *(Le Siècle). 1839:* Jacques Ortis *(Dumont).* Leben und Abenteuer des John Davis *(Revue de Paris).* Le capitaine Panphile *(Dumont). 1840:* Mémoires d'un maître d'armes *(Revue de Paris). 1841:* Der Chevalier von Harmental *(Le Siècle). 1843:* Sylvandire *(La Presse).* Das Brautkleid *(La Mode).* Albine *(Revue de Paris).* Ascanio *(Le Siècle).* Fernande *(Revue de Paris).* Amaury *(La Presse). 1844:* Die drei Musketiere *(Le*

Siècle). Gabriel Lambert *(La Chronique)*. Eine Tochter des Regenten *(Le Commerce)*. Eine korsische Familie *(Démocratie Pacifique)*. Der Graf von Monte Christo *(Journal des Débats)*. La comtesse Berthe *(Hetzel)*. Die Geschichte eines Nußknackers *(Hetzel)*. Die Königin Margot *(La Presse)*. *1845:* Nanon de Lartigues *(La Patrie)*. Zwanzig Jahre nachher *(Le Siècle)*. Der Chevalier von Maison-Rouge *(Démocratie Pacifique)*. Die Dame von Monsoreau *(Le Constitutionnel)*. Madame de Condé *(La Patrie)*. *1846:* La vicomtesse de Cambes *(La Patrie)*. Der Bastard von Mauleon *(Le Commerce)*. Joseph Balsamo *(La Presse)*. L'abbesse de Pessac *(La Patrie)*. *1847:* Die Fünfundvierzig *(Le Constitutionnel)*. Der Graf von Bragelonne *(Le Siècle)*. *1848:* Das Halsband der Königin *(La Presse)*. *1849:* Die fünf Ehen des Vaters Olifus *(Le Constitutionnel)*. *1850:* Gott lenkt *(Événement)*. Die schwarze Tulpe *(Le Siècle)*. Histoire d'une colombe *(Le Siècle)*. Ange Pitou *(La Presse)*. *1851:* Olympia von Clèves *(Le Siècle).1852:* Gott und Teufel *(Le Pays)*. Die Gräfin von *Charny (Cadot)*. Isaak Laquedem *(Le Constitutionnel)*. *1853:* Le pasteur d'Ashbourne *(Le Pays)*. Catherine Blum *(Le Pays)*. *1854*: Vie et aventures de Catherine-Charlotte *(Le Mousquetaire).* Le Gentilhomme de la montagne *(Le Mousquetaire)*. Die Mohicaner von Paris *(Le Mousquetaire)*. Le capitaine Richard *(Le Siècle)*. Le page du duc de Savoie *(Le Constitutionnel)*. *1856:* Die Genossen Jehus *(Journal pour tous)*. *1857:* Le dernier roi de Saxe *(Le Monte-Cristo)*. Der Wolfsführer *(Le Siècle)*. Le chasseur de sauvagine *(Cadot)*. Black *(Le Constitutionnel)*. *1858:* Die Wölfinnen von Machecoul *(Journal pour Tous)*. Mémoires d'un policier *(Le Siècle)*. La maison de glace *(Le Monte-Cristo)*. *1859:* Ammalat-Beg *(Moniteur Universel)*. L'histoire d'un cabanon et d'un chalet *(Revue Européenne)*. *1860:* Memoiren des Dichters Quintus Horatius Flaccus *(Le Siècle)*. Le père la ruine *(Le Siècle)*. La marquise d'Escoman *(Le Constitutionnel)*. Jane *(Le Siècle)*. *1861:* Eine Nacht in Florenz *(Lévy-Hetzel)*. *1862:* Der Freiwillige von 92 *(Le Monte-Cristo)*. *1863:* La San Felice *(La Presse)*. *1864:* Die beiden Dianen *(Lévy)*. Ivanhoë: (Pub. du Siècle). 1865: La dame de volupté *(Avenir National)*. Le Comte de Moret *(Les Nouvelles)*. *1866:* Un cas de conscience *(Le Soleil)*. Pariser und Provinzler *(La Presse)*. *1867:* Les blancs et les bleus *(Le Mousquetaire)*. La terreur prussienne *(La Situation)*. *1869*: Hector de Sainte-Hermine *(Moniteur Universel)*. Der geheimnisvolle Arzt *(Le Siècle)*. La fille du marquis *(Le Siècle)*.

Er lachte in sich hinein und fragte sich, was der verstorbene Enrique Taillefer wohl dafür gegeben hätte, alle diese Titel zu besitzen. Seine Brille hatte sich beschlagen, also nahm er sie ab und putzte sorgfältig die Gläser. Die Zeilen auf dem Monitor waren nun undeutlich und verschwommen wie die seltsamen Bilder, die ihm durch den Kopf schwirrten und die er nicht recht einzuordnen wußte – auch dann nicht, als er die gesäuberte Brille aufsetzte und die Bildschirmseite wieder scharf vor seinen Augen stand. Und doch glaubte Corso jetzt, auf dem richtigen Weg zu sein. Er suchte weiter:

Baudry, Herausgeber von Le Siècle. *Veröffentlicht die* Drei Musketiere *zwischen dem 14. März und dem 11. Juli 1844.*

Andere Dateien, die er aufrief, enthielten Informationen über die Mitarbeiter, von denen Dumas sich bei seiner literarischen Tätigkeit hatte unterstützen lassen. Das waren insgesamt zweiundfünfzig gewesen, und mit den meisten von ihnen hatte er sich über kurz oder lang zerstritten. Aber Corso interessierte nur ein Name:

Maquet, Auguste-Jules. 1813 – 1886. Verfaßt gemeinsam mit Alexandre Dumas verschiedene Theaterstücke, 19 Romane (darunter so bekannte wie Der Graf von Monte Christo, Der Chevalier von Maison-Rouge, Die schwarze Tulpe, Das Halsband der Königin) *und vor allem die Trilogie der* Drei Musketiere. *Seine Zusammenarbeit mit Dumas verhilft ihm zu Berühmtheit und Reichtum. Während Dumas im Alter völlig verarmt, stirbt Maquet als reicher Mann auf seinem Schloß in Saint-Mesme. Keines der Werke, die er ohne Dumas geschrieben hat, überlebt ihn.*

Corso rief die Datei mit der Kurzbiographie Dumas' auf. Sie enthielt Auszüge aus den *Memoiren* des Romanciers:

Wir – also Hugo, Balzac, Soulié, De Musset und ich – waren die Erfinder der leichten Literatur. Und wir haben es geschafft, uns mit dieser Art von Literatur einen Namen zu machen, so leicht sie auch gewesen sein mag...

Meine Phantasie verhält sich der Realität gegenüber etwa so wie ein Mann, der die Ruine eines zerstörten Bauwerks besichtigt, über Trümmer klettert, geheime Gänge erforscht, sich durch niedrige Einlässe zwängt, um mit Hilfe seiner Vorstellungskraft das ursprüngliche Aussehen des Gebäudes wiederherzustellen, als es voller Leben war, als die Freude es mit Liedern und Gelächter füllte und der Schmerz sich in wilden Schluchzern Luft machte.

Corso wandte sich entnervt von seinem Computer ab. Der Eindruck von vorher, endlich auf der richtigen Fährte zu sein, hatte sich verflüchtigt und in die letzten Winkel seines Gedächtnisses verkrochen, ohne daß es ihm gelungen wäre, ihn mit etwas Konkretem in Verbindung zu bringen. Er stand auf und machte ein paar Schritte durch das dunkle Zimmer. Danach richtete er den Schein seiner Arbeitslampe auf einen Stoß Bücher, der auf dem Boden lag: eine moderne Ausgabe der *Memoiren* von Alexandre Dumas dem Älteren. Er bückte sich nach zwei dicken Bänden, trug sie zum Tisch und begann sie durchzublättern, bis er auf drei Fotografien stieß. Auf einer von ihnen war Dumas, dem man seinen afrikanischen Vater deutlich ansah, im Sitzen abgelichtet; lächelnd betrachtete er Elisabeth Constant, die, so las Corso in der Bildunterschrift, gerade fünfzehn Jahre alt war, als sie die Geliebte des Romanciers wurde. Das zweite zeigte den Nestor des Fortsetzungsromans in fortgeschrittenem Alter, auf dem Gipfel seines Erfolgs; mit gutmütiger, heiterer Miene posierte er neben seiner Tochter Marie. Am amüsantesten und aufschlußreichsten fand Corso jedoch das dritte Foto: Es zeigte den fünfundsechzigjährigen Dumas mit weißem Haar, aber immer noch stattlicher Erscheinung, den Gehrock über dem mächtigen Kugelbauch geöffnet, wie er Adah Menken umarmt, eine seiner letzten Geliebten, »der es gefiel, sich leicht geschürzt mit den großen Männern ihres Lebens fotografieren zu lassen, besonders nach spiritistischen Sitzungen und Schwarzer Magie, deren große Anhängerin sie war« – so lautete die Bildlegende.

Tatsächlich waren Beine, Arme und Hals der Menken auf dem Foto entblößt, was in der damaligen Zeit wohl einem Skandal gleichkam. Die junge Frau, die der Kamera mehr Aufmerksamkeit schenkte als dem Objekt ihrer Umarmung, hatte den Kopf an die mächtige Schulter des Greises gelehnt. Und was diesen selbst betraf, so kündete sein Gesicht von einem langen Leben in Saus und Braus. Er hatte die drallen Wangen eines Genußmenschen, und um seine Lippen spielte ein sattes, ironisches Lächeln. Die Augen betrachteten den Fotografen mit spöttischem Hintersinn, als wolle er ihn zu seinem Verbündeten machen. Der dickleibige Alte mit dem unzüchtigen, feurigen Mädchen, das ihn wie eine seltene Trophäe vorzeigte – ihn, dessen Romanhelden und Abenteuer so viele

Frauen zum Träumen brachten: Man hatte den Eindruck, der alte Dumas bitte um Verständnis dafür, daß er der Grille einer jungen Göre nachgab, die sich partout mit ihm fotografieren lassen wollte – aber sie war auch verdammt hübsch, die Kleine mit der samtigen Haut und den glühenden Lippen, die ihm das Leben auf dem letzten Wegabschnitt, drei Jahre vor seinem Tod, noch beschert hatte. Der alte Lüstling.

Corso schloß das Buch mit einem Gähnen. Seine Armbanduhr, ein altmodischer Chronometer, den er oft aufzuziehen vergaß, war auf Viertel nach zwölf stehengeblieben. Er trat auf die Veranda hinaus, öffnete eines der Schiebefenster und sog die frische Nachtluft ein. Die Straße machte nach wie vor einen völlig ausgestorbenen Eindruck.

›Wie seltsam das alles ist‹, dachte er, während er zu seinem Schreibtisch zurückging, um den Computer abzuschalten. Seine Augen fielen auf den Aktenordner mit dem Dumas-Manuskript, er schlug ihn mechanisch auf und nahm sich noch einmal die fünfzehn Blätter mit den zweierlei Handschriften vor: elf waren hellblau und vier weiß. ›*Après des nouvelles presque désespérées du roi...*‹ ›*Nach den fast hoffnungslos klingenden Nachrichten über das Befinden des Königs...*‹ Corso ging zu dem Stoß Bücher auf dem Boden und wählte einen dicken roten Wälzer aus – eine anastatische Ausgabe von J. C. Lattès, 1988 –, der die gesamte Trilogie der *Drei Musketiere* enthielt sowie den *Grafen von Monte Christo* in der kurz nach Dumas' Tod erschienenen Ausgabe von Le Vasseur mit Kupferstichen. Auf Seite 144 fand er das Kapitel mit der Überschrift *Le vin d'Anjou* und begann zu lesen, wobei er mit der Originalhandschrift verglich. Bis auf ein paar kleine Errata waren die beiden Texte identisch. Im Buch war das Kapitel mit zwei Zeichnungen von Maurice Leloir illustriert, die Huyot gestochen hatte: König Ludwig XIII. eilt mit zehntausend Mann zur Belagerung von La Rochelle. Im Vordergrund vier Reiter seines Geleits, Musketen in der Hand, mit breitkrempigem Hut und Uniformrock

Dumas und Adah Menken

der Kompanie de Tréville; bei dreien von ihnen handelte es sich mit Sicherheit um Athos, Porthos und Aramis. Kurz darauf würden sie sich mit ihrem Freund d'Artagnan treffen, der als einfacher Kadett in der Gardekompanie des Herrn Des Essarts dient. Zu diesem Zeitpunkt weiß der Gascogner noch nicht, daß die Flaschen mit Anjouwein ein vergiftetes Geschenk seiner Todfeindin Milady de Winter sind, mit denen sie sich dafür rächen will, daß d'Artagnan sie so schmählich gekränkt hat. Diesem ist es nämlich mit einem Täuschungsmanöver gelungen, sich Zugang ins Bett der Spionin Richelieus zu verschaffen und in den Genuß einer Liebesnacht zu kommen, die eigentlich dem Grafen von Wardes zugestanden hätte. Als wäre das nicht genug, hat d'Artagnan zufällig auch noch das schreckliche Geheimnis Miladys entdeckt: die Lilie auf ihrer Schulter, das Schandmal, mit dem sie vom Henker gebrandmarkt worden ist. In Anbetracht dieser Vorgeschichte und des Charakters von Milady versteht man auch die Szene, die auf dem zweiten Kupferstich dargestellt ist: Vor den erschrockenen Augen d'Artagnans und seiner Kameraden verendet ihr Diener Brisemont unter fürchterlichen Qualen, weil er von dem Wein getrunken hat, der für seinen Herrn bestimmt war. Völlig im Bann der spannenden Erzählung, die er seit zwanzig Jahren nicht mehr gelesen hatte, gelangte Corso zu der Stelle, in der die drei Musketiere und d'Artagnan über Milady sprechen:

»Ihr seht, lieber Freund«, sagte d'Artagnan zu Athos, »es ist ein Krieg auf Leben und Tod!«

Athos schüttelte den Kopf. »Ja, das sehe ich. Aber glaubt Ihr, sie ist es?«

»Das steht fest!«

»Doch ich muß Euch eingestehen, ich zweifle noch immer daran.«

»Und die Lilie auf der Schulter?«

»Vielleicht eine Engländerin, die irgendein Verbrechen

in Frankreich begangen hat und dafür gebrandmarkt worden ist.«

»Aber ich sage Euch, es ist Eure Frau, Athos«, antwortete d'Artagnan. »Erinnert Ihr Euch nicht, wie sehr sich die beiden Beschreibungen gleichen?«

»Ich glaubte, sie wäre tot; ich hatte sie so gut gehenkt!« D'Artagnan schüttelte nun den Kopf.

»Aber was läßt sich jetzt tun?« fragte er.

»Man kann nicht ewig mit einem Damoklesschwert über dem Haupt leben«, sagte Athos. »Man muß aus dieser Lage herauskommen.«

»Aber wie?«

»Hört! Sucht mit ihr zusammenzukommen und Euch mit ihr auseinanderzusetzen! Sagt zu ihr: Entweder Krieg oder Frieden! Mein Wort als Edelmann, daß ich nie etwas von Euch sagen, nie etwas gegen Euch unternehmen werde. Dafür schwört mir feierlich, daß Ihr mir gegenüber neutral bleiben wollt. Wenn nicht, so suche ich den Kanzler, den König, den Henker auf; ich hetze den Hof gegen Euch, zeige Euch als gebrandmarkt an, lasse Euch vor Gericht stellen, und wenn man Euch freispricht, so töte ich Euch, so wahr ich ein Edelmann bin, am nächsten besten Eckstein, gerade wie ich einen tollen Hund töten würde.«

»Das wäre mir schon recht«, sagte d'Artagnan.

Eine Erinnerung zieht andere Erinnerungen nach sich. Auf einmal war es Corso, als husche eine vertraute Gestalt durch seine Gedanken. Er schaffte es, sie zu fixieren, bevor sie ihm entschwinden konnte. Es war wieder der Typ in der schwarzen Livree, der Chauffeur des Jaguars vor Liana Taillefers Haus, der Fahrer des Mercedes in Toledo... Der Mann mit der Narbe. Und es war Milady gewesen, die ihn aus seinem Gedächtnis heraufbeschworen hatte.

Er dachte verwirrt über diesen Umstand nach. Und plötzlich stand klar und deutlich ein Bild vor seinen Augen. Milady, natürlich. Milady de Winter, wie d'Artagnan sie zum erstenmal sieht: im ersten Kapitel des Romans, den Kopf wie eingerahmt im Fenster ihrer Kutsche vor dem Gasthof in Meung. Milady im Gespräch mit einem Unbekannten... Corso blätterte das Buch rasch durch und hatte die betreffende Stelle bald gefunden:

... ein etwa vierzig- bis fünfundvierzigjähriger Mann mit stechenden schwarzen Augen, bleicher Gesichtsfarbe, stark hervortretender Nase und schwarzem, sauber gestutztem Schnurrbart.

Rochefort. Der üble Geheimagent des Kardinals, der Feind d'Artagnans, der es soweit bringt, daß man im ersten Kapitel mit Stöcken, Schaufeln und Feuerzangen über den jungen Gascogner herfällt, der Edelmann, der ihm den Empfehlungsbrief an Herrn de Tréville stiehlt und der indirekt daran schuld ist, daß d'Artagnan sich beinahe mit Athos, Porthos und Aramis duelliert... Nach dieser Gedächtnispirouette, die zu einer ungewöhnlichen Assoziation von Gedanken und Figuren geführt hatte, kratzte Corso sich ratlos am Kopf. Was verband den Begleiter Miladys mit dem Chauffeur, der ihn in Toledo hatte überfahren wollen? Und dann die Narbe – in dem Abschnitt, den er soeben gelesen hatte, war keine Rede davon. Und doch mußte Rochefort ein Mal im Gesicht gehabt haben, daran erinnerte er sich gut. Er blätterte in dem Buch herum, bis er im dritten Kapitel die Bestätigung seiner Vermutung fand, dort, wo d'Artagnan Herrn de Tréville von seinem Abenteuer erzählt:

»Sagt, hatte dieser Edelmann nicht eine leichte Narbe auf der Backe?«
»Ja, wie von einem Streifschuß.«

Eine leichte Narbe auf der Backe. So stand es schwarz auf weiß geschrieben, aber Corso erinnerte sich an eine »große Narbe«, wie die des schwarzlivrierten Chauffeurs. Er dachte angestrengt nach, bis er schließlich laut hinauslachte. Jetzt war die Szene komplett und in Farbe: Lana Turner in den *Drei Musketieren* hinter einem Kutschenfenster, und ein entsprechend grimmig wirkender Rochefort: Er war nicht fahl, wie in Dumas' Roman, sondern braungebrannt, mit einem Federhut auf dem Kopf, und hatte tatsächlich eine große Narbe, die seine rechte Wange von der Schläfe bis zum Kinn durchzog. Dann gingen seine Erinnerungen also auf einen Film zurück und nicht auf ein Buch. Corso schüttelte, verzweifelt und belustigt zugleich, den Kopf. Verdammtes Hollywood.

Aber von Filmen und Zelluloid einmal abgesehen, herrschte jetzt endlich ein wenig Ordnung in seinem Kopf. Unter einem gemeinsamen, wenn auch geheimen Notenschlüssel verbanden sich versprengte Töne zu einer rätselhaften Melodie. Die vage Unruhe, die Corso seit seinem Besuch bei der Witwe Taillefer empfand, begann konkrete Formen anzunehmen. Gesichter, Schauplätze und Gestalten zwischen dem Fiktiven und dem Realen waren auf seltsame und noch undurchsichtige Weise miteinander verknüpft: Dumas und ein Buch aus dem 17. Jahrhundert, der Teufel und *Die drei Musketiere*, Milady und die Scheiterhaufen der Inquisition – so absurd und romanhaft dies alles auch anmutete.

Corso löschte das Licht und ging ins Bett, aber er fand lange keinen Schlaf. Da war ein Bild, das ihm einfach nicht aus dem Sinn wollte – mit offenen Augen sah er es vor sich in der Dunkelheit schweben. Es war eine Landschaft, die Landschaft seiner Jugendlektüren, bevölkert mit Schatten, die nun, zwanzig Jahre später, die Gestalt von Gespenstern annahmen und in greifbare Nähe rückten. Die Narbe. Rochefort. Der Mann aus Meung. Der Meuchelmörder seiner Eminenz.

V. Remember

Er saß, wie ich ihn verlassen hatte,
in seinem Lehnstuhl vor dem Kamin.

A. Christie, *Alibi*

Ich glaube, es war wenige Tage vor seiner Abreise nach Portugal, als Corso sich zum zweitenmal an mich wandte. Wie er mir später gestand, ahnte er zu diesem Zeitpunkt bereits, daß die *Neun Pforten* von Varo Borja und das Dumas-Manuskript nur die Spitze eines Eisbergs waren und daß er, um hinter ihr Geheimnis zu kommen, zuerst den anderen Geschichten auf den Grund gehen mußte, die mindestens ebenso fest miteinander verknotet waren wie die Krawatte um Enrique Taillefers Hände. Das war sicher nicht einfach, da es in der Literatur nie klare Grenzen gibt. Dort baut eins auf dem anderen auf, die Dinge sind ineinander verschachtelt wie die hohlen Holzfiguren einer Babuschka, überlagern sich manchmal zu einem komplizierten Spiel zwischen den Zeilen, sogar eine Art Spiegelkabinett kann entstehen, in das sich nur die Dümmsten oder aber Selbstsichersten unter meinen Kollegen mit der Überzeugung hineinwagen, ein Tatbestand sei zweifelsfrei zu klären, eine literarische Patenschaft eindeutig festzulegen. Mancher Standpunkt ist ebenso anfechtbar wie etwa die Behauptung, Robert Ranke-Graves sei von *Quo Vadis* geprägt und nicht von Sueton oder Apollonios von Rhodos. Ich für meinen Teil weiß nur, daß ich nichts weiß. Und wenn ich eine bestimmte Information benötige, dann schlage ich in den Büchern nach, deren Gedächtnis nie versagt.

»Der Graf von Rochefort ist eine der wichtigsten Nebenfiguren in den *Drei Musketieren*«, erklärte ich Corso, als er mich zum zweitenmal aufsuchte.« »Er ist ein Agent des Kardinals und Freund von Milady. Er ist aber auch der erste Feind, den d'Artagnan sich macht, und ich kann Ihnen sogar genau sagen, wann: am ersten Montag im April des Jahres 1625 in Meung-sur-Loire. Ich spreche natürlich von dem fiktiven Rochefort, obwohl in den *Memoiren* des echten d'Artagnan von Gatien de Courtilz eine ähnliche Gestalt unter dem Namen Rosnas auftaucht. Aber den Rochefort mit der Narbe, wie wir ihn aus den *Drei Musketieren* kennen, hat es in Wirklichkeit nie gegeben. Dumas entnahm diese Figur einem anderen Buch, den *Mémoires de MLCDR (Monsieur le comte de Rochefort)*, die ebenfalls Courtilz zugeschrieben werden und wahrscheinlich apokryph sind. Ich sage wahrscheinlich, weil auch schon vermutet wurde, es handle sich um Henri-Louis de Aloigny, den Marquis de Rochefort, der ums Jahr 1625 geboren wurde. Aber das ist doch eine sehr gewagte Hypothese.«

Ich betrachtete die Lichter des Abendverkehrs, der auf dem Boulevard vorbeifloß, draußen, vor dem Fenster des Cafés, in dem ich mich regelmäßig mit Freunden zu einem literarischen Stammtisch treffe. Wir saßen um einen Tisch voller Zeitungen, Tassen und rauchender Aschenbecher. Außer Corso und mir waren ein paar Schriftsteller gekommen, ein erfolgloser Maler und eine um so erfolgreichere Journalistin, ein Theaterschauspieler und vier oder fünf Studenten, die wie immer mucksmäuschenstill in einer Ecke hockten und mich anstarrten wie einen Halbgott. Corso saß an die Fensterscheibe gelehnt im Mantel da, trank Gin und machte sich ab und zu eine Notiz.

»Eins steht fest«, fuhr ich fort. »Der Leser, der sich durch die siebenundsechzig Kapitel der *Drei Musketiere* kämpft und einem Duell zwischen Rochefort und d'Artagnan entgegenfiebert, wird bitter enttäuscht. Dumas bereinigt die Angelegenheit in drei Zeilen und läßt das oder besser die Duelle einfach unter den Tisch fallen. Wenn wir Rochefort in *Zwanzig*

Jahre nachher wieder begegnen, so stellen wir nur fest, daß er sich inzwischen dreimal mit d'Artagnan geschlagen hat und ebensooft von ihm verwundet wurde – die Narben an seinem Körper sind der Beweis. Nichtsdestotrotz ist ihr gegenseitiger Haß einem heuchlerischen Respekt gewichen, wie er nur zwischen ehemaligen Feinden möglich ist. Ihr abenteuerliches Leben führt dazu, daß sie erneut in unterschiedlichen Lagern kämpfen. Aber jetzt herrscht zwischen ihnen die komplizenhafte Verbundenheit zweier Ehrenmänner, die sich seit zwanzig Jahren kennen... Rochefort zieht sich die Ungnade Mazarins zu, entflieht aus der Bastille, ist an der Flucht des Herzogs von Beaufort beteiligt, schließt sich der Fronde an und stirbt in den Armen d'Artagnans, der ihn inmitten des Tumults nicht erkennt und mit seinem Degen durchbohrt. *Das Schicksal will es so,* sagt er zu dem Gascogner. *Von dreien Eurer Degenstiche bin ich genesen, aber den vierten werde ich nicht überleben.* Dann schließt er für immer die Augen. *Ich habe soeben einen alten Freund getötet,* erzählt d'Artagnan später seinem Kameraden Porthos. Mehr wird dem alten Spion Richelieus nicht auf den Grabstein geschrieben.«

Meine Erläuterungen setzten eine angeregte Diskussion in Gang. Der Schauspieler, ein alter Galan, der in einer Fernsehserie die Rolle des Grafen von Monte Christo gespielt hatte und an diesem Abend keine Sekunde lang die Journalistin aus den Augen verlor, begann, von dem Maler und den beiden Schriftstellern angefeuert, seine Erinnerungen zum besten zu geben und brillante Schilderungen der Romanfiguren zu liefern. Von Dumas kamen wir auf Zévaco und Paul Féval zu sprechen, und schließlich auf Salgari, dem wir wieder einmal das überragende Können Sabatinis gegenüberstellten. Ich erinnere mich, daß irgend jemand schüchtern den Namen Jules Verne erwähnte, aber sofort von allen ausgebuht wurde. Im Kontext leidenschaftlicher Mantel-und-Degen-Stücke, in dem wir uns bewegten, waren Vernes kalte, herzlose Helden völlig fehl am Platze.

Was die Publizistin betraf – eine jener Modejournalistinnen mit eigener Kolumne in der Sonntagsausgabe einer bekannten Tageszeitung –, so begann ihr literarisches Gedächtnis bei Milan Kundera, weshalb sie die meiste Zeit vorsichtige Zurückhaltung übte, nur dann und wann erleichtert nickte, wenn ein Titel, eine Anekdote oder eine Figur – der Schwarze Schwan, Yáñez, der Degenstich Nevers – sie an einen Film erinnerten, den sie im Fernsehen gesehen hatte. Corso dagegen betrachtete mich mit der ruhigen Ausdauer eines Jägers über den Rand seines Gin-Glases hinweg, als laure er nur auf eine Gelegenheit, das Gespräch wieder auf sein Thema zu lenken. Und so nützte er denn auch sofort das peinliche Schweigen aus, das sich über unsere Runde legte, nachdem die Journalistin verkündet hatte, sie fände Abenteuerromane zu oberflächlich – meinen Sie nicht auch? Irgendwie seicht. Wie soll ich sagen.

Corso knabberte am Radiergummi seines Bleistifts.

»Señor Balkan, wie ist Ihrer Meinung nach die Figur Rocheforts innerhalb der Geschichte zu interpretieren?«

Die Blicke der Versammelten richteten sich auf mich und besonders die der Studenten, unter denen sich zwei Mädchen befanden. Ich weiß wirklich nicht, warum ich in bestimmten Kreisen als eine Art Bonze der schönen Künste gelte und alles andächtig verstummt, sobald ich den Mund aufmache. Egal, was ich von mir gebe, es wird aufgenommen wie ein Glaubensdogma. Ein Artikel von mir, in der entsprechenden Literaturzeitschrift veröffentlicht, kann einen jungen Schriftsteller in den Himmel heben oder für immer verdammen. Absurd, ich weiß, aber so ist das Leben. Denken Sie nur an den letzten Nobelpreisträger, den Autor von *Ich, Onán, Auf der Suche nach mir selbst* und des weltberühmten *Oui, c'est moi*. Ich war es, der ihn vor fünfzehn Jahren, am achtundzwanzigsten Dezember, mit einem eineinhalb Seiten langen Artikel in *Le Monde* dem Lesepublikum vorgestellt habe – auch wenn ich mir das nie verzeihen werde.

»Am Anfang ist Rochefort der Feind schlechthin«, begann

ich zu erklären. »Er symbolisiert die dunklen Mächte, das Böse... Er steht im Zentrum des diabolischen Komplotts gegen d'Artagnan und seine Freunde, der mörderischen Ränke, die der Kardinal hinter ihrem Rücken spinnt...«

Ich sah, daß eine der Studentinnen lächelte, geistesabwesend und beinahe etwas spöttisch. Ob sie dazu meine Worte veranlaßten oder irgendwelche geheimen Gedanken, die vielleicht gar nichts mit unserem Stammtisch zu tun hatten, war nicht zu erraten. Jedenfalls überraschte mich dieses Lächeln, denn wie schon gesagt, war ich daran gewöhnt, daß man mir mit demselben Respekt zuhörte, mit dem ein Redakteur des *L'Osservatore Romano* den Text einer päpstlichen Enzyklika in Empfang nehmen würde, den er exklusiv bekommt. Das bewirkte, daß ich mich etwas eingehender mit ihr beschäftigte, obwohl mir ihre aufregenden grünen Augen und ihr knabenhaft kurz geschnittenes Haar schon zu Beginn aufgefallen waren, als sie sich in ihrem blauen Kapuzenmantel, einen Stoß Bücher unterm Arm, zu uns gesellt hatte. Jetzt saß sie etwas abseits von der Gruppe und hörte zu. Es gibt immer junge Leute um unseren Tisch herum, meistens Literaturstudenten, die ich zu einem Kaffee einlade, aber dieses Mädchen war noch nie erschienen. Ihre Augen konnte man unmöglich vergessen – sie waren klar, beinahe durchsichtig, und kontrastierten mit dem braungebrannten Gesicht, das auf viel Sonne und frische Luft hindeutete. Sie hatte einen schlanken, biegsamen Körper und lange Beine, die ich mir unter ihrer Jeans ebenfalls braun vorstellte. Und noch etwas fiel mir an ihr auf: Sie trug keinerlei Schmuck, weder einen Ring noch eine Uhr, noch Clips an den Ohrläppchen, die im übrigen auch nicht durchstochen waren.

»Rochefort ist aber auch der Mann, den man nie zu fassen bekommt: Kaum hat man ihn gesichtet, so taucht er schon wieder unter«, fuhr ich fort, als es mir endlich gelang, den Faden wieder aufzunehmen. »Sein Gesicht mit der Narbe könnte man als die Maske des Mysteriösen bezeichnen. Er verkörpert das Paradox, die Machtlosigkeit d'Artagnans, der ihn verfolgt, aber nie erwischt, töten möchte, das aber erst nach zwanzig Jahren schafft, überdies unbeabsichtigt, da die beiden mittlerweile keine Feinde mehr sind, sondern Freunde.«

»Dein d'Artagnan scheint das Unglück ja förmlich anzuziehen«, bemerkte einer meiner Bekannten – der ältere der beiden Schriftsteller. Von seinem letzten Roman waren nur fünfhundert Exemplare verkauft worden, dafür verdiente er aber ein Heidengeld mit Krimis, die er unter dem perversen Pseudonym Emilia Forster veröffentlichte. Ich quittierte seine treffende Bemerkung mit einem anerkennenden Blick.

»Das kann man laut sagen. Die große Liebe seines Lebens wird vergiftet. Er selbst muß sich trotz seiner Heldentaten und der unbezahlbaren Dienste, die er der französischen Krone leistet, zwanzig Jahre lang mit dem bescheidenen Rang eines Leutnants der Musketiere zufriedengeben. Und als er in den letzten Zeilen des *Grafen von Bragelonne* nach vier Bänden und vierhundertfünfundzwanzig Kapiteln endlich zum Marschall befördert wird, tötet ihn kurz darauf eine holländische Kugel.«

»Wie den echten d'Artagnan«, sagte der Schauspieler, der es geschafft hatte, eine Hand auf den Schenkel der Modekolumnistin zu legen.

Ich nahm einen Schluck von meinem Kaffee und nickte. Corso ließ mich keinen Moment lang aus den Augen.

»Es gibt drei d'Artagnans«, erklärte ich. »Vom ersten, Charles de Batz-Castelmore, wissen wir aus einem zeitgenössischen Bericht der *Gazette de France,* daß er am 23. Juni 1673 während der Belagerung von Maastricht einem Schuß in den Hals erlag; und wie er ist auch die Hälfte seiner Männer gefallen... Aber von seinem tragischen Ende einmal abgesehen, hatte er im Leben mehr Glück als sein fiktiver Namensvetter.«

»Kam der auch aus der Gascogne?«

»Ja, aus dem kleinen Dorf Lupiac. Dort erinnert noch heute eine Gedenktafel an ihn, auf der zu lesen steht: *Hier wurde ums Jahr 1615 d'Artagnan geboren, der in Wirklichkeit Charles de Batz hieß und im Jahr 1673 während der Belagerung von Maastricht gefallen ist.*«

»Dann haben wir es da mit einer historischen Unstimmigkeit zu tun«, stellte Corso mit einem Blick in seine Unterlagen fest. »Dumas läßt seinen Roman ums Jahr 1625 beginnen, und da ist sein d'Artagnan achtzehn. Dagegen war der historische d'Artagnan zu diesem Zeitpunkt gerade zehn.« Auch jetzt erinnerte mich Corsos skeptisches, wohlerzogenes Lächeln an ein Kaninchen. »Ein bißchen zu jung, um den Degen zu führen.«

»Ja«, gab ich zu. »Dumas hat das ein wenig hingebogen, um seinen d'Artagnan das Abenteuer mit den Diamantnadeln zur Zeit Richelieus und Ludwigs XIII. erleben zu lassen. Aber Charles de Batz muß auch sehr jung gewesen sein, als er nach Paris kam: Im Jahr 1640 wird er in Dokumenten, die sich auf die Belagerung von Arras beziehen, als Gardist in der Kompanie Des Essarts erwähnt, und zwei Jahre später taucht sein Name im Zusammenhang mit der Kampagne von Roussillon auf ... Allerdings hat er nie zur Zeit Richelieus als Musketier gedient. Dieser Elitetruppe ist er erst nach dem Tod Ludwigs XIII. beigetreten. In Wirklichkeit war er ein Günstling von Kardinal Mazarin«, berichtete ich der Tischrunde. »Zwischen dem historischen und dem fiktiven d'Artagnan gibt es also tatsächlich einen zeitlichen Sprung von zehn, fünfzehn Jahren. Im folgenden hat Dumas dann mehr Rücksicht auf die wahren Begebenheiten genommen. Sie wissen ja, daß er die Handlung der *Drei Musketiere,* mit denen er so erfolgreich war, später fortgeführt hat, bis sie beinahe vierzig Jahre der französischen Geschichte abdeckte.«

»Was wissen wir über den echten d'Artagnan denn nun wirklich? Ich meine an historisch abgesicherten Fakten.«

»Ziemlich viel. Sein Name wird sowohl in den Briefen Mazarins erwähnt als auch in der Korrespondenz des Kriegsministeriums. Genau wie der Romanheld tritt er während des Fronde-Aufstands als Agent des Kardinals auf, mit vertraulichen Aufträgen am Hof Ludwigs XIII. Dem Briefwechsel von Madame de Sévigné ist zu entnehmen, daß er unter anderem mit der Verhaftung und Überführung des Finanzministers Fouquet betraut wurde – eine äußerst heikle Angelegenheit also. Möglich, daß er unseren Maler Velázquez kennengelernt hat, als er Ludwig XIV. auf die Fasaneninsel begleitete, wo dieser seine Verlobte Maria Theresia, die spanische Habsburgerin, abgeholt hat.«

»Demnach war er ein Höfling, wie er im Buche steht. Ganz anders als der Haudegen, den Dumas uns vorführt.«

Ich hob beschwörend die Hand.

»Lassen Sie sich vom äußeren Schein nicht trügen. Charles de Batz oder d'Artagnan war bis zu seinem Tod ein harter Kämpfer. Er hat unter Turenne den Dreißigjährigen Krieg mitgemacht und wurde 1657 zum Leutnant der grauen Musketiere ernannt, also praktisch zum Anführer dieser Abteilung. Zehn Jahre später stieg er zum Hauptmann der Musketiere auf, und mit diesem Rang, der dem eines Kavallerie-Generals gleichkommt, kämpfte er in Flandern...«

Corso, der dabei war, ein Wort oder Datum auf seinem Block zu vermerken, hielt inne und verdrehte die Augen hinter den Brillengläsern.

»Verzeihung«, sagte er, indem er sich über den Marmortisch zu mir herüberbeugte, »in welchem Jahr war das?«

»Die Beförderung zum General? 1667. Warum interessiert Sie das?«

Corso biß sich auf die Unterlippe und entblößte dabei einen Augenblick lang seine Schneidezähne. »Nur so«, antwortete er, und seine Miene war jetzt wieder völlig gelassen. »Genau im selben Jahr wurde in Rom ein gewisser Torchia verbrannt. Seltsamer Zufall...« Er sah mich ausdruckslos an. »Sagt Ihnen der Name Aristide Torchia etwas?«

Ich dachte nach, aber es fiel mir nichts ein.

»Noch nie gehört«, erwiderte ich. »Hat der etwas mit Dumas zu tun?« Corso zögerte noch einmal kurz.

»Nein«, sagte er schließlich, obwohl er alles andere als überzeugt schien. »Ich glaube nicht. Aber fahren Sie ruhig fort. Sie haben uns gerade erzählt, daß der echte d'Artagnan in Flandern gekämpft hat.«

»Ja, und er starb, wie schon gesagt, in Maastricht an der Spitze seines Heeres. Ein wahrer Heldentod: Die Stadt wurde von Engländern und Franzosen gemeinsam belagert, und als es galt, eine gefährliche Stelle zu passieren, beschloß d'Artagnan voranzugehen, weil er sich den Verbündeten gegenüber höflich zeigen wollte... Das hat er mit dem Leben bezahlt: Die Kugel einer Muskete traf ihn genau in die Halsschlagader.«

»Dann ist er also nie Marschall geworden.«

»Nein. Es ist ausschließlich das Verdienst Alexandre Dumas', daß dem fiktiven d'Artagnan zugestanden wurde, was der geizige Louis XIV. seinem Vorgänger aus Fleisch und Blut verwehrt hat. Ich kenne ein paar interessante Bücher zu diesem Thema. Notieren Sie sich die Titel, wenn Sie möchten. Eins stammt von Charles Samaran: *D'Artagnan, capitaine des mousquetaires du roi, histoire véridique d'un héros de roman,* 1912 veröffentlicht. Das andere heißt *Le vrai d'Artagnan* und wurde vom Duc de Montesquiou-Fezensac geschrieben, einem direkten Nachfahren des echten d'Artagnan. Wenn ich mich nicht täusche, ist es 1963 erschienen.«

Keine dieser Einzelheiten hatte direkt etwas mit dem Dumas-Manuskript zu tun, aber Corso notierte sie mit äußerster Gewissenhaftigkeit. Ab und zu sah er vom Blatt auf und warf mir durch seine verbogene Brille hindurch fragende Blicke zu. Dann wieder beugte er den Kopf über seinen Block und schien so tief in Gedanken zu versinken, daß er überhaupt nicht mehr zuhörte. Ich wußte damals so gut wie alles über den *Vin d'Anjou,* noch viel mehr, als der Bücherjäger zu diesem Zeitpunkt ahnte, aber ich hätte mir niemals vorstellen können, welch weitreichende Auswirkungen die Sache mit den *Neun Pforten* im folgenden auf die Geschichte haben würde. Corso, dessen Gedanken normalerweise einer strengen Logik folgten, begann dagegen schon jetzt unheimliche Bezüge herzustellen und die Realität mit der Fiktion zu verknüpfen. Was ich Ihnen hier berichte, mag alles etwas konfus erscheinen, aber vergessen wir nicht, daß die ganze Situation aus Corsos Sicht damals tatsächlich verwirrend war. Jetzt, wo ich diese Zeilen niederschreibe, gehören die dramatischen Begebenheiten, zu denen es später kommen sollte, natürlich der Vergangenheit an. Da ich mir aber vorgenommen habe, die Geschichte aus der Sicht Corsos zu erzählen, bin ich gezwungen, nach Art einer unendlichen Treppe – man denke an die Bilder M. C. Eschers – immer wieder an den Ausgangspunkt zurückzukehren und mich innerhalb der engen Grenzen zu bewegen, die Corsos Vorstellungsvermögen gesetzt waren. *Wissen und schweigen,* lautet die Regel. Und ohne Regeln kein Spiel, selbst wenn man ein bißchen schummelt.

»Gut«, sagte der Bücherjäger, nachdem er sich die von mir genannten Titel vermerkt hatte. »Das war also der erste d'Artagnan, der echte. Und der dritte ist der, den Dumas erfunden hat. Was vom einen zum andern überleitet, dürfte dann wohl das Buch von Gatien de Courtilz sein, das Sie mir neulich gezeigt haben: die *Mémoires de M. d'Artagnan.*«

»Genau. Dieser d'Artagnan ist sozusagen das Verbindungsglied, der am wenigsten bekannte von den dreien. Er existierte sowohl in der Wirklichkeit als auch in der Literatur, und ihn hat Dumas als Vorbild für seinen Romanhelden benützt. Gatien de Courtilz de Sandras war ein Zeitgenosse d'Artagnans, als Schriftsteller erkannte er das Romanhafte an dieser Gestalt und machte sich ans Werk. Einhundertfünfzig Jahre später stieß Dumas während eines Aufenthalts in Marseille auf sein Buch. Der Herr des Hauses, in dem er beherbergt wurde, hatte einen Bruder, der Vorsteher der Stadtbücherei war. Dieser hat ihm das Buch gezeigt, das im Jahr 1700 in Köln erschienen war. Dumas begriff sofort den Nutzen, den er daraus ziehen konnte, lieh es sich aus und hat es nie wieder zurückgegeben.«

»Was wissen wir über Dumas' Vorgänger, über Gatien de Courtilz?«

»Ziemlich viel. Nicht zuletzt, weil er eine umfangreiche Akte bei der Polizei hatte. Er wurde 1644 oder 1647 geboren und war Musketier, Kornett bei der *Royal-Étranger,* eine Art Fremdenlegion der Zeit, und Rittmeister im Regiment von Beaupré-Choiseul. Er hat am selben Krieg teilgenommen wie d'Artagnan, nur daß dieser gefallen ist, während Courtilz nach Kriegsende in Holland blieb und den Degen gegen die Feder eintauschte, um Biographien zu verfassen, historische Essays, mehr oder weniger apokryphe Memoiren und anstößige Klatschgeschichten über den französischen Hof. Damit hat er sich dann allerdings in die Brennesseln gesetzt. Seine *Memoiren des Herrn d'Artagnan* waren ein richtiger Renner: fünf Auflagen in zehn Jahren, aber Ludwig XIV. mißfiel die Respektlosigkeit, mit der er gewisse Details aus der Intimsphäre der königlichen Familie und ihrer Anhänger an die Öffentlichkeit zerrte. Kaum nach Frankreich zurückgekehrt, wurde Courtilz festgenommen und auf Kosten des Staates bis kurz vor seinem Tod in der Bastille einlogiert.«

Ich machte eine Pause, die der Schauspieler auf denkbar ungelegene Weise ausnützte, um ein Zitat aus Marquinas *In Flandern ging die Sonne unter* loszuwerden. Nichts als ein weiterer, schamloser Versuch, sich vor der Journalistin hervorzutun, deren Schenkel seine Hand bereits völlig in Besitz genommen hatte. Die anderen, besonders der Schriftsteller, der unter dem Pseudonym Emilia Forster schrieb, warfen ihm neidische oder übelwollende Blicke zu.

Nach kurzem Schweigen beschloß Corso, mich in die Kommandogewalt wiedereinzusetzen.

»Was hat Dumas' d'Artagnan Courtilz zu verdanken?«

»Er hat ihm viel zu verdanken. Obwohl in *Zwanzig Jahre nachher* und im *Grafen von Bragelonne* auch noch andere Quellen herangezogen werden, sind die *Drei Musketiere* im Kern bereits völlig bei Courtilz angelegt. Dumas bringt sein Genie zur Anwendung und verleiht der Geschichte Tiefe, aber die meisten Episoden finden sich, wenigstens ansatzweise, schon bei Courtilz: der Segen, mit dem d'Artagnans Vater seinen Sohn entläßt, der Brief an Herrn de Tréville, das Duell mit den Musketieren, die in der Textvorlage Brüder sind. Selbst Milady taucht schon auf. Und die beiden d'Artagnans gleichen einander aufs Haar. Der von Courtilz ist vielleicht etwas zynischer, etwas egoistischer und verschlossener, aber sonst gibt es keinen Unterschied.«

Corso beugte sich ein wenig nach vorn.

»Vorher sagten Sie, Rochefort symbolisiere das Böse, die üblen Machenschaften gegen d'Artagnan und seine Freunde. Aber Rochefort ist doch nicht mehr als ein Sbirre.«

»Ganz richtig. Ein Sbirre im Dienste seiner Eminenz, Armand Jean du Plessis, Kardinal Richelieu...«

»Der Bösewicht«, warf der Schauspieler ein, der zu allem seinen Senf dazugeben mußte. Die Studenten, die von unserem Ausflug ins Reich des Feuilletonromans ganz überwältigt waren, lauschten uns an diesem Abend mit offenem Mund oder schrieben eifrig mit. Nur das Mädchen mit den grünen Augen zeigte sich wenig beeindruckt und blieb immer ein wenig am Rande, als sei sie nur zufällig hier vorbeigekommen.

»Für Dumas«, fuhr ich fort, »gibt Richelieu – wenigstens im ersten Teil des Musketierzyklus – eine Figur ab, die in keinem romantischen Abenteuer- oder Schauerroman fehlen darf: die Figur des mächtigen Feindes, der im Trüben fischt, die Inkarnation des Bösen. Für die Geschichte Frankreichs war Richelieu ein bedeutender Mann, aber in den *Drei Musketieren* wird er erst zwanzig Jahre später rehabilitiert. Auf diese Weise versöhnt sich der schlaue Dumas mit der Realität, ohne den Interessen seines Romans zuwiderzuhandeln.

Er ersetzte Richelieu durch einen anderen Bösewicht: Mazarin. Diese Retusche, die er ausgerechnet d'Artagnan und seinen Kameraden in den Mund legt, dort, wo diese postum die Größe ihres ehemaligen Feindes preisen, ist natürlich unmoralisch – für Dumas stellte sie einen bequemen Akt der Reue dar. Aber das soll uns nicht darüber hinwegtäuschen, daß Richelieu im ersten Band der Trilogie perfekt die Rolle des Unholds verkörpert: Er plant die Ermordung Buckinghams, will Anna von Österreich ins Verderben stürzen und läßt der ruchlosen Milady freie Hand. Seine Eminenz, der Kardinal, ist für d'Artagnan das, was Professor Moriarty für Sherlock Holmes ist. Ein unheimlicher, diabolischer Widersacher...«

Corso unterbrach mich mit einer Geste der Hand, und das wunderte mich, denn ich begann sein Verhalten langsam zu durchschauen und hätte nicht gedacht, daß er seinem Gesprächspartner ins Wort fallen würde, bevor dieser nicht sein ganzes Wissen preisgegeben hatte.

»Sie haben zweimal das Wort *diabolisch* benützt«, sagte er mit einem Blick in seine Aufzeichnungen. »Und beide Male mit Bezug auf Richelieu... War der Kardinal denn ein Anhänger des Okkultismus?«

Diese Worte schufen eine eigentümliche Situation. Das junge Mädchen hatte sich Corso zugewandt, um ihn neugierig zu betrachten. Er sah mich an und ich das Mädchen. Aber der Bücherjäger achtete nicht auf diese seltsame Dreieckskonstellation und wartete nur auf meine Antwort.

»Richelieu hatte viele Interessen«, erwiderte ich. »Während er Frankreich in eine Großmacht verwandelte, fand er nebenher noch Zeit, Gemälde, Gobelins, Porzellan und Plastiken zu sammeln. Er war auch ein bedeutender Bibliophiler, der seine Bücher in rotes Maroquin und in Kalbsleder binden ließ.«

»Und die Deckel trugen sein Wappen in Silberprägung.«

Corso winkte ungeduldig ab. Das waren nebensächliche Details, die er längst wußte. »Es gibt einen berühmten Katalog von Richelieus Büchern.«

»Dieser Katalog ist aber unvollständig, weil viele Werke verlorengegangen sind. Heute werden Teile der Kollektion in der französischen Nationalbibliothek, in der Bibliothèque Mazarin und in der Sorbonne aufbewahrt; andere Bücher befinden sich in privaten Sammlungen. Richelieu besaß hebräische und syrische Handschriften, herausragende Werke der Mathematik, Medizin, Theologie, Geschichte und Jurisprudenz... Und Sie haben mit Ihrer Frage den Nagel auf den Kopf getroffen: Was die Wissenschaftler am meisten überraschte, sind die zahlreichen alten Schriften über den Okkultismus, angefangen von der Kabbala bis hin zu Büchern über die Schwarze Magie.«

Corso schluckte, ohne mich aus den Augen zu lassen. Er wirkte gespannt wie die Saite eines Bogens, die im nächsten Moment mit einem *domp* zurückschnellt.

»Können Sie mir Titel nennen?«

Ich schüttelte den Kopf. Seine Hartnäckigkeit begann mich neugierig zu machen. Das Mädchen folgte unserem Gespräch immer noch aufmerksam, aber es war offensichtlich, daß sein Interesse jetzt nicht mir galt.

»Tut mir leid«, sagte ich dann.

»So weit reichen meine Kenntnisse über Richelieu leider nicht.«

»Und Dumas? War er auch ein Anhänger der Geheimwissenschaften?«

Diesmal war meine Antwort kategorisch.

»Nein. Dumas war ein Lebemann, der das Licht des Tages nicht scheute – zur Freude und Empörung seiner Bekannten, denen seine Skandale willkommenen Anlaß zum Klatsch boten. Ein bißchen abergläubisch, das ja: Er trug ein Amulett an seiner Uhrkette, glaubte an den bösen Blick und ließ sich von Madame Desbarolles weissagen. Aber ich kann mir beim besten Willen nicht vorstellen, daß er irgendwo im stillen Kämmerlein Schwarze Magie betrieb. Wie er in *Louis XIV et son siècle* selbst berichtet, war er nicht einmal Freimaurer. Er hatte Berge von Schulden und wurde zu sehr von seinen Verlegern und Gläubigern bedrängt, als daß er Zeit verschwenden konnte. Möglich, daß er sich im Verlauf seiner Recherchen unter anderem auch mit esoterischen Themen beschäftigt hat – aber immer nur am Rande. Ich bin zu dem Schluß gekommen, daß er alle Freimaurer-Praktiken, die er in *Joseph Balsamo* und in *Die Mohicaner von Paris* beschreibt, direkt der *Pittoresken Geschichte der Freimaurerei* von Clavel entnommen hat.«

»Und Adah Menken?«

Ich betrachtete Corso mit aufrichtigem Respekt. Nur ein Fachmann konnte diese Art von Frage stellen.

»Das war etwas anderes. Adah-Isaacs Menken, seine letzte Geliebte, war eine amerikanische Schauspielerin. Während der Weltausstellung von 1867 besuchte Dumas eine Theateraufführung, und dort fiel ihm ein hübsches Mädchen auf, das auf der Bühne von einem Pferd im Galopp über den Haufen gerannt wird. Vor dem Ausgang des Theaters trat die junge Frau auf den Romancier zu, umarmte ihn und teilte ihm freiheraus mit, sie habe alle seine Bücher gelesen und sei bereit, auf der Stelle mit ihm ins Bett zu gehen. Der alte Dumas, dem schon viel weniger reichte, um sich blindlings in eine Frau zu verlieben, nahm ihre Hommage gerne an. Die Menken erzählte herum, sie sei Gattin eines Millionärs, Mätresse eines Königs und sogar Generalin irgendeiner Republik gewesen. In Wirklichkeit war sie eine amerikanische Jüdin portugiesischer Abstammung und die Geliebte eines zwielichtigen Typen, eine Mischung aus Zuhälter und Boxer. Ihr Verhältnis mit Dumas rief einen großen Skandal hervor, da sie in der Rue Malesherbes 107, Dumas' letzter Pariser Wohnung, ein- und ausging und es liebte, sich leicht geschürzt mit ihm fotografieren zu lassen... Sie starb mit einunddreißig Jahren nach einem Sturz vom Pferd an Bauchfellentzündung.«

»War sie Anhängerin der Schwarzen Magie?«

»Das wird berichtet. Sie schwärmte für ominöse Zeremonien und liebte es, sich mit einer Tunika zu bekleiden, Weihrauch abzubrennen und dem Höllenfürsten Opfergaben darzubringen. Manchmal behauptete sie, vom Teufel besessen zu sein, und führte sich dann in einer Weise auf, die wir selbst heute als obszön bezeichnen würden. Ich bin mir sicher, daß der alte Dumas kein Wort von alledem glaubte, aber er muß sich bei dieser Komödie köstlich amüsiert haben. Ich könnte mir vorstellen, daß die Menken im Bett sehr feurig war, wenn der Teufel sie besaß.«

Die Tischrunde quittierte meinen Witz mit schallendem Gelächter, selbst ich erlaubte mir ein zurückhaltendes Lächeln. Nur Corso und das Mädchen blieben ernst. Sie hatte ihre hellen Augen auf ihn geheftet und schien nachzudenken, während der Bücherjäger langsam mit dem Kopf nickte, obwohl er jetzt einen geistesabwesenden, fast entrückten Eindruck machte. Er sah durch das Fenster auf den nächtlichen Boulevard hinaus und schien im lautlosen Strom der Autoscheinwerfer, die sich in seinen Brillengläsern spiegelten, nach dem Zauberwort zu suchen, das all die Geschichten, die wie dürre, tote Blätter auf dem finsteren Fluß der Zeit dahintrieben, zu einer einzigen verband.

An dieser Stelle muß ich als beinahe allwissender Erzähler wieder in den Hintergrund treten und erneut den Blickwinkel Lucas Corsos einnehmen, denn Sie, lieber Leser, sollen die dramatischen Ereignisse, die im folgenden über den Bücherjäger hereinbrachen, genau so nachvollziehen können, wie er selbst sie erlebt und mir später geschildert hat.

Als Corso nach unserem literarischen Stammtisch zu Hause ankam, stellte er fest, daß der Pförtner bereits den Flur gefegt hatte und jeden Augenblick seine Portiersloge schließen würde. Der Mann kam soeben mit mehreren Müllsäcken aus dem Keller hoch, um diese auf die Straße hinauszustellen.

»Heute abend ist jemand gekommen, um Ihren Fernseher zu reparieren.«

Corso hatte genug gelesen und genügend Filme gesehen, um zu wissen, was das bedeutete, und so mußte er denn laut hinauslachen, während der Pförtner ihn verdattert ansah.

»Ich habe schon lange keinen Fernseher mehr...«

Der Portier gab konfus einen Schwall von Entschuldigungen von sich, aber Corso hörte ihm kaum zu. Wie herrlich voraussehbar auf einmal alles wurde! Da es sich um Bücher drehte, mußte er das Problem wie ein kritischer Leser angehen – mit Verstand, und nicht wie ein Konsument billiger Schundliteratur, zu dem ihn hier offensichtlich irgend jemand machen wollte. Im Grunde blieb ihm auch gar keine andere Wahl: Er war von Natur aus skeptisch, hatte einen notorisch niedrigen Blutdruck, und schon allein deshalb war es so gut wie unmöglich, daß ihm der Schweiß auf die Stirn trat oder der Ausruf: »Schicksal!« über seine Lippen kam.

»Ja, dann habe ich womöglich einen Dieb in Ihre Wohnung gelassen, Señor Corso?«

»Aber nein. Der Fernsehtechniker war dunkelhaarig, stimmt's? Mit Schnurrbart und einer Narbe im Gesicht.«

»Genau so sah er aus.«

»Seien Sie beruhigt. Das ist ein Freund von mir, der einem gerne Streiche spielt.«

Der Pförtner atmete erleichtert auf:

»Jetzt ist mir aber ein Stein vom Herzen gefallen.«

Was die *Neun Pforten* und das Dumas-Manuskript betraf, konnte Corso unbesorgt sein. Wenn er sie nicht in seiner Segeltuchtasche mit sich herumtrug, dann hinterlegte er sie in Makarovas Bar – einen sichereren Ort gab es für ihn nicht. Er stieg also ruhig die Treppe hinauf und versuchte dabei, sich die kommende Szene auszumalen. Da er sich an diesem Punkt bereits in einen sogenannten »anspruchsvollen Leser« verwandelt hatte, wäre er von einer allzu platten Klischeeszene enttäuscht gewesen. Aber er beruhigte sich, sobald er die Wohnungstür aufgeschlossen hatte: kein über den Fußboden zerstreutes Papier, keine ausgeräumten Schubladen, nicht einmal aufgeschlitzte Sessel. Seine Wohnung war noch genau so, wie er sie am frühen Nachmittag verlassen hatte.

Er ging zu seinem Schreibtisch. Die Diskettenboxen waren an ihrem Platz, Papiere und Dokumente in ihren Ablagen, nichts war verrückt. Der Mann mit der Narbe, Rochefort oder wer zum Teufel er auch sein mochte, hatte saubere Arbeit geleistet. Aber alles hatte seine Grenzen. Als Corso den Computer anschaltete, erschien ein triumphierendes Lächeln auf seinem Gesicht.

```
DAGMAR PC 555 K (S1) ELECTRONIC PLC
19:35 THU / 3/ 21
A>ECHO 0FF
A>
```

An diesem Tag um 19.35 Uhr zum letzten Mal benützt, versicherte der Bildschirm. Aber Corso hatte den Computer seit vierundzwanzig Stunden nicht angerührt. Um 19.35 Uhr war er mit uns im Café gewesen, während der Mann mit der Narbe den Portier anlog.

Neben dem Telefon entdeckte er noch etwas, das er im ersten Augenblick übersehen hatte – und das war weder Zufall noch eine Unvorsichtigkeit des mysteriösen Besuchers. In einem Aschenbecher fand er neben seinen eigenen Kippen den noch feuchten Stummel einer Zigarre, genauer einer Havanna, mit unversehrter Bauchbinde. Er nahm den Stummel zwischen Daumen und Zeigefinger und betrachtete ihn, verständnislos zunächst, bis er langsam hinter seine Bedeutung kam und in hämischem Grinsen wie ein Wolf die Zähne fletschte.

Marke Monte Christo. Wie hätte es auch anders sein können.

Flavio La Ponte hatte auch Besuch bekommen. In seinem Fall war es der Klempner gewesen.

»Ich finde das überhaupt nicht witzig«, sagte er zur Begrüßung. Er wartete, daß Makarova ihnen zwei Gläser Gin brachte, und schüttete dann den Inhalt einer Cellophantüte auf den Tresen. Der Zigarrenstummel war identisch, und die Bauchbinde war ebenfalls unversehrt.

»Edmund Dantés schlägt wieder zu«, erwiderte Corso.

Aber La Ponte konnte der Sache keinen Reiz abgewinnen, so romanhaft sie auch anmuten mochte.

»Und raucht hundsteure Havannas, der verdammte Kerl.« Seine Hand zitterte so, daß ein wenig Gin an seinem Mund vorbei in den lockigen, blonden Bart floß. »Das habe ich auf meinem Nachttisch gefunden.«

Corso machte sich über ihn lustig.

»Du solltest die Dinge etwas gelassener angehen, Flavio. Wie es sich für einen harten Typen gehört.« Er legte ihm eine Hand auf die Schulter. »Denk doch an die Harpuniere von Nantucket.«

Der Buchhändler schüttelte finster seine Hand ab.

»Ich war ein harter Typ. Und zwar bis zu meinem achten Geburtstag – da habe ich dann begriffen, daß das Überleben gewisse Vorteile mit sich bringt, und bin etwas weicher geworden.«

Corso zitierte zwischen einem Schluck und dem nächsten Shakespeare. *Der Feigling stirbt tausend Tode, der Tapfere...* und so weiter. Aber La Ponte gehörte nicht zu denen, die sich mit Zitaten trösten ließen. Jedenfalls nicht mit dieser Art von Zitaten.

»Ich habe keine Angst«, sagte er nachdenklich und mit gesenktem Kopf. »Aber ich kann es nicht leiden, etwas zu verlieren... Geld, meine unglaubliche sexuelle Potenz, das Leben.«

Corso mußte ihm recht geben – mit diesen Dingen war nicht zu scherzen. Außerdem gab es noch andere, verdächtige Indizien, wie sein Freund ihm mitteilte: seltsame Kunden, die um jeden Preis das Dumas-Manuskript haben wollten, mysteriöse Anrufe in der Nacht...

Corso horchte auf.

»Rufen sie um Mitternacht an?«

»Ja, aber sie sagen nichts, und nach einer Weile hängen sie ein.«

Während La Ponte von seinen unerfreulichen Erlebnissen berichtete, drückte der Bücherjäger seine Segeltuchtasche an sich, die ihm vor ein paar Minuten von Makarova zurückgegeben worden war. Sie hatte den ganzen Tag zwischen Getränkekisten und Bierfässern sicher unter dem Schanktisch gelegen.

»Ich weiß nicht, was ich machen soll«, schloß La Ponte in tragischem Ton.

»Verkauf das Manuskript, und damit ist die Sache erledigt, bevor uns das Ganze noch über den Kopf wächst.«

Der Buchhändler schüttelte den Kopf und bestellte noch einen Gin. Einen Doppelten.

»Ich habe Enrique Taillefer versprochen, daß ich das Manuskript öffentlich versteigern würde.«

»Taillefer ist tot. Und du hast in deinem Leben noch nie ein Versprechen gehalten.«

La Ponte, der daran nicht erst erinnert zu werden brauchte, nickte traurig. Dann heiterte seine Miene sich jedoch ein wenig auf, wenigstens nahmen seine Lippen einen einfältigen Ausdruck an, der sich mit viel gutem Willen als Lächeln interpretieren ließ.

»Apropos... Rate mal, wer auch angerufen hat?«

»Milady?«

»Beinahe: Liana Taillefer.«

Corso warf seinem Freund einen unendlich müden Blick zu. Dann griff er nach seinem Gin-Glas, um es, ohne Luft zu holen, in einem einzigen, langen Zug zu leeren.

»Weißt du was, Flavio?« sagte er endlich und wischte sich mit dem Handrücken den Mund ab. »Manchmal habe ich den Eindruck, als hätte ich diesen Roman schon mal gelesen.«

La Ponte runzelte die Stirn.

»Sie will den *Vin d'Anjou* zurückhaben«, erklärte er seinem Freund. »So, wie er ist, ohne Gutachten oder sonst was...« Er trank einen Schluck, bevor er Corso unsicher anlächelte. »Komisch, nicht? Dieses plötzliche Interesse.«

»Was hast du ihr gesagt?«

Der Buchhändler zog die Augenbrauen hoch.

»Daß die Sache leider nicht von mir abhängt. Daß du das Manuskript hast. Und daß ich dir einen Vertrag unterschrieben habe.«

»Das ist gelogen. Wir haben gar nichts unterschrieben.«

»Klar ist das gelogen. Aber so mußt du die Kastanien aus dem Feuer holen, wenn's brenzlig wird«, grinste La Ponte. »Angebote kann ich ja trotzdem entgegennehmen: An einem der nächsten Abende gehe ich mit der Witwe zum Essen, um die Angelegenheit noch einmal zu besprechen. Wie findest du das? Flavio, der mutige Harpunier.«

»Harpunier? Ein dreckiger Bastard und Verräter bist du!«

»Ja. Dazu hat mich England nun einmal gemacht, wie dieser Scheinheilige von Graham Greene sagen würde. In der Schule wurde ich von allen nur ›die Petze‹ genannt. Habe ich dir eigentlich nie erzählt, wie ich durch Mathe gekommen bin?« Er zog erneut die Augenbrauen hoch, als schwelge er in wehmütigen Erinnerungen. »Ich bin nun mal zum Verräter geboren.«

»Dann paß mit Liana Taillefer aber auf.«

»Warum?« La Ponte betrachtete sich im Spiegel der Bar und schnitt eine anzügliche Grimasse. »Die Frau gefällt mir schon, solange ich sie kenne. Sie hat unglaubliche Klasse.«

»Ja«, gab Corso zu. »Mittelklasse.«

»Also, hör mal... Was hast du gegen sie? Ich finde sie jedenfalls toll.«

»Bis sie die Katze aus dem Sack läßt.«

»Ich liebe Katzen. Vor allem wenn ihre Besitzerinnen blond und hübsch sind.«

Corso klopfte ihm mit einem Finger auf den Knoten seiner Krawatte.

»Paß mal auf, du Idiot... In Schauerromanen stirbt immer der Freund. Begreifst du den Syllogismus? Das hier *ist* ein Schauerroman, und du bist mein Freund« – er unterstrich die erdrückende Logik seiner Worte mit einem vielsagenden Augenzwinkern. »Es spricht also alles für dich.«

Aber La Ponte war so vom Gedanken an die Witwe beflügelt, daß er sich nicht einschüchtern ließ.

»Komm schon. Ich habe in meinem Leben noch nie den ersten Preis gewonnen. Außerdem habe ich dir ja schon gesagt, daß ich einen Streifschuß für dich in Kauf nehmen würde.«

»Hör auf, das meine ich im Ernst. Taillefer ist tot.«

»Selbstmord.«

»Angeblich. Aber hier können noch mehr Leute abkratzen.«

»Dann kratz doch du ab. Spielverderber, Schweinehund.«

Den Rest des Abends verbrachten die beiden mit Variationen zum selben Thema. Fünf oder sechs Gläser später verabschiedeten sie sich und verblieben, daß Corso aus Portugal anrufen würde. La Ponte wankte, ohne zu bezahlen, davon, aber vorher schenkte er Corso noch den Stummel von Rocheforts Zigarre. »Damit du ein Pärchen hast«, sagte er.

VI. Von apokryphen Ausgaben und eingefügten Blättern

Zufall? Herrgott noch mal, daß ich nicht lache.
Mit dieser Erklärung lassen sich nur Idioten abspeisen.

M. Zévaco, *Les Pardaillan*

GEBRÜDER CENIZA
BUCHBINDER UND RESTAURATOREN
ANTIQUARISCHE BÜCHER

Die Holztafel hing an einem Fenster, das blind vor Staub war – ein rissiges Firmenschild mit verwitterter Schrift. Die Werkstatt der Gebrüder Ceniza befand sich in einer düsteren Madrider Gasse, im Hochparterre eines vierstöckigen Altbaus, dessen Rückseite mit Gerüsten abgestützt war.

Lucas Corso läutete zweimal, erhielt aber keine Antwort. Nach einem Blick auf die Uhr lehnte er sich an die Hauswand und richtete sich auf ein längeres Warten ein. Schließlich kannte er die Gewohnheiten von Pedro und Pablo Ceniza. Um diese Uhrzeit standen sie zwei Straßen weiter am Marmortresen der Bar *La Taurina,* tranken einen halben Liter Wein zum Frühstück und sprachen über Bücher und Stierkämpfe – Zecher, Junggesellen, griesgrämig und unzertrennlich.

Zehn Minuten später sah er sie nebeneinander daherschlurfen. Die grauen Staubmäntel flatterten wie Leichentücher um ihre skeletthaften, gekrümmten Körper, die sich ein Leben lang über Druckerpressen und Stempel gebeugt, Bogen geheftet und Fileten vergoldet hatten. Sie waren beide noch unter Fünfzig, aber man konnte sie leicht zehn Jahre älter schätzen, wenn man ihre eingefallenen Wangen betrachtete, ihre Augen und Hände, die von der handwerklichen Kleinarbeit angegriffen waren, ihre fahle Haut, auf die das Pergament, mit dem sie umgingen, abgefärbt zu haben schien. Die Ähnlichkeit zwischen den beiden Brüdern war verblüffend: Sie hatten dieselbe große Nase, dieselben an den Schädel geklebten Ohren, dasselbe schüttere Haar, das sie ohne Scheitel nach hinten kämmten. Das einzige, worin sie sich auffällig unterschieden, war ihre Körpergröße und ihre Gesprächigkeit. Pablo, der Jüngere, war größer und schweigsamer als sein Bruder. Pedro hatte einen rasselnden Raucherhusten, und seine Hand, mit der er eine Zigarette nach der anderen anzündete, zitterte immer leicht.

»Was für eine Überraschung, Señor Corso. Freut uns, Sie wiederzusehen.«

Sie stiegen ihm voraus eine Holztreppe mit ausgetretenen Stufen hinauf. Pablo Ceniza steckte den Schlüssel ins Schloß der Tür, die sich knarrend öffnete, und betätigte den Lichtschalter. In der Werkstatt herrschte wie immer ein heilloses Durcheinander. Neben der mächtigen alten Druckerpresse stand ein Zinktisch, auf dem sich alles mögliche befand: Werkzeuge, Druckbogen, die halb geheftet oder bereits mit einem Rücken versehen waren, Papierschneidemaschinen, gefärbtes Leder, Leimtöpfe, Streicheisen und andere Arbeitsutensilien. Und natürlich stapelten sich überall Bücher: Bücher mit Saffian-, Chagrin- oder Kalbsledereinbänden, Bücher, die abholbereit zu Stößen geschichtet waren, und Bücher ohne oder mit unbezogenen Deckeln, die erst noch fertiggestellt werden mußten. Auf Holzbänken und in Regalen warteten antike Bände, denen die Feuchtigkeit oder der Bücherwurm zugesetzt hatten, auf ihre Restaurierung. Es roch nach Papier, nach Buchbinderleim und neuem Leder. Corso weitete genüßlich die Nasenflügel. Dann zog er das Buch aus seiner Tasche und legte es auf den Tisch.

»Ich wüßte gerne, was Sie davon halten.«

Es war nicht das erstemal, daß er bei ihnen Rat einholen

kam. Pedro und Pablo Ceniza näherten sich langsam, beinahe scheu. Wie üblich ergriff der Ältere als erster das Wort:

»Die *Neun Pforten*...« Er berührte das Buch, ohne es zu verrücken; seine knochigen, nikotinverfärbten Finger strichen darüber, als habe er es mit lebender Haut zu tun. »Ein schönes Buch. Und sehr rar.«

Pedro Ceniza hatte graue Mausäuglein. Grauer Staubmantel, graues Haar, graue Augen – alles an ihm war grau. Beim Anblick des Buches bekam sein Mund einen gierigen Ausdruck.

»Haben Sie es vorher schon einmal zu Gesicht bekommen?« fragte Corso.

»Ja, vor weniger als einem Jahr, als wir im Auftrag von Claymore zwanzig Bücher aus der Bibliothek von Don Gualterio Terral restauriert haben.«

»In welchem Zustand gelangte es in Ihre Hände?«

»In ausgezeichnetem Zustand. Señor Terral wußte, wie man mit Büchern umgeht. Fast alle waren gut erhalten. Nur ein Teixeira hat uns ein bißchen mehr Arbeit gemacht. Aber die anderen, das hier eingeschlossen, brauchten wir nur oberflächlich zu säubern.«

»Es soll gefälscht sein«, sagte Corso unvermittelt.

Die beiden Brüder sahen sich an.

»Gefälscht, gefälscht...« murmelte der Ältere mißmutig. »Dieses Wort wird viel zu leicht in den Mund genommen.«

»Viel zu leicht«, echote der andere.

»Sogar von Ihnen, Señor Corso. Und das überrascht uns. Ein Buch zu fälschen ist unrentabel – das lohnt bei weitem nicht den Aufwand. Ich meine natürlich eine richtige Fälschung, kein Faksimile, mit dem man Bauerntölpel übers Ohr haut.«

Corso bat mit einer beschwichtigenden Geste um Nachsicht.

»Ich will ja nicht behaupten, das ganze Buch sei eine Fälschung, aber vielleicht ist es teilweise gefälscht. Es kommt öfter vor, daß Exemplare, denen eine oder mehrere Seiten fehlen, mit Kopien aus anderen Exemplaren vervollständigt werden, die komplett sind.«

»Natürlich: Das ist das Abc unseres Berufes. Aber verwechseln Sie bitte nicht das Hinzufügen einer Fotokopie oder eines Faksimiles mit der Vervollständigung eines lückenhaften Buches nach...« Er wandte sich an seinen Bruder, ohne Corso aus den Augen zu lassen. »Sag du es ihm, Pablo.«

»Nach allen Regeln der Kunst«, erläuterte der jüngere Ceniza.

Corso setzte eine komplizenhafte Miene auf: ein Kaninchen, das eine halbe Mohrrübe teilt.

»Das könnte aber hier der Fall sein.«

»Wer sagt das?«

»Sein Besitzer. Und der ist gewiß kein Bauerntölpel.«

Pedro Ceniza zuckte mit der schmalen Schulter und zündete sich an der Glut seiner letzten Zigarette eine neue an. Beim ersten Zug wurde er von einem Hustenanfall gepackt, aber er rauchte unbeirrt weiter.

»Hatten Sie schon Gelegenheit, Ihr Exemplar mit einem als echt eingestuften zu vergleichen?«

»Die werde ich bald haben. Aber vorher wollte ich Ihre Meinung hören.«

»Das hier ist ein wertvolles Buch, und wir üben keine exakte Wissenschaft aus.« Er wandte sich erneut an seinen Bruder. »Stimmt's, Pablo?«

»Wir üben eine Kunst aus«, bekräftigte der andere.

»Da hören Sie es. Es täte uns leid, Sie enttäuschen zu müssen, Señor Corso.«

»Sie werden mich nicht enttäuschen. Wer wie Sie in der Lage ist, von dem einzigen bekannten Exemplar des *Speculum Vitae* eine Fälschung anzufertigen, die so gut ist, daß sie in einem der renommiertesten Kataloge Europas als authentisch geführt wird... Wer das schafft, der weiß, was er in der Hand hat.«

Die beiden setzten ein säuerliches Grinsen auf – gleichzeitig, als wären sie synchronisiert.

»Es ist nie bewiesen worden, daß wir das waren«, sagte endlich Pedro Ceniza. Er rieb sich die Hände und warf verstohlene Blicke auf das Buch.

»Nie«, wiederholte sein Bruder mit einem Anflug von Melancholie in der Stimme – als bedauere er es, einer Gefängnisstrafe und damit der offiziellen Anerkennung der eigenen Urheberschaft entgangen zu sein.

»Das stimmt«, gab Corso zu. »Und Beweise fehlen auch im Fall von Geoffrey Chaucer, der dem Katalog der Sammlung Manoukian zufolge von Marius Michel gebunden wurde. Oder im Fall der *Polyglotten Bibel* des Barons Bielke, deren fehlende drei Seiten von Ihnen so perfekt imitiert wurden, daß die Experten es noch heute nicht wagen, ihre Echtheit in Zweifel zu ziehen...«

Pedro Ceniza hob seine gelbliche Hand mit den ungewöhnlich breiten Fingernägeln.

»Ich glaube, wir müssen hier etwas klarstellen, Señor Corso. Es gibt Leute, die Bücher in kommerzieller Absicht fälschen, und Leute, die es aus Liebe zu ihrem Handwerk tun, denen es einzig darum geht, etwas zu kreieren, oder – wie im Großteil der Fälle – im wahrsten Sinne des Wortes zu ›*re*kreieren‹...«

Der Buchbinder blinzelte ein wenig und lächelte dann verschmitzt. Seine kleinen Mausaugen glänzten, als er sie wieder auf die *Neun Pforten* heftete. »Obwohl ich mich nicht daran erinnere, und mein Bruder sicher auch nicht, an diesen Arbeiten beteiligt gewesen zu sein, die Sie als bewundernswert bezeichnen.«

»Ich sagte perfekt.«

»Ach ja? Egal.« Er führte sich die Zigarette zum Mund und sog so kräftig daran, daß seine hohlen Wangen noch mehr einfielen. »Aber wer auch immer der Urheber oder die Urheber waren, glauben Sie mir, daß diese Arbeit für ihn oder sie ein persönliches Vergnügen war – eine innere Genugtuung, die sich nicht mit Geld bezahlen läßt...«

»*Sine pecunia*«, kommentierte sein Bruder.

Pedro Ceniza blies den Rauch seiner Zigarette lässig durch die Nase und den halb geöffneten Mund aus.

»Nehmen wir zum Beispiel diesen *Speculum,* den die Sorbonne als echtes Exemplar gekauft hat. Schon allein das Papier, der Satz, der Druck und die Bindung müssen mindestens fünfmal so viel gekostet haben wie der Gewinn, den die Autoren oder Fälscher, wie Sie es nennen, daraus gezogen haben. Es gibt Leute, die das nicht verstehen können... Stellen Sie sich einen Maler vor, der das Talent Velázquez' besitzt und in der Lage ist, seine Gemälde nachzuahmen: Woran liegt ihm wohl mehr? Daran, Geld zu machen, oder daran, seine Bilder zwischen *Las Meninas* und der *Schmiede Vulkans* im Prado aufgehängt zu sehen?«

Corso stimmte ihm rückhaltlos zu. Acht Jahre lang hatte der *Speculum* der Brüder Ceniza zu den wertvollsten Werken der Pariser Bibliothek gezählt. Und die Entdeckung, daß es sich um eine Fälschung handelte, war keinesfalls das Verdienst von Experten, sondern Zufall gewesen. Ein Mittelsmann, der geplaudert hatte.

»Werden Sie immer noch von der Polizei belästigt?«

»Nein, fast nie. Vergessen Sie nicht, daß der Skandal in Frankreich ausgebrochen ist. Unsere Namen wurden zwar auch damit in Verbindung gebracht, aber nachweisen konnte uns keiner etwas.« Pedro Ceniza setzte erneut ein schiefes Lächeln auf. »Mit der Polizei stehen wir auf gutem Fuße. Sie zieht uns sogar zu Rate, wenn es darum geht, gestohlene Bücher zu identifizieren.« Er deutete mit der qualmenden Zigarette auf seinen Bruder: »Keiner versteht es so gut wie Pablo, Bibliotheksstempel, Exlibris oder Besitzervermerke aus einem Buch verschwinden zu lassen – manchmal verlangen sie von ihm, diese Arbeit im entgegengesetzten Sinne durchzuführen. Sie wissen schon: Leben und leben lassen.«

»Was halten Sie von den *Neun Pforten*?«

Der ältere der beiden Brüder sah den anderen an, dann das Buch und schüttelte den Kopf.

»Seinerzeit ist uns nichts Ungewöhnliches daran aufgefallen. Wir haben es zwar nicht gründlich studiert, aber gewisse Unstimmigkeiten springen einem sofort ins Auge.«

»Uns jedenfalls«, präzisierte sein Bruder.

»Und jetzt?«

Pedro Ceniza zog ein letztesmal an seiner Zigarette, die zu einem winzigen Stummel geschrumpft war, und ließ sie dann auf den Boden fallen, zwischen seine Schuhe, wo sie vollends verglomm. Das Linoleum war mit Brandlöchern übersät.

»Gut erhaltener venezianischer Einband aus dem 17. Jahrhundert...« Die beiden Brüder beugten sich über das Buch, aber nur der ältere von ihnen berührte die Seiten mit seinen blassen, kalten Händen. Man hätte sie für Präparatoren halten können, die vor einem Tierkadaver stehen und beratschlagen, wie er wohl am besten auszustopfen sei. »Schwarzes Maroquinleder mit goldgeprägten Pflanzenornamenten...«

»Etwas nüchtern für Venedig«, meinte Pablo Ceniza.

Sein Bruder pflichtete ihm mit einem neuerlichen Hustenanfall bei.

»Wahrscheinlich hat sich der Künstler in Anbetracht des Themas zurückgehalten.« Er sah Corso an. »Haben Sie schon die Deckel untersucht? Die Ledereinbände aus dem 16. und 17. Jahrhundert bergen mitunter Überraschungen. Die Pappe für die Buchdeckel wurde aus losen Blättern hergestellt, die man mit Leim tränkte und dann preßte. Oft wurden dazu Druckproben desselben Buches verwendet, oder gar noch ältere Drucke... Manche Deckel sind heute mehr wert als die Bücher, zu denen sie gehören – man hat da unglaubliche Funde gemacht.« Er deutete auf ein paar Blätter, die auf dem Tisch lagen. »Dort haben Sie ein Beispiel. Erzähl du ihm, was das ist, Pablo.«

»Kreuzzugsbullen aus dem Jahr 1483...«, erklärte der Angesprochene mit einem ordinären Grinsen, als gehe es nicht um totes Papier, sondern um pikantes pornographisches Material. »In den Deckeln wertloser Gedenkbücher aus dem 16. Jahrhundert.«

Pedro Ceniza war immer noch auf die *Neun Pforten* konzentriert: »Der Einband scheint mir in Ordnung«, sagte er. »Es paßt alles zusammen. Ein kurioses Buch, nicht wahr? Rücken mit fünf Bünden, kein Titel, dafür aber dieses mysteriöse Pentagramm auf dem Vorderdeckel... Torchia, Venedig 1666. Womöglich hat er es selbst gebunden. Tadellose Arbeit.«

»Was meinen Sie zu dem Papier?«

»Jetzt erkenne ich Sie wieder, Señor Corso. Das ist eine gute Frage.« Der Buchbinder fuhr sich mit der Zunge über die Lippen, als wolle er ihnen damit etwas Wärme verleihen. Danach packte er die Schnittkanten der Seiten mit dem Daumen und ließ sie durchsausen, wobei er angestrengt auf ihren Klang lauschte – genau wie Corso es schon bei Varo Borja getan hatte. »Ausgezeichnetes Papier! Überhaupt nicht zu vergleichen mit der Zellulose, die man jetzt verwendet... Kennen Sie die durchschnittliche Lebenserwartung eines Buches, das heutzutage gedruckt wird? Sag du es ihm, Pablo.«

»Siebzig Jahre«, erwiderte der andere in vorwurfsvollem Ton, als läge die Schuld daran bei Corso. »Siebzig schäbige Jahre.«

Der ältere Bruder suchte zwischen den Utensilien auf dem Tisch herum, bis er eine besonders starke Speziallupe gefunden hatte, mit der er an das Buch heranging.

»Bis in hundert Jahren«, murmelte er, während er ein Blatt anhob und es mit zusammengekniffenen Augen gegen das Licht betrachtete, »wird beinahe alles, was sich heute in den Buchhandlungen befindet, verschwunden sein. Aber diese Bände hier, die zweihundert oder gar fünfhundert Jahre alt sind, werden unversehrt überleben... Wir haben eben nicht nur die Welt, sondern auch die Bücher, die wir verdienen. Stimmt's, Pablo?«

»Scheißbücher auf Scheißpapier.«

Pedro Ceniza nickte zustimmend mit dem Kopf und fuhr fort, die *Neun Pforten* mit seiner Lupe zu untersuchen.

»Da hören Sie es... Zellulosepapier vergilbt, wird mit der Zeit spröde wie eine Hostie, bis es schließlich ganz zerfällt. Es altert und stirbt.«

»Das hier ist aber kein Zellulosepapier«, sagte Corso und deutete auf die *Neun Pforten*. Der Buchbinder war immer noch dabei, die Blätter gegen das Licht zu betrachten.

»Nein, das ist einwandfreies Büttenpapier. Es wird aus Hadern gemacht und ist gegen die Zeit ebenso gefeit wie gegen die menschliche Dummheit... Moment, stimmt nicht. Das ist Leinenpapier. Echtes Leinenpapier.« Er hob den Blick von der Lupe und sah seinen Bruder an. »Komisch... Das kann nicht aus Venedig kommen. Stark, spongiös, faserig... Vielleicht aus Spanien?«

»Aus Valencia«, sagte der andere. »Játiva-Leinen.«

»Genau – damals eines der besten in Europa. Die Italiener haben es viel importiert. Denkbar, daß der Künstler eine Partie davon an Land gezogen hat... Der Mann wollte seine Sache offensichtlich gut machen.«

»Ja, er ist äußerst gewissenhaft zu Werk gegangen«, meinte Corso. »Und dafür hat er mit dem Leben bezahlt.«

»Das gehörte zu seinen Berufsrisiken.« Pedro Ceniza nahm die zerknitterte Zigarette an, die Corso ihm hinhielt, und zündete sie augenblicklich an, ohne sich um seinen Husten zu kümmern. »Aber um auf das Papier zurückzukommen: Bekanntlich läßt sich damit schlecht etwas vormachen. Wir hätten auf alle Fälle ein Ries zeitgenössisches, weißes Papier benötigt, und selbst das hätten wir noch entsprechend behandeln müssen. Sie wissen ja, daß sich die Blätter eines Buches im Lauf der Zeit bräunlich verfärben, daß die Druckerschwärze oxidiert... Sicher, wir können die Seiten, die wir hinzufügen wollen, fleckig machen oder in schwarzen Tee tauchen und nachdunkeln. Aber das ist alles nicht so einfach.

Nach einer fachgerechten Restaurierung oder Ergänzung mit authentisch wirkenden Seiten muß ein Buch aussehen wie aus einem Guß. Und dabei kommt es vor allem auf die Details an. Habe ich recht, Pablo? Diese verdammten Details!«

»Wie lautet also Ihre Diagnose?«

»Nun, wenn man genau gegeneinander abwägt, was möglich, was unmöglich und was wahrscheinlich ist, gelangt man zu dem Ergebnis, daß der Einband des Buches aus dem 17. Jahrhundert stammt. Das bedeutet nicht, daß die Blätter, die das Buch enthält, ursprünglich zu diesem Einband gehören – aber nehmen wir es einmal an. Was das Papier betrifft, so hat es ähnliche Eigenschaften wie andere Partien, die genau datiert sind. Es scheint also auch zeitgenössisch zu sein.«

»Okay. Einband und Papier sind echt. Kommen wir zum Text und zu den Abbildungen.«

»Hier wird die Sache etwas komplizierter. Von der Warte des Typographen aus betrachtet gibt es zwei Möglichkeiten. Erstens: Das Buch ist echt. Aber Sie sagen ja, sein Besitzer habe beweiskräftige Gründe, das zu bestreiten – somit wäre diese Alternative zwar möglich, aber wenig wahrscheinlich. Wenn es sich dagegen – und das wäre die andere Variante – um eine Fälschung handelt, dann tun sich zwei Wege auf. Zunächst: Der ganze Text ist frei erfunden, apokryph, aber auf Papier der Zeit gedruckt und unter Verwendung alter Deckel gebunden. Das ist vorstellbar, scheint jedoch unwahrscheinlich oder, besser gesagt, wenig überzeugend. Die Herstellungskosten für das Buch wären viel zu hoch gewesen... Die zweite Möglichkeit kommt der Annahme einer Fälschung eher entgegen: Das Buch könnte kurze Zeit nach der ersten Ausgabe gefälscht worden sein. Ich denke da an einen leicht modifizierten Nachdruck, den man als Erstausgabe hingestellt hat, obwohl er in Wirklichkeit nicht 1666 angefertigt wurde, dem angegebenen Erscheinungsjahr, sondern zehn oder zwanzig Jahre später... Nur, warum das Ganze?«

»Weil die erste Auflage von der Inquisition verbrannt worden ist«, erwiderte Pablo Ceniza.

»Das wäre eine Erklärung«, stimmte Corso zu. »Irgend jemand, der im Besitz der von Aristide Torchia benützten Klischees und Typen war, hat das Buch nachgedruckt.«

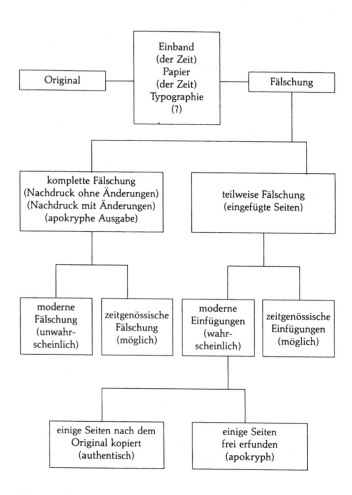

Der ältere der beiden Brüder war dabei, mit einem Bleistift etwas auf ein Blatt zu kritzeln.

»Möglich. Aber ich finde die anderen Alternativen oder Hypothesen plausibler... Stellen Sie sich zum Beispiel vor, daß es sich bei dem Buch um ein authentisches, aber lückenhaftes Exemplar handelt, aus dem ein paar Seiten herausgerissen wurden oder verlorengegangen sind, und daß jemand mit Papier der Zeit, einer guten Drucktechnik und sehr viel Geduld die fehlenden Seiten ersetzt hat. In diesem Fall gäbe es wieder zwei Möglichkeiten: Entweder die hinzugefügten Seiten wurden aus einem anderen, vollständigen Exemplar kopiert, oder aber sie sind frei erfunden, da es keine Originale gab, die als Vorlage hätten dienen können.« Der Buchbinder zeigte Corso, was er gezeichnet hatte. »Hier hätten wir es dann mit einer echten Fälschung zu tun, wie Sie auch auf diesem Schema sehen können.«

Während Corso und der jüngere Bruder die Zeichnung betrachteten, blätterte Pedro Ceniza noch einmal die *Neun Pforten* durch.

»Ich will Ihnen sagen, was ich glaube«, meinte er, als die beiden sich ihm zuwandten. »Wenn gefälschte Seiten in das Buch eingefügt worden sind, dann muß das entweder in der Zeit des Erstdrucks geschehen sein oder aber in unseren Tagen. Die Zeitspanne dazwischen können wir ausschließen, da es bis vor kurzem unmöglich war, alte Schriftstücke mit einer solchen Perfektion zu reproduzieren.«

Corso gab ihm das Schema zurück.

»Angenommen, Sie haben es mit einem lückenhaften Exemplar zu tun, das Sie mit modernen Techniken vervollständigen wollen... Wie würden Sie vorgehen?«

Die Brüder Ceniza seufzten im Gleichtakt, tief und professionell: Allein bei dem Gedanken an eine solche Möglichkeit lief ihnen das Wasser im Munde zusammen. Beide hatten jetzt den Blick auf die *Neun Pforten* geheftet.

»Gut«, hob der Ältere an. »Stellen wir uns also vor, wir

hätten dieses Buch von 168 Seiten, und die Seite 100 würde fehlen... 100 und 99 natürlich, denn schließlich hat jedes Blatt zwei Seiten. Und wir möchten diese Seite ersetzen. Das Kunststück besteht darin, einen Zwilling aufzutreiben.«
»Einen Zwilling?«
»So nennt man das im Fachjargon«, erklärte Pablo Ceniza. »Ein anderes, vollständiges Exemplar.«
»Oder eins, in dem wenigstens die beiden Seiten erhalten sind, die wir kopieren müssen. Wenn möglich, vergleichen wir auch den ganzen Zwilling mit unserem lückenhaften Exemplar, um festzustellen, ob es Unterschiede in der Drucktiefe gibt oder ob die Typen in einem abgenützter sind als im anderen... Sie kennen das ja: Zu einer Zeit, in der die Lettern beweglich waren und sich im Handdruck schnell abnützten oder beschädigt wurden, konnten das erste und das letzte Exemplar ein und derselben Auflage unter Umständen große Unterschiede aufweisen... verbogene oder kaputte Typen, unterschiedliche Schwärzungen und ähnliches. Diese Untersuchung würde uns später in die Lage versetzen, kleine Mängel aus der einzufügenden Seite auszumerzen oder im Gegenteil anzubringen, um sie den restlichen Seiten anzugleichen... Als nächstes würden wir eine plastische Photolithographie anfertigen. Und von dieser würden wir einen Polymer- oder Zinkabdruck machen.«
»Ein Klischee aus Kunstharz oder Metall«, sagte Corso.
»Genau. So perfekt die modernen Reprotechniken auch sind, man würde mit ihnen nie dasselbe Resultat erzielen wie mit den alten Holz- oder Bleidruckformen, also diesen charakteristischen Reliefcharakter auf dem Papier. Deshalb müssen wir die ganze Seite in formbarem Material wie Kunstharz oder Metall reproduzieren und ein Klischee herstellen, dessen technische Eigenschaften mit denen der alten Druckplatte vergleichbar sind, die 1666 aus beweglichen Lettern zusammengesetzt wurde. Dann kommt dieses Klischee in die Presse, und wir machen einen Handabzug, genau wie

vor vierhundert Jahren... Natürlich auf Papier der Zeit, das vorher und nachher mit den entsprechenden Methoden künstlich gealtert wird. Schließlich würden wir auch die Zusammensetzung der Druckfarbe eingehend studieren und sie mit chemischen Substanzen derart präparieren, daß sie mit der alten Druckfarbe identisch ist. Und damit ist das Verbrechen auch schon perfekt.«

»Was aber, wenn es kein Original der Seite gibt? Keine Vorlage, nach der die beiden fehlenden Seiten kopiert werden können?«

Die Brüder Ceniza lächelten selbstsicher und wie immer unisono.

»Dann«, erwiderte der Ältere, »wird die Arbeit erst richtig spannend.«

»Forschung und Phantasie«, fügte der andere hinzu.

»Und natürlich Wagemut, Señor Corso. Gehen wir davon aus, daß Pablo und ich dieses lückenhafte Exemplar der *Neun Pforten* haben. In diesem Fall verfügen wir mit den restlichen 166 Seiten über einen ganzen Katalog von Lettern und Zeichen, die der ursprüngliche Drucker benützt hat. Wir verwenden diesen Katalog als Vorlage, um ein vollständiges Alphabet zusammenzustellen. Dieses Alphabet übertragen wir dann auf Photopapier, weil das einfacher zu handhaben ist, und vervielfältigen jeden Buchstaben so oft wie es nötig ist, um die ganze Seite zu setzen. Noch kunstgerechter wäre es natürlich, die Typen aus Blei zu gießen, wie es die Drucker früher gemacht haben... Aber das ist für uns leider zu aufwendig und zu teuer. Wir müssen wohl oder übel mit den modernen Techniken vorliebnehmen. Wir schneiden also mit einer Klinge die einzelnen Buchstaben aus, und dann setzt Pablo von Hand die beiden Seiten, Zeile für Zeile, genau wie ein Setzer aus dem 17. Jahrhundert. Wenn das geschehen ist, machen wir noch einmal einen Probeabzug auf Papier, korrigieren unregelmäßige Abstände zwischen den einzelnen Buchstaben und ähnliche kleine Fehler – oder bauen im Gegenteil Mängel ein, wie sie in den Buchstaben, Linien und Seiten des Originaltextes vorkommen. Zum Schluß fertigen wir ein Negativ an und davon eine plastische Druckplatte: das endgültige Klischee.«

»Und wenn es sich bei den fehlenden Seiten um Illustrationen handelt?«

»Das ist egal. Wenn wir über die Originalzeichnung verfügen, ist das Reproduktionsverfahren sogar noch einfacher. Mit Holzschnitten wie diesen hier, deren Linien klarer sind als die von Kupferstichen oder Radierungen, läßt sich saubere Arbeit leisten.«

»Nehmen wir an, die Originalzeichnung sei verschollen.«

»Das wäre auch kein Problem. Wenn wir sie aus Beschreibungen kennen, fertigen wir sie danach an. Wenn nicht, erfinden wir sie. Natürlich nach eingehendem Studium der anderen, erhaltenen Bildtafeln. Das kann jeder bessere Zeichner.«

»Und der Druck?«

»Sie wissen ja selbst, daß Holzschnitte im Hochdruckverfahren vervielfältigt werden: Die Zeichnung wird zuerst auf einen längs der Faser geschnittenen, weiß grundierten Holzstock übertragen. Dann wird sie mit dem Messer herausgeschnitten, so daß sie erhaben stehenbleibt, eingefärbt und auf Papier abgezogen... Wer einen Holzschnitt reproduzieren will, hat zwei Möglichkeiten: Entweder er überträgt die Zeichnung auf Kunstharz, oder er arbeitet selbst mit Holz, genau wie die Künstler vor Hunderten von Jahren; in diesem Fall wird direkt vom Holzstock gedruckt... Da mein Bruder ein ausgezeichneter Holzschneider ist, würden wir nach dieser handwerklichen Methode verfahren. Kunst soll Kunst nachahmen, wo immer möglich.«

»Das ist sauberer«, warf Pablo ein.

Corso zwinkerte ihm komplizenhaft zu.

»Wie mit dem *Speculum* der Sorbonne.«

»Kann schon sein, daß sein oder seine Urheber dieselben Ansichten vertreten wie wir... Was meinst du, Pablo?«

»Jedenfalls waren sie Romantiker«, erwiderte der andere.

»Das mit Sicherheit.« Corso deutete auf das Buch. »Und jetzt geben Sie Ihr Urteil ab.«

»Ich würde sagen, daß es echt ist«, erwiderte Pedro Ceniza, ohne zu zögern. »Nicht einmal wir wären in der Lage, etwas so Perfektes zustande zu bringen. Sie sehen ja selbst, es stimmt alles: Qualität des Papieres, Stockflecken auf den Seiten, einheitliche Tönung, Unregelmäßigkeiten im Auftrag der Druckfarbe, Typographie... Es ist nicht ausgeschlossen, daß nachträglich fehlende Seiten eingefügt worden sind, aber ich halte das für unwahrscheinlich. Wenn das Buch gefälscht ist, dann muß es sich um eine Fälschung der Zeit handeln – das wäre die einzige Erklärung. Wieviel Exemplare sind denn bekannt? Drei? Sicher haben Sie schon die Möglichkeit in Betracht gezogen, daß alle drei gefälscht sind.«

»Ja, das habe ich. Was halten Sie von den Bildtafeln?«

»Seltsam sind sie, soviel steht fest. Mit all diesen Zeichen... Aber sie stammen auch aus derselben Zeit. Die Drucktiefe der Klischees ist identisch. Ebenso die Druckfarbe, die Tönung des Papiers... Vielleicht liegt der Schlüssel nicht darin, wie und wann sie gedruckt wurden, sondern in ihrer Aussage. Tut mir leid, daß wir Ihnen nicht weiterhelfen können.«

»Sie irren sich.« Corso schickte sich an, das Buch zu schließen. »In Wirklichkeit haben Sie mir sehr viel weitergeholfen.«

Pedro Ceniza hielt ihn zurück.

»Noch etwas, obwohl Ihnen das bestimmt schon aufgefallen ist: die Zeichen des Holzschneiders.«

Corso sah ihn verwirrt an.

»Ich verstehe nicht... Was meinen Sie?«

»Die mikroskopisch kleinen Signaturen am Fuß einer jeden Abbildung... Zeig du sie ihm, Pablo.«

Der jüngere Bruder rieb sich die Hände an seinem Staubmantel, als wären sie verschwitzt, was jedoch unmöglich war. Dann beugte er sich mit der Lupe über die *Neun Pforten* und zeigte Corso ein paar Seiten.

»Jeder Holzschnitt«, erklärte er ihm, »ist mit den üblichen

Abkürzungen versehen: *inv.* für *invenit* mit den Initialen des Malers, von dem der Entwurf stammt, und *sculp.* für *sculpsit* – der Holzschneider... Schauen Sie her: Auf sieben der neun Bildtafeln kommt die Abkürzung *A.Torch.* als *sculp.* und *inv.* vor. Somit ist klar, daß der Drucker selbst sieben Bildtafeln entworfen und geschnitten hat. Aber auf den anderen beiden taucht er nur als *sculp.* auf. Das heißt also, daß er diese nur geschnitten hat. Und daß der Autor der Originalzeichnungen, der *inv.*, ein anderer war: jemand mit den Namensinitialen *L. F.*«

Pedro Ceniza, der den Erläuterungen seines Bruders kopfnickend gefolgt war, zündete sich schon wieder eine Zigarette an.

»Nicht schlecht, was?« Hustend stieß er den Rauch aus. Seine schlauen Mausäuglein funkelten verschmitzt, während er Corso ansah. »Dieser Drucker war nicht alleine, wenn auch nur er verbrannt worden ist.«

»Nein«, sagte sein Bruder mit einem düsteren Lachen. »Irgend jemand hat geholfen, den Scheiterhaufen aufzuschichten.«

Am Abend desselben Tages bekam Corso noch Besuch von Liana Taillefer. Die Witwe erschien ohne Voranmeldung, und zwar genau zur Dämmerstunde, als der Bücherjäger in einem verwaschenen Baumwollhemd und einer alten Kordhose auf seinem verglasten Balkon saß und die rot- und ockerfarben glühenden Dächer der Stadt betrachtete. Das war vielleicht nicht der günstigste Augenblick, und unter Umständen hätte sich viel von dem, was danach passierte, vermeiden lassen, wenn sie zu einer anderen Uhrzeit aufgetaucht wäre. Aber sicher werden wir das nie erfahren. Fest steht nur folgendes: Corso saß auf seinem Balkon, und sein Blick wurde trüber, je tiefer der Pegel seines Gin-Glases sank, als es plötzlich läutete und Liana Taillefer auf der Schwelle der Wohnungstür erschien – groß, blond, atemberaubend, in ihrem englischen Trenchcoat, unter dem sie ein maßgeschneidertes Kostüm und schwarze Seidenstrümpfe trug. Das Haar hatte sie im Nacken aufgedreht und unter einem tabakfarbenen Borsalino-Hut mit breiter Krempe versteckt, der ihr schräg auf dem Kopf saß. Das wirkte sehr verwegen und stand ihr ausgezeichnet, was sie selbst am besten zu wissen schien. Sie machte den Eindruck einer schönen Frau, die gerne Aufsehen erregt.

»Was verschafft mir die Ehre?« fragte Corso – ein törichter Satz, aber zu dieser Uhrzeit und mit dem Gin, den er bereits intus hatte, konnte er sich keine brillanten Dialoge mehr abverlangen. Liana Taillefer hatte bereits das Zimmer durchquert und stand jetzt vor dem Schreibtisch, auf dem neben dem Computer und den Diskettenboxen das Dumas-Manuskript lag.

»Arbeiten Sie immer noch daran?«

»Klar.«

Sie wandte sich von dem *Vin d'Anjou* ab, um ihren Blick ruhig durch das Zimmer schweifen zu lassen, über die vielen Bücher, die sich auf dem Fußboden stapelten und die Wandregale füllten. Corso begriff, daß sie Fotos suchte, Andenken, irgendwelche Indizien, die ihr geholfen hätten, ihn zu taxieren. Da sie aber nichts dergleichen fand, zog sie verdrießlich und arrogant eine Augenbraue hoch. Schließlich blieben ihre Augen an dem Säbel der Alten Garde hängen.

»Sammeln Sie Degen?«

Logische Schlußfolgerung nannte man so etwas. Durch Induktion gewonnen. Corso verzeichnete erleichtert, daß Liana Taillefers Talent, peinliche Situationen zu überbrücken, weit hinter dem Eindruck zurückblieb, den sie nach außen hin vermittelte. Es sei denn, sie nahm ihn auf den Arm. Er setzte also vorsichtshalber nur ein sehr zurückhaltendes Lächeln auf.

»Ich sammle diesen hier. Das ist ein Säbel.«

Sie nickte mit ausdrucksloser Miene, und es war nicht zu erraten, ob sie eine mittelmäßige oder eine gute Schauspielerin war.

»Ein Familienerbstück?«

»Nein, gekauft«, log Corso. »Ich dachte, der paßt gut an die Wand. Immer nur Bücher – das wird mit der Zeit langweilig.«

»Warum haben Sie überhaupt keine Bilder, keine Fotos?«

»Weil es niemanden gibt, an dessen Andenken mir etwas liegt.« Er dachte an das silbergerahmte Foto des verstorbenen Taillefer, auf dem er mit Schürze bekleidet vor einem Spanferkel stand. »In Ihrem Fall ist das natürlich etwas ganz anderes.«

Sie beobachtete ihn scharf. Als wolle sie den Grad an Frechheit bestimmen, der sich in seinen Worten verbarg. Ihre blauen Augen blitzten wie Stahl und waren so kalt, daß Corso ein Frösteln überlief. Sie ging ein wenig herum, verweilte vor ein paar Büchern, betrachtete die Stadtlandschaft jenseits des Balkons und wandte sich dann wieder dem Schreibtisch zu. Einer ihrer Finger mit den blutrot lackierten Nägeln strich über den Ordner, der das Dumas-Manuskript enthielt. Vielleicht wartete sie darauf, daß Corso irgendeinen Kommentar abgab, aber der Bücherjäger schwieg und beschränkte sich darauf, geduldig zu warten. Wenn sie etwas wollte – und das war offensichtlich –, dann sollte sie ihre schmutzige Arbeit selbst erledigen. Er war nicht bereit, ihr die Sache zu erleichtern.

»Darf ich mich setzen?«

Wieder diese heisere Stimme. Der Nachklang einer schlechten Nacht, erinnerte sich Corso. Er blieb abwartend in der Mitte des Zimmers stehen, die Hände in den Hosentaschen vergraben. Liana Taillefer legte Hut und Trenchcoat ab, sah sich unendlich langsam um und wählte ein altes Sofa aus. Sie schlenderte darauf zu, ließ sich träge nieder – der Rock ihres maßgeschneiderten Kostüms erwies sich in dieser Position als ausgesprochen kurz – und überkreuzte die Beine in einer Art, die den stärksten Mann umgehauen hätte, nicht nur Corso, und das selbst, wenn er nüchtern gewesen wäre.

»Ich bin gekommen, um über ein Geschäft mit Ihnen zu sprechen.«

Das war klar. Ohne Absicht fuhr man solche Geschütze nicht auf. Corso mangelte es keineswegs an Selbstwertgefühl, aber dumm war er nicht.

»Sprechen Sie nur«, sagte er. »Haben Sie schon mit Flavio La Ponte zu Abend gegessen?«

Keine Reaktion. Die Witwe blieb völlig gelassen und fuhr fort, ihn von oben herab zu betrachten.

»Nein, noch nicht«, antwortete sie schließlich ruhig. »Ich wollte vorher Sie treffen.«

»Nun, jetzt haben Sie mich ja getroffen.«

Liana Taillefer lehnte sich etwas tiefer in das Sofa zurück. Ihre Hand ruhte auf einem Riß des zerschlissenen Lederbezugs, durch den die Roßhaarfüllung zum Vorschein kam.

»Sie arbeiten für Geld«, sagte sie.

»Ganz recht.«

»Verkaufen sich dem Meistbietenden.«

»Manchmal.« Corso entblößte einen Eckzahn. Jetzt, wo er sich auf seinem Terrain befand, konnte er auf die Kaninchenmasche verzichten. »Normalerweise verpachte ich mich. Wie Humphrey Bogart im Film. Wie die Nutten.«

Für eine Witwe, die als kleines Mädchen in der Schule Bilder gestickt hatte, blieb Liana Taillefer erstaunlich unberührt von seiner unflätigen Ausdrucksweise.

»Ich möchte Ihnen einen Auftrag anbieten.«

»Wie schön. Zur Zeit werden mir von allen Seiten Jobs angeboten.«

»Ich werde Sie sehr gut dafür bezahlen.«

»Toll. Derzeit wollen mich auch alle gut bezahlen.«

Die Witwe hatte ein langes Roßhaar aus der kaputten Armlehne des Sofas gezogen und wickelte es sich zerstreut um den Zeigefinger.

»Was zahlt Ihnen Ihr Freund La Ponte?«

»Flavio? Nichts. Der läßt sich keinen roten Heller abknöpfen.«

»Warum arbeiten Sie dann für ihn?«

»Sie haben es ja selbst gesagt. Weil er mein Freund ist.«
Corso hörte, wie sie das Wort nachdenklich wiederholte.

»Aus Ihrem Mund klingt das komisch«, sagte sie dann mit einem kaum wahrnehmbaren Lächeln, das Verachtung und Neugier zugleich verriet. »Haben Sie auch Freundinnen?«

Corso ließ seinen Blick langsam und unverschämt von ihren Knöcheln zu ihren Schenkeln hinaufwandern.

»Ich habe Erinnerungen. Ihre zum Beispiel könnte mir heute nacht gute Dienste leisten.«

Liana Taillefer ertrug seine Vulgarität mit stoischer Gelassenheit. Vielleicht war Corsos Anspielung aber auch zu subtil für sie.

»Nennen Sie mir eine Zahl«, sagte sie kalt. »Ich will das Manuskript meines Mannes zurückhaben.«

Das Geschäft ließ sich gut an. Corso setzte sich der Witwe gegenüber in einen Sessel. Von hier war der Ausblick auf ihre schwarzbestrumpften Beine besser: Sie hatte die Schuhe abgestreift und die Füße auf den Teppich gestellt.

»Letztes Mal schienen Sie mir nicht so interessiert.«

»Ich habe es mir noch einmal genau überlegt. Dieses Manuskript hat für mich einen... Wie soll ich sagen?«

»Sentimentalen Wert?« fragte Corso spöttisch.

»So etwas Ähnliches.« Ihre Stimme klang jetzt herausfordernd. »Aber nicht, wie Sie meinen.«

»Und was wären Sie bereit, dafür zu tun?«

»Das habe ich Ihnen schon gesagt. Sie bezahlen.«

Corsos Lippen verzogen sich zu einem frechen Grinsen.

»Sie beleidigen mich. Ich bin ein Profi.«

»Sie sind ein Profisöldner, und die wechseln das Lager, wie es kommt. Ich lese auch Bücher.«

»Mir fehlt es nicht an Geld.«

»Ich spreche jetzt nicht von Geld.«

Sie hatte sich in das Sofa zurückgelegt und rieb sich mit einem Fuß den Rist des anderen. Corso sah durch die schwarzen Seidenstrümpfe hindurch ihre rot lackierten Zehen. Ihr

Rock rutschte mit jeder Bewegung höher und gab bereits ein kleines Stück weißes Fleisch frei, oberhalb der schwarzen Strumpfbänder, dort, wo alle Rätsel zu einem einzigen, uralten Rätsel verschmelzen. Der Bücherjäger hob mühsam den Blick. Die stahlblauen Augen fixierten ihn immer noch.

Er nahm seine Brille ab, erhob sich und ging auf das Sofa zu. Die Frau beobachtete ihn, ohne mit der Wimper zu zucken, selbst als er so dicht vor ihr stand, daß ihre Knie sich berührten. Und dann hob Liana Taillefer eine Hand und legte ihre rot lackierten Nägel genau auf den Reißverschluß seiner Kordhose. Wieder spielte ein kaum wahrnehmbares, verächtliches und selbstsicheres Lächeln um ihre Lippen, als Corso sich endlich über sie beugte und ihren Rock bis zum Bauchnabel hochschob.

Mehr als ein Nehmen und Geben war es ein gegenseitiger Überfall, als benützten beide die Gelegenheit, auf dem Sofa eine alte Rechnung zu begleichen – ein harter Kampf unter gleichwertigen Gegnern, mit dem passenden Stöhnen im richtigen Augenblick, dem einen oder anderen durch die Zähne gepreßten Fluch und den Nägeln der Frau, die sich erbarmungslos in Corsos Rücken krallten. Und das alles auf einer Handbreit Raum, ihr Rock über den kräftigen, breiten Hüften, die er mit verkrampften Händen umklammerte, während sich ihm die Schnallen ihres Strumpfhalters in die Leisten gruben. Er schaffte es nicht einmal, ihre Brüste zu sehen, obwohl er sie ein paarmal anzufassen bekam – festes Fleisch, das heiß und üppig aus ihrem BH quoll, unter der Seidenbluse und der maßgeschneiderten Kostümjacke, die Liana Taillefer im Eifer des Gefechts nicht hatte ausziehen können. Und jetzt lagen sie da, Arme, Beine und Kleider ineinander verheddert, atemlos, erschöpft wie zwei Ringkämpfer. Und Corso, der sich fragte, wie er aus diesem Schlamassel wieder herauskommen sollte.

»Wer ist Rochefort?« fragte er, bereit, es zu einem Eklat kommen zu lassen.

Liana Taillefer sah ihn aus zehn Zentimeter Entfernung an. Die untergehende Sonne warf einen rötlichen Schimmer auf ihr Gesicht, das blonde Haar hatte sich gelöst und lag wirr über das Ledersofa verteilt. Zum erstenmal wirkte sie entspannt.

»Niemand Wichtiges«, erwiderte sie, »jetzt, wo ich das Manuskript zurückbekomme.«

Corso küßte ihren zerknitterten Ausschnitt, um sich von ihm und seinem Inhalt zu verabschieden. Er ahnte, daß er dazu nicht so schnell wieder Gelegenheit bekommen würde.

»Was für ein Manuskript?« fragte er, um irgend etwas zu sagen, und bemerkte, wie ihr Blick im selben Moment hart und ihr Körper unter ihm steif wurde.

»Der *Vin d'Anjou*.« Ihre Stimme verriet einen Anflug von Nervosität. »Sie geben ihn mir doch zurück, oder?«

Corso gefiel der Ton nicht, mit dem sie auf einmal zum »Sie« zurückkehrte. Er glaubte sich vage erinnern zu können, daß sie sich während des Scharmützels geduzt hatten.

»Das habe ich nicht gesagt.«

»Ich dachte...«

»Sie haben falsch gedacht.«

Der Stahl in ihren Augen blitzte auf. Wutentbrannt schnellte sie in die Höhe, indem sie ihn mit einer brüsken Hüftbewegung von sich warf.

»Gemeiner Kerl!«

Corso, der drauf und dran gewesen war, in Gelächter auszubrechen und die Angelegenheit mit ein paar zynischen Witzen abzutun, fühlte sich gewaltsam nach hinten geschleudert und knallte mit den Knien auf den Boden. Während er sich aufrappelte und seinen Gürtel wieder zumachte, baute Liana Taillefer sich bleich und furchtbar vor ihm auf, mit verrutschter Bluse, die wundervollen Schenkel noch immer entblößt, und verpaßte ihm eine so saftige Ohrfeige, daß sein linkes Trommelfeld dröhnte wie nach einem Kanonenschuß aus nächster Nähe.

»Elender Schuft!«

Der Bücherjäger geriet ins Taumeln. Betäubt sah er sich um wie ein Boxer auf der Suche nach irgend etwas, woran er sich festklammern konnte, um nicht auf die Matte zu gehen. Liana Taillefer kreuzte sein Blickfeld, aber er nahm sie kaum wahr: Sein Ohr schmerzte höllisch. Er stierte mit dumpfem Blick auf den Säbel von Waterloo, als er das Geräusch von berstendem Glas vernahm. Kurz darauf sah er sie wieder im rötlich schimmernden Gegenlicht des Fensters. Sie hatte ihren Rock nach unten gezogen und hielt in der einen Hand das Dumas-Manuskript und in der anderen den Hals einer zerbrochenen Flasche. Die gläserne Schnittkante näherte sich seinem Hals.

In einer Reflexbewegung riß er den Arm hoch und trat einen Schritt zurück. Die Gefahr löste einen Adrenalinschub in ihm aus, so daß er geistesgegenwärtig die Hand Liana Taillefers zur Seite schlug und ihr einen Fausthieb auf den Hals versetzte, der ihr den Atem nahm und sie jäh stoppte. Die nächste Szene war etwas friedlicher: Corso hob das Manuskript und die kaputte Flasche vom Boden auf, und Liana Taillefer saß wieder auf dem Sofa und hielt sich mit beiden Händen den schmerzenden Hals. Das Haar fiel ihr jetzt wirr ins Gesicht, und sie rang unter aufgebrachten Schluchzern mühsam nach Luft.

»Dafür werde ich Sie umbringen, Corso«, hörte er sie endlich sagen. Mittlerweile war die Sonne am anderen Ende der Stadt ganz untergegangen, und die Schatten der Nacht krochen bis in die letzten Winkel der Wohnung. Lucas Corso machte das Licht an, reichte der Frau verlegen Mantel und Hut und ging zum Telefon, um ihr ein Taxi zu rufen. Die ganze Zeit über vermied er es, ihr in die Augen zu sehen. Später, als er ihre Schritte im Treppenhaus verhallen hörte, stellte er sich ans Fenster und sah eine Weile auf die dunklen Dächer hinab, die sich im Schein des langsam aufgehenden Mondes abzeichneten.

›Dafür werde ich Sie umbringen, Corso.‹

Er schenkte sich ein großes Glas Gin ein. Liana Taillefers fratzenhaft entstelltes Gesicht, ihr wutverzerrter Mund wollten ihm nicht aus dem Kopf. Wie Dolche hatten ihre Augen ihn durchbohrt, und das war kein Scherz gewesen: Sie hatte ihn wirklich töten wollen. Wieder wurden Erinnerungen in ihm wach. Langsam stiegen sie in ihm empor, ohne daß er diesmal sein Gedächtnis sonderlich anzustrengen brauchte. Schließlich stand klar und deutlich ein Bild vor seinen Augen, von dem er genau wußte, wo es hingehörte. Auf seinem Schreibtisch lag die Faksimileausgabe der *Drei Musketiere*. Er öffnete sie, suchte die Szene und fand sie auf Seite 129: Inmitten von umgestoßenen Möbeln sprang Milady wie eine Furie vom Bett und ging mit gezücktem Dolch auf den nur mit seinem Hemd bekleideten d'Artagnan los, der erschrocken zurückwich und sie mit der Spitze seines Degens in Schach hielt.

... und sie mit der Spitze seines Degens in Schach hielt.

VII. Nummer eins und Nummer zwei

Der Teufel kann sehr schlau sein,
und mitunter ist er gar nicht so häßlich,
wie man gemeinhin von ihm behauptet.

J. Cazotte, *Der verliebte Teufel*

Es fehlten wenige Minuten bis zur Abfahrt des Expreßzuges nach Portugal, als er das Mädchen sah. Corso stand auf dem Trittbrett seines Schlafwagens – Companhia Internacional de Carruagems-Camas –, als sie in einer Gruppe von Reisenden, die zu den Erste-Klasse-Waggons unterwegs waren, an ihm vorüberging. Sie hatte einen kleinen Rucksack auf der Schulter und trug denselben blauen Kapuzenmantel, aber er erkannte sie nicht sofort. Nur ihre grünen Augen, die hell, beinahe durchsichtig waren, und ihr extrem kurz geschnittenes Haar kamen ihm bekannt vor. Er sah ihr nach, bis sie zwei Wagen weiter vorn verschwand. Die Lokomotive pfiff, und während er einstieg und der Schaffner hinter ihm die Tür schloß, rekonstruierte er die Szene: Boris Balkans literarischer Stammtisch im Café und sie, die am Ende des Tisches saß.

Er ging den Korridor entlang auf sein Abteil zu. Die Lichter des Bahnhofs flogen im Takt der ratternden Räder immer schneller vor den Fenstern vorbei. In dem engen Abteil konnte man sich kaum bewegen, so daß er nur Mantel und Jacke auf einen Bügel hängte und sich dann mit seiner Segeltuchtasche aufs Bett setzte. Die Tasche enthielt neben den *Neun Pforten* und dem Dumas-Manuskript das *Memorial von St. Helena* des Comte de Les Cases:

Freitag, 14. Juli 1816. Der Kaiser hat die ganze Nacht gelitten...

Corso zündete sich eine Zigarette an. Wenn der Zug beleuchtete Stellen passierte und sein Gesicht wie von einem Blitz erhellt wurde, warf er manchmal einen Blick aus dem Abteilfenster, bevor er sich wieder in die langsame Agonie Napoleons und die ausführlich geschilderten Quälereien seines englischen Kerkermeisters, Sir Hudson Lowe, versenkte. Er las mit gerunzelter Stirn und rückte sich immer wieder die Brille auf der Nasenwurzel zurecht. Dann und wann hielt er einen Moment inne, um sein Spiegelbild im Fenster zu betrachten und eine spöttische Grimasse zu schneiden, die ihm selber galt. Bei all dem, was er bereits erfahren und erlebt hatte, war er immer noch in der Lage, Empörung über das schändliche Ende zu empfinden, das die Sieger dem gestürzten Titanen bereitet hatten – auf einen Felsbrocken inmitten des Atlantiks verbannt. Wie seltsam es war, das alles – die historischen Begebenheiten und seine eigenen Gefühle ihnen gegenüber – aus der heutigen Sicht eines Erwachsenen zu revidieren. Es schien ihm, als sei eine Ewigkeit vergangen, seit er, der andere Lucas Corso, das Kind, das die Mythen der Familie mit kriegerischem Enthusiasmus übernahm, der frühreife Bonapartist, ehrfurchtsvoll den Säbel des Veteranen von Waterloo bewundert und gierig Bücher verschlungen hatte, die mit Kupferstichen der glorreichen Feldzüge illustriert waren... Feldzüge, deren Namen wie Trommelwirbel klangen: Wagram, Jena, Smolensk, Marengo. Die geweiteten Augen, die ihn aus der Ferne anblickten, gehörten einem schemenhaften Wesen, das manchmal aus seinem Gedächtnis aufstieg, zwischen den Seiten eines Buches, bei einem Geruch oder Klang, auf einer dunklen Fensterscheibe, wenn draußen in der Nacht der Regen prasselte.

Draußen ging ein Angestellter des Speisewagens vorbei und läutete mit einem Glöckchen. Corso klappte das Buch zu, zog seine Jacke an, hängte sich die Segeltuchtasche über die Schulter und verließ das Abteil. Am Ende des Korridors, nach der Pendeltür, empfing ihn der Faltenbalg zwischen seinem Waggon und dem nächsten mit einem kalten Luftzug. Er hörte die Puffer unter sich ächzen, während er ihn rasch durchquerte und in den Wagen mit den Erste-Klasse-Sitzabteilen hinüberging. Dort mußte er im Gang kurz stehenbleiben, um zwei Reisende vorbeizulassen, und dabei fiel sein Blick in das nächstgelegene Zugabteil, das nur zur Hälfte besetzt war. Das Mädchen saß neben der Tür, in Jeans und Pullover, die nackten Füße auf den gegenüberliegenden Sitz gestellt. Als Corso vorüberging, hob sie die Augen von dem Buch, das sie gerade las, und ihre Blicke kreuzten sich. Da ihre Augen jedoch durch nichts verrieten, daß sie ihn erkannte, ließ er die Hand, die er instinktiv zum Gruß gehoben hatte, schnell wieder sinken. Das junge Mädchen mußte seine Geste bemerkt haben, denn sie sah ihn neugierig an, aber der Bücherjäger hatte seinen Weg bereits fortgesetzt.

Vom Schaukeln des Zuges gewiegt, aß er zu Abend und fand gerade noch Zeit, einen Kaffee und ein Glas Gin zu trinken, bevor das Restaurant schloß. Am Ende der Nacht ging in rohseidenen Tönen der Mond auf, und die im Schatten liegende Hochebene vor dem Fenster wurde von den vorbeihuschenden Telefonmasten in die verschwommenen Einzelbilder eines Filmes unterteilt, die man im Gegenlicht eines Projektors betrachtet.

Auf dem Rückweg in sein Abteil traf er im Gang der ersten Klasse auf das Mädchen. Sie hatte die Arme auf den Rahmen des geöffneten Fensters gestützt und ließ sich den kalten Fahrtwind ins Gesicht wehen. Corso hatte sich gerade zur Seite gedreht, um sich in dem schmalen Korridor an ihr vorbeizuzwängen, da sah sie ihn an.

»Wir kennen uns«, sagte sie.

Aus der Nähe betrachtet, wirkten ihre Augen noch grüner und heller – wie aus Flüssigkristall. Zu diesem Effekt kam es vor allem durch den Kontrast mit ihrem sonnenverbrannten Gesicht, und daß sie Ende März bereits so braun war und das Haar streichholzkurz und mit Seitenscheitel trug, verlieh ihr ein ungewöhnliches, sportliches und sympathisch jungenhaftes Aussehen. Sie war groß, schlank, geschmeidig. Und sehr jung.

»Stimmt«, bestätigte Corso. »Vor zwei Tagen... im Café.«

Sie lächelte, und auch ihre blitzweißen Zähne kontrastierten mit der dunklen Haut. Ihr Mund war groß und schön gezeichnet. Hübsches Mädchen, hätte Flavio La Ponte gesagt und sich den lockigen Bart gekrault.

»Sie waren der, der sich für d'Artagnan interessiert hat.«

Der kalte Wind, der zum offenen Fenster hereinblies, zerzauste ihr Haar. Sie war immer noch barfuß. Ihre weißen Tennisschuhe standen auf dem Boden des Abteils. Corso warf instinktiv einen Blick auf den Titel des Buches, das auf ihrem Sitz lag: *Die Abenteuer des Sherlock Holmes* – eine billige Taschenbuchausgabe.

»Sie werden sich einen Schnupfen holen«, sagte er.

Das Mädchen schüttelte immer noch lächelnd den Kopf, kurbelte aber trotzdem die Fensterscheibe hoch. Corso beschloß, eine Zigarette herauszuziehen, bevor er seinen Weg fortsetzte. Er tat es wie immer, direkt von der Jackentasche in den Mund, und merkte, daß sie ihn dabei beobachtete.

»Rauchen Sie?« fragte er und hielt zögernd inne.

»Manchmal.«

Er klemmte sich die Zigarette zwischen die Lippen und kramte eine zweite hervor. Sie war schwarz, filterlos und zerknittert wie alle, die er mit sich herumtrug. Das Mädchen nahm sie entgegen und las die Marke, bevor sie sich von Corso mit dem letzten Streichholz seiner Schachtel und nach ihm Feuer geben ließ.

»Die ist stark«, sagte sie, nachdem sie zum erstenmal daran gezogen hatte, aber der von Corso erwartete Hustenanfall blieb aus. Ihre Art, die Zigarette zu halten, war ungewöhn-

lich: mit Daumen und Zeigefinger, die Glut nach außen.
»Reisen Sie in diesem Wagen?«
»Nein. Im nächsten.«
»Schön, sich einen Schlafwagen leisten zu können.« Sie klopfte sich auf die hintere, leere Hosentasche, als Zeichen, daß sie nicht besonders gut bei Kasse war. »Das würde ich auch gerne. Ein Glück, daß mein Abteil nur halb besetzt ist.«
»Sind Sie Studentin?«
»So etwas Ähnliches.«
Der Zug fuhr donnernd und vibrierend in einen Tunnel, und das Mädchen drehte sich zum Fenster, als ziehe es die Finsternis dort draußen an. Gespannt und wachsam drückte sie sich gegen ihr eigenes Spiegelbild an die Scheibe und lauschte in das Getöse des engen Schachts hinaus. Als der Zug dann wieder im Freien war und kleine Lichter über kurze Strecken hinweg die Nacht sprenkelten, lächelte sie gedankenversunken.
»Ich mag Züge«, sagte sie.
»Ich auch.«
Das Mädchen sah immer noch zum Fenster hinaus. Eine ihrer Hände berührte mit den Fingerspitzen die Scheibe.
»Was halten Sie davon: Paris bei Nacht verlassen... Morgens mit Blick auf die Lagune von Venedig aufwachen, und dann weiter nach Istanbul?« Ihr Lächeln wirkte jetzt verträumt, als hänge sie geheimen Erinnerungen nach.
Corso schnitt eine Grimasse. Wie alt mochte sie sein? Achtzehn, wenn es hochkam zwanzig.
»Poker spielen«, schlug er vor, »zwischen Calais und Brindisi.«
Das Mädchen faßte ihn aufmerksamer ins Auge.
»Auch nicht schlecht.« Sie dachte kurz nach. »Wie fänden Sie ein Champagnerfrühstück zwischen Wien und Nizza?«
»Interessant. Wie Basil Zaharoff hinterher spionieren.«
»Oder sich mit Nijinsky betrinken.«
»Coco Chanels Perlen stehlen.«

»Mit Paul Morand flirten... Oder mit Mister Barnabooth.«
Sie lachten beide. Corso wie immer mit zusammengebissenen Zähnen, das Mädchen offen heraus, seine Stirn an die kühle Fensterscheibe gelehnt. Sie hatte ein frisches, klangvolles Jungenlachen, das gut zu ihrem kurzgeschnittenen Haar und den leuchtendgrünen Augen paßte.
»Solche Züge gibt es nicht mehr«, sagte sie.
»Ich weiß.«
Wie Blitze zischten die Lichter eines Signals vorbei. Es folgte ein schlecht beleuchteter, menschenleerer Bahnsteig; das Ortsschild war bei der Geschwindigkeit nicht zu lesen. Hier und da zeichnete sich ein Baum oder Häuserdach im nackten Schein des Mondes ab, der neben dem Zug herzufliegen schien – ein verrückter Wettlauf ohne Ziel.
»Wie heißen Sie?«
»Corso. Und Sie?«
»Irene Adler.«
Er musterte sie von oben bis unten, und sie hielt seiner Prüfung gelassen stand.
»Das ist kein Name.«
»Corso auch nicht.«
»Da irren Sie sich. Ich bin Corso – der Mann, der rennt.«
»Mir wirken Sie aber gar nicht hastig... eher ruhig.«
Corso neigte den Kopf, ohne zu antworten, und betrachtete die nackten Füße des Mädchens auf dem Teppichboden des Korridors. Dabei fühlte er ihren forschenden Blick, der an ihm hinabglitt, und das machte ihn etwas verlegen, so seltsam das in seinem Fall auch klingen mag. Zu jung, sagte er sich. Zu attraktiv. Mechanisch rückte er sich die verbogene Brille zurecht und schickte sich an weiterzugehen.
»Gute Reise.«
»Danke.«
Er setzte sich in Bewegung und wußte, daß sie ihm nachsah.
»Vielleicht sehen wir uns mal wieder«, hörte er sie hinter seinem Rücken sagen.

»Vielleicht.«

Nein, so ging es nicht. Der Corso, der da den Rückzug antrat, war ein anderer. Er fühlte sich ungemütlich, die *Grande Armée* war auf dem besten Wege, sich im Schnee aufzulösen, das brennende Moskau knisterte unter seinen Stiefeln. So durfte er nicht türmen. Er blieb also stehen, drehte sich auf dem Absatz um und verzog sein Gesicht zu einem Wolfsgrinsen.

»Irene Adler«, wiederholte er und tat, als denke er nach. »*Eine Studie in Scharlachrot?*«

»Nein«, entgegnete das Mädchen ruhig. »*Ein Skandal in Böhmen.*« Sie lächelte jetzt auch, und ihre Augen waren ein smaragdgrüner Strich in dem dämmrigen Zugkorridor. »Die Frau, lieber Watson.«

Corso schlug sich mit der Hand auf die Stirn, als habe er plötzlich begriffen.

»Elementar«, sagte er und war sich nun sicher, daß sie sich wiederbegegnen würden.

Corso hielt sich nicht mehr als fünfzig Minuten in Lissabon auf, gerade so lange, wie nötig war, um vom Bahnhof Santa Apolonia zum Rossio-Bahnhof zu kommen. Eineinhalb Stunden später setzte er den Fuß auf den Bahnsteig von Sintra. Tiefhängende Wolken überzogen den Himmel und verschleierten die melancholischen grauen Türme des Castelo da Pena, das vom Berg herabsah. Da er weit und breit kein Taxi erblicken konnte, ging er zu Fuß zu dem kleinen Hotel hinauf, das genau gegenüber dem Königspalast mit seinen zwei riesigen Schornsteinen lag. Es war zehn Uhr, ein Mittwochvormittag, und auf der Esplanade gab es weder Touristen noch Autobusse. Corso bekam problemlos ein Zimmer mit Blick auf die zerklüftete, üppig grüne Landschaft, aus der inmitten von hundertjährigen, efeuüberwucherten Gärten die Dächer und Türme alter Landhäuser – der Quintas – aufragten.

Er duschte, trank einen Kaffee und ließ sich dann von der

Dame an der Rezeption den Weg zur Quinta da Soledade beschreiben, die weiter oben am Berg lag. Auf der Esplanade gab es keine Taxis, wohl aber ein paar Pferdekutschen. Corso handelte den Preis aus, und wenige Minuten später fuhr er an der Torre da Regaleira mit ihrem neumanuelinischen Maßwerk vorbei. Die Hufe des Pferdes hallten in den dunklen, hohlen Gassen, die von Brunnen und dünnen Rinnsalen gesäumt wurden. Dichter Efeu rankte sich an Häuserwänden, Fenstergittern, Baumstämmen empor und an den moosbedeckten, mit alten Kacheln verkleideten Steintreppen der verlassenen Villen.

Die Quinta da Soledade war ein langgestrecktes Gebäude aus dem 18. Jahrhundert mit vier Kaminen und verblichener ockerfarbener Fassade. Corso kletterte aus der Kutsche und versenkte sich einen Moment lang in den Anblick, bevor er das schmiedeeiserne Tor öffnete. Die Gartenmauer wurde rechts und links von Granitsäulen abgeschlossen, auf denen schimmelüberzogene Skulpturen aus graugrünem Stein standen. Bei einer von ihnen handelte es sich um eine weibliche Büste, die andere schien mit dieser identisch zu sein, obwohl ihr Gesicht nur zu erahnen war – der Efeu hatte es wie ein lästiger Parasit befallen und beinahe unkenntlich gemacht.

Totes Laub raschelte unter seinen Sohlen, während er auf das Haus zuschritt. Die Marmorstatuen, die den Weg früher einmal flankiert hatten, lagen fast alle zerbrochen neben ihren Sockeln. Der Garten war völlig verwahrlost, von der Vegetation überwuchert, die alles unter sich begrub. Bänke und Aussichtsterrassen, deren rostige Geländer auf die bemoosten Steinböden abfärbten. Auf der linken Seite sah er neben einem Teich voller Wasserpflanzen einen gekachelten Brunnen mit einem pausbäckigen Puttchen, das den Kopf zum Schlaf auf ein Buch gelegt hatte. Die Augen waren ausgehöhlt, die Hände verstümmelt, und aus dem halb geöffneten Mund tröpfelte Wasser. Die ganze Atmosphäre war von einer unendlichen Traurigkeit durchtränkt, der Corso sich nicht entziehen konnte. ›Quinta da Soledade‹, wiederholte er bei sich, ›Villa der Einsamkeit‹. Der Name paßte.

Er stieg die Steintreppe zum Eingang hinauf und hob dabei die Augen. Zwischen seinem Kopf und dem grauen Himmel war eine Sonnenuhr mit römischen Ziffern auf die Fassade gemalt, die keine Zeit anzeigte; darunter eine lateinische Inschrift: *Omnes vulnerant, postuma necat.*

»Alle verletzen«, las Corso, »die letzte tötet.«

»Sie kommen gerade richtig«, sagte Fargas. »Zum Zeremoniell.«

Corso reichte ihm ein wenig verwirrt die Hand. Victor Fargas war groß und hager wie ein Edelmann von El Greco. In seinem weiten Pullover aus grober Wolle bewegte er sich wie eine Schildkröte in ihrem Panzer. Er hatte einen penibel zurechtgestutzten Schnurrbart und trug eine Hose mit ausgebeulten Knien, sowie altmodische, abgenützte Schuhe, die jedoch sauber glänzten. Das war es, was Corso auf den ersten Blick wahrnehmen konnte, bevor seine Augen in das riesige, leere Haus wanderten, über die nackten Wände, die Deckenmalereien, die sich in Schimmellagunen auflösten und von feuchtem Gips verschluckt wurden.

Fargas musterte seinen Besucher kritisch.

»Ich nehme an, daß Sie ein Glas Cognac nicht ablehnen werden«, sagte er schließlich, als wäre er nach eingehender Überlegung zu diesem Schluß gelangt. Dann entfernte er sich mit hinkendem Gang, ohne sich darum zu kümmern, ob Corso ihm durch den Korridor folgte oder nicht. Die Zimmer, an denen sie vorbeikamen, waren entweder leer oder mit Resten von unbrauchbaren Möbeln ausgestattet, die man in den Ecken zusammengerückt hatte. Von den Decken hingen nackte Fassungen, zum Teil mit staubigen Glühbirnen.

Die einzigen Räume, die einen halbwegs bewohnten Eindruck machten, waren zwei Salons, die eine Schiebetür miteinander verband. Die Tür, in deren Glasscheiben ein Wappen eingeschliffen war, stand offen und zeigte kahle Wände. Die Gegenstände, mit denen sie einst bedeckt gewesen waren, hatten ihre Spuren auf der alten Tapete hinterlassen: rechteckige Umrisse von verschwundenen Gemälden, Abdrücke von Möbeln, verrostete Nägel, Stromanschlüsse für nicht mehr vorhandene Lampen. Die ganze traurige Landschaft wurde von einem gemalten Himmelsgewölbe überspannt, in dessen Zentrum die Opferung Isaaks dargestellt war: Ein abgeblätterter Engel mit riesigen Flügeln hielt die Hand des Patriarchen Abraham fest, der dabei war, mit dem Messer auf einen blonden Jüngling loszugehen. Unter dem falschen Gewölbe öffnete sich auf die Terrasse und den hinteren Teil des Gartens hinaus eine schmutzige Fenstertür, deren Scheiben teilweise durch Kartonstücke ersetzt worden waren.

»*Home, sweet home*«, sagte Fargas.

Der ironische Ton, den er dabei anschlug, klang nicht sehr überzeugend. Wahrscheinlich hatte der Hausherr diesen Spruch schon so oft benützt, daß er selbst nicht mehr an seine Wirkung glaubte. Er sprach spanisch mit einem vornehmen, portugiesisch gefärbten Akzent. Seine Bewegungen waren sehr langsam, wie die eines Menschen, der eine Ewigkeit vor sich hat, aber das lag vielleicht an seinem invaliden Bein.

»Cognac«, wiederholte er, als wolle er sich ins Gedächtnis rufen, was ihn hierher geführt hatte.

Corso nickte leicht mit dem Kopf, ohne daß Fargas ihn sah. Der geräumige Salon wurde auf der anderen Seite von einem riesigen Kamin abgeschlossen, in dem ein kleiner Stoß Holzscheite angeordnet war. Das Mobiliar bestand aus zwei ungleichen Sesseln, einem Tisch und einer Kredenz. Des weiteren gab es eine Petroleumlampe, zwei Kerzenleuchter, eine Violine im geöffneten Kasten und wenig mehr. Auf dem Boden jedoch lagen, auf ausgefransten Teppichen und verblichenen Gobelins, so weit wie möglich von den Fenstern und dem bleifarbenen Tageslicht entfernt, säuberlich angeordnet, Hunderte von Büchern. Fünfhundert oder mehr, schätzte Corso. Vielleicht auch tausend. Darunter zahlreiche alte Handschriften und Inkunabeln. Wertvolle leder- oder pergamentgebundene Stücke, alte Exemplare mit Ziernägeln auf den Deckeln, Foliobände, Elzeviers, Einbände mit Fileten, Rosetten und Schließen, Bücher, deren Rücken und Kanten mit goldenen Lettern verziert oder in den Schreibstuben mittelalterlicher Klöster kalligraphisch ausgestaltet worden waren. Des weiteren fiel Corso auf, daß wohl ein Dutzend Mausefallen über die Zimmerecken verteilt waren, die meisten ohne Käse.

Fargas, der an der Kredenz herumhantiert hatte, kam mit einem Glas und einer Flasche Remy Martin zurück, die er gegen das Licht hielt, um ihren Inhalt zu überprüfen.

»Goldener Nektar der Götter«, sagte er in feierlichem Ton. »Oder des Teufels.« Er lächelte nur mit dem Mund, indem er wie die alten Filmgalane den Schnurrbart verzog, aber sein Blick blieb starr und ausdruckslos. Unter seinen Augen hingen schwere Tränensäcke wie nach unzähligen schlaflos verbrachten Nächten. Corso betrachtete seine feingliedrigen, aristokratischen Hände, während er aus ihnen das Cognac-Glas entgegennahm, dessen dünnes Kristall leicht vibrierte, als er es an die Lippen führte.

»Hübsches Glas«, meinte er, um irgend etwas zu sagen.

Der Büchersammler nickte mit einer resignierten und zugleich selbstironischen Miene, die alles in ein neues Licht rückte: das Glas, die nahezu leere Flasche, das geplünderte Haus, ja seine eigene Präsenz inmitten dieser Umgebung, ein vornehmes, blasses, abgetakeltes Gespenst.

»Mir sind nur noch zwei von der Sorte geblieben«, gestand er nüchtern und gelassen. »Deshalb bewahre ich sie auf.«

Corso lächelte verständnisvoll. Sein Blick schweifte kurz über die leeren Wände, um dann wieder zu den Büchern auf dem Boden zurückzukehren.

»Diese Quinta muß einmal prächtig gewesen sein«, sagte er.

Fargas zuckte mit der Schulter.

»Ja, das war sie. Aber mit den alten Familien ist es wie mit den Hochkulturen – irgendwann sterben sie aus und gehen unter.« Er blickte sich gedankenverloren um, und in seinen Augen schienen sich die Gegenstände zu spiegeln, die den Raum einst geschmückt hatten. »Zuerst ruft man die Barbaren, damit sie den Limes bewachen, dann bereichert man sie, und zum Schluß macht man sie zu seinen Gläubigern... Bis sie sich eines Tages erheben, über einen herfallen und einen ausrauben.« Er sah sein Gegenüber in einem Anfall von Mißtrauen an. »Ich hoffe, Sie verstehen, wovon ich spreche.«

Corso nickte und setzte das mitfühlendste Kaninchenlächeln seines gesamten Repertoires auf.

»Ich verstehe Sie bestens«, bestätigte er. »Landsknechtsstiefel, die auf Meißener Porzellan herumtrampeln. Meinen Sie das? Putzfrauen in Abendkleidern. Neureiche Tagelöhner, die sich den Hintern mit alten Handschriften abwischen.«

Fargas machte eine zustimmende Handbewegung und lächelte zufrieden. Dann hinkte er zu der Kredenz, um das zweite Glas zu holen.

»Ich glaube, ich trinke auch einen Cognac«, sagte er.

Sie stießen schweigend miteinander an und sahen sich dabei in die Augen wie die Brüder eines Geheimbundes, die soeben das Erkennungsritual vollzogen haben. Dann deutete der Bibliophile mit der Hand, in der er das Glas hielt, einladend auf die Bücher, als erlaube er Corso nun, wo er die Initiationsprobe bestanden hatte, eine unsichtbare Grenze zu überschreiten und sich ihnen zu nähern.

»Da liegen sie. Achthundertvierunddreißig Bände, von denen nur noch knapp die Hälfte wirklich wertvoll ist.« Er nippte an seinem Glas, bevor er mit dem Zeigefinger über seinen feuchten Schnurrbart fuhr und seine Augen im Zimmer umherwandern ließ.

»Jammerschade, daß Sie sie nicht in besseren Zeiten erlebt haben, als sie sauber aneinandergereiht in ihren Zedernholzregalen standen... Ich hatte fünftausend Exemplare beisammen. Das hier sind die Überlebenden.«

Corso, der seine Segeltuchtasche auf den Boden gelegt hatte, trat auf die Bücher zu. Er spürte, wie seine Fingerspitzen aus purem Reflex zu kribbeln begannen. Der Anblick war herrlich. Er rückte seine Brille zurecht und sichtete auf den ersten Blick einen Vasari im Quartformat, Erstausgabe von 1588, und einen pergamentgebundenen *Tractatus* von Berengario de Carpi, aus dem 16. Jahrhundert.

»Ich hätte mir nie vorgestellt, daß die in sämtlichen Bibliographien zitierte Fargas-Sammlung so aussieht: Bücherstapel auf dem Boden, ohne Schränke, einfach an die Wand gerückt, in einem leeren Haus...«

»So ist das Leben, mein Freund. Aber ich muß Ihnen zu meiner Entlastung sagen, daß sich alle in ausgezeichnetem Zustand befinden... Ich selbst säubere und überwache sie – ich lüfte regelmäßig das Zimmer und schütze sie gegen Ungeziefer und Mäuse, gegen Licht, Hitze und Feuchtigkeit. Und das beschäftigt mich den ganzen Tag.«

»Was ist aus dem Rest geworden?«

Der Bibliophile sah mit gerunzelter Stirn zum Fenster hinaus und schien sich dieselbe Frage zu stellen.

»Tja...«, erwiderte er und wirkte sehr unglücklich, als seine Augen wieder denen Corsos begegneten. »Außer der Quinta, ein paar Möbelstücken und der Bibliothek meines Vaters habe ich nur Schulden geerbt. Wann immer ich irgendwie zu Geld kam, habe ich es in Bücher investiert, und als meine Rente erschöpft war, habe ich verkauft, was es noch zu verkaufen gab: Bilder, Möbel, Geschirr. Ich glaube, Sie wissen, was es heißt, ein leidenschaftlicher Büchersammler zu sein – aber ich bin kein Bibliophiler, ich bin ein Bibliomane. Allein der Gedanke, meine Bibliothek auflösen zu müssen, bereitete mir unsägliche Qualen.«

»Ich habe schon andere Leute wie Sie kennengelernt.«

»Wirklich?« Fargas sah ihn neugierig an. »Ich bezweifle

trotzdem, daß Sie sich eine genaue Vorstellung von meinem Zustand machen können. Ich stand mitten in der Nacht auf und irrte zwischen meinen Büchern umher wie eine arme Seele im Fegefeuer. Ich habe mit ihnen gesprochen, unter Treueschwüren ihre Rücken gestreichelt... Alles umsonst. Eines Tages mußte ich einen Entschluß fassen, und der bestand darin, den Großteil von ihnen zu opfern, um wenigstens die liebsten und wertvollsten Exemplare zu retten. Weder Sie noch sonst irgend jemand wird je begreifen, was das für mich bedeutet hat: meine Bücher den Geiern zum Fraß vorgeworfen.«

»Ich kann es mir vorstellen«, sagte Corso, dem es nicht das Geringste ausgemacht hätte, an einem solchen Leichenbegängnis teilzunehmen.

»Sie können es sich vorstellen? Nein. Das könnten Sie nicht einmal, wenn Sie hundert Jahre alt würden. Allein die Auswahl hat mich zwei Monate Arbeit gekostet – einundsechzig Tage der Agonie und einen Fieberanfall, an dem ich beinahe gestorben wäre. Als sie dann endlich abgeholt wurden, glaubte ich, verrückt werden zu müssen... Ich erinnere mich daran, als wäre es gestern passiert, obwohl mittlerweile zwölf Jahre vergangen sind.«

»Und jetzt?«

Der Bibliophile zeigte ihm sein leeres Glas, als symbolisiere es etwas.

»Seit einiger Zeit muß ich wieder auf meine Bücher zurückgreifen. Dabei brauche ich eigentlich nicht viel zum Leben: Einmal pro Woche kommt jemand zum Putzen, und das Essen wird mir vom Dorf heraufgebracht... Nein, mein Geld geht fast ganz für Steuern drauf, die ich dem Staat für die Quinta bezahlen muß.«

Er sprach das Wort »Staat« im selben Ton aus, in dem er »Ratten« oder »Bohrwürmer« gesagt hätte. Corso setzte seine mitfühlende Miene auf und ließ den Blick erneut über die nackten Zimmerwände schweifen.

»Sie könnten das Haus doch verkaufen.«

»In der Tat, das könnte ich.« Fargas nickte apathisch. »Aber es gibt Dinge, die Sie nicht verstehen.«

Corso hatte sich gebückt und einen Folioband in die Hand genommen, den er interessiert durchblätterte. *De Symmetria* von Dürer, Paris 1557, ein Nachdruck der ersten, lateinischen Ausgabe von Nürnberg. Gut erhalten und mit breiten Seitenrändern. Das hätte Flavio La Ponte in helles Entzücken versetzt. Und wen nicht.

»Wie oft verkaufen Sie Bücher?«

»Zwei- oder dreimal pro Jahr; damit habe ich genug. Nach langem Hin und Her wähle ich einen Band aus und verkaufe ihn. Das ist das Zeremoniell, das ich vorher gemeint habe, als Sie ankamen. Ich habe einen Käufer, ein Landsmann von Ihnen, der mich zweimal im Jahr besucht.«

»Kenne ich ihn?« fragte Corso.

»Das weiß ich nicht«, erwiderte der Bibliophile, ohne einen Namen hinzuzufügen. »Ich erwarte ihn just in diesen Tagen, und als Sie geläutet haben, war ich gerade dabei, ein Opfer zu bestimmen...« Er imitierte mit einer seiner schlanken Hände die Bewegung eines Fallbeils und lächelte melancholisch. »Wieder einmal muß ein Buch sterben, damit die anderen zusammenbleiben können.«

Corso sah zur Decke hinauf – die Analogie war augenfällig: Abraham, dem ein tiefer Riß quer durchs Gesicht verlief, versuchte unter großer Anstrengung, seine messerbewehrte Rechte freizubekommen, die der Engel mit einer Hand festhielt, während er mit der anderen den Patriarchen streng zurechtwies. Unter der Messerklinge, den Kopf auf einen Stein gebettet, wartete Isaak resigniert darauf, daß sich sein Schicksal erfüllte. Er war blond und rosig wie einer von diesen Epheben, die niemals nein sagen. Ein bißchen weiter links war eine Art Schaf gemalt, das sich im Dorngestrüpp verfangen hatte, und Corso ergriff insgeheim Partei für das Schaf.

»Dann gibt es wohl keine andere Lösung«, sagte er.

»Ich hätte schon eine gefunden...« Fargas lächelte bitter. »Aber der Löwe verlangt seinen Teil, die Haie wittern das Blut und den Köder. Leider gibt es heute keine Leute mehr wie den Grafen von Artois, der König von Frankreich war. Kennen Sie die Anekdote? Der alte Marquis de Paulmy besaß sechzigtausend Bücher und war am Rande des Ruins. Um den Gläubigern zu entgehen, verkaufte er seine Bibliothek an den Grafen von Artois, aber der machte es zur Bedingung, daß sich der Alte bis zu seinem Tod darum kümmerte. Mit dem verdienten Geld konnte Paulmy neue Bände kaufen und so die Sammlung bereichern, die bereits einem anderen gehörte...«

Fargas vergrub die Hände in den Hosentaschen, humpelte an seinen Büchern entlang und ging sie der Reihe nach durch. Corso mußte unwillkürlich an den abgemagerten, zerlumpten Montgomery denken, der seine Truppen in El Alamein abschritt.

»Manchmal betrachte ich sie stundenlang und wedle nur ein bißchen den Staub weg, ohne sie anzufassen oder aufzuschlagen.« Er war stehengeblieben und hatte sich niedergebeugt, um eines der Bücher auf dem alten Teppich geradezurücken. »Ich weiß in- und auswendig, was sich unter jedem Deckel verbirgt... Sehen Sie sich das hier an: *De revolutionis celestium*, Nikolaus Kopernikus. Zweite Auflage, Basel 1566. Eine Lappalie, nicht? Wie die *Vulgata Clementina*, die Sie dort zu Ihrer Rechten haben, zwischen den sechs Bänden der *Políglota* Ihres Landsmannes Cisneros und dem *Chronicarum* von Nürnberg. Und beachten Sie dort drüben diesen kuriosen Folianten: *Praxis criminis persequendi* von Simon de Colines, 1541. Oder diesen Einband mit fünf Bünden und Ziernägeln, der vor Ihnen liegt. Wissen Sie, was der enthält? Die *Legenda aurea* von Jacobus a Voragine, Basel 1493, gedruckt von Nikolaus Kesler.«

Corso blätterte das Buch durch. Es handelte sich um ein wunderschönes Exemplar, ebenfalls mit sehr breiten Blatträndern. Nachdem er es vorsichtig an seinen Platz zurückgelegt hatte, richtete er sich wieder auf und putzte mit dem Taschentuch seine Brillengläser. Das hätte dem kältesten Typen den Schweiß auf die Stirn getrieben.

»Sie können nicht ganz recht im Kopf sein. Wenn Sie das alles verkaufen würden, hätten Sie für den Rest Ihres Lebens ausgesorgt.«

»Ich weiß.« Fargas bückte sich, um die Position eines Buches zu korrigieren, das minimal verrückt war. »Aber wenn ich das alles verkaufen würde, hätte mein Leben keinen Sinn mehr, und wozu bräuchte ich dann noch Geld?«

Corso deutete auf eine Reihe von Büchern, die stark beschädigt waren, darunter mehrere Inkunabeln und Handschriften. Dem Einband nach stammte das jüngste unter ihnen aus dem 17. Jahrhundert.

»Sie haben viele alte Ausgaben von Ritterromanen...«

»Ja, die habe ich von meinem Vater geerbt. Er hatte sich in die Idee verrannt, alle fünfundneunzig Bücher aus der Bibliothek des Don Quijote zusammenzutragen, besonders die aus der Inventarliste des Dorfpfarrers. Von ihm habe ich auch diesen kuriosen *Quijote* bekommen, den Sie dort neben der Erstausgabe von Os *Lusiadas* sehen: ein vierbändiger Ibarra aus dem Jahr 1780. Er enthält nicht nur die ursprünglichen Bildtafeln, sondern wurde zusätzlich mit englischen Tafeln aus der ersten Hälfte des 18. Jahrhunderts bereichert, sowie mit sechs Originalgouachen und einer faksimilierten Geburtsurkunde von Cervantes auf Velin. So hat jeder seinen Spleen. Bei meinem Vater, der als Diplomat viele Jahre in Spanien gelebt hat, war es Cervantes. Bei anderen artet es zu regelrechten Manien aus. Es gibt Sammler, die keine noch so unscheinbare Restauration dulden, oder solche, die grundsätzlich kein Buch kaufen, von dem mehr als fünfzig Stück gedruckt wurden... Meine Vorliebe – das werden Sie schon bemerkt haben – galt unbeschnittenen Exemplaren. Mit einem Meterstab in der Hand habe ich Auktionen und Antiquariate abgeklappert, und wenn ich ein Buch aufschlug, das noch jungfräulich war, dessen Seiten womöglich noch gar nicht aufgeschlitzt waren, bekam ich weiche Knie... Haben Sie Nodiers Spottgeschichte über den Bibliophilen gelesen? Mir erging es genauso. Ich hätte sie mit größtem Vergnügen erdolcht, die Buchbinder, die allzu leichtfertig mit der Papierschneidemaschine umgingen. Und ein Exemplar zu entdecken, das zwei Millimeter mehr Blattrand hatte, als in den kanonischen Bibliographien angegeben, war für mich der Gipfel des Glücks.«

»Das ist es auch für mich.«

»Dann, Prost! Lassen Sie uns auf unsere Brüderschaft anstoßen.«

»Freuen Sie sich nicht zu früh. Mein Interesse ist nicht ästhetischer, sondern rein lukrativer Natur.«

»Das macht nichts. Sie sind mir sympathisch. Ich gehöre zu denjenigen, die davon überzeugt sind, daß es im Hinblick auf Bücher eine Moral im herkömmlichen Sinne nicht gibt.« Fargas stand auf der anderen Seite des Zimmers, trotzdem beugte er sich ein wenig zu Corso vor, als wolle er ihm ein Geheimnis anvertrauen. »Wissen Sie was? Bei Ihnen in Spanien erzählt man sich doch die Legende von dem mörderischen Buchhändler aus Barcelona – nun, ich wäre wie er in der Lage, für ein Buch zu töten.«

»Davon rate ich Ihnen ab. Mit einer solchen Bagatelle fängt es meistens an, und zum Schluß erzählt man Lügen.«

»Und verkauft womöglich seine eigenen Bücher.«

»Womöglich.«

Fargas schüttelte traurig den Kopf. Dann verharrte er eine Weile reglos, mit gerunzelter Stirn, und schien über etwas nachzugrübeln. Als er wieder zu sich kam, sah er Corso lange und eindringlich an.

»Und damit wären wir wieder bei der Sache, die mich gerade beschäftigt hat, als Sie an der Tür läuteten«, sagte er endlich. »Jedesmal, wenn ich dieses Problem angehe, fühle ich mich wie ein Pfarrer, der seinen Glauben verleugnet... Überrascht es Sie, daß ich das Wort Sakrileg benütze?«

»Keine Spur. Ich finde, daß es genau darum geht.«

Fargas rieb sich nervös die Hände und ließ den Blick durch das Zimmer irren, über die kahlen Wände und die Bücher auf dem Boden, bevor er ihn wieder auf Corso heftete. Sein fratzenhaftes Lächeln wirkte, als sei es ihm aufs Gesicht gemalt.

»Ja. Ein Sakrileg läßt sich einzig und allein aus dem Glauben heraus erklären. Nur ein Gläubiger ist in der Lage, ein Sakrileg zu begehen und im selben Augenblick, in dem er es begeht, das Schreckliche seiner Tat zu begreifen. Keiner würde Entsetzen empfinden, wenn er eine Religion entweiht, die ihm gleichgültig ist. Das wäre, als lästere er einen Gott, zu dem er keinerlei Bezug hat. Absurd.«

Corso zeigte sich einverstanden.

»Ich weiß, was Sie meinen. Das entspricht dem *Du hast mich besiegt, Galiläer* von Julian Apostata.«

»Dieses Zitat kenne ich nicht.«

»Gut möglich, daß es apokryph ist. Einer der Maristenbrüder, bei denen ich zur Schule gegangen bin, pflegte uns damit zu veranschaulichen, was passiert, wenn man vom rechten Weg abkommt: Man bleibt von Speeren durchbohrt auf dem Schlachtfeld liegen und spuckt Blut unter einem Himmel ohne Gott.«

Der Bibliophile nickte, als wäre ihm diese Problematik bestens vertraut. Sein krampfartig verzerrter Mund und der stiere Blick seiner Augen hatten beinahe etwas Unheimliches.

»So fühle ich mich jetzt«, sagte er. »Nachts, wenn ich keinen Schlaf finden kann, pflanze ich mich hier vor meinen Büchern auf, entschlossen, eine weitere Profanierung zu begehen.« Er war beim Sprechen so dicht an Corso herangetreten, daß dieser beinahe vor ihm zurückweichen mußte. »Mich an ihnen und an mir selbst zu versündigen... Ich wähle ein Buch aus und bereue es sofort wieder, ich nehme ein anderes in die Hand und stelle es nach ein paar Minuten an seinen Platz zurück. Eines opfern, damit die anderen zusammenbleiben können, einen Ast vom Stamm abbrechen, damit der Baum überlebt...« Er zeigte Corso seine Hand. »Tausendmal lieber würde ich mir einen dieser Finger abhacken.«

Seine Hand zitterte, während er sie vorstreckte. Corso schüttelte den Kopf: Er konnte zuhören – das gehörte zu seinem Beruf, er konnte sogar Verständnis aufbringen. Aber mitspielen, dazu war er nicht bereit. Das war nicht »sein« Krieg. Er war ein Landsknecht auf Bezahlung, wie Varo Borja gesagt hätte, und er war nur zu Besuch hier. Was Fargas brauchte, war ein Beichtvater oder Psychiater.

»Für den Finger eines Bibliophilen würde niemand auch nur einen Escudo herausrücken«, sagte er in scherzhaftem Ton.

Sein Witz verlor sich in der unendlichen Leere, die in den Augen seines Gegenübers herrschte. Fargas sah durch ihn hindurch, als wäre er aus Luft. In seinen geweiteten, entrückten Pupillen gab es nur Bücher.

»Welches also wähle ich aus?« fuhr Fargas fort. Corso hatte eine Zigarette aus der Manteltasche gefischt, die er ihm in diesem Moment anbot, aber der andere ignorierte seine Geste, geistesabwesend wie er war und ausschließlich auf seinen eigenen Diskurs fixiert. Außer den Wahnbildern, die sein gequältes Gewissen heraufbeschwor, existierte nichts für ihn.

»Nach langem Nachdenken habe ich zwei Kandidaten ausgesucht.« Er hob zwei Bücher vom Boden auf und legte sie auf den Tisch. »Sagen Sie mir, was Sie von ihnen halten.«

Corso beugte sich über die Bücher und öffnete eines von ihnen. Die Seite, die er aufgeschlagen hatte, war mit einem Holzschnitt geschmückt: drei Männer und eine Frau, die in einer Mine arbeiteten. Es handelte sich um die zweite lateinische Ausgabe des *De re metallica* von Georgius Agricola, hergestellt von Froben und Episcopius in Basel, und zwar nur fünf Jahre nach dem ersten Druck von 1530. Er gab ein zustimmendes Knurren von sich und zündete die Zigarette an.

»Sie sehen selbst, wie schwer es ist, eine Wahl zu treffen.« Fargas ließ den Bücherjäger keine Sekunde aus den Augen. Er beobachtete ihn unruhig, angespannt, während Corso mit äußerster Behutsamkeit in dem Buch blätterte. »Ich verkaufe jedesmal nur ein einziges Buch, aber nicht irgendeines. Das Opfer muß den anderen weitere sechs Monate Sicherheit gewähren. Das ist mein Tribut an den Minotaurus«, er faßte sich mit der Hand an die Schläfe, »wir alle haben einen hier, im Zentrum des Labyrinths... Unser Geist schafft ihn, und dann müssen wir uns seiner Schreckensherrschaft beugen.«

»Warum verkaufen Sie nicht mehrere weniger wertvolle Bücher auf einmal? Vielleicht könnten Sie damit die nötige Summe zusammenbekommen und die seltensten Stücke oder Ihre Lieblingsbücher verschonen.«

»Ein Exemplar offen verachten und ihm ein anderes vorziehen?« Den Bibliophilen schüttelte es. »Undenkbar. Sie alle besitzen dieselbe unsterbliche Seele und genießen für mich dasselbe Recht. Natürlich habe ich meine Vorlieben, das ist unvermeidlich... Aber das würde ich niemals zum Ausdruck bringen. Mit keiner Geste und keinem Wort würde ich ein Buch über seine vom Schicksal weniger begünstigten Artgenossen hinausheben. Im Gegenteil. Denken Sie daran, daß Gott selbst seinen eigenen Sohn zum Opfer bestimmt hat – um die Menschheit zu erlösen. Und Abraham...« Er schien auf das Deckengemälde anzuspielen, denn er hob den Blick und lächelte traurig ins Leere, ohne seinen Satz zu beenden.

Corso hatte das zweite Buch geöffnet, ein Folio mit italienischem Pergamenteinband aus dem 16. Jahrhundert. Es handelte sich um einen wunderschönen Vergil – die 1544 gedruckte venezianische Ausgabe von Giunta. Das holte den Bibliophilen wieder in die Wirklichkeit zurück.

»Herrlich, nicht?« Er trat einen Schritt vor, um ihm das Buch ungeduldig aus der Hand zu reißen. »Schauen Sie sich die Titelseite mit der geometrischen Bordüre an, die sie einrahmt. Einhundertdreizehn Holzschnitte, alle perfekt, bis auf die Seite 345, die rechts unten, kaum wahrnehmbar, eine kleine Restaurierung von alter Hand aufweist. Das ist zufällig der Holzschnitt, der mir am besten gefällt: Äneas in der Unterwelt, und neben ihm die Sibylle. Ist Ihnen je etwas Vergleichbares zu Gesicht gekommen? Beachten Sie die Flammen hinter der dreifachen Mauer, den Kessel, in dem die Verdammten schmoren... Und hier der Vogel, der die Eingeweide der Gemarterten verschlingt.« Corso glaubte das Blut in Fargas' Schläfen und Handgelenken pulsieren zu sehen. Er sprach mit hohler Stimme, das Buch dicht vor den Augen, um besser lesen zu können. Sein Gesicht strahlte: »*Moenia lata videt, triplici circundata muro, quae rapidus flammis ambit torrentibus amnis...*« Er hielt verzückt inne. »Der Holzschneider hatte eine mittelalterliche Vorstellung von Vergils Hades: großartig und grausam.«

»Ein prächtiges Stück«, bestätigte der Bücherjäger, während er an seiner Zigarette zog.

»Mehr als das. Fassen Sie das Papier an. *Esemplare buono e genuino con le figure assai ben impresse,* versichern die alten Kataloge...« Nach seinem euphorischen Anfall verloren sich Fargas' Augen nun wieder im Leeren. Er wirkte abwesend, zurückgezogen in die dunkelsten Winkel seines Alptraums. »Ich glaube, ich werde das hier verkaufen.«

Corso stieß gereizt den Rauch seiner Zigarette aus.

»Ich verstehe Sie nicht. Das ist doch offensichtlich eines Ihrer Lieblingsbücher. Und der Agricola genauso. Ihnen zittern ja die Hände, wenn Sie sie berühren.«

»Die Hände? Sagen Sie lieber, daß sich meine Seele unter Höllenqualen windet. Ich dachte, ich hätte es Ihnen erklärt... Das zum Opfer auserkorene Buch darf mir nicht gleichgültig sein. Was wäre dieser schmerzliche Akt sonst? Eine plumpe Transaktion, die den Regeln des Marktes gehorcht: mehrere billige gegen ein teures.« Er schüttelte energisch und angewidert den Kopf und blickte mit wilden Augen um sich, als suche er jemanden, dem er hätte ins Gesicht spucken können. »Nein. Es sind gerade die liebsten, die ich an der Hand nehme und bis zum Opferaltar begleite, diejenigen, welche sich durch ihre Schönheit hervortun und durch die Liebe, die sie zu verbreiten wußten... Das Leben kann mich an den Bettelstab bringen, gewiß. Aber einen Schuft wird es nie aus mir machen.«

Er irrte ziellos durchs Zimmer. Das traurige Szenarium, seine Behinderung, der Wollpullover und die alte Hose betonten noch den zerrütteten Eindruck, den er machte.

»Das ist auch der Grund, weshalb ich in diesem Haus bleibe«, fuhr er fort. »In seinen Zimmern geistern die Schatten meiner verlorenen Bücher umher.« Er war vor dem Kamin stehengeblieben und starrte auf den kläglichen Holzstoß. »Manchmal fühle ich, daß sie mich umringen und von meinem Gewissen eine Wiedergutmachung fordern... Dann greife ich zu der Violine, die Sie dort sehen, und spiele stundenlang, um sie zu besänftigen; dabei laufe ich im Dunklen durchs Haus wie ein Verdammter.« Er hatte sich nun wieder Corso zugewandt, der sich im Gegenlicht vor der dreckigen Fensterscheibe abzeichnete. »Der ewige Büchernarr.«

Er schritt langsam auf den Tisch zu und legte auf jedes Buch eine Hand, als habe er den Moment der Entscheidung bis zu diesem Augenblick hinausgezögert. Jetzt lächelte er und sah Corso forschend an.

»Welches würden Sie an meiner Stelle auswählen?«

Corso trat ungemütlich von einem Bein aufs andere.

»Lassen Sie mich da raus. Glücklicherweise bin ich nicht an Ihrer Stelle.«

»Sie sagen es: glücklicherweise. Scharfsinnige Bemerkung. Wenn Sie ein Dummkopf wären, würden Sie mich wahrscheinlich beneiden. Ein solcher Schatz im Hause... Aber Sie haben mir nicht gesagt, welches ich verkaufen soll. Welcher Sohn geopfert werden soll.« Seine Miene verzog sich plötzlich zu einer gequälten Grimasse, als werde er bis ins Mark hinein, bis ins Innerste seiner Seele von Schmerzen gepeinigt. »Möge sein Blut über mich kommen«, fügte er leise und mit gebrochener Stimme hinzu. »Über mich und meine Nachkommenschaft bis zur siebten Generation.«

Er legte den Agricola an seinen Platz auf dem Teppich zurück und streichelte den Pergamentdeckel des Vergil, während er zähneknirschend »sein Blut« wiederholte. Seine Augen waren feucht, und der Tremor seiner Hände schien unkontrollierbar geworden zu sein.

»Ich glaube, ich verkaufe das hier«, stöhnte er.

Wenn Fargas nicht schon ganz übergeschnappt war, so fehlte wenig. Corsos Blick glitt über die nackten Wände und über die Abdrücke der Bilder auf den schimmeligen Tapeten. Der siebten Generation würde das alles piepegal sein. Aber so weit kam es sowieso nicht – Fargas würde so wenig wie er, Lucas Corso, Nachkommen haben. Sein Geschlecht würde mit ihm aussterben. Oder endlich in Frieden ruhen. Der Qualm seiner Zigarette stieg zu dem abgeblätterten Deckengemälde empor, kerzengerade wie die Rauchsäule eines Opfers im windstillen Morgengrauen.

Er sah zum Fenster hinaus, in den vom Unkraut überwucherten Garten, und hielt Ausschau nach einem Schaf, das sich im Dorngestrüpp verfangen hatte, aber es gab keine Alternative, es gab nur Bücher. Und der Engel ließ die Hand fahren, die das Messer umklammerte, und verkrümelte sich – weinend, der armselige Narr.

Corso nahm einen letzten Zug von seiner Zigarette und schnippte sie in den Kamin. Er war müde und fröstelte trotz seines Mantels. Zu viele Worte hatte er in diesem Zimmer gehört, und er war froh, daß es keinen Spiegel gab, in dem er sein Gesicht hätte sehen können. Er warf mechanisch einen Blick auf die Uhr, aber ohne die Zeit abzulesen. Für das Vermögen auf den alten Teppichen und Gobelins hatte Victor Fargas mehr als genug Mitleid von ihm kassiert, und Corso fand, es sei nun an der Zeit, übers Geschäft zu reden.

»*Und die Neun Pforten?*«

»Was ist damit?«

»Ihretwegen bin ich hier. Sie haben meinen Brief doch bekommen, oder?«

»Ihren Brief? Ach ja, natürlich. Jetzt erinnere ich mich wieder. Sie müssen mich entschuldigen, doch das alles hat mich ein wenig mitgenommen... Die *Neun Pforten,* aber ja.«

Fargas schaute sich verwirrt um – ein Schlafwandler, den man brüsk geweckt hat. Er wirkte auf einmal sehr erschöpft, als habe er eine große Anstrengung hinter sich. Er hob den Finger zum Zeichen, daß er einen Augenblick nachdenken wollte, und steuerte dann hinkend auf eine Ecke des Salons zu. Dort waren etwa fünfzig Bände auf einem verschossenen französischen Gobelin angeordnet, auf dessen Resten man gerade noch den Sieg Alexanders des Großen über Darius erkennen konnte.

»Wußten Sie«, fragte Fargas, indem er auf die kunstvoll gewirkte Darstellung deutete, »daß Alexander die Schatztruhe seines Rivalen dazu verwendet hat, die Werke Homers aufzubewahren?« Er nickte zufrieden mit dem Kopf, während er das zerfaserte Profil des Makedoniers betrachtete. »Ein Bruder der Bibliophilie. Anständiger Kerl.«

Corso scherte sich einen Dreck um die literarischen Neigungen Alexanders des Großen. Er war in die Hocke gegangen und las die Titel auf den Rücken und Deckeln einiger Bücher. Es handelte sich durchweg um alte Traktate der Magie, Alchemie und Dämonologie: *Les trois livres de l'Art, Destructor omnium rerum, Disertazioni sopra le apparizioni de' spiriti e diavoli, De origine, moribus et rebus gestis Satanae*...

»Was halten Sie davon?« fragte Fargas.

»Nicht schlecht.«

Der Bibliophile stieß ein lustloses Lachen aus. Er hatte sich neben Corso auf den Gobelin gekniet, ließ seine Hände mechanisch über die Bücher gleiten und vergewisserte sich, daß keines von ihnen auch nur einen Millimeter verrückt worden war, seit er sie zum letztenmal abgeschritten hatte.

»Nicht schlecht. Allerdings. Mindestens zehn davon sind Exemplare von höchster Seltenheit. Diesen Teil der Bibliothek habe ich von meinem Großvater geerbt. Er war ein Anhänger der Geheimlehren, und außerdem Hobby-Astrologe und Freimaurer... Schauen Sie: Das ist ein Klassiker, das *Dictionnaire infernale* von Collin de Plancy in der ersten Ausgabe von 1842. Und das hier ist das *Compendi dei secreti* von Leonardo Fioravanti, 1571 gedruckt... Bei dem kuriosen Duodezband dort drüben handelt es sich um die zweite Ausgabe des *Buches der Wunder*.« Er öffnete ein anderes und zeigte Corso einen Stich. »Sehen Sie sich diese Isis an... Wissen Sie, was das ist?«

»Klar. Der *Oedipus Aegiptiacus* von Athanasius Kircher.«

»Genau. Die römische Ausgabe von 1652.« Fargas legte das Buch an seinen Platz zurück und nahm ein anderes zur Hand, dessen Einband Corso wohl bekannt war: schwarzes Leder, fünf Bünde, ohne Titel und mit einem Pentagramm auf dem Deckel. »Und hier ist das Stück, das Sie suchen: *De Umbrarum Regni Novem Portis*. Die neun Pforten ins Reich der Schatten.«

Corso bekam wider Willen eine Gänsehaut. Von außen betrachtet war dieser Band völlig identisch mit dem, der sich in seiner Segeltuchtasche befand. Fargas reichte ihm das Buch, und er richtete sich auf, während er es durchblätterte. Die beiden Exemplare glichen sich wie ein Ei dem anderen – oder doch beinahe. Bei diesem hier war das Leder des hinteren Deckels ein bißchen abgeschabt, und auf dem Rücken konnte man noch die Spur eines Schildchens erkennen, das aufgeklebt und dann wieder abgerissen worden war. Aber im übrigen war es so tadellos in Ordnung wie das Exemplar Varo Borjas, einschließlich der völlig unversehrten Bildtafel Nummer VIIII.

»Vollständig und in einwandfreiem Zustand«, sagte Fargas, das Mienenspiel Corsos richtig deutend. »Seit dreieinhalb Jahrhunderten wandert es auf der Welt umher, und wenn man es aufschlägt, wirkt es so frisch, als käme es gerade aus der Presse... Man könnte fast meinen, der Drucker habe den Teufel beschwört und einen Pakt mit ihm geschlossen.«

»Womöglich hat er das ja«, erwiderte Corso.

»*Die* Formel wüßte ich gern.« Der Bibliophile deutete mit einer ausholenden Armbewegung auf den desolaten Raum und die Bücherreihen auf dem Boden. »Meine Seele, um das alles konservieren zu können.«

»Warum versuchen Sie es nicht?« Corso zeigte auf die *Neun Pforten*. »Angeblich steckt die Formel da drin.«

»Diesen Quatsch habe ich nie geglaubt – obwohl es vielleicht an der Zeit wäre, damit anzufangen. Finden Sie nicht? Nach dem Sprichwort: In der Not frißt der Teufel Fliegen.«

»Ist das Exemplar in Ordnung? Haben Sie irgend etwas Ungewöhnliches an ihm bemerkt?«

»Nein, nicht das geringste. Es fehlen keine Seiten, und die Stiche sind auch alle beisammen: neun an der Zahl und die Titelseite. Alles noch genau so wie am Anfang des Jahrhunderts, als mein Großvater es gekauft hat. Es stimmt mit den Katalogen überein und mit den anderen beiden Exemplaren: dem von Ungern in Paris und dem von Terral-Coy.«

»Ehemals Terral-Coy. Jetzt befindet es sich in der Sammlung Varo Borja in Toledo.«

Diese Worte mußten den Bibliophilen alarmiert haben, denn Corso fiel auf, daß sein Blick plötzlich wieder mißtrauisch wurde.

»Sagten Sie Varo Borja?« Er war drauf und dran, noch etwas hinzuzufügen, aber er machte im letzten Moment einen Rückzieher. »Eine bemerkenswerte Sammlung. Und sehr bekannt.« Fargas wanderte erneut im Zimmer auf und ab und betrachtete dann die Bücher auf dem Gobelin. »Varo Borja«, wiederholte er nachdenklich. »Ein Experte für Dämonologie, nicht wahr? Steinreicher Antiquar. Er ist seit Jahren hinter dieser Ausgabe der *Neun Pforten* her, bereit, jeden Preis zu bezahlen... Ich wußte nicht, daß er an ein anderes Exemplar gekommen ist. Und Sie arbeiten für ihn?«

»Gelegentlich«, gab Corso zu.

Der andere schüttelte verwundert den Kopf und wandte

seine Aufmerksamkeit dann wieder den Büchern auf dem Boden zu. »Eigenartig, daß er ausgerechnet Sie schickt. Schließlich sind Sie...«

Er ließ den Satz unbeendet und heftete seinen Blick auf Corsos Tasche.

»Haben Sie das Buch dabei? Darf ich es einmal sehen?«

Sie gingen zu dem Tisch, und Corso legte sein Exemplar neben das von Fargas. Der Atem des Bibliophilen wurde kürzer, und sein Gesicht nahm wieder den Ausdruck ekstatischer Verzückung an.

»Sehen Sie sich die Bücher genau an.« Er sprach leise, als fürchte er, an ein Geheimnis zu rühren, das zwischen diesen Seiten schlummerte. »Sie sind perfekt, wunderschön und identisch. Zwei von den drei Exemplaren, die dem Feuer entronnen sind, seit dreihundertfünfzig Jahren zum erstenmal beieinander...« Seine Hände zitterten jetzt wieder, und er massierte sich die Pulsadern an den Handgelenken, um sein wallendes Blut ein wenig zu beruhigen. »Beachten Sie den Druckfehler auf Seite 72. Und das gebrochene »s« in der vierten Zeile auf Seite 87. Dasselbe Papier, derselbe Druck... Ist das nicht phantastisch?«

»Doch.« Corso räusperte sich. »Und ich würde gern eine Weile hier bleiben. Um sie ernsthaft zu studieren.«

Fargas musterte ihn scharf. Er schien zu zweifeln.

»Wie Sie möchten«, sagte er endlich. »Aber wenn es sich bei Ihrem Exemplar um das von Terral-Coy handelt, steht seine Echtheit außer Frage.« Er beobachtete Corso neugierig, als wolle er in seinen Gedanken lesen. »Das sollte Varo Borja eigentlich wissen.«

»Wahrscheinlich weiß er das auch.« Corso setzte ein neutrales Lächeln auf. »Aber ich werde dafür bezahlt, daß ich es überprüfe.« Er lächelte immer noch – nun war einer der heikelsten Punkte erreicht. »Apropos... Wo wir schon von Bezahlung sprechen: Ich bin dazu autorisiert, Ihnen ein Angebot zu machen.«

Die Neugier des Bibliophilen schlug in Mißtrauen um.

»Was für ein Angebot?«

»Geld. Eine beträchtliche Summe.« Corso legte die Hand auf das zweite Exemplar. »Damit könnten Sie Ihre Probleme eine Zeitlang lösen.«

»Wer zahlt? Varo Borja?«

»Schon möglich.«

Fargas faßte sich mit den Fingern ans Kinn.

»Er hat bereits eines der Bücher«, sagte er. »Will er sie etwa alle drei beisammen haben?«

So verrückt dieser Mensch auch sein mochte, blöd war er nicht. Corso gab ihm mit einer vagen Geste zu verstehen, daß er das auch nicht so genau wußte. Vielleicht. Diese Büchersammler waren ja zu allem fähig. Aber angenommen, Fargas entschloß sich zu dem Verkauf, so konnte er den Vergil retten.

»Sie haben anscheinend immer noch nicht verstanden«, erwiderte der Bibliophile, obwohl Corso in Wahrheit sehr gut verstand. Hier war nichts zu machen.

»Vergessen Sie es«, sagte er. »Das war nur so eine Idee.«

»Ich verkaufe nicht wahllos. Ich suche meine Bücher aus. Das habe ich Ihnen doch erklärt.«

Die Adern auf den Rücken seiner verkrampften Hände schwollen an, und er begann in Wut zu geraten, so daß Corso fünf Minuten nur darauf verwendete, Signale der Beschwichtigung auszusenden. Das Angebot sei völlig zweitrangig, eine reine Routineangelegenheit. Was er in Wirklichkeit wolle, sei etwas ganz anderes, nämlich die beiden Exemplare ausführlich miteinander vergleichen. Zu seiner großen Erleichterung nickte Fargas am Schluß zustimmend.

»Dagegen gibt es eigentlich nichts einzuwenden«, sagte er, während sein Mißtrauen sich ein wenig legte. Es war offensichtlich, daß Corso ihm sympathisch war, sonst wären die Dinge anders gelaufen. »Nur kann ich Ihnen leider nicht viel zu ihrer Bequemlichkeit bieten.«

Er führte ihn durch einen kahlen Korridor zu einem kleinen Zimmer, in dem ein zu Brennholz geschlagenes Klavier in der Ecke lag. Auf einem Tisch stand eine alte Menora, ein siebenarmiger Leuchter aus Bronze mit Tropfengebilden aus Wachs, und davor waren zwei aus den Fugen geratene Stühle gerückt.

»Wenigstens haben Sie es hier ruhig«, meinte Fargas. »Und die Fensterscheiben sind heil.«

Er schnalzte mit den Fingern, als habe er etwas vergessen, humpelte aus dem Zimmer und kehrte kurze Zeit später mit der Cognacflasche zurück, die allerdings nahezu leer war.

»Dann hat Varo Borja es also endlich bekommen«, wiederholte er und schien in sich hineinzulächeln, als bereite ihm diese Vorstellung Vergnügen. Danach stellte er die Flasche und das Glas auf den Boden, weit entfernt von den beiden Exemplaren der *Neun Pforten,* sah sich um, wie ein zuvorkommender Gastgeber es getan hätte, um zu überprüfen, ob alles in Ordnung war, und richtete vor dem Hinausgehen eine letzte ironische Bemerkung an Corso:

»Fühlen Sie sich wie zu Hause.«

Corso leerte sein Glas, packte seine Aufzeichnungen aus und begann zu arbeiten. Auf einem Blatt Papier waren in Tinte drei Kästen gezeichnet, in die er jeweils eine Nummer und einen Namen geschrieben hatte:

NUMMER EINS (VARO BORJA) Toledo.
NUMMER ZWEI (FARGAS) Sintra.
NUMMER DREI (UNGERN) Paris.

Er begann, Seite für Seite, jeden Unterschied zwischen Exemplar eins und Exemplar zwei aufzuschreiben, so klein er auch war: ein Fleck auf dem Papier, hier eine dunklere Tönung der Druckfarbe usw. Als er bei der ersten Abbildung ankam – NEM. PERV.T QVI N.N LEG. CERT.RIT: der Ritter, der den Betrachter zum Schweigen aufforderte –, zog er aus seiner Segeltuchtasche eine Lupe mit siebenfacher Vergrößerung heraus und begann die Holzschnitte der beiden Exemplare Linie um Linie miteinander zu vergleichen. Sie waren identisch. Er stellte fest, daß sogar die Tiefe des Abdrucks, den die Klischees auf dem Papier hinterlassen hatten, dieselbe war, wie überhaupt die ganze typographische Gestaltung der beiden Bände. Es gab weder Zeilen noch Lettern, die abgenützt, beschädigt oder verbogen gewesen wären, und wenn, so waren sie es in beiden Exemplaren. Das bedeutete, daß die Bücher eins nach dem anderen, womöglich sogar unmittelbar hintereinander, mit derselben Presse gedruckt worden waren. Corso hatte es also mit einem Zwillingspaar zu tun, wie es im Jargon der Gebrüder Ceniza hieß.

Er fuhr mit seinen Notizen fort. Ein geringfügiger Mangel in der sechsten Zeile von Seite 19 des zweiten Exemplars hielt ihn ein wenig auf, bis er sicher war, daß es sich um einen simplen Tintenfleck handelte. Er blätterte weiter. Beide Exemplare hatten denselben Aufbau: ein Vorsatz und 160 Seiten auf zwanzig gehefteten Druckbogen, die jeweils achtmal gefalzt waren. Die neun Bildtafeln gehörten in beiden Büchern nicht zum eigentlichen Text. Man hatte sie extra gedruckt – die Rückseiten waren »vakat«, also unbedruckt – und erst bei der Bindung eingefügt. Ihre Position innerhalb der Bücher war in beiden Exemplaren identisch:

I.	Zwischen S.16 und 17
II.	32-33
III.	48-49
IIII.	64-65
V.	80-81
VI.	96-97
VII.	112-113
VIII.	128-129
VIIII.	144-145

NEM. PERV.T QVI N.N LEG. CERT.RIT

CLAVS. PAT.T

ג III ג

VERB. D.SVM C.S.T ARCAN.

FOR. N.N OMN. A.QVE

FR.ST.A

DIT. SCO M.R.

DIS.S P.TI.R M.

N.NC SC.O TEN.BR. LVX

Entweder Varo Borja litt an Wahnvorstellungen oder dieser Auftrag war verdammt seltsam. Hier deutete nichts, aber auch gar nichts, auf eine Fälschung hin. Bestenfalls konnte es sich um eine apokryphe Ausgabe der Zeit handeln, der dann aber beide Exemplare angehören mußten. Nummer eins und Nummer zwei waren ein Musterbeispiel der Rechtschaffenheit auf gedrucktem Papier.

Corso trank den letzten Rest Cognac und beugte sich dann mit der Lupe über den Holzschnitt II – CLAVS. PAT.T –, der bärtige Eremit mit den zwei Schlüsseln, eine Laterne auf dem Boden und eine verschlossene Tür. Wie er so die Tafeln miteinander verglich, fühlte er sich auf einmal wieder wie als kleiner Junge vor einem Suchbild, in dem es sieben Fehler zu entdecken galt. Und im Grunde – er schnitt eine Grimasse – ging es genau darum. Das Leben als Spiel. Und die Bücher als Spiegel des Lebens.

Da sah er es – plötzlich und unerwartet, wie es bisweilen passiert, wenn man etwas aus der richtigen Perspektive betrachtet und Dinge oder Situationen, die einem zunächst konfus erscheinen, Form annehmen und verständlich werden.

Corso holte tief Luft und blähte die Backen, als wolle er jeden Augenblick in prustendes Gelächter ausbrechen, aber er brachte nur ein trockenes, ungläubiges und humorloses Husten zustande. Das war unmöglich. Mit solchen Dingen schummelte man nicht. Er schüttelte verwirrt den Kopf. Was er da vor sich hatte, war kein Rätselheft vom Bahnhofskiosk, das waren Bücher, die vor dreihundertfünfzig Jahren hergestellt worden waren. Sie hatten ihrem Drucker das Leben gekostet, waren auf dem Index der Inquisition gestanden und wurden von den seriösesten Bibliographien zitiert: *Tafel II. Lateinische Bildunterschrift. Greis mit zwei Schlüsseln und einem Licht vor verschlossener Tür...* Aber niemand hatte bis jetzt zwei von den insgesamt drei bekannten Exemplaren nebeneinander gelegt und verglichen. Abgesehen davon, daß es nicht einfach war, sie zusammenzubekommen, hatte das niemand für nötig gehalten. Greis mit zwei Schlüsseln. Das hatte genügt.

Corso stand vom Tisch auf und ging zum Fenster. Dort blieb er eine Weile stehen und sah durch die Scheibe hinaus, die sich langsam von seinem Atem beschlug. Letzten Endes hatte Varo Borja doch recht. Aristide Torchia mußte sich dort oben auf seinem Scheiterhaufen in Campo dei Fiori schiefgelacht haben, bevor das Feuer seiner Spottlust für immer ein Ende bereitete. Dieser postume Streich war genial.

VIII. Postuma necat

»Antwortet keiner?«
»Nein.«
»Um so schlimmer. Dann ist er nämlich tot.«

M. Leblanc, *Arsène Lupin*

Keiner kannte die Schwierigkeiten seines Gewerbes besser als Lucas Corso, und zu diesen gehörte besonders der Umstand, daß Bibliographien für gewöhnlich von Gelehrten verfaßt werden, die Bücher zitieren, ohne sie je gelesen zu haben. Sie stützen sich auf Berichte aus zweiter Hand und vertrauen blind auf die Angaben, die sie enthalten. So kann es passieren, daß fehler- oder lückenhafte Darstellungen mitunter ganze Generationen lang in Umlauf sind, ohne daß irgend jemand Bedenken anmeldet, bis die Sache eines Tages zufällig ans Licht kommt. Und genauso war das mit den *Neun Pforten*. Abgesehen von einer kurzen Erwähnung in den kanonischen Bibliographien, fanden sich auch in ausführlicheren Abhandlungen immer nur flüchtige Beschreibungen der neun Holzschnitte. Was zum Beispiel die zweite Bildtafel betraf, so war in allen bekannten Aufsätzen die Rede von einem alten Mann mit dem Aussehen eines Weisen oder Eremiten, der vor einer Tür stand und zwei Schlüssel in der Hand hielt. Nirgends wurde aber genannt, in welcher Hand er die Schlüssel hielt. Nun hatte Corso die Antwort: in der *linken* auf dem Holzschnitt in Exemplar eins, in der *rechten* auf dem Holzschnitt von Exemplar zwei.

Jetzt galt es herauszufinden, was mit der Nummer drei los war, aber damit mußte er sich noch eine Weile gedulden. Corso blieb bis zum Einbruch der Dunkelheit in der Quinta da Soledade. Er arbeitete im Schein eines mehrarmigen Kerzenleuchters und machte sich unentwegt Notizen, während er die beiden Exemplare ein ums andere Mal durchging und die Tafeln studierte, um seine Hypothese zu erhärten. Und er stieß tatsächlich auf neue Beweise. Zum Schluß betrachtete er zufrieden seine Ausbeute in Form von Notizen, Tabellen und Diagrammen, zwischen denen sich seltsame Bezüge herstellen ließen. Fünf Abbildungen der beiden Exemplare wiesen Abweichungen auf. Abgesehen von der Hand, in der der alte Mann auf Tafel II die Schlüssel hielt, hatte das Labyrinth auf Tafel IIII in einem Exemplar einen Ausgang und im anderen nicht. Auf dem Holzschnitt V zeigte der Tod eine Sanduhr, die bei Nummer eins unten gefüllt war, in der Nummer zwei dagegen oben. Das Schachbrett auf der Bildtafel VII hatte in Varo Borjas Exemplar weiße Kästchen und in dem von Fargas schwarze. Und auf der Tafel VIII verwandelte sich der Scharfrichter, der sich anschickte, eine junge Frau zu köpfen, dank eines Heiligenscheins in einen Racheengel.

Aber das war noch nicht alles, denn die sorgfältige Untersuchung der Tafeln mit der Lupe führte zu einer weiteren Entdeckung. Die in den Bildtafeln versteckten Signaturen des Holzschneiders wiesen noch auf eine andere Spur: In beiden Büchern war *A.T.*, Aristide Torchia, in der Abbildung mit dem alten Mann als *sculptor* genannt, aber nur in Exemplar zwei auch als *inventor*. Die Namensinitialen in Borjas Exemplar, auf die Corso bereits von den Brüdern Ceniza hingewiesen worden war, lauteten *L.F.* Dasselbe war bei weiteren vier der Bildtafeln der Fall, was nur bedeuten konnte, daß der Drucker zwar alle Schnitte eigenhändig in Holz angefertigt hatte, die Originalzeichnungen aber, die ihm dabei als Vorbild dienten, teilweise aus der Feder eines anderen stammten. Demnach handelte es sich weder um eine zeitgenössische Fälschung noch um eine apokryphe Neuauflage. Nein, der Drucker Torchia selbst mußte die Auflage seines Werks »mit Privileg und Erlaubnis der Obrigkeiten« und gemäß eines ausgeklügelten Planes abgeändert haben: Unter die von ihm modifizierten Darstellungen hatte er seine eigenen Initialen gesetzt, um die Autorenschaft *L.F.* der anderen zu respektieren. Seinen Folterern hatte er gestanden, daß nur ein Exemplar übriggeblieben sei. In Wahrheit hatte er drei hinterlassen und vielleicht einen Schlüssel, um sie womöglich in ein einziges zurückzuverwandeln. Den Rest des Geheimnisses hatte er auf den Scheiterhaufen mitgenommen.

Corso griff auf ein altes System der Kollation zurück: die komparativen Tabellen, die auch Umberto Eco verschiedentlich benützt. Wenn er die Unterschiede zwischen den einzelnen Bildtafeln auf dem Papier anordnete, ergab sich folgendes Schema:

	I	II	III	IIII	V	VI	VII	VIII	VIIII
EINS	–	linke Hand	–	ohne Ausgang	Sand unten	–	Schachbrett weiß	ohne Heiligenschein	–
ZWEI	–	rechte Hand	–	mit Ausgang	Sand oben	–	Schachbrett schwarz	mit Heiligenschein	–

Und die Abweichungen zwischen den Namensinitialen – *A. T.* (der Drucker Torchia) und *L. F.* (ein Unbekannter? Luzifer?) –, mit denen der Holzschneider *sculptor* und *inventor* gekennzeichnet hatte, sahen graphisch dargestellt so aus:

	I	II	III	IIII	V	VI	VII	VIII	VIIII
EINS	AT(s) AT(i)	AT(s) LF(i)	AT(s) AT(i)	AT(s) AT(i)	AT(s) LF(i)	AT(s) AT(i)	AT(s) AT(i)	AT(s) AT(i)	AT(s) AT(i)
ZWEI	AT(s) AT(i)	AT(s) AT(i)	AT(s) AT(i)	AT(s) LF(i)	AT(s) AT(i)	AT(s) AT(i)	AT(s) LF(i)	AT(s) LF(i)	AT(s) AT(i)

Seltsame Kabbala. Aber wenigstens hatte Corso jetzt endlich etwas Konkretes in der Hand: einen Schlüssel, mit dem sich eventuell ein Sinn in die ganze Geschichte bringen ließ. Er stand auf – langsam, als fürchte er, alle diese Bezüge könnten sich vor seinen Augen in Luft auflösen, aber auch mit der Ruhe des Jägers, der weiß, daß es am Ende einer Fährte, so undeutlich sie auch sein mag, immer ein Stück Wild zu erlegen gibt.

Hand. Ausgang. Sand. Schachbrett. Heiligenschein.

Er warf einen Blick zum Fenster hinaus. Jenseits der schmutzigen Scheibe, hinter der sich der Ast eines Baumes abzeichnete, widerstand ein letzter Rest von Abendrot der Dunkelheit.

Exemplar eins und zwei. Unterschiede in den Tafeln 2, 4, 5, 7 und 8.

Er mußte nach Paris. Dort befand sich das Exemplar Nummer drei und vielleicht des Rätsels Lösung. Im Augenblick bereitete ihm jedoch etwas anderes Kopfzerbrechen, eine Sache, die dringend erledigt werden mußte. Varo Borja war kategorisch gewesen: Wenn er es nicht schaffte, auf normale Weise an das Exemplar zwei zu kommen, dann sollte er sich eben einen unkonventionellen Weg ausdenken. Mit dem geringstmöglichen Risiko für Fargas und Corso selbst, verstand sich. Irgend etwas Unauffälliges, Diskretes. Er zog sein Notizbuch aus der Manteltasche und suchte eine Telefonnummer heraus. Für diese Arbeit war Amílcar Pinto der geeignete Mann.

Eine der Kerzen war abgebrannt und erlosch mit einer kurzen Rauchspirale. Irgendwo im Haus spielte eine Geige, und Corso stieß abermals ein trockenes Lachen zwischen den Zähnen hervor. Die Flammen des Kandelabers ließen Lichter und Schatten auf seinem Gesicht tanzen, als er sich vorbeugte, um eine Zigarette anzuzünden. Danach richtete er sich auf und lauschte. Die klagende Musik strich wie ein Jammern durch die leeren, dunklen Räume, huschte über die Reste wurmstichiger, verstaubter Möbel, über die mit Spinnweben und

Schatten überzogenen Deckengemälde und glitt an den kahlen Wänden entlang, von denen tote Stimmen und Schritte aus längst vergangenen Tagen widerhallten. Draußen, im Garten, schien die Zeit stehengeblieben zu sein: Die beiden Frauenköpfe neben dem Tor starrten reglos in die Nacht – einer von ihnen hinter seiner Efeumaske hervor – und lauschten gebannt den Tönen, die Victor Fargas der Geige entlockte, um die Geister seiner geopferten Bücher zu beschwören.

Corso ging zu Fuß ins Dorf zurück, die Hände in den Manteltaschen vergraben und den Kragen bis zu den Ohren aufgeschlagen, zwanzig Minuten am linken Rand der verlassenen Straße. Die Nacht war mondlos, und dort, wo die Bäume seinen Weg wie ein schwarzes Gewölbe überdachten, tauchte Corso über längere Strecken hinweg völlig in der Finsternis unter. Weit und breit war nichts zu hören außer dem Knirschen des Rollsplitts unter seinen Sohlen und dem Plätschern unsichtbarer Rinnsale, die im Straßengraben, unter Zistrosen und Efeu, hangabwärts flossen.

Ein von hinten kommendes Auto überholte ihn, und Corso sah, wie sein eigener, ins Gigantische vergrößerter Schatten gespensterhaft über die Stämme der nächstgelegenen Bäume und über das Dickicht des Waldes huschte. Erst als die Dunkelheit ihn wieder einhüllte, atmete er auf und fühlte, wie seine Muskeln sich entspannten. Er gehörte nicht zu den Leuten, die an allen Ecken Geister sehen, im Gegenteil, er reagierte selbst auf außergewöhnliche Ereignisse mit südländischem Fatalismus, nach Art eines Soldaten aus längst verflossenen Zeiten, zweifellos ein genetisches Erbe seines Ururgroßvaters: Sosehr man seinem Pferd auch die Sporen gibt, dem Schicksal entrinnt man nicht. Wenn man zur nächsten Schenke kommt, steht es schon vor der Tür und putzt sich mit einem venezianischen Dolch oder einem schottischen Bajonett die Nägel. Trotzdem wurde Corso seit dem Vorfall in der schmalen Gasse in Toledo verständlicherweise immer etwas nervös, wenn er hinter seinem Rücken das Geräusch eines Motors vernahm.

Vielleicht fuhr er deshalb herum, als die Scheinwerfer eines anderen Wagens neben ihm stoppten. Sicherheitshalber hängte er seine Segeltuchtasche von der rechten auf die linke Schulter um und suchte im Mantel nach seinem Schlüsselbund, mit dem er zur Not jedem, der ihm zu nahe kam, ein Auge ausstechen konnte. Aber das Bild, das sich ihm bot, wirkte friedlich: die große, dunkle Silhouette einer metallicfarbenen Limousine, und in ihrem Inneren, im Licht des Armaturenbretts gerade zu erkennen, das Profil eines Mannes, der sich mit höflicher, liebenswürdiger Stimme an ihn wandte: »Guten Abend.« Sein Akzent war undefinierbar, weder spanisch noch portugiesisch. »Haben Sie Feuer?«

Das konnte ebensogut ein echtes Anliegen wie ein falscher Vorwand sein – unmöglich, das zu bestimmen. Andererseits wäre es lächerlich gewesen, davonzulaufen oder den spitzesten seiner Schlüssel zu zücken, bloß weil ihn jemand um Feuer bat. Corso ließ also den Schlüsselbund los, zog eine Schachtel Streichhölzer aus der Tasche und zündete eins davon an, indem er die Flamme mit der hohlen Hand schützte.

»Danke.«

Da war sie natürlich, die Narbe – eine alte, vertikal verlaufende Narbe, die von der linken Schläfe bis knapp unterhalb des Wangenknochens reichte. Corso konnte sie sehen, während sich der andere vorbeugte, um seine Monte-Christo-Zigarre anzuzünden, und er hatte auch Zeit, im Schein der Flamme den dichten schwarzen Schnurrbart zu betrachten und die dunklen Augen, die ihn eindringlich ansahen. Als das Streichholz in seinen Fingern erlosch, war es, als senke sich ein schwarzer Vorhang über die Gesichtszüge des Unbekannten, und wieder hatte Corso nur einen Schatten vor sich, dessen Umrisse sich im Dämmerlicht der Armaturenbeleuchtung abzeichneten.

»Wer zum Teufel sind Sie?«

Ein unüberlegter und alles andere als geistreicher Kommentar, aber es war sowieso schon zu spät, denn seine Frage ging im Lärm des aufheulenden Motors unter. Die Rücklichter des Wagens entfernten sich rasch und zogen auf dem dunklen Asphalt der Straße einen roten Schweif hinter sich her. Als der Fahrer vor der ersten Kurve abbremste, leuchteten sie noch einmal stärker auf und verschwanden dann, als hätte es sie nie gegeben.

Der Bücherjäger blieb reglos am Straßenrand stehen und versuchte sich einen Reim auf das alles zu machen: Madrid, Haustür der Witwe Taillefer. Toledo, Besuch bei Varo Borja. Und Sintra nach einem Nachmittag bei Victor Fargas ... Fortsetzungsromane von Dumas, ein Verleger, den man erhängt in seinem Wohnzimmer auffindet, ein Buchdrucker, der mit seinem seltsamen Werk über die Schwarze Magie auf dem Scheiterhaufen verbrannt wird. Und inmitten dieses Szenariums, ihm auf den Fersen wie ein Schatten, Rochefort: eine Romanfigur aus dem 17. Jahrhundert, ein Haudegen, der in Gestalt eines livrierten Fahrers von Luxuswagen wiederauferstanden war. Ein Typ, der zwei Hausfriedensbrüche und einen Mordanschlag auf ihn verübt hatte, Monte-Christo-Zigarren rauchte und kein Feuerzeug besaß.

Corso fluchte leise vor sich hin. Er hätte einen raren Wiegendruck in gutem Zustand dafür gegeben, dem Erfinder dieses absurden Drehbuchs die Fresse polieren zu können.

Als er im Hotel ankam, setzte er sich gleich ans Telefon. Als erstes wählte er die Lissaboner Nummer aus seinem Notizbuch. Und er hatte Glück, denn Amílcar Pinto war zu Hause, wie er der übellaunigen Antwort seiner Frau entnehmen konnte. Aus dem Hintergrund drang das Dröhnen eines Fernsehers, lautes Kinderplärren und das Geschrei streitender Erwachsener durch die schwarze Bakelitmuschel an sein Ohr. Endlich hatte er Pinto an der Strippe, und sie verabredeten, sich in eineinhalb Stunden zu treffen – so lange brauchte Pinto nämlich, um von Lissabon nach Sintra zu kommen. Nachdem das erledigt war, warf Corso einen Blick auf die Uhr und ließ sich von der Rezeption eine Leitung ins Ausland geben, um mit Varo Borja zu sprechen, aber der Antiquar war nicht in seiner Wohnung in Toledo. Er hinterließ ihm eine Nachricht auf dem automatischen Anrufbeantworter und versuchte es dann bei Flavio La Ponte. Da dort auch keiner abnahm, beschloß er, etwas trinken zu gehen. Er versteckte also seine Segeltuchtasche auf dem Schrank und ging in den Aufenthaltsraum des Hotels hinunter.

Das erste, was er sah, als er die Tür des kleinen Salons aufstieß, war das Mädchen. Es konnte sich unmöglich um eine Verwechslung handeln: das kurz geschnittene Haar, ihr jungenhaftes Gesicht, die hochsommergebräunte Haut. Lesend saß sie unter dem Lichtkegel einer Lampe, die Beine ausgestreckt und überkreuzt, die nackten Füße auf den gegenüberliegenden Sessel gelegt. Sie trug ein weißes Baumwoll-T-Shirt zu einer Jeans und hatte sich einen grauen Wollpullover um die Schulter gehängt.

Corso blieb wie angewurzelt stehen, die Hand auf der Türklinke, während ihm die absurdesten Gedanken durch den Kopf schossen. Zufall oder Absicht, das war zu viel.

Schließlich steuerte er, immer noch ungläubig, auf das Mädchen zu. Er war fast bei ihr angelangt, als sie den Kopf hob und ihre grünen Augen auf ihn richtete, diese kristallklaren, tiefgründigen Augen, an die er sich so gut aus dem Zug erinnerte. Er blieb stehen, ohne zu wissen, was er sagen würde, mit dem seltsamen Gefühl, er könne in diesen Augen ertrinken.

»Sie haben mir nicht erzählt, daß Sie nach Sintra kommen würden«, sagte er schließlich.

»Sie mir auch nicht.«

Das Mädchen begleitete seine Antwort mit einem ruhigen Lächeln, das weder Mißbehagen noch Überraschung ausdrückte. Sie schien sich sogar richtig über diese Begegnung zu freuen.

»Was machen Sie hier?« fragte Corso.

Sie zog ihre Füße von dem Sessel zurück und forderte ihn mit einer Geste auf, Platz zu nehmen, aber der Bücherjäger blieb stehen.

»Ich reise«, sagte sie und zeigte ihm ihr Buch – es war ein anderes als das im Zug: *Melmoth der Wanderer* von Charles Maturin. »Ich lese. Und treffe unerwartet Leute.«

»Unerwartet«, echote Corso.

Nein, das waren eindeutig zu viele unerwartete Begegnungen für eine Nacht, und er ertappte sich dabei, wie er die Anwesenheit des Mädchens in diesem Hotel mit dem Auftauchen Rocheforts auf der Straße in Verbindung brachte. Er war überzeugt, daß er nur den richtigen Blickwinkel herausfinden mußte, um hinter das Geheimnis dieser verrückten Geschichte zu kommen. Aber wie schaffte er das? Im Moment wußte er ja nicht einmal, in welche Richtung er schauen sollte.

»Warum setzen Sie sich nicht?«

Corso tat es mit einem gewissen Unbehagen. Das Mädchen hatte ihr Buch geschlossen und beobachtete ihn neugierig.

»Sie sehen nicht wie ein Tourist aus«, sagte sie.

»Ich bin auch kein Tourist.«

»Sind Sie geschäftlich hier?«

»Ja.«

»In Sintra muß jede Arbeit interessant sein.«

Das hat gerade noch gefehlt, dachte Corso, während er seine Brille mit dem Zeigefinger hochschob: sich unter den gegebenen Umständen einem Kreuzverhör unterziehen zu müssen, selbst wenn sein Inquisitor ein hübsches, junges Mädchen war – zu jung, um eine Bedrohung darzustellen. Aber vielleicht lauerte ja gerade hier die Gefahr. Corso griff nach dem Buch, das auf dem Tisch lag, und blätterte ein wenig darin herum. Es handelte sich um eine moderne, englische Ausgabe, und einige Abschnitte waren mit Bleistift unterstrichen. Er sah sich einen von ihnen genauer an:

Seine Augen waren starr auf die untergehende Sonne und auf die Dunkelheit gerichtet, die sich immer mehr ausbreitete – diese widernatürliche Schwärze, die dem strahlendsten und erhabensten Werk Gottes zu sagen schien: »Hör schon auf zu leuchten, und mach mir endlich Platz.«

»Lesen Sie gerne Schauerromane?«
»Ich lese alles gerne.« Sie hatte den Kopf leicht geneigt, und das Licht der Lampe ließ ihren nackten Hals in perspektivischer Verkürzung erscheinen. »Ich liebe Bücher. Wenn ich verreise, packe ich immer ein paar in meinen Rucksack.«
»Reisen Sie viel?«
»Sehr viel. Seit Jahrhunderten.«
Corso verzog den Mund, als er ihre Antwort hörte. Das Mädchen sprach völlig ernsthaft und runzelte dabei die Stirn wie ein kleines Kind, das von weltbewegenden Dingen erzählt.
»Ich dachte, Sie sind Studentin.«
»Das manchmal auch.«
Corso legte den *Melmoth* auf den Tisch zurück.
»Aus Ihnen soll einer schlau werden. Wie alt sind Sie? Achtzehn, neunzehn? Manchmal wirken Sie, als wären Sie noch viel älter.«
»Vielleicht bin ich das ja auch. Bekanntlich spiegeln unsere Gesichter, was wir erlebt und gelesen haben. Sie brauchen sich nur selbst zu nehmen.«
»Was ist mit mir?«
»Haben Sie sich nie lächeln gesehen? Sie lächeln wie ein Soldat aus früheren Zeiten.«
Corso rutschte ungemütlich in seinem Sessel herum.
»Ich weiß nicht, wie ein Soldat aus früheren Zeiten lächelt.«
»Aber ich weiß es.« Der Blick des Mädchens verschleierte

sich und wandte sich nach innen, als schweife er durch ihre Erinnerungen. »Einmal war ich dabei, als zehntausend Männer das Meer suchten.«

Corso zog mit übertriebenem Interesse eine Augenbraue hoch.

»Was Sie nicht sagen... Gehört das zum Gelesenen oder zum Erlebten?«

»Raten Sie mal...« Sie sah ihn eindringlich an, bevor sie hinzufügte: »Sie scheinen mir doch ein ganz schlauer Typ zu sein, Señor Corso.«

Sie war inzwischen aufgestanden, nahm das Buch vom Tisch und hob ihre weißen Tennisschuhe vom Boden auf. Ihre Augen wirkten jetzt wieder munter, und ihr Glanz kam Corso irgendwie vertraut vor, als habe er ihn in anderen Augen schon einmal wahrgenommen.

»Möglich, daß wir uns mal wieder treffen«, sagte sie, bevor sie ging. »Meinen Sie nicht?«

Corso hegte diesbezüglich nicht den leisesten Zweifel. Ob ihm das nun angenehm war, wußte er im Augenblick nicht zu sagen, noch fand er Zeit, es sich genauer zu überlegen, denn just als das Mädchen zur Tür hinausging, kam Amílcar Pinto herein.

Er war klein und fett. Seine dunkle Haut glänzte wie frisch poliert, und sein dichter Schnurrbart war so struppig, als habe er selbst ihn mit einer Schere zurechtgestutzt. Aus Amílcar Pinto hätte ein rechtschaffener, ja sogar guter Polizist werden können, wäre er nicht gezwungen gewesen, fünf Kinder, eine Frau und einen pensionierten Vater zu ernähren, der ihm heimlich die Zigaretten wegrauchte. Seine Frau, eine Mulattin, die vor zwanzig Jahren einmal sehr schön gewesen sein mußte, hatte er aus Mosambik mitgebracht, als Maputo noch Lourenço Marques war und Pinto Unteroffizier bei den Fallschirmjägern, schlank, tapfer und mit Orden dekoriert. Corso hatte sie kennengelernt, als er mit ihrem Mann wieder einmal ein »Geschäft« besprach: schwarze Ringe unter den Augen, große, schlaffe Brüste, ausgetretene Pantoffeln und das Haar unter einem roten Kopftuch versteckt, in der Diele ihrer Wohnung, die nach schmutzigen Kindern und gekochtem Gemüse stank.

Der Polizist sah das Mädchen im Vorübergehen schief an und steuerte zielstrebig auf den Bücherjäger zu, um sich ihm gegenüber in einen Sessel fallen zu lassen. Er keuchte, als wäre er zu Fuß aus Lissabon gekommen.

»Wer war das?«

»Niemand Wichtiges«, erwiderte Corso. »Ein Mädchen aus Spanien. Touristin.«

Pinto nickte beruhigt und wischte sich die feuchten Hände an den Hosenbeinen ab, wie er es sehr oft tat. Er geriet leicht ins Schwitzen, und sein Hemdkragen hatte immer einen schmalen, dunklen Rand, dort, wo er mit der Haut in Berührung kam.

»Ich habe ein Problem«, meinte Corso.

Das Lächeln des Portugiesen wurde breiter. Alle Probleme sind lösbar, schien es zu sagen. Jedenfalls solange wir beide uns verstehen.

»Ich bin sicher«, erwiderte er, »daß wir gemeinsam einen Ausweg finden.«

Jetzt war es an Corso zu lächeln. Er hatte Amílcar Pinto vor vier Jahren kennengelernt, und zwar anläßlich einer üblen Geschichte mit gestohlenen Büchern, die plötzlich auf den Jahrmarktständen der Feira da Ladra auftauchten. Corso war nach Lissabon gefahren, um sie zu identifizieren, Pinto hatte zwei, drei Leute verhaftet, und auf dem Rückweg zu ihrem rechtmäßigen Besitzer waren ein paar wertvolle Exemplare spurlos verschwunden. Um den Beginn ihrer einträglichen Freundschaft gebührend zu feiern, hatten sie sich in einer Fado-Kneipe der Oberstadt gemeinsam betrunken, während der ehemalige Unteroffizier der Fallschirmjäger in kolonialen Erinnerungen schwelgte und Corso erzählte, wie sie ihm in der Schlacht von Gorongosa beinahe den Garaus gemacht hatten. Zum Abschluß hatten sie auf dem Mirador von Santa Luzia aus voller Kehle *Grândola vila morena* gesungen, das vom Mond beschienene Alfama-Viertel zu ihren Füßen und dahinter den Tejo, breit und glänzend wie ein silbernes Laken, über das gemächlich die dunklen Silhouetten der Schiffe glitten, mit Kurs auf den Turm von Belém und auf den Atlantik.

Der Kellner brachte Pinto den bestellten Kaffee. Corso wartete, bis er wieder weg war, und fuhr dann fort:

»Es geht um ein Buch.«

Der Polizist beugte sich über das niedere Tischchen und gab Zucker in seinen Kaffee.

»Es geht immer um Bücher«, entgegnete er zurückhaltend.

»Das hier ist aber ein besonderes.«

»Welches Buch wäre das nicht?«

Corso lächelte erneut. Ein messerscharfes, metallenes Lächeln.

»Der Besitzer möchte nicht verkaufen.«

»Was du nicht sagst.« Pinto führte sich die Tasse an die Lippen und schlürfte genüßlich den Kaffee. »Dabei ist der Handel doch etwas Gutes. Er schafft Wohlstand und sichert den Händlern ihren Lebensunterhalt...« Er stellte seine Tasse ab, um sich die Hände an der Hose abzutrocknen. »Waren müssen ausgetauscht werden, zirkulieren. So will es das Gesetz des Marktes – das Gesetz des Lebens. Es müßte verboten sein, nicht zu verkaufen: Das ist beinahe ein Verbrechen.«

»Ganz deiner Meinung«, stimmte Corso ihm zu. »Aber vielleicht kannst du ja etwas dagegen unternehmen.«

Pinto lehnte sich in seinen Sessel zurück und sah sein Gegenüber abwartend an. Er wirkte sicher und gelassen. Als seine Abteilung in Mosambik einmal in einen Hinterhalt geraten war, hatte er sich einen schwerverletzten Oberleutnant auf die Schulter gepackt und war mit ihm die ganze Nacht durch den Urwald gelaufen. Im Morgengrauen, als der Oberleutnant tot war, hatte er den Leichnam, statt ihn auf dem

Boden liegenzulassen, zum Stützpunkt zurückgetragen. Der Oberleutnant war sehr jung, und Pinto dachte, daß seine Mutter ihn bestimmt gerne in Portugal begraben würde. Dafür war er mit einer Medaille ausgezeichnet worden. Jetzt spielten seine Kinder mit den verrosteten alten Medaillen, die überall in der Wohnung herumlagen.

»Vielleicht kennst du den Mann: Victor Fargas.«

Der Polizist nickte bejahend.

»Eine illustre und sehr alte Familie, die Fargas«, bemerkte er. »Früher war sie einmal ziemlich einflußreich. Aber das ist lange her.«

Corso reichte ihm einen verschlossenen Umschlag.

»Hier hast du alle nötigen Informationen: Besitzer, Buch und Ort.«

»Ich kenne die Quinta.« Pinto fuhr sich mit der Zungenspitze über die Oberlippe und befeuchtete seinen Schnurrbart. »Ein Riesenleichtsinn, dort wertvolle Bücher aufzubewahren. In die Villa kommt der dümmste Einbrecher rein.« Er machte ein betrübtes Gesicht, als bekümmere es ihn tatsächlich, daß Victor Fargas so unvorsichtig war. »Ich denke da zum Beispiel an einen Ganoven aus dem Chiado, der mir noch einen Gefallen schuldet.«

Corso schnippte sich ein unsichtbares Staubkorn von der Hose. Das war nicht seine Sache. Jedenfalls nicht, was die praktische Seite betraf.

»Ich möchte weg sein, wenn es passiert.«

»Sei unbesorgt. Du bekommst das Buch, und Señor Fargas soll so wenig wie möglich in seiner Ruhe gestört werden. Eine kaputte Fensterscheibe, wenn's hochkommt: Ich bestehe auf sauberer Arbeit. Was das Honorar betrifft...«

Corso deutete auf den Umschlag, den der Polizist ungeöffnet in der Hand hielt.

»Da ist ein Vorschuß drin«, sagte er, »ein Viertel der Gesamtsumme. Den Rest bei Ablieferung.«

»Kein Problem. Wann fährst du ab?«

»Morgen früh. Ich setze mich von Paris aus mit dir in Verbindung.« Pinto wollte gehen, aber Corso hielt ihn noch zurück. »Noch etwas. Heute nacht hat sich hier ein Typ herumgetrieben, den ich gerne identifiziert hätte: einen Meter achtzig groß, mit Schnurrbart und Narbe im Gesicht. Schwarzes Haar, dunkle Augen. Schlank. Er ist weder Spanier noch Portugiese.«

»Gefährlich?«

»Das weiß ich nicht. Er ist mir aus Madrid gefolgt.«

Der Polizist machte sich ein paar Notizen auf der Rückseite des Umschlags.

»Hat er etwas mit unserem Geschäft zu tun?«

»Das nehme ich an. Aber Genaueres kann ich dir nicht sagen.«

»Mal sehen, was sich da machen läßt. Ich habe Freunde im Kommissariat von Sintra. Und dann kann ich in unserer Zentrale in Lissabon einen Blick in die Archive werfen.«

Er hatte sich erhoben und verstaute den Umschlag in der Innentasche seiner Jacke. Corso nahm flüchtig einen Pistolenschaft und ein Halfter wahr.

»Bleibst du noch auf ein Glas?«

Pinto schüttelte seufzend den Kopf.

»Das würde ich gerne, aber ich habe drei Kinder mit Masern daheim. Die stecken sich gegenseitig an, diese Bälger.«

Er lächelte, während er das sagte, aber etwas müde. In Corsos Welt waren alle Helden müde.

Sie gingen gemeinsam zum Eingang des Hotels, vor dem Pinto seinen alten Citroën 2 CV geparkt hatte. Als sie sich die Hände schüttelten, kam Corso noch einmal auf das Thema Victor Fargas zurück.

»Mir liegt viel daran, daß die Störung auf ein Minimum beschränkt wird ... Ein simpler Diebstahl, nicht mehr.«

Der Polizist startete den Motor, machte die Scheinwerfer an und warf ihm durch das offene Wagenfenster einen vorwurfsvollen Blick zu. Er schien ernsthaft beleidigt.

»Ich bitte dich. Solche Kommentare sind überflüssig – unter Profis.«

Nachdem er den Polizisten verabschiedet hatte, stieg Corso in sein Zimmer hinauf, um noch einmal seine Notizen durchzusehen. Er arbeitete bis spät in die Nacht, das Bett war mit Blättern übersät, die *Neun Pforten* lagen aufgeschlagen auf dem Kopfkissen. Schließlich war er so erschöpft, daß er beschloß, zur Entspannung heiß zu duschen und dann ins Bett zu gehen. Er war auf dem Weg ins Bad, da läutete das Telefon: Varo Borja, der wissen wollte, was der Besuch bei Fargas gebracht hatte. Der Bücherjäger erzählte ihm kurz das Wichtigste und erwähnte dabei auch die Abweichungen, die er auf fünf der neun Bildtafeln entdeckt hatte.

»Wo wir schon dabei sind«, fügte er noch hinzu: »Unser Freund ist nicht gewillt zu verkaufen.«

Am andern Ende der Leitung trat Schweigen ein. Der Antiquar schien nachzudenken, aber es war nicht zu erraten, worüber: über die Holzschnitte oder über den negativen Bescheid Victor Fargas'. Als er schließlich weitersprach, schlug er einen extrem vorsichtigen Ton an:

»Damit war zu rechnen«, sagte er, und Corso wußte immer noch nicht, worauf er sich genau bezog. »Gibt es irgendeinen Weg, diese Schwierigkeit zu umgehen?«

»Möglicherweise.«

Das Telefon verstummte erneut. Fünf Sekunden zählte Corso auf dem Zifferblatt seiner Uhr mit.

»Die Sache ist Ihnen überlassen.«

Damit war ihr Gespräch auch fast schon zu Ende. Corso sagte nichts von seiner Begegnung mit Pinto, und der Antiquar fragte nicht, wie Corso das Problem zu lösen gedachte. Varo Borja wollte lediglich wissen, ob er mehr Geld brauchte, und die Antwort war nein. Schließlich vereinbarten sie, Corso solle zurückrufen, sobald er in Paris war.

Der Bücherjäger beschloß, es noch einmal bei La Ponte

zu versuchen, aber wieder meldete sich niemand. Er räumte seine Notizen zusammen, klappte das schwarzgebundene Buch mit dem Pentagramm auf dem Deckel zu, nahm den Ordner mit dem Dumas-Manuskript und stopfte alles in seine Segeltuchtasche. Dann legte er die Tasche unters Bett und band sie mit dem Schulterriemen an einem der Pfosten fest. So konnte sie niemand stehlen, ohne ihn aufzuwecken. Ungemütliches Reisegepäck, dachte er bei sich, während er im Bad den heißen Wasserhahn aufdrehte – und aus unerfindlichen Gründen obendrein gefährlich.

Er putzte die Zähne und begann sich auszuziehen, um sich unter die Dusche zu stellen. Der Spiegel war mit Dampf beschlagen, aber er konnte sich noch erkennen. Mager und knochig wie ein abgezehrter Wolf, dachte Corso, als er seine Kleider auf den Boden fallen ließ. Und dann war es auf einmal wieder da, dieses Gefühl der Beklommenheit, das sich aus der Vergangenheit löste, wie eine Woge von fern heranrollte und sein Bewußtsein mit Schmerz überschwemmte – als werde in seinem Gedächtnis, in seinem Fleisch, plötzlich eine Saite angeschlagen. Nikon. Noch heute mußte er jedesmal, wenn er den Gürtel öffnete, an sie denken – früher durfte nur sie das machen, als gehe es um ein seltsames Ritual. Er schloß die Augen und sah Nikon wieder vor sich, wie sie auf der Bettkante saß und ihm mit einem zärtlichen, genußvollen Lächeln zuerst die Hose und dann den Slip über die Hüften streifte, langsam, sehr langsam. Entspann dich, Lucas Corso. Einmal hatte sie ihn heimlich fotografiert, während er schlief: das Gesicht nach unten, die Stirn von einer vertikalen Falte durchzogen. Dunkle Bartstoppeln überschatteten seine Wangen und ließen sie noch eingefallener erscheinen, und um die Winkel seines halb geöffneten Mundes spielte ein bitterer Zug. Er sah aus wie ein erschöpfter, ängstlicher und gequälter Wolf inmitten der verschneiten Einöde seines weißen Kissens. Ihm hatte es überhaupt nicht gefallen, dieses Foto, als er es zufällig in der Fixiermittelwanne im Bad entdeckte, das Nikon als Labor benützte. Er hatte es zusammen mit dem Negativ in kleine Stücke zerrissen, und sie hatte nie ein Wort darüber verloren.

Corso stellte sich unter die Dusche und ließ das siedendheiße Wasser über sein Gesicht strömen, obwohl es ihm die Augenlider verbrannte. Mit angespannten Muskeln und zusammengepreßten Zähnen hielt er dem Schmerz stand und stemmte sich mit aller Gewalt gegen die Versuchung, wie ein wildes Tier zu heulen und seine Einsamkeit in den Dampf hinauszuschreien, der ihn beinahe erstickte. Über einen Zeitraum von vier Jahren, einem Monat und zwölf Tagen hinweg war Nikon jedesmal, wenn sie sich geliebt hatten, hinter ihm in die Dusche getreten und hatte ihm den Rücken eingeseift, unendlich langsam. Und oft hatte sie sich am Ende an ihn geschmiegt wie ein verirrtes Kind im Regen. Eines Tages gehe ich, als hätten wir uns nie kennengelernt. Dann wirst du dich an meine großen, dunklen Augen erinnern. An meine stummen Vorwürfe. Mein Angststöhnen im Schlaf. Meine Alpträume, die du mir nicht nehmen konntest. An all das wirst du dich erinnern, wenn ich gegangen bin.

Er lehnte den Kopf an die weißen Kacheln, dampftriefend in dieser feuchten Wüste, die ihn so sehr an einen Kreis der Hölle erinnerte. Kein Mensch außer Nikon hatte ihm je den Rücken eingeseift. Weder vorher noch nachher. Niemand. Niemals.

Corso ging ins Zimmer zurück und legte sich mit dem *Memorial von St. Helena* ins Bett, aber er schaffte es kaum, zwei Zeilen zu lesen:

Und indem er wieder auf den Krieg zu sprechen kam, fuhr der Kaiser fort: »Die Spanier verhielten sich selbst in der Masse wie Ehrenmänner...«

Er schnitt eine Grimasse angesichts des zweihundert Jahre alten napoleonischen Lobliedes und dachte an einen Satz, den er als Kind einmal gehört hatte von einem seiner Großväter oder von seinem Vater: »Es gibt nur einen Ort, wo wir Spanier eine gute Figur abgeben: auf den Bildern Goyas.« Ehrenmänner, hatte Bonaparte gesagt. Corso dachte an Varo Borja und sein Scheckheft, an Flavio La Ponte und die zu vier Vierteln geplünderten Bibliotheken argloser Witwen. An das Gespenst Nikons, das in der Einöde einer weißen Wüste umherwandelte. An sich selbst: ein Jagdhund, der sich in den Dienst des Meistbietenden stellte. Nein, jetzt haben wir andere Zeiten. Mit einem verzweifelten, bitteren Lächeln auf dem Mund schlief er endlich ein.

Das erste, was er beim Aufwachen sah, war das graue Licht der Morgendämmerung vor dem Fenster. Zu früh. Er drehte sich um, tastete nach der Armbanduhr auf dem Nachttisch, und erst da wurde ihm klar, daß das Telefon läutete. Der Hörer fiel zweimal auf den Boden, bevor er es schaffte, ihn zwischen sein Ohr und das Kissen zu klemmen.
»Ja bitte?«
»Hier ist Ihre Freundin von gestern. Erinnern Sie sich? Irene Adler. Ich bin unten, in der Hotelhalle. Wir müssen miteinander sprechen. Und zwar sofort.«
»Was zum Teufel...?«
Aber sie hatte schon wieder eingehängt. Corso setzte sich fluchend die Brille auf, schlug das Leintuch zurück und stieg verschlafen in seine Hose. Dann blickte er von plötzlicher Panik gepackt unters Bett: Die Tasche lag immer noch dort. Unter großer Anstrengung gelang es ihm, die Gegenstände aus seiner Umgebung ins Auge zu fassen. Hier im Zimmer war alles in Ordnung – demnach konnte also nur draußen etwas passiert sein. Er schaffte es gerade, ins Bad zu gehen und sich das Gesicht zu waschen, da klopfte es an der Tür.
»Wissen Sie verdammt noch mal, wie spät es ist?«
Das Mädchen stand in seinem Kapuzenmantel und mit geschultertem Rucksack im Türrahmen. Ihre Augen waren noch grüner, als Corso sie in Erinnerung hatte.

»Es ist halb sieben«, gab sie völlig gelassen zur Antwort. »Und Sie müssen sich so schnell wie möglich anziehen.«

»Sind Sie verrückt geworden?«

»Nein.« Sie war inzwischen ohne Aufforderung eingetreten und sah sich kritisch in seinem Zimmer um. »Wir haben nicht viel Zeit.«

»Wir?«

»Sie und ich. Die Lage hat sich kompliziert.«

Corso schnaubte ärgerlich.

»Hätten Sie sich nicht eine andere Uhrzeit aussuchen können, um mich zu verarschen?«

»Reden Sie keinen Unsinn.« Sie rümpfte die Nase und sah ihn streng an. Trotz ihres jungen Alters und ihres burschikosen Aussehens wirkte sie jetzt sehr reif und selbstbewußt. »Ich meine es ernst.«

Corso griff sich den Rucksack, den sie auf das ungemachte Bett gelegt hatte, drückte ihn ihr in die Hand und wies auf die Tür.

»Scheren Sie sich zum Teufel.«

Das Mädchen rührte sich nicht vom Fleck und beschränkte sich darauf, ihn aufmerksam anzusehen.

»Hören Sie ...« Die hellen Augen waren jetzt ganz nahe, sie strahlten wie zwei Leuchtkristalle aus ihrem sonnenverbrannten Gesicht. »Sie kennen doch Victor Fargas, nicht?«

Corso sah sich über ihre Schulter hinweg im Spiegel des Frisiertischs. Er hatte den Mund aufgesperrt und glotzte wie ein Vollidiot.

»Klar kenne ich den«, kam es ihm endlich über die Lippen.

Er hatte mehrere Sekunden gebraucht, um reagieren zu können, und blinzelte noch immer verdutzt. Sie ließ ihm Zeit, sich zu erholen, und verriet keinerlei Genugtuung über die Wirkung, die sie mit ihren Worten erzielt hatte. Offensichtlich war sie mit ihren Gedanken woanders.

»Er ist tot«, sagte sie.

Ihre Stimme klang normal, genausogut hätte sie sagen

können: »Er hat Kaffee zum Frühstück getrunken« oder »ist zum Zahnarzt gegangen«. Corso atmete einmal tief durch und schluckte.

»Ausgeschlossen. Ich war gestern abend bei ihm. Und es ging ihm gut.«

»Jetzt geht es ihm aber nicht gut. Jetzt geht es ihm überhaupt nicht mehr.«

»Woher wissen Sie das?«

»Das weiß ich eben.«

Corso schüttelte argwöhnisch den Kopf und machte sich auf die Suche nach einer Zigarette, dabei stieß er auf seinen Flachmann und nahm einen Schluck Gin. Eine Gänsehaut lief ihm über den Rücken, aber das kam vom leeren Magen. Danach trödelte er ein wenig, um Zeit zu gewinnen, und zwang sich, das Mädchen nicht anzusehen, bis er den ersten Zug von seiner Zigarette genommen hatte. Die Rolle gefiel ihm nicht, die er an diesem Morgen zu spielen hatte. Und er brauchte Zeit, um das alles zu verdauen.

»Im Café in Madrid... im Zug... gestern abend und heute morgen hier, in Sintra«, zählte er mit dem Zeigefinger an den Fingerspitzen der linken Hand ab und verdrehte die Augen, weil ihn der Rauch der Zigarette reizte, die in seinem Mundwinkel hing. »Vier Zufälle sind ein bißchen viel, finden Sie nicht?«

Sie schüttelte ungeduldig den Kopf.

»Ich habe Sie für schlauer gehalten. Wer spricht denn von Zufällen?«

»Warum folgen Sie mir?«

»Weil Sie mir gefallen.«

Corso war die Lust zum Lachen vergangen, er verzog nur ein wenig den Mund.

»Das ist ja lächerlich.«

Sie betrachtete ihn lange und nachdenklich.

»Zu diesem Schluß könnte man allerdings kommen, wenn man Sie so sieht«, sagte sie schließlich. »Ein toller Mann sind

Sie nicht gerade... ständig mit diesem alten Mantel. Und der Brille.«

»Also, was dann?«

»Fragen Sie sich selbst, aber jetzt ziehen Sie sich endlich an. Wir müssen zu Victor Fargas.«

»Wir?«

»Ja, Sie und ich. Bevor die Polizei kommt.«

Vermodertes Laub raschelte unter ihren Füßen, als sie das schmiedeeiserne Gartentor aufstießen und den von kaputten Statuen und leeren Sockeln gesäumten Weg hinaufgingen. Der Himmel war verhangen, und das bleifarbene Morgenlicht warf keine Schatten, so daß die Sonnenuhr über der Steintreppe ihren Zweck auch jetzt nicht erfüllen konnte. *Postuma necat. Die letzte tötet,* las Corso erneut. Das Mädchen war seinem Blick gefolgt.

»Wie wahr«, stellte sie in kühlem Ton fest und stemmte sich gegen die Haustür. Sie war verschlossen.

»Versuchen wir es von hinten«, schlug Corso vor.

Sie machten einen Bogen um das Haus und kamen unterwegs an dem gekachelten Brunnen vorbei, wo aus dem Mund des steinernen Puttchens mit den leeren Augenhöhlen und den verstümmelten Händen immer noch Wasser in den Teich tröpfelte. Das junge Mädchen, Irene Adler oder wie immer es auch hieß, ging in seinem blauen Kapuzenmantel, den kleinen Rucksack geschultert, vor Corso her. Ihre biegsamen, langen Beine in den Jeans stapften mit überraschender Sicherheit voran, der Kopf war stur nach vorn gerichtet, als kenne sie den Weg. Sie wirkte ruhig und entschlossen. Corso war ganz anderer Gemütsverfassung, aber er verdrängte seine Zweifel, verschob Fragen auf später und ließ sich von ihr führen. Im Hotel hatte er noch rasch geduscht, um wach zu werden, seine Siebensachen in die Segeltuchtasche geworfen. Im Augenblick dachte er an nichts anderes als an die *Neun Pforten,* das Exemplar Nummer zwei von Victor Fargas.

Durch die Glastür, die auf den Garten hinausging, gelangten sie mühelos in den Salon, von dessen Decke herab Abraham mit gezücktem Messer die über den Boden verteilten Bücher bewachte. Das Haus schien verlassen.

»Wo ist Fargas?« fragte Corso.

Das Mädchen zuckte mit den Schultern.

»Keine blasse Ahnung.«

»Sie sagten doch, er sei tot.«

»Das ist er auch.« Sie griff nach der Violine, die auf der Kredenz lag, und untersuchte sie interessiert, dann ließ sie ihren Blick durch das Zimmer schweifen, über die kahlen Wände und die Bücher. »Ich weiß nur nicht, wo er ist.«

»Sie halten mich zum Narren.«

Das Mädchen hatte sich die Geige unters Kinn geklemmt und zupfte ein wenig ihre Saiten, aber ihr Klang schien sie nicht zufriedenzustellen, und so legte sie das Instrument gleich wieder in seinen Kasten zurück. Dann sah sie Corso an.

»Ungläubiger Mensch.«

Jetzt spielte wieder ein abwesendes Lächeln um ihre Lippen, und der Bücherjäger gelangte zu der Überzeugung, daß aus ihrer tiefgründigen und zugleich frivolen Selbstsicherheit eine übertriebene Reife sprach. Dieses junge Mädchen folgte ungewöhnlichen Regeln und Reizen; und die Gedankengänge, die sich in ihrem Kopf abspielten, mußten bei weitem komplexer sein, als ihr Alter und ihr Aussehen es vermuten ließen.

Auf einmal vergaß Corso jedoch alles um sich herum: das Mädchen, das seltsame Abenteuer, in das er hineingeraten war, ja selbst die fehlende Leiche Victor Fargas'. Auf dem ausgefransten Gobelin mit der Schlacht von Gaugamela, inmitten der Bücher über Okkultismus und Teufelskünste, klaffte eine Lücke. Die *Neun Pforten* waren verschwunden.

»Scheiße«, entfuhr es ihm.

Und er wiederholte es mehrmals zähneknirschend, während er sich über die Bücherreihen beugte und in die Hocke ging. Sein fachmännisches Auge, das ein Buch für gewöhnlich auf den ersten Blick ortete, irrte hilflos und verwaist herum. Schwarzes Maroquin, fünf Bünde, außen kein Titel, aber ein Pentagramm auf dem Deckel. *Umbrarum regni* et cetera. Kein Zweifel: ein Drittel des Mysteriums – 33,33 Prozent, um es mathematisch genau auszudrücken – hatte sich in Luft aufgelöst. »Der Teufel soll mich holen.«

Zu früh für Pinto, überlegte er sofort; so schnell konnte der Portugiese den Diebstahl unmöglich organisiert haben. Das Mädchen beobachtete ihn, als erwarte sie sich irgendeine aufschlußreiche Reaktion von ihm. Corso richtete sich auf.

»Wer bist du?«

Es war das zweitemal in weniger als zwölf Stunden, daß er dieselbe Frage stellte, und zwar unterschiedlichen Personen. Die Dinge gerieten bedenklich schnell in Unordnung. Was das Mädchen betraf, so hielt sie seinem Blick und seiner Frage stand. Nach ein paar Sekunden wanderten ihre Augen an Corso vorbei ins Leere. Vielleicht auch zu den Büchern, die aneinandergereiht auf dem Boden lagen.

»Das spielt keine Rolle«, antwortete sie schließlich. »Fragen Sie sich lieber, wo das Buch abgeblieben ist.«

»Welches Buch?«

Sie sah ihn wieder an, ohne etwas zu erwidern, während er sich unglaublich dumm vorkam.

»Du weißt zuviel«, sagte er zu ihr. »Sogar mehr als ich.«

Sie zuckte erneut mit den Achseln und betrachtete Corsos Armbanduhr, als wolle sie wissen, wie spät es sei.

»Sie haben nicht viel Zeit.«

»Es interessiert mich einen Dreck, wieviel Zeit ich habe.«

»Wie Sie meinen. Aber in fünf Stunden geht vom Flughafen Portela eine Maschine nach Paris. Die würden wir gerade noch schaffen.«

Herrgott. Corso standen die Haare zu Berge. Dieses Mädchen gebärdete sich wie eine Chefsekretärin, die ihm seinen Terminkalender vorhielt.

Jung und mit diesen aufregenden grünen Augen... Verdammte kleine Hexe.

»Warum sollte ich mich davonmachen?«
»Weil die Polizei kommen könnte.«
»Ich habe nichts zu verbergen.«

Das Mädchen setzte ein undefinierbares Lächeln auf – als habe sie einen uralten Witz gehört. Dann packte sie ihren Rucksack und hob die Hand zum Gruß.

»Ich bringe Ihnen Zigaretten ins Gefängnis. Allerdings gibt es Ihre Marke in Portugal nicht zu kaufen.«

Sie trat in den Garten hinaus, ohne auch nur einen letzten Blick durch das Zimmer geschickt zu haben. Corso war drauf und dran, ihr nachzugehen, um sie zurückzuhalten. Da sah er, was im Kamin lag.

Nach dem ersten Schreck näherte er sich langsam. Vielleicht wollte er den Ereignissen noch einmal die Chance geben, von selbst in Ordnung zu kommen. Am Kaminsims lehnend, mußte er jedoch feststellen, daß einige dieser Vorfälle bereits irreversibel waren. Die Bibliographien seltener Bücher zum Beispiel waren über Nacht veraltet, in einer Zeitspanne also, die im Vergleich zu ihren ganze Jahrhunderte umfassenden Inhalten geradezu lächerlich erschien. Von den *Neun Pforten* gab es nun nicht mehr drei, sondern nur noch zwei Exemplare. Das dritte, oder besser das, was von ihm noch übrig war, schwelte unter der Asche vor sich hin.

Er kniete nieder, wobei er achtgab, nichts zu berühren. Die Buchdeckel hatten, wahrscheinlich aufgrund des Ledereinbandes, weniger Schaden gelitten als die Seiten. Zwei der fünf Bünde auf dem Rücken waren unversehrt, und das Pentagramm nur halb verbrannt. Die Buchseiten dagegen waren bis auf ein paar versengte Ränder mit einzelnen Wortfragmenten völlig verkohlt. Corso näherte seine Hand den Resten: Sie waren immer noch heiß.

Er zog eine Zigarette aus der Manteltasche und hängte sie

sich in den Mundwinkel, ohne sie anzuzünden. Am Abend zuvor hatte er den Holzstoß im Kamin gesehen. Aus der Art, wie die Brandrückstände verteilt waren – das eingeäscherte Holz unten und die verkohlten Blätter darüber, als habe niemand das Feuer geschürt – schloß er, daß das Buch auf die brennenden Scheite gelegt worden war. Er erinnerte sich, Brennholz für vier bis fünf Stunden gesehen zu haben, und die verbleibende Wärme verriet, daß das Feuer vor etwa ebenso vielen Stunden erloschen war. Zusammengerechnet ergab das acht bis zehn Stunden. Es mußte also jemand zwischen zehn Uhr und Mitternacht das Feuer entfacht und dann das Buch darauf gelegt haben. Jemand, der nicht lange genug geblieben war, um die Glut zu schüren.

Corso fischte aus dem Kamin, was von dem Buch noch zu retten war, und wickelte es in eine alte Zeitung. Dazu brauchte er ziemlich lange, denn die verkohlten Blätter waren spröde und brüchig, so daß er sehr behutsam vorgehen mußte. Dabei fiel ihm auf, daß die Seiten aus dem Buch ausgerissen und getrennt vom Deckel in den Kamin geworfen worden waren, wahrscheinlich, weil sie so besser brannten.

Als er mit seiner Bergungsaktion fertig war, sah er sich ein wenig in dem Zimmer um. Der Vergil und der Agricola lagen unverrückt an ihren Plätzen: das *De re metallica* ordentlich in seiner Reihe auf dem Teppich, der Vergil auf dem Tisch, auf den der Bibliophile ihn am gestrigen Abend gelegt hatte, als er, einem Priester gleich, die Opferformel ausgesprochen hatte: »Ich glaube, ich verkaufe das hier ...« Zwischen den Seiten des Buches spickte ein Zettel vor, den Corso herauszog und las. Es handelte sich um eine handgeschriebene Quittung:

Victor Coutinho Fargas, Personalausweis-Nr. 3554712, wohnhaft in Sintra, Quinta da Soledade, an der Straße nach Colares, Km 4.
Hiermit bestätige ich den Erhalt von 800 000 Escudos für den Verkauf nachstehend bezeichneten Werkes aus

meinem Besitz: »*Vergil: Opera nunc recens accuratissime castigata...*«, *Venedig, Giunta, 1544. (Essling 61. Sander 7671). In Folio 10, 587, 1 c, 113 Holzschnitte. Vollständig und in gutem Zustand.*
Der Käufer...

Er fand weder Namen noch Unterschrift – der Verkauf war also nicht vollzogen worden. Corso steckte die Quittung in das Buch zurück und begab sich in das Zimmer, in dem er am Vorabend gearbeitet hatte, um sicherzugehen, daß er dort keine Spuren hinterließ, Zettel mit seiner Schrift oder ähnliches. Er leerte den Aschenbecher, wickelte seine Zigarettenstummel in ein Stück Zeitungspapier und verstaute sie in der Manteltasche. Dann sah er sich auch sonst noch ein bißchen um. Seine Schritte hallten in dem leeren Haus. Von dem Besitzer keine Spur.

Als er noch einmal an den Büchern vorbeikam, die auf dem Boden gestapelt waren, widerstand er instinktiv der Versuchung. Dabei hätte er leichtes Spiel gehabt: Ein paar seltene Elzevierausgaben, in kleinem Format, einfach zu verstecken, lockten ihn sehr – aber Corso war ein besonnener Mensch. Diese Geschichte war schon verwickelt genug, und er wollte seine Lage nicht noch erschweren. Also verabschiedete er sich mit einem innerlichen Seufzer von der Sammlung Fargas.

Er trat durch die Glastür in den Garten hinaus und stapfte durch das raschelnde Laub, während er Ausschau nach dem Mädchen hielt. Sie saß auf einer kleinen Treppe am Rand des Teiches, lauschte dem Plätschern des Wassers, das aus dem Mund des pausbäckigen Puttchens träufelte, und starrte gedankenverloren auf die grünliche, mit Seerosen und Laub bedeckte Wasseroberfläche. Als sie das Geräusch seiner Schritte vernahm, erwachte sie aus ihrer Versunkenheit und wandte den Kopf.

Corso legte seine Segeltuchtasche auf die unterste Stufe der Treppe und ließ sich neben ihr nieder. Dann zündete er die Zigarette an, die er seit längerem im Mundwinkel hängen hatte, und sog mit gesenktem Kopf ihren Rauch ein, während er das Streichholz ins Wasser warf. Er sah das Mädchen an.

»Und jetzt erzählst du mir alles.«

Sie schüttelte nur leicht den Kopf, ohne die Augen von dem Teich zu wenden. Diese Geste hatte nichts Brüskes oder Unfreundliches, im Gegenteil. Die Bewegung ihres Kopfes, ihr Kinn und ihre Mundwinkel wirkten sanft und nachdenklich, als wäre sie zutiefst gerührt von Corsos Anwesenheit, von dem traurigen Anblick des verwahrlosten Gartens, vom Plätschern des Wassers. In ihrem Kapuzenmantel und mit dem Rucksack, den sie nicht abgenommen hatte, wirkte sie unglaublich jung, beinahe hilflos. Und sehr müde.

»Wir müssen gehen«, sagte sie so leise, daß Corso sie kaum verstand. »Nach Paris.«

»Vorher sagst du mir, was du mit Fargas und mit dieser ganzen Geschichte zu tun hast.«

Sie verneinte schweigend. Corso stieß den Rauch seiner Zigarette aus. Die Luft war so feucht, daß er sich vor seinen Augen zu einer Wolke verdichtete, die sich erst nach und nach verflüchtigte. Er sah das Mädchen an.

»Kennst du Rochefort?«

»Rochefort?«

»Oder wie er heißt. Ein dunkelhaariger Typ mit Narbe. Er hat sich gestern abend hier herumgetrieben.« Noch während er sprach, kam ihm zu Bewußtsein, wie absurd das alles war, und er zweifelte an seinen eigenen Erinnerungen, als er mit ungläubiger Miene fortfuhr: »Ich habe sogar mit ihm gesprochen.«

Das Mädchen schüttelte erneut den Kopf und blickte unverwandt auf den Teich.

»Nein, den kenne ich nicht.«

»Dann sag mir, was du hier verloren hast.«

»Ich passe auf Sie auf.«

Corso starrte auf seine Schuhspitzen und rieb sich die klammen Hände. Das Tröpfeln des Wassers begann ihn langsam nervös zu machen. Er zog ein letztes Mal an seiner Zigarette. Die Glut verbrannte ihm beinahe die Lippen, und der Rauch schmeckte bitter.

»Du bist verrückt, Kleine.«

Er schnippte den Zigarettenstummel weg und sah zu, wie er vollends erlosch.

»Völlig übergeschnappt.«

Sie schwieg immer noch. Nach einer Weile zog Corso seinen Flachmann aus der Tasche und nahm einen großen Schluck Gin, ohne ihr etwas anzubieten. Dann betrachtete er sie wieder.

»Wo ist Fargas?«

Sie antwortete nicht gleich. Ihr Blick war immer noch abwesend, gedankenverloren. Endlich deutete sie mit dem Kinn auf den Teich.

»Dort.«

Corso folgte ihrem Blick. Unter dem dünnen Rinnsal, das aus dem Mund des verstümmelten Puttchens mit den ausgehöhlten Augen troff, waren die schemenhaften Umrisse eines menschlichen Körpers zu erkennen, der mit dem Rücken nach oben zwischen den Seerosen und den toten Blättern schwamm.

IX. Der Anitquar in der Rue Bonaparte

»Lieber Freund«, sagte Athos mit ernster Stimme. »Vergeßt nicht, daß die Toten die einzigen sind, denen man hienieden mit Sicherheit nicht noch einmal begegnet.«

A. Dumas, *Die drei Musketiere*

Lucas Corso bestellte einen zweiten Gin und lehnte sich genüßlich in seinen Korbsessel zurück. Er saß an einem Tisch des Straßencafés Atlas in der Rue de Buci und genoß die Sonne, die um ihn herum ein helles Rechteck aus der Gasse schnitt. Der Morgen war klar und kalt, und das linke Seineufer wimmelte von desorientierten Samurais, Amerikanern mit Turnschuhen und Metrofahrscheinen zwischen den Seiten eines Hemingway-Buches, eleganten Frauen mit Körben voller Baguettes und Salatköpfen, grazilen Galeristinnen mit gelifteten Nasen, die ihrem Pausencafé zustrebten. Eine attraktive junge Dame betrachtete die Schaufensterauslagen einer Luxusmetzgerei am Arm ihres Begleiters, eines stattlichen Herrn in fortgeschrittenem Alter, der aussah wie ein Antiquitätenhändler oder Ganove – möglicherweise war er beides. In Corsos näherer Umgebung gab es eine Harley Davidson mit glänzenden Verchromungen, einen knurrigen Foxterrier, der an der Tür einer teuren Weinhandlung angebunden war, und einen jungen Burschen mit Husarenzöpfchen, der vor dem Eingang einer Boutique Blockflöte spielte. Am Nachbartisch knutschte ein vornehm gekleidetes Afrikanerpaar, als hätte es die Ewigkeit vor sich. Aids, Ozonloch und Plutoniumschmuggel nahmen sich an diesem sonnigen Pariser Morgen aus wie belanglose Nebensächlichkeiten.

Corso erkannte sie sofort, als sie am Ende der Rue Mazarine um die Ecke bog und zielstrebig auf sein Café zusteuerte. Sie war unverwechselbar mit ihrem jungenhaften Aussehen, dem offenen Kapuzenmantel über der Jeans, ihren Augen, die wie Leuchtsignale aus dem braungebrannten Gesicht strahlten und auch auf große Entfernung zu erkennen waren, ja selbst inmitten der vielen Menschen, die durch die mittlerweile sonnenüberflutete Gasse schwirrten. Verteufelt hübsch, hätte Flavio La Ponte wahrscheinlich mit einem Räuspern bemerkt und ihr die gute Seite seines Profils zugedreht, die, wo sein lockiger Bart ein bißchen dichter sprießte. Aber Corso war nicht La Ponte. Er beschränkte sich darauf, dem Kellner, der in diesem Moment ein Glas Gin auf den Tisch stellte – *pas d'Bols, m'sieu* –, einen feindseligen Blick zuzuwerfen und ihm den Betrag des Kassenzettels genau abgezählt in die Hand zu drücken – *service compris*, mein Freund –, bevor er wieder dem Mädchen entgegensah. Nein, was diese Art von Stories betraf, so hatte Nikon ihm schon eine Ladung mit dem Bärentöter in den Bauch verpaßt, und das reichte ihm. Corso war sich auch gar nicht sicher, je ein Profil besessen zu haben, das auf einer Seite vorteilhafter war als auf der anderen. Und das kümmerte ihn auch einen Dreck.

Er nahm seine Brille ab, um sie mit dem Taschentuch zu putzen, worauf sich die Straße in einen Strom schemenhafter Silhouetten mit verschwommenen Gesichtern verwandelte. Eine Gestalt hob sich weiterhin von den anderen ab und wurde deutlicher, je näher sie kam, obwohl er bis zuletzt Mühe hatte, ihr kurzes Haar, ihre langen Beine und die weißen Tennisschuhe mit eigenen Konturen zu versehen, selbst als sie sich ihm gegenüber niederließ.

»Ich habe den Laden gefunden. Er ist ganz in der Nähe... ein paar Straßenecken weiter.«

Corso klemmte sich seine Brille auf die Nase und betrachtete sie, ohne etwas zu erwidern. Gemeinsam waren sie nach Paris gekommen. Der alte Dumas hätte vermutlich den Ausdruck »spornstreichs« gewählt, um zu beschreiben, wie sie in Sintra aufgebrochen und zum Flughafen gehetzt waren. Von dort hatte Corso – zwanzig Minuten vor Abflug der Maschine – Amílcar Pinto angerufen, um ihm vom Ende der bibliographischen Wirrungen Victor Fargas' zu berichten und das geplante Vorhaben abzublasen. Was das vereinbarte Honorar betraf, so sollte Pinto es trotzdem bekommen, quasi als Schmerzensgeld für die Unannehmlichkeiten. Der Portugiese reagierte trotz der Überraschung – das Telefon hatte ihn aus dem Bett geklingelt – ziemlich gefaßt, mit Wendungen wie: Ich begreife wirklich nicht, worauf du hinauswillst, Corso, aber wir beide haben uns nie in Sintra getroffen, weder gestern noch sonst wann. Auf alle Fälle versprach er, Nachforschungen über den Tod Victor Fargas' anzustellen, natürlich erst, wenn er offiziell davon erfuhr. Im Moment wolle er tun, als wisse er von nichts. Was ging ihn diese Geschichte auch an? Betreffs der Autopsie des Bibliophilen könne Corso bloß beten, daß die Gerichtsmediziner Selbstmord als Todesursache angeben würden. Von dem Typen mit der Narbe werde er vorsichtshalber eine Personenbeschreibung an die zuständigen Abteilungen weiterleiten. Zum Schluß legte er Corso noch wärmstens ans Herz, sich längere Zeit nicht in Portugal blicken zu lassen und nur telefonisch mit ihm in Verbindung zu bleiben. »Ah, und noch was«, fügte Pinto hinzu, als die Lautsprecher bereits den Flug nach Paris aufriefen. Das nächste Mal solle Corso sich gefälligst an seine Großmutter wenden, bevor er einen Freund in einen Mordfall hineinziehe. Der Telefonapparat schluckte den letzten Escudo, und Corso beeilte sich, unter lebhaftem Protest seine Unschuld zu beteuern. Klar doch, entgegnete der Polizist. Das sagen alle.

Das Mädchen erwartete ihn in der Abflughalle. Zur großen Verwunderung Corsos, dessen graue Gehirnzellen an diesem Morgen einfach nicht auf Trab kommen wollten, hatte sie bereits alles in die Wege geleitet, um sie beide an Bord der Maschine nach Paris unterzubringen, was auch ohne weitere Zwischenfälle gelang. »Ich habe soeben geerbt«, war ihr einziger Kommentar, als Corso ein paar bissige Bemerkungen vom Stapel ließ – von wegen: Tut so arm, und dann... –, weil sie nicht ein, sondern gleich zwei Tickets am Schalter bezahlt hatte. Später, während des zweistündigen Fluges von Lissabon nach Paris, konnte er dann Fragen stellen, soviel er wollte – sie verweigerte ihm jegliche Antwort. »Alles zu seiner Zeit«, sagte sie nur und warf ihm einen flüchtigen, beinahe verstohlenen Blick von der Seite zu, um sich dann in den Anblick des Wolkenmeeres zu versenken, draußen, vor dem Fenster, weit unterhalb des Kondensstreifens, den die Düsen am Himmel erzeugten. Schließlich war sie, den Kopf an seine Schulter gelehnt, eingeschlafen oder hatte mindestens so getan, denn Corso glaubte, aus dem Rhythmus ihrer Atmung schließen zu können, daß sie in Wahrheit wach war. Sicher stellte sie sich nur schlafend, um seinen Fragen auszuweichen, die sie nicht bereit oder nicht »autorisiert« war, zu beantworten.

An diesem Punkt hätte wohl jeder andere seine Sachen gepackt und die Tür hinter sich zugeknallt. Nicht so Corso. Er war ein geduldiger und kaltblütiger Wolf und besaß die Reflexe und den Instinkt eines Raubtieres. Vergessen wir nicht, daß dieses Mädchen das einzige war, was ihn in der romanhaften, unerklärlichen und irrealen Geschichte, in die er da hineingeraten war, noch mit der Wirklichkeit verband. Und abgesehen davon identifizierte Corso sich längst mit der Rolle des anspruchsvollen Lesers und Protagonisten, den der Verfasser dieses absurden Drehbuchs, der Autor, der hinter den Kulissen die Fäden zog, mit einem Augenzwinkern zu begleiten schien. Ob dieses Augenzwinkern freilich verächtlich oder freundschaftlich gemeint war, das konnte er nicht erraten.

»Ich habe das Gefühl, hier will mich jemand verarschen«, sagte er laut, in neuntausend Meter Höhe über dem Golf von Biskaya. Dann schielte er in Erwartung einer Reaktion oder Antwort zu dem Mädchen hinüber, aber sie rührte sich nicht und atmete ruhig weiter, als schliefe sie tatsächlich oder habe seine Bemerkung überhört. Über ihr Schweigen verärgert, zog er seine Schulter zurück: Ihr Kopf pendelte einen Augenblick im Leeren, dann legte sie ihn mit einem Seufzer ans Fenster.

»Klar will dich jemand verarschen«, sagte sie endlich, schlaftrunken und abfällig, ohne die Augen zu öffnen. »Das merkt ja das dümmste Kind.«

»Was ist mit Fargas passiert?«

Sie antwortete nicht gleich. Corso stellte aus den Augenwinkeln fest, daß sie blinzelte, während ihr Blick an der Rückenlehne des Sitzes vor ihr hing.

»Das hast du doch gesehen«, erwiderte sie nach einer Weile. »Er ist ertrunken.«

»Wer hat da nachgeholfen?«

Sie drehte langsam den Kopf, erst zur einen, dann zur anderen Seite, um schließlich aus dem Fenster zu blinzeln. Ihre zierliche, braune Hand mit den kurzen, unlackierten Nägeln glitt sacht über die linke Armlehne, an deren Ende sie innehielt, als wären ihre Finger gegen einen unsichtbaren Gegenstand gestoßen.

»Das spielt keine Rolle.«

Corso verzog den Mund wie zu einem Lächeln, aber er entblößte nur einen Eckzahn.

»Für mich spielt das schon eine Rolle. Eine sehr große sogar.«

Das Mädchen zuckte mit den Schultern, als wolle sie sagen: Meinetwegen.

Corso ließ nicht locker:

»Welchen Part hast du in dieser Geschichte?«

»Das habe ich dir doch schon gesagt. Ich passe auf dich auf.«

Sie hatte sich umgedreht, und ihre Augen, die noch vor wenigen Sekunden ausgewichen waren, sahen ihn jetzt fest und eindringlich an. Ihre Hand fuhr erneut über die Armlehne, als versuche sie mit dieser Bewegung, das letzte Hindernis zwischen beiden wegzuschieben. Und sie waren sich tatsächlich sehr nahe gekommen, zu nahe, dachte Corso verwirrt und zog sich instinktiv ein wenig zurück. In dem Loch, das Nikon hinterlassen hatte, begann sich etwas zu regen, dunkle Gefühle, die er längst vergessen zu haben glaubte, und aus der Leere stiegen schmerzliche Erinnerungen empor, die sich Gespenstern gleich in den stummen Augen des Mädchens spiegelten.

»Für wen arbeitest du?«

Die Wimpern senkten sich über die schillernde Iris und wischten alles fort. Danach glichen ihre Augen wieder leeren, unbeschriebenen Blättern.

»Du langweilst mich, Corso«, sagte sie und rümpfte mißmutig die Nase.

Er beugte sich zum Flugzeugfenster hinüber und sah hinaus. Die weite, azurblaue Fläche, die hauchdünne weiße Fäden durchzogen, schien in der Ferne von einer braungelben Linie unterbrochen zu werden. Land in Sicht. Frankreich. Nächster Halt: Paris. Oder: Fortsetzung folgt. Dieses Kapitel endet mit einem Geheimnis. Nur die Spannung halten. Er dachte an die Quinta da Soledade: das Wasser, das aus dem Brunnen tröpfelte, den Teich, die Leiche Victor Fargas' zwischen Seerosen und gefallenem Laub, und dabei wurde ihm so heiß, daß er nervös auf seinem Sitz herumrutschte. Er fühlte sich wie ein Mann auf der Flucht, und das mit Recht... So absurd es auch war, denn er floh nicht aus eigenem Willen, sondern weil er dazu gezwungen wurde.

Corso betrachtete das Mädchen, bevor er versuchte, einen kühlen Blick in sein Inneres zu werfen. Vielleicht floh er ja gar nicht »vor« etwas, sondern »zu« etwas. Oder vor einem Mysterium, das in seinem eigenen Gepäck versteckt war. *Le vin d'Anjou?* Die *Neun Pforten?* Irene Adler? In diesem Moment kam die Stewardeß an ihm vorbei. Sie hatte ein stupides, professionelles Lächeln und sagte etwas, aber Corso war so in seine Grübeleien vertieft, daß er sie gar nicht richtig wahrnahm. Er hätte zu gerne gewußt, ob das Ende dieser Geschichte schon irgendwo aufgeschrieben stand oder ob er selbst es war, der nach und nach ein Kapitel zum anderen fügte.

An diesem Tag wechselte er kein einziges Wort mehr mit dem Mädchen. Nach ihrer Ankunft auf dem Flughafen Orly tat er so, als merke er nicht, daß sie in den langen Korridoren hinter ihm herging. Als der Beamte von der Zollkontrolle ihm seinen Personalausweis zurückgab, konnte er allerdings der Versuchung nicht widerstehen, sich halb umzudrehen, um zu sehen, mit welchen Papieren sie reiste, aber er erkannte lediglich ein schwarzes Paßetui ohne Aufdruck. Auf alle Fälle mußte es sich um einen europäischen Paß handeln, denn sie hatte wie er den Checkpoint für EU-Bürger passiert.

Corso verließ das Flughafengebäude und bestieg sofort ein Taxi. Er war gerade dabei, dem Fahrer wie gewohnt die Adresse des Louvre Concorde anzugeben, da schlüpfte das Mädchen zur Tür herein und setzte sich neben ihn. Unterwegs zum Hotel schwiegen sie, und dort angekommen, stieg das Mädchen aus und ließ ihn die Fahrt bezahlen. Der Taxichauffeur hatte kein Wechselgeld, was die Sache ein wenig hinauszögerte. Als Corso endlich die Hotelhalle betrat, hatte sie sich bereits eingetragen und entfernte sich in Begleitung eines Pagen, der ihren Rucksack trug. Bevor sie im Aufzug verschwand, winkte sie ihm einmal kurz zu.

»Ein sehr schöner Laden. ›Antiquariat Replinger‹ nennt er sich. ›Originalhandschriften und historische Urkunden‹. Er ist übrigens geöffnet.«

Sie hatte dem Kellner abgewinkt und beugte sich in dem Straßencafe in der Rue de Buci über den Tisch zu Corso hinüber. Ihre schillernden Augen reflektierten das Straßenbild, das sich in der breiten Glasfront des Lokals spiegelte.

»Wir können gleich hingehen.«

Sie hatten sich beim Frühstück wiedergetroffen, als Corso an einem der Fenster, die auf die Place du Palais-Royal hinausgingen, die Tageszeitungen durchblätterte. Das Mädchen hatte guten Tag gesagt, sich zu ihm an den Tisch gesetzt und mit großem Appetit ein ganzes Körbchen mit Toasts und Croissants verzehrt. Darauf hatte sie Corso, mit einem schmalen Streifen Milchkaffee auf der Oberlippe und zufrieden wie ein kleines Kind, angesehen:

»Womit fangen wir an?«

Und da saßen sie nun, wenige Straßenecken von Achille Replingers Buchhandlung entfernt, die sie ohne Rückendeckung ausgekundschaftet hatte, während Corso seinen zweiten Gin des Tages trank und bereits ahnte, daß es nicht der letzte sein würde.

»Wir können gleich hingehen«, wiederholte sie.

Corso zögerte noch einen Augenblick. Er hatte von ihr geträumt, von ihrer braunen Haut, die im Licht eines Sonnenuntergangs schimmerte. Die Nacht streckte schon ihre Schatten voraus, und sie ging an seiner Hand über eine kahle Hochebene, an deren Horizont sich Rauchsäulen erhoben und Vulkane, die kurz vor dem Ausbruch waren. Hin und wieder begegneten sie einem Soldaten mit todernster Miene und staubbedeckter Rüstung, der sie stumm ansah – kalt und abweisend wie die finsteren Trojaner im Hades. Auf einmal verdüsterte sich die Hochebene, die Rauchsäulen am Horizont wurden dichter, und der Ausdruck der starren, gespensterhaften Gesichter der toten Krieger schien fast vor etwas zu warnen. Corso wollte weglaufen und zerrte das Mädchen hinter sich her, aber die Dunkelheit holte sie ein, die Luft wurde immer heißer, stickiger und verschlug ihnen den Atem. Sie rannten und rannten, bis sie erschöpft, aber unendlich langsam zusammenbrachen, wie in einer Zeitlupenaufnahme. Die Finsternis brannte, als sei er plötzlich in einen Hochofen geraten. Seine einzige Verbindung nach draußen war die Hand des Mädchens, die sich an ihm festklammerte. Das letzte, was er spürte, war ihr Händedruck, der plötzlich nachließ, während sich die Hand in Asche verwandelte. Und vor ihm, inmitten der dichten Nebelschwaden, die sich über der brennenden

Hochebene und über seinem Bewußtsein ausbreiteten, blitzte gespenstisch ein Totenschädel auf. Wahrhaftig keine sehr angenehme Erinnerung.

Corso leerte sein Ginglas, um die Asche hinunter und die Horrorvision aus seinen Augen zu spülen, und sah das Mädchen an. Sie betrachtete ihn mit der Geduld einer disziplinierten Sekretärin, die auf Anweisungen wartet. Unglaublich, mit welcher Gelassenheit und Selbstverständlichkeit sie die Rolle spielte, die ihr in dieser Geschichte zugefallen war. Ihr Gesichtsausdruck verriet sogar eine gewisse Ergebenheit, die Corso unerklärlich war und ihn verwirrte.

Er stand auf und hängte sich seine Segeltuchtasche über die Schulter. Dann schlenderten sie nebeneinander zur Seine hinunter. Das Mädchen ging auf der Innenseite des Trottoirs und blieb hin und wieder vor einem Schaufenster stehen, wenn ein Gemälde, ein alter Stich oder ein Buch ihre Aufmerksamkeit erregte. Sie betrachtete alles mit offenen Augen, großer Neugier und einem Anflug von Nostalgie um den Mund. Manchmal lächelte sie nachdenklich. Corso hatte das Gefühl, sie suche in den alten Gegenständen nach sich selbst – als falle irgendwo in ihren Erinnerungen die eigene Vergangenheit mit der jener wenigen Überlebenden zusammen, die das Meer der Geschichte nach jedem Schiffbruch hier angespült hatte.

Es gab zwei Antiquariate, eines rechts und eines links von der Straße, einander genau gegenüber. Das von Achille Replinger war sehr alt. Es war außen mit lackiertem Holz verkleidet und besaß ein elegantes Schaufenster, über dem auf einem Schild geschrieben stand: *Livres anciens, autographes et documents historiques.* Corso befahl dem Mädchen, draußen zu warten, und sie gehorchte ihm widerspruchslos. Als er auf die Ladentür zuschritt und dabei einen Blick in das Schaufenster warf, konnte er feststellen, daß sie sich oberhalb seiner Schulter darin spiegelte; sie stand auf dem gegenüberliegenden Gehweg und sah ihm nach.

Bei seinem Eintreten ertönte ein Glöckchen. Corso nahm

einen schweren Eichentisch wahr, Wandregale voll alter
Bücher, Mappen mit Stichen in Plastikhüllen und wohl ein
Dutzend altmodischer Holzkartotheken. Eine jede von ihnen war auf schön gestalteten Blechschildchen alphabetisch
gekennzeichnet. An der Wand hing eine gerahmte Originalhandschrift mit der Legende: *Fragment aus Tartuffe. Molière*,
und daneben drei wertvolle alte Fotografien: Dumas zwischen
Victor Hugo und Flaubert.

Achille Replinger stand hinter dem Tisch. Er war ziemlich
korpulent, eine Art Porthos mit dichtem grauem Schnurrbart
und rötlichem Gesicht. Aus dem Kragen seines Hemdes, über
dem er eine Strickkrawatte trug, quoll ein mächtiges Doppel-
kinn. Er war teuer, aber sehr nachlässig gekleidet: Um seine
füllige Taille schlappte eine englische Jacke, und die Flanell-
hose war zerknittert und hing ein wenig nach unten.

»Corso... Lucas Corso.« Er drehte das Begleitkärtchen Boris Balkans zwischen den kräftigen, fettgepolsterten Fingern
herum und runzelte die Stirn. »Ja, ich erinnere mich an Ihren
Anruf von neulich. Irgendwas mit Dumas.«

Corso legte seine Tasche auf den Tisch und zog den Ordner
mit den fünfzehn handgeschriebenen Seiten des *Vin d'Anjou*
heraus. Der Antiquar breitete sie vor sich aus und zog eine
Augenbraue hoch.

»Kurios«, murmelte er. »Sehr kurios.«

Er atmete stoßweise und keuchend, als leide er an Asthma.
Nach einem kritischen Blick auf seinen Besucher zog er eine
Brille mit Bifokalgläsern aus der oberen Jackentasche und
setzte sie auf. Dann beugte er sich über die Seiten. Als er den
Kopf wieder hob, stand ein entzücktes Lächeln auf seinem
Gesicht.

»Phantastisch«, sagte er. »Das kaufe ich Ihnen auf der Stelle
ab.«

»Ich möchte nicht verkaufen.«

Der Buchhändler schien überrascht und schürzte schmol-
lend die Lippen.

»Ich dachte...«

»Mir geht es nur um ein Gutachten. Gegen Bezahlung, versteht sich.«

Achille Replinger wackelte mit dem Kopf – Geld war das wenigste. Er wirkte verblüfft und sah Corso über den Rand seiner Brille hinweg mißtrauisch an. Dann bückte er sich erneut über das Manuskript.

»Schade«, sagte er endlich, und sein fragender Blick verriet, daß er zu gerne gewußt hätte, wie diese Seiten in Corsos Hände gelangt waren. »Wie sind Sie zu diesem Manuskript gekommen?«

»Erbschaft... Eine verstorbene Tante. Haben Sie es vorher schon einmal zu Gesicht bekommen?«

Der Antiquar sah, immer noch argwöhnisch, durch das Schaufenster hinter Corsos Rücken auf die Straße hinaus. Man hätte meinen können, er erwarte sich von einem der Passanten Aufschluß über den wahren Grund dieses Besuchs. Vielleicht suchte er aber nur nach einer passenden Antwort. Schließlich setzte er ein ausweichendes Lächeln auf und faßte an seinen Schnauzer, als wolle er – wie bei einem falschen Bart – sichergehen, daß er nicht verrutscht war.

»Hier im ›Quartier‹ weiß einer nie, ob er etwas schon einmal zu Gesicht bekommen hat oder nicht... In diesem Viertel ist schon immer mit alten Büchern und Stichen gehandelt worden... Die Leute kommen hierher, kaufen und verkaufen, und zum Schluß geht alles mehrmals durch dieselben Hände.« Er machte eine Pause und holte Luft – drei kurze Atemzüge –, bevor er Corso einen beunruhigten Blick zuwarf. »Aber dieses Original... nein«, sagte er, »ich glaube nicht, daß ich das je gesehen habe.« Er blickte wieder auf die Straße hinaus, während sein Gesicht an Röte zunahm. »Sonst würde ich mich bestimmt daran erinnern.«

»Darf ich daraus schließen, daß es echt ist?« wollte Corso wissen.

»Nun... eigentlich schon.« Der Buchhändler röchelte, während er mit den Fingerkuppen vorsichtig über die Blätter fuhr, fast schien es, er scheue sich, sie zu berühren. Dann faßte er aber doch eines mit Daumen und Zeigefinger an und hob es hoch: »Halbrunde, enge Schrift, mittelstarker Auftrag der Tinte, keine Durchstreichungen... Sparsamer Umgang mit Satzzeichen, unerwartete Großbuchstaben. Das ist zweifellos der reife Dumas, um die Mitte seines Lebens herum, als er die *Musketiere* schrieb.« Replinger hatte sich zusehends ereifert. Jetzt hielt er plötzlich mit erhobenem Finger inne, und Corso konnte sehen, wie er unter seinem Schnurrbart lächelte. »Warten Sie mal.«

Er ging zu einem mit »D« gekennzeichneten Archiv und zog ein paar Mappen aus elfenbeinfarbener Pappe heraus.

»Das stammt alles von Alexandre Dumas dem Älteren. Die Schrift ist identisch.«

Er breitete etwa ein Dutzend Dokumente vor Corso aus. Einige waren nicht unterschrieben oder nur mit den Initialen »A. D.« versehen, andere dagegen trugen den vollen Namenszug. Es handelte sich zum größten Teil um kurze Mitteilungen an Verleger, Briefe an Freunde, Einladungen.

»Hier, das ist eins von seinen nordamerikanischen Autogrammen«, erklärte ihm Achille Replinger. »Lincoln hatte ihn um eines gebeten, und Dumas schickte ihm zehn Dollar und gleich hundert Autogramme, die dann auf einer Wohltätigkeitsveranstaltung in Pittsburgh verkauft worden sind...« Er zeigte Corso mit offensichtlichem, wenn auch verhaltenem Stolz die Kärtchen. »Und sehen Sie sich das an: eine Einladung zum Abendessen auf das Schloß von Monte Christo, die Residenz, die er sich in Port-Marly hat bauen lassen. Manchmal hat er nur mit seinen Initialen unterschrieben, andere Male mit Pseudonymen... Obwohl nicht alle Handschriften, die von ihm zirkulieren, authentisch sind. Sie wissen doch, daß er Besitzer der Zeitung *Le Mousquetaire* war, nicht? Nun, dort arbeitete ein gewisser Viellot, der seine Schrift und sein Namenszeichen nachahmen konnte. Und während der letzten drei Jahre seines Lebens zitterten Dumas' Hände so stark, daß er seine Texte diktieren mußte.«

»Warum blaues Papier?«

»Das bekam er aus Lille: Ein Drucker, der auch ein großer Anhänger von ihm war, hat es eigens für ihn hergestellt... Fast immer in dieser Farbe, vor allem für die Romane. Für Artikel hat er manchmal rosa Papier verwendet und für Gedichte gelbes. Zum Schreiben hat er, je nach Gattung, eine andere Feder benutzt. Und er haßte blaue Tinte.«

Corso deutete auf die vier weißen Blätter des Manuskripts, die Durchstreichungen und Anmerkungen aufwiesen.

»Und was ist damit?«

Replinger zog die Augenbrauen zusammen.

»Maquet. Sein Mitarbeiter Auguste Maquet. Das sind Korrekturen, die Dumas in der Urfassung vorgenommen hat.« Er fuhr sich mit dem Finger über den Schnurrbart und beugte sich dann vor, um den Text mit theatralischer Miene zu deklamieren: » ›*Schrecklich! Schrecklich!*‹ *murmelte Athos, während Porthos die Flaschen zerschlug und Aramis den etwas verspäteten Befehl gab, einen Beichtvater zu holen.*« Der Antiquar beendete den Satz mit einem Seufzer und nickte zufrieden, während er Corso das Blatt hinhielt. »Sehen Sie hier: Maquet hatte lediglich geschrieben: *Und hauchte vor den entsetzten Freunden d'Artagnans sein Leben aus.* Dumas hat diesen Satz durchgestrichen und die anderen darübergeschrieben, um die Passage mit mehr Dialog zu versehen.«

»Was können Sie mir über Maquet erzählen?«

Der andere zuckte unentschlossen mit den breiten Schultern.

»Nicht sehr viel.« Seine Stimme klang jetzt wieder ausweichend. »Er war zehn Jahre jünger als Dumas und ist ihm von einem gemeinsamen Freund, Gérard de Nerval, vorgestellt worden. Er schrieb ziemlich erfolglos historische Romane, und eines Tages hat er Dumas einen davon gezeigt: *Der gute Mann aus Buvat, oder die Verschwörung von Cella-*

mare. Dumas verwandelte das Manuskript in den *Chevalier von Harmental* und gab es unter seinem Namen in Druck. Maquet bekam dafür 1200 Francs.«

»Können Sie aufgrund der Handschrift und Schreibart bestimmen, wann der *Vin d'Anjou* abgefaßt worden ist?«

»Klar kann ich das. Es stimmt alles mit Dokumenten aus dem Jahr 1844 überein, dem Entstehungsjahr der *Drei Musketiere.* Die blauen und weißen Blätter lassen sich mit der Arbeitsweise der beiden erklären: Dumas und sein Partner haben im Akkord geschrieben. Dem *d'Artagnan* von Courtilz haben sie die Namen ihrer Helden entnommen, die Reise nach Paris, die Intrige mit Milady und die Gestalt der Ehefrau eines Garkochs, der Dumas das Aussehen seiner Geliebten Belle Krebsamer verlieh, um Madame Bonacieux zu verkörpern... Die Entführung Constances ist den *Memoiren* von La Porte entlehnt, einem Vertrauensmann Anna von Österreichs. Und die berühmte Episode mit den Diamantnadeln haben sie bei La Rochefoucauld und in einem Buch von Roederer gefunden, *Politische und galante Intrigen am französischen Hofe.* Sie haben zu der Zeit nicht nur an den *Drei Musketieren* geschrieben, sondern auch an der *Königin Margot* und am *Chevalier von Maison-Rouge.*«

Replinger legte eine weitere Verschnaufpause ein. Er steigerte sich mit jedem Wort mehr in die Sache hinein, und sein Gesicht glühte jetzt förmlich. Bei den letzten Buchtiteln hatte er sich vor lauter Eile ein paarmal verhaspelt. Er fürchtete seinen Gesprächspartner zu langweilen, aber andererseits wollte er alle Informationen loswerden, die er besaß.

»Über den *Chevalier von Maison-Rouge*«, fuhr er fort, als er wieder bei Atem war, »gibt es eine lustige Anekdote. Als der Roman unter seinem Originaltitel angekündigt wurde – *Le Chevalier de Rougeville* –, erhielt Dumas ein Protestschreiben, das von einem Marquis mit genau demselben Namen unterzeichnet war. Dumas änderte daraufhin den Titel, aber nach kurzer Zeit erreichte ihn ein zweiter Brief. *Sehr geehrter*

Herr, schrieb der Adlige, *geben Sie Ihrem Roman den Titel, der Ihnen beliebt. Ich bin der letzte Abkömmling meines Geschlechts und jage mir in einer Stunde eine Kugel durch den Kopf.* Und tatsächlich beging der Marquis von Rougeville wegen einer Weibergeschichte Selbstmord.«

Replinger schnappte erneut nach Luft und lächelte, breit und rotwangig, als wolle er um Nachsicht bitten. Eine seiner kräftigen Pranken lag neben den blauen Blättern auf dem Tisch. ›Er sieht aus wie ein erschöpfter Riese‹, dachte Corso. Porthos in der Grotte von Locmaria.

»Boris Balkan hat untertrieben: Sie sind ein großer Dumas-Experte. Kein Wunder, daß Sie beide miteinander befreundet sind.«

»Wir respektieren uns. Aber ich tue nur meine Arbeit.« Replinger senkte verlegen den Kopf. »Als Elsässer bin ich nun einmal gewissenhaft veranlagt. Ich handle mit Dokumenten und Büchern, die handschriftliche Widmungen oder Anmerkungen enthalten. Alle von französischen Autoren aus dem 19. Jahrhundert... Wie könnte ich beurteilen, was in meine Hände gelangt, wenn ich nicht wüßte, von wem und unter welchen Umständen es geschrieben wurde. Verstehen Sie, was ich meine?«

»Bestens«, erwiderte Corso. »Genau da liegt der Unterschied zwischen einem Fachmann und einem simplen Trödler.«

Replinger warf ihm einen dankbaren Blick zu.

»Sie sind aus dem Gewerbe. Das merkt man sofort.«

»Ja«, sagte Corso und schnitt eine Grimasse. »Aus dem ältesten Gewerbe der Welt.«

Das Lachen des Antiquars ging in einem asthmatischen Röcheln unter. Corso benützte die Unterbrechung, um ihr Gespräch wieder auf Maquet zu bringen.

»Erzählen Sie mir, wie die beiden gearbeitet haben«, bat er.

»Die Technik war ziemlich kompliziert.« Replingers Hände deuteten auf den Tisch und die Stühle, als hätte die Szene sich dort abgespielt.»Dumas hat zu jeder Geschichte zunächst ein Exposé angefertigt, das er mit seinem Mitarbeiter besprach. Maquet stellte daraufhin Recherchen an und schrieb einen Entwurf oder die erste Fassung: Das sind die weißen Seiten. Später hat Dumas der Geschichte auf den blauen Seiten ihre endgültige Form gegeben. Er arbeitete in Hemdsärmeln, morgens oder nachts, fast nie nachmittags. Dabei hat er weder Kaffee noch Likör getrunken, nur Mineralwasser. Und er rauchte auch kaum. Unter dem Druck der Verleger, die ständig mehr wollten, füllte er Seite um Seite. Maquet hat ihm die Rohfassungen per Post zugeschickt, und wenn Verspätungen auftraten, reagierte Dumas sehr ungeduldig.« Replinger zog aus einer der Mappen einen Zettel heraus und legte ihn vor Corso auf den Tisch.

»Da haben Sie den Beweis: Das ist einer der Briefe, den er Maquet geschrieben hat, während sie an der *Königin Margot* arbeiteten. Wie Sie sehen, beklagt sich Dumas ein wenig: *Es läuft alles wie am Schnürchen, abgesehen von sechs oder sieben Seiten über das politische Zeitgeschehen, mit denen ich mich ein bißchen schwertue... Und wenn wir nicht schneller vorwärtskommen, lieber Freund, so ist das Ihre Schuld: Seit gestern abend um neun drehe ich Däumchen.*«

Er hielt inne, um Atem zu schöpfen, und zeigte auf den *Vin d'Anjou*.

»Bei den vier weißen Blättern mit der Handschrift Maquets und den Anmerkungen von Dumas handelt es sich bestimmt um eine Lieferung in letzter Minute, kurz vor Redaktionsschluß der Zeitung *Le Siècle,* und so konnte Dumas nur einige von ihnen ganz neu schreiben, während er sich bei den anderen mit hastigen Korrekturen im Originaltext begnügen mußte.«

Der Antiquar begann die Dokumente in ihre Mappen zurückzustecken, um sie wieder in das Archiv mit dem Buchstaben »D« einzuräumen, und Corso hatte Gelegenheit, einen letzten Blick auf die Notiz zu werfen, in der Dumas von seinem Mitarbeiter Nachschub forderte. Offensichtlich hatte er dafür ein Blatt auseinandergerissen, denn der untere Rand war etwas ausgefranst. Das Papier selbst – blaßblau und fein kariert – und die Handschrift waren völlig identisch mit denen des Manuskripts. Gut möglich, daß alle diese Blätter zu ein und demselben Ries gehörten, das der Romancier auf seinem Schreibtisch hatte.

»Von wem sind die *Drei Musketiere* denn nun wirklich geschrieben worden?«

Replinger, der damit beschäftigt war, die Kartothek wieder zu schließen, zögerte einen Augenblick.

»So genau kann ich Ihnen das auch nicht sagen. Ihre Frage ist zu kategorisch«, erwiderte er schließlich. »Maquet war ein gebildeter Mann, der sich gut in der Geschichte auskannte und sehr viel las, aber ein Genie wie Dumas war er nicht.«

»Haben sie sich zum Schluß nicht in die Haare gekriegt?«

»Doch. Jammerschade... Wissen Sie, daß die beiden anläßlich der Hochzeit von Elisabeth II. zusammen in Spanien waren? Dumas hat sogar einen Briefroman in Fortsetzungen über diese Reise veröffentlicht: *Von Paris nach Cádiz*. Aber um auf Ihre Frage zurückzukommen: Die Beziehung endete, als Maquet vor Gericht ging, weil er als Autor von achtzehn der Romane Dumas' anerkannt werden wollte. Die Richter waren allerdings der Ansicht, er habe nur vorbereitende Arbeiten geleistet... Heute hält man ihn für einen mittelmäßigen Schriftsteller, der den Ruhm eines anderen benützte, um Geld zu verdienen. Obwohl es natürlich auch Leute gibt, die meinen, er sei von Dumas ausgebeutet worden: der ›Neger‹ des Giganten...«

»Und was meinen Sie?«

Replinger warf einen verstohlenen Blick auf das Dumas-Porträt über seiner Ladentür.

»Ich habe Ihnen bereits gesagt, daß ich kein Experte bin, wie etwa mein Freund, Señor Balkan. Ich bin nur ein einfacher Buchhändler, ein Antiquar.« Er machte ein nachdenkliches Gesicht und schien im Geiste abzuwägen, bis zu welchem Grade sein Beruf mit seinen persönlichen Vorlieben zu vereinbaren war. »Aber ich möchte Sie auf etwas hinweisen: zwischen 1870 und 1894 sind in Frankreich drei Millionen Bücher und acht Millionen Fortsetzungsromane erschienen, alle unter dem Namen Alexandre Dumas'. Werke die vor, während und nach Maquet verfaßt worden sind. Wenn das nichts bedeutet!«

»Auf alle Fälle bedeutet es Ruhm zu Lebzeiten«, erwiderte Corso.

»Das steht außer Frage. Ein halbes Jahrhundert lang wurde Dumas in Europa wie ein Gott verehrt. Man las ihn von Kairo bis Moskau, von Istanbul bis Chandigarh. Aus beiden Teilen des amerikanischen Kontinents kamen Dampfer, die vollbeladen mit seinen Büchern zurückkehrten. Dumas hat seine Popularität ausgenützt und das Leben mit allem, was es zu bieten hat, bis zum letzten ausgekostet. Er hat gepraßt und gefeiert, er ist auf die Barrikaden geklettert, er hat sich duelliert und Prozesse geführt, Schiffe befrachtet und aus seiner eigenen Tasche Pensionen verteilt, er hat geliebt, geschlemmt, getanzt, er hat zehn Millionen verdient und zwanzig verschleudert, und zum Schluß ist er sanft wie ein Kind entschlummert...« Replinger wies mit dem Finger auf die korrigierten weißen Blätter Maquets. »Nennen Sie es, wie Sie wollen: Talent, Genie... Aber was man hier nicht drin hat«, er klopfte sich wie Porthos auf die Brust, »das kann man auch bei anderen nicht abgucken oder improvisieren. Es gibt keinen Schriftsteller, der zu Lebzeiten ruhmreicher war als er. Dumas hat mit nichts angefangen und alles erreicht, was es überhaupt zu erreichen gibt. Als hätte er mit Gott im Bunde gestanden.«

»Ja«, sagte Corso, »oder mit dem Teufel.«

Corso verließ das Geschäft und begab sich zu dem Antiquariat auf der gegenüberliegenden Straßenseite. Vor der Ladentür waren Holzböcke mit Brettern aufgebaut, auf denen sich im Schutz einer Markise Hunderte von Büchern, alte Drucke und Postkarten stapelten. Das Mädchen kramte darin herum und ließ sich durch seine Ankunft nicht stören. Der feine Flaum in ihrem Nacken und auf den Schläfen flimmerte im Gegenlicht der Sonne.

»Welche würdest du nehmen?« fragte sie ihn und hielt unentschlossen zwei Postkarten vor sich hin. Sie schwankte zwischen einer sepiafarbenen Darstellung von Tristan und Isolde, die sich umarmten, und Daumiers »Flohmarktbesucher«.

»Kauf doch beide«, schlug Corso vor und beobachtete aus den Augenwinkeln einen Kunden, der an den Tisch herangetreten war und die Hand nach einem Bündel Postkarten ausstreckte. Blitzschnell, wie die Pranke eines Tigers, schoß sein Arm vor und schnappte sich das mit einem Gummi zusammengehaltene Päckchen. Während der Mann schimpfend abzog, machte Corso sich daran, seine Beute zu begutachten, und entdeckte verschiedene interessante Stiche aus dem Umfeld Napoleons: Marie Louise als Kaiserin, die Familie Bonaparte, der Tod des Kaisers und eine Darstellung seines letzten Sieges im Feldzug von 1814: Ein polnischer Lanzenreiter und zwei berittene Husaren schwenkten vor der Kathedrale in Reims Fahnen, die sie dem Feind abgenommen hatten. Nach kurzem Zögern fügte Corso noch Marschall Ney in Galauniform dazu und den betagten Wellington, der für die »Geschichte« posierte. Was für ein Schwein er doch gehabt hatte, der alte Gauner.

Das Mädchen suchte sich auch noch ein paar Postkarten aus. Ihre langen braunen Finger trafen sicher ihre Wahl: zwei Porträts von Robespierre und Saint-Just und ein elegantes Bild von Richelieu im Kardinalsgewand.

»Sehr passend«, bemerkte Corso in ätzendem Ton.

Sie erwiderte nichts und trat statt dessen auf einen Stoß Bücher zu. Die Sonne, die wie ein Goldregen über ihren Rücken floß, blendete Corso so stark, daß er die Augen zusammenkneifen mußte, und als er sie wieder öffnete, hielt das Mädchen ihm einen dicken Wälzer in Quartformat hin, den sie beiseite gelegt hatte.

»Was hältst du davon?«

Er warf einen Blick auf das Buch: *Die drei Musketiere* mit den Originalillustrationen von Leloir, in Leinen und Leder gebunden, guter Zustand. Als er die Augen wieder hob, stellte er fest, daß das Mädchen lächelte und ihn erwartungsvoll ansah.

»Hübsche Ausgabe«, bemerkte er nur. »Hast du vor, das zu lesen?«

»Klar doch. Verrate mir nicht, wie es ausgeht.«

Corso lachte leise und humorlos vor sich hin.

»Wenn ich das nur könnte«, sagte er, während er das Postkartenbündel an seinen Platz zurücklegte. »Dir verraten, wie es ausgeht.«

»Ich habe ein Geschenk für dich«, verkündete das Mädchen.

Sie spazierten am linken Ufer entlang, dort, wo die Stände der Straßenhändler sind. Auf der Seinebrüstung waren alte Bücher ausgelegt, und an den Buden hingen Plastik- und Cellophanhüllen mit Stichen. Ein Passagierschiff glitt langsam stromaufwärts, nahe daran abzusaufen unter dem Gewicht von etwa fünftausend Japanern, wie Corso schätzte, und ebenso vielen Videokameras. Auf der anderen Straßenseite linsten affektierte Antiquitätenhändler durch die Scheiben ihrer exklusiven Schaufenster mit Visa- und American-Express-Aufklebern und hielten wie beiläufig Ausschau nach einem Kuwaiter, einem russischen Schwarzhändler oder irgendeinem westafrikanischen Regierungsvertreter, dem sie zum Beispiel das Bidet aus handbemaltem Sèvres-Porzellan von Eugénie Grandet andrehen konnten.

»Ich mag Geschenke nicht«, murmelte Corso mit finsterem Gesicht. »Gewisse Leute haben sich da mal ein hölzernes Pferd schenken lassen. Griechisches Kunsthandwerk, stand auf dem Etikett. Schöne Idioten.«

»War denn keiner dagegen?«

»Doch, einer mit seinen Söhnen. Aber dann sind ein paar Viecher aus dem Meer aufgetaucht und haben eine hübsche Marmorgruppe aus ihnen gemacht. Hellenistisch, wenn ich mich recht entsinne. Schule von Rhodos. In der damaligen Zeit waren die Götter einfach zu parteiisch.«

»Das waren sie immer.« Das Mädchen starrte in den Fluß, als trieben ihre Erinnerungen in dem trüben Wasser. Corso sah, daß sie nachdenklich und gedankenverloren lächelte. »Ich habe noch nie einen unparteiischen Gott erlebt. Und Teufel auch nicht.« Sie wandte sich unversehens nach ihm um, als habe die Seine ihre Gedanken fortgespült. »Glaubst du an den Teufel, Corso?«

Er betrachtete sie aufmerksam, aber die Bilder, die vor wenigen Sekunden noch ihre Augen erfüllt hatten, schienen in der Strömung untergegangen zu sein. Jetzt herrschte dort nur schillerndes Grün und Licht.

»Ich glaube an die Dummheit und an die Ignoranz«, erwiderte er mit einem müden Lächeln. »Und ich glaube, daß der wirksamste Messerstich der ist, den man jemandem hier rein gibt, siehst du?« Er deutete auf seine Hüfte. »In die Leistengegend. Während man ihn umarmt.«

»Wovor hast du Angst, Corso? Daß ich dich umarme? Daß dir der Himmel auf den Kopf fällt?«

»Ich habe Angst vor hölzernen Pferden, billigem Gin und hübschen Mädchen. Vor allem, wenn sie einem Geschenke bringen. Und wenn sie unter dem Namen der Frau auftreten, die Sherlock Holmes in die Knie gezwungen hat.«

Sie waren weitergegangen und befanden sich jetzt auf den Holzdielen der Pont des Arts. Das Mädchen blieb neben einem Straßenkünstler stehen, der Miniaturaquarelle ausstellte, und stützte sich auf das Eisengeländer der Brücke.

»Ich mag diese Brücke«, sagte sie. »Hier dürfen keine Autos rüber. Nur verliebte Paare, alte Frauchen mit Hut und Müßiggänger. Sie erfüllt keinerlei praktischen Zweck.«

Corso antwortete nicht. Er beobachtete die Frachtkähne, die mit umgelegten Masten zwischen den Brückenpfeilern durchfuhren. Früher war Nikon an seiner Seite über die knarrenden Planken gegangen. Er erinnerte sich, daß auch sie einmal neben einem Aquarellmaler stehengeblieben war, vielleicht sogar neben demselben, und ärgerlich die Nase gerümpft hatte, weil sich ihr Belichtungsmesser gegen die grelle Sonne sperrte, die schräg auf die Türme von Notre-Dame fiel. Sie hatten Foie-gras und eine Flasche Burgunder fürs Abendessen gekauft, das sie später auf dem Bett ihres Hotelzimmers zu sich nahmen, im Schein der Fernsehmattscheibe, auf der sich eine jener wort- und publikumsreichen Debatten abspielte, von denen die Franzosen so begeistert sind. Davor, auf der Brücke, hatte Nikon ein Foto von ihm gemacht, wie sie ihm gestand, während sie an ihrem Foie-gras-Brot kaute, die Lippen mit Burgunder befeuchtet, und mit den Zehen zärtlich über seine Rippen fuhr. Ich weiß, daß dir das nicht gefällt, Lucas Corso, aber jetzt mußt du's schlucken, du im Profil auf der Brücke, wie du auf die Kähne hinuntersiehst, ich glaube, diesmal kommst du beinahe hübsch raus, altes Ekel.

Nikon war eine großäugige Aschkenasim-Jüdin. Ihr Vater hatte in Treblinka die Nummer 77 843 gehabt und war in der letzten Runde durch die Glocke gerettet worden, und wenn im Fernsehen israelische Soldaten auf riesigen Panzern gezeigt wurden, die irgend etwas besetzten, sprang sie nackt vom Bett, um mit feuchten Augen den Bildschirm zu küssen und »Shalom, Shalom« zu flüstern, im selben liebkosenden Ton, in dem sie Corsos Taufnamen aussprach, bis sie es eines Tages für immer unterließ. Nikon. Er hatte es nie zu Gesicht bekommen, dieses Foto von sich auf der Pont des Arts, wie er den Schiffen zusah, die unter den Bögen durchglitten, im Profil, beinahe hübsch diesmal, altes Ekel.

Als er den Blick hob, war Nikon gegangen. Jetzt stand ein anderes Mädchen neben ihm. Groß, mit braungebrannter

Haut, jungenhaftem Haarschnitt und transparenten Augen, die die Farbe von frisch gewaschenen Trauben hatten. Ein paar Sekunden lang blinzelte er verwirrt und wartete darauf, daß alles wieder in seine Grenzen zurückkehrte. Die Gegenwart setzte einen Schnitt, scharf wie von einem Skalpell, und der schwarzweiße Corso im Profil – Nikon arbeitete immer in Schwarzweiß – trudelte in den Fluß hinunter und trieb zwischen gefallenen Blättern stromabwärts, in der dreckigen Brühe, die aus den Kähnen und den Abwasserrohren floß. Das Mädchen, das nicht mehr Nikon war, hielt ein kleines, ledergebundenes Buch in den Händen. Und das reichte sie ihm. »Ich hoffe, es gefällt dir.«

Der verliebte Teufel von Jacques Cazotte, gedruckt 1878. Corso öffnete es und entdeckte in einem faksimilierten Anhang die Stiche der Erstausgabe: Alvaro im Bannkreis des Teufels, der fragt *Che vuoi?*, Biondetta, die ihr Haar mit den Fingern kämmt, der schöne Page an seinem Klavier... Er schlug wahllos eine Seite auf:

Der Mann entstand aus Lehm und Wasser. Warum nicht das Weib aus Tau, Dünsten, Lichtstrahlen, aus einem verdichteten Regenbogen? Was ist möglich, und was ist es nicht?

Er schloß das Buch, sah auf und begegnete den lächelnden Augen des Mädchens. Drunten, im Fluß, brach sich die Sonne im Kielwasser eines Schiffs, und die diamantenen Reflexe spielten auf ihrer Haut.

»Ein verdichteter Regenbogen«, wiederholte Corso. »Was weißt du von diesen Dingen?«

Das Mädchen fuhr sich mit der Hand durchs Haar und wandte ihr Gesicht der Sonne zu, die so hell war, daß sie die Augenlider schließen mußte. Alles an ihr strahlte: die Reflexe des glitzernden Wassers und des gleißenden Morgenlichts, die grünen Schlitze zwischen ihren dunklen Wimpern.

»Ich weiß, was sie mir vor langer Zeit erzählt haben. Der Regenbogen ist die Brücke, die von der Erde in den Himmel führt. Am Jüngsten Tag wird sie in tausend Stücke zerspringen, nachdem der Teufel sie auf dem Pferd überquert hat.«

»Nicht schlecht. Hast du das von deiner Großmutter?«

Sie schüttelte den Kopf und sah Corso jetzt wieder ernst und gedankenverloren an.

»Nein, das habe ich von einem Freund – Belial heißt er« – beim Aussprechen des Namens runzelte sie ein wenig die Stirn, wie ein niedliches kleines Mädchen, das einem ein großes Geheimnis anvertraut. »Er mag Pferde und Wein und ist der optimistischste Typ, den ich kenne – so optimistisch, daß er immer noch hofft, eines Tages in den Himmel zurückzukehren.«

Sie setzten sich wieder in Bewegung und überquerten vollends die Brücke. Corso hatte das seltsame Gefühl, als beobachteten sie aus der Ferne die Wasserspeier von Notre-Dame, die natürlich falsch waren, wie so vieles. Ihre diabolischen Fratzen mit den Hörnern und den besonnenen Ziegenbärten hatten nicht von dort oben herabgeblickt, als die ehrbaren Baumeister ein Glas *Eau-de-vie* tranken und verschwitzt, aber zufrieden ihr Werk betrachteten, noch als Quasimodo seine unglückliche Liebe zu der Zigeunerin Esmeralda stöhnend den Glockentürmen anvertraute. Aber seit man Charles Laughtons Zelluloidhäßlichkeit mit ihnen in Verbindung bringt und Gina Lollobrigida in der zweiten Version – Technicolor, wie Nikon betont hätte – unter ihren Augen hingerichtet wurde, kann man sich die Kathedrale eigentlich gar nicht mehr ohne diese finster dreinschauenden, neumittelalterlichen Wächter denken. Corso versuchte sich die Szene aus der Vogelperspektive vorzustellen: die Pont Neuf und weiter oben die Pont des Arts, die sich an diesem strahlenden Morgen wie ein schmales dunkles Band über den graugrünen Fluß spannte, mit zwei winzigen Figürchen, die – kaum erkennbar – auf das rechte Ufer zuschritten. Brücken und Regenbögen, zwischen deren gemauerten Pfeilern langsam schwarze Charonskähne durchglitten. Die Welt ist voll von Flüssen und Ufern, von Männern und Frauen, die Brücken und Furten passieren, ohne sich der Folgen bewußt zu sein, die das nach sich ziehen kann, ohne zurück oder nach unten zu sehen, ohne Kleingeld für den Fährmann. Als sie beim Louvre die Straße überqueren wollten, mußten sie wegen einer roten Fußgängerampel stehenbleiben. Corso rückte sich den Riemen seiner Segeltuchtasche auf der Schulter zurecht, während er zerstreut nach rechts und links blickte. Dabei fiel sein Blick zufällig auf einen Wagen, der inmitten des dichten Verkehrs an ihnen vorüberrauschte. Eine Sekunde später machte er ein Gesicht wie einer der Wasserspeier von Notre-Dame.

»Was ist los?« fragte das Mädchen, als die Ampel auf Grün sprang und Corso sich trotzdem nicht vom Fleck rührte. »Hast du einen Geist gesehen?«

Ja, das hatte er. Aber nicht einen, sondern zwei. Sie saßen in einem Taxi, das sich bereits entfernte, und waren in eine angeregte Unterhaltung vertieft, ohne Corso bemerkt zu haben. Die Frau war blond und sehr attraktiv. Corso erkannte sie sofort, obwohl ihre Augen vom Schleier eines Hütchens verdeckt waren: Liana Taillefer. Und neben ihr, den Arm um ihre Schulter gelegt, Flavio La Ponte, der ihr die gute Seite seines Profils zuwandte und sich kokett den lockigen Bart kraulte.

X. Nummer drei

Er stand im Ruf, ein herzloser Mensch zu sein.
R. Sabatini, *Scaramouche*

Corso besaß die seltene Fähigkeit, mit einem Trinkgeld oder auch nur mit einem Lächeln auf Anhieb Komplizen zu gewinnen, die ihm bedingungslos ergeben waren. Wir haben bereits gesehen, daß er mit seiner teils echten, teils gespielten Tolpatschigkeit, der Schnute eines sympathischen, neunmalklugen Trickfilmkaninchens und mit seiner leicht zerstreuten, hilflosen Art die Leute für sich einnahm. Wie zum Beispiel einige von uns, als wir ihn kennenlernten. Oder Grüber, den Portier des Louvre Concorde, mit dem Corso seit fünfzehn Jahren bekannt war. Grüber – rasierter Nacken und permanentes Pokerface – war wortkarg und unerschütterlich. Mit sechzehn Jahren hatte er als kroatischer Freiwilliger in der 18. SS-Division »Horst Wessel« gekämpft und sich 1944, auf dem Rückzug, mit einer russischen Kugel im Rückgrat das Eiserne Kreuz zweiter Klasse und für den Rest des Lebens drei steife Wirbel eingehandelt. Das war auch der Grund, weshalb er sich hinter der Rezeptionstheke bewegte, als trage er ein Stahlkorsett.

»Ich möchte Sie um einen Gefallen bitten, Grüber.«
»Zu Ihren Diensten.«

Es fehlte wenig, und Grüber hätte strammgestanden und die Hacken zusammengeschlagen. Die tadellos sitzende, bordeauxrote Jacke mit den goldenen Schlüsselchen auf dem Revers betonte noch das militärische Aussehen des alten Exilkroaten und war ganz nach dem Geschmack jener mitteleuropäischen Kunden, die nach dem Niedergang des Kommunismus und der Entzweiung der slawischen Horden hier in Paris nach den Champs-Elysées schielten und vom Vierten Reich träumten.

»La Ponte, Flavio. Spanische Nationalität. Und Herrero, Liana; vielleicht auch unter dem Namen Taillefer oder De Taillefer eingetragen... Ich möchte wissen, ob sich die beiden in einem Pariser Hotel aufhalten.«

Er schrieb die Namen auf ein Kärtchen, das er Grüber mit einem Fünfhundertfrancsschein über die Theke zuschob. Wenn Corso Trinkgelder verteilte oder jemanden bestach, so tat er das immer mit einem leichten Schulterzucken, das sagen sollte: »heute mir, morgen dir«, und seiner Geste etwas Freundschaftliches gab, so daß man kaum noch auseinanderhalten konnte, wer hier wem einen Dienst erwies. Grüber, der ein höfliches *merci m'sieu* murmelte, wenn Spanier von Eurocolor Iberia, Italiener mit gräßlichen Krawatten oder Nordamerikaner mit TWA-Taschen und Baseballmützen ihm jämmerliche zehn Francs zusteckten, fegte den Schein mit einer eleganten Bewegung vom Tisch, um ihn, ohne mit der Wimper zu zucken und ohne sich zu bedanken, in seiner Jackentasche verschwinden zu lassen. Das alles mit der würdevoll distanzierten Miene eines Croupiers, die er nur jenen wenigen Kunden gegenüber aufsetzte, die – wie Corso – die Regeln des Spiels noch beherrschen. Für Grüber, der sein Handwerk gelernt hatte, als die Gäste sich noch durch das Hochziehen einer Augenbraue beim Personal verständlich zu machen gewußt hatten, war das gute alte Europa der internationalen Hotels auf eine winzige Enklave von Eingeweihten zusammengeschrumpft.

»Sind der Herr und die Dame gemeinsam abgestiegen?«

»Keine Ahnung.« Corso schnitt eine Grimasse und stellte sich vor, wie La Ponte in einem bestickten Frotteemantel aus dem Bad kam und die Witwe Taillefer sich in einem seidenen

Negligé auf der Bettdecke rekelte. »Aber das würde mich auch interessieren.«

Grüber neigte kaum merklich den Kopf.

»Es wird ein paar Stunden dauern, bis ich Ihnen Bescheid geben kann, Señor Corso.«

»Ich weiß.« Er wandte den Kopf zum Korridor, der die Empfangshalle mit dem Restaurant verband und wo das Mädchen stand, ihren Kapuzenmantel unterm Arm, die Hände in den Taschen ihrer Jeans vergraben. Es betrachtete sich eine Vitrine mit Parfums und Seidentüchern. »Und was sie betrifft...«

Der Portier zog eine Karteikarte unter der Theke hervor.

»Irene Adler«, las er. »Englischer Paß, vor zwei Monaten ausgestellt. Neunzehn Jahre alt. Wohnhaft in London, Baker Street 223 B.«

»Machen Sie sich nicht über mich lustig, Grüber.«

»Das würde ich mir nie erlauben, Señor Corso. Aber so steht es in den Papieren.«

Um die Lippen des alten SS-Mannes spielte der Anflug eines Lächelns, eine kaum wahrnehmbare Andeutung. Corso hatte ihn nur einmal richtig lächeln sehen: am Tag, als die Berliner Mauer gefallen war. Er betrachtete sein streichholzkurzes weißes Haar mit dem Bürstenschnitt, den steifen Hals und die symmetrisch auf den Rand der Theke gestützten Hände – das gute alte Europa, oder was noch davon übrig war. Grüber war zu alt, um in seine Heimat zurückzukehren und womöglich festzustellen, daß nichts mehr so war, wie er es in Erinnerung hatte: weder die Altstadt von Zagreb noch die gastfreundlichen blonden Bäuerinnen, die nach frischem Brot dufteten, noch die weiten grünen Ebenen mit ihren Flüssen und Brücken, die zweimal explodiert waren: in Grübers Jugend, als er vor den Partisanen Titos geflohen war, und im Oktober 1991, als man sie vor den Nasen der serbischen Tschetniks in die Luft gejagt hatte. Corso malte sich aus, wie Grüber in seinem Zimmer die bordeauxrote Jacke mit den goldenen Schlüsselchen auf dem Revers ablegte, als wäre es der österreichisch-ungarische Uniformrock, und dann mit Montenegriner Wein einem zerschlissenen Porträt von Kaiser Franz Joseph zuprostete. Todsicher legte er dazu eine Schallplatte mit dem Radetzky-Marsch auf, und später sah er sich dann Sissi-Filme auf Video an und holte sich einen runter.

Das Mädchen hatte sich von der Vitrine abgewandt und sah jetzt zu Corso herüber. Baker Street 223 B, wiederholte er im Geiste und war nahe daran, in hemmungsloses Gelächter auszubrechen. Es hätte ihn kein bißchen überrascht, wenn jetzt auch noch ein Page dahergekommen wäre und ihm ein Kärtchen von Milady de Winter überreicht hätte, eine Einladung zum Tee auf Château d'If, oder ein Treffen mit Richelieu, Professor Moriarty und Rupert von Hentzau. Wo er sich schon einmal im literarischen Milieu bewegte, wäre das die natürlichste Sache der Welt gewesen.

Er ließ sich ein Telefonbuch geben und suchte die Nummer der Baronin Ungern heraus, ging, ohne auf den fragenden Blick des Mädchens zu achten, in die Telefonkabine der Empfangshalle und verabredete sich für den nächsten Tag. Er versuchte es auch noch bei Varo Borja in Toledo, aber dort nahm niemand ab.

Im Fernsehen lief ein Film ohne Ton: Gregory Peck unter Seehunden, Schlägerei im Tanzsaal eines Hotels, zwei Schoner, die mit geblähten Segeln durchs schäumende Meer glitten, Bord an Bord gen Norden, der echten Freiheit entgegen, die erst zehn Meilen vor der Küste beginnt. Diesseits der Mattscheibe stand auf dem Nachttisch eine Flasche Bols Gin Wache, deren Pegel weit unter die Wasserlinie gesunken war, zwischen den *Neun Pforten* und dem Dumas-Manuskript: ein versoffener alter Grenadier am Abend vor der Schlacht.

Lucas Corso nahm seine Brille ab und rieb sich die von Gin und Zigarettenrauch geröteten Augen. Auf dem Bett lagen, wie von einem Archäologen angeordnet, die Überreste der

Nummer zwei, die er bei Victor Fargas aus dem Kamin gefischt hatte. Es war nicht viel: Die Deckel hatten aufgrund ihres Lederbezugs weniger gelitten als der Rest, bei dem es sich fast ausschließlich um verkohlte Blattränder mit einzelnen, kaum noch lesbaren Textpassagen handelte. Corso griff nach einem der brüchigen Fetzen: *si non obig.nem me. ips.s fecere, f.r q.qe die, tib. do vitam m.m sicut t.m...* Das Fragment gehörte zum unteren Teil eines Blattes, und nachdem er es eine Zeitlang eingehend studiert hatte, suchte er im Exemplar Nummer eins die entsprechende Stelle heraus. Er fand sie und noch eine weitere, die ebenfalls identisch war, auf der Seite 89. Dasselbe versuchte er nun mit allen Bruchstücken, die nur irgendwie zu identifizieren waren, und hatte bei sechzehn von ihnen Erfolg. Zweiundzwanzig konnte er nicht unterbringen, weil sie entweder zu klein oder zu stark beschädigt waren, und bei elf Fragmenten handelte es sich um Blattränder, von denen er einen einzigen – dank einer krumm geratenen 7, die er als die letzte einer dreistelligen Zahl erkannte – als zur Seite 107 gehörig identifizierte.

Corso drückte seine Zigarette im Aschenbecher aus. Ihre Glut verbrannte ihm bereits die Lippen. Danach angelte er sich die Ginflasche vom Nachttisch und nahm einen ausgiebigen Schluck. Er trug ein altes Khakihemd mit großen Taschen, dessen Ärmel er bis über die Ellbogen aufgekrempelt hatte, und eine lumpige Krawatte. Im Fernsehen umarmte der Mann aus Boston am Steuerrad des Schiffs eine russische Prinzessin, und beide bewegten stumm die Lippen und waren glücklich, sich unter einem Technicolor-Himmel zu lieben. Der Verkehr, der zwei Stockwerke tiefer in Richtung Louvre floß, ließ die Fensterscheiben leise vibrieren, aber sonst war in dem Zimmer nichts zu hören.

Ende gut, alles gut... das war auch so ein Spleen von Nikon gewesen. Wenn sich das Filmpaar – Wolken und Violinen im Hintergrund – am Schluß küßte und »The End« auf dem Bildschirm flackerte, hatte sie oft gerührt dagesessen wie ein sentimentales kleines Mädchen. Corso erinnerte sich daran, wie sie sich im Kino manchmal an ihn gelehnt hatte oder zu Hause vor dem Fernseher, den Mund mit Käsewürfeln vollgestopft, und lange still vor sich hin weinte, ohne die Augen von der Mattscheibe zu wenden. Es gab Szenen, die sie besonders ergriffen hatten: Paul Henreid, der in Ricks Café die Marseillaise singt, Rutger Hauer, der am Ende von *Blade Runner* sterbend den Kopf sinken läßt, John Wayne und Maureen O'Hara vor dem Kamin in Innisfree, Custer mit Arthur Kennedy am Abend vor Little Big Horn, Henry Fonda unterwegs zum O. K. Corral oder Mastroianni, der im Park eines Kurbades bis zur Hüfte in einem Becken watet, um den Sonnenhut einer Dame herauszufischen, und dabei nach rechts und links grüßt, elegant, unerschütterlich und in ein Paar schwarzer Augen verliebt. Nikon hatte sich ihrer Tränen nicht geschämt, ja sie war stolz darauf gewesen. ›Wenn ich weine, spüre ich, daß ich lebendig bin‹, sagte sie später lachend und trocknete sich die Augen, ›... daß ich ein Teil der Welt bin. Und das freut mich. Filme sind ein Gemeinschaftserlebnis. Wenn ich an Kino denke, denke ich an Kinder, die begeistert Beifall klatschen, weil das Siebte Kavallerie-Regiment auftaucht. Und Kino im Fernsehen ist sogar noch besser, weil man sich die Filme zu zweit anguckt und kommentieren kann. Deine Bücher dagegen sind etwas für Egoisten. Für Einzelgänger. Manche von ihnen kann man nicht einmal lesen, weil sie auseinanderfallen würden, sobald man sie aufschlägt. Wer sich nur für Bücher interessiert, braucht niemand anderen, und das macht mir angst.‹ Eine imaginäre Nikon schluckte ihren letzten Käsewürfel und beobachtete ihn mit halb geöffneten Lippen, als suche sie auf seinem Gesicht nach den ersten Anzeichen einer Krankheit, die bestimmt bald zum Ausbruch kommen würde. ›Manchmal machst du mir angst.‹

Ende gut, alles gut. Corso drückte auf die Fernbedienung und löschte den Bildschirm. Jetzt war er in Paris, und Nikon fotografierte irgendwo in Afrika oder auf dem Balkan Kinder mit traurigen Augen. Einmal hatte er geglaubt, sie in einer Bar im Fernsehen wiederzuerkennen, im Verlauf einer Nachrichtensendung, ganz flüchtig: Ihre Silhouette zeichnete sich gegen einen Vorhang aus Rauch und Flammen ab, während sie inmitten eines Bombardements, zwischen entsetzt durcheinanderlaufenden Flüchtlingen, aufrecht dastand, das Haar zu einem Zopf geflochten, ihre Kameras umgehängt. Nikon. Unter all den universalen Lügenstories, die sie kritiklos hinnahm, war die mit dem glücklichen Ende die absurdeste. Und wenn sie nicht gestorben sind... Als wäre das Ergebnis dieser Gleichung definitiv und unanfechtbar. Keine Frage mehr, wie lange die Liebe währt, das Glück, nicht der leiseste Verdacht, daß auch die Ewigkeit in einzelne Menschenleben zerfällt, in Jahre, Monate. Sogar in Tage. Bis zum bitteren Ende – dem zwischen Corso und Nikon nämlich – hatte Nikon es abgelehnt, sich auch nur vorzustellen, daß der Held vielleicht schon zwei Wochen später mit seiner Yacht gegen ein Felsriff krachen und in der Südsee ertrinken konnte. Oder daß die Heldin drei Monate später von einem Auto überfahren würde. Oder daß überhaupt alles ganz anders lief, als sie es sich in ihrer Phantasie ausmalte. Gab es nicht tausend Möglichkeiten? Der eine nahm sich vielleicht eine Geliebte, der andere wurde plötzlich von Groll und Überdruß gepackt, der dritte hätte am liebsten alles wieder ungeschehen gemacht. Wie viele Nächte der Tränen, der Stille, der Einsamkeit würden jenem berühmten Kuß folgen? Welcher Krebs würde den Helden töten, noch bevor er das vierzigste Lebensjahr erreichte? Wovon würde die Heldin leben, bevor sie mit neunzig Jahren in einem Altersheim starb? Was würde aus dem schmucken Offizier werden, wenn seine Schlachten keinen mehr interessierten und seine ruhmreichen Wunden sich in scheußliche Narben verwandelten? Ein Penner? Ein klägliches Häufchen Elend? Wer konnte sagen, welche Dramen sie durchmachten, die Helden, wenn sie alt waren und nur noch herumgeschubst wurden, hilflos ausgeliefert den

Stürmen der Welt, der Dummheit und Grausamkeit, der niederträchtigen Natur des Menschen?
›Manchmal machst du mir angst‹, Corso.

Fünf Minuten vor elf hatte er das Rätsel um Victor Fargas' Kamin gelöst, was freilich nicht hieß, daß damit alles geklärt gewesen wäre. Er warf einen Blick auf seine Armbanduhr und gähnte. Dann überflog er noch einmal die Fragmente, die auf dem Bett verteilt waren. Als er den Kopf wieder hob, begegnete er seinem eigenen Blick im Spiegel. Im Holzrahmen steckte die alte Postkarte mit den Husaren vor der Kathedrale zu Reims. Corso betrachtete sich – ungekämmtes Haar, dunkle Bartschatten auf den Wangen, ein verbogenes Brillengestell – und lachte leise. Eines jener heimtückischen, boshaft klingenden Wolfslachen, die er für besondere Momente aufsparte. Und das war ein solcher. Sämtliche Fragmente der *Neun Pforten,* die er hatte identifizieren können, gehörten zu Textseiten. Von den neun Bildtafeln und der Titelseite keine Spur. Das ließ zwei Vermutungen zu: Entweder sie waren verbrannt, oder aber – und das schien plausibler – irgend jemand hatte sie aus dem Buch herausgerissen und eingesteckt, bevor er den Rest ins Feuer warf. Egal, wer dieser jemand war, er – oder sie – mußte sich jedenfalls für ziemlich schlau halten... Oder sollte er nicht besser sagen, mußten sich für sehr schlau halten? Ja, vielleicht war es nach der unerwarteten Vision La Pontes und Liana Taillefers tatsächlich Zeit, sich an den Gebrauch der dritten Person Plural zu gewöhnen. Jetzt ging es vor allem darum herauszufinden, ob es sich bei den Fährten, die er da aufgespürt hatte, um Fehler des Gegners handelte oder um ausgeklügelte Ablenkungsmanöver. Und da gerade von Ablenkungsmanövern die Rede ist: Es klopfte, und als Corso die Tür öffnete – nicht ohne vorher das Exemplar Nummer eins und den Dumas-Ordner rasch unter die Bettdecke gesteckt zu haben –, stand das Mädchen auf der Schwelle. Sie war barfuß und trug ein weißes T-Shirt über ihren Jeans.

»Hallo, Corso. Ich hoffe, du hast nicht vor, heute nacht noch auszugehen.«

Sie blieb im Korridor stehen, die Daumen in den Taschen ihrer enganliegenden Hose, und runzelte die Stirn in Erwartung schlechter Nachrichten.

»Nein, heute brauchst du keine Wache mehr zu schieben.«

Sie lächelte erleichtert.

»Ich falle um vor Müdigkeit.«

Corso wandte ihr den Rücken zu und ging zu einem Nachttisch, auf dem die Flasche stand. Als er sah, daß sie leer war, begann er in der Minibar herumzukramen, bis er triumphierend ein Fläschchen Gin hochhielt. Er goß es in ein Glas und benetzte sich die Lippen. Das Mädchen stand immer noch im Türrahmen.

»Sie haben die Holzschnitte geklaut. Alle neun.« Corso deutete mit der Hand, in der er das Glas hielt, auf die Fragmente der Nummer zwei. »Den Rest haben sie ins Feuer geworfen, um den Diebstahl zu vertuschen. Dabei wurde aber achtgegeben, daß einzelne Fragmente übrig bleiben. So kann das Buch identifiziert und offiziell für verbrannt erklärt werden.«

Das Mädchen neigte den Kopf zur Seite und betrachtete ihn.

»Du bist schlau.«

»Klar bin ich das. Deswegen haben sie mich ja mit dieser Sache beauftragt.«

Jetzt entschloß sich das Mädchen, doch einzutreten. Corso betrachtete ihre nackten Füße neben dem Bett. Ihre Augen wanderten über die verkohlten Papierfetzen.

»Fargas hat das Buch jedenfalls nicht verbrannt«, stellte er fest. »Dazu wäre er niemals in der Lage gewesen... Was haben sie mit ihm gemacht? Einen Selbstmord inszeniert, wie mit Enrique Taillefer?«

Das Mädchen erwiderte nichts. Sie hatte eines der Fragmente in die Hand genommen und versuchte zu entziffern, was darauf geschrieben stand.

»Beantworte dir deine Fragen selbst«, sagte sie nach einer Weile, ohne ihn anzusehen. »Deswegen haben sie dich doch mit dieser Sache beauftragt, oder?«

»Und du?«

Sie las und bewegte dabei stumm die Lippen, als wäre ihr der Text vertraut. Als sie das Fragment wieder auf die Bettdecke zurücklegte, schlich sich ein vielsagendes, nostalgisches Lächeln in ihre Mundwinkel, das überhaupt nicht zu ihrem jungen Gesicht passen wollte.

»Das weißt du doch: Ich bin hier, um auf dich achtzugeben. Du brauchst mich.«

»Was ich brauche, ist mehr Gin.«

Er fluchte mit zusammengebissenen Zähnen und nahm den letzten Schluck aus der Flasche, um seinen Ärger hinunterzuspülen oder seine Verwirrung. Smaragdgrün und schneeweiß, die Augen und das Lächeln in dem sonnenverbrannten Gesicht, der schlanke, nackte Hals, auf dem eine feine Ader pulsierte. Verdammt und zugenäht! Was soll der Quatsch, Corso? Weiß kaum noch, wo ihm der Kopf steht, und befaßt sich mit braunen Armen, zierlichen Handgelenken, schmalen, langen Fingern. Gibt sich mit solchem Unsinn ab. Plötzlich fiel ihm auf, daß sich unter dem T-Shirt des Mädchens zwei herrliche Brüste abzeichneten, die er bisher noch gar nicht recht in Augenschein genommen hatte. Seine Intuition sagte ihm, daß sie braun und schwer waren, dunkles Fleisch unter dem weißen Baumwollhemd, eine Haut, auf der Licht und Schatten spielten. Und dann wunderte er sich wieder über ihre Größe. Sie war mindestens so groß wie er.

»Wer bist du?«

»Der Teufel«, sagte sie. »*Der verliebte Teufel.*«

Dann brach sie in schallendes Gelächter aus. Das Buch von Cazotte lag neben dem *Memorial von St. Helena* auf der Kommode. Das Mädchen betrachtete es, ohne es zu berühren. Dann legte sie einen Finger auf seinen Deckel und sah Corso an.

»Glaubst du an den Teufel?«

»Ich werde dafür bezahlt, daß ich an ihn glaube. Wenigstens für die Dauer dieses Auftrags.«

Sie nickte bedächtig mit dem Kopf, als hätte sie seine Antwort schon erwartet, und beobachtete Corso mit halb geöffneten Lippen, neugierig, als laure sie auf ein Zeichen oder eine Geste, die nur sie zu deuten verstand.

»Weißt du, warum mir dieses Buch gefällt?«

»Nein. Sag es mir.«

»Weil die Heldin aufrichtig ist. Sie wendet ihre Liebe nicht einfach als List an, um in den Besitz einer Seele zu gelangen. Biondetta ist jung und ohne Falsch, sie liebt an Alvaro dieselben Dinge, die der Teufel am Menschen bewundert: seinen Mut, seine Unabhängigkeit...« Ihre Wimpern verschleierten einen Moment lang die schillernde Iris. »Seinen Wissensdrang und seine Geistesschärfe.«

»Du scheinst mir ja ziemlich gut informiert. Was weißt du von diesen Dingen?«

»Viel mehr, als du dir vorstellen kannst.«

»Ich stelle mir überhaupt nichts vor. Ich beziehe meine Kenntnisse darüber, was der Teufel mag und was er verabscheut, ausschließlich aus der Literatur: *Das verlorene Paradies,* die *Divina Commedia, Die Brüder Karamasow* und natürlich *Faust.*« Er machte eine vage Geste. »Mein Luzifer ist ein Luzifer aus zweiter Hand.«

Das Mädchen setzte ein spöttische Miene auf.

»Und welcher von ihnen gefällt dir am besten? Der von Dante?«

»Um Himmels willen! Der ist ja wirklich grauenerregend. Viel zu mittelalterlich für meinen Geschmack.«

»Mephistopheles?«

»Nein, auch nicht. Der tut so affektiert und erinnert mich mit seinen billigen Tricks immer an einen Winkeladvokaten. Ein richtiger Schlauberger... Außerdem kann ich Typen nicht leiden, die dauernd grinsen.«

»Und was ist mit dem aus den *Brüdern Karamasow*?«

Corso verzog angewidert das Gesicht.

»Ein Fiesling. Vulgär wie ein Beamter mit schmutzigen Fingernägeln.« Er hielt inne und dachte eine Weile nach. »Ich glaube, mir ist der gefallene Engel von Milton am liebsten«, sagte er dann und sah sie fragend an. »Das war es doch, was du hören wolltest, nicht?«

Sie lächelte geheimnisvoll. Ihre Daumen hingen immer noch in den Taschen ihrer Bluejeans, die hauteng an ihren Hüften anlagen. Er hatte noch nie jemanden gesehen, dem Jeans so gut standen wie ihr. Natürlich brauchte es dazu auch diese langen Beine: die Beine einer jungen Tramperin, Rucksack im Straßengraben und alles Licht der Welt in den verhexten grünen Augen.

»Wie stellst du dir Luzifer vor?« fragte sie ihn.

»Keine Ahnung.« Der Bücherjäger dachte einen Moment lang nach, bevor er gleichgültig mit der Schulter zuckte. »Schweigsam und verschlossen, denke ich. Gelangweilt.« Er schnitt eine säuerliche Grimasse. »Auf seinem Thron mitten in einem öden Saal, im Zentrum eines wüsten, kalten und monotonen Reichs, in dem nie etwas passiert.«

Sie betrachtete ihn stumm.

»Du überraschst mich, Corso«, sagte sie endlich und wirkte echt beeindruckt.

»Warum? Jeder kann Milton lesen. Sogar ich.«

Er sah, wie sie langsam um das Bett herumging, im Halbkreis, immer dieselbe Entfernung einhaltend, bis sie zwischen ihm und der Lampe stand, die das Zimmer erhellte. Damit hatte sie – ob zufällig oder absichtlich – eine Position eingenommen, in der ihr Schatten auf die Fragmente der *Neun Pforten* fiel, die über die Bettdecke verteilt waren.

»Du hast soeben den Preis genannt.« Im Schein des von hinten kommenden Lichts zeichneten sich jetzt nur die Umrisse ihres Kopfes ab, während das Gesicht im Schatten lag. »Stolz, Freiheit... Wissen. Am Anfang oder am Ende muß man für alles bezahlen. Sogar für den Mut, glaubst du nicht? Findest du nicht auch, daß sehr viel Mut dazu gehört, Gott die Stirn zu bieten?«

Ihre Worte waren nur ein Flüstern in der Stille, die durch die Tür- und Fensterritzen kroch und sich langsam im Zimmer ausbreitete. Selbst das Rauschen des Verkehrs, draußen auf der Straße, schien verstummt zu sein. Corso betrachtete abwechselnd die beiden Silhouetten: eine in Form ihres Schattens, der sich auf dem Bett und auf den Buchfragmenten abzeichnete, die andere leiblich und aufrecht im Schein der Lampe. Und in diesem Augenblick fragte sich Corso, welche der beiden wohl realer war.

»Mit all diesen Erzengeln«, fügte sie oder ihr Schatten hinzu. Verachtung und Groll klangen aus dem Satz, und beinahe war es Corso, als höre er einen abfälligen Seufzer aus ihm heraus. »Schön. Perfekt. Diszipliniert wie Nazis.«

In diesem Moment wirkte sie überhaupt nicht jung. Ja, sie schien eine jahrhundertealte Müdigkeit mit sich herumzuschleppen – ein unheimliches Erbe, die Bürde einer Schuld, die Corso in seiner Verwunderung und Konfusion nicht zu interpretieren wußte. Vielleicht war letzten Endes weder der Schatten auf dem Bett noch die Silhouette real, die sich im Gegenlicht der Lampe abzeichnete.

»Im Prado hängt ein Bild, erinnerst du dich, Corso? Männer, die mit nichts als einem Messer bewaffnet sind, und Reiter, die mit Säbeln auf sie eindringen. Ich habe mir immer vorgestellt, daß der rebellierende Engel vor seinem Fall dieselben verirrten Augen hatte, wie diese Unglücklichen mit ihren Messern. Aus ihrem Blick spricht der Mut der Verzweiflung.«

Sie war beim Sprechen ein wenig zur Seite getreten, nur wenige Zentimeter, aber dabei war auch ihr Schatten in Bewegung geraten und hatte sich Corso genähert, als besitze er einen eigenen Willen.

»Was weißt du von diesen Dingen?« fragte er sie zum zweitenmal.

»Mehr, als mir lieb ist.«

Ihr Schatten bedeckte jetzt alle Fragmente des Buches und berührte beinahe den von Corso. Der Bücherjäger zog sich instinktiv zurück, so daß ein schmaler Streifen Licht zwischen beider Schatten verblieb.

»Stell ihn dir vor«, fuhr sie versonnen fort. »Ganz allein in seinem leeren Palast schmiedet der schönste aller gefallenen Engel seine Ränke, widmet sich mit größter Sorgfalt einer Routinebeschäftigung, die er im Grunde verabscheut, die ihm aber wenigstens hilft, seine Verzweiflung zu vergessen. Sein Scheitern...« Das Lachen des Mädchens klang freudlos und leise, als käme es von weit, weit her. »Er hat Heimweh nach dem Himmel.«

Ihre Schatten waren sich jetzt ganz nahe, beinahe ineinander und mit den Papierfetzen verschmolzen, die das Feuer im Kamin der Quinta da Soledade überlebt hatten: das Mädchen und Corso, dort, auf der Bettdecke, zwischen den neuen Pforten ins Reich anderer Schatten oder vielleicht auch derselben. Verkohlte Fragmente, unvollständige Chiffrenschlüssel und ein Geheimnis, das mehrfach verschleiert worden war: von einem Buchdrucker, von der Zeit und vom Feuer. Enrique Taillefer baumelte am Seidengürtel seines Morgenmantels von der Wohnzimmerlampe. Victor Fargas schwamm, das Gesicht nach unten, im trüben Wasser eines Teiches. Aristide Torchia brannte auf dem Campo dei Fiori und rief den Vater an, aber sein Blick war nicht zum Himmel gerichtet, sondern zur Erde unter seinen Füßen. Und der alte Dumas saß oben auf dem Gipfel der Welt und schrieb Romane, während hier unten, in Paris, ganz in der Nähe des Ortes, an dem Corso sich in diesem Augenblick befand, ein anderer Schatten, der Schatten eines Kardinals, dessen Bibliothek zu viele Bücher über den Teufel enthielt, auf der Kehrseite des Geheimnisses die Fäden einer Intrige spann.

Das Mädchen, oder ihre Silhouette im Gegenlicht, bewegte sich auf den Bücherjäger zu. Minimal, gerade nur einen

Schritt, aber der genügte, um seinen Schatten auf dem Bett völlig unter dem ihren zu begraben.

»Noch viel schlimmer steht es um diejenigen, die ihm gefolgt sind.« Corso begriff nicht sofort, wovon sie sprach. »Die er mit sich in die Tiefe gerissen hat: Soldaten, Boten, amtliche oder freiwillige Diener. Auch Söldner, wie du... Den meisten von ihnen war nicht einmal klar, worum es ging. Daß es galt, zwischen Unterwerfung und Freiheit zu wählen, zwischen der Seite des Schöpfers und der Seite des Menschen. Sie sind ihrem Anführer aus purer Routine, aus der absurden Loyalität treuer Krieger heraus, in die Rebellion und in den Untergang gefolgt.«

»Wie die zehntausend Söldner des Xenophon«, warf Corso spöttisch ein.

Sie schwieg, als wundere sie sich über seine treffende Bemerkung.

»Vielleicht irren sie noch immer verloren durch die Welt«, murmelte sie nach einer Weile, »und warten darauf, daß ihr Anführer sie wieder heimbringt.«

Der Bücherjäger bückte sich nach einer Zigarette und gewann dabei seinen Schatten zurück. Dann knipste er eine zweite Lampe an, die neben ihm auf dem Nachttisch stand.

Das Licht löste die dunkle Silhouette des Mädchens auf und beschien ihr Gesicht. Ihre leuchtenden Augen waren auf ihn gerichtet, und sie wirkte jetzt wieder sehr jung.

»Ergreifend«, sagte Corso. »Alle diese alten Krieger, die das Meer suchen.«

Er sah, wie sie blinzelte, als verstehe sie nicht recht, wovon er sprach, jetzt, wo ihr Gesicht nicht mehr im Schatten lag. Auch vom Bett waren alle Schatten verschwunden: Die Fragmente des Buches waren nichts als verkohlte Papierfetzen, die der leiseste Luftzug durcheinandergewirbelt hätte.

Sie lächelte. Irene Adler, Baker Street 223 B. Das Café in Madrid, der Zug, der Morgen in Sintra... Die verlorene Schlacht, die *Anabasis* der besiegten Heerschar: zu viele Erinnerungen für ein so junges Leben. Sie lächelte verschmitzt und unschuldig zugleich, wie ein kleines Kind, mit leichten Spuren der Erschöpfung unter den Augen. Schläfrig und warm.

Corso schluckte. Ein Teil seiner selbst hätte sich am liebsten auf sie gestürzt, um ihr das weiße T-Shirt von der braunen Haut zu reißen, den Zippverschluß ihrer Jeans nach unten zu zerren und sie aufs Bett zu werfen, auf die Fetzen des Buches, mit denen sich die Schatten beschwören ließen. Um in ihr warmes Fleisch einzutauchen und mit Gott und dem Teufel abzurechnen, mit der unerbittlichen Zeit, mit seinen eigenen Phantasmen, mit dem Tod und mit dem Leben. Aber er beschränkte sich darauf, eine Zigarette anzuzünden und schweigend den Rauch auszustoßen.

Sie beobachtete ihn lange, als warte sie auf etwas – eine Geste, ein Wort. Dann sagte sie »gute Nacht« und schickte sich an zu gehen. Als sie bereits auf der Türschwelle stand, drehte sie sich noch einmal um, hob langsam eine Hand, den Handteller nach innen, und wies mit Zeige- und Mittelfinger nach oben. Und dabei lächelte sie, zärtlich und komplizenhaft zugleich, naiv und weise. Wie ein gefallener Engel, der wehmütig zum Himmel zeigt.

Auf den Wangen von Baronin Frida Ungern erschienen nette Grübchen, wenn sie lächelte. Ja, in Wirklichkeit zeigte ihr Gesicht einen Ausdruck permanenter Freundlichkeit, als habe sie während der letzten siebzig Jahre ununterbrochen gelächelt. Corso, der ein ausgesprochen frühreifer Leser gewesen war, wußte von klein auf, daß es viele Arten von Hexen gibt: Stiefmütter, böse Feen, schöne und perverse Königinnen, sogar heimtückische alte Weiber mit Warzen auf der Nase. Aber es wollte ihm trotz der vielen Geschichten, die er über die greise Baronin gehört hatte, nicht gelingen, sie einer der üblichen Kategorien zuzuordnen. Sie hätte zu jenen betagten Damen gehören können, die sich – wie in einen Traum eingebettet – am Rande der Realität bewegen, ohne von den unangenehmen Seiten des Daseins tangiert zu werden... Wenn die Tiefgründigkeit ihrer intelligenten, flinken und mißtrauischen Augen diesem ersten Eindruck nicht widersprochen hätte. Und wenn der rechte Ärmel ihrer Strickweste nicht leer heruntergehangen wäre, weil ihr der Arm oberhalb des Ellbogen amputiert worden war. Im übrigen war sie klein und pummelig und hatte viel von einer Französischlehrerin eines Pensionats für vornehme Fräuleins. Aus der Zeit, als es noch vornehme Fräuleins gab. Das war es wenigstens, was Corso durch den Kopf ging, während er ihr graues Haar betrachtete, das im Nacken aufgesteckt war, und die maskulin wirkenden Halbschuhe, zu denen sie kurze weiße Söckchen trug.

»Corso, nicht? Freut mich, Sie kennenzulernen, Monsieur.«

Sie reichte ihm die linke und einzige Hand, die winzig war wie alles an ihr, und setzte ihr Grübchenlächeln auf. Ihr Handschlag war überraschend energisch. Der leichte Akzent, den sie beim Sprechen hatte, klang eher deutsch als französisch. Corso erinnerte sich, irgendwo etwas von einem gewissen »von Ungern« gelesen zu haben, der sich Anfang der zwanziger Jahre in der Mandschurei oder in der Mongolei einen Namen gemacht hatte: eine Art Kriegsherr, der an der Spitze eines zerlumpten Söldnerheers bis zuletzt gegen die Rote Armee gekämpft hatte. Mit Panzerzügen, Plünderungen, Metzeleien und ähnlichen Greueln, einschließlich Epilog im Morgengrauen, vor einem Exekutionskommando. Ob er etwas mit ihr zu tun hätte?

»Das war ein Großonkel meines Mannes. Seine Familie ist vor der Revolution nach Frankreich emigriert. Es ist ihr sogar gelungen, ein bißchen Geld herüberzuretten.« Aus ihren Worten klang weder Stolz noch Wehmut. Das waren andere Zeiten, andere Leute, anderes Blut, sagte die Geste der alten Dame. Fremde, die gestorben waren, noch bevor sie das Licht der Welt erblickt hatte.

»Ich bin in Deutschland geboren. Meine Familie hat unter den Nazis alles verloren. Nach dem Krieg habe ich mich hier in Frankreich verheiratet.« Sie brach vorsichtig das welke Blatt einer Topfpflanze ab, die auf dem Fenstersims stand, und lächelte ein wenig. »Der Mottenkugelgeruch meiner Schwiegereltern war mir immer zuwider: das Heimweh nach St. Petersburg, der Geburtstag des Zaren... Als müßten sie Totenwache halten.«

Corso betrachtete ihren Schreibtisch, auf dem sich dicke Wälzer häuften, und die berstend vollen Wandregale. Er schätzte die Zahl der Bücher auf tausend, und das nur in diesem Zimmer, wo allem Anschein nach die seltensten oder wertvollsten Exemplare aufbewahrt wurden, angefangen von modernen Ausgaben bis hin zu alten, ledergebundenen Stücken.

»Und was ist damit?« fragte er mit Blick auf die vielen Bücher.

»Das ist etwas anderes. Damit werden ernsthafte Studien betrieben, kein Kult. Diese Werke sind Arbeitsmaterial.«

Schlechte Zeiten, dachte Corso, wenn die Hexen, oder wie immer man sie nennen wollte, von ihren Schwiegereltern erzählen und ihre Giftkessel gegen Bibliotheken, Karteikästen und einen Platz auf den Bestsellerlisten der größten Tageszeitungen eintauschen. Durch die offene Tür konnte er sehen, daß auch die anderen Zimmer und der Gang mit Büchern vollgestopft waren. Bücher und Pflanzen. Überall standen Blumentöpfe herum: vor den Fenstern, auf dem Boden, in den Holzregalen. Die Wohnung war sehr groß und sehr teuer, mit Blick auf die Seine und – früher einmal – auf die Scheiterhaufen der Inquisition. An verschiedenen Lesetischen saßen junge Leute, die nach Studenten aussahen, und die Wände waren von oben bis unten mit Büchern bedeckt. Zwischen grünen Blättern glänzten die Vergoldungen alter Einbände. Die Stiftung Ungern ist die bedeutendste Fachbibliothek für okkulte Wissenschaften in ganz Europa. Corso warf einen

Blick auf die Bände in seiner Nähe: *Daemonolatriae Libri* von Nikolas Remy. *Compendium Maleficarum,* Francesco Maria Guazzo. *De Daemonialitate et Incubus et Sucubus,* Ludovico Sinsitrari... Außer einem der besten Kataloge über Dämonologie und der Stiftung, die den Namen ihres verblichenen Gatten trug, besaß die Baronin auch einen soliden Ruf als Autorin von Büchern über Schwarze Magie und Hexerei. Ihr letztes Werk: *Die nackte Isis,* gehörte seit drei Jahren zu den meistverkauften Büchern. Kein geringerer als der Papst hatte – unbeabsichtigt – die Werbetrommel gerührt, indem er den Text offiziell anprangerte, weil er unheimliche und unheilige Bezüge herstelle zwischen der heidnischen Göttin und der Mutter Gottes: acht Auflagen in Frankreich, zwölf in Spanien, und siebzehn im katholischen Italien.

»Woran arbeiten Sie im Augenblick?«

»*Der Teufel: Geschichte und Legende.* Eine Art perverser Biographie, die Anfang des Jahres fertig wird.«

Corso war vor einer Bücherreihe stehengeblieben, in der er das *Disquisitionum Magicarum* von Martín del Río entdeckt hatte, und zwar alle drei Bände der Lovainer Erstausgabe, 1599-1600: ein Klassiker der Schwarzen Magie.

»Wo haben Sie das erstanden?«

Frida Ungern zögerte einen Augenblick, unschlüssig, ob sie ihm diese Information geben sollte oder nicht.

»1989, auf einer Versteigerung in Madrid. Ich habe es Ihrem Landsmann Varo Borja weggeschnappt, und das hat mich einige Mühe gekostet.« Sie seufzte, als wäre sie noch immer erschöpft von dieser Anstrengung. »Und sehr viel Geld. Ohne die Unterstützung von Paco Montegrifo hätte ich es nie bekommen, ein reizender Mensch. Kennen Sie ihn?«

Corso grinste scheel. Und ob er Montegrifo, den Direktor der spanischen Filiale von Claymore, kannte! Sie arbeiteten sogar oft zusammen, besonders wenn es um etwas zweifelhafte, aber sehr rentable Operationen ging, wie den Verkauf einer *Cosmographia* von Ptolemäus an einen Schweizer

Sammler. Eine Handschrift aus dem Jahre 1456, die erst vor kurzem unter mysteriösen Umständen aus der Universitätsbibliothek von Salamanca verschwunden war. Irgendwie war sie in Montegrifos Hände gelangt, und der hatte sich an Corso in seiner Eigenschaft als Mittelsmann gewandt. Nachdem die Gebrüder Ceniza noch einen allzu verräterischen Stempel entfernt hatten, war die Sache diskret und sauber abgewickelt worden. Corso selbst hatte als Bote fungiert und das Buch nach Lausanne befördert. Alles inklusive für eine Kommission von dreißig Prozent.

»Ja, ich kenne den Herrn.« Er strich mit den Fingern über die Rücken der drei Bände des *Disquisitionum Magicarum* und fragte sich dabei, wieviel Montegrifo wohl dafür verlangt hatte, die Versteigerung zugunsten der Baronin zu manipulieren. »Und was den Martín del Río betrifft, so habe ich bisher nur einen davon gesehen, in der Jesuitenbibliothek in Bilbao... Es ist dieselbe Ausgabe, wenn auch in einem einzigen Lederband zusammengefaßt.«

Beim Sprechen wanderte seine Hand an der Buchreihe entlang nach links: Es waren interessante Exemplare darunter, mit wertvollen Einbänden aus Velin, Chagrin oder Pergament. Aber viele waren mittelmäßig oder in schlechtem Zustand und wirkten sehr abgenützt. In fast allen steckten Lesezeichen in Form weißer Pappstreifen, die in winziger, spitzer Schrift eng beschrieben waren. Arbeitsmaterial. Corso hielt inne, als sein Finger bei einem Buch anlangte, das ihm bestens vertraut war: schwarz, ohne Titel, fünf Bünde auf dem Rücken. Die Nummer drei. »Seit wann haben Sie das?«

Corso wußte natürlich, daß diese heikle Geschichte ein behutsames Vorgehen nahelegte. Aber er hatte die ganze Nacht über der Asche der Nummer zwei verbracht und konnte nicht verhindern, daß die Baronin Ungern einen seltsamen Unterton in seiner Stimme wahrnahm. Er merkte, daß sie ihn trotz der gutmütigen Grübchen in ihrem jugendlich wirkenden Greisengesicht mißtrauisch ansah.

»Die *Neun Pforten?* Ich weiß nicht. Sehr lange.«

Ihre linke Hand bewegte sich rasch und sicher. Sie zog das Buch mühelos aus dem Regal, stützte es auf ihren Unterarm und öffnete es mit zwei Fingern beim Vorsatz, der Innendeckel war mit mehreren teils sehr alten Exlibris geschmückt. Das letzte hatte die Form einer Arabeske mit dem Namen »von Ungern«. Das Datum war in Tinte darüber geschrieben, und sie nickte, während sie es las, als könne sie sich jetzt wieder erinnern.

»Ein Geschenk meines Mannes. Ich habe sehr jung geheiratet, und er war doppelt so alt wie ich... Das Buch hat er 1949 gekauft.«

Das ist der Nachteil an den modernen Hexen, dachte Corso. Sie haben auch keine Geheimnisse mehr. Alles liegt offen auf der Hand und kann in einem x-beliebigen »Who's who« oder in einer Illustrierten nachgelesen werden. Und wenn sie sich dreimal Baronin nannten: Sie waren einfach durchschaubar geworden. Vulgär. Torquemada wäre unter diesen Bedingungen vor Langeweile verrückt geworden.

»Hat sich Ihr Gatte auch für dieses Thema interessiert?«

»Keine Spur. Der hat überhaupt keine Bücher gelesen. Aber er hat mir jeden Wunsch erfüllt – wie der Geist aus der Wunderlampe.« Einen Augenblick schien es, als wolle sie sich mit dem leeren Ärmel ihrer Strickjacke an den Kopf fassen. »Ein wertvolles Buch oder eine teure Perlenkette, das machte für ihn keinen Unterschied...« Sie hielt inne und lächelte wehmütig. »Er war ein lustiger Mensch und hat es fertiggebracht, die Frauen seiner besten Freunde zu verführen. Und er konnte exzellente Champagner-Cocktails zubereiten.«

Sie schwieg einen Moment lang und sah sich um, als befände sich irgendwo in dem Zimmer noch ein Glas, das ihr Mann dort abgestellt hatte.

»Das alles«, fuhr sie fort, indem sie mit einer ausholenden Armbewegung auf die Bibliothek deutete, »habe ich alleine zusammengetragen. Buch um Buch. Sogar die *Neun Pforten* habe ich selbst ausgewählt, nachdem ich sie im Katalog eines verarmten alten Pétain-Anhängers entdeckt hatte. Mein Mann hat nur den Scheck unterschrieben.«

»Warum ausgerechnet der Teufel?«

»Weil ich ihm eines Tages begegnet bin. Ich war damals fünfzehn Jahre alt und habe ihn vor mir gesehen, wie ich Sie jetzt sehe. Er trug einen steifen Kragen, Stock und Hut, und er war sehr hübsch. Er sah aus wie John Barrymore als Baron Gaigern... Ich habe mich rettungslos in ihn verliebt.« Die winzige Hand in der Westenjacke versteckt, starrte sie versonnen vor sich hin und schmunzelte. »Vielleicht habe ich mich deshalb nie über die Seitensprünge meines Mannes beklagt.«

Corso spähte um sich, als wollte er sich vergewissern, daß sie auch wirklich allein im Zimmer waren, und beugte sich dann vertraulich zu ihr hinüber.

»Noch vor dreihundert Jahren hätte man sie für ein solches Geständnis verbrannt.«

Die Baronin unterdrückte ein Kichern und gab ein zufriedenes Gurren von sich, während sie sich auf die Zehenspitzen stellte und seinem Ohr näherte.

»Vor dreihundert Jahren hätte ich niemandem dieses Geständnis gemacht«, flüsterte sie geheimnisvoll. »Aber ich kenne genug Leute, die mich mit dem größten Vergnügen auf den Scheiterhaufen bringen würden.« Ihre Grübchen begleiteten ein erneutes Lächeln. Diese Frau lächelt immer, entschied Corso bei sich. Aber ihre heiter glänzenden Augen blieben wachsam auf ihn gerichtet. »Und das mitten im 20. Jahrhundert.«

Sie reichte ihm die *Neun Pforten* und beobachtete ihn aufmerksam, wie er das Buch langsam durchblätterte. Er gab sich alle Mühe, seine Ungeduld zu verbergen. Am liebsten hätte er sofort begonnen, nach möglichen Unterschieden in den Bildtafeln zu suchen, die im übrigen vollständig waren, wie er mit einem heimlichen Seufzer der Erleichterung feststellte. Die *Bibliographie* von Mateu enthielt also einen Fehler: In keinem der drei Exemplare fehlte die letzte Bildtafel. Die Nummer drei war stärker beschädigt als das Exemplar Varo Borjas und auch als das von Victor Fargas, bevor es durchs Feuer gegangen war: Nahezu alle Seiten hatten Flecken, da der untere Teil des Buches einmal feucht geworden war. Auch der Einband hätte gründlich restauriert werden müssen, aber wenigstens schien das Exemplar vollständig zu sein.

»Möchten Sie etwas trinken?« fragte die Baronin. »Ich kann Ihnen Kaffee oder schwarzen Tee anbieten.«

Kein Zaubertrank, kein Wurzelgebräu, dachte Corso resigniert. Nicht einmal ein banaler Kräutertee.

»Kaffee, bitte.«

Es war ein sonniger Tag, und der Himmel über den nahe gelegenen Türmen von Notre-Dame strahlte azurblau. Corso ging zu einem Fenster und schob die Scheibengardinen etwas zurück, um das Buch in besserem Licht betrachten zu können. Zwei Etagen tiefer saß das Mädchen in seinem blauen Kapuzenmantel auf einer Bank zwischen den kahlen Bäumen des Seineufers und las ein Buch. Er wußte, daß es die *Drei Musketiere* waren, denn die trug sie bei sich, als sie einander beim Frühstück getroffen hatten. Später war der Bücherjäger die Rue de Rivoli entlanggegangen, wohl wissend, daß ihm das Mädchen in einer Entfernung von fünfzehn bis zwanzig Schritten folgte. Aber er hatte sie absichtlich ignoriert, und sie war nicht näher gekommen. Jetzt merkte er, daß sie die Augen hob. Obwohl sie Corso zweifellos sehen konnte, wie er mit den *Neun Pforten* in der Hand am Fenster stand, gab sie durch nichts zu verstehen, daß sie ihn erkannt hatte, und beschränkte sich darauf, reglos heraufzuschauen, bis er sich ins Innere des Zimmers zurückzog. Als Corso später noch einmal hinausblickte, hatte sie den Kopf wieder über ihren Roman gebeugt.

Es gab eine Sekretärin, eine Frau mittleren Alters mit einer dicken Hornbrille, die zwischen den Büchern und Tischen umherhuschte, aber Frida Ungern servierte den Kaffee persönlich: zwei Tassen auf einem silbernen Tablett, das sie geschickt balancierte. Ein Blick von ihr genügte, um Corso davon abzubringen, ihr seine Hilfe anzubieten. Sie ließen sich beide an ihrem Schreibtisch nieder, wo sie das Tablett sicher zwischen Büchern, Blumentöpfen, Akten und Notizzetteln abstellte.

»Wie sind Sie auf die Idee mit der Stiftung gekommen?«

»Steuererleichterungen... Außerdem kommen mich hier viele Leute besuchen, und ich mache interessante Bekanntschaften, die mir auch für meine Studien nützlich sind...« Sie setzte ein melancholisches Lächeln auf. »Ich bin die letzte Hexe und habe mich einsam gefühlt.«

»Hexe? Aber was sagen Sie denn da...« Corso setzte das passende Gesicht auf: schlagfertiges, nettes Häschen. »Ich habe Ihre *Isis* gelesen.«

Die Baronin hielt die Kaffeetasse in der linken Hand und hob ein wenig den Stumpf des anderen Arms, während sie gleichzeitig den Kopf neigte, als wolle sie ihr Haar im Nacken ordnen. Diese Geste wirkte überhaupt nicht geziert. Sie war spontan und zugleich alt wie die Welt selbst... eine unbewußte Koketterie der alten Dame.

»Und hat sie Ihnen gefallen?«

»Sehr.«

»Anderen überhaupt nicht. Wissen Sie, was der *Osservatore Romano* beanstandet hat? Daß ich den Index der Inquisition unterschlagen habe.« Sie deutete mit dem Kinn auf die *Neun Pforten*, die Corso neben sich auf den Tisch gelegt hatte. »Sie haben schon recht: In anderen Zeiten wäre ich bei lebendigem Leibe verbrannt worden, wie der Ärmste, der dieses Evangelium nach Beelzebub verfaßt hat.«

»Glauben Sie wirklich an den Teufel, Baronin?«

»Nennen Sie mich nicht Baronin. Das klingt lächerlich.«

»Wie möchten Sie denn angesprochen werden?«

»Ich weiß nicht. Frau Ungern. Oder Frida.«

»Glauben Sie an den Teufel, Frau Ungern?«

»Meinen Sie, ich hätte ihm mein Leben, meine Bibliothek, diese Stiftung und viele Jahre Arbeit gewidmet, wenn ich nicht an ihn glaubte?« Sie musterte Corso neugierig. Er hatte seine Brille abgenommen, um die Gläser zu putzen, und das hilflose Lächeln, das er dabei aufsetzte, vervollständigte den Effekt. »Und Sie?«

»Das werde ich in letzter Zeit von allen gefragt.«

»Klar. Schließlich stellen Sie Nachforschungen über ein Buch an, dessen Lektüre eine gewisse Art von Glauben voraussetzt.«

»Mit meinem Glauben ist es nicht weit her«, gestand Corso und riskierte einen Anflug von Ehrlichkeit – genau den Grad von Offenheit, der sich für gewöhnlich auszahlte. »In Wirklichkeit arbeite ich für Geld.«

Ihre Grübchen wurden tiefer. Vor fünfzig Jahren muß sie sehr schön gewesen sein, dachte Corso. Damals, als sie Geister beschwor, oder was auch immer, und noch beide Arme dran waren... klein und temperamentvoll... Man sah es ihr heute noch an.

»Schade«, erwiderte Frida Ungern. »Andere, die kostenlos gearbeitet haben, waren felsenfest davon überzeugt, daß es den Protagonisten dieses Buches tatsächlich gibt. Albertus Magnus, Raimundus Lullus, Roger Bacon, sie alle haben nie über die Existenz des Teufels diskutiert, sondern nur über die Beschaffenheit seiner Attribute.«

Corso rückte seine Brille zurecht und setzte ein haarscharf dosiertes Lächeln auf.

»Das waren noch andere Zeiten.«

»Nun, wir brauchen gar nicht so weit zurückzugehen. *Der Teufel existiert nicht nur als Symbol des Bösen, sondern in leibhaftiger Form...* Was sagen Sie dazu? Das hat Papst Paul VI. im Jahr 1974 geschrieben.«

»Und der war ein Profi«, gab Corso schulterzuckend zu. »Wenn der es nicht wußte...«

»In Wahrheit hat er bloß ein altes Dogma bekräftigt: Die

Existenz des Teufels ist 1215 im vierten Laterankonzil festgelegt worden.« Sie unterbrach sich und warf ihm einen zweifelnden Blick zu. »Interessieren Sie diese Daten? Ich weiß, daß ich den Leuten mit meiner Gelehrtheit ganz schön auf den Wecker gehen kann.« Und wieder erschienen die Grübchen. »Ich wollte schon immer die Klassenbeste sein. Das kluge Mäuschen.«

»Und das waren Sie bestimmt. Haben Sie auch Auszeichnungen bekommen?«

»Natürlich. Und die anderen Mädchen haben mich deswegen gehaßt.«

Sie lachten beide, und der Bücherjäger wußte, daß er Frida Ungern jetzt auf seiner Seite hatte. Er zog also zwei Zigaretten aus der Manteltasche und bot ihr eine davon an, aber sie lehnte ab und machte eine vorwurfsvolle Miene. Corso ging nicht darauf ein und zündete sich eine Zigarette an.

»Zwei Jahrhunderte später«, fuhr die Baronin fort, während Corso noch über das brennende Streichholz gebeugt war, »verkündete Papst Innozenz VIII. in der Bulle *Summis Desiderantes Affectibus,* daß Westeuropa mit Dämonen und Hexen verseucht sei. Daraufhin verfaßten die beiden Dominikanermönche Kramer und Sprenger den *Malleus Maleficarum*: den ›Hexenhammer‹ der Inquisitoren...«

Corso hob den Zeigefinger. »Lyon, 1519. Oktavformat, Fraktur, ohne Autorenangabe.«

»Nicht schlecht.« Frida Ungern sah ihn überrascht an. »Ich besitze eine jüngere Ausgabe.« Sie deutete auf eines der Bücherregale. »Dort steht er, sehen Sie? Er ist auch in Lyon publiziert, aber erst 1669. Die *Editio princeps* stammt aus dem Jahr 1486.« Sie kniff mißmutig die Augen zusammen. »Kramer und Sprenger waren hirnlose Fanatiker. Ihr *Malleus* ist heller Unsinn. Man könnte sogar darüber lachen, wenn in seinem Namen nicht Tausende von Unglücklichen gefoltert und verbrannt worden wären.«

»Wie Aristide Torchia.«

»Ja, zum Beispiel. Obwohl der wahrhaftig kein Unschuldsengel war.«

»Was wissen Sie über ihn?«

Die Baronin wackelte mit dem Kopf, leerte ihre Kaffeetasse und wackelte dann wieder etwas.

»Die Torchias waren eine wohlhabende Kaufmannsfamilie aus Venedig. Sie handelten mit spanischem und französischem Büttenpapier. Aristide wurde als junger Mann nach Holland geschickt, wo er bei den Elzeviers in die Lehre ging. Die Elzeviers waren Geschäftsfreunde seines Vaters. Von Holland ist er dann nach Prag umgesiedelt.«

»Das wußte ich nicht.«

»Na, sehen Sie. Prag: Die europäische Hauptstadt der Magie und der Geheimwissenschaften, wie es vier Jahrhunderte zuvor Toledo gewesen war. Fällt Ihnen etwas auf? Torchia nimmt sich ein Zimmer in ›Maria Schnee‹, dem Stadtviertel der Magie, ganz in der Nähe des Jungmannplatzes, auf dem die Statue von Jan Hus steht. Erinnern Sie sich, was Hus am Fuße des Scheiterhaufens gesagt hat?«

»Aus meiner Asche wird ein Schwan aufsteigen, den ihr nicht verbrennen könnt?«

»Genau. Es ist einfach, sich mit Ihnen zu unterhalten, und das ist vorteilhaft für Ihre Arbeit.« Die Baronin atmete unfreiwillig ein wenig Rauch von Corsos Zigarette ein und sah ihn etwas unwillig an, aber das störte Corso nicht im geringsten. »Wo waren wir stehengeblieben? Ach, ja. Prag, zweiter Akt: Torchia zieht jetzt ins Judenviertel um, in eine Wohnung gleich neben der Synagoge. In diesem Stadtteil gibt es Fenster, hinter denen die ganze Nacht Licht brennt – dort suchen die Kabbalisten nach der Beschwörungsformel für den Golem. Später zieht Torchia noch einmal um, diesmal in das Mala-Stranà-Viertel...« Sie lächelte ihn komplizenhaft an. »Wonach klingt Ihnen das?«

»Nach einer Pilgerfahrt. Oder Studienreise, wie man es heute nennen würde.«

»Genau dieser Meinung bin ich nämlich auch.« Die Baronin nickte zufrieden. Corso war mittlerweile gänzlich von ihr adoptiert und nahm auf ihrer persönlichen Wertskala einen Ehrenplatz ein. »Es kann kein Zufall sein, daß Torchia seine Unterkünfte ausgerechnet an den drei Punkten wählt, an denen sich das okkulte Wissen der damaligen Zeit konzentriert. Und das in einem Prag, in dessen Straßen die Schritte Agrippas und Paracelsus' nachhallen, in dessen Bibliotheken sich die letzten noch erhaltenen Handschriften der chaldäischen Magie befinden, die pythagoreischen Schlüssel, die nach dem Gemetzel von Metapont verschollen waren.« Sie beugte sich ein wenig zu ihm hinüber und setzte eine vertrauliche Miene auf: Miss Marple, die sich anschickt, ihrer besten Freundin zu verraten, daß sie Zyankali im Teegebäck entdeckt hat. »In diesem Prag, Señor Corso, hocken in finsteren Arbeitsstuben Männer, die die *Carmina* beherrschen, also die Kunst der magischen Wörter, die *Nekromantie,* die Kunst, sich mit den Toten in Verbindung zu setzen.« Sie hielt den Atem an, bevor sie hauchte: »Und die *Goetia*...«

»Die Kunst der Teufelsbeschwörung.«

»Ja.« Die Baronin lehnte sich wohlig schaudernd in den Stuhl zurück. Ihre Augen glänzten. Jetzt war sie in ihrem Element. Ihre Stimme überschlug sich beinahe beim Sprechen, als habe sie zu wenig Zeit, um alles loszuwerden, was sie wußte. »Torchia lebte in jenen Monaten an einem Ort, an dem viele seltene Texte und Abbildungen aufbewahrt werden, die Kriege, Feuersbrünste und Verfolgungen überlebt haben... So auch die Reste des magischen Buches, mit dem sich die Türen des Wissens und der Macht öffnen lassen: das *Delomelanicon,* die Anleitung zur Beschwörung der Schatten.«

Sie sprach in heimlichtuerischem, beinahe theatralischem Ton, begleitete ihre Worte jedoch mit einem Lächeln. Es hatte den Anschein, als nehme sie die Sache selbst nicht so richtig ernst oder wolle Corso raten, einen gesunden Abstand zu wahren.

»Am Ende seiner Lehrjahre«, fuhr sie fort, »begibt Torchia sich wieder nach Venedig... Passen Sie gut auf, das ist wichtig: Trotz der Risiken, die ihn in Italien erwarten, verläßt der Drucker das relativ sichere Prag, um in seine Heimatstadt zurückzukehren und dort eine Reihe verbotener Bücher zu veröffentlichen. Genau die bringen ihn dann auf den Scheiterhaufen. Seltsam, nicht?«

»Das sieht ja ganz nach einer Mission aus.«

»Ja. Aber in wessen Auftrag?...« Die Baronin schlug die *Neun Pforten* auf der Titelseite auf. »Dieses ›mit Privileg und Genehmigung der Obrigkeiten‹ gibt zu denken, finden Sie nicht? Es ist sehr wahrscheinlich, daß Torchia in Prag einer Geheimsekte beigetreten ist, die ihn mit der Verbreitung einer Botschaft beauftragt hat... eine Art Apostolat.«

»Das Evangelium nach Beelzebub, von dem Sie vorher gesprochen haben.«

»Ja, vielleicht. Fest steht, daß Torchia die *Neun Pforten* im ungünstigsten Augenblick veröffentlicht hat. Zwischen 1550 und 1666 haben der humanistische Neuplatonismus und die hermetisch-kabbalistische Bewegung ihre Schlachten verloren und sind in einem Meer teuflischer Gerüchte untergegangen... Leute wie Giordano Bruno und John Dee wurden verbrannt oder starben als Verfolgte im bittersten Elend. Mit dem Triumph der Gegenreformation ist die Inquisition gewachsen wie ein bösartiges Geschwür. Ursprünglich zur Bekämpfung der Ketzerei geschaffen, hatte sie sich zu diesem Zeitpunkt auf Hexen, Magier und Wahrsager spezialisiert, um ihre unheilvolle Existenz zu rechtfertigen. Ein Buchdrucker, der gar mit dem Teufel im Bunde stand, war für die Inquisitoren natürlich ein gefundenes Fressen. Dazu muß allerdings gesagt werden, daß Torchia es ihnen auch wirklich leicht gemacht hat. Hören Sie sich das an« – Frida Ungern blätterte ein wenig in dem Buch herum –: »*Pot. m.vere im.go...*«, zitierte sie und sah Corso an. »Ich habe viele Passagen übersetzt – der Text ist ziemlich einfach zu entschlüsseln. »*Ich könnte Wachsfiguren beleben,* heißt es hier zum Beispiel. *Und den Mond aus den Angeln heben oder tote Gerippe wieder mit Fleisch versehen.* Wie finden Sie das?«

»Infantil... Ganz schön dumm, sich wegen so etwas verbrennen zu lassen.«

»Vielleicht, aber man kann nie wissen... Mögen Sie Shakespeare?«

»Kommt darauf an.«

»Es gibt mehr Dinge im Himmel und auf Erden, als Eure Schulweisheit sich träumt.«

»Hamlet. Ein ziemlich unsicherer Junge.«

»Nicht jeder hat es verdient oder ist in der Lage, sich Zugang zu diesen okkulten Dingen zu verschaffen, Señor Corso. ›Ein Geheimnis erfahren und es bewahren‹, lautet die alte Regel.«

»Und Torchia hat sie nicht befolgt.«

»Sie wissen sicherlich, daß Gott der Kabbala zufolge einen schrecklichen Namen besitzt, der geheim ist.«

»Das Tetragrammaton.«

»Genau. In seinen vier Buchstaben ruht die Harmonie und das Gleichgewicht des Universums. Der Erzengel Gabriel hat Mohammed gewarnt: *Gott ist mit siebzigtausend Schleiern aus Licht und Nebel verhüllt. Und sollten die gelüftet werden, so würde selbst ich vernichtet.* Aber Gott besitzt nicht als einziger einen solchen Namen. Auch der Teufel hat seinen: eine fürchterliche, unheilbringende Buchstabenkombination, mit der man ihn rufen kann... und entsetzliche Ereignisse entfesselt.«

»Das ist nichts Neues. Dafür gab es schon lange vor dem Judentum und Christentum einen Namen: die Büchse der Pandora.«

Die Baronin betrachtete ihn zufrieden, als wolle sie ihm jeden Augenblick das Musterschüler-Diplom verleihen.

»Sehr gut, Señor Corso. In der Tat verbringen wir unser Leben und die Jahrhunderte damit, über dieselben Dinge zu reden – nur daß wir ihnen unterschiedliche Namen geben: Isis und die Jungfrau Maria, Mithras und Jesus Christus, der 25. Dezember als Weihnachtstag oder Fest der Wintersonnenwende. Denken Sie bloß an Gregor den Großen, der hat den Missionaren schon im 7. Jahrhundert empfohlen, die heidnischen Feste für die christlichen Feiertage zu verwenden.«

»Das war purer Geschäftsinstinkt. Im Grunde ging es um eine simple Marktoperation: anderen die Kundschaft abspenstig machen. Aber erzählen Sie mir doch, was Sie von Pandorabüchsen, Teufelspakten und ähnlichem wissen.«

»Die Kunst, Teufel in Gefäße oder Bücher einzuschließen, ist sehr alt... Gervasius von Tilbury und Gerson erwähnen sie bereits im 13. und 14. Jahrhundert. Und die Tradition der Teufelspakte ist sogar noch älter: Sie reicht vom Henoch-Buch über die Kabbala bis hin zu den Schriften der Kirchenväter wie des heiligen Hieronymus. Und vergessen wir nicht den Bischof Theophilus, zufälligerweise ein ›großer Liebhaber der Weisheit‹, den historischen Faust und Roger Bacon. Oder Papst Silvester II., dem nachgesagt wird, er habe den Sarazenen ein Buch geraubt, *das alles Wissenswerte enthielt.*«

»Dann geht es also darum, Weisheit zu erlangen.«

»Klar. Aus reinem Vergnügen geht keiner am Rande des Abgrunds spazieren. Die gelehrte Dämonologie setzt Luzifer mit der Erkenntnis gleich. In der Genesis erreicht der Teufel in Schlangengestalt, daß der Mensch aufhört, ein debiler Trottel zu sein, und Bewußtsein, Urteilsvermögen, Luzidität erlangt... mit all den Qualen und der Unsicherheit, die dieses Wissen und diese Freiheit mit sich bringen.«

Die nächtliche Unterhaltung mit dem Mädchen war noch zu frisch, als daß Corso nicht unwillkürlich an sie gedacht hätte. Er griff nach den *Neun Pforten* und ging, unter dem Vorwand, sie noch einmal bei besserem Licht untersuchen zu wollen, zum Fenster, aber das Mädchen war nicht mehr da. Überrascht suchte er die Straße in beiden Richtungen ab, das Flußufer und die Steinbänke unter den Bäumen – vergeblich.

Das beunruhigte ihn ein wenig, aber er hatte keine Zeit, sich den Kopf zu zerbrechen, denn Frida Ungern redete bereits wieder auf ihn ein:

»Mögen Sie Rätsel? Probleme, die es zu knacken gilt? Im Grunde genommen geht es nämlich bei dem Buch, das Sie da in der Hand haben, genau darum. Wie alle intelligenten Wesen liebt der Teufel Spiele, Rätselaufgaben, Hindernisläufe, bei denen die Schwachen und Beschränkten auf der Strecke bleiben und nur die überragenden Geister ans Ziel gelangen. Die Initiierten.«

Corso war inzwischen wieder an den Tisch getreten und hatte das Buch offen auf den Tisch gelegt, so daß man die Titelseite sehen konnte: die um einen Baum gewundene Schlange, die sich in den Schwanz beißt. »Wer in dieser Schlange nur einen Wurm sieht, der sich selbst verschlingt, der hat es nicht verdient, mehr zu erfahren.«

»Was kann man mit diesem Buch machen?« fragte Corso.

Die Baronin legte sich einen Finger auf die Lippen, wie der Ritter auf dem Holzschnitt Nummer I. Sie lächelte.

»Der Johannes der Apokalypse sagt, daß unter der Herrschaft des zweiten Tieres, vor der letzten und entscheidenden Schlacht von Armageddon, *niemand kaufen oder verkaufen kann, wenn er nicht das Zeichen hat, nämlich den Namen des Tieres oder die Zahl seines Namens*. Und Lukas erzählt uns am Ende seines Berichts über die Versuchungen Jesu, daß der dreifach abgewiesene Teufel sich eine Zeitlang zurückzieht und einen günstigeren Augenblick abwartet. Für die ganz Ungeduldigen hat er jedoch verschiedene Wege zum Wissen offengelassen. Einschließlich der Anleitung, wie man zu ihm selbst gelangen kann. Wie man mit ihm einen Pakt schließt.«

»Also seine Seele verkauft.«

Frida Ungern kicherte geheimnisvoll: Miss Marple beim Kaffeeklatsch, wie sie mit ihren Freundinnen über den Teufel tratscht. Du weißt ja noch gar nicht das Neueste über Satan. Das muß ich dir unbedingt erzählen, Peggy.

»Der Teufel ist aus Schaden klug geworden«, sagte sie. »Als er noch jung und naiv war, hat er Fehler begangen, einige Seelen sind ihm in letzter Minute durch die falsche Tür entwischt und haben sich dank der Liebe, der Barmherzigkeit Gottes und ähnlicher Spitzfindigkeiten gerettet. So daß er am Ende nicht darum herumkam, eine Klausel einzuführen, die die bedingungslose Übergabe von Körper und Seele unmittelbar nach Ablauf der Frist vorsieht *und keinerlei Vorbehalte einräumt, weder den Anspruch auf zukünftige Erlösung noch das Rechtsmittel der göttlichen Begnadigung.* Diese Klausel kommt in den *Neun Pforten* natürlich auch vor.«

»Miese Welt«, sagte Corso, »wenn sogar Luzifer auf den Trick mit dem Kleingedruckten zurückgreifen muß.«

»Verstehen Sie ihn. Heutzutage wird mit allem gebluff, sogar mit der Seele. Seine Kunden wurden vertragsbrüchig und versuchten, sich dünnzumachen. Der Teufel hatte die Nase voll, und das mit Recht.«

»Was enthält das Buch sonst noch? Was bedeuten die neun Holzschnitte?«

»Im Prinzip handelt es sich um Hieroglyphen, die entschlüsselt werden müssen. In Verbindung mit dem Text verhelfen sie zur Macht. Sie verbergen die magische Formel für den Namen, mit dem sich der Teufel beschwören läßt.«

»Und funktioniert die Formel?«

»Nein. Sie ist falsch.«

»Haben Sie es selbst ausprobiert?«

Frida Ungern wirkte empört.

»Aber ich bitte Sie! Sie glauben doch nicht im Ernst, daß eine Frau mit siebzig Jahren an spiritistischen Sitzungen teilnimmt und versucht, den Satan auf den Plan zu rufen! Die Galane altern auch, und wenn sie in ihrer Jugend dreimal wie John Barrymore ausgesehen haben. Eine Enttäuschung in meinem Alter, wissen Sie, was das bedeuten würde? Nein, nein, da bleibe ich lieber meinen Jugenderinnerungen treu.«

Corso tat überrascht.

»Ich dachte, Sie und der Teufel... Ihre Leser halten Sie für eine Art schwärmerischer Hexe.«

»Dann irren sie sich gewaltig. Was ich beim Teufel suche, ist Geld, keine Emotionen.« Ihr Blick wanderte durchs Zimmer und dann zum Fenster. »Ich habe das ganze Vermögen meines Mannes für diese Bibliothek ausgegeben und lebe einzig von meinen Urheberrechten.«

»Die aber bestimmt nicht zu verachten sind. Schließlich sind Sie die unumstrittene Königin der Kaufhausbuchabteilungen...«

»Schon, aber das Leben ist teuer, Señor Corso. Sehr teuer, vor allem, wenn man sich mit Leuten wie unserem Freund Montegrifo arrangieren muß, um an die seltenen Exemplare ranzukommen, die einem noch fehlen. Mit dem Teufel läßt sich heutzutage gutes Geld verdienen, das ist alles. Ich bin jetzt siebig, und in diesem Alter kann man seine Zeit nicht mit Altjungfer-Spinnereien verplempern. Verstehen Sie, was ich meine?«

Jetzt war es Corso, der lächelte.

»Bestens.«

»Wenn ich Ihnen sage«, fuhr die Baronin fort, »daß dieses Buch eine Fälschung ist, so deshalb, weil ich es gründlich studiert habe. Irgend etwas funktioniert daran nicht. Es hat Lücken, Leerstellen. Das meine ich natürlich im übertragenen Sinne, denn die Ausgabe selbst ist komplett. Mein Exemplar hat Madame de Montespan gehört, einer Geliebten Ludwigs XIV. und satanischen Oberpriesterin, die es geschafft hat, die Schwarze Messe zu einem festen Bestandteil des höfischen Lebens zu machen. Es gibt einen Brief der Montespan an ihre Freundin und Vertraute Madame de Peyrolles, in dem sie sich über die Mängel eines Buches beschwert und ausdrücklich schreibt: *Es behandelt sämtliche Themen, die auch von den Weisen als notwendig erachtet werden, und doch enthält es Unklarheiten, eine Art Spiel mit Worten, die man nie in die richtige Reihenfolge bekommt.*«

»Wem hat es noch gehört?«

»Dem Grafen von Saint-Germain, der es später Cazotte verkauft hat.«

»Jacques Cazotte?«

»Genau. Er hat den *Verliebten Teufel* geschrieben und ist 1792 guillotiniert worden. Kennen Sie das Buch?«

Corso nickte vorsichtig. Die Bezüge waren so offensichtlich, daß sie fast schon wieder unmöglich erschienen.

»Ja, ich habe es einmal gelesen.«

Irgendwo in der Wohnung klingelte ein Telefon, und man hörte die Schritte der Sekretärin im Gang. Danach trat wieder Stille ein.

»Was die *Neun Pforten* betrifft«, fuhr die Baronin fort, »so haben sich seine Spuren in den Tagen der revolutionären Tumulte hier in Paris verloren. Zwar wird es noch ein paarmal erwähnt, aber die Angaben sind immer sehr ungenau: Gérard de Nerval zitiert es beiläufig in einem seiner Artikel und behauptet, es im Haus eines Freundes gesehen zu haben...«

Corso blinzelte kaum merklich hinter seinen Brillengläsern.

»Gehörte nicht auch Dumas zu seinen Freunden?« fragte er alarmiert.

»Doch, aber Nerval sagt nicht, bei welchem Freund er es gesehen hat. Fest steht nur, daß bis zum Verkauf des Pétain-Anhängers keiner mehr das Buch zu Gesicht bekommen hat. Und seither steht es hier, in meiner Bibliothek.«

Corso hörte ihr nicht mehr zu. Der Legende zufolge hatte Gérard de Nerval sich mit dem Schnürband des Mieders von Madame de Montespan erhängt. Oder war es das Band der Maintenon gewesen? Aber ob es nun der einen oder der anderen gehört hatte, jedenfalls stellte er unwillkürlich die Verbindung zum Gürtel von Enrique Taillefers Morgenmantel her.

Das Erscheinen der Sekretärin unterbrach ihn in seinen Gedanken. Corso werde am Telefon verlangt. Er entschuldigte sich und ging an den Lesetischen vorbei in den Gang hinaus, der ebenfalls mit Büchern und Pflanzen vollgestopft war. Auf einem kleinen Ecktisch stand ein altmodischer Telefonapparat aus Metall, dessen Hörer ausgehängt war.

»Ja, bitte?«

»Corso? Hier ist Irene Adler.«

»Das höre ich«, sagte er mit einem Blick in den leeren Korridor. Die Sekretärin war verschwunden. »Ich habe mich schon gewundert, daß du nicht mehr auf deinem Posten bist. Von wo rufst du an?«

»Von der Bar an der Ecke. Das Haus wird von einem Mann überwacht. Deshalb bin ich hierher gekommen.«

Corso atmete einmal tief durch. Dann suchte er mit den Zähnen ein Nagelhäutchen am Daumen und biß es ab. Früher oder später mußte es ja so weit kommen, sagte er sich mit zerknirschter Resignation: Dieser Mensch gehörte mittlerweile richtiggehend zum Hintergrundbild oder zur Bühnenausstattung. Dann stellte er eine Frage, von der er wußte, daß sie eigentlich überflüssig war:

»Wie sieht er aus?«

»Dunkelhaarig, mit Schnurrbart und einer großen Narbe im Gesicht.« Die Stimme des Mädchens klang gelassen. Sie schien weder aufgeregt zu sein noch irgendeine Gefahr zu wittern. »Er sitzt in einem grauen BMW, der auf der anderen Straßenseite parkt.«

»Hat er dich gesehen?«

»Das weiß ich nicht. Er ist seit einer Stunde dort und in der Zeit zweimal aus dem Auto gestiegen: einmal, um die Namensschildchen neben dem Hausportal durchzugehen, und das andere Mal, um Zeitungen zu kaufen.«

Corso spuckte das Nagelhäutchen aus und lutschte am schmerzenden Daumen.

»Hör mal. Ich habe keine Ahnung, was dieser Typ will, und ich weiß auch nicht, ob ihr beiden womöglich unter einer Decke steckt. Aber es gefällt mir nicht, daß er in deiner Nähe ist. Das gefällt mir überhaupt nicht. Du gehst also auf der Stelle ins Hotel zurück.«

»Red keinen Quatsch, Corso. Ich gehe hin, wo ich hingehen muß.«

Bevor sie einhängte, fügte sie noch »Grüße an Tréville« hinzu, und Corso stöhnte halb verdrossen, halb sarkastisch auf, denn er hatte genau dasselbe gedacht, und diese Übereinstimmung paßte ihm überhaupt nicht. Er starrte auf den Hörer, ohne ihn auf die Gabel zurückzulegen. Klar: Sie las ja *Die drei Musketiere* – das hatte er vorher sogar vom Fenster aus sehen können. Wahrscheinlich war sie beim dritten Kapitel angelangt: D'Artagnan, der soeben in Paris eingetroffen ist und sich in der Audienz mit Herrn de Tréville befindet, dem Hauptmann der Musketiere des Königs, erblickt vom Fenster aus Rochefort, stürzt Hals über Kopf die Treppe hinunter, um ihn zu fassen, und gerät dabei mit Athos' Schulter, Porthos' Wehrgehänge und Aramis' Taschentuch aneinander. Grüße an Tréville. Ob ihr diese geistreiche Bemerkung spontan in den Sinn gekommen war? Als Witz nicht schlecht, aber Corso war nicht zum Lachen zumute.

Nachdem er eingehängt hatte, blieb er eine Weile nachdenklich im Korridor stehen. Vielleicht erwartete man sich ja gerade das von ihm: daß er mit gezücktem Säbel die Treppe hinunterstürmte und dem Lockvogel Rochefort hinterherlief. Selbst der Anruf des Mädchens konnte Bestandteil des Plans sein, oder – wenn er um ein paar Ecken herum dachte – auch das Gegenteil, also eine Warnung vor diesem Plan, vorausgesetzt natürlich, daß es einen Plan gab. Und vorausgesetzt, daß das Mädchen – Corso hatte zu viel Erfahrung, um für irgend jemanden die Hand ins Feuer zu legen – in lauterer Absicht handelte.

Schlechte Zeiten, sagte er sich wieder. Verrückte Zeiten. Bücher, Kino, Fernsehen, unterschiedliche Leseniveaus – was nützte das alles, wenn man noch immer nicht in der Lage war zu sagen, ob man es mit dem Original oder mit einer Kopie zu tun hatte, ob man im Spiegelkabinett vor dem echten Abbild stand oder vor seiner seitenverkehrten Version oder vor einer

Summe aus beiden. Welche Absichten verfolgte der Verfasser? Heutzutage war es ebensogut möglich, ein Ignorant wie ein Besserwisser zu sein. Ein Grund mehr, den Ururgroßvater Corso mit seinem Grenadierschnurrbart zu beneiden, eingehüllt in den Pulvergeruch flandrischer Schlachtfelder. Damals war eine Fahne noch eine Fahne gewesen, der Kaiser eben der Kaiser, und eine Rose war eine Rose war eine Rose. Aber wie auch immer, eins stand für Corso auch jetzt, hier, in Paris, fest: Selbst als anspruchsvoller Leser konnte er von niemandem dazu gezwungen werden, dieses Spiel über eine gewisse Grenze hinaus mitzumachen. Was zu weit ging, ging zu weit. Er hatte weder das Alter noch die Naivität, noch die Lust, sich auf einem Terrain zu schlagen, das der Gegner ausgewählt hatte – drei Duelle, innerhalb von zehn Minuten vereinbart, am Karmeliterkloster oder wo auch immer. Im geeigneten Augenblick würde er schon von selbst an Rochefort herantreten und ihm seine Aufwartung machen, am besten von hinten und mit einem Brecheisen in der Hand. Das schuldete er ihm noch seit dem Vorfall in Toledo, ganz zu schweigen von den Zinsen, die der Kerl sich in Sintra angehäuft hatte. Corso war einer, der seine Schulden kaltblütig beglich. Und ohne jede Eile.

XI. Am Seineufer

> Es scheint mir, daß dieses Rätsel gerade aus dem Grund
> als unlösbar gilt, weshalb man es eigentlich für leicht lösbar
> halten sollte.
>
> E. A. Poe, *Die Morde in der Rue Morgue*

»Der Schlüssel ist denkbar einfach«, sagte Frida Ungern. »Es werden ähnliche Abkürzungen benützt wie in den alten lateinischen Handschriften. Vielleicht, weil Aristide Torchia den größten Teil des Textes wortwörtlich von einem anderen Manuskript abgeschrieben hat, möglicherweise von dem berühmten *Delomelanicon*. Wer sich auch nur annähernd in der Sprache der Hermetiker auskennt, kann die Bildunterschrift des ersten Holzschnitts ohne weiteres entschlüsseln: NEM. PERV.T QVI N.N LEG. CER.RIT heißt natürlich NEMO PERVENIT QUI NON LEGITIME CERTAVERIT.«

»Wer nicht kämpft, wie die Regeln es vorschreiben, wird nie an sein Ziel gelangen.«

Sie waren bei der dritten Tasse Kaffee angelangt, und nun bestand kein Zweifel mehr, daß die Baronin ihn – wenigstens im übertragenen Sinne – adoptiert hatte. Er sah, wie sie zufrieden nickte.

»Sehr gut... Können Sie auch die Darstellung deuten?«

»Nein«, log Corso, ohne mit der Wimper zu zucken. Er hatte soeben entdeckt, daß aus der mauerbewehrten Stadt, auf die der Reiter sich zubewegte, nicht vier, sondern drei Türme aufragten. »Bis auf die Geste des Ritters, die mir ziemlich eloquent scheint.«

»Das ist sie auch: Er wendet sich, den Finger auf den Lippen, an seinen Adepten und gemahnt ihn zum Schweigen... Das entspricht dem *tacere* der okkulten Philosophie. Die

Stadtmauer im Hintergrund schließt drei Türme ein: das Geheimnis. Beachten Sie, daß ihr Tor verschlossen ist. Es muß zuerst geöffnet werden.«

Corso blätterte gespannt weiter: Der Eremit auf der zweiten Tafel hatte seine Schlüssel in der *rechten* Hand. Unter dem Holzschnitt stand CLAVS. PAT.T.

»CLAUSAE PATENT«, entzifferte die Baronin mühelos. »*Öffnet das Geschlossene,* die verschlossenen Türen... Der Eremit versinnbildlicht Wissen, Studium, Weisheit. Und achten Sie auf den schwarzen Hund neben ihm: Der Legende zufolge soll auch Agrippa ständig von einem solchen begleitet worden sein. Der treue Hund. Denken Sie an Plutarch, an Goethes *Faust,* an Bram Stokers *Dracula:* Der Teufel tritt immer in Gestalt eines schwarzen Hundes auf... Und hier, die Laterne: Das ist die Laterne des Philosophen Diogenes, der für seine Bedürfnislosigkeit bekannt war. Er hat den mächtigen Alexander einzig darum gebeten, keinen Schatten auf ihn zu werfen, ihm aus der Sonne, aus dem Licht zu gehen.«

»Und was bedeutete der Buchstabe Teth?«

»Da bin ich mir nicht ganz sicher.« Sie klopfte sacht auf den Holzschnitt. »Der Eremit aus dem Tarot, der diesem hier sehr ähnelt, wird manchmal mit einer Schlange dargestellt oder mit einem Stock, der sie verkörpert. In der okkulten Philosophie sind die Schlange und der Drache die Hüter des Wundergartens oder des Goldenen Vlieses und schlafen mit offenen Augen. Sie sind der *Spiegel der Künste.*«

»*Ars diavoli*«, sagte Corso aufs Geratewohl, und die Baronin nickte mit einem geheimnisvollen Lächeln. In Wirklichkeit wußte Corso aus Fulcanelli und anderen Quellen, die er vor langer Zeit einmal gelesen hatte, daß der Begriff *Spiegel der Kunst* nicht aus der Dämonologie, sondern aus der Alchimie stammte. Er fragte sich, wieviel Scharlatanerie sich wohl hinter den gelehrten Erläuterungen verbarg, mit denen seine Gesprächspartnerin ihn förmlich überschwemmte, so daß er sich vorkam wie ein Goldsucher, der mit seinem Sieb bis zum Bauchnabel im Fluß steht. Mit irgend etwas muß man die fünfhundert Seiten eines Bestsellers ja füllen, dachte er und seufzte innerlich.

Aber Frida Ungern war bereits zur dritten Tafel übergegangen:

»Hier lautet die Bildunterschrift VERB. D.SVM C.S.T ARCAN. Das heißt: VERBUM DIMISSUM CUSTODIAT ARCANUM, was wir etwa so übersetzen könnten: *Das verlorene Wort birgt das Geheimnis.* Und die Bildtafel ist äußerst bedeutungsvoll: eine Brücke, die Verbindung zwischen dem hellen und dem dunklen Ufer. Der Sinn der Brücke ist von der griechischen Mythologie bis heute immer derselbe: Sie kann die Erde mit dem Himmel verbinden oder mit der Hölle, genau wie der Regenbogen. Um sie überqueren zu können, muß man vorher natürlich das turmbewehrte Tor öffnen, das den Zugang zu ihr versperrt.«

»Und wie interpretieren Sie den Bogenschützen, der sich in den Wolken versteckt?«

Diesmal gelang es ihm kaum, einen ruhigen Ton beizubehalten. In den Exemplaren eins und zwei hatte der Bogenschütze einen leeren Köcher umhängen. In der Nummer drei dagegen steckte ein Pfeil darin. Frida Ungern deutete mit dem Finger auf die Abbildung.

»Der Bogen ist die Waffe des Apollon und der Diana, das Licht der höchsten Macht, der Zorn der Götter oder Gottes. Der Bogenschütze symbolisiert den Feind, der einem beim Überqueren der Brücke auflauert.« Sie beugte sich vertraulich zu ihm hinüber. »Hier steht er für eine schreckliche Warnung. Es ist gefährlich, mit diesen Dingen zu spielen.«

Corso nickte, während er bis bis zum vierten Holzschnitt weiterblätterte. Er sah im Geiste Schleier zerreißen. Die Türen begannen sich mit unheilvollem Quietschen zu öffnen. Jetzt hatte er den Schelm und das gemauerte Labyrinth vor sich, mit der Bildunterschrift FOR. N.N OMN. A.QVE. Frida

Ungern übersetzte sie so: *Das Schicksal ist für jeden anders,* FORTUNA NON OMNIBUS AEQUE.

»Diese Figur entspricht dem Narren aus dem Tarot«, erklärte sie ihm. »Der Narr Gottes im Islam. Er hat natürlich auch seinen Stock, also die symbolische Schlange, in der Hand. Er ist der mittelalterliche Schelm, der Joker aus dem Kartenspiel, mit dem jede beliebige Karte ersetzt werden kann. Achten Sie auf die Würfel neben ihm: Er verkörpert das Schicksal, den Zufall, das Ende von allem, den erwarteten oder unerwarteten Ausgang. Im Mittelalter waren die Narren Privilegierte. Sie durften Dinge tun, die anderen verboten waren, und hatten den Auftrag, die Herrschenden an ihre Sterblichkeit zu erinnern, daran, daß ihr Ende so unausweichlich war wie das der anderen Menschen...«

»Die Bildunterschrift besagt aber genau das Gegenteil«, wandte Corso ein. »Das Schicksal ist für jeden anders.«

»Natürlich. Wer rebelliert, wer seine Freiheit wahrnimmt und bereit ist, ein Risiko einzugehen, der kann sich ein anderes Schicksal verdienen. Genau davon handelt dieses Buch, und so läßt sich auch der Narr erklären, das Paradigma der Freiheit. Er ist der einzige wirklich freie Mensch und zugleich der weiseste. In der okkulten Philosophie wird der Narr mit dem Quecksilber der Alchimisten gleichgesetzt. Er ist der Götterbote, der die Seelen durch das Reich der Schatten geleitet...«

»Das Labyrinth.«

»Ja. Da haben Sie es.« Frida Ungern deutete auf das Bild. »Und wie Sie sehen, ist die Eingangstür verschlossen.«

Die Ausgangstür auch, stellte Corso mit einer Gänsehaut fest, bevor er auf der Suche nach dem nächsten Bild neun Seiten weiterblätterte.

»Die Legende hier ist einfacher. Das ist die einzige, an die ich mich rantraue«, sagte er: »FR.ST.A. Lassen Sie mich raten... Ich würde sagen, hier fehlen ein ›u‹ und ein ›r‹... FRUSTRA. Das heißt: *vergeblich.*«

»Sehr gut. Sie haben den Nagel auf den Kopf getroffen, Señor Corso, und die Allegorie stimmt völlig mit diesem Motto überein: Der Geizige zählt sein Geld, ohne an den Tod zu denken, der hinter ihm steht und zwei wichtige Symbole in den Händen hält: Sanduhr und Heugabel.«

»Warum eine Heugabel und keine Sense?«

»Weil der Tod mäht und der Teufel erntet.«

Jetzt kamen sie zur sechsten Tafel, auf der ein Mann an einem Fuß von einer Mauerzinne hing. Frida Ungern zog ein beinahe gelangweiltes Gesicht, als wäre der Sinn dieser Abbildung nur zu offensichtlich:

»DIT.SCO M.R. steht für DITESCO MORI: *Ich bereichere mich mit dem Tod.* Das kann der Teufel mit Fug und Recht von sich behaupten. Finden Sie nicht?«

»Doch, sicher... Das ist schließlich sein Beruf.« Corso strich mit dem Finger über die Bildtafel. »Was symbolisiert der Erhängte?«

»An erster Stelle das Arcanum Nummer zwölf aus dem Tarot. Aber es gibt auch andere Interpretationen. Ich neige dazu, diese Abbildung als Sinnbild für das Opfer zu deuten, das man für jede Veränderung bringen muß... Kennen Sie Odins Runenlied aus der Edda?

Ich weiß, daß ich hing am windigen Baum neun lange Nächte...

Und wo wir schon dabei sind, Verbindungen herzustellen«, fuhr die Baronin fort: »Luzifer, der Vorkämpfer der Freiheit, leidet aus Liebe zum Menschen. Und er verhilft ihnen zur Erkenntnis, indem er sich selbst opfert.«

»Was können Sie mir über die siebte Tafel erzählen?«

»DIS.S P.TI.R MAG., dem ersten Anschein nach nicht einfach zu deuten. Aber ich leite daraus einen alten Sinnspruch ab, der ganz dem Geschmack der hermetischen Philosophen entspricht: DISCIPULUS POTIOR MAGISTRO.«

»Der Schüler übertrifft den Meister?«

»Ja, so ungefähr... Auf diesem Bild spielen ein König und ein Bettler zusammen Schach, auf einem Brett, das nur helle Felder hat, während neben ihnen ein schwarzer und ein weißer Hund, das Böse und das Gute, erbittert miteinander raufen. Zum Fenster scheint der Mond herein, der zugleich die Dunkelheit und die Mutter versinnbildlicht. Denken Sie an die mythologische Vorstellung, daß die Seelen nach dem Tod beim Mond Zuflucht suchen... Sie haben doch meine *Isis* gelesen, nicht? Die Farbe Schwarz symbolisiert die Finsternis, die Schattenchimären, die Erde, die Nacht, den Tod und in der Wappenkunde den Säbel... Dem Schwarz der Göttin Isis steht die Farbe der Jungfrau Maria gegenüber, die in ihrem blauen Mantel auf dem Mond steht. Nach dem Tod kehren wir zu ihr zurück, in die Dunkelheit, aus der wir kommen, in die Dunkelheit, die etwas Ambivalentes hat, weil sie zugleich Schutz und Gefahr darstellt. Für die Hunde und den Mond gibt es ebenfalls noch eine andere Interpretation: Die Jagdgöttin Artemis, die bei den Römern Diana heißt, war berüchtigt für die Art und Weise, in der sie sich an denen rächte, die sich in sie verliebten oder ihre Weiblichkeit ausnützen wollten... Ich vermute, Sie wissen, was ich meine.«

Corso, der an Irene Adler dachte, nickte langsam.

»Ja. Sie hat die Spanner in Hirsche verzaubert und dann ihre Hunde auf sie gehetzt.« Er mußte wider Willen einmal schlucken. Die beiden auf Leben und Tod miteinander kämpfenden Hunde des Holzschnitts erschienen ihm auf einmal in einem sehr unheimlichen Licht: Er und Rochefort? »Um sie von ihnen zerreißen zu lassen.«

Die Baronin warf ihm einen unbekümmerten Blick zu. Den Kontext schuf er, nicht sie.

»Was die achte Bildtafel betrifft«, fuhr Frida Ungern fort, »so ist ihre Grundbedeutung ziemlich einfach zu verstehen: VIC. I.T VIR. ergibt das hübsche Motto VICTA IACET VIRTUS. Und das meint soviel wie: *Die Tugend liegt besiegt darnieder*. Die Tugend wird von dem Mädchen verkörpert, das kurz davor steht, von diesem schmucken jungen Mann in seiner Ritterrüstung enthauptet zu werden, während sich im Hintergrund unerbittlich das Glücks- oder Schicksalsrad dreht – langsam aber kontinuierlich. Die drei Figuren auf ihm symbolisieren die drei Stadien, die im Mittelalter mit folgenden Worten bezeichnet wurden: *regno* (ich regiere), *regnavi* (ich habe regiert), *regnabo* (ich werde regieren).«

»Dann bleibt also nur noch eine Tafel.«

»Ja, die letzte und bedeutsamste aller Allegorien. N.NC SC.O TEN.BR. LVX läßt sich eindeutig als NUNC SCIO TENEBRIS LUX entschlüsseln: *Jetzt weiß ich, daß die Finsternis das Licht hervorbringt*. In Wirklichkeit haben wir es mit einer Szene aus der Johannesoffenbarung zu tun. Das letzte Siegel ist erbrochen, die geheime Stadt steht in Flammen, und nun ist die Zeit der Großen Hure Babylon gekommen, die auf dem siebenköpfigen Drachen ihren triumphalen Einzug hält, nachdem sie den schrecklichen Namen des Tieres oder die Zahl seines Namens ausgesprochen hat.«

»Ich finde eigentlich, daß sich das nicht lohnt«, sagte Corso. »So viel Mühsal, um zum Schluß vor dieser Horrorvision zu stehen.«

»Aber darum geht es hier doch gar nicht. Die Darstellungen sind so etwas wie Chiffren oder Hieroglyphen. Genau wie in einem ganz banalen Bilderrätsel die Zahl 2, die Zeichnung eines Tellers Suppe und eines Würfels den Ausdruck zwei Brühwürfel ergeben, läßt sich mit diesen Tafeln, den Bildunterschriften und dem Text des Buches eine Sequenz festlegen, ein Ritual. Die Formel, die das Zauberwort enthält. Das *verbum dimissum* oder wie immer Sie es nennen möchten.«

»Und schon erscheint der Teufel.«

»Theoretisch, ja.«

»In welcher Sprache ist die Beschwörungsformel? Lateinisch, Hebräisch, Griechisch?«

»Das weiß ich nicht.«

»Und der Fehler, von dem Madame de Montespan spricht, worin besteht der?«

»Ich habe Ihnen doch schon gesagt, daß ich das auch nicht weiß. Alles, was ich herausbekommen konnte, ist, daß der Zelebrant ein magisches Feld schaffen muß, innerhalb dessen er die gefundenen Worte anordnet, und zwar in einer ganz bestimmten Reihenfolge, die ich nicht kenne, die sich aber mit Hilfe der Textseiten 158 und 159 der *Neun Pforten* bestimmen läßt. Sehen Sie.«

Sie zeigte ihm eine Textpassage in lateinischen Kürzeln. Die betreffende Stelle war mit einem schmalen Kärtchen gekennzeichnet, das mit der winzigen, spitzen Schrift der Baronin in Bleistift versehen war.

»Haben Sie es geschafft, den Text zu entschlüsseln?«

»Ja. Das glaube ich wenigstens.« Sie reichte ihm das Kärtchen mit ihrer Übersetzung. »Hier, lesen Sie.«

Corso rückte seine Brille zurecht.

Die Schlange, die sich in den Schwanz beißt, windet sich um das Labyrinth,
in dem du acht Pforten durchqueren mußt, bevor du zu dem Drachen gelangst,
dem Hüter des geheimen Wortes.
Zu jeder Pforte gehören zwei Schlüssel:
Der erste ist Luft und der zweite Materie,
aber beide verkörpern dasselbe Prinzip.
Die Materie legst du im Sinn der aufgehenden Sonne auf die Haut der Schlange,
und auf ihren Bauch legst du das Siegel des Saturn.
Neunmal mußt du das Siegel öffnen,
und wenn der Spiegel den Weg anzeigt,
findest du das verlorene Wort,
welches das Licht aus der Finsternis bringt.

»Wie finden Sie das?« fragte die Baronin.

»Ein bißchen schaurig. Ich verstehe kein Wort. Und Sie?«

»Auch nicht viel mehr.« Sie blätterte bekümmert in dem Buch. »Dabei geht es nur darum, eine Methode zu begreifen, eine Formel herauszufinden. Aber irgend etwas funktioniert an der Geschichte nicht. Und ich sollte eigentlich wissen, was.«

Corso zündete sich eine weitere Zigarette an, ohne einen Kommentar abzugeben. Er kannte bereits die Antwort auf diese Frage: die Schlüssel des Eremiten, die Sanduhr... der Labyrinthausgang, das Schachbrett, der Heiligenschein... und noch vieles mehr. Während Frida Ungern ihm den Sinn der Allegorien erklärte, hatte er neue Unterschiede entdeckt, die seine Hypothese bestätigten: Jedes Exemplar war anders. Das Spiel mit den Fehlern ging weiter, und er mußte sich dringend an die Arbeit machen. Aber nicht so, mit der Baronin auf der Pelle.

»Ich würde das Buch gerne in Ruhe studieren«, sagte er.

»Kein Problem. Ich habe Zeit in Hülle und Fülle und schaue Ihnen gerne zu, wie Sie arbeiten.«

Corso räusperte sich verlegen. Jetzt waren sie, wie befürchtet, am heiklen Punkt angelangt.

»Ich arbeite besser für mich.«

Das klang nach einem groben Fehltritt. Über Frida Ungerns Stirn senkte sich eine düstere Wolke.

»Ich fürchte, ich habe Sie nicht recht verstanden«, sagte sie mit einem argwöhnischen Blick auf seine Segeltuchtasche. »Verlangen Sie etwa, daß ich Sie allein lasse?«

»Darum würde ich Sie bitten.« Corso schluckte und bemühte sich, ihrem Blick so lange wie möglich standzuhalten. »Die Angelegenheit, mit der ich mich da beschäftige, ist vertraulich.«

Die Baronin blinzelte leicht. Die Wolke über ihrer Stirn kündigte ein Gewitter an, und der Bücherjäger wußte, daß im nächsten Augenblick alles den Bach hinuntergehen konnte.

»Sie sind natürlich Ihr eigener Herr.« Frida Ungerns Stimme hätte die Topfpflanzen im Zimmer zum Erfrieren bringen können. »Aber vergessen Sie nicht, daß Sie sich hier in meinem Haus befinden und daß dieses Buch mir gehört.«

Jeder andere hätte sich an diesem Punkt vielmals entschuldigt und den Rückzug angetreten. Aber Corso unternahm nichts dergleichen. Er blieb sitzen, rauchte gelassen weiter und sah die Baronin an. Nach einer Weile lächelte er reserviert: ein Poker spielendes Kaninchen, das noch eine Karte verlangt.

»Ich glaube, ich habe mich nicht richtig ausgedrückt.« Sein Lächeln war noch nicht ganz verschwunden, als er einen gut verpackten Gegenstand aus der Segeltuchtasche zog. »Mir geht es lediglich darum, das Buch ein bißchen genauer zu untersuchen und ein paar Notizen zu machen.« Er klopfte leicht auf seine Tasche, während er Frida Ungern mit der anderen Hand den eingewickelten Gegenstand reichte. »Ich habe alles Nötige dabei, Sie werden sehen.«

Die Baronin öffnete das Päckchen und betrachtete schweigend seinen Inhalt. Es handelte sich um ein dickes Faszikel in deutscher Sprache – Berlin, September 1943 – mit dem Titel *Iden*: eine monatlich erscheinende Zeitschrift der *Lohe-Gesellschaft*, die während des Dritten Reichs von Anhängern der Magie und Astrologie gegründet worden war und den nationalsozialistischen Machthabern nahegestanden hatte. Auf einer Seite, die Corso mit einem Papierstreifen gekennzeichnet hatte, gab es verschiedene Fotos, und auf einem von ihnen lächelte Frida Ungern in die Kamera. Sie hatte noch beide Arme und stand eingehakt zwischen zwei Männern: Der zu ihrer Rechten war in Zivil und wurde im Begleittext der Fotografie als persönlicher Astrologe des Führers ausgewiesen, während man sie – das werte Fräulein Frida Wender – als seine Assistentin vorstellte. Der Mann zu ihrer Linken trug eine Metallbrille und machte einen ziemlich schüchternen Eindruck. Er steckte in der schwarzen Uniform der SS, und man brauchte nicht erst die Bildunterschrift zu lesen, um Reichsführer Heinrich Himmler zu erkennen.

Als Frida Ungern, geborene Wender, ihre Augen von der Zeitschrift hob und dem Blick des Bücherjägers begegnete, hatte sie überhaupt nichts von einer netten Oma. Aber sie fing sich sofort wieder und nickte langsam, während sie sorgfältig die Seite aus dem Heft heraustrennte und in winzige Stücke riß. Auch die Hexen und die Baroninnen und die alten Damen, die in Zimmern voller Bücher und Topfpflanzen arbeiten, haben ihren Preis, dachte Corso, wie jeder Mensch. *Victa iacet virtus.* Und warum hätte es auch anders sein sollen.

Als Corso endlich allein war, richtete er sich an einem Tisch vor dem Fenster ein. Er zog das Dossier aus der Tasche, legte die *Neun Pforten* vor sich hin und schlug sie bei der Titelseite auf. Bevor er zu arbeiten begann, lüftete er ein wenig die Gardine und warf einen Blick hinaus. Auf der gegenüberliegenden Straßenseite war ein BMW geparkt. Rochefort stand also beharrlich Wache. Corso schaute auch zu der Bar an der Ecke hinüber, aber das Mädchen war nicht zu sehen.

Dann wandte er sich dem Buch zu: Beschaffenheit des Papiers, Drucktiefe der Holzschnitte und Errata. Mittlerweile wußte er, daß die drei Exemplare nur formal miteinander identisch waren: schwarzer Ledereinband ohne Titel, fünf Bünde, Pentagramm auf dem Deckel, Anzahl der Blätter, Verteilung der Bildtafeln... Mit Eselsgeduld ging er Seite um Seite durch und vervollständigte die komparativen Tabellen, die er mit der Nummer eins begonnen hatte. Auf Seite 81 fand er neben der unbedruckten Rückseite des fünften Holzschnitts ein Karteikärtchen der Baronin, auf dem eine weitere Textpassage entschlüsselt und übersetzt war:

Du erklärst dich einverstanden mit dem Bündnispakt, den wir schließen, indem ich mich an dich ausliefere. Und du versprichst mir die Liebe der Frauen und die

Unschuld der Jungfern und die Keuschheit der Nonnen, die Würden, die Genüsse und die Reichtümer der Mächtigen, der Adligen und Geistlichen. Ich werde alle drei Tage huren und mich köstlichem Rausch hingeben. Dafür verpflichte ich mich, einmal im Jahr diesen Vertrag zu erneuern, den ich mit meinem Blut unterzeichne. Ich werde dich anbeten und mit den Füßen auf den kirchlichen Sakramenten herumtrampeln. Ich brauche weder Strang noch Schwert, noch Gift zu fürchten und werde zwischen Pestkranken und Aussätzigen umhergehen können, ohne daß mein Fleisch den geringsten Schaden nimmt. Vor allem aber werde ich jene Erkenntnis erlangen, um deretwillen meine Urahnen auf das Paradies verzichtet haben. Dieser Pakt bevollmächtigt dich, mich aus dem Buch des Lebens zu streichen und in das schwarze Buch des Todes einzutragen. Und ab sofort werde ich zwanzig Jahre glücklich auf der Erde der Menschen leben. Und nach Ablauf dieser Frist werde ich dir in dein Reich folgen und Gott verfluchen.

Auf der Rückseite des Kärtchens war auch ein Absatz von einer anderen Seite übersetzt:

Ich werde deine Diener, meine Brüder, an einem Merkmal erkennen, das sie an irgendeiner Stelle ihres Körpers tragen, hier oder dort, eine Narbe oder ein Zeichen, das du ihnen aufgeprägt hast.

Corso fluchte leise und andauernd, als murmle er ein Gebet. Dann betrachtete er die vielen Bücher, die ihn umgaben, ihre abgegriffenen, dunklen Rücken, und hatte plötzlich das Gefühl, als dringe aus ihrem Inneren ein seltsames Rumoren an sein Ohr. Jeder einzelne dieser geschlossenen Bände war eine Tür, hinter der sich Schatten bewegten, Stimmen und Geräusche, die sich aus düsteren Tiefen einen Weg zu ihm bahnten. Und bei dieser Vorstellung lief es ihm kalt über den Rücken. Wie einem hundsgewöhnlichen Spiritisten.

Es war Nacht, als er das Haus der Baronin verließ. Unter dem Portal blieb er einen Augenblick stehen, um nach rechts und links zu spähen, aber er konnte nichts Verdächtiges erkennen. Der graue BMW war verschwunden. Von der Seine stieg feiner Nebel auf, der über die steinerne Uferbrüstung quoll und sich auf das feuchte Kopfsteinpflaster legte. Die gelblichen Lichter der Straßenlaternen, die in regelmäßigen Abständen die Uferstraße erhellten, spiegelten sich auf dem Boden und beschienen die leere Bank, auf der das Mädchen gesessen hatte.

Corso ging zur Bar an der Ecke, ohne ihr zu begegnen, und dort angekommen, suchte er ihr Gesicht vergeblich unter denen, die sich am Tresen und an den kleinen Tischen im hinteren Teil des Lokals drängten. Sein Gefühl sagte ihm, daß hier etwas nicht stimmte, daß in diesem Puzzle ein Teil am falschen Platz lag. Seit dem Telefonanruf, mit dem das Mädchen ihn vor Rochefort gewarnt hatte, läutete in seinem Kopf eine Alarmglocke. Die Ereignisse der letzten Tage hatten seinen Instinkt geschärft, und deshalb witterte er eine nicht zu greifende Gefahr, draußen, auf der verlassenen Straße und in den Dunstschwaden, die vom Fluß heraufzogen und sich bis an die Tür des Lokals ausbreiteten. Er versuchte die unheilvollen Ahnungen mit einem Schulterzucken abzuschütteln, kaufte ein Päckchen Gauloises und zog sich zwei Gläser Gin rein, eins unmittelbar nach dem andern, ohne mit der Wimper zu zucken, bis sich seine Nasenlöcher weiteten. Alles nahm wieder seinen angestammten Platz im Universum ein, das Kameraobjektiv stellte sich scharf. Die Alarmglocke war jetzt kaum noch zu hören, und die Geräusche der Außenwelt drangen wie durch ein dickes Kissen an sein Ohr. Mit einem dritten Glas Gin in der Hand setzte er sich an einen freien Fenstertisch und blickte durch die beschlagene Scheibe auf die Straße hinaus. Der feine Nebel, der vom Ufer heraufschwebte und über die Pflastersteine kroch, wurde nur dann und wann von den Rädern eines Autos aufgewirbelt. So blieb Corso eine Viertelstunde sitzen und hielt Ausschau nach irgend etwas, das verdächtig sein könnte. Die Segeltuchtasche hatte er sich zwischen die Füße geklemmt. Sie enthielt einen Großteil der Antworten auf Varo Borjas Rätsel – der Bibliophile gab sein Geld nicht umsonst aus.

Als erstes hatte Corso das Problem mit den Varianten in acht der neun Bildtafeln gelöst. Das Exemplar Nummer drei enthielt im Vergleich zu den beiden anderen Exemplaren zusätzliche Abweichungen in Abbildung I, III und VI. Auf dem ersten Holzschnitt ragten statt vier nur drei Türme aus der mauerbewehrten Stadt auf, in die der Ritter unterwegs war. Die Abweichung in der dritten Tafel bestand darin, daß der Köcher des Bogenschützen einen Pfeil enthielt, während er in den Exemplaren aus Toledo und Sintra leer war. Und auf der sechsten Abbildung hatte der Erhängte den Strick um den rechten Fuß, in den anderen beiden Exemplaren dagegen um den linken Fuß. Die komparative Tabelle, die er in Sintra begonnen hatte, ließ sich also folgendermaßen vervollständigen:

	I	II	III	IIII	V	VI	VII	VIII	VIIII
EINS	vier Türme	linke Hand	ohne Pfeil	ohne Ausgang	Sand unten	linker Fuß	Schachbrett weiß	ohne Heiligenschein	keine Unterschiede
ZWEI	vier Türme	rechte Hand	ohne Pfeil	mit Ausgang	Sand oben	linker Fuß	Schachbrett schwarz	mit Heiligenschein	keine Unterschiede
DREI	drei Türme	rechte Hand	mit Pfeil	ohne Ausgang	Sand oben	rechter Fuß	Schachbrett weiß	ohne Heiligenschein	keine Unterschiede

Die neun Bildtafeln stimmten also nur dem Anschein nach überein. In Wirklichkeit gab es immer eine, die sich durch

NEM. PERV.T QVI N.N LEG. CERT.RIT

CLAVS. PAT.T

FOR. N.N OMN. A.QVE

FR.ST.A

DIT.SCO M.R.

DIS.S P.TI.R M.

VIIII

N.NC SC.O TEN.BR. LVX

irgendein Detail von den anderen beiden unterschied – die neunte Tafel einmal ausgenommen. Diese Abweichungen waren über alle drei Exemplare verteilt, und zwar durchaus nicht willkürlich, wie es zunächst erscheinen mochte. Um das zu erkennen, mußte man nur die Varianten in den Namensinitialen studieren, mit denen auf den Holzschnitten der *inventor* und der *sculptor* gekennzeichnet waren, also der Urheber des Originalentwurfs und der ausführende Künstler: A. T. und L. F.

	I	II	III	IIII	V	VI	VII	VIII	VIIII
EINS	AT(s) AT(i)	AT(s) LF(i)	AT(s) AT(i)	AT(s) AT(i)	AT(s) LF(i)	AT(s) AT(i)	AT(s) AT(i)	AT(s) AT(i)	AT(s) AT(i)
ZWEI	AT(s) AT(i)	AT(s) AT(i)	AT(s) AT(i)	AT(s) LF(i)	AT(s) AT(i)	AT(s) AT(i)	AT(s) LF(i)	AT(s) LF(i)	AT(s) AT(i)
DREI	AT(s) LF(i)	AT(s) AT(i)	AT(s) LF(i)	AT(s) AT(i)	AT(s) AT(i)	AT(s) LF(i)	AT(s) AT(i)	AT(s) AT(i)	AT(s) AT(i)

Wenn man die beiden Tabellen miteinander verglich, so konnte man eine Übereinstimmung entdecken: Jede Tafel, die sich in der Darstellung durch irgendein Detail von ihren beiden Pendants unterschied, wies auch eine Abweichung in den Initialen des *inventor* auf. Aristide Torchia war durchwegs als *sculptor* genannt, was hieß, daß er eigenhändig für alle drei Exemplare die Holzstöcke geschnitten hatte, von denen später die Drucke gezogen worden waren. Dagegen trat er nur in neunzehn von siebenundzwanzig Fällen auch als *inventor* auf, als Urheber der Vorlagen. Die verbleibenden acht Tafeln – zwei im Borja-Exemplar und jeweils drei im Fargas- und Ungern-Exemplar – gingen auf den Entwurf eines anderen zurück, eines Künstlers, dessen Initialen L. F. waren und sich phonetisch sehr stark einem bestimmten Namen annäherten: Luzifer.

Türme, Hand, Pfeil, Labyrinthausgang, Sand, Fuß des Erhängten, Schachbrett, Heiligenschein: Hier lagen die Abweichungen. Acht Details, acht korrekte Bildtafeln, die zweifellos dem dunklen *Delomelanicon* entnommen waren, und neunzehn irgendwie abgeänderte und damit unbrauchbar gemachte Tafeln, auf drei Exemplare verteilt, die nur von Text und Einband her identisch waren. Demnach war keines der drei Bücher völlig falsch oder wirklich echt. Aristide Torchia hatte seinen Folterern die Wahrheit gesagt, wenn auch nicht die ganze. Es hatte in der Tat nur ein einziges Buch überlebt. Versteckt, vor dem Scheiterhaufen sicher und profanen Händen unzugänglich. Und die Bildtafeln waren der Schlüssel. Es blieb ein Buch, das in dreien verborgen war, und wenn der Schüler den Meister übertraf und die Regeln der *Kunst* beherrschte, so konnte er es mit Hilfe des Schlüssels wieder zusammensetzen.

	I	II	III	IIII	V	VI	VII	VIII	VIIII
EINS	vier Türme	linke Hand	ohne Pfeil	ohne Ausgang	Sand unten	linker Fuß	Schachbrett weiß	ohne Heiligenschein	keine Unterschiede
ZWEI	vier Türme	rechte Hand	ohne Pfeil	mit Ausgang	Sand oben	linker Fuß	Schachbrett schwarz	mit Heiligenschein	keine Unterschiede
DREI	drei Türme	rechte Hand	mit Pfeil	ohne Ausgang	Sand oben	rechter Fuß	Schachbrett weiß	ohne Heiligenschein	keine Unterschiede

	I	II	III	IIII	V	VI	VII	VIII	VIIII
EINS	AT(s) AT(i)	AT(s) LF(i)	AT(s) AT(i)	AT(s) AT(i)	AT(s) LF(i)	AT(s) AT(i)	AT(s) AT(i)	AT(s) AT(i)	AT(s) AT(i)
ZWEI	AT(s) AT(i)	AT(s) AT(i)	AT(s) AT(i)	AT(s) LF(i)	AT(s) AT(i)	AT(s) AT(i)	AT(s) LF(i)	AT(s) LF(i)	AT(s) AT(i)
DREI	AT(s) LF(i)	AT(s) AT(i)	AT(s) LF(i)	AT(s) AT(i)	AT(s) AT(i)	AT(s) LF(i)	AT(s) AT(i)	AT(s) AT(i)	AT(s) AT(i)

Corso befeuchtete seine Lippen mit Gin und starrte in die Dunkelheit über der Seine, jenseits der Laternen, die kurze

Strecken der Uferstraße erhellten und unter den entlaubten Bäumen tiefschwarze Schatten schufen. Er empfand keine Siegeseuphorie, ja nicht einmal Genugtuung darüber, eine schwierige Aufgabe gelöst zu haben. Die Gemütsverfassung, in der er sich jetzt befand, kannte er nur zu gut: Es war die kalte, luzide Ruhe, die ihn überkam, wenn er es endlich geschafft hatte, ein Buch zu ergattern, dem er monatelang auf der Spur gewesen war, wenn er es fertiggebracht hatte, einem Konkurrenten zuvorzukommen, sich ein unverkäuflich geglaubtes Exemplar unter den Nagel zu reißen oder aus einem Haufen wertlosen Ramsches ein Goldkörnchen herauszupicken. Er erinnerte sich an Nikon, wie sie zu einer anderen Zeit und an einem anderen Ort auf dem Teppich vor dem Fernseher saß – Audrey Hepburn und ein Journalist: zwei Verliebte in Rom –, Videokassetten beschriftete und sich langsam im Takt der Musik wiegte, die großen dunklen Augen, aus denen nie das Staunen wich, unverwandt auf ihn gerichtet. Das war bereits die Phase gewesen, in der bisweilen Härte und Vorwurf aus ihrem Blick sprachen, Vorboten der Einsamkeit, die sich über ihnen zusammenbraute wie ein Unwetter oder eine fristlose Kündigung. ›Der Jäger mit seinem Fang‹, hatte Nikon leise festgestellt, beinahe überrascht von ihrer Entdeckung. Vielleicht hatte sie ihn in jener Nacht zum erstenmal in diesem Licht gesehen: Corso – ein nach Atem ringender, griesgrämiger Wolf, der nach langer Hetzjagd seine Beute verschmäht. Ein Raubtier ohne Hunger und ohne Leidenschaft, dem es vor Fleisch und Blut nicht graute. Das kein anderes Ziel hatte als die Jagd selbst. Tot wie deine Beute, Lucas Corso. Wie dieses brüchige alte Papier, das du zu deinem Banner erkoren hast. Verstaubte Kadaver, die du so wenig liebst wie mich, mit denen dich nichts verbindet und die dich verdammt noch mal einen Dreck scheren.

Er fragte sich flüchtig, was wohl Nikons Reaktion gewesen wäre, wenn sie ihn so erlebt hätte: hier, am Tisch in der Bar, mit einem Kribbeln in der Leistengegend und völlig ausgetrocknetem Mund, wie er die Straße beobachtete, ohne sich zum Gehen entschließen zu können, weil er in der Wärme, im Licht, im Zigarettenqualm und im Stimmengewirr des Lokals vorübergehend sicher war vor seinen dunklen Ahnungen, vor der namen- und gestaltlosen Gefahr, die sich durch die dämpfende Wand des Gins hindurch langsam einen Weg zu ihm bahnte – wie der unheimliche Dunst, der von der Seine herankroch. Die Moorlandschaft von Devonshire stieg in ihm auf – ganz in Schwarzweiß. Ja, Nikon hätte das zu schätzen gewußt: der erstarrte Basil Rathbone und aus der Ferne das Heulen des Hundes von Baskerville.

Endlich gab er sich einen Ruck. Er leerte sein Glas, legte eine Münze auf den Tisch, hängte sich seine Segeltuchtasche über die Schulter und trat ins Freie hinaus. Dort schlug Corso seinen Mantelkragen hoch, schaute nach rechts und links und überquerte die Straße. Dann ging er an der Steinbrüstung des Quais entlang, an der Bank vorbei, auf der das Mädchen gelesen hatte. Vom Fluß glänzten die Lichter eines vorbeigleitenden Frachtkahns herauf und umgaben ihn mit einem schmutzigen, gelben Nebelhof.

Weit und breit war keine Menschenseele zu sehen, nur dann und wann ein Auto, das vorüberfuhr. Auf Höhe der Rue Mazarine winkte er einem Taxi, aber es blieb nicht stehen. Also ging er noch ein Stück weiter, bis zur Rue Guénégaud, um dort die Pont Neuf in Richtung Louvre zu überqueren. Der Nebel und die düsteren Häuserfassaden gaben dem ganzen Szenarium etwas Zeitloses und Schwermütiges. Corso war unruhig wie ein Wolf, der Gefahr wittert. Er drehte den Kopf nach allen Seiten und schnupperte in die Luft. Als er bei der Brücke angekommen war, hängte er seine Segeltuchtasche auf die andere Seite, um für den Notfall die rechte Hand frei zu haben, und blieb verwundert stehen: Genau an dieser Stelle – XI. Kapitel: *Der Knoten schürzt sich* – sieht d'Artagnan zwei Gestalten aus der Rue Dauphine treten, die ebenfalls zum Louvre unterwegs sind und auf dieselbe Brücke zusteuern. Constance Bonacieux in Begleitung eines Herrn, der sich als der Herzog von Buckingham herausstellt und dem sein nächtliches Abenteuer beinahe einen Degenstich des Gascogners einbringt:

Ich liebe, Milord, und war eifersüchtig.

Und wenn dieses Gefühl der Gefahr nur Einbildung war, eine hinterhältige Falle, die ihm die unheimliche Umgebung und seine eigene Phantasie stellten, weil er zu viele Romane gelesen hatte? Den Telefonanruf des Mädchens und den grauen BMW vor dem Haus hatte er sich aber nicht eingebildet. In einiger Entfernung begann eine Turmuhr zu schlagen, und Corso atmete einmal tief durch. Irgendwie kam ihm das alles lächerlich vor.

Genau in diesem Augenblick stürzte sich Rochefort auf ihn. Er tauchte so urplötzlich aus der Finsternis auf, als wäre er dem Fluß entstiegen, obwohl er Corso in Wirklichkeit auf dem Kai unterhalb der Steinbrüstung gefolgt war, um bei erster Gelegenheit über eine Treppe heraufzukommen. Das mit der Treppe begriff Corso erst so richtig, als er sie kopfüber hinunterpolterte. Er hatte noch nie Gelegenheit gehabt, einen Treppensturz mitzumachen, und dachte, das würde länger dauern, Stufe um Stufe, wie im Kino, aber es ging alles sehr rasch. Nach dem ersten professionellen Faustschlag hinters rechte Ohr verlor die neblige Nacht vollends ihre Konturen, und er nahm sich selbst und seine Umgebung wahr, als habe er nicht drei Gläser, sondern eine ganze Flasche Gin intus. Eigentlich ein Vorteil, denn so hielt sich der Schmerz, für den die Kanten der Stufen verantwortlich waren, in Grenzen. Als er unten ankam, war er mit Quetschungen übersät, aber bei Bewußtsein, höchstens ein wenig verwundert, kein *splash* gehört zu haben. Aber schließlich war er auch nicht im Wasser gelandet. Vom Boden aus, den Kopf auf dem nassen

Pflaster des Kais, die Füße noch auf den letzten Stufen der Treppe, sah er nach oben und erkannte vage die schwarze Silhouette Rocheforts, der drei Stufen auf einmal nehmend auf ihn zugeflogen kam.

Jetzt bist du dran, Corso, war der einzige Gedanke, den er fassen konnte. Dann jedoch tat er zweierlei: Als erstes versuchte er, seinem Angreifer einen Tritt zu versetzen, just als er ihn über sich hatte. Aber der Ausschlag war zu schwach und ging daneben. So blieb ihm nur noch der alte Familienreflex: Kopf einziehen und abwarten, daß das Geschützfeuer in der Abenddämmerung erlischt. Zum Dunst des Flusses gesellte sich der Nebelschleier unmittelbar vor seinen Augen, seit er beim Sturz die Brille verloren hatte. Corso schnitt eine Grimasse: Ein Unglück kam selten allein. Er zog also den Kopf ein und rollte sich um seine Tasche herum zusammen. Der Tragegurt war ihm von der Schulter gerutscht, hatte sich aber irgendwie in seinem Arm verfangen. Er war sicher, daß sein Ururgroßvater ihm von der anderen Seite der Lethe zusah und seine Reaktion guthieß. Ob sie Rochefort auch gefiel, war schwieriger zu entscheiden, fest stand nur, daß er, wie einst Lord Wellington, der traditionellen britischen Schlagkraft alle Ehre machte: Corso vernahm entfernt einen Schmerzensschrei – zumal aus seiner eigenen Kehle –, als der andere ihm einen sauberen, gezielten Tritt in die Nieren versetzte.

Die Zukunftsaussichten waren also nicht sehr rosig. Corso schloß resigniert die Augen und wartete darauf, daß irgend jemand das Blatt wenden würde. Er hörte aus nächster Nähe den Atem Rocheforts, der sich über ihn gebeugt hatte und in der Tasche herumwühlte, um sie ihm dann mit einem heftigen Ruck zu entreißen. Das ließ Corso die Augen wieder aufschlagen, und in seinem Gesichtsfeld erschien abermals die Treppe. Da sein Kopf aber auf dem Pflasterboden lag, sah er sie horizontal, in verzerrter Perspektive und ziemlich verschwommen. Aus diesem Grund begriff er nicht gleich, ob das Mädchen hinaufging oder herunterkam. Er nahm lediglich wahr, daß sie sich ihm mit unglaublicher Geschwindigkeit näherte. Ihre langen Jeansbeine sprangen im Zickzack über die Stufen, und der blaue Mantel blähte sich im Wind, oder flatterte vielmehr, Nebel aufwirbelnd, zu einer Seite des Bildes hin, wie der Mantel des Phantoms der Oper.

Er kniff neugierig die Augen zusammen und bewegte ein wenig den Kopf, um die ganze Szene in den Blick zu bekommen. Aus den Augenwinkeln sah er Rochefort, natürlich von unten nach oben, wie er einen Satz zur Seite machte, während das Mädchen die letzten Stufen auf einmal nahm und sich auf ihn warf. Dabei stieß sie einen kurzen, trockenen Schrei aus, der schärfer war als die Kante einer Glasscherbe. Corso hörte ein dumpfes Geräusch – *paff* oder vielleicht *dump* – und Rochefort verschwand von der Bildfläche, als sei er mit einer Schleuder wegkatapultiert worden. Jetzt konnte er nur noch die leere Treppe sehen, aber es gelang ihm schließlich, den Kopf mühsam zum Ufer hin zu drehen und die linke Backe aufs Pflaster zu legen. Das Bild war immer noch verzerrt: auf einer Seite der Boden, auf der anderen der schwarze Himmel, unten die Brücke und oben die Seine, aber wenigstens sah er jetzt Rochefort und das Mädchen. Den Bruchteil einer Sekunde hob sie sich vom dunstigen Schein der Brückenlaternen ab: Sie stand reglos da, die Beine leicht gespreizt, die Hände nach vorn gestreckt, als bitte sie um einen Moment Ruhe, weil sie einem fernen Lied lauschen wollte, dessen Melodie sie zu faszinieren schien. Rochefort kauerte vor ihr, ein Knie und eine Hand auf dem Boden, wie einer von diesen Boxern, die sich nicht zum Aufstehen entschließen können, während der Ringrichter schon »acht, neun, zehn« zählt. Das von der Brücke kommende Licht schien auf die Narbe an seiner Wange, und Corso konnte gerade noch seine völlig verdatterte Miene sehen, bevor das Mädchen wieder diesen schrillen, messerscharfen Schrei ausstieß, sich auf die Zehenspitzen erhob, mit einem Bein – scheinbar völlig mühelos – einen Halbkreis beschrieb und Rochefort brutal mitten ins Gesicht trat.

XII. Buckingham und Milady

Das Verbrechen war unter Beihilfe einer Frau begangen worden.

Eça de Queirós, *Das Geheimnis der Straße von Sintra*

Corso saß auf der untersten Stufe der Treppe zum Kai und versuchte sich eine Zigarette anzuzünden. Aber er war noch so von dem Sturz mitgenommen, daß sein räumliches Vorstellungsvermögen versagte und er es nicht schaffte, Streichholz und Zigarettenspitze in eine Linie zu bringen. Außerdem war eines seiner Brillengläser gesprungen, so daß er ein Auge zusammenkneifen mußte, um wenigstens mit dem anderen einwandfrei zu sehen. Als die Flamme ihm die Finger verbrannte, ließ er das Streichholz auf den Boden fallen und behielt die Zigarette im Mund. Das Mädchen hatte inzwischen den über den Kai verstreuten Inhalt der Segeltuchtasche zusammengelesen und kam mit der Tasche auf ihn zu.

»Alles okay?« fragte sie in einem Ton, der weder Sorge noch Nervosität verriet, obwohl sie sich bestimmt ein wenig darüber ärgerte, daß Corso trotz ihrer Warnung wie ein Trottel in die Falle getappt war. Er nickte gedemütigt und verwirrt. Sein einziger Trost war der Gesichtsausdruck Rocheforts, bevor auch er seinen Teil abbekommen hatte. Das Mädchen war mit rücksichtsloser Härte gegen ihn vorgegangen, aber nach dem ersten, präzise gelandeten Schlag hatte sie sich nicht weiter an ihm ausgelassen und sich statt dessen mit der Segeltuchtasche beschäftigt. Rochefort war zunächst auf dem Rücken liegengeblieben, hatte sich dann stöhnend umgedreht und war auf allen vieren davongekrochen, ohne noch ein Wort zu sagen oder gar einen Gegenangriff zu wagen. Wäre es nach Corso gegangen, so hätte er ihn gepackt und ihm so lange den Hals umgedreht, bis er alles ausspuckte, was er über diese verfluchte Geschichte wußte. Aber Corso war viel zu schwach, um aufzustehen, und außerdem gar nicht so sicher, ob das Mädchen ihn hätte gewähren lassen. Seit sie Rochefort abgefertigt hatte, kümmerte sie sich nur um ihn und die Tasche.

»Warum hast du den Kerl laufenlassen?«

In der Ferne war gerade noch eine schwankende Gestalt zwischen den Barkassen zu erkennen, die wie Geisterschiffe im Nebel vertäut waren. Kurz darauf verschwand sie hinter einer Biegung des Flußdamms in der Dunkelheit. Die Vorstellung, daß der Typ mit der Narbe einen Zahn um den anderen ausspuckte, während er mit eingezogenem Schwanz davonschlich und sich fragte, wie das Mädchen es, Teufel noch mal, geschafft hatte, ihn so zuzurichten, erfüllte Corso mit tiefer Schadenfreude.

»Wir hätten diesen Schweinehund ein bißchen ausquetschen sollen«, beklagte er sich.

Sie war ihren Kapuzenmantel holen gegangen und setzte sich jetzt neben ihn, auf dieselbe Stufe, ohne sofort zu antworten. Sie wirkte erschöpft.

»Der kommt von allein wieder zu uns zurück«, sagte sie und betrachtete Corso, bevor ihr Blick auf den Fluß hinausschweifte. »Sieh zu, daß du nächstes Mal vorsichtiger bist.«

Corso nahm die feuchte Zigarette aus dem Mund und begann sie zwischen den Fingern zu zerbröseln.

»Ich dachte, daß...«

»Alle Menschen denken immer, daß... Bis sie auf die Schnauze fallen.«

Auf einmal merkte Corso, daß das Mädchen verletzt war. Nichts Größeres: nur ein dünner Faden Blut, der ihr aus der Nase auf die Oberlippe rann und von dort zum Kinn.

»Deine Nase blutet«, stellte er scharfsinnig fest.

»Ich weiß«, entgegnete sie gelassen und wischte es mit der Hand ab, um dann ihre blutigen Finger zu betrachten.

»Wie hat er das gemacht?«

»Eigentlich bin ich selbst schuld daran.« Sie strich die Hand an der Hose ab.

»Ich bin am Anfang auf ihn gesprungen, und dabei habe ich mir etwas weh getan.«

»Wer hat dir solche Sachen beigebracht?«

»Was für Sachen?«

»Ich habe dich gesehen, wie du dort drüben Stellung bezogen hast.« Corso imitierte plump die Geste, die sie mit den Händen vollführt hatte. »Und wie du dann auf ihn losgegangen bist.«

Er sah, daß sie schwach lächelte, während sie aufstand und sich den Hosenboden ihrer Jeans abklopfte.

»Ich habe einmal mit einem Erzengel gekämpft. Er hat gewonnen, aber ich habe ihm seine Tricks abgeguckt.«

Aus ihrer Nase tropfte noch immer Blut. Nachdem sie sich Corsos Segeltuchtasche umgehängt hatte, streckte sie die Hand aus und zog ihn hoch. Er wunderte sich über ihren festen Griff. Als er endlich wieder auf den Beinen war, taten ihm alle Knochen weh.

»Ich dachte immer, Erzengel kämpfen mit Lanzen und Schwertern.«

Sie zog das Blut durch die Nase hoch und legte den Kopf zurück, um die Blutung zum Stillstand zu bringen. Dabei sah sie ihn etwas gereizt aus den Augenwinkeln an.

»Du hast zu viele Kupferstiche von Dürer gesehen, Corso. Und das kommt dann davon.«

Über die Pont Neuf und die Straße durch den Louvre gelangten sie ohne weitere Zwischenfälle zu ihrem Hotel zurück. Auf einem beleuchteten Wegabschnitt sah Corso, daß sie immer noch blutete. Er zog ein Taschentuch heraus, aber als er sich damit ihrem Gesicht näherte, nahm sie es ihm aus der Hand und drückte es sich selbst an die Nase. Sie schritt gedankenversunken vor sich hin, ohne daß Corso erraten konnte, worüber sie nachdachte, während er sie verstohlen von der Seite her musterte: ihren langen nackten Hals, das perfekte Profil, die matte Haut, die im milchigen Licht der Straßenlaternen vor dem Louvre schimmerte. Ihr Kopf war beim Gehen leicht nach vorn geneigt, und das gab ihr etwas Entschlossenes, ja beinahe Eigensinniges. Wenn sie um dunkle Ecken bogen, spähte sie wachsam nach allen Seiten. Später, unter den beleuchteten Arkaden der Rue de Rivoli, wirkte sie dann etwas gelöster. Ihre Nase hatte aufgehört zu bluten, und sie gab Corso das fleckige Taschentuch zurück. Jetzt schien sie es ihm sogar nachzusehen, daß er sich so idiotisch hatte austricksen lassen. Beim Gehen legte sie ihm ein paarmal die Hand auf die Schulter, als wären sie alte Kameraden, die von einem Spaziergang zurückkommen. Vielleicht war sie auch so kaputt, daß sie ein wenig Stütze brauchte. Corso, dem der Fußmarsch wieder zu einem einigermaßen klaren Kopf verholfen hatte, gefiel die Berührung zunächst. Später wurde sie ihm etwas lästig. Die Hand auf seiner Schulter weckte ein seltsames Gefühl, nicht gerade unangenehm, aber unerwartet. Es war, als wäre er innen weich, wie ein Kaubonbon.

In dieser Nacht hatte Grüber Dienst. Er nahm sich die Freiheit, einen forschenden Blick über das Paar gleiten zu lassen, über den schmutzigen, feuchten Mantel und die kaputte Brille des Bücherjägers und über das blutverschmierte Gesicht des Mädchens. Aber er zeigte keinerlei Reaktion, zog nur höflich eine Augenbraue hoch und drückte mit einer stummen Verbeugung aus, daß er ganz zu Corsos Verfügung stehe, bis dieser ihn mit einer knappen Geste beruhigte. Darauf legte der Portier einen verschlossenen Umschlag und zwei Schlüssel auf die Rezeption. Sie betraten den Lift, und Corso wollte gerade den Briefumschlag öffnen, als die Nase des Mädchens erneut zu bluten begann. Also steckte er die Nachricht in seine Manteltasche und förderte wieder das Taschentuch zutage. Im Stockwerk des Mädchens angekommen, schlug er vor, einen

Arzt zu rufen, aber sie schüttelte nur den Kopf und verließ den Aufzug. Nach kurzem Zögern folgte er ihr in den Korridor. Auf dem Teppichboden hinterließ sie eine dünne Blutspur. Als sie in ihrem Zimmer waren, befahl er ihr, sich aufs Bett zu setzen, während er selbst ins Bad ging und ein Handtuch mit Wasser tränkte.

»Schieb dir das in den Nacken, und leg den Kopf zurück.« Sie gehorchte ihm wortlos. Die außergewöhnliche Energie, die sie am Seineufer bewiesen hatte, war restlos verschwunden, was auch von dem Nasenbluten kommen konnte. Corso zog ihr den Mantel und die Tennisschuhe aus, drückte sie ins Bett zurück und stopfte ihr das Kopfkissen unters Kreuz; sie ließ alles mit sich geschehen wie ein völlig erschöpftes kleines Kind. Bevor er alle Lichter löschte, bis auf die Lampe im Bad, sah er sich kurz um: Auf der Ablage unter dem Waschbeckenspiegel befand sich eine Zahnbürste, eine Tube Zahnpasta und eine kleine Flasche Shampoo. Davon abgesehen konnte er kaum persönliche Habseligkeiten entdecken, nur ihren Rucksack, der offen auf einem Sessel lag, die Postkarten, die sie am Vortag zusammen mit den *Drei Musketieren* gekauft hatte, einen grauen Wollpullover, zwei T-Shirts, ein paar weiße Slips, die zum Trocknen auf dem Heizkörper lagen, und natürlich ihren Kapuzenmantel. Corso sah das Mädchen etwas ratlos an. Er war unentschlossen, ob er sich auf die Bettkante oder sonstwohin setzen sollte. Das Gefühl einer heraufziehenden Gefahr, das er bereits in der Rue Rivoli gehabt hatte, meldete sich auch jetzt wieder zu Wort, in seinem Bauch oder wo auch immer. Aber er konnte sich nicht einfach aus dem Staub machen – nicht, solange es ihr schlecht ging. Schließlich blieb er einfach unentschlossen im Raum stehen. Seine Hände waren in den Manteltaschen vergraben, und eine drückte den leeren Flachmann. Er warf einen gierigen Blick auf die Minibar, die noch mit der Hotelbanderole versiegelt war.

»Du warst echt gut dort unten am Fluß«, stieß er hervor,

nur um irgend etwas zu sagen. »Ich habe mich noch gar nicht bei dir bedankt.«

Sie lächelte matt und schläfrig, aber ihre Augen, deren Pupillen aufgrund der schummrigen Beleuchtung geweitet waren, hatten jede Bewegung Corsos aufmerksam verfolgt.

»Was läuft hier eigentlich ab?« fragte er.

Sie gab ihm mit einem ironischen Blick zu verstehen, daß seine Frage absurd war:

»Die sind offensichtlich hinter etwas her, das du hast.«

»Das Dumas-Manuskript? Die *Neun Pforten*?«

Das junge Mädchen seufzte leise, als wollte sie sagen: Vielleicht geht es ja um etwas ganz anderes.

»Du bist doch ein intelligenter Mensch, Corso«, meinte sie schließlich. »Hast du denn gar keine Hypothese?«

»Hypothesen habe ich viele. Was mir fehlt, sind Beweise.«

»Man braucht nicht immer Beweise.«

»Das gilt nur für Kriminalromane: Sherlock Holmes oder Poirot reicht es, sich vorzustellen, wer der Mörder ist und wie er das Verbrechen begangen hat. Dann erfinden sie den Rest dazu und erzählen die Geschichte, als wäre sie wirklich so passiert. Watson oder Hastings applaudieren ihnen begeistert und jubeln: ›Bravo, Meister, genauso ist es gewesen.‹ Und der Mörder, dieser Idiot, gesteht.«

»Ich wäre auch bereit, dir zu applaudieren.«

Diesmal steckte keine Ironie in ihrer Bemerkung. Sie beobachtete ihn gespannt und wartete auf ein Wort von ihm oder eine Geste.

Corso trat verlegen von einem Bein aufs andere.

»Ich weiß«, sagte er. Das Mädchen sah ihm unverwandt in die Augen, als habe sie tatsächlich nichts zu verbergen. »Und ich frage mich, warum.«

Beinahe hätte er noch hinzugefügt: »Das ist kein Krimi, sondern die nackte Realität«; aber er tat es nicht, denn bei den absurden Ausmaßen, die diese Geschichte mittlerweile angenommen hatte, kam ihm die Grenze zwischen Wirklichkeit und Phantasie ziemlich verwischt vor. Er, Corso, war ein Mensch aus Fleisch und Blut, er hatte einen Personalausweis und einen festen Wohnsitz, und überdies verfügte er gerade jetzt, wo ihm von der Episode auf der Treppe sämtliche Knochen weh taten, über ein ausgeprägtes Körperbewußtsein. Trotzdem erlag er zusehends der Versuchung, sich als reale Figur in einer irrealen Welt zu empfinden, und das fand er – verdammt noch mal – gar nicht witzig, denn von hier zur Vorstellung, er sei eine irreale Figur, die sich in einer irrealen Welt als real empfindet, war es nur ein winziger Schritt – der Schritt vom Normalsein zum Überschnappen. Und er fragte sich, ob irgend jemand, ein versponnener Romanschriftsteller oder ein versoffener Drehbuchschreiberling, ihn sich in diesem Moment womöglich als »irreale« Figur dachte, die sich in einer »irrealen« Welt »irreal« vorkommt. Das hätte ihm nun vollends den Rest gegeben.

Am Ende dieser komplexen Überlegungen war seine Kehle völlig ausgedörrt. Corso stand immer noch unschlüssig vor dem Mädchen, die Hände in den Manteltaschen vergraben und die Zunge wie mit Sandpapier belegt. Wenn ich irreal wäre, dachte er erleichtert, stünden mir die Haare zu Berge, und ich würde mit schweißbedeckter Stirn »O grausames Schicksal!« ausrufen oder etwas Ähnliches. Aber ich hätte nicht diesen Saudurst. Ich trinke, also bin ich. Mit diesem Gedanken stürzte er sich auf die Minibar, sprengte die Banderole, riß ein Fläschchen Gin heraus und leerte es noch im Knien auf einen Zug. Er lächelte beinahe, als er sich wieder erhob und den Kühlschrank schloß wie der Pfarrer den Tabernakel. Langsam kamen die Dinge wieder ins Lot.

Das Zimmer war dunkel. Nur aus dem Bad fiel gedämpft ein schräger Streifen Licht auf das Bett, auf dem das Mädchen lag. Er betrachtete ihre bloßen Füße, die Beine in den Jeans, das blutbefleckte T-Shirt. Danach wanderte sein Blick zu ihrem nackten braunen Hals, zu den leicht geöffneten Lippen und den weißen Schneidezähnen, die in der Dunkelheit leuchteten, zu ihren Augen, die ihn unverwandt ansahen. Corso umklammerte seinen Zimmerschlüssel in der Manteltasche und schluckte. Er mußte hier weg.

»Fühlst du dich jetzt besser?«

Sie nickte wortlos, und Corso warf einen Blick auf seine Uhr, obwohl ihm die Zeit völlig gleichgültig war. Er konnte sich nicht daran erinnern, beim Hereinkommen das Radio eingeschaltet zu haben, aber von irgendwoher kam Musik. Ein melancholisches französisches Lied. Ein Hafen und ein Barmädchen, das in einen unbekannten Matrosen verliebt war.

»Gut. Ich muß gehen.«

Die Frauenstimme im Radio leierte weiter ihr Lied. Der Matrose war – wie zu erwarten – auf Nimmerwiedersehen verschwunden, und dem wehmütigen Barmädchen blieb sein leerer Stuhl und der feuchte Abdruck seines Glases auf dem Tisch. Corso holte sein Taschentuch, das auf dem Nachtkästchen lag, und putzte sich mit einem sauberen Zipfel das beschlagene Brillenglas. In diesem Moment sah er, daß die Nase des Mädchens erneut zu bluten begann.

»Schon wieder«, sagte er.

Abermals rann ihr ein dünner Faden Blut über die Oberlippe in den Mundwinkel. Sie fuhr sich mit der Hand über die Lippen und lächelte stoisch über ihre rot verfärbten Finger.

»Macht nichts.«

»Du solltest dich von einem Arzt untersuchen lassen.«

Sie senkte ein wenig die Augenlider und schüttelte sanft den Kopf. Dicke dunkle Tropfen fielen auf das Kissen, und sie wirkte sehr hilflos, wie sie so in dem dämmrigen Zimmer lag. Corso, der noch immer seine Brille in der Hand hatte, setzte sich auf den Bettrand und beugte sich mit dem Taschentuch zu ihr. Sein Schatten, den das schräg aus dem Bad einfallende Licht an die Wand projizierte, schien einen Moment lang zwischen Licht und Dunkelheit zu schwanken, bevor er sich in einer Ecke verlor.

Da tat das Mädchen etwas Unerwartetes, Seltsames. Ohne das Taschentuch zu beachten, das er ihr hinhielt, hob sie ihre blutige Hand und zeichnete Corso von der Stirn bis zum Kinn mit den Fingern vier rote Streifen ins Gesicht. Nach dieser eigenartigen Liebkosung zog sie ihre Hand nicht zurück, sondern ließ sie sanft auf seiner Wange ruhen, warm und feucht, während er die Blutstropfen auf ihrer vierfachen Spur über seine Haut rinnen fühlte. Ihre schillernden Iris reflektierten das Licht, das durch die angelehnte Tür drang, und Corso überlief ein Schauer, als er in ihnen seinen verlorenen Schatten wiederfand.

Im Radio erklang jetzt ein anderes Lied, aber sie hörten beide nicht mehr hin. Das Mädchen roch nach Wärme und Fieber, und unter der Haut ihres nackten Halses pochte eine Ader. Licht und Schatten in dem Zimmer flossen ineinander und schufen eine dämmrige Atmosphäre, in der die Umrisse der Gegenstände sich auflösten. Sie murmelte mit kaum wahrnehmbarer Stimme unverständliche Worte vor sich hin, und aus ihren Augen sprühten winzige Funken, als ihre Hand zu Corsos Nacken glitt und das warme Blut über seinen Hals verteilte. Mit dem Geschmack eines dieser Tropfen auf der Zunge, beugte er sich zu ihr vor, den halb geöffneten weichen Lippen entgegen, aus denen jetzt ein sanftes Stöhnen hervorquoll. Es schien von weit, weit her zu kommen, schwach und monoton, als wäre es viele Jahrhunderte alt. Einen kurzen Augenblick lang hatte Lucas Corso das Gefühl, in ihrem pulsierenden Fleisch alle früheren Tode noch einmal zu erleben, als würden sie von der Strömung eines ruhigen dunklen Flusses, dessen Wasser zäh war wie Ölfarbe, ans Ufer geschwemmt. Und er bedauerte es, daß sie keinen Namen hatte, unter dem er diesen Augenblick in sein Bewußtsein hätte einprägen können.

Aber dieser Eindruck hielt nur wenige Sekunden an. Dann kam der Bücherjäger wieder zu sich und merkte, daß er, noch immer mit seinem Mantel bekleidet, auf der Bettkante saß und das verdatterte Gesicht eines Vollidioten machte. Das Mädchen hatte sich ein wenig von ihm zurückgezogen, wölbte jetzt den Rücken wie ein schönes, junges Tier und öffnete den Knopf ihrer Hose. Er beobachtete sie wohlwollend mit dieser halb skeptischen, halb erschöpften Miene, die er sich bisweilen zugestand – alles in allem eher neugierig als begehrlich. Sie zog ihren Reißverschluß nach unten und entblößte dabei ein dunkles Dreieck, das einen Kontrast zu dem weißen Baumwollslip bildete, der zusammen mit den Jeans über die Hüften gestreift wurde. Ihre langen braunen Beine auf dem Bett brachten Corso um den Atem, wie sie vorher Rochefort um seine Zähne gebracht hatten. Als nächstes hob sie die Arme an, um sich das T-Shirt auszuziehen. Ihre Bewegungen wirkten völlig natürlich, also weder kokett noch gleichgültig, und die sanften, ruhigen Augen waren auf ihn geheftet, bis ihr Gesicht unter dem T-Shirt verschwand. Jetzt wurden die Kontraste noch intensiver: noch mehr weiße Baumwolle, die diesmal nach oben rutschte und ihren tief gebräunten Bauch freigab, das feste warme Fleisch, die schlanke Taille... die schweren, perfekt geformten Brüste, die sich im dämmrigen Licht abzeichneten... der Halsansatz, die halb geöffneten Lippen und dann wieder diese Augen, die strahlten, als hätten sie dem Himmel das Licht geraubt. In ihnen entdeckte Corso seinen Schatten wieder, der gefangen war wie eine Seele auf dem Grund einer Kristallkugel oder eines Smaragdes.

Zu diesem Zeitpunkt wußte er mit absoluter Sicherheit, daß er nicht konnte. Es war eine jener düsteren Vorahnungen, die bestimmten Ereignissen im voraus schon den Stempel einer unausweichlichen Katastrophe aufdrücken. Man könnte es auch prosaischer ausdrücken: Corso spürte, während er seine restlichen Kleider zu dem Mantel auf den Boden warf, daß seine anfängliche Erektion eindeutig abschlaffte. Hier hatte sich jemand zu früh gefreut. Oder, wie sein Ururgroßvater, der Bonapartist, gesagt hätte, *la garde recule.* Und zwar unwiderruflich. Beklemmung überkam ihn, wenngleich er hoffte, daß sein peinlicher Zustand im Gegenlicht der Badezimmertür nicht auffallen würde. Unendlich vorsichtig legte er sich dann, den Bauch nach unten, neben den warmen, braunen Körper, der im Halbdunkel auf ihn wartete, um das anzuwenden, was der Kaiser in Flandern eine indirekte Annäherungstaktik genannt hätte: Sondieren des Geländes, unter Vermeidung von Berührungen der kritischen Zone. Corso begann das Mädchen zu streicheln und bedächtig auf Hals und Lippen zu küssen, um aus seiner sicheren Position heraus ein wenig Zeit zu schinden, für den Fall, daß Grouchy mit Verstärkung auftauchen sollte. Aber es rührte sich nichts, und Grouchy ließ sich nirgends blicken. Wahrscheinlich machte der mal wieder irgendwo Jagd auf Preußen, weit vom Schlachtfeld entfernt.

Und Corsos Beklemmung wurde zur Panik, als sich das Mädchen an ihn drückte, einen ihrer prächtigen, festen, warmen Schenkel zwischen die seinen zwängte und sich damit vor Ort vom Ausmaß der Katastrophe überzeugen konnte. Er bemerkte, wie sie verwirrt lächelte – ein aufmunterndes Lächeln von der Art: Los, alter Junge, ich weiß, du schaffst es. Dann begann sie ihn mit unendlicher Zärtlichkeit zu küssen, und ihre Hand glitt zielstrebig nach unten, entschlossen, eine Veränderung der Lage herbeizuführen. Aber just, als sie im Epizentrum des Dramas anlangte, erlitt Corso vollends Schiffbruch. Soff ab wie die »Titanic«. Mit dem Orchester, das auf Deck spielte, Frauen und Kinder als erste. Die folgenden zwanzig Minuten waren entsetzlich. Man kennt das ja: Als müsse man auf einmal die Sünden eines ganzen Lebens abbüßen. Die reinste Agonie: Heroische Attacken, die an der Standhaftigkeit der schottischen Füsilierregimenter scheiterten. Die Vorhut der Infanterie, die losstürmte, sobald sich auch nur der Schimmer einer Siegesmöglichkeit auftat. Überraschungsschläge der Jäger und der leichten Infanterie im vergeblichen Trachten, den Feind zu überrumpeln. Husarenscharmützel und schwere Kürassierangriffe. Alles umsonst: Wellington lachte sich in seinem unerreichbaren belgischen Kuhnest ins Fäustchen, während sein Dudelsackpfeifer frech den Marsch der Scots Grey aufspielte, und die Alte Garde, oder was noch von ihr übriggeblieben war, mit zusammengepreßten Zähnen, Nase und Mund ins Leintuch gedrückt, verzweifelt zur Armbanduhr hinüberschielte, die Corso dummerweise anbehalten hatte. Der Schweiß strömte ihm von den Haarwurzeln in den Nacken hinab, und seine verwirrten Augen suchten über die Schulter des Mädchens hinweg die Umgebung verzweifelt nach einer Pistole ab, mit der er sich einen Schuß in den Kopf hätte jagen können.

Sie schlief. Vorsichtig, um sie nicht aufzuwecken, angelte er sich seinen Mantel und zog eine Zigarette aus der Tasche. Nachdem er sie angezündet hatte, blieb er auf einen Ellbogen gestützt liegen und betrachtete das Mädchen. Sie lag nackt auf dem Rücken, den Kopf auf dem blutbefleckten Kissen nach hinten gedreht, und atmete leise durch den geöffneten Mund. Sie roch immer noch nach Fieber und warmem Fleisch. Corso betrachtete sie im indirekten Licht, das aus dem Badezimmer einfiel und ihren reglosen Körper hell-dunkel modellierte. Ein Meisterwerk der Gentechnologie, dachte er und fragte sich, welche Arten von Blut oder Rätseln, Speichel, Haut, Fleisch, Sperma und Zufall sich da im Lauf der Zeit wohl vermischt hatten, um die einzelnen Glieder der Kette zu diesem Schmuckstück zusammenzufügen. Alle Frauentypen, die das menschliche Geschlecht je hervorgebracht hatte, sämtliche Spielarten der Weiblichkeit waren in diesem achtzehn oder zwanzig Jahre jungen Körper vereint. Er beobachtete die pulsierende Ader an ihrem Hals, den kaum wahrnehmbaren Herzschlag, folgte mit den Augen der weich geschwungenen Linie, die von ihren Rückenmuskeln über die Taille zu den Hüften verlief, und streckte eine Hand aus, um mit den Fingerspitzen das kleine lockige Dreieck zwischen ihren Schenkeln zu berühren, dort, wo ihre Haut ein bißchen heller war und er in dem Versuch, ein Biwak aufzuschlagen, so kläglich versagt hatte.

Das Mädchen war sehr taktvoll gewesen und hatte die Sache nicht weiter dramatisiert, ja sie war im Gegenteil zu einer spielerischen Plänkelei übergegangen, als sie begriffen hatte, daß bei Corso einfach nichts herauszuholen war. Das hatte die Atmosphäre etwas entspannt und Corso wenigstens davon abgebracht, sich in Ermangelung einer Feuerwaffe – gab man Pferden etwa nicht den Gnadenschuß? – den Kopf so lange an die Ecke des Nachttischs zu schlagen, bis ihm der Schädelknochen barst. Eine Möglichkeit, die er in seiner Umnachtung allen Ernstes erwogen hatte und von der er erst nach einem heimlichen Faustschlag gegen die Wand abgekommen war, wobei er sich beinahe die Fingerknöchel gebrochen hätte. Von der brüsken Bewegung und der plötzlichen Anspannung seines Körpers überrascht, sah sie ihn erschrocken an. Der Schmerz und die Anstrengung, die er unternehmen mußte, um nicht laut hinauszuschreien, beruhigten Corso jedenfalls so weit, daß er geistesgegenwärtig ein verzerrtes Lächeln zustande bringen und dem Mädchen versichern konnte, das passiere ihm nur die ersten dreißig Mal. Sie war in helles Gelächter ausgebrochen, hatte sich angeschmiegt, ihm zärtlich und belustigt die Augen und den Mund geküßt. ›Du bist ein Dummkopf, Corso. Das macht mir doch nichts aus. Das macht mir wirklich nichts aus.‹ Trotzdem hatte er das einzige getan, was unter den gegebenen Umständen möglich war: eine minuziöse Retusche an den richtigen Stellen, deren Ergebnis zwar nicht gerade glorreich ausfiel, sich aber immerhin sehen lassen konnte. Als das Mädchen wieder zu Atem gekommen war, hatte sie ihn lange schweigend angesehen und danach langsam und ausführlich geküßt, bis der Druck ihrer Lippen nachließ und sie eingeschlafen war.

Die Glut der Zigarette ließ Corsos Finger im Halbdunkel aufleuchten. Er hielt den Rauch solange er konnte in der Lunge zurück, stieß ihn auf einmal aus und sah zu, wie sich im Lichtsegment über dem Bett eine Wolke bildete. Er hörte, daß der Atem des Mädchens einen Moment lang stockte, und betrachtete sie aufmerksam. Sie runzelte die Stirn und wimmerte leise wie ein Kind, das einen bösen Traum hat. Schließlich wandte sie sich im Schlaf Corso zu, einen Arm unter der nackten Brust und eine Wange in die Hand gebettet. Wer bist du, Herrgott? fragte er sie in Gedanken wohl zum hundertsten Male und schnitt eine ärgerliche Grimasse, aber dann beugte er sich zu ihr hinunter und küßte ihr regloses Gesicht. Seine Hand strich über ihr kurzes Haar und fuhr die Konturen ihrer Taille und ihrer Hüfte nach, die sich jetzt deutlich im Gegenlicht abzeichneten. Die Schönheit dieser weich geschwungenen Linie übertraf jede Melodie, jede Skulptur, jedes Gedicht, jedes Bild. Er näherte sich ihrem warmen Hals, um den Geruch einzuatmen, und in diesem Augenblick begann sein Herz heftig zu hämmern und weckte sein Fleisch. Gemach, sagte er zu sich. Ruhig Blut und keine Panik diesmal. Schön eins nach dem anderen. Da er nicht wußte, wie lange dieser Zustand anhalten würde, löschte er im Aschenbecher auf dem Nachttisch rasch seine Zigarette, drückte sich an das Mädchen und stellte fest, daß sein Organismus zufriedenstellend auf den Reiz reagierte. Er zwängte sich zwischen ihre Schenkel und betrat endlich, wie betäubt, das feuchte Paradies, das aus Honig und warmer Sahne gemacht schien. Das Mädchen rekelte sich schläfrig und schlang die Arme um seinen Rücken. Er küßte sie auf den Hals und den Mund, dem sich ein langes, unendlich sanftes Stöhnen entrang, und spürte, daß sie ihre Hüften bewegte, um sein Eindringen zu erleichtern.

Und als er dann bis auf den Grund ihres Fleisches und seiner selbst vorstieß und sich instinktiv und völlig mühelos einen Weg bahnte zu dem im Gedächtnis verschollenen Ort, aus dem er einst hervorgegangen war, da hatte sie bereits die Augen geöffnet und sah ihn überrascht und glücklich an – ein grünes Schillern zwischen den nassen, langen Wimpern.

»Ich liebe dich, Corso. Ichliebedichichliebedichichliebedich. Ich liebe dich.« Später mußte er sich auf die Zunge beißen, um nicht einen ähnlichen Blödsinn von sich zu geben. Er sah sich selbst nun wie ein Außenstehender, verwundert und ungläubig, erkannte sich kaum wieder: Das war ein einfühlsamer Corso, der aufmerksam das Mienenspiel des Mädchens verfolgte, ihrem Herzschlag lauschte und sein Verlangen zügelte, während er ihre geheimen Triebfedern entdeckte, den Chiffrenschlüssel dieses weichen und zugleich angespannten Körpers, der eng mit seinem eigenen verschlungen war. So machten sie gut eine Stunde weiter. Irgendwann fragte Corso sie dann einmal, ob sie beide nicht etwas aufpassen sollten, und sie antwortete ihm, er könne unbesorgt sein, sie habe die Sache unter Kontrolle. Darauf stieß er tief in sie vor, sehr tief. Bis an ihr Herz.

Er wachte im Morgengrauen auf. Das Mädchen schlief an ihn geschmiegt. Corso blieb eine Weile reglos liegen, um sie nicht zu wecken, und weigerte sich, darüber nachzudenken, was zwischen ihnen geschehen war und vielleicht noch geschehen würde. Er schloß die Augen und ließ sich genüßlich gehen, die angenehme Trägheit des Moments auskostend. Der Atem des Mädchens strich über seine Haut. Irene Adler, Baker Street 223 B. Der verliebte Teufel. Ihre Silhouette im Nebel, wie sie Rochefort gegenüberstand. Der blaue Kapuzenmantel, der ausgebreitet auf den Kai sank. Sein eigener Schatten in ihren Augen. Sie schlief ruhig und entspannt, als habe sie nichts mit alledem zu tun, und Corso brachte es nicht fertig, die Bilder in seinem Gedächtnis logisch zu ordnen. Allerdings hatte er in diesem Moment auch überhaupt keine Lust auf Logik. Er war faul und zufrieden. Eine seiner Hände glitt zwischen die warmen Schenkel des Mädchens und blieb dort ruhig liegen. Wenigstens dieser Körper war real. Soviel stand fest.

Später erhob er sich vorsichtig und ging ins Bad. Vor dem Spiegel stellte er fest, daß sein Gesicht nicht nur Reste eingetrockneten Bluts aufwies, sondern daß auch – Folgeerscheinungen des Treppenscharmützels mit Rochefort – ein blau gefärbter Bluterguß die linke Schulter zierte und ein weiterer sich über zwei Rippen zog, die weh taten, wenn er ihnen mit den Fingern zu nahe kam. Nachdem er sich oberflächlich gewaschen hatte, machte er sich auf die Suche nach einer Zigarette und fand dabei in seiner Manteltasche den Umschlag, den Grüber ihm am Vorabend gegeben hatte.

Er knirschte mit den Zähnen und verfluchte sich, weil er ihn vergessen hatte. Da er aber nicht noch mehr Zeit mit Selbstvorwürfen verschwenden wollte, riß er den Umschlag auf, ging ins Bad zurück und las im Licht der Neonlampe den Zettel, der darinsteckte. Es handelte sich um eine knappe Mitteilung – zwei Namen, eine Telefonnummer und eine Adresse –, die ihm ein hämisches Grinsen entlockte. Corso betrachtete sich noch einmal im Spiegel: sein zerzaustes Haar, den dunklen Bartschatten auf den Wangen, und setzte sich dann die Brille mit dem zerbrochenen Glas auf, wie ein Ritter, der das Visier seines Helms herunterklappt. Jetzt ähnelte sein Blick wirklich dem des bösen Wolfs, der Beute wittert. Er zog sich geräuschlos an, hängte sich die Segeltuchtasche über die Schulter und warf einen letzten Blick auf das schlafende Mädchen. Womöglich wurde das ja noch ein wundervoller Tag. Buckingham und Milady sollte jedenfalls das Frühstück im Halse stecken bleiben.

Das Hotel Crillon war für Flavio La Pontes Verhältnisse eindeutig zu teuer.

»Bestimmt zahlt die Witwe«, dachte Corso, während er auf der Place de la Concorde aus dem Taxi stieg. Er durchquerte die mit Siena-Marmor verkleidete Empfangshalle und steuerte zielstrebig auf die Treppe und die Zimmernummer 206 zu. An der Tür hing ein Schild mit der Aufschrift »Bitte nicht stören« in drei Sprachen, und als er dreimal kräftig klopfte, blieb alles mucksmäuschenstill.

*So wurden denn drei Einschnitte gemacht und das Eisen
des Weißen Wals im Blut der Heiden abgelöscht...*

Die Bruderschaft der Harpuniere von Nantucket war im
Begriff sich aufzulösen, und Corso wußte nicht recht, ob er
das bedauern sollte oder nicht. Irgendwann einmal hatten
La Ponte und er zusammen eine zweite Version des *Moby
Dick* entworfen: Ishmael bringt die Geschichte zu Papier,
verschließt das Manuskript in dem kalfaterten Sarg und geht
mit den übrigen Besatzungsmitgliedern der *Pequod* unter.
Nur Quiqueg, der wilde Heide ohne intellektuelle Ansprüche, überlebt. Mit der Zeit lernt er lesen, und eines Tages
vertieft er sich in den Roman seines Kameraden Ishmael, nur
um festzustellen, daß dessen Darstellung der Ereignisse überhaupt nicht mit seinen eigenen Erinnerungen übereinstimmt.
So macht er sich daran, eine eigene Version der Geschichte
niederzuschreiben. *Nennt mich Quiqueg,* fängt sie an, und
der Titel lautet: *Ein Wal.* Vom professionellen Standpunkt
des Harpuniers aus betrachtet, ist Ishmael nur ein pedantischer Gelehrter, der maßlos übertreibt: Moby Dick ist ein
Wal wie jeder andere und nicht für das verantwortlich zu
machen, was passiert. Letztendlich läuft doch alles auf die
Unfähigkeit Ahabs hinaus, der seine persönlichen Rachegelüste in den Vordergrund stellt und darüber seine beruflichen
Pflichten vergißt, nämlich, Fässer mit Öl zu füllen. *Denn was
hat es schon zu bedeuten, wer ihm das Bein ausreißt,* schreibt
Quiqueg. Corso erinnerte sich noch genau an die Szene, die
sich in Makarovas Bar abgespielt hatte: die burschikos wirkende, kühle Baltin lauschte interessiert den Erläuterungen
La Pontes, der ihr erklärte, weshalb der Sarg vom Schiffszimmermann mit geteertem Werg abgedichtet, also kalfatert
werden muß, während Zizi die beiden vom anderen Ende des
Tresens aus mit eifersüchtigen Blicken bombardierte. Das
waren die Zeiten gewesen, in denen sich Nikons Stimme am
Apparat meldete – er sah sie noch heute mit vor Fixiermitteln

triefenden Händen aus der Dunkelkammer kommen –, wenn Corso seine eigene Nummer wählte. So hatten sie es auch damals gemacht, in der Nacht, in der *Moby Dick* umgeschrieben worden war. Zum Schluß waren sie alle zu Corso nach Hause gegangen, hatten die Videokassette von John Hustons Film eingelegt und vor dem Fernseher weitergezecht. Als die *Raquel* auf der Suche nach ihren verlorenen Söhnen endlich auf einen anderen Waisen stößt, hatten sie noch einmal auf den alten Melville angestoßen.

Genauso war es gewesen. Und trotzdem verspürte Corso jetzt, wo er vor der Tür des Zimmers 206 stand, bei weitem nicht die Wut, die man normalerweise empfindet, wenn man drauf und dran ist, seinen besten Freund des Verrats zu bezichtigen. Das mochte daran liegen, daß er im Grunde die weitverbreitete Ansicht teilte, in der Politik, bei geschäftlichen Transaktionen und im Sex sei der Verrat nur eine Frage der Zeit. Die Politik konnte als Motiv ausgeschlossen werden, aber er war sich nicht sicher, was La Ponte letztendlich nach Paris geführt hatte, ob Sex oder Geschäfte. Gut möglich, daß es eine Kombination dieser beiden Faktoren gewesen war. Corso konnte sich beim besten Willen nicht vorstellen, daß Flavio sich nur für Geld in diese üble Geschichte hatte hineinziehen lassen. Er überflog in Gedanken noch einmal Liana Taillefer, wie er sie von ihrem kurzen Gefecht her in Erinnerung hatte: sinnlich und schön... die ausladenden Hüften, das weiche, weiße Fleisch, ihr blühendes Aussehen. Kim Novak in der Version des Vamps. Klar, wenn das keine Beweggründe waren! Er dachte an seinen Freund und kam nicht umhin, anerkennend eine Augenbraue hochzuziehen.

Vielleicht las La Ponte deshalb keine Feindseligkeit in seinem Gesicht, als er barfuß, im Pyjama und mit verschlafenen Augen, die Tür öffnete. Er hatte gerade noch Zeit, überrascht den Mund aufzusperren, bevor Corso ihm mit einem gezielten Faustschlag die Kinnlade wieder schloß und ihn hinterrücks in die entgegengesetzte Zimmerecke beförderte.

Unter anderen Umständen hätte Lucas Corso die Szene vielleicht genossen: Luxussuite, Blick auf den Obelisken der Place de la Concorde, flauschiger Teppichboden und riesiges Badezimmer, La Ponte, der in einer Ecke lag, sich das schmerzende Kinn rieb und die Augen verdrehte, ferner ein Frühstückstablett auf dem großen Bett, auf dem Liana Taillefer saß, blond und starr vor Staunen. Sie hatte einen angebissenen Toast in der Hand, und aus ihrem tief ausgeschnittenen Seidennachthemd quoll einer ihrer üppigen weißen Brüste. Brustwarze mit zwei Zentimetern Durchmesser, stellte Corso nüchtern fest, als er die Tür hinter sich schloß.

»Guten Morgen«, sagte er und näherte sich dem Bett.

Liana Taillefer, die noch immer den Toast in der Hand hielt, sah ihm regungslos zu, wie er sich neben sie setzte, seine Segeltuchtasche auf den Boden stellte, einen prüfenden Blick auf das Tablett warf und sich dann eine Tasse Kaffee einschenkte. Mindestens eine halbe Minute lang sagte keiner ein Wort. Schließlich nahm Corso einen Schluck Kaffee und grinste die Frau an.

»Wenn ich mich recht entsinne«, die unrasierten Kinnbacken ließen seine Gesichtszüge noch schärfer erscheinen, sein Mund glich einer Messerklinge, »dann habe ich Sie bei unserer letzten Begegnung ziemlich grob behandelt...«

Sie antwortete nicht. Inzwischen hatte sie den angebissenen Toast auf das Tablett zurückgelegt und ihre ausufernde Anatomie in dem Seidennachthemd verstaut. Aus ihrem Blick sprach weder Angst noch Hochmut, noch Groll, ja sie sah ihn beinahe gleichgültig an. Nach der Szene in seiner Wohnung hätte sich der Bücherjäger eigentlich Haß in diesen Augen erwartet. ›Dafür werde ich Sie umbringen‹ und so weiter. Und beinahe hätte sie es auch geschafft. Aber die stahlblauen Augen Liana Taillefers wirkten so kalt wie zwei Pfützen Eiswasser, und das beunruhigte Corso mehr als ein Wutausbruch. Er konnte sich gut vorstellen, wie sie völlig ungerührt den Leichnam ihres Mannes betrachtete, der an der Wohnzimmerlampe hing. Armer Teufel – er dachte an das Foto, auf dem der Verleger mit einer Schürze bekleidet dastand und sich anschickte, ein Spanferkel zu zerteilen. Nettes Drehbuch, das sie ihm da alle zusammengeschrieben hatten.

»Verdammter Arsch«, grunzte La Ponte, der immer noch auf dem Boden lag und es endlich geschafft hatte, Corso einigermaßen ins Bild zu bekommen. Er zog sich schwerfällig an den Möbeln in die Höhe. Corso sah ihm interessiert zu.

»Du scheinst ja nicht sehr begeistert, mich wiederzusehen.«

»Begeistert?« Der Buchhändler massierte sich die Wange und betrachtete immer wieder seinen Handteller, als fürchte er, dort Teile seiner Zähne zu entdecken. »Ich glaube, du bist verrückt geworden. Total verrückt.«

»Noch nicht, aber bald habt ihr mich so weit. Du und deine Kumpane.« Er deutete mit dem Daumen auf Liana Taillefer. »Einschließlich der untröstlichen Witwe.«

La Ponte trat vorsichtig einen Schritt auf ihn zu, ohne ihm jedoch zu nahe zu kommen.

»Würdest du mir freundlicherweise erklären, wovon du sprichst?«

Corso streckte eine Hand nach ihm aus und begann mit Hilfe seiner Finger eine Aufzählung.

»Ich spreche von dem Dumas-Manuskript und von den *Neun Pforten.* Von Victor Fargas, der in Sintra ertrunken ist. Von Rochefort, der mir wie ein Schatten folgt, mich vor einer Woche in Toledo angegriffen hat und gestern abend hier, in Paris.« Corso deutete wieder auf Liana Taillefer. »Von Milady. Und von dir, egal welche Rolle du in dieser Geschichte hast.«

La Ponte war Corsos Fingern während der Aufzählung gefolgt und hatte fünfmal hintereinander geblinzelt, einmal bei jedem Finger. Am Ende faßte er sich wieder an die Wange, diesmal aber nicht vor Schmerz, sondern aus Ratlosigkeit. Er schien drauf und dran, etwas zu sagen, überlegte es sich dann aber anders. Als er sich endlich doch dazu entschloß, tat er es an Liana Taillefer gewandt.

»Was haben wir mit dieser Sache zu tun?«

Sie zuckte verächtlich mit der Schulter und gab damit zum Ausdruck, daß sie weder an Erklärungen interessiert noch zur Mitarbeit bereit war. Das Frühstückstablett neben sich, lehnte sie nach wie vor in den Kissen, ihre blutrot lackierten Fingernägel zerkrümelten eine Scheibe Toastbrot, aber abgesehen davon war die einzige Bewegung, die man an ihr wahrnehmen konnte, das Auf und Ab ihres Busens in dem großzügig dekolletierten Nachthemd. Im übrigen beschränkte sie sich darauf, Corso gegenüber die steinerne Miene eines Pokerspielers aufzusetzen, der darauf wartet, daß der andere seine Karten auf den Tisch legt.

La Ponte kratzte sich den Kopf dort, wo kaum noch Haare sprießten. Er gab kein sehr glänzendes Bild ab, wie er so in der Mitte des Zimmers stand, mit seinem zerknitterten Nadelstreifenpyjama und der linken Backe, die unter dem Bart angeschwollen war. Seine verwirrten Augen wanderten zwischen Corso und der Witwe hin und her. Schließlich blieben sie an seinem Freund hängen.

»Ich verlange eine Erklärung«, sagte er.

»Was für ein Zufall. Ich bin nämlich mit demselben Anliegen zu dir gekommen.«

La Ponte zögerte und warf Liana Taillefer noch einmal einen unsicheren Blick zu. Er fühlte sich gedemütigt, und das war auch kein Wunder. Zunächst zählte er im Geiste die drei Knöpfe seines Schlafanzugs ab, und dann starrte er auf seine nackten Füße. Sich in dieser Aufmachung einer Krise zu stellen, grenzte schon beinahe ans Pathetische. Endlich deutete er aufs Bad.

»Laß uns da reingehen«, sagte er zu Corso, bemüht, seiner Stimme einen strammen Ton zu verleihen, aber seine geschwollene Backe hinderte ihn daran, die Konsonanten deutlich auszusprechen. »Du und ich.«

Die Frau blieb nach wie vor reglos und verriet nicht die geringste Unruhe, während sie den beiden zusah wie einer langweiligen Fernsehsendung. Corso überlegte, daß man früher oder später etwas gegen sie unternehmen mußte, aber im Augenblick fiel ihm nichts ein. Nach kurzem Zaudern hob er seine Segeltuchtasche vom Boden auf und betrat vor La Ponte das Bad. Der schloß die Tür hinter ihnen.

»Dürfte ich jetzt erfahren, warum du mich geschlagen hast?«

Er sprach leise, denn er fürchtete, daß die Witwe sie vom Bett aus hören könnte. Corso legte seine Tasche ins Bidet, prüfte die Sauberkeit der weißen Handtücher, stöberte ein wenig auf der Waschbeckenablage herum und wandte sich dann völlig ruhig zu dem Buchhändler um.

»Weil du ein hundsgemeiner Verräter bist«, erwiderte er. »Du hast mir kein Wort davon gesagt, daß du in dieser Sache drinsteckst. Und du hast zugelassen, daß man mich hereinlegt, daß man mir folgt und mich verprügelt.«

»Ich stecke in überhaupt nichts drin. Und der einzige, der hier verprügelt wurde, bin ich.« Der Buchhändler untersuchte sein Gesicht im Spiegel. »O Gott! Schau an, was du gemacht hast. Ich bin ja entstellt!«

»Wenn du mir nicht alles beichtest, entstelle ich dich gleich noch mehr.«

»Beichten?« La Ponte befühlte die geschwollene Backe und sah Corso dabei von der Seite an, als habe der den Verstand verloren. »Das ist kein Geheimnis, Liana und ich haben...« Er unterbrach sich und suchte nach dem passenden Wort. »Ähem. Du hast es ja selbst gesehen.«

»Ihr habt Freundschaft geschlossen«, sagte Corso vor.

»Genau.«

»Wann?«

»Am selben Tag, an dem du nach Portugal gefahren bist.«

»Wer hat sich an wen rangemacht?«

»Praktisch ich.«

»Praktisch?«

»Ja, ich habe sie besucht.«

»Wieso?«
»Weil ich ihr ein Angebot machen wollte... für die Bibliothek ihres Mannes.«
»Und das ist dir einfach so eingefallen?«
»Na ja... Sie hat mich vorher angerufen. Das habe ich dir doch erzählt.«
»Stimmt.«
»Sie wollte das Dumas-Manuskript zurückhaben, das mir der Verblichene verkauft hatte.«
»Hat sie dir auch gesagt, warum?«
»Zum Andenken.«
»Und du hast ihr geglaubt.«
»Ja.«
»Oder besser gesagt, es war dir egal.«
»Weißt du, in Wirklichkeit...«
»Sicher. In Wirklichkeit ging es dir nur darum, sie zu bumsen.«
»Das auch.«
»Und sicher ist sie sofort gefallen.«
»Wie eine reife Birne vom Baum.«
»Klar. Und dann seid ihr nach Paris in die Flitterwochen gefahren.«
»Nicht ganz... Sie hatte hier zu tun.«
»Und hat dich eingeladen, sie zu begleiten.«
»Exakt.«
»Einfach so, nicht? Um die Idylle fortzusetzen. Spesen auf ihre Rechnung.«
»Du hast es erraten.«
Corso schnitt eine höhnische Grimasse.
»Wie schön ist doch die Liebe, wenn zwei sich wirklich gern haben. Stimmt's, Flavio?«
»Werd jetzt nicht zynisch. Liana ist eine außergewöhnliche Frau. Du kannst dir ja nicht vorstellen...«
»Doch, das kann ich.«
»Kannst du nicht.«

»Aber wenn ich es dir doch sage.«
»Das hättest du wohl gern. Mit diesem Bombenweib.«
»Laß uns nicht vom Thema abkommen, Flavio. Wir waren in Paris stehengeblieben.«
»Genau.«
»Was habt ihr mit mir vor?«
»Überhaupt nichts. Wir wollten dir heute oder morgen mal einen Besuch abstatten. Um das Manuskript von dir zurückzuverlangen.«
»Und die Sache gütlich beizulegen.«
»Klar. Wie sonst?«
»Daß ich mich weigern könnte, es herauszurücken – die Idee ist euch nicht gekommen?«
»Na ja, Liana hatte so ihre Zweifel.«
»Und du?«
»Ich nicht.«
»Du nicht, was?«
»Ich habe da kein Problem gesehen. Schließlich sind wir Freunde. Und der *Vin d'Anjou* gehört mir.«
»Verstehe: Du warst ihr zweites As im Ärmel.«
»Ich weiß nicht, wovon du sprichst. Liana ist eine phantastische Frau. Und sie vergöttert mich.«
»Ja, sie scheint mir sehr verliebt.«
»Glaubst du wirklich?«
»Du bist ein Idiot, Flavio. Sie haben dich genauso reingelegt wie mich.«

Zu dieser Einsicht gelangte er so plötzlich, als habe ihn eine Alarmsirene aus dem Schlaf gerissen. Corso stieß La Ponte brüsk zur Seite und stürzte ins Schlafzimmer zurück: Liana Taillefer hatte sich halbwegs angezogen und war dabei, ihren Koffer zu packen. Einen Moment lang hefteten sich ihre eiskalten Augen auf ihn, und Corso begriff, daß sie, während er die große Klappe geschwungen hatte, die ganze Zeit über nur auf etwas gelauert hatte: ein Geräusch oder ein Zeichen. Wie eine Spinne im Zentrum ihres Netzes.

»Auf Wiedersehen, Señor Corso.«

Jetzt hatte sie wenigstens vier Worte über die Lippen gebracht. Corso, der sich noch gut an ihre tiefe, leicht heisere Stimme erinnern konnte, begriff nicht ganz, was das – abgesehen von ihrem baldigen Aufbruch – bedeuten sollte. Er machte einen weiteren Schritt auf sie zu, als er plötzlich bemerkte, daß noch jemand im Zimmer war: ein Schatten, der sich links hinter ihm aus dem Türrahmen löste. Im Bewußtsein, einen weiteren Fehler begangen zu haben, wollte er sich noch umdrehen, aber es war bereits zu spät. Er konnte gerade noch Liana Taillefer lachen hören, wie die bösen, blonden Vamps in den Filmen. Was den Schlag betraf – den zweiten in weniger als zwölf Stunden –, so saß er ebenfalls hinterm Ohr, an derselben Stelle. Rochefort nahm er nur noch verschwommen wahr. Als er auf dem Boden ankam, war er bereits bewußtlos.

XIII. Die Intrige spitzt sich zu

> In diesem Augenblick zittern Sie, weil Ihnen die Situation und die bevorstehende Jagd Angst einflößen. Würden Sie aber auch zittern, wenn ich präzise wäre wie ein Eisenbahnfahrplan?
>
> A. Conan Doyle, *Das Tal der Angst*

Zuerst war da nur eine Stimme aus weiter Ferne, ein verwaschenes Murmeln, mit dem er nicht klarkam. Er versuchte sich zu konzentrieren und glaubte jetzt zu verstehen, daß man über ihn sprach, über sein Aussehen. Corso hatte keine Ahnung, wie er aussah, aber das interessierte ihn auch gar nicht. Er lag auf dem Rücken und verspürte nicht die mindeste Lust, die Augen aufzuschlagen, vor allem weil er fürchtete, der Schmerz, der auf seine Schläfen drückte, könne noch schlimmer werden.

Irgend jemand tätschelte seine Wange, so daß ihm schließlich doch nichts anderes übrigblieb, als widerwillig mit einem Auge zu blinzeln. Flavio La Ponte stand über ihn gebeugt und beobachtete ihn besorgt. Er trug noch immer seinen Pyjama.

»Hör schon auf, mir im Gesicht herumzufummeln«, knurrte Corso.

Der Buchhändler stieß mit hörbarer Erleichterung die Luft aus den Lungen aus.

»Ich dachte, du bist tot«, gestand er.

Corso öffnete auch das andere Auge und machte Anstalten aufzustehen, aber im selben Moment hatte er das Gefühl, sein Hirn schwappe im Schädel wie Götterspeise über den Teller.

»Der Typ hat dich voll erwischt«, informierte La Ponte überflüssigerweise und half ihm auf die Beine. Auf seine Schulter gestützt, ließ Corso den Blick durch das Zimmer wandern. Liana Taillefer und Rochefort waren verschwunden.

»Hast du ihn gesehen?«
»Klar. Groß, dunkelhaarig, Narbe im Gesicht.«
»Ist er dir vorher schon einmal über den Weg gelaufen?«
»Nein.« Der Buchhändler runzelte mißmutig die Stirn.
»Aber sie schien ihn gut zu kennen... Sie muß ihm die Tür aufgemacht haben, als wir im Bad miteinander diskutiert haben... Übrigens war der Typ auch ziemlich übel zugerichtet: Seine Lippe war blutverkrustet. Sah aus wie frisch genäht.« La Ponte faßte sich an die Backe, deren Schwellung zurückgegangen war, und kicherte schadenfroh. »Na, jetzt hat jeder was abbekommen.«

Corso, der vergeblich nach seiner Brille suchte, warf ihm einen mürrischen Blick zu.

»Ich verstehe nur nicht, warum sie dich nicht auch verdroschen haben«, meinte er.

»Das wollten sie ja. Aber ich habe ihnen gesagt, das sei nicht nötig, ich wäre bloß ein Zaungast und würde ihnen bestimmt nicht im Weg stehen.«

»Anstatt daß du mich verteidigt hättest.«

»Ich? Mach keine Witze. Dein Kinnhaken hat mir gereicht. Nein, nein... ich habe mit den Fingern das gemacht, siehst du? Friedenszeichen. Dann habe ich den Klodeckel runtergeklappt und mich brav draufgesetzt, bis sie gegangen sind.«

»Du bist mir ein schöner Held.«

»Lieber vorher ein bißchen ducken, als nachher den Katzenjammer. Ach ja, schau mal.« Er reichte ihm einen zusammengefalteten Zettel. »Das haben sie unter einen Aschenbecher gesteckt, bevor sie gegangen sind. In dem Aschenbecher liegt übrigens auch der Stummel einer Monte-Christo-Zigarre.«

Corso kostete es einige Mühe, den Zettel zu lesen. Er war in Tinte geschrieben, mit schöner Handschrift und verschnörkelten Großbuchstaben:

Der Besitzer dieses Schreibens hat auf meinen Befehl und zum Wohl des Staates gehandelt.
Den 3. Dezember 1627 Richelieu

Corso war trotz seines üblen Zustandes nahe daran, in schallendes Gelächter auszubrechen. Das war die Generalvollmacht, die Richelieu während der Belagerung von La Rochelle für Milady ausgestellt hatte, damit sie sich ungeschoren an d'Artagnan rächen konnte. Der Freibrief, den Athos ihr später mit gezückter Pistole abnimmt – *Und nun beiße, Schlange, wenn du kannst!* – und der den Freunden am Schluß des Romans dazu dient, die Hinrichtung von Milady vor dem Kardinal zu rechtfertigen... Kurz und gut, das war zu viel für ein Kapitel. Corso wankte ins Badezimmer, öffnete den Wasserhahn und hielt den Kopf unters kalte Naß. Danach betrachtete er sein Gesicht im Spiegel: wassertriefend, unrasiert und mit verquollenen Augen. ›Richtig photogen‹, dachte er. In seinen Schläfen brummte es, als habe er ein Wespennest im Kopf. Der Tag fing ja gut an.

La Ponte reichte ihm ein Handtuch und seine Brille.

»Noch was«, sagte er. »Sie haben deine Tasche mitgenommen.«

»Schweinehund.«

»Hör mal, warum legst du dich eigentlich mit mir an? Einmal gevögelt – das ist alles, was ich in dieser Story gemacht habe.«

Corso war unruhig. Er lief in der Empfangshalle des Hotels auf und ab und versuchte, schnell zu einem Plan zu kommen. Aber die Wahrscheinlichkeit, den Fliehenden ein Bein stellen zu können, verringerte sich mit jeder Minute. Im Grunde war alles verloren – bis auf ein Glied in der Kette: die Nummer drei. Todsicher wollten sie sich auch noch das dritte Exemplar unter den Nagel reißen, und das schien die einzige Möglichkeit zu sein, die beiden am Wickel zu kriegen. Allerdings nur, wenn er rasch handelte. Während La Ponte den Zimmerschlüssel zur Rezeption brachte, ging Corso in die Telefonkabine und rief bei Frida Ungern an, aber ihr Apparat war belegt. Nach kurzem Zögern wählte er die Nummer des Louvre Concorde und ließ sich mit Irene Adler verbinden. Er fragte sich besorgt, was sich wohl auf dieser Flanke getan hatte, und atmete erleichtert auf, als er die Stimme des Mädchens vernahm. In wenigen Worten informierte er sie über den Stand der Dinge und bat sie, sich mit ihm bei der Stiftung Ungern zu treffen. Kaum hatte er eingehängt, als La Ponte daherkam: Er war dabei, seine Kreditkarte im Geldbeutel zu verstauen, und wirkte sehr deprimiert.

»Diese elende Hure. Haut ab, ohne die Rechnung zu bezahlen.«

»Das geschieht dir recht, alter Schlauberger.«

»Ich bringe sie um. Das schwöre ich dir.«

Das Hotel war hundsteuer, und der Buchhändler fühlte sich schändlich hintergangen. Er wirkte jetzt gar nicht mehr so unbeteiligt wie noch vor einer halben Stunde, sondern blickte finster drein wie der rachsüchtige Ahab. Sie stiegen in ein Taxi, und Corso gab dem Fahrer die Adresse der Baronin Ungern. Unterwegs erzählte er seinem Freund den Rest der Geschichte: die Zugfahrt, das Mädchen, Sintra, Paris, die drei Exemplare der *Neun Pforten,* Fargas' Tod, der Überfall an der Seine... La Ponte hörte ihm zu und nickte, anfänglich ungläubig und zuletzt entsetzt.

»Dann habe ich ja mit einer Schlange das Bett geteilt«, stellte er mit einigem Schauder fest.

Corso war schlecht gelaunt und erwiderte nur, daß Idioten so gut wie nie von Schlangen gebissen würden.

»Und doch ist sie ganz schön rangegangen«, sagte er. »Eine stürmische Frau... mit einem umwerfenden Körper.«

Seine Augen glänzten, obwohl ihn der jüngste Anschlag auf seine Kreditkarte fürchterlich ärgerte.

»Umwerfend«, wiederholte er und lächelte blöde.

Corso sah in den Verkehr hinaus.

»Das hat der Herzog von Buckingham auch gesagt.«

»Buckingham?«

»Ja. In den *Drei Musketieren*. Nach der Episode mit den Diamantnadeln beauftragt Richelieu Milady mit der Beseitigung des Herzogs, aber der läßt sie bei ihrer Ankunft in London festnehmen. Im Gefängnis bezirzt sie ihren Kerkermeister Felton, einen Idioten wie dich, nur in der Version des fanatischen Puritaners, und bringt ihn dazu, daß er ihr zur Flucht verhilft und nebenbei noch schnell den Herzog ermordet.«

»An die Episode kann ich mich gar nicht mehr erinnern. Und wie ist es diesem Felton ergangen?«

»Er rennt Buckingham ein Messer in den Leib und wird dafür hingerichtet – ob wegen Mordes oder Dummheit, kann ich dir nicht sagen.«

»Wenigstens hat man ihm die Hotelrechnung erspart.«

Das Taxi fuhr den Quai de Conti entlang, wo Corso seinen vorletzten Zusammenstoß mit Rochefort gehabt hatte. In diesem Moment fiel La Ponte wieder etwas ein:

»Sag mal, hatte Milady nicht ein Mal auf der Schulter?«

Corso nickte. Sie kamen gerade an der Treppe vorüber, die er gestern abend hinabgestürzt war.

»Doch«, erwiderte er. »Sie ist vom Henker mit der roten Lilie der Ehrlosen gebrandmarkt worden. Und zwar noch vor ihrer Heirat mit Athos. D'Artagnan entdeckt das Schandmal, als er mit ihr ins Bett geht, und das kostet ihn beinahe Kopf und Kragen.«

»Sonderbar. Weißt du, daß Liana auch so ein Zeichen hat.«

»Auf der Schulter?«

»Nein, auf einer Hüfte. Eine hübsche Tätowierung in Form einer kleinen Lilie.«

»Hör auf!«

»Ich schwöre es dir.«

Corso konnte sich nicht erinnern, während des flüchtigen

Liebesabenteuers mit Liana Taillefer – Jahre schienen ihm seither vergangen – eine Tätowierung bemerkt zu haben: Für Detailbetrachtungen war damals keine Zeit gewesen. Trotzdem hatte er das Gefühl, daß er diese Geschichte längst nicht mehr unter Kontrolle hatte. Es lag klar auf der Hand, daß es hier nicht mehr um irgendwelche Zufälle ging, sondern um einen ausgeklügelten Plan, viel zu komplex und gefährlich, als daß er die Szene der Witwe und ihres Sbirren mit der Narbe als simple Parodie hätte abtun können. Das war ein Komplott, wie es im Buche stand, und da war auch jemand, der im Hintergrund die Fäden zog. Eine graue Eminenz – nie war dieser Ausdruck treffender gewesen. Corso klopfte auf seine Manteltasche, in der sich der »Freibrief Richelieus« befand. Das war nun wirklich zuviel des Guten. Und doch mußte gerade das Übertriebene, das Romanhafte dieser Geschichte einen Hinweis auf ihre Lösung enthalten. Er erinnerte sich an einen Satz, den er einmal bei Edgar Allan Poe oder Conan Doyle gelesen hatte: *Es scheint mir, daß dieses Rätsel gerade aus dem Grund als unlösbar gilt, weshalb man es eigentlich für leicht lösbar halten sollte – ich meine den maßlosen Charakter seiner Begleitumstände.*

»Mir ist immer noch nicht klar, ob das alles eine Riesenverarschung ist oder eine perfekte Intrige«, sagte er schließlich laut.

La Ponte hatte im Kunstleder des Rücksitzes ein Loch entdeckt, in dem er nervös mit dem Finger herumbohrte.

»Egal, was es nun ist, mir kommt diese Sache sehr verdächtig vor.« Er sprach trotz der Panzerglasscheibe, die sie vom Taxichauffeur trennte, sehr leise. »Und ich hoffe, du weißt dich entsprechend zu verhalten.«

»Nein, das ist es ja gerade: Ich weiß überhaupt nicht, was ich tun soll.«

»Warum gehen wir nicht zur Polizei?«

»Und was erzähle ich der? Daß Milady und Rochefort, zwei Agenten von Kardinal Richelieu, mir ein Kapitel der

Drei Musketiere gestohlen haben und ein Buch, mit dem sich Beelzebub beschwören läßt? Daß sich der Teufel in Gestalt eines zwanzigjährigen Mädchens in mich verliebt und zu meinem Leibwächter erklärt hat? Jetzt sag mir, was du machen würdest, wenn du Kommissar Maigret wärst und ich dir mit so einer Story käme?«

»Wahrscheinlich würde ich dich ins Röhrchen blasen lassen.«

»Da siehst du selbst.«

»Und Varo Borja?«

»An den will ich gar nicht denken.« Corso stöhnte. »Was der aufführt, wenn ich ihm sage, daß sein Buch weg ist...«

Das Taxi schlängelte sich mühsam durch den dichten Morgenverkehr, und Corso sah ungeduldig auf die Uhr. Endlich kamen sie bei der Bar an, in der er am Vorabend gesessen hatte. Eine Menge Leute, die neugierig den Hals reckten, hatten sich auf dem Gehweg versammelt, und an der Ecke war ein Schild aufgestellt worden, das die Durchfahrt verbot. Als er aus dem Taxi stieg und nun auch noch ein Polizeiauto und einen Löschzug der Feuerwehr erblickte, knirschte Corso mit den Zähnen und stieß einen Fluch aus, der La Ponte herumfahren ließ. Um die Nummer drei war es also auch geschehen.

Das Mädchen, das seinen kleinen Rucksack auf der Schulter und die Hände in den Manteltaschen hatte, bahnte sich durch die Menschenmenge einen Weg zu ihnen. Vom Dach des Hauses stieg eine dünne Rauchfahne auf.

»Der Brand ist um drei Uhr früh ausgebrochen«, informierte sie Corso. Seinen Freund übersah sie einfach. »Die Feuerwehrmänner sind immer noch in der Wohnung.«

»Und die Baronin Ungern?« fragte Corso.

»Die ist auch drin.« Er sah, wie sie mit der Hand eine Geste machte, vage, wenn auch nicht gleichgültig, eher resigniert oder fatalistisch, als wäre dieses Unglück schon irgendwo vorgezeichnet gewesen. »Man hat die verkohlte Leiche in ihrem

Arbeitszimmer gefunden. Dort ist auch das Feuer ausgebrochen. Die Nachbarn meinen, es sei nicht absichtlich gelegt worden... Angeblich ist ein schlecht ausgedrückter Zigarettenstummel schuld.«

»Die Baronin war Nichtraucherin«, sagte Corso.

»Gestern abend hat sie aber geraucht.«

Der Bücherjäger warf einen Blick über die Köpfe hinweg, die sich vor der Absperrung drängten. Er konnte jedoch kaum etwas sehen: das obere Ende einer Feuerwehrleiter, die an die Hauswand gelehnt war, das Blaulicht eines Krankenwagens vor der Tür, die Tschakos der Polizisten und die Schutzhelme der Feuerwehrmänner. Es roch nach verbranntem Holz und schwelendem Plastik. Unter den Schaulustigen befanden sich auch zwei amerikanische Touristen, die sich nacheinander neben den Gendarm postierten, der die Absperrung bewachte, und sich gegenseitig abfotografierten. Irgendwo heulte ein Martinshorn auf. Einer der Schaulustigen behauptete, jetzt werde die Leiche herausgetragen, aber Corso konnte nichts sehen. Wahrscheinlich gibt es da auch nicht mehr viel zu sehen, dachte er bei sich.

Er begegnete den Augen des Mädchens, die auf ihn geheftet waren und keine Spur der vergangenen Nacht enthielten. Sie hatte den wachsamen, konzentrierten Blick eines Soldaten, der sich am Rande des Schlachtfelds bewegt.

»Was ist passiert?« fragte sie Corso.

»Ich hoffte, das würdest du mir sagen.«

»Ich meine nicht den Brand.« Jetzt schien sie zum erstenmal La Ponte zu bemerken. »Wer ist das?«

Corso sagte es ihr. Dann zögerte er einen Augenblick und fragte sich, ob La Ponte wohl etwas auffallen würde:

»Das ist das Mädchen, von dem ich dir erzählt habe. Sie heißt Irene Adler.«

La Ponte fiel nichts auf. Er beschränkte sich darauf, die beiden ein wenig verwirrt anzusehen, zuerst das Mädchen, dann seinen Freund, und reichte ihr zum Schluß die Hand, die sie jedoch nicht sah oder nicht sehen wollte. Ihre ganze Aufmerksamkeit galt Corso.

»Du hast deine Tasche nicht dabei«, stellte sie fest.

»Nein. Rochefort hat es endlich geschafft, sie mir zu klauen. Er ist mit Liana Taillefer durchgebrannt.«

»Wer ist Liana Taillefer?«

Corso beobachtete sie scharf, konnte in ihren Augen aber nichts Verdächtiges entdecken.

»Du kennst die untröstliche Witwe nicht?«

»Nein.«

Sie hielt seinem Blick völlig gelassen stand und wirkte weder überrascht noch beunruhigt.

Corso war drauf und dran, ihr zu glauben, sosehr er sich auch dagegen sträubte.

»Ist ja auch egal«, sagte er schließlich. »Jedenfalls sind die beiden abgehauen.«

»Wohin?«

»Keine Ahnung.« Er entblößte etwas seinen Eckzahn. »Ich dachte, daß du das vielleicht wüßtest.«

»Ich weiß nichts von Rochefort. Und von dieser Frau schon gar nicht«, erwiderte sie gleichgültig und gab ihm damit zu verstehen, daß es ihr in Wirklichkeit um etwas anderes ging. Corso war ratloser denn je. Er hatte sich irgendeine Gefühlsreaktion von dem Mädchen erwartet, schließlich hatte sie sich ja selbst zu seiner Hüterin erklärt. Mindestens einen Vorwurf, von wegen: Geschieht dir recht, du willst es ja immer besser wissen. Aber ihr Mund blieb geschlossen. Sie sah sich um, als suche sie unter den Versammelten nach einem bekannten Gesicht, und der Bücherjäger schaffte es nicht, zu erraten, ob sie über das Unglück nachdachte oder in Gedanken ganz woanders war, weit weg vom Ort der Tragödie.

»Was sollen wir machen?« fragte Corso, ohne sich an jemand Bestimmten zu wenden. Er wußte wirklich nicht mehr, wo ihm der Kopf stand. Von den Überfällen einmal abgesehen, waren ihm, eins nach dem anderen, alle drei Exemplare der *Neun Pforten* und das Dumas-Manuskript weggeschnappt worden. Den Selbstmord Enrique Taillefers eingerechnet, schleppte er drei Leichen mit sich herum, und überdies hatte er eine enorme Summe Geld ausgegeben, das nicht ihm gehörte, sondern Varo Borja... *Varus, Varus: Gib mir meine Legionen zurück.* Er verfluchte sich selbst. In diesem Augenblick hätte er viel darum gegeben, fünfunddreißig Jahre jünger zu sein und sich flennend auf den Bordstein setzen zu können.

»Wir könnten zum Beispiel einen Kaffee trinken gehen«, schlug La Ponte vor. Sein frivoler Ton und das aufmunternde Lächeln wollten sagen: Los Kinder, nur Mut, so schlimm wird es schon nicht sein, und Corso begriff, daß der Ärmste keine Ahnung davon hatte, in was für ein Schlamassel sie da alle hineingeraten waren. Aber prinzipiell fand er Flavios Idee gar nicht so schlecht. Jedenfalls fiel ihm unter den gegebenen Umständen auch nichts Besseres ein.

»Also. Laß mich kurz rekapitulieren.« La Ponte tropfte ein wenig Milchkaffee in den Bart, während er sein Croissant erneut in die Tasse tauchte. »Im Jahr 1666 hat Aristide Torchia ein Exemplar der *Neun Pforten* versteckt, und zwar ein ganz besonderes Exemplar: eine Art Sicherungskopie, die er auf drei Bücher verteilte, stimmt's? Mit kleinen Unterschieden in acht der insgesamt neun Holzschnitte. Damit nun die in den Tafeln enthaltene Beschwörungsformel funktioniert, muß man die Originale zusammenbringen.« Er schob sich den Rest seines triefenden Croissants in den Mund und wischte sich mit einer Papierserviette ab. »Sehe ich das richtig?«

Die drei saßen in einem Straßencafé gegenüber von Saint-Germain-des-Prés. La Ponte setzte sein im Hotel Crillon so brüsk unterbrochenes Frühstück fort, und das Mädchen, das sich nach wie vor am Rande hielt, hörte den beiden schweigend zu, während sie mit einem Strohhalm Limonade trank. Sie hatte die *Drei Musketiere* offen auf dem Tisch liegen, drehte ab und zu eine Seite um und las zerstreut, hob dann wieder den Kopf, um dem Gespräch zu folgen. Was Corso betraf, so hatten ihm die jüngsten Ereignisse gründlich den Appetit verdorben. Er brachte absolut nichts hinunter.

»Das siehst du völlig richtig«, sagte er zu La Ponte, lehnte sich, die Hände in die Manteltaschen vergraben, in seinen Stuhl zurück und sah nachdenklich zum Glockenturm der Kirche hinauf. »Obwohl natürlich denkbar wäre, daß die vollständige Ausgabe – die Ausgabe, die von der Inquisition verbrannt worden ist, ebenfalls aus drei Versionen mit unterschiedlichen Bildtafeln bestand. So daß nur echte Spezialisten, Eingeweihte, die drei Exemplare richtig einander zuordnen können...« Er zog die Augenbrauen hoch und runzelte bekümmert die Stirn. »Aber das läßt sich heute nicht mehr feststellen.«

»Und wer sagt, daß es nur drei Bücher gab? Genausogut hätte Torchia doch vier oder neun Serien drucken können.«

»Was hätte das für einen Sinn gehabt? Nein... Es sind nur drei Versionen bekannt.«

»Wie auch immer. Hier möchte jedenfalls einer die *Neun Pforten* im Original wiederherstellen. Und dazu bemächtigt er sich der Bildtafeln...« La Ponte sprach mit vollem Mund und fuhr fort, gierig sein Frühstück zu verschlingen. »Der antiquarische Wert der Bücher ist ihm offensichtlich piepegal. Er reißt die richtigen Holzschnitte heraus und verbrennt den Rest. Und nicht genug, er bringt auch noch die Besitzer der Bücher um. Victor Fargas in Sintra. Die Baronin Ungern in Paris. Und Varo Borja in Toledo...« Er hörte auf zu kauen und sah Corso ein wenig enttäuscht an. »Nein. Hier stimmt was nicht. Varo Borja lebt noch.«

»Sein Exemplar habe ja auch ich. Und mir sind sie gestern abend und heute morgen auf den Leib gerückt.«

La Ponte wirkte nicht sehr überzeugt.

»Du sagst es: auf den Leib gerückt... Warum hat Rochefort dich nicht getötet?«

»Keine Ahnung.« Corso zuckte mit den Schultern. Er hatte sich diese Frage selbst schon gestellt. »Die Möglichkeit dazu hätte er gehabt... Übrigens bin ich mir gar nicht so sicher, daß Varo Borja noch lebt. Das Telefon nimmt er schon seit Tagen nicht mehr ab.«
»Dann müssen wir ihn auf die Liste der Mordopfer setzen. Oder der Verdächtigen.«
»Varo Borja ist von Natur aus verdächtig. Und er verfügt auch über die nötigen Mittel, um diese Geschichte zu inszenieren.« Corso deutete auf das Mädchen, das am Lesen war und der Unterhaltung scheinbar nicht zuhörte. »Sie könnte uns da bestimmt mehr erzählen, wenn sie wollte.«
»Und will sie nicht?«
»Nein.«
»Dann zeig sie doch an. Im Fachjargon nennt man so etwas Beihilfe zum Mord.«
»Sie anzeigen? Ich stecke bis zum Hals in dieser Sache drin, Flavio. Und du genauso.«
Das Mädchen hatte seine Lektüre unterbrochen und hielt dem Blick der beiden unbeirrt stand. Den Mund öffnete sie nur, um an ihrem Strohhalm zu nuckeln. In ihren Augen, die von einem zum anderen wanderten, spiegelte sich bald Corso, bald La Ponte. Schließlich blieben sie am Bücherjäger hängen.
»Vertraust du ihr wirklich?« wollte La Ponte wissen.
»Kommt darauf an. Gestern abend hat sie mich verteidigt, und das hat sie toll gemacht.«
Der Buchhändler zog zweifelnd den Mundwinkel nach unten und blickte das Mädchen von der Seite an. Bestimmt versuchte er, sie sich als Leibwächterin in Aktion vorzustellen, und wahrscheinlich fragte er sich auch, welchen Grad der Intimität das Verhältnis zwischen beiden erreicht hatte. Denn Corso sah, wie er fachmännisch seine Augen über den Kapuzenmantel wandern ließ und sich dabei den Bart kraulte. Jedenfalls stand fest, daß auch La Ponte ungeniert zugegriffen hätte, wenn ihm das Mädchen entgegengekommen wäre –

verdächtig hin oder her. Selbst in Augenblicken wie diesem gehörte der ehemalige Generalsekretär der »Harpuniere von Nantucket« zu denjenigen, die es grundsätzlich in den Uterus zurückzieht. Und zwar egal in welchen.

»Nein, die ist zu hübsch.« La Ponte schüttelte den Kopf. »Und zu jung. Zu viel für dich.«

Corso lächelte.

»Du würdest dich wundern, wenn ich dir sage, wie alt sie manchmal aussieht.«

Der Buchhändler schnalzte skeptisch mit der Zunge.

»Solche Geschenke fallen nicht vom Himmel.«

Das Mädchen war den letzten Sätzen ihrer Unterhaltung aufmerksam gefolgt. Jetzt sahen die beiden, wie sie zum erstenmal an diesem Tag lächelte, als habe sie soeben einen guten Witz gehört.

»Du redest zuviel, Flavio Wieheißtdunochgleich«, sagte sie zu La Ponte, der betreten blinzelte. Ihr Lächeln wurde schärfer. »Was zwischen Corso und mir ist, geht dich jedenfalls einen Dreck an.«

Es war das erstemal, daß sie das Wort direkt an den Buchhändler richtete. Nach einem Augenblick der Verblüffung wandte dieser sich hilfesuchend an seinen Freund, aber Corso beschränkte sich auf ein leichtes Schmunzeln.

»Ich glaube, ich bin hier überflüssig.« La Ponte machte halbherzig Anstalten aufzustehen, indem er die Hände auf den Tisch stützte und sein Hinterteil vom Stuhl erhob. In dieser Stellung verharrte er, bis Corso ihm eine der aufgestützten Hände tätschelte.

»Sei kein Idiot! Sie ist auf unserer Seite.«

La Ponte schien erleichtert, aber immer noch nicht ganz überzeugt.

»Dann soll sie es beweisen und dir erzählen, was sie weiß.«

Corso wandte sich dem Mädchen zu, ihren halb geöffneten Lippen, ihrem warmen, weichen Hals. Er fragte sich, ob sie wohl noch immer nach Hitze und Fieber roch, und schwelgte einen Moment lang in Erinnerungen. Die schillernden grünen Augen, aus denen das Licht des Morgens strahlte, hielten seinem Blick wie immer ruhig und gelassen stand. Und ihr lächelnder Mund hauchte jetzt wieder ein Wort, unverständlich, aber irgendwie freundlich oder komplizenhaft.

»Wir haben von Varo Borja gesprochen«, sagte Corso. »Kennst du ihn?«

Die Lippen des Mädchens schlossen sich, und sie glich wieder einem erschöpften, gleichgültigen Soldaten. Aber dem Bücherjäger war es, als habe er den Bruchteil einer Sekunde lang einen Anflug von Verachtung in ihrem Blick wahrgenommen. Er legte eine Hand auf den Marmortisch:

»Wäre ja möglich, daß er mich benützt hat«, setzte er an. »Und daß er dich auf meine Fährte gesetzt hat, damit du mich kontrollierst.« Aber noch während er sprach, kam ihm die Idee, daß der steinreiche Bibliophile auf dieses Mädchen zurückgegriffen haben könnte, um ihm eine Falle zu stellen, plötzlich absurd vor. »Oder vielleicht sind Rochefort und Milady seine Spitzel.«

Anstatt eine Antwort zu geben, vertiefte sich das Mädchen erneut in die *Drei Musketiere*. Allerdings hatte Corso mit der Erwähnung Miladys den wunden Punkt La Pontes getroffen, der seine Kaffeetasse leerte und zugleich den Zeigefinger in die Luft reckte.

»Das ist genau das, was ich am allerwenigsten begreife«, sagte er. »Die ›Dumas-Connection‹... Was hat mein *Vin d'Anjou* mit dieser Geschichte zu tun?«

»Der *Vin d'Anjou* ist durch puren Zufall in deine Hände gelangt.« Corso hatte seine Brille abgenommen und betrachtete besorgt das kaputte Glas. Ob es diese Hektik wohl noch eine Weile überstehen würde? »Aber du hast schon recht: Das Dumas-Manuskript ist der dunkelste Punkt der ganzen Story. Obwohl sich auch hier interessante Bezüge herstellen lassen... Kardinal Richelieu, der in den *Drei Musketieren* als perverser Bösewicht dargestellt wird, hat Bücher über

Schwarze Magie gesammelt. Der Teufel verhilft einem zur Macht, wenn man mit ihm paktiert – Richelieu war der mächtigste Mann Frankreichs. Und um den ›Cast‹ zu vervollständigen: In Dumas' Roman hat der Kardinal zwei ergebene Agenten, die seine Befehle ausführen: den Grafen von Rochefort und Milady de Winter. Sie ist blond, ruchlos und vom Henker mit der Lilie der Ehrlosen gebrandmarkt worden. Er ist dunkelhaarig und hat eine Narbe im Gesicht... Fällt dir was auf? Sie tragen beide ein Zeichen. Und wo wir schon dabei sind, Querverbindungen herzustellen: Der Johannesoffenbarung zufolge sind die Diener des Teufels am ›Zeichen des Tieres‹ zu erkennen.«

Das Mädchen trank einen Schluck Limonade, ohne von ihrem Buch aufzusehen, aber La Ponte schauderte zusammen, als habe er einen brenzligen Geruch wahrgenommen. Man konnte ihm am Gesicht ablesen, was er dachte: Sich mit einer tollen Blondine einzulassen war etwas ganz anderes als ein Hexensabbat zwischen den Beinen. Corso sah, wie er sich besorgt abtastete.

»Verflucht noch mal. Ich hoffe, das ist nicht ansteckend.«

Der Bücherjäger warf ihm einen Blick zu, der nicht allzuviel Mitleid verriet.

»Viele seltsame Zufälle, nicht? Aber ich bin noch lange nicht am Ende...« Er hauchte auf das unversehrte Brillenglas und putzte es mit einer Papierserviette. »In den *Drei Musketieren* erfährt der Leser, daß Milady mit Athos verheiratet war, dem Freund d'Artagnans. Als Athos entdeckt, daß seine Frau vom Henker gebrandmarkt ist, beschließt er, das Urteil eigenhändig zu vollstrecken. Er knüpft sie an einem Baum auf und geht weg, in der Annahme, sie sei tot. In Wirklichkeit überlebt sie, und den Rest kennst du ja.« Corso rückte sich die Brille auf der Nase zurecht. »Irgend jemand in dieser Geschichte muß sich köstlich amüsieren.«

»Ich kann Athos gut verstehen«, sagte La Ponte und runzelte die Stirn in Gedanken an die unbezahlte Hotelrechnung.

»Wenn es nach mir ginge, würde ich dieses Weib am liebsten auch aufhängen. Wie der Musketier seine Frau.«

»Oder wie Liana Taillefer ihren Mann... Tut mir leid, dich in deiner Eitelkeit verletzen zu müssen, Flavio, aber du hast sie in Wirklichkeit nie interessiert. Sie war bloß hinter dem Manuskript her, das der Verstorbene dir verkauft hatte.«

»Diese Hure«, brummte La Ponte wütend. »Bestimmt hat sie ihren Mann um die Ecke gebracht. Und der Typ mit dem Schnurrbart und dem Schmiß im Gesicht hat ihr dabei geholfen.«

»Aber eins verstehe ich immer noch nicht«, fuhr Corso fort, »die Verbindung zwischen den *Drei Musketieren* und den *Neun Pforten*...Das einzige, was mir dazu einfällt, ist, daß auch Alexandre Dumas es – genau wie Richelieu – zu einer absoluten Vorrangstellung bringt. Er bekommt, was man sich nur wünschen kann: Ruhm, Geld, Frauen, Macht. In seinem Leben geht alles glatt... Als genieße er aufgrund eines seltsamen Bundes ein besonderes Privileg. Und als sein Sohn, der andere Dumas, stirbt, läßt er einen kuriosen Spruch in den Grabstein meißeln: ›Er ist gestorben, wie er gelebt hat – ohne es zu merken.‹« La Ponte sah Corso ungläubig an.

»Willst du etwa andeuten, Alexandre Dumas habe seine Seele dem Teufel verkauft?«

»Ich will überhaupt nichts andeuten. Ich versuche nur den Fortsetzungsroman zu entschlüsseln, den hier irgend jemand auf meine Kosten schreibt... Eins steht jedenfalls fest: Diese mysteriöse Geschichte beginnt damit, daß Enrique Taillefer das Dumas-Manuskript verkauft. Darauf baut alles andere auf: sein angeblicher Selbstmord, mein Besuch bei der Witwe, die erste Begegnung mit Rochefort... Und der Auftrag Varo Borjas.«

»Was ist an dem Manuskript? Warum, und vor allem, für wen ist es so wichtig?«

»Keine Ahnung.« Corso warf einen Blick auf das Mädchen. »Es sei denn, sie erklärt es uns.«

Die beiden sahen, wie Irene Adler gelangweilt mit der Schulter zuckte, ohne von ihrem Buch aufzuschauen.

»Das ist deine Sache, Corso«, sagte sie. »Wenn ich recht verstanden habe, wirst du doch dafür bezahlt.«

»Aber du bist auch hineinverwickelt.«

»Bis zu einem gewissen Grad.« Sie machte eine vage Geste, die alles und nichts bedeuten konnte, und blätterte eine Seite weiter. »Nur bis zu einem gewissen Grad.«

La Ponte beugte sich pikiert zu Corso hinüber.

»Hast du es schon mal mit einer Ohrfeige probiert?«

»Halt den Mund, Flavio.«

»Genau: Halt den Mund«, wiederholte das Mädchen.

»Das ist doch alles lächerlich«, knurrte La Ponte. »Die redet daher, als wäre sie die Kaiserin von China. Und statt daß du ihr mal ordentlich den Kopf wäschst, läßt du sie einfach machen. Ich erkenne dich nicht wieder, Corso! So hübsch diese Göre auch ist, ich glaube nicht, daß...« Er stockte und suchte nach den passenden Worten. »Woher nimmt sie diese Dreistigkeit?«

»Sie hat sich mal mit einem Erzengel geprügelt«, erwiderte der Bücherjäger. »Und gestern abend habe ich gesehen, wie sie Rochefort die Fresse poliert hat... Erinnerst du dich? Derselbe, von dem ich heute morgen zusammengeschlagen wurde, während du dich aufs Bidet gesetzt hast.«

»Auf den Klodeckel.«

»Das ist doch egal.« Corso nahm einen hämischen Gesichtsausdruck an. »Mit deinem Pyjama... Ich wußte gar nicht, daß du einen Pyjama trägst, wenn du mit deinen Eroberungen ins Bett gehst.«

»Was geht dich das an?« La Ponte blickte verwirrt zu dem Mädchen hinüber, während er ärgerlich den Rückzug antrat. »Mir wird es nachts kalt, damit du es weißt. Außerdem hatten wir es gerade mit dem *Vin d'Anjou*.« Er war offensichtlich erpicht, das Thema zu wechseln. »Wie weit bist du mit deinem Gutachten gekommen?«

»Ich weiß jetzt, daß das Manuskript echt ist. Die unterschiedlichen Handschriften stammen von Dumas und seinem Mitarbeiter Auguste Maquet.«

»Was hast du über den rausgebracht?«

»Über Maquet? Da gibt es nicht viel rauszubringen. Er hat sich mit Dumas zerstritten... Prozesse, Geldforderung und so fort. Aber soll ich dir was Nettes erzählen? Dumas hat sein ganzes Geld bereits zu Lebzeiten ausgegeben und ist ohne einen Heller gestorben. Maquet dagegen blieb ein reicher Mann und hat sich im Alter sogar noch ein Schloß gekauft. Im Grund ist es beiden gut ergangen – jedem auf seine Art.«

»Und dieses Kapitel, das sie beide geschrieben haben?«

»Die ursprüngliche Version, eine Rohfassung, stammt von Maquet. Dumas hat sie korrigiert – teilweise direkt auf dem Original seines Mitarbeiters – und ihr Stil und Qualität gegeben. Das Thema kennst du ja: Milady versucht d'Artagnan zu vergiften.«

La Ponte starrte sorgenvoll in seine leere Kaffeetasse.

»Fazit?«

»Also ich würde sagen, daß sich hier irgend jemand für eine Art Reinkarnation Richelieus hält. Dieser Jemand hat es geschafft, alle Originalholzschnitte des *Delomelanicon* zusammenzubringen und obendrein das Dumas-Kapitel, das – aus einem unerfindlichen Grund – den Schlüssel zu der ganzen Geschichte enthält.« Corso lehnte sich in seinen Stuhl zurück. »Und während du deinem Manuskript nachtrauerst, Varo Borja seinem Buch und ich mich zum Gespött der Leute mache, versucht dieser Mensch vielleicht schon, den Teufel zu beschwören.« Er zog den Freibrief Richelieus aus der Tasche und sah ihn sich noch einmal an. La Ponte schien im wesentlichen einverstanden.

»Der Verlust des Manuskripts ist halb so schlimm«, meinte er. »Ich habe Taillefer nicht viel dafür bezahlt.« Er grinste spitzbübisch. »Und von Liana habe ich wenigstens in Naturalien kassiert. Aber du sitzt schön in der Klemme.«

Corso sah das Mädchen an, das schweigend las.

»Sie könnte uns wahrscheinlich sagen, warum ich in der Klemme sitze.«

Er zuckte mit den Mundwinkeln, bevor er – resigniert wie ein Kartenspieler, der passen muß – mit den Fingerknöcheln auf den Tisch klopfte. Aber auch diesmal erhielt er keine Antwort. Statt dessen gab La Ponte ein mißbilligendes Brummen von sich.

»Ich begreife immer noch nicht, warum du ihr vertraust.«

»Das hat er dir doch schon gesagt«, erwiderte das Mädchen endlich lustlos. Sie hatte ihren Strohhalm wie ein Lesezeichen zwischen die Seiten des Buches geklemmt. »Ich passe auf ihn auf.«

Corso nickte belustigt, obwohl er wahrhaftig nicht zum Spaßen aufgelegt war.

»Da hörst du es. Sie ist mein Schutzengel.«

»Wirklich? Dann hätte sie aber besser aufpassen sollen. Wo war sie, als Rochefort deine Tasche geklaut hat?«

»Du warst jedenfalls da.«

»Das ist etwas anderes. Ich bin ein friedfertiger Buchhändler. Friedfertig und kleinmütig. Das genaue Gegenteil von einem Mann der Tat. Ich könnte an einem Wettbewerb für Feiglinge teilnehmen, und selbst da würde die Jury mich noch disqualifizieren. Weil ich zu feige bin.«

Corso hörte ihm kaum noch zu, denn er hatte soeben eine Entdeckung gemacht. Der Schatten des Kirchturms fiel ganz in ihrer Nähe auf den Boden. Die breite, dunkle Silhouette war langsam vorgerückt, und das Kreuz der Turmspitze hatte beinahe die Füße des Mädchens erreicht. Hier aber schien der Schatten Halt zu machen. Keine Sekunde lang berührte er das Mädchen, gerade so, als wolle er einen Sicherheitsabstand einhalten.

Von einem Postamt aus telefonierte der Bücherjäger nach Lissabon, um sich zu erkundigen, wie der Fall Victor Fargas weitergegangen war. Er bekam keine sehr ermutigenden Nachrichten. Pinto hatte den Bericht des Gerichtsmediziners gelesen: Tod durch Ertrinken – allerdings unfreiwillig. Die Polizei von Sintra hatte Diebstahl als mutmaßliches Motiv für das Verbrechen angegeben. Täter unbekannt. Das einzig Positive war, daß im Augenblick noch niemand Corso mit der Sache in Verbindung brachte. Dann fügte der Portugiese noch hinzu, er habe für alle Fälle die Beschreibung des Typen mit der Narbe in Umlauf gesetzt. Corso sagte ihm, daß er Rochefort vergessen könne. Der Vogel sei längst ausgeflogen.

Allem Anschein nach hätten die Karten gar nicht schlechter liegen können, aber gegen Mittag kam es noch dicker. Kaum hatte der Bücherjäger mit La Ponte und dem Mädchen die Empfangshalle seines Hotels betreten, da spürte er auch schon, daß etwas nicht stimmte. Grüber stand wie immer hinter der Rezeption, aber nach der gewohnten, unerschütterlichen Verbeugung las Corso eine Warnung aus seinen Augen. Er sah, daß der Portier, während sie auf ihn zuschritten, wie beiläufig einen Blick auf sein Schlüsselfach warf und danach mit einer Hand leicht das Revers der Livreejacke anhob. Eine Geste, die wohl überall auf der Welt verstanden wird.

»Jetzt nicht stehenbleiben«, sagte Corso zu den anderen.

La Ponte war so verblüfft, daß Corso ihn beinahe mit Gewalt hinter sich herziehen mußte, aber das Mädchen ging ihnen entschlossen und ruhig durch den engen Korridor zum Restaurant voraus, das sich auf die Place du Palais Royal hin öffnete. Als sie an der Rezeption vorbeikamen, konnte Corso gerade noch sehen, wie Grüber eine Hand auf den Telefonapparat legte, der auf der Theke stand.

Sie waren jetzt wieder auf der Straße, und La Ponte warf nervöse Blicke hinter sich.

»Was ist los?«

»Polizei«, sagte Corso. »In meinem Zimmer.«

»Woher weißt du das?«

Das Mädchen stellte keine Fragen. Sie beschränkte sich darauf, Corso in Erwartung neuer Orders anzusehen. Der Bücherjäger zog den Umschlag aus der Tasche, den ihm der Portier am Vorabend überreicht hatte, entnahm ihm die Mitteilung von der Unterkunft La Pontes und Liana Taillefers, und steckte statt dessen einen Fünfhundert-Francs-Schein hinein. Das alles tat er bewußt langsam, sich zur Ruhe zwingend, damit die beiden nicht merkten, wie sehr seine Hände zitterten. Nachdem er seinen eigenen Namen ausgestrichen und den Grübers darüber geschrieben hatte, verschloß er den Umschlag und reichte ihn dem Mädchen.

»Geh ins Café, und gib das einem der Kellner.« Seine Handteller waren feucht, er trocknete sie am Innenfutter seiner Manteltaschen ab und deutete dann auf eine Telefonkabine auf der anderen Seite des Platzes. »Danach treffen wir uns dort.«

»Und ich?« fragte La Ponte.

Corso war trotz der ungemütlichen Situation drauf und dran, seinem Freund ins Gesicht zu lachen. Aber er beließ es bei einem spöttischen Blick.

»Du kannst machen, was du willst. Obwohl ich fürchte, lieber Flavio, daß auch du in den Untergrund abtauchen mußt.«

Corso schlängelte sich durch den Autoverkehr, um den Platz in Richtung der Telefonkabine zu überqueren, ohne sich darum zu kümmern, ob der andere ihm folgte oder nicht. Als er die Glastür hinter sich zugezogen hatte und gerade die Telefonkarte in den Schlitz steckte, sah er La Ponte zwei Meter von sich entfernt auf dem Gehweg stehen und sich ängstlich und verloren umschauen.

Er wählte die Nummer des Hotels und ließ sich mit der Rezeption verbinden.

»Was ist passiert, Grüber?«

»Da sind zwei Polizisten gekommen, Monsieur Corso.« Die Stimme des alten SS-Mannes klang leise, aber ruhig. Er hatte die Situation wie immer im Griff. »Sie sind immer noch oben, in Ihrem Zimmer.«

»Haben sie irgendwelche Erklärungen abgegeben?«

»Nein. Sie haben gefragt, wann Sie in unserem Hotel abgestiegen sind, und ob ich wisse, was Sie heute nacht gegen zwei Uhr gemacht hätten. Ich habe die Frage verneint und sie an den Nachtportier verwiesen. Sie wollten auch eine Personenbeschreibung von Ihnen. Außerdem soll ich Bescheid geben, sobald Sie kommen. Und genau das wollte ich gerade machen.«

»Was werden Sie ihnen erzählen?«

»Die Wahrheit natürlich. Daß Sie kurz in der Empfangshalle erschienen und sofort wieder verschwunden sind, in Begleitung eines bärtigen Herrn, der mir unbekannt ist. Für die Mademoiselle haben sich die Polizisten nicht interessiert. Ich sehe also keinen Grund, sie zu erwähnen.«

»Danke, Grüber.« Corso machte eine Pause und lächelte in den Telefonhörer. »Ich bin unschuldig.«

»Selbstverständlich, Monsieur Corso. Das sind unsere Kunden immer.« Papier raschelte. »Ah. In diesem Moment hat man mir Ihren Umschlag gebracht.«

»Wir hören voneinander, Grüber. Halten Sie mein Zimmer noch zwei Tage frei. Ich hoffe, meine Sachen bald abholen zu können. Wenn es irgendein Problem gibt, benützen Sie die Nummer meiner Kreditkarte. Und buchen von meinem Konto ab. Also, dann ... Nochmals vielen Dank.«

»Zu Ihren Diensten.«

Er hängte den Hörer ein. Das Mädchen, das bereits zurückgekehrt war, stand neben La Ponte. Corso verließ die Kabine und gesellte sich zu ihnen.

»Die Polizei hat meinen Namen ... Das heißt, daß irgend jemand ihn ihr gegeben hat.«

»Was guckst du mich an?« fragte La Ponte. »Die Geschichte hier ist mir schon lange über den Kopf gewachsen!«

Mir auch, dachte Corso bitter. Er war nicht mehr in der Lage, das Steuer des stampfenden Schiffs zu halten.

»Fällt dir was ein?« fragte er das Mädchen. Sie war der einzige Faden in diesem verworrenen Knäuel, den er noch in der Hand hielt. Seine letzte Hoffnung.

Sie blickte über Corsos Schulter und den Verkehr hinweg zu den kunstgeschmiedeten Gittern des Palais Royal hinüber. Den Rucksack hatte sie abgenommen und zwischen ihre Füße auf den Boden gestellt. Sie schwieg wie gewöhnlich, während sie nachdachte – gedankenverloren und ernst. Die Falte zwischen ihren Augenbrauen verlieh ihr auch jetzt das Aussehen eines dickköpfigen kleinen Jungen, der sich weigert zu tun, was man von ihm erwartet. Corso grinste wie ein abgehetzter Wolf.

»Ich weiß nicht mehr, was ich machen soll.«

Er sah, wie das Mädchen langsam nickte, als sei es innerlich zu einem Schluß gekommen. Vielleicht wollte sie damit aber auch nur bestätigen, daß er in der Tat nicht wußte, was er machen sollte.

»Dein größter Feind bist du selbst«, sagte sie schließlich leise. Sie wirkte jetzt auch sehr erschöpft, wie am Vorabend bei ihrer Rückkehr ins Hotel. »Deine Phantasie.« Sie tippte sich mit dem Zeigefinger an die Stirn. »Vor lauter Bäumen siehst du den Wald nicht mehr.«

La Ponte gab ein ärgerliches Grunzen von sich.

»Spart euch die Botanik für später auf, wenn ihr nichts dagegen habt.« Er wurde von Minute zu Minute nervöser und rechnete jeden Augenblick damit, daß die Gendarmen über sie herfallen würden. »Wir sollten so schnell wie möglich von hier verschwinden. Ich könnte auf meinen Namen einen Wagen mieten. Wenn wir uns beeilen, sind wir morgen über der Grenze. Morgen, am ersten April... Ironie des Schicksals.«

»Halt die Klappe, Flavio.« Corso suchte in den Augen des Mädchens nach einer Antwort, aber er fand nur Spiegelbilder: der sonnenüberflutete Platz, der Verkehr um sie herum, sein eigenes, deformiertes und groteskes Abbild. Der besiegte Landsknecht. Es gab keine heroischen Niederlagen mehr. Diese Zeiten waren längst vorbei.

Der Gesichtsausdruck des Mädchens hatte sich verändert. Sie sah La Ponte an, als habe sie zum erstenmal etwas Interessantes an ihm entdeckt.

»Wiederhol das bitte«, sagte sie.

Der Buchhändler zögerte überrascht.

»Das mit dem Wagen?« fragte er und starrte sie mit offenem Mund an. »Ist doch klar. Bei Flügen gibt es Passagierlisten, im Zug kann dein Paß kontrolliert werden...«

»Das habe ich nicht gemeint. Sag uns noch mal, was morgen für ein Tag ist.«

»Der erste April. Montag.« La Ponte faßte sich verwirrt an die Krawatte. »Mein Geburtstag.«

Aber das Mädchen hörte ihm bereits nicht mehr zu. Sie hatte sich über ihren Rucksack gebeugt und kramte darin herum. Als sie sich wieder aufrichtete, hatte sie die *Drei Musketiere* in der Hand.

»Du vernachlässigst deine Lektüren«, sagte sie zu Corso und reichte ihm das Buch. »Erstes Kapitel, erste Zeile.«

Corso, der mit so etwas nicht gerechnet hatte, griff nach dem Buch und warf einen Blick hinein. »Die drei Geschenke des alten d'Artagnan« lautete die Überschrift des ersten Kapitels. Und als er die erste Zeile las, wurde ihm klar, wo sie Milady zu suchen hatten.

XIV. In den Verliesen von Meung

Es war eine unheimliche Nacht.
Ponson du Terrail, *Rocambole*

Es war eine unheimliche Nacht. Die Loire schwoll immer heftiger an und drohte bereits über die alten Deiche des kleinen Dorfes Meung zu treten. Das Gewitter tobte seit den frühen Abendstunden. Hin und wieder tauchte im Wetterleuchten der düstere Schattenriß der Burg auf, und die grellen Blitze, die über den Himmel zuckten, sausten wie Peitschenhiebe auf die naß glänzenden mittelalterlichen Gassen hernieder, die ausgestorben dalagen. Jenseits des Flusses konnte man in der Ferne eine Lichterkette erkennen, die sich auf der Autobahn von Tours in Richtung Orléans schlängelte. Aber es war, als zögen die stürmischen Regenböen, die das Laub von den Bäumen rissen, einen Grenzzaun zwischen Vergangenheit und Gegenwart.

Im Gasthof »Saint-Jacques«, der einzigen Absteige in Meung, war ein Fenster hell erleuchtet. Es ging auf eine kleine Terrasse hinaus, die man von der Straße her erreichen konnte. Im Zimmer, das zu diesem Fenster gehörte, war eine attraktive blonde Frau mit aufgestecktem Haar dabei, sich vor dem Spiegel anzukleiden. Bevor sie in ihren Rock gestiegen war, hätte man auf einer ihrer Hüften eine winzige Tätowierung in Form einer Lilie erkennen können. Jetzt stand sie aufrecht im Zimmer und hakte sich im Rücken den BH zu, der einen üppigen weißen Busen trug. Als nächstes schlüpfte sie in eine Seidenbluse, und während sie diese zuknöpfte, lächelte sie sich im Spiegel an. Sie schien von der eigenen Ausstrahlung angetan zu sein und dachte wahrscheinlich an ein bevorstehendes Rendezvous. Denn wer zieht sich schon elf Uhr nachts an, wenn er nicht mit jemandem verabredet ist? Aber vielleicht galt ihr zufriedenes Lächeln, in dem ein Anflug von Grausamkeit mitschwang, ja gar nicht dem eigenen Spiegelbild, sondern der funkelnagelneuen Ledermappe auf dem Bett, aus der die Manuskriptseiten des *Vin d'Anjou* von Alexandre Dumas dem Älteren hervorspickten.

Die kleine Terrasse vor dem Fenster wurde für ein, zwei Sekunden von einem Blitz erhellt. Unter einem kurzen Vordach, von dem der Regen troff, zog Lucas Corso zum letzten Mal an seiner feuchten Zigarette, bevor er sie wegschnippte und sich zum Schutz gegen Wind und Wasser den Mantelkragen hochschlug. Wieder zuckte ein Blitz – grell wie von einem überdimensionalen Fotoapparat – am Himmel auf und beleuchtete das bleiche Gesicht Flavio La Pontes mit triefendem Haar und Bart. In dem gespenstischen Licht-Schatten-Kontrast erinnerte er an einen griesgrämigen Mönch oder an den finster schweigenden Athos. Obwohl es eine Zeitlang nicht mehr blitzte, konnte man neben beiden, ebenfalls unter das Vordach geduckt, eine schlanke Silhouette ausmachen: Irene Adler in ihrem Kapuzenmantel. Und als dann wieder ein Blitz die Nacht zerschnitt und der Donner dröhnend über die Schieferdächer rollte, leuchteten unter der Kapuze, die das Mädchen tief ins Gesicht gezogen hatte, zwei grüne Punkte auf.

Es war eine schnelle, anstrengende Reise nach Meung gewesen. La Ponte hatte einen Wagen gemietet, mit dem sie ohne Halt durchgefahren waren. Zuerst über die Autobahn von Paris nach Orléans und dann sechzehn Kilometer in Richtung Tours. La Ponte, der auf dem Beifahrersitz im Licht eines Feuerzeugs die an einer Tankstelle gekaufte Straßenkarte studierte. La Ponte, der die Orientierung verlor: ›Fahr noch ein Stück weiter, ich glaube, wir sind auf der richtigen Straße. Ja, das ist die richtige Straße.‹ Das Mädchen schweigend hinter ihnen, die Augen im Rückspiegel auf Corso gerichtet, sooft die Scheinwerfer eines entgegenkommenden Fahrzeugs das Wageninnere erhellten. La Ponte hatte sich natürlich getäuscht. Sie waren an der richtigen Ausfahrt vorbei- und in Richtung Blois weitergefahren. Als sich der Irrtum herausgestellt hatte, mußten sie ein Stück rückwärts fahren, um von der Autobahn runterzukommen: Corso, der das Lenkrad umklammerte und betete, daß die Gendarmen bei dem Unwetter auf der Wache bleiben würden. Beaugency: La Ponte, der hartnäckig behauptete, man müsse den Fluß überqueren und links abbiegen, was sie glücklicherweise unterließen. Auf der Landstraße N-152 wieder zurück – derselbe Weg, den d'Artagnan im ersten Kapitel macht –, durch Sturm und Regen, am linken Ufer der tosenden Loire entlang, ohne auch nur eine Sekunde lang die Scheibenwischer abschalten zu können. Auf Corsos Gesicht Hunderte von hüpfenden Punkten – der Schatten des Regens –, wenn ihnen ein anderes Auto entgegenkam. Dann endlich menschenleere Gassen, mittelalterliche Dächer, Fachwerkfassaden: Meung-sur-Loire. Ziel der Reise.

»Wenn wir jetzt nicht reingehen, entwischt sie uns wieder«, flüsterte La Ponte, der völlig durchweicht war. Seine Zähne klapperten vor Kälte.

Corso beugte sich ein wenig vor, um noch einmal in das Zimmer zu spähen. Liana Taillefer hatte über die Bluse einen engen Pullover gezogen, der ihre Körperformen spektakulär zur Geltung brachte, und war gerade dabei, einen langen schwarzen Umhang, eine Art Domino, aus dem Schrank zu holen. Sie blickte sich zögernd um, warf dann das Cape über die Schulter und holte die Ledermappe mit dem Manuskript vom Bett. Da bemerkte sie erst, daß das Fenster offenstand, und ging darauf zu, um es zu schließen.

Genau in dem Moment, als sie nach der Klinke griff, schnellte Corsos Arm vor, und zugleich zuckte auch im Schein eines Blitzes sein nasses Gesicht auf, seine dunkle Silhouette vor dem Fenster und die ausgestreckte Hand, die wie anklagend auf die zur Salzsäule erstarrte Frau gerichtet war. Milady stieß in maßlosem Entsetzen einen beinahe tierhaften Schrei aus. Man hätte meinen können, sie habe den leibhaftigen Teufel gesehen.

Sie hörte erst auf zu schreien, als Corso über die Fensterbank setzte und ihr mit dem Handrücken eine so deftige Ohrfeige gab, daß sie auf das Bett zurückfiel und die Seiten des Dumas-Manuskripts durch die Luft flogen. Durch den Temperaturunterschied hatte sich Corsos Brille beschlagen, so daß er sie rasch abnahm und auf den Nachttisch schleuderte, bevor er sich auf Liana Taillefer warf, die sich wieder aufgerichtet hatte und zur Tür stürzen wollte. Er erwischte sie noch an einem Bein, packte sie an der Taille und drückte sie ins Bett, während sie sich wand und strampelte. Sie war eine ausgesprochen kräftige Frau, und Corso fragte sich, was zum Teufel aus La Ponte und dem Mädchen geworden war. Da ihm keiner zu Hilfe kam, umklammerte er die Handgelenke der Witwe und drehte das Gesicht weg, das sie ihm mit den Nägeln zerkratzen wollte. Sie wälzten sich ineinander verknäuelt auf dem Bett, einer von Corsos Schenkeln rutschte zwischen ihre Schenkel, und seine Nase versank in der prallen Fülle der riesigen Brüste, die ihm aus der Nähe und durch den dünnen Wollpullover hindurch wieder unglaublich weich vorkamen. Er verspürte deutlich die Anzeichen einer aufkommenden Erektion und fluchte zähneknirschend, während er verzweifelt mit dieser Milady rang, die den Bizeps einer olympischen Rekordschwimmerin hatte. Er dachte verbittert: ›Wo bist du, wenn ich dich brauche?‹ Aber da kam La Ponte, schüttelte sich wie ein nasser Hund und zeigte sich wild entschlossen, seine verletzte Eitelkeit zu rächen, vor allem jedoch Rache zu nehmen für die Hotelrechnung, die ihm noch immer auf dem Geldbeutel brannte. Es fehlte wenig, und sie hätten die Frau gelyncht.

»Ihr wollt sie doch nicht vergewaltigen, oder?« fragte das Mädchen.

Sie saß auf der Fensterbank, noch immer die Kapuze ihres

Mantels auf dem Kopf, und verfolgte die Szene. Liana Taillefer hatte es aufgegeben, sich zu wehren, und lag jetzt reglos unter Corso, während La Ponte sie an einem Arm und Bein festhielt.

»Schweine!« sagte sie laut und deutlich.

»Flittchen!« erwiderte La Ponte, völlig außer Atem von dem Gefecht.

Nach dem kurzen Zwischenspiel beruhigten sich alle etwas. Sicher, daß die Witwe ihnen nicht entkommen konnte, ließen die beiden Männer sie los. Sie setzte sich wutschnaubend auf, massierte sich die Handgelenke und warf ihnen giftige Blicke zu. Corso stellte sich vorsichtshalber zwischen sie und die Tür. Das Mädchen lehnte am Fenster, das mittlerweile geschlossen war. Sie hatte sich die Kapuze nach hinten gestreift und musterte Liana Taillefer mit geradezu unverschämter Neugier. La Ponte frottierte sich mit einem Zipfel der Bettdecke Haar und Bart und machte sich dann daran, die über den Fußboden verstreuten Blätter des Dumas-Manuskripts einzusammeln.

»Wir wollen uns ein wenig unterhalten«, sagte Corso. »Wie vernünftige Menschen.«

Die Witwe warf ihm einen bitterbösen Blick zu.

»Es gibt nichts, worüber ich mit Ihnen reden möchte.«

»Da irren Sie sich, schöne Frau. Jetzt, wo wir Sie erwischt haben, würde es mir nichts mehr ausmachen, zur Polizei zu gehen. Entweder Sie sprechen mit uns oder mit den Gendarmen.«

Sie sahen, wie Liana Taillefer die Stirn runzelte und nervös die Lage sondierte, wie ein gefangenes Tier, das nur auf eine Gelegenheit lauert, der Falle zu entkommen.

»Paß auf!« warnte La Ponte seinen Freund. »Sie hat bestimmt was vor.«

Aus ihren Augen stachen tödliche Stahlspitzen. Corso verzog ein wenig theatralisch den Mund.

»Liana Taillefer«, sagte er, »oder sollte ich Sie vielleicht besser Anne de Brieul nennen oder Gräfin von La Fère, die auch unter dem Namen Charlotte Backson, Baronin von Sheffield und Lady de Winter aufgetreten ist; die ihren Mann und ihre Geliebten betrogen hat; die Mörderin, Giftmischerin und Geheimagentin Richelieus...« Corso legte dramatisch eine Pause ein. »Und die man üblicherweise schlicht *Milady* nennt.«

Er unterbrach sich, denn er hatte soeben den Schultergurt seiner Segeltuchtasche entdeckt, der unter dem Bett hervorspickte. Ohne Liana Taillefer aus den Augen zu lassen, die unentwegt zur Tür schielte, zog er die Tasche unter dem Bett vor, prüfte mit einer Hand ihren Inhalt und stieß dann einen so lauten Seufzer der Erleichterung aus, daß alle Anwesenden, einschließlich der Witwe, ihn überrascht ansahen. Die *Neun Pforten,* Varo Borjas Exemplar, waren da und unversehrt.

»Hurra!« sagte er und zeigte es den anderen.

La Ponte machte eine Geste des Triumphs, als habe Quiqueg soeben den weißen Wal harpuniert. Aber das Mädchen rührte sich nicht vom Fleck und blieb teilnahmslos, als wäre sie nur eine unbeteiligte Beobachterin.

Corso steckte das Buch in die Tasche zurück. Der Wind pfiff durch alle Ritzen des Raumes. Immer wieder riß ein Blitz die Umrisse des Mädchens aus der dunklen Fensterscheibe, die unter den dumpfen Donnerschlägen klirrte.

»Die Nacht ist wie geschaffen für unser kleines Vorhaben«, sagte Corso, an die Witwe gewandt. »Ihr seht, Milady, daß wir uns pünktlich zum Rendezvous eingefunden haben... Wir sind gekommen, Euch zu richten.«

»Wie Feiglinge: in der Gruppe und bei Nacht«, spie sie verächtlich zurück. »Fehlt nur noch der Henker von Lille.«

»Alles zu seiner Zeit«, sagte La Ponte.

Liana Taillefer hatte sich etwas gefangen und fand vorübergehend zu ihrer alten Selbstsicherheit zurück. Sie hielt den Blicken der Männer mit herausfordernder Miene stand.

»Wie ich sehe, haben Sie sich völlig mit Ihren Rollen identifiziert.«

»Das sollte Sie nicht wundern«, entgegnete Corso. »Schließlich haben Sie und Ihre Komplizen alles daran gesetzt, um uns so weit zu bekommen.« Er verzog den Mund zu einem grausamen Wolfsgrinsen. »Und wir haben uns köstlich dabei amüsiert.«

Liana Taillefer preßte die Lippen zusammen, während einer ihrer blutrot lackierten Fingernägel über die Bettdecke fuhr. Corso folgte ihm so gebannt, als handle es sich um einen tödlichen Stachel, und schüttelte sich bei dem Gedanken, daß dieser Nagel während des Gefechts mehrmals fast sein Gesicht berührt hatte.

»Hier haben Sie jedenfalls nichts verloren«, sagte die Witwe schließlich. »Sie sind widerrechtlich bei mir eingedrungen.«

»Da täuschen Sie sich. Wir sind feste Bestandteile dieses Spiels, genau wie Sie.«

»Sie kennen aber nicht die Spielregeln.«

»Sie irren sich schon wieder, Milady. Und die Tatsache, daß wir hier sind, ist der beste Beweis.« Corso sah sich auf der Suche nach seiner Brille um, bis er sie auf dem Nachttisch entdeckte. Er setzte sie auf und rückte sie mit dem Zeigefinger zurecht. »Das war ja gerade das Komplizierteste an der ganzen Sache, sie als Spiel zu akzeptieren. Die Fiktion anzunehmen, in die Geschichte einzutauchen, die Außenwelt zu vergessen und ausschließlich im Rahmen der inneren Logik zu denken... Danach hatten wir es leicht. Denn während in der Wirklichkeit viel vom Zufall abhängt, verläuft in der Fiktion alles nach logischen Regeln.«

Der rote Fingernagel Liana Taillefers hielt inne.

»Auch in Romanen?«

»Vor allem in Romanen. Wenn der Held eines Romans der vorgegebenen Logik folgt, die natürlich die des Verbrechers ist, kommt er zwangsläufig zu denselben Ergebnissen. Das ist ja der Grund, weshalb sich am Ende immer alle treffen:

Held und Verräter, Detektiv und Mörder.« Corso war stolz auf seinen Exkurs und lächelte zufrieden.

»Hut ab«, sagte Liana Taillefer in ironischem Ton. Auch La Ponte starrte den Bücherjäger mit offenem Mund an, obwohl die Bewunderung in seinem Fall echt war. »Bruder William von Baskerville, vermute ich.«

»Seien Sie nicht oberflächlich, Milady. Sie vergessen Conan Doyle und Allan Poe, um nur zwei Beispiele zu nennen, ja selbst Dumas. Einen Moment lang hätte ich Sie beinahe für eine belesene Dame gehalten.«

Sie richtete ihre eiskalten Augen auf ihn.

»Da sehen Sie selbst, daß Sie Ihr Talent an mir verschwenden«, erwiderte sie verächtlich. »Sie brauchen ein anspruchsvolleres Publikum.«

»Ich weiß. Genau deshalb bin ich ja hierhergekommen: damit Sie uns dieses Publikum vorstellen.« Er sah auf seine Armbanduhr. »In gut einer Stunde beginnt der erste April.«

»Wie haben Sie denn das wieder erraten?«

»Das habe ich nicht erraten.« Corso drehte sich zu dem Mädchen um, das nach wie vor am Fenster stand. »Sie hat mir das Buch unter die Nase gehalten... Und für die Aufklärung von Geheimnissen ist ein Buch hundertmal nützlicher als die schiere Realität: Es ist in sich geschlossen und vor lästigen Störungen geschützt. Wie das Studierzimmer Sherlock Holmes'.«

»Hör schon auf anzugeben, Corso«, meinte das Mädchen gereizt. »Du hast sie genügend beeindruckt.«

Liana Taillefer zog eine Augenbraue hoch und tat, als sehe sie das Mädchen zum erstenmal.

»Wer ist das?«

»Sagen Sie bloß, das wissen Sie nicht... Sie haben die Señorita tatsächlich noch nie gesehen?«

»Nein. Man hat mir von einem jungen Mädchen erzählt, aber ohne nähere Angaben.«

»Wer hat Ihnen davon erzählt?«

»Ein Freund.«

»Groß, dunkelhaarig, mit Schnurrbart und einer Narbe im Gesicht? Zufällig auch mit einer geplatzten Lippe? Der gute Rochefort! Wo der seinen Unterschlupf hat, würde ich auch gerne wissen. Sicher nicht weit von hier... Hübsche Rollen, die Sie sich beide da ausgesucht haben.«

Bei dieser Bemerkung verlor Milady auf einmal ihre eiserne Selbstbeherrschung. Ihr rot lackierter Fingernagel bohrte sich in die Bettdecke, als wäre es Corsos Fleisch, und das Eis in ihren Augen schmolz im Feuer der Wut dahin.

»Sind die anderen Romanfiguren etwa besser?« fragte sie spitz, während sie den Hals reckte und die beiden Männer, einen nach dem anderen, abschätzig musterte. »Athos, ein Säufer. Porthos, ein Trottel. Aramis, ein heuchlerischer Verschwörer...«

»Das ist auch ein Standpunkt«, gab Corso zu.

»Schweigen Sie! Was wissen Sie schon davon?« Liana Taillefer machte eine Pause und heftete – immer noch mit hoch erhobenem Kopf – den Blick auf Corso, als käme jetzt die Reihe an ihn. »Und was d'Artagnan betrifft«, fuhr sie fort, »so ist er der mieseste von allen... Ein Meister der Klinge? In den *Drei Musketieren* hat er nicht mehr als vier Duelle und siegt nur, weil er Jussac den Degen in den Leib bohrt, während dieser sich noch vom Boden aufrappelt, und weil Bernajoux ihm in einem Anfall blinder Wut in die Klinge rennt. Im Kampf mit den Engländern beschränkt er sich darauf, Lord Winter zu entwaffnen. Und um den Grafen von Wardes außer Gefecht zu setzen, muß er viermal zustoßen... Von Freigebigkeit kann bei d'Artagnan auch keine Rede sein.« Sie deutete mit dem Kinn verächtlich auf La Ponte. »Er war noch dreimal geiziger als Ihr Freund dort. Das erstemal, daß er seinen Freunden eine Runde spendiert, ist in England. Fünfunddreißig Jahre später!«

»Ich sehe, Sie sind Expertin, obwohl ich mir das eigentlich hätte denken müssen. All diese Fortsetzungsromane, die Sie angeblich so verabscheuen... Meinen Glückwunsch! Sie haben sie perfekt gespielt, die Rolle der Witwe, der die Spinnereien ihres Gatten zum Hals heraushängen.«

»Ich habe überhaupt nichts gespielt. Die Bibliothek meines Mannes bestand aus wertlosen alten Schmökern. Vielleicht kein Schund, aber absolut mittelmäßig. Wie Enrique selbst. Mein Mann war leider ziemlich beschränkt: Er hat es nicht verstanden, zwischen den Zeilen zu lesen, die Spreu vom Weizen zu trennen... Er gehörte zu der Sorte von Dummköpfen, die ihr Leben lang Postkarten von Kunstdenkmälern sammeln, ohne je etwas davon zu verstehen.«

»Ganz im Gegensatz zu Ihnen.«

»Allerdings. Wissen Sie, welches die ersten Bücher waren, die ich als Kind gelesen habe? *Kleine Frauen* und die *Drei Musketiere*. Jedes von ihnen hat mich auf seine Art geprägt.«

»Mir kommen gleich die Tränen.«

»Reden Sie keinen Quatsch! Sie haben mir Fragen gestellt, und ich versuche, sie Ihnen zu beantworten... Es gibt kritiklose Leser, wie den armen Enrique, und Leser, die weitergehen, die sich nicht mit stereotypen Gemeinplätzen zufriedengeben: der tapfere d'Artagnan, der ritterliche Athos, der gutherzige Porthos, der treue Aramis... Daß ich nicht lache!«

Sie tat es denn doch, dramatisch und unheilvoll wie Milady.

»Soll ich Ihnen sagen, wer mich in dem ganzen Roman wirklich beeindruckt hat, wen ich am meisten bewundere? Diese blonde Dame, die sich selbst und dem Mann treu ist, dem sie sich freiwillig unterstellt hat. Sie kämpft alleine, mit ihren eigenen Mitteln, und dann wird sie zum Schluß von diesen vier Pappmaché-Helden gemein ermordet... Von dem geheimen Sohn, dem Waisen, der zwanzig Jahre später auftaucht, will ich erst gar nicht reden!«

Liana Taillefer neigte düster den Kopf zur Seite, und aus ihren Augen sprühte ein solcher Haß, daß Corso drauf und dran war, einen Schritt zurückzuweichen.

»Ich erinnere mich genau an das Bild, als wäre ich dabeigewesen: Es ist Nacht, man sieht einen Fluß und davor die vier Halunken, die sich niedergekniet haben, aber kein Erbarmen kennen. Am anderen Flußufer der Henker, der sein Schwert über dem nackten Hals der Frau erhoben hat...«

Das grelle Licht eines Blitzes huschte über ihr verzerrtes Gesicht, den weichen weißen Hals und ihre geweiteten Augen, in denen sich die Bilder der Tragödie spiegelten, als sei sie ihr selbst widerfahren. Dann grollte ein Donner und ließ die Fensterscheiben klirren.

»Elende Halunken«, wiederholte sie leise und gedankenverloren, aber Corso begriff nicht, ob sie ihn und seine Begleiter meinte oder d'Artagnan und seine Freunde.

Das Mädchen hatte unterdessen ihren Rucksack auf die Fensterbank gestellt und die *Drei Musketiere* daraus hervorgekramt. Ohne ihre unbeteiligte Haltung aufzugeben, suchte sie ruhig nach einer Seite. Als sie sie gefunden hatte, warf sie das Buch aufgeschlagen aufs Bett. Jetzt konnten alle den von Liana Taillefer beschriebenen Kupferstich betrachten.

»*Victa iacet virtus*«, murmelte Corso etwas fröstelnd, als er die verblüffende Ähnlichkeit zwischen dieser Illustration und der Bildtafel VIII aus den *Neun Pforten* feststellte.

Beim Anblick der Zeichnung hatte die Witwe sich wieder beruhigt. Sie zog kühl eine Augenbraue hoch.

»Stimmt«, sagte sie, »denn Sie wollen mir sicher nicht erzählen, die *Tugend* werde von d'Artagnan verkörpert. Ein Gascogner, der opportunistischer nicht sein könnte... Von seiner miserablen Begabung als Verführer will ich erst gar nicht sprechen. Im ganzen Roman erobert er nur drei Frauen, und zwei von ihnen durch Hinterlist. Seine große Liebe ist eine ehrgeizige Kleinbürgerin, eine Wäschebeschließerin der Königin. Die andere ist eine englische Zofe, die er schamlos benützt.« Liana Taillefers Lachen klang wie eine Beleidigung. »Und wie sieht sein Intimleben in *Zwanzig Jahre nachher* aus? Dort lebt er mit der Besitzerin einer Pension in wilder Ehe zusammen, um die Miete zu sparen! Das sind mir schöne

Und am anderen Flußufer der Henker,
der sein Schwert erhoben hat.

Abenteuer – mit Dienstmädchen und Wirtsfrauen treibt sich der Galan herum.«

»Aber er schafft es, Milady zu verführen«, wandte Corso boshaft ein.

Wieder brach ein ironischer Blitz das Eis in Liana Taillefers Augen. Wenn Blicke töten könnten, wäre der Bücherjäger im selben Moment leblos zu ihren Füßen zusammengesunken.

»Weil er sich als ein anderer ausgibt!« erwiderte die Witwe. »Nur durch einen Schwindel bringt dieser Schuft es fertig, mit Milady ins Bett zu kommen.« Ihre stahlblauen Augen wirkten jetzt wieder kalt und durchbohrten Corso wie ein Paar Degen. »Sie und er hätten ein feines Paar abgegeben!«

La Ponte lauschte den beiden mit größter Aufmerksamkeit. Man hörte beinahe die Rädchen in seinem Gehirn arbeiten. Plötzlich runzelte er die Stirn.

»Wollt ihr mir etwa sagen, daß ihr beide...«

Er drehte sich hilfesuchend nach dem Mädchen um: Warum erfuhr er alles immer als letzter? Aber sie blieb völlig ungerührt, als habe sie mit der ganzen Sache nichts zu tun.

»Ich bin ein Blödhammel«, sagte La Ponte, ging zum Fenster und begann, seinen Kopf an den Rahmen zu schlagen.

Liana Taillefer warf ihm einen geringschätzigen Blick zu, bevor sie sich wieder an Corso wandte.

»Mußten Sie den unbedingt auch mitschleppen?«

»Ich bin ein Blödhammel«, wiederholte La Ponte, während er seinem armen Kopf fürchterlich zusetzte.

»Er hält sich für Athos«, erklärte Corso zu seiner Entschuldigung.

»Mich erinnert er eher an Aramis. Eingebildet und aufgeblasen. Wußten Sie, daß er, wenn er mit einer Frau schläft, aus den Augenwinkeln sein Schattenprofil an der Wand betrachtet?«

»Was Sie nicht sagen!«

»Doch, tatsächlich.«

La Ponte beschloß, das Fenster in Ruhe zu lassen.

»Wir kommen vom Thema ab«, sagte er gereizt.

»Stimmt«, meinte Corso. »Wir hatten es mit der Tugend. Und Sie waren gerade dabei, uns in diesem Zusammenhang eine Lektion über d'Artagnan und seine Freunde zu erteilen.«

»Warum auch nicht? Finden Sie eine Bande von Angebern, die Frauen ausnützen, sich von ihnen aushalten lassen und nur daran denken, wie sie Karriere machen können, finden Sie solche Waschlappen etwa tugendhafter als eine Milady? Eine Milady, die intelligent und mutig ist, die ihrem Vorgesetzten, Richelieu, treu ergeben dient und ihr Leben für ihn riskiert?«

»Ja, sogar für ihn mordet.«

»Sie haben das Stichwort vorher selbst genannt: Die innere Logik der Erzählung.«

»Die innere? Das kommt aber ganz auf den Standpunkt an. Ihr Mann wurde jedenfalls ›außerhalb‹ des Romans umgebracht, ›extern‹ und nicht ›intern‹. Sein Tod war sehr real!«

»Sie spinnen, Corso. Niemand hat Enrique umgebracht. Er hat sich selbst aufgehängt.«

»Und Victor Fargas? Ist der auch von sich aus ertrunken? Und die Baronin Ungern? Hat die gestern abend vielleicht vergessen, die Mikrowelle abzuschalten?«

Liana Taillefer wandte sich zuerst La Ponte, dann dem Mädchen zu, als erwarte sie sich von ihnen eine Bestätigung des soeben Gehörten. Seit der Invasion durchs Fenster wirkte sie zum erstenmal wirklich verblüfft.

»Wovon reden Sie?«

»Von den neun korrekten Bildtafeln«, sagte Corso. »Von *den Neun Pforten ins Reich der Schatten*.«

Durch das geschlossene Fenster drang, vom Rauschen des Regens und vom Tosen des Windes begleitet, der Glockenschlag einer Kirchturmuhr. Beinahe gleichzeitig antwortete irgendwo im Haus, am Ende des Korridors oder ein Stockwerk tiefer, eine Wanduhr mit elf Schlägen.

»Wie ich sehe, gibt es in dieser Geschichte noch mehr Verrückte«, sagte Liana Taillefer.

Ihr Blick war auf die Tür gerichtet. Mit dem letzten Glockenschlag gab es von dort her ein Geräusch. Jetzt blitzten die Augen der Witwe triumphierend auf.

»Vorsicht!« flüsterte La Ponte. Da begriff Corso endlich, daß Gefahr drohte. Und während ihm jäh das Adrenalin in die Venen schoß, nahm er aus den Augenwinkeln wahr, wie das Mädchen sich gespannt und wachsam vor dem Fenster aufrichtete.

Alle starrten auf den Türknauf, der sich langsam drehte. Wie in einem alten Horrorfilm.

»Guten Abend!« sagte Rochefort.

Er trug einen naß glänzenden Trenchcoat, der bis zum Hals zugeknöpft wer, und einen Filzhut, unter dem seine dunklen Augen hervorstachen. Wie ein weißes Zickzackband lief ihm die Narbe über das braungebrannte Gesicht, dessen südländische Züge von dem dichten schwarzen Schnurrbart noch betont wurden. Er blieb wohl fünfzehn Sekunden auf der Schwelle der geöffneten Tür stehen, die Hände in den Taschen seines Trenchcoats vergraben, während sich um seine nassen Schuhe herum eine Pfütze bildete. Alles schwieg.

»Freut mich, dich zu sehen«, sagte Liana Taillefer endlich. Der neu Angekommene nickte kurz, ohne etwas zu erwidern. Die Witwe saß immer noch auf dem Bett und deutete jetzt auf Corso. »Die sind frech geworden.«

»Ich hoffe, nicht zu sehr«, sagte Rochefort, völlig akzentfrei und mit derselben höflichen und wohlklingenden Stimme, die Corso schon in Sintra aufgefallen war. Er stand nach wie vor reglos unter der Tür und sah nur Corso an, als existierten La Ponte und das Mädchen überhaupt nicht. Seine Unterlippe war immer noch geschwollen, und man konnte gut erkennen, daß sie genäht worden war. Ein Andenken an die Uferpromenade der Seine, dachte Corso schadenfroh, während er neugierig auf die Reaktion des Mädchens wartete. Aber sie war nach der ersten Überraschung wieder zu ihrer Zuschauerrolle zurückgekehrt und verfolgte die Szene mit mäßigem Interesse. Rochefort wandte sich, ohne Corso aus den Augen zu verlieren, an Milady.

»Wie haben sie hierher gefunden?«

Die Frau machte eine vage Handbewegung.

»Das sind schlaue Jungs.« Nach einem flüchtigen Blick auf La Ponte verweilten ihre Augen auf Corso. »Mindestens einer von ihnen.«

Rochefort nickte und schloß ein wenig die Augen, als wolle er die Situation überdenken.

»Das kompliziert die Sache«, sagte er schließlich, nahm seinen Hut ab und warf ihn aufs Bett. »Das kompliziert sie sogar sehr.«

Liana Taillefer stimmte ihm zu. Sie strich sich den Rock glatt und stand mit einem tiefen Seufzer auf. Corso drehte sich angespannt nach ihr um. Da zog Rochefort seine linke Hand aus der Manteltasche. Ziemlich ungeschickt, wie der Bücherjäger dachte. Aber diese Einsicht nützte wenig. Die Hand umklammerte nämlich einen kleinen Revolver mit kurzem Lauf, der dunkelblau, beinahe schwarz schimmerte. Liana Taillefer war unterdessen zu La Ponte gegangen und hatte ihm das Dumas-Manuskript abgenommen.

»Sag das mit dem Flittchen jetzt noch mal.« Sie stand so nahe vor ihm und sah ihn so verächtlich an, als wolle sie ihm jeden Moment ins Gesicht spucken. »Wenn du den Mumm dazu hast.«

La Ponte hatte den Mumm nicht. Er war nun einmal zum Pantoffelhelden geboren, und das Verhalten eines unerschrockenen Harpuniers legte er nur während Schüben von überschwenglicher Euphorie an den Tag. Jetzt hütete er sich wohlweislich, irgend etwas Derartiges von sich zu geben.

»Ich bin nur zufällig hier vorbeigekommen«, erklärte er einlenkend.

»Was würde ich machen«, seufzte Corso resigniert, »wenn ich dich nicht hätte, Flavio.«

Der Buchhändler zuckte mit der Schulter.

»Ich finde, du bist ungerecht.« Er zog beleidigt die Stirn kraus und stellte sich neben das Mädchen, wo er sich offensichtlich am sichersten fühlte. »Genau besehen, handelt es sich hier ja um dein Abenteuer, Corso... Und was bedeutet der Tod schon für einen Typen wie dich? Nichts. Eine reine Formalität. Außerdem bezahlen sie dir einen Haufen Geld. Und im Grunde ist das Leben doch sowieso nicht schön.« Er hielt inne und betrachtete Rocheforts Pistole. Dann legte er einen Arm um die Schulter des Mädchens und seufzte melancholisch. »Ich hoffe, daß dir nichts zustößt. Aber wenn dir doch etwas zustoßen sollte, dann fällt uns die schwerste Aufgabe zu: weiterleben.«

»Du bist ein Schwein. Ein Verräter.«

La Ponte sah ihn bekümmert an.

»Das habe ich überhört, mein Freund. Du bist einfach nervös.«

»Klar bin ich nervös, Kanalratte!«

»Das habe ich auch überhört.«

»Hurensohn.«

»Mach nur weiter, alter Kamerad: Solche Details gehören zu einer richtigen Freundschaft.«

»Freut mich«, spöttelte Milady, »daß Sie Ihren Teamgeist hochhalten.«

Corso dachte angestrengt nach. Doch damit allein riß er Rochefort den Revolver nicht aus der Hand. Eigentlich bedrohte der Mann mit der Narbe keinen direkt, ja er spielte beinahe gleichgültig mit seiner Waffe herum, als genüge es bereits, sie vorzuzeigen. Trotzdem hätte Corso es – so rachedurstig er auch war – niemals mit ihm aufnehmen können. Dazu fehlte es ihm sowohl an Kraft als auch an der entsprechenden Technik. Da mit La Pontes Unterstützung nicht zu rechnen war, lag seine einzige Hoffnung, das Kräfteverhältnis zu seinen Gunsten zu verändern, bei dem Mädchen. Aber sofern diese Irene Adler nicht eine wirklich abgebrühte Schauspielerin war, konnte er sich auch von dieser Flanke her wenig erwarten. Corso genügte ein Blick, um auch den letzten Hoffnungsschimmer verschwinden zu sehen: Das Mädchen hatte La Pontes Arm abgeschüttelt und lehnte jetzt wieder ungerührt am Fenster. Sie schien absurderweise entschlossen, sich völlig aus der Sache rauszuhalten.

Liana Taillefer stellte sich neben Rochefort. Sie hielt das Dumas-Manuskript in den Händen und schien hoch erfreut zu sein, es so schnell wieder an sich gebracht zu haben. Corso wunderte sich, daß sie überhaupt kein Interesse an den *Neun Pforten* zeigte, die in der Segeltuchtasche vor dem Bett lagen.

»Und jetzt?« hörte er die Frau ihren Komplizen leise fragen.

Zu Corsos großer Überraschung zeigte Rochefort sich herzlich unentschlossen. Er fuchtelte mit seiner Pistole herum, als wisse er nicht recht, auf wen er zielen sollte. Dann wechselte er mit Milady einen langen Blick voll dunkler Bedeutungen, zog die rechte Hand aus der Manteltasche und fuhr sich damit ratlos übers Gesicht.

»Hier lassen können wir sie nicht«, sagte er nach einer Weile.

»Mitnehmen auch nicht«, fügte sie hinzu.

Der andere nickte langsam, während sein Revolver die jüngsten Zweifel zu überwinden schien. Corso sah, wie sich der Lauf auf seinen Magen richtete. Seine Bauchmuskeln krampften sich zusammen, und er suchte fieberhaft nach Subjekt, Objekt und Prädikat, um einen syntaktisch korrekten Protest zu äußern. Aber er brachte nur ein unverständliches Gurgeln zustande.

»Sie wollen ihn doch nicht etwa erschießen!« sagte La Ponte, erschrocken, aber heilfroh, nicht selbst im Zentrum zu stehen.

»Flavio!« gelang es Corso trotz seines ausgedörrten Mundes hervorzustoßen. »Wenn ich da heil rauskomme, schlag ich dir die Fresse ein. Darauf kannst du Gift nehmen.«

»Ich wollte dir doch nur helfen.«

»Du hilfst besser deiner Mutter, von der Straße runterzukommen.«

»Also gut, dann halte ich eben den Mund.«

»Ja, tu das«, knurrte Rochefort drohend. Er hatte einen letzten Blick mit Liana Taillefer gewechselt und schien zu einer Entscheidung gekommen zu sein, denn er schloß die Tür hinter sich ab, ohne Corso aus der Schußlinie zu verlieren, und ließ den Schlüssel in die Tasche seines Trenchcoats gleiten.

Mein Schicksal ist besiegelt, dachte der Bücherjäger, während das Blut in seinen Schläfen und Handgelenken hämmerte. In irgendeinem Winkel seines Bewußtseins wirbelte die Trommel von Waterloo, als er mit der Geistesgegenwart eines Verzweifelten den Abstand zwischen sich und der Pistole kalkulierte, die Zeit, die er brauchen würde, sie dem Mann aus der Hand zu schlagen. Wann würde der erste Schuß krachen, und wo würde er ihn treffen? Die Chance, mit heiler Haut davonzukommen, war minimal, aber vielleicht würde es sie in fünf Sekunden überhaupt nicht mehr geben. Der Kornett blies also zum Angriff. Eine letzte Attacke mit Ney an der Spitze, dem Tapfersten der Tapferen. Vor den müden Augen des Kaisers und mit Rochefort an Stelle der Scots Grey. Aber was machte es schon aus, eine Kugel war eine Kugel war eine Kugel. Alles absurd, dachte er in der vorletzten Sekunde und fragte sich, ob der Tod in diesem Kontext wohl real oder irreal wäre, ob er ins Nirwana eingehen würde oder in die Walhalla der Papierhelden. Corso hoffte nur, daß die strahlenden Augen, die er auf dem Rücken fühlte – der Kaiser? der verliebte Teufel? –, in der Abenddämmerung warten würden, um ihn über den Fluß zu begleiten.

Da tat Rochefort etwas Seltsames. Er hob die rechte Hand, wie um einen Augenblick Zeit zu erbeten – eine angesichts der Umstände völlig unangebrachte Geste –, und ließ den Revolver sinken, als wolle er ihn wegstecken. Eine Sekunde später richtete er ihn wieder auf Corso, aber das schwarze Loch der Mündung zielte jetzt lange nicht mehr so entschlossen, und

Corso, der angespannt war wie eine Sprungfeder, hielt verwirrt inne. Seine Stunde hatte noch nicht geschlagen.

Immer noch ungläubig sah er, wie Rochefort das Zimmer durchquerte, sich vor den Telefonapparat stellte und eine längere Nummer wählte. Er konnte hören, wie es am anderen Ende der Leitung tutete und dann klickte, als der andere Teilnehmer abhob.

»Corso ist hier«, sagte Rochefort und schwieg abwartend. Sein Revolver zielte lasch auf einen unbestimmten Punkt im Universum. Dann nickte der Mann mit der Narbe zweimal, lauschte noch einmal in die Muschel und murmelte »in Ordnung«, bevor er den Hörer auflegte.

»Er will ihn sehen«, sagte er zu Milady, worauf beide Corso anstarrten – die Frau verärgert und Rochefort besorgt.

»Das ist absurd!« protestierte sie.

»Er will ihn sehen«, wiederholte ihr Komplize.

Milady zuckte mit den Schultern und begann im Zimmer auf- und abzuwandern, wobei sie wütend im *Vin d'Anjou* herumblätterte.

»Und was uns betrifft...«, hob La Ponte an.

»Sie bleiben hier«, sagte Rochefort und richtete den Lauf seiner Pistole auf ihn. Dann faßte er sich an den geschwollenen Mund.

»Und das Mädchen auch.«

Er schien ihr trotz seiner genähten Lippe nicht allzu böse zu sein. Corso glaubte sogar, einen Funken Neugier in Rocheforts Blick wahrzunehmen, bevor er sich von dem Mädchen ab- und Liana Taillefer zuwandte, um ihr seinen Revolver zu übergeben.

»Die beiden dürfen das Zimmer nicht verlassen.«

»Warum bleibst du nicht bei ihnen?«

»Weil er will, daß ich Corso begleite. Das ist sicherer.«

Milady nickte finster. Ihrem Gesicht war abzulesen, daß sie sich für diese Nacht eine andere Rolle zugedacht hatte, aber sie war – genau wie ihr Romanvorbild – eine disziplinierte

Agentin. Also nahm sie die Waffe entgegen und händigte Rochefort das Dumas-Manuskript aus. Dann musterte sie besorgt den Bücherjäger.

»Hoffentlich macht der dir keine Probleme.«

Rochefort lächelte ruhig und selbstsicher und zog ein großes Springmesser aus der Tasche, um es nachdenklich zu betrachten – als sei ihm erst jetzt wieder eingefallen, daß er es bei sich hatte. Seine blitzweißen Zähne kontrastierten mit dem braunen Narbengesicht.

»Das glaube ich nicht«, erwiderte er und steckte das Messer ungeöffnet wieder ein, indem er Corso, freundschaftlich und drohend zugleich, zuzwinkerte. Dann holte er seinen Hut vom Bett, drehte den Schlüssel im Schloß um und wies mit übertriebener Reverenz, gerade so, als schwenke er einen Federhut in der Hand, auf den Gang hinaus.

»Seine Eminenz erwartet Euch«, sagte er und stieß ein kurzes, trockenes Lachen aus, wie es sich für einen qualifizierten Sbirren gehörte.

Bevor sie das Zimmer verließen, warf Corso noch einen Blick zurück auf das Mädchen. Sie hatte Milady, die mit der Pistole auf sie und La Ponte zielte, den Rücken gedreht und schien sich für nichts zu interessieren. Ans Fenster gelehnt, sah sie in den stürmischen Regen hinaus, und immer wieder zeichnete sich ihre Silhouette im Gegenlicht eines Blitzes ab.

Sie traten im Gewitter auf die Straße hinaus. Rochefort hatte die Mappe mit dem Dumas-Manuskript unter seinen Trenchcoat gesteckt, um sie gegen den Regen zu schützen, und geleitete Corso durch die Gassen, die zur Altstadt führten. Heftige Windböen peitschten die Zweige der Bäume, und der Regen prasselte laut auf das mit Pfützen übersäte Kopfsteinpflaster. Corso trieb es schwere Tropfen ins Gesicht. Er klappte seinen Mantelkragen hoch. Das Städtchen war völlig ausgestorben und lag in Dunkelheit gehüllt. Nur dann und wann erhellte ein Blitz die Straßen, schnitt die Dächer der mittelalterlichen

Häuser aus der Finsternis aus, das Profil Rocheforts unter der wassertriefenden Hutkrempe, die Schatten der beiden Männer auf dem nassen Pflaster. Von infernalischen Donnerschlägen begleitet, schlugen die gezackten Lichtbahnen in die tosende Loire ein.

»Eine herrliche Nacht«, sagte Rochefort, indem er sich Corso zuwandte, um sich in dem Gewitterlärm verständlich zu machen.

Er schien den kleinen Ort gut zu kennen, denn er schritt sicher voran, drehte nur manchmal ein wenig den Kopf, um festzustellen, ob sein Begleiter ihm noch folgte. Das war im Grund überflüssig, denn in diesem Moment wäre Corso ihm bis an die Pforten der Hölle gefolgt. Ja, er schloß nicht aus, daß die unheimliche Wanderung ihn genau dorthin führen würde: in die Hölle.

Kurze Zeit später tauchte im Wetterleuchten ein mittelalterlicher Bogen vor ihnen auf, eine Brücke, die über einen alten Festungsgraben führte, das Ladenschild einer Boulangerie-Patisserie, ein verlassener Dorfplatz, ein kegelförmiger Turm und ein Eisengitter mit der Hinweistafel: *Château de Meung-sur-Loire. XIIème-XIIIème siècles.*

Hinter dem Gitter leuchtete in einiger Entfernung ein Fenster, aber Rochefort bog nach rechts ab, und Corso tat es ihm nach. Sie gingen ein kurzes Stück an der efeuüberwucherten Burgmauer entlang, bis sie zu einer halb versteckten, niedrigen Tür kamen. Hier zog Rochefort einen riesigen alten Schlüssel aus der Tasche und steckte ihn ins Loch.

»Diese Tür hat schon Jeanne d'Arc benützt«, klärte er Corso auf, während er den Schlüssel drehte und ein letzter Blitz die Treppe beleuchtete, die in die Finsternis hinabführte. In dem flüchtigen Lichtschein konnte Corso auch das Lächeln Rocheforts erkennen, seine glänzenden dunklen Augen unter der Hutkrempe, die fahle Narbe auf seiner Wange. Wenigstens habe ich es mit einem würdigen Gegner zu tun, dachte er. Die Inszenierung war perfekt – an ihr hätte keiner etwas aussetzen können. Und er mußte sich widerwillig eine Art perverse Sympathie für dieses Individuum eingestehen, das seine fiese Rolle so überzeugend zu spielen wußte. Alexandre Dumas hätte sich bestimmt königlich amüsiert.

Rochefort hielt jetzt eine kleine Taschenlampe in der Hand, mit der er die lange, enge Treppe hinableuchtete.

»Gehen Sie voran«, sagte er.

Ihre Schritte hallten in den Windungen des Schachts. Corso fröstelte unter seinem nassen Mantel: Ein kalter Luftzug, der nach jahrhundertealtem Moder roch, wehte aus der Tiefe herauf. Im Strahl der Taschenlampe lagen ausgetretene Steinstufen und schimmelige Gewölbe. Die Treppe endete in einem schmalen Korridor mit rostigen Fenstergittern. Rochefort beleuchtete einen Moment lang einen Ringgraben zu ihrer Linken.

»Wir befinden uns hier in den alten Verliesen des Bischofs von Thibault d'Aussigny«, unterrichtete er Corso. »Dort haben sie die Leichen runtergeworfen, die dann in die Loire geschwemmt wurden. Auch François Villon war hier gefangen.«

Dann zitierte er in spöttischem Ton durch die Zähne hindurch den Anfang einer berühmten Ballade:

»*Ayez pitié, ayez pitié de moi...*«

Er war zweifelsohne ein gebildeter Schurke. Mit einem gewissen pädagogischen Hang und einem ausgeprägten Selbstbewußtsein. Corso hätte nicht sagen können, ob dies seine Lage verbesserte oder verschlechterte, aber er wurde einfach nicht den Gedanken los, daß es auch mit ihm sehr rasch flußabwärts gehen konnte.

Der unterirdische Gang stieg jetzt leicht an. Von der Gewölbedecke herunter tropfte Wasser, und weiter vorn glühten kurz die Augen einer Ratte auf, bevor sie quietschend davonhuschte. Am Ende des Korridors erkannte Corso im Licht der Taschenlampe einen kreisrunden Raum, dessen Kreuzgratgewölbe in der Mitte von einem mächtigen Pfeiler gestützt wurde.

»Das ist die Krypta«, erklärte Rochefort ihm, während er den Lichtkegel seiner Lampe über Wände und Decke wandern ließ. »12. Jahrhundert. Hier haben Frauen und Kinder Zuflucht gefunden, wenn die Burg angegriffen wurde.«

Sehr lehrreich. Nur, daß Corso absolut nicht in der Lage war, die Erläuterungen seines ungewöhnlichen Cicerones zu würdigen. Wachsam und gespannt lauerte er auf eine günstige Gelegenheit. Sie stiegen jetzt eine Wendeltreppe hinauf, durch deren Lichtscharten der schmale Widerschein des Gewitters drang, das jenseits der dicken Mauern weitertobte.

»Nur noch ein paar Meter, dann haben wir es geschafft«, bemerkte Rochefort hinter seinem Rücken. Die Taschenlampe leuchtete zwischen Corsos Beinen hindurch auf die Stufen, und seine Stimme klang versöhnlich. »Und wo wir uns jetzt dem Ende der Geschichte nähern«, fügte er hinzu, »muß ich Ihnen etwas sagen: Sie haben Ihre Sache trotz allem gut gemacht. Sonst wären Sie jetzt nicht hier... Ich hoffe, daß Sie mir die Zwischenfälle an der Seine und im Hotel Crillon nicht allzu übel nehmen. Das waren Kunstfehler.«

Er präzisierte nicht, auf was für eine Kunst er sich bezog, aber das war auch egal, denn Corso drehte sich bereits nach ihm um, als wolle er ihm antworten oder eine Frage stellen. Das tat er auf eine so beiläufige, unauffällige Art, daß Rochefort keinen Verdacht schöpfte. Vielleicht reagierte er deshalb nicht, als Corso sich aus derselben Drehbewegung heraus auf ihn warf, gleich darauf aber Arme und Beine in die Wände stemmte, um nicht mitgerissen zu werden. Rocheforts Lage dagegen war aussichtslos: Corsos Angriff kam völlig überraschend, die Treppe war schmal, die Wände glatt und ohne Armlauf. Die Taschenlampe, die wie durch ein Wunder heil liegenblieb, beleuchtete verschiedene Momente der Treppensturzszene: Rochefort mit weit aufgerissenen Augen und verstörtem Gesicht, Rochefort, die Beine in der Luft, wie er verzweifelt ins Leere griff, Rochefort, kurz bevor er hinter der nächsten Biegung der Wendeltreppe verschwand, Rocheforts

Hut, der von Stufe zu Stufe rollte, bis er schließlich auf einer zum Halten kam... Und wenige Sekunden später, sechs oder sieben Meter weiter unten, ein dumpfes Geräusch, wie von einem Sack, der auf den Boden plumpst.

Corso, der sich, wie bereits gesagt, mit Armen und Beinen an den Wänden abgestützt hatte, um seinem Gegner nicht hinterherzukullern, wurde nun wieder lebendig. Mit fliegendem Puls rannte er, drei Stufen auf einmal nehmend, die Treppe hinunter. Er bückte sich nur kurz nach der Taschenlampe, und dann stand er schon neben Rochefort, der stöhnend am Fuß der Wendeltreppe lag und sich vor Schmerzen krümmte.

»Kunstfehler«, sagte Corso, während er sich mit der Taschenlampe ins Gesicht leuchtete, damit der andere sein freundliches Lächeln sehen konnte. Dann trat er ihm gegen die Schläfe und hörte, wie Rocheforts Kopf hart gegen die unterste Stufe schlug. Er hob den Fuß, um ihm sicherheitshalber noch einen Tritt zu versetzen, aber ein einziger Blick sagte ihm, daß dies überflüssig war: Rochefort lag mit offenem Mund da, aus seinem Ohr floß ein dünnes Rinnsal Blut. Corso beugte sich über ihn, stellte fest, daß er noch atmete, öffnete Rocheforts Trenchcoat und durchwühlte die Taschen. Er nahm das Springmesser an sich, eine Brieftasche mit Geld, einen französischen Personalausweis und die Mappe mit dem Dumas-Manuskript, die er sich unter dem Mantel in den Gürtel steckte. Danach richtete er den Lichtkegel der Taschenlampe wieder auf die Wendeltreppe und stieg sie hinauf – diesmal ganz. Sie endete auf einem kleinen Absatz, von dem eine Tür mit schweren Eisenbeschlägen und sechseckigen Nägeln abging. Durch die untere Ritze drang ein schwacher Schimmer Licht. Hier blieb Corso etwa eine halbe Minute stehen, bis er wieder bei Atem war und sein Herzschlag sich einigermaßen beruhigt hatte. Hinter dieser Tür erwartete ihn die Lösung des Rätsels, und er schickte sich an, ihr entschlossen entgegenzutreten: mit zusammengebissenen Zähnen, in einer Hand die Taschenlampe, in der anderen das Messer Rocheforts, das mit einem bedrohlichen »Klack« aufsprang.

Und genauso sah ich Corso eine Sekunde später in die Bibliothek eintreten: mit gezücktem Messer, wild zerzaustem, nassem Haar und Augen, aus denen mörderische Entschlossenheit blitzte.

XV. Corso und Richelieu

> Und ich, der ich einen kleinen Roman auf
> ihm aufgebaut hatte, irrte mich total.
>
> P. Souvestre, *Fantômas*

Hier nun, glaube ich, ist es an der Zeit, noch einmal eindeutig meine Funktion als Erzähler darzulegen. Treu dem Prinzip, daß der Leser in Detektivromanen über dieselben Informationen verfügen muß wie der Held der Geschichte, habe ich mich bemüht, die Ereignisse aus der Sicht Lucas Corsos zu schildern. Ausnahmen stellen das erste und fünfte Kapitel dar, wo mir nichts anderes übrigblieb, als persönlich in Erscheinung zu treten. Dies soll nun zum dritten Mal geschehen, und dabei möchte ich – konsequenterweise – wie schon in den genannten Kapiteln in der ersten Person Singular erzählen. Zum einen fände ich es sehr unangemessen, von mir selbst als *er* zu sprechen: Das ist ein billiger Werbetrick, den Gaius Iulius Caesar für *De bello Gallico* zur Aufwertung seines Images verwendet haben mag – in meinem Fall könnte man von unangebrachter Pedanterie sprechen, und das bestimmt zu Recht. Es gibt aber auch noch einen anderen, vielleicht etwas absonderlich anmutenden Grund: Ich finde es ganz einfach amüsant, die Geschichte in der Art eines Doktor Sheppard darzustellen, wie eine Unterhaltung mit Poirot. Nicht, daß ich mir dabei besonders innovativ vorkäme – schließlich macht das heutzutage alle Welt –, aber es bereitet mir doch einiges Vergnügen. Und warum schreibt man letztendlich? Um Spaß zu haben, um intensiver zu leben, um sich selbst zu beweisen oder wegen der Anerkennung der anderen. Für mich gelten gleich mehrere dieser Punkte. Wie sagte schon der alte Eugène Sue? Waschechte Bösewichte sind ein seltenes Phänomen. Gehen wir einmal davon aus, ich sei einer.

Tatsache ist, daß ich, Boris Balkan, der Verfasser dieser Zeilen, unseren Gast in der Bibliothek erwartete und Corso plötzlich mit gezücktem Messer und einem gefährlichen Glanz in den Augen eintreten sah. Mir fiel natürlich sofort auf, daß er ohne Begleitung war, und das beunruhigte mich ein wenig, aber ich versuchte, die Maske der Unerschütterlichkeit zu bewahren, die ich für eine solche Situation immer parat habe. Im übrigen war die Wirkung der Szenerie, die sich Corso bot, wohl kalkuliert: die dämmrige Bibliothek, die Kerzenleuchter auf dem Tisch, hinter dem ich saß, eine Ausgabe der *Drei Musketiere* in meiner Hand... Ich trug sogar eine Jacke aus rotem Samt, den man leicht mit dem Kardinalspurpur in Verbindung bringen konnte.

Mein großer Vorteil war, daß ich den Bücherjäger, mit oder ohne Begleitung, erwartet hatte, er mich aber nicht. Ich beschloß also, den Überraschungsfaktor auszunützen. Das Messer in seiner Hand und der bedrohliche Ausdruck in seinen Augen verunsicherten mich, und es schien mir geraten, mit Worten etwaigen unüberlegten Handlungen zuvorzukommen.

»Ich beglückwünsche Sie«, sagte ich und schloß das Buch, als habe mich seine Ankunft in der Lektüre unterbrochen. »Sie haben es geschafft, das Spiel bis zum Ende durchzuhalten.«

Corso starrte mich vom anderen Ende des Zimmers aus an, und ich muß gestehen, daß mir die Ungläubigkeit, die ich in seinen Zügen las, große Genugtuung bereitete.

»Spiel?« stieß er mit heiserer Stimme hervor.

»Ja, Spiel. Spannung, Ungewißheit, Geschicklichkeit, Können... Freies Handeln nach obligatorischen Regeln, das seinen Sinn in sich selbst hat und mit einem Gefühl der Spannung und Freude einhergeht, weil man sich anders verhalten darf als im normalen Leben.« Das stammte zwar nicht von mir, aber darauf brauchte ich Corso ja nicht mit der Nase zu stoßen. »Wie finden Sie diese Definition? Schon im zweiten Buch Samuel steht geschrieben: *Ruft die Kinder, und laßt sie vor uns spielen.* Kinder sind ideale Spieler und Leser: Sie machen alles mit größtem Ernst. Im Grunde ist ein Spiel die einzig wirklich ernsthafte Beschäftigung, die es auf der Welt gibt. Dabei haben Skeptiker nichts verloren... So ungläubig und zweiflerisch einer auch ist, wenn er mitspielen will, hat er keine andere Wahl, als sich den Regeln zu unterwerfen. Nur wer die Regeln respektiert oder sie zumindest kennt und befolgt, kann gewinnen... Dasselbe gilt fürs Lesen: Um eine Geschichte genießen zu können, muß man die Handlung und die Figuren akzeptieren.«

Ich hielt inne, in der Annahme, mit meinem Wortschwall inzwischen die beabsichtigte beruhigende Wirkung erzielt zu haben. »Apropos... Sie sind ja nicht allein hierhergekommen. Wo ist der andere?«

»Rochefort?« Corso verzog das Gesicht zu einer sehr unsympathischen Grimasse. »Der hatte einen Unfall.«

»Sie nennen ihn Rochefort? Das ist spaßig... und sehr treffend. Ich sehe, daß Sie zu denjenigen gehören, die die Regeln annehmen. Aber das sollte mich eigentlich nicht überraschen.«

Corso setzte ein Grinsen auf, das mich alarmierte.

»Er wirkte ziemlich überrascht, als ich ihn das letzte Mal gesehen habe.«

»Sie beunruhigen mich etwas«, erwiderte ich mit einem zynischen Lächeln, obwohl ich wirklich sehr besorgt war. »Ich hoffe, es ist ihm nichts Schlimmes zugestoßen.«

»Er ist die Treppe hinuntergefallen.«

»Was sagen Sie da?!«

»Doch, tatsächlich. Aber regen Sie sich wieder ab. Als ich Ihren Sbirren verlassen habe, hat er noch geatmet.«

»Gott sei Dank.« Ich versuchte zu lächeln, um meinen

Schreck zu verbergen, aber mir war doch sehr unwohl zumute. Offensichtlich waren hier die abgesteckten Grenzen bei weitem überschritten worden. »Sie haben also ein bißchen geschummelt? Nun gut«, sagte ich und breitete großmütig die Arme aus. »Machen Sie sich deshalb keine Sorgen.«

»Ich mache mir keine Sorgen. Aber Sie sollten es tun.«

Ich überhörte seine Bemerkung geflissentlich.

»Hauptsache, man kommt ans Ziel«, fuhr ich fort, obwohl ich einen Moment den Faden verloren hatte. »In Sachen Schummeln gibt es ja berühmte Präzedenzfälle: Ohne Ariadnes Wollknäuel hätte Theseus nie aus dem Labyrinth herausgefunden, und Iason konnte das Goldene Vlies auch nur mit Medeas Hilfe rauben... Im *Mahabharata*, dem indischen Nationalepos, gewinnen die Kauvaras das Würfelspiel auf etwas unlautere Weise, und die Griechen setzen die Trojaner bekanntlich mit dem hölzernen Pferd schachmatt... Sie brauchen Ihr Gewissen also nicht zu belasten.«

»Danke, aber mein Gewissen geht Sie nichts an.«

Er zog den zusammengefalteten Freibrief Miladys aus der Manteltasche und warf ihn auf den Tisch. An den wie immer etwas wacklig geratenen Großbuchstaben erkannte ich sofort meine eigene Handschrift. *Der Besitzer dieses Schreibens hat auf meinen Befehl und zum Wohle des Staates gehandelt* und so weiter.

»Ich hoffe«, sagte ich, während ich das Papier über die Flamme einer Kerze hielt, »daß Ihnen das Spiel wenigstens Spaß gemacht hat.«

»Mitunter.«

»Das freut mich.« Wir sahen beide zu, wie der Zettel im Aschenbecher verbrannte. »Wo die Literatur mit im Spiel ist, kann der intelligente Leser sich sogar dann vergnügen, wenn er strategisch in die Rolle des Opfers gedrängt wird. Ich bin d*ér* Meinung, daß in erster Linie Spaß zum Spielen gehört. Wie auch zum Lesen oder Schreiben einer Geschichte.«

Ich nahm die *Drei Musketiere* in die Hand, stand auf und

spazierte ein paar Schritte durchs Zimmer, wobei ich unauffällig zur Wanduhr hinüberschielte. Bis Mitternacht fehlten noch lange 20 Minuten. Die goldgeprägten Rücken der säuberlich aneinandergereihten alten Bücher schimmerten in den Regalen. Ich versenkte mich einen Moment lang in ihren Anblick, als hätte ich Corso vergessen, und drehte mich dann wieder nach ihm um.

»Da stehen sie.« Ich wies mit einer ausholenden Armbewegung auf die Bibliothek. »Man sollte meinen, sie seien stumm, aber das stimmt nicht; sie reden miteinander, auch wenn sie offenbar gar nichts gemein haben. Sie benutzen die Autoren, um Kontakt aufzunehmen, genau wie das Ei auf die Henne zurückgreift, um weitere Eier hervorzubringen.«

Ich stellte die *Drei Musketiere* ins Regal zurück. Dumas war in guter Gesellschaft: zwischen den *Pardaillan* von Zévaco und dem *Ritter im gelben Wams* von Lucus de René. Um etwas Zeit zu gewinnen, griff ich nach letzterem, schlug es auf der ersten Seite auf und begann laut zu lesen:

Als es in Saint-Germain-l'Auxerrois Mitternacht schlug, kamen drei Herren die Rue des Bourdonnais herunter. Sie waren in weite Umhänge gehüllt und wirkten so sicher wie der Trab ihrer Pferde...

»Die Anfangszeilen«, sagte ich. »Immer diese herrlichen Anfangszeilen... Erinnern Sie sich an unser Gespräch über *Scaramouche? Er kam mit der Gabe des Lachens zur Welt...* Es gibt Anfangssätze, die ein ganzes Leben prägen können, glauben Sie nicht? *Die Waffen und den Mann besinge ich...* zum Beispiel. Haben Sie das nie mit einem Freund gespielt?... *Am Himmelfahrtstage, nachmittags um drei Uhr, rannte ein junger Mensch...* Und dieser hier: *Ich hatte es mir zur Gewohnheit gemacht, früh ins Bett zu gehen...* Und natürlich: *Am 15. Mai 1796 hat General Bonaparte seinen Einzug in Mailand gehalten.*«

Corso schnitt eine Grimasse.

»Sie vergessen den Satz, der mich hierher gebracht hat: *Am ersten Montag des Monats April, im Jahre 1625, schien der Marktflecken Meung in einem solchen Aufruhr...*«

»Erstes Kapitel, in der Tat«, bestätigte ich. »Sie haben Ihre Sache wirklich gut gemacht.«

»Das hat Rochefort auch gesagt, bevor er die Treppe hinuntergepurzelt ist.«

Unser nachfolgendes Schweigen wurde vom dreimaligen Schlagen der Uhr unterbrochen. Corso deutete auf das Zifferblatt.

»In einer Viertelstunde ist es soweit, Balkan.«

»Ja.« Ich nickte. Die Intuition dieses Menschen war beneidenswert. »In fünfzehn Minuten beginnt der erste Montag im April.«

Ich stellte den *Ritter im gelben Wams* an seinen Platz zurück und begann im Zimmer auf und ab zu gehen. Corso beobachtete mich reglos und noch immer mit dem Messer in der Hand.

»Möchten Sie das nicht wegstecken?« wagte ich ihn zu fragen.

Er zögerte einen Moment, bevor er die Klinge in die Scheide zurückschob und das Messer in seine Manteltasche gleiten ließ, ohne mich aus den Augen zu verlieren. Ich dankte ihm mit einem Lächeln und wies dann wieder auf die Bibliothek.

»Mit einem Buch ist man nie allein, habe ich recht?« sagte ich, um irgend etwas zu sagen. »Jede Seite erinnert uns an einen vergangenen Tag, läßt uns die Gefühle wiedererleben, die ihn anfüllten. Glückliche Stunden mit Kreide markiert, traurige mit Kohle... Wo war ich damals? Welcher Prinz nannte mich seinen Freund, welcher Bettler seinen Bruder?« Ich stockte und suchte nach weiteren Beispielen, um die Sache rhetorisch abzurunden.

»Welcher Hurensohn seinen Kumpan?« schlug Corso vor.

Ich sah ihn mißbilligend an. Dieser Spielverderber vermasselte mir alles. Dabei hatte ich unserem Gespräch doch ein gehobenes Niveau geben wollen.

»Warum sind Sie so ruppig? Das finde ich nicht nett von Ihnen.«

»Was Sie finden, ist mir völlig egal. Eminenz.«

»Aus diesem ›Eminenz‹ höre ich einen Vorwurf heraus«, erwiderte ich ehrlich betrübt. »Daraus muß ich schließen, daß Sie sich von Ihren Vorurteilen leiten lassen, Señor Corso... Es war Dumas, der Richelieu in einen Bösewicht verwandelt und die Wirklichkeit auf seinen Roman zugeschnitten hat... Ich dachte, das hätte ich Ihnen bei unserer letzten Begegnung in Madrid erklärt.«

»Nichts als ein schmutziger Trick«, erwiderte Corso, ohne zu präzisieren, ob er sich auf Dumas oder auf mich bezog.

Ich hob energisch den Zeigefinger, um ihn zurechtzuweisen.

»Das war ein legitimes Mittel«, wandte ich ein. »Ein schlauer Kunstgriff des genialsten aller Romanciers. Und doch...« An diesem Punkt setzte ich ein bitteres, trauriges Lächeln auf, das durchaus ernst gemeint war. »Saint Beuve hat Dumas respektiert, aber nicht als Literaten anerkannt. Victor Hugo, sein Freund, bewunderte Dumas' Fähigkeit, Spannung zu erzeugen, aber nicht mehr. Weitschweifig und umständlich, sagten sie. Zu wenig Stil. Sie klagten ihn an, nicht tief genug in der menschlichen Seele zu schürfen. Sie bedauerten den Mangel an Feingefühl... Mangel an Feingefühl!«

Ich strich mit der Hand über die verschiedenen Ausgaben der *Drei Musketiere,* die in den Regalen aufgereiht waren.

»Ich stimme völlig mit dem guten Stevenson überein: Es gibt kein zweites so hinreißendes und schönes Loblied auf die Freundschaft wie dieses. In *Zwanzig Jahre nachher* erscheinen die Protagonisten zunächst etwas distanziert. Sie sind reife, egoistische Männer, die das Leben bisweilen zu Niederträchtigkeiten zwingt, und kämpfen sogar in entgegengesetzten Lagern: Aramis und d'Artagnan belügen sich und heucheln, Porthos fürchtet, daß sie Geld von ihm wollen... Zu ihrer Verabredung auf der Place Royal erscheinen sie bewaffnet und sind drauf und dran, sich zu duellieren. Und als Athos' Unvorsichtigkeit sie in England alle miteinander in Gefahr bringt, weigert sich d'Artagnan, ihm die Hand zu geben... Im *Grafen von Bragelonne* kämpfen Aramis und Porthos, in der Episode mit der eisernen Maske, gegen ihre alten Kameraden... Aber das alles doch nur, weil sie lebendig sind – widersprüchliche, menschliche Wesen! Und trotzdem siegt letztendlich immer die Freundschaft. Ja, die Freundschaft... Was für eine noble Empfindung! Haben Sie Freunde, Corso?«

»Das ist eine gute Frage.«

»Für mich verkörpert Porthos in der Grotte von Locmaria den Inbegriff der Freundschaft: der Gigant, der kurz davor steht, von einem Felsbrocken erdrückt zu werden, um seine Kameraden zu retten... Erinnern Sie sich an seine letzten Worte?«

»*Die Last ist zu schwer?*«

»Exakt!«

Ich muß gestehen, daß ich den Tränen nahe war. Corso war einer der Unseren. Aber auch ein nachtragender Dickkopf, der sich darauf versteift hatte, gefühllos zu bleiben.

»Sie sind Liana Taillefers Liebhaber«, sagte er.

»Ja«, gab ich zu, indem ich mich widerwillig von dem guten Porthos losriß. »Eine tolle Frau, nicht? Wenn sie auch ihre fixen Ideen hat... Schön und loyal wie Milady de Winter. Es ist schon komisch. In der Literatur gibt es Charakterfiguren, die Millionen von Menschen bekannt sind, selbst wenn sie die entsprechenden Bücher nie gelesen haben. In England sind es drei: Sherlock Holmes, Romeo und Robinson Crusoe; in Spanien zwei: Don Quijote und Don Juan; in Frankreich einer: d'Artagnan...«

»Sie kommen schon wieder vom Thema ab, Señor Balkan.«

»Nein, das komme ich nicht. Ich wollte nämlich gerade noch den Namen Miladys hinzufügen. Eine außergewöhnliche Frau – wie Liana auf ihre Art. Der Mann war ihr nie gewachsen.«

»Meinen Sie Athos?«

»Nein, ich meine den armen Enrique Taillefer.«

»Ist er deswegen umgebracht worden?«

Ich vermute, daß meine Verwunderung echt wirkte. In Wirklichkeit war sie echt.

»Enrique umgebracht? Reden Sie keinen Unsinn. Er hat sich aufgehängt. Das war eindeutig Selbstmord. Er hatte etwas seltsame Vorstellungen und muß sich wohl gedacht haben, das sei ein heroischer Entschluß. Sehr bedauerlich.«

»Das glaube ich nicht.«

»Wie Sie möchten. Jedenfalls ist sein Tod der Auslöser dieser ganzen Geschichte und die indirekte Ursache dafür, daß Sie jetzt hier sind.«

»Dann erzählen Sie mir die Geschichte endlich. Aber schön langsam.«

Er hatte es verdient, soviel stand fest. Aber ich sagte ja bereits vorher, daß Corso einer von den Unseren war, auch ohne sich dessen bewußt zu sein. Mit einem Blick auf die Uhr stellte ich fest, daß es in Kürze Mitternacht schlagen würde.

»Haben Sie den *Vin d'Anjou* dabei?«

Er sah mich mißtrauisch an und versuchte meine Gedanken zu erraten, dann streckte er die Waffen. Mit mürrischem Gesicht zeigte er mir die Mappe, die das Manuskript enthielt, und verbarg sie dann wieder unter seinem Mantel.

»Ausgezeichnet«, sagte ich. »Und jetzt, folgen Sie mir!«

Wahrscheinlich hatte er mit einer geheimen Wandtür gerechnet, hinter der ihn wieder irgendeine teuflische Falle erwartete, denn ich sah, wie seine Hand auf der Suche nach dem Messer in die Tasche glitt.

»Das werden Sie nicht brauchen«, beruhigte ich ihn.

Er schien nicht sehr überzeugt, gab aber keinen Kommentar von sich.

Ich ergriff einen der Kerzenleuchter und geleitete Corso durch den Korridor im Louis-treize-Stil. An einer der Wände hing ein wunderschöner Gobelin: der mit Pfeil und Bogen bewaffnete Odysseus, nach Ithaka heimgekehrt, Penelope und der Hund, die ihn erfreut wiedererkennen, und im Hintergrund das Gelage der Freier, die Wein trinken und nicht ahnen, was ihnen bevorsteht.

»Die Burg ist uralt und sehr geschichtsträchtig«, erzählte ich. »Sie ist von Engländern, Hugenotten und Revolutionären geplündert worden... Sogar die Deutschen hatten hier während des Krieges ein Kommando eingerichtet. Sie war total heruntergekommen, als der jetzige Besitzer sie gekauft hat: ein englischer Millionär, nicht nur ein vollendeter Gentleman, sondern auch ein reizender Mensch. Er hat die Burg restaurieren lassen und mit sehr viel Geschmack neu eingerichtet. Jetzt können sogar Touristen herein.«

»Und was haben Sie hier verloren? Mitten in der Nacht? Das sind keine Besuchszeiten.«

Wir kamen gerade an einem Fenster mit Butzenscheiben vorbei, und ich warf einen Blick hinaus. Das Gewitter hatte sich endlich verzogen. Nur jenseits der Loire, im Norden, sah man es noch wetterleuchten.

»An einem Tag im Jahr wird eine Ausnahme gemacht«, erklärte ich Corso. »Schließlich ist Meung ein ganz besonderer Ort. Nicht überall läßt man einen Roman wie die *Drei Musketiere* beginnen.«

Der Holzboden knarrte unter unseren Schritten. In einer Nische des Korridors stand eine Rüstung – aus dem 16. Jahrhundert. Ihr blankpolierter Brustpanzer schimmerte im Flackerlicht der Kerze. Corso schielte im Vorbeigehen hinüber, als fürchte er, es könne sich jemand darin versteckt haben.

»Die Geschichte, die ich Ihnen erzählen will, ist sehr lang«, sagte ich. »Sie beginnt vor zehn Jahren in Paris, und zwar anläßlich einer Auktion, bei der alte Dokumente versteigert werden sollten, die noch nicht einmal katalogisiert waren... Ich schrieb damals gerade an einem Buch über den französischen Unterhaltungsroman des 19. Jahrhunderts. Durch puren Zufall sind dabei ein paar verstaubte Bündel in meine Hände gelangt. Ich habe sie durchgesehen und festgestellt, daß sie aus den alten Archiven des *Le Siècle* stammten. Es handelte sich fast ausschließlich um wertlose Andrucke, aber ein Päckchen mit blauen und weißen Blättern hat meine Aufmerksamkeit erregt: die Originalfassung der *Drei Musketiere*, handgeschrieben von Dumas und Maquet. Alle siebenundsechzig Kapitel, so, wie sie in den Druck gegeben wurden. Irgend jemand, vielleicht der Chefredakteur Baudry, hatte sie nach dem Setzen der Fahnen aufbewahrt und später vergessen...«

Ich verlangsamte meinen Schritt und blieb schließlich mitten im Gang stehen. Corso sagte kein Wort. Das Licht des Kandelabers, den ich in der Hand hielt, beschien sein Gesicht von unten nach oben und ließ in seinen Augenhöhlen dunkle Schatten tanzen. Er schien völlig von meiner Erzählung gefangen und konnte es kaum erwarten, endlich das Geheimnis zu enthüllen, das ihn hierher geführt hatte. Aber seine rechte Hand blieb in der Tasche mit dem Messer.

»Meine Entdeckung«, fuhr ich fort und gab vor, die Hand nicht zu bemerken, »war von außerordentlicher Bedeutung. Man kannte wohl einzelne Fragmente der Originalfassung aus den Nachlässen Dumas' und Maquets, aber niemand hätte sich träumen lassen, daß noch das gesamte Manuskript der *Drei Musketiere* existierte... Anfänglich dachte ich daran, meinen Fund in Form einer kommentierten Faksimile-Ausgabe zu veröffentlichen, aber dann kamen mir schwerwiegende moralische Bedenken.«

Corsos Gesicht hellte sich im Schein der Kerze einen Augenblick lang auf, er grinste.

»Moralische Bedenken? Das hätte ich Ihnen nicht zugetraut.«

Ich bewegte den Kerzenleuchter in dem vergeblichen Versuch, das höhnische Grinsen aus seinem Gesicht zu löschen.

»Mir ist es durchaus ernst, Señor Corso«, sagte ich, während wir uns wieder in Bewegung setzten. »Das Studium des Manuskripts brachte mich zu der Einsicht, daß Auguste Maquet der eigentliche Erfinder der Geschichte war. Er hat die vorbereitenden Recherchen durchgeführt und den Roman in groben Zügen zu Papier gebracht. Später hat Dumas dank seines genialen Erzähltalents dieser Rohfassung Leben eingehaucht und sie in ein Meisterwerk verwandelt. Aber überzeugen Sie davon mal die Leute, die ewig über Dumas und sein Werk lästern!« Ich machte mit der freien Hand eine wegwerfende Geste. »Jedenfalls wollte nicht ausgerechnet ich derjenige sein, der ein Heiligtum demoliert – zumal in einer Zeit der Mittelmäßigkeit und Phantasielosigkeit. Wer ist heute noch in der Lage, sich für etwas zu begeistern, wie etwa die Leserschaft der alten Feuilletonromane oder das Theaterpublikum von einst, das die Verräter auf der Bühne auspfiff und den Rittern ohne Furcht und Tadel Beifall klatschte?« Ich schüttelte traurig den Kopf. »Nein... heute applaudieren nur noch Kinder und Menschen, die jenseits von Gut und Böse sind.«

Corso hörte mir mit aufmüpfiger und spöttischer Miene zu. Ich weiß nicht, ob er meine Ansichten insgeheim teilte oder nicht. Jedenfalls war er nachtragend und weigerte sich, mein moralisches Alibi gelten zu lassen.

»Langer Rede kurzer Sinn«, sagte er: »Sie haben das Manuskript vernichtet.«

Er lächelte süffisant und besserwisserisch.

»Reden Sie keinen Quatsch! Ich habe etwas viel Besseres getan: Ich habe einen Traum verwirklicht.«

Wir waren vor der verschlossenen Tür des Festsaals stehengeblieben, aus dem gedämpftes Stimmengewirr und Musik drang. Ich stellte den Kerzenleuchter auf einer Konsole ab, während Corso mich wieder mißtrauisch ansah: Bestimmt fragte er sich, was für ein Streich ihn wohl diesmal erwartete. Offensichtlich war ihm noch immer nicht klar, daß er wirklich vor der Auflösung des Rätsels stand.

»Erlauben Sie«, sagte ich und öffnete die Tür, »daß ich Ihnen die Mitglieder des *Club Dumas* vorstelle.«

Fast alle Geladenen waren bereits eingetroffen. Durch die großen Glastüren, die sich auf die Esplanade der Burg öffneten, betraten die letzten Nachzügler den Salon, der vor Menschen wimmelte. Zigarrenrauch, angeregtes Geplauder und leise Hintergrundmusik füllten die Luft. In der Saalmitte war auf einem Tisch mit weißer Tafeldecke ein kaltes Büfett angerichtet worden: Flaschen mit Anjouwein, Würste und Schinken aus Amiens, Austern aus La Rochelle, Schachteln mit Monte-Christo-Zigarren. Die Gäste standen in Grüppchen herum, tranken und unterhielten sich in den unterschiedlichsten Sprachen. Es waren insgesamt um die fünfzig Männer und Frauen, und ich konnte beobachten, wie Corso sich an die Brille faßte, als wolle er überprüfen, ob sie noch auf der Nase saß. Viele der Gesichter mußten ihm aus Presse, Kino und Fernsehen bekannt sein.

»Überrascht?« fragte ich und betrachtete ihn neugierig.

Er nickte düster und sprachlos. Mehrere der Anwesenden kamen auf uns zu, um mich zu begrüßen. Ich schüttelte Hände, verteilte Komplimente, machte den einen oder anderen Witz. Die Atmosphäre war heiter und entspannt. Corso, der neben mir herging, machte das Gesicht eines Menschen, der gerade aus dem Bett gefallen ist, und ich amüsierte mich köstlich. Ja, ich konnte es mir nicht verkneifen, ihm ein paar Gäste vorzustellen und zu beobachten, wie er ihnen fassungslos die Hand reichte. Er hatte völlig den Boden unter den Füßen verloren. Seine Selbstsicherheit bröckelte förmlich von ihm ab, und das war meine kleine Revanche. Schließlich hatte er den ersten Schritt getan, als er mit dem *Vin d'Anjou* unterm Arm zu mir gekommen war, entschlossen, die Dinge zu komplizieren.

»Gestatten Sie mir, daß ich Ihnen Señor Corso vorstelle. Bruno Lostia, ein Antiquitätenhändler aus Mailand. Pardon. Ja, genau. Thomas Harvey. Sie wissen schon, Juwelier Harvey: New York – London – Paris – Rom... Und Graf von Schloßberg: Er besitzt die berühmteste private Gemäldesammlung Europas. Wir haben von allem etwas, wie Sie sehen: einen venezolanischen Nobelpreisträger, einen ehemaligen argentinischen Ministerpräsidenten, den marokkanischen Thronfolger. Wußten Sie übrigens, daß sein Vater ein leidenschaftlicher Leser Alexandre Dumas' ist? Und schauen Sie, wer da kommt. Den kennen Sie, nicht? Semiotikprofessor in Bologna... Die blonde Dame, die sich mit ihm unterhält, ist Petra Neustadt, die einflußreichste Literaturkritikerin Mitteleuropas. Und in der Gruppe dort drüben sehen Sie neben der Herzogin von Alba den Finanzier Rudolf Villefoz und den englischen Schriftsteller Harold Burgess. Amaya Euskal von der Gruppe Alpha Press neben dem mächtigsten Verleger der Vereinigten Staaten, Johan Cross von O & O Papers, New York... Und an Achille Replinger, den Antiquar aus Paris, erinnern Sie sich bestimmt noch.«

Das gab Corso den Rest. Ich ergötzte mich an seinen entgleisten Gesichtszügen, obwohl er mir fast schon wieder leid tat. Replinger hatte ein leeres Glas in der Hand und zeigte ein freundschaftliches Lächeln unter seinem Musketierschnurrbart, genau wie in seinem Laden in der Rue Bonaparte beim Begutachten des Dumas-Manuskripts. Er umarmte mich wie ein riesiger Bär, klopfte unserem Gast kameradschaftlich auf die Schulter und machte sich dann auf die Suche nach mehr Wein, wobei er schnaufte wie der pausbäckige, joviale Porthos.

»Verflucht noch mal«, flüsterte Corso und drängte sich in einem etwas abgelegenen Winkel an mich. »Was ist hier los?«

»Ich habe Ihnen doch schon gesagt, daß das eine lange Geschichte ist.«

»Dann erzählen Sie sie mir endlich!«

Wir waren inzwischen an den Tisch herangetreten, und ich schenkte uns zwei Gläser Wein ein, aber Corso lehnte seines kopfschüttelnd ab.

»Gin«, murmelte er. »Gibt es keinen Gin?«

Ich deutete auf einen Barschrank am anderen Ende des Saals, und wir machten uns zu ihm auf. Unterwegs wurden wir allerdings noch drei- oder viermal aufgehalten, weil ich weitere Gäste begrüßen mußte: einen bekannten Filmregisseur, einen libanesischen Millionär, einen ehemaligen spanischen Innenminister... Corso bemächtigte sich einer Flasche Beefeater, füllte ein Glas bis zum Rand und trank es in einem Zug halb leer. Er schüttelte sich ein wenig, und seine Augen glänzten. Die Gin-Flasche drückte er an sich, als habe er Angst, sie zu verlieren.

»Sie wollten mir was erzählen«, sagte er.

Ich schlug vor, auf die Terrasse hinauszugehen, um ungestört reden zu können, und Corso schenkte sein Glas noch einmal randvoll, bevor er mir folgte. Das Gewitter hatte sich mittlerweile vollständig verzogen. Über unseren Köpfen funkelten die Sterne.

»Ich bin ganz Ohr«, verkündete er und nahm einen großen Schluck.

Ich nippte an meinem Anjouwein und lehnte mich an die nasse Steinbalustrade.

»Gut... Ich war also in den Besitz des Manuskripts der *Drei Musketiere* gekommen. Das hat mich auf eine Idee gebracht«, sagte ich. »Warum nicht eine literarische Vereinigung gründen? Eine Art Fan-Club für die Verehrer Alexandre Dumas' und des klassischen Fortsetzungs- und Abenteuerromans? Mit einigen geeigneten Kandidaten stand ich ja von Berufs wegen schon in Verbindung.«

Ich deutete in den hell erleuchteten Salon zurück. Hinter

den großen Fenstern flanierten angeregt miteinander plaudernde Gäste. Die Veranstaltung war ein voller Erfolg. Ich konnte nicht verhehlen, daß ich sehr stolz auf meinen Einfall war. »Eine Gesellschaft, die sich mit dem Studium dieser Art von Literatur befaßt, die in Vergessenheit geratene Autoren und Werke ausgräbt und ihre Wiederveröffentlichung und Verbreitung fördert. Letzteres unter einem Verlagsnamen, der Ihnen nicht unbekannt sein dürfte: *Dumas & Co.*«

»Ja, ich kenne den Verlag«, sagte Corso. »Er hat seinen Sitz in Paris. Vor einem Monat sind die gesammelten Werke Ponson du Terrails bei ihm erschienen. Voriges Jahr war es *Fantômas*... Aber ich wußte nicht, daß Sie etwas damit zu tun haben.«

Ich schmunzelte.

»Das ist oberstes Gebot: keine Namen und keinen Personenkult... Sie sehen also, daß es hier um eine sehr seriöse und zugleich etwas infantile Angelegenheit geht – ein nostalgisches Literaturspiel, das sich um die Bücher dreht, von denen wir in unserer Jugend schwärmten, und bei dem wir sozusagen unsere verlorene Unschuld wiederfinden. Sie wissen das ja aus eigener Erfahrung: Wenn man einmal reif und erwachsen geworden ist, wird man zum Flaubertianer oder Stendhalianer, man ergreift die Partei Faulkners, Lampedusas, García Márquez', Durrells oder Kafkas. Jeder geht seinen eigenen Weg, manchmal streiten wir uns sogar. Aber wir alle blinzeln uns verschmitzt zu, wenn wir von bestimmten Schriftstellern und ihren magischen Büchern sprechen, die uns in die Welt der Literatur eingeführt haben, ohne an Dogmen zu binden und ohne falsche Lehren zu erteilen. Bücher, die nicht der Wirklichkeit treu sind, sondern den Träumen des Menschen. Bücher, die im wahrsten Sinne des Wortes unsere gemeinsame Heimat darstellen.«

Ich ließ diese Worte in der Luft und wartete gespannt auf ihre Wirkung. Aber Corso hob nur sein Gin-Glas, um es im Gegenlicht zu betrachten. Seine Heimat lag dort.

»Das hat früher vielleicht gegolten«, entgegnete er. »Jetzt sind die Kinder, die Jugendlichen und überhaupt das ganze Pack Heimatlose, die bloß in die Kiste glotzen.«

Ich schüttelte energisch den Kopf. Genau zu diesem Thema hatte ich zwei Wochen zuvor etwas für die Literaturbeilage von *Abc* geschrieben.

»Da täuschen Sie sich aber. Man tritt wieder in die alten Fußstapfen. Denken Sie nur an die vielen alten Filme, die im Fernsehen gezeigt werden – in ihnen lebt die Tradition weiter. Selbst Indiana Jones profitiert von diesem Erbe.«

Corso schnitt eine Grimasse in Richtung der erleuchteten Fenster. »Mag ja sein. Aber Sie wollten mir eigentlich von denen da drin erzählen. Ich wüßte zu gerne, wie Sie die... rekrutiert haben.«

»Das ist kein Geheimnis«, erwiderte ich. »Ich bin seit zehn Jahren Koordinator dieser auserwählten Gesellschaft, des *Club Dumas,* dessen Jahresversammlung hier, in Meung, abgehalten wird. Sie sehen mit eigenen Augen, daß die Mitglieder pünktlich aus allen Ecken der Welt eintreffen. Selbst der Geringste unter ihnen ist ein hochkarätiger Leser...«

»Von Unterhaltungsromanen? Daß ich nicht lache.«

»Ich mache durchaus keine Witze, Señor Corso. Warum ziehen Sie so ein Gesicht? Sie wissen doch, daß ein Roman oder ein Film, der für den reinen Konsum geschaffen wurde, sich bisweilen in ein Meisterwerk verwandelt. Denken Sie nur an die *Pickwickier, Goldfinger* oder *Casablanca...* Geschichten, die vor Archetypen strotzen – aber das ist es ja gerade, was das Publikum, bewußt oder unbewußt, anzieht: diese Strategie der Wiederholung bestimmter Themen mit kleinen Variationen. Hier geht es mehr um die *dispositio* als um die *elocutio...* . Und so erklärt es sich auch, daß ein Fortsetzungsroman, ja selbst die platteste Fernsehserie zu Kultobjekten werden können, und zwar sowohl für ein naives wie für ein anspruchsvolles Publikum. Der eine sucht allein die Spannung bei Sherlock Holmes, der andere bevorzugt die Pfeife, die

Lupe und dieses *elementar, lieber Watson*, das übrigens gar nicht von Conan Doyle stammt; es taucht in keinem seiner Bücher auf. Der Trick mit der Wiederholung und Variation bestimmter Schemen ist sehr alt. Schon Aristoteles hat ihn in seiner *Poetik* erwähnt. Und was ist eine Fernsehserie im Grunde anderes als die modernisierte Version der klassischen Tragödie, des großen romantischen Dramas oder des hellenistischen Alexanderromans? Daher kommt es ja, daß auch ein gebildeter Leser sich ausnahmsweise mit dieser Art von Literatur vergnügen kann. Und Ausnahmen werden mitunter zur Regel.«

Ich hatte geglaubt, Corso höre mir interessiert zu, aber jetzt sah ich, daß er den Kopf schüttelte: ein Gladiator, der sich von seinem Gegner nicht in die Falle locken läßt.

»Hören Sie mit Ihren literarischen Belehrungen auf, und kommen Sie auf Ihren *Club Dumas* zurück«, knurrte er ungeduldig. »Auf dieses lose Kapitel... Wo ist der Rest?«

»Dort drin.« Ich wies auf den Festsaal. »Ich habe die siebenundsechzig Kapitel des Manuskripts benützt, um die Gesellschaft zu organisieren: maximal siebenundsechzig Mitglieder, von denen jeder ein Kapitel besitzt, quasi als Namensaktie. Die Zuteilung erfolgt strikt anhand einer Kandidatenliste, und Besitzerwechsel müssen vom Vorstand genehmigt werden, dessen Präsident ich bin... Die Namen der Anwärter werden vor ihrer Zulassung ausführlich diskutiert.«

»Und wie werden die Aktien weitergegeben?«

»Sie werden überhaupt nicht weitergegeben. Wenn ein Clubmitglied stirbt oder austreten möchte, so geht seine Aktie automatisch an die Gesellschaft zurück. Der Vorstand teilt sie dann einem neuen Kandidaten zu. Kein Mitglied darf frei darüber bestimmen.«

»Und das hat Enrique Taillefer versucht, stimmt's?«

»In gewisser Weise. Anfänglich war er ein idealer Kandidat und später ein mustergültiges Mitglied des *Club Dumas*... Bis er gegen seine Regeln verstoßen hat.«

Corso leerte sein Glas und stellte es auf die Steinbrüstung. Dann starrte er eine Zeitlang schweigend in den lichtergleißenden Saal. Zum Schluß schüttelte er ungläubig den Kopf.

»Das ist kein Grund, jemanden umzubringen«, sagte er leise, als spreche er zu sich selbst. »Und ich kann mir nicht vorstellen, daß alle diese Leute...« Er sah mich trotzig an. »Das sind bekannte und respektable Persönlichkeiten, jedenfalls im Prinzip. Die würden sich nie in so eine Sache hineinziehen lassen.«

Langsam begann auch ich die Geduld zu verlieren.

»Ich habe das Gefühl, Sie übertreiben maßlos. Enrique und ich waren seit langem miteinander befreundet. Was uns verband, war die Begeisterung für diese Art von Büchern, obwohl ich sagen muß, daß Enriques literarischer Geschmack und sein Enthusiasmus leider weit auseinanderklafften. Aber wie auch immer... Als Verleger gastronomischer Bestseller war er so erfolgreich, daß er haufenweise Geld und Zeit in sein Hobby investieren konnte. Und wenn es jemand verdient hatte, unserer Gesellschaft anzugehören, so war das er – so viel steht fest. Aus diesem Grund habe ich seinen Beitritt gefördert. Ich habe Ihnen ja schon gesagt, daß wir, wenn auch nicht den Geschmack, so doch die Begeisterung teilten.«

»Sie haben auch noch andere Sachen geteilt, wie mir scheint.«

Corsos sarkastisches Grinsen ärgerte mich ein wenig.

»Eigentlich könnte ich Sie jetzt darauf hinweisen, das sei nicht Ihre Angelegenheit«, erwiderte ich etwas verschnupft. »Aber ich will Ihnen alles erklären... Liana ist – von ihrer Schönheit ganz abgesehen – schon immer eine besondere Frau gewesen. Und darüber hinaus seit ihrer frühen Jugend eine leidenschaftliche Leserin. Wissen Sie, daß sie sich im Alter von sechzehn Jahren mit einer Lilie tätowieren ließ? Nicht auf die Schulter, wie Milady de Winter, ihr Idol, sondern auf die Hüfte, damit weder ihre Familie noch die Nonnen im Internat etwas davon merkten... Wie finden Sie das?«

»Ergreifend.«

»Mir machen Sie keinen sehr ergriffenen Eindruck. Aber ich kann Ihnen versichern, daß Liana eine bewundernswerte Frau ist. Jedenfalls sind wir, nun ja... ein Verhältnis eingegangen. Vorher sprach ich von der Heimat, die das verlorene Paradies unserer Kindheit für jeden von uns darstellt, erinnern Sie sich? Also: Lianas Heimat sind die *Drei Musketiere*. Sie haben ihr eine Welt eröffnet, von der sie so begeistert war, daß sie beschloß, Enrique Taillefer zu heiraten. Die beiden hatten sich zufällig auf einer Party kennengelernt, bei der sie die ganze Nacht damit verbrachten, Dumas-Zitate auszutauschen. Außerdem war er zu dieser Zeit bereits ein steinreicher Verleger.«

»Mit einem Wort: Liebe auf den ersten Blick«, spöttelte Corso.

»Ich verstehe nicht, warum Sie das in diesem Ton sagen. Die Ehe ist in der ehrlichsten Absicht geschlossen worden. Nur, daß Enrique mit der Zeit jedem auf die Nerven fällt – selbst einer so standhaften Frau wie Liana... Andererseits waren wir gute Freunde, und ich habe die beiden oft besucht. Liana...« Ich stellte mein Glas neben dem Corsos auf der Balustrade ab. »Na ja. Sie können sich ja vorstellen, wie es weiterging.«

»Das kann ich mir allerdings vorstellen!«

»Ich meine jetzt etwas anderes. Liana hat sich zu einer hervorragenden Mitarbeiterin entwickelt, so daß ich schließlich dafür plädierte, Sie in unsere Gesellschaft aufzunehmen. Das war vor vier Jahren. Ihr gehört Kapitel siebenunddreißig: *Miladys Geheimnis*. Sie hat es selbst ausgesucht.«

»Warum haben Sie Milady auf mich angesetzt?«

»Lassen Sie uns der Reihe nach vorgehen. In letzter Zeit war Enrique zu einem echten Problemfall geworden. Anstatt sich auf das einträgliche Geschäft mit seinen Kochbüchern zu beschränken, hatte er sich darauf versteift, einen Fortsetzungsroman zu verfassen. Aber Sie glauben ja nicht, was für einen Mist er zusammengeschrieben hat. Und nicht nur das – er hat auch noch schändlich plagiiert! Sämtliche Gemeinplätze dieser Gattung hat er sich zusammengesucht und schamlos kopiert. Er nannte sein Werk...«

»*Die Hand des Toten.*«

»Genau. Nicht einmal der Titel stammte von ihm. Und was das Unerhörteste ist: Er wollte, daß es bei *Dumas & Co.* erscheint! Natürlich habe ich versucht, ihm diesen Spleen auszureden. Der Vorstand wäre niemals damit einverstanden gewesen, diese Mißgeburt zu veröffentlichen. Außerdem hatte Enrique Geld genug, um das Buch selbst zu drucken, und das habe ich ihm auch gesagt.«

»Worauf er wahrscheinlich ziemlich sauer reagiert hat. Ich habe seine Bibliothek gesehen.«

»Sauer? Das ist gar kein Wort! Die Auseinandersetzung hat in seinem Büro stattgefunden. Ich sehe ihn noch vor mir, wie er sich – klein und pummelig – vor mir auf die Zehenspitzen stellt und mich mit irren Augen anstarrt. Er war einem Schlaganfall nahe. Sehr unangenehm, das Ganze. Was er mir nicht alles an den Kopf warf... Er habe dieser Sache sein ganzes Leben gewidmet. Wer sei ich, um sein Werk zu beurteilen? Das fiele der Nachwelt zu. Ich sei ein voreingenommener Kritiker und unausstehlicher Pedant. Und außerdem sei ich mit seiner Frau liiert... Das kam natürlich unerwartet. Ich hatte keine Ahnung, daß er diesbezüglich auf dem laufenden war. Aber anscheinend redet Liana im Traum und hat ihrem Mann nach und nach alle Folgen der Geschichte erzählt – unter Ausrufen wie ›Potztausend!‹ und Verwünschungen an die Adresse d'Artagnans und seiner Freunde, die sie haßt, als hätte sie sie persönlich kennengelernt... Können Sie sich meine Lage vorstellen?«

»Peinlich.«

»Höchst peinlich! Obwohl das Schlimmste erst noch kommt. Enrique geriet immer mehr in Rage. Wenn er ein mittelmäßiger Schriftsteller sei, tobte er, dann könne es mit

Dumas auch nicht weit her sein. Er hätte sehen wollen, was aus ihm geworden wäre ohne Auguste Maquet, den er schamlos ausgebeutet habe. Der beste Beweis dafür seien die blauen und weißen Blätter in seinem Tresor... Unsere Diskussion wurde immer heftiger. Er schimpfte mich einen Ehebrecher, wie in den alten Tragödien, und ich nannte ihn einen Analphabeten und machte noch ein paar boshafte Bemerkungen über seinen letzten gastronomischen Verlagsrenner. Am Ende habe ich ihn sogar mit dem Patissier von Cyrano verglichen. ›Ich werde mich rächen!‹ sagte er im Ton und mit den Gebärden des Grafen von Monte Christo. ›Ich werde den ganzen Betrug auffliegen lassen, den sich dein verehrter Dumas da geleistet hat, um seinen Namen unter fremde Romane zu setzen. Ich gebe das Manuskript der Öffentlichkeit preis, damit die Leute sehen, wie dieser Schwindler seine Geschichten fabriziert hat. Und um die Satzung der Gesellschaft kümmere ich mich einen Dreck: Das Kapitel gehört mir, und ich verkaufe es, an wen ich Lust habe. Also mach dich auf was gefaßt, Boris!‹«

»Da hat er Ihnen aber schwer zugesetzt.«

»Sie können sich gar nicht vorstellen, wozu ein verschmähter Autor in seinem Zorn fähig ist. Meine Proteste nützten nichts. Enrique hat mich aus dem Haus geworfen. Von Liana habe ich erfahren, daß er später diesen Buchhändler, La Ponte, zu sich bestellt und ihm das Manuskript geschenkt hat. Ich glaube, er ist sich so schlau und listig wie Edmund Dantés vorgekommen. Offensichtlich wollte er einen Skandal auslösen, ohne selbst davon direkt betroffen zu werden. An seinem guten Ruf sollte keiner kratzen. Und so kam es, daß Sie in die Geschichte gerieten, Señor Corso. Sie können sich denken, wie erschrocken ich war, als ich Sie plötzlich mit dem *Vin d'Anjou* bei mir auftauchen sah.«

»Das haben Sie aber gut vertuscht.«

»Natürlich. Liana und ich hielten das Manuskript nach Enriques Tod für verloren.«

Corso zog eine zerknitterte Zigarette aus der Manteltasche, klemmte sie zwischen die Lippen und ging auf der Terrasse auf und ab, ohne sie anzuzünden.

»Ihre Story ist absurd«, sagte er schließlich. »Kein Edmund Dantés würde sich umbringen, bevor er seine Rache ausgekostet hat.«

Ich nickte, obwohl er das nicht sehen konnte, da er mir in diesem Augenblick den Rücken zukehrte.

»Das ist auch noch längst nicht alles«, entgegnete ich. »Am Tag nach unserem Streit kam Enrique zu mir nach Hause und wollte mich noch einmal umstimmen. Aber ich hatte die Nase gestrichen voll und lasse mich sowieso nicht erpressen... Also habe ich zum tödlichen Stoß ausgeholt, freilich ohne mir der möglichen Folgen bewußt zu sein. Sein Fortsetzungsroman war nicht nur von miserabler Qualität, er war mir beim Lesen auch irgendwie bekannt vorgekommen. Als Enrique mir die zweite Szene machte, bin ich deshalb in meine Bibliothek gegangen und habe ein uraltes Buch mit dem Titel *Der illustrierte Unterhaltungsroman* aus dem Regal gezogen – es wurde Ende des letzten Jahrhunderts veröffentlicht und ist ziemlich unbekannt. Ich habe die erste Seite einer kurzen Erzählung aufgeschlagen, die von einem gewissen Amaury de Verona stammt und die schöne Überschrift *Angélique von Gravaillac oder Die unbefleckte Ehre* trägt. Als ich begann, laut den ersten Absatz zu lesen, wurde Enrique auf einmal blaß, als sei der Geist dieser Angélique aus dem Grab auferstanden. Und mehr oder weniger war er das auch. Felsenfest davon überzeugt, daß niemand sich an diese Erzählung erinnern würde, hatte Enrique sie beinahe wortwörtlich abgeschrieben. Bis auf ein Kapitel, das er unverändert von Fernández y González übernommen hat – nebenbei bemerkt, das beste des ganzen Romans... Ich bedauerte es, keinen Fotoapparat zur Hand zu haben: Er schlug sich mit der Hand an die Stirn, um ›Donnerschlag!‹ zu brüllen, aber er brachte nur ein asthmatisches Röcheln zustande, an dem er beinahe erstickt wäre. Daraufhin hat er sich auf dem Absatz umgedreht, ist nach Hause gerannt und hat sich an der Wohnzimmerlampe erhängt.«

Corso kaute an seiner kalten Zigarette.

»Später haben sich die Dinge noch etwas verwickelt«, fuhr ich fort und merkte, daß er mir nur langsam zu glauben schien. »Das Manuskript war bereits an Sie weitergereicht worden, und Ihr Freund La Ponte zeigte sich anfänglich nicht bereit, es zurückzugeben. Für mich kam es nicht in Frage, den Arsène Lupin zu spielen. Das hätte ich mir bei meinem Ansehen nicht leisten können. So habe ich Liana mit der Wiederbeschaffung des Kapitels beauftragt. Die Jahresversammlung rückte näher, und es war an der Zeit, einen Nachfolger für Enrique zu bestimmen. Leider hat Liana ein paar Fehler begangen. Zuerst hat sie Ihnen einen Besuch abgestattet«, an dieser Stelle räusperte ich mich verlegen, um nicht tiefer ins Detail gehen zu müssen, »und später hat sie versucht, La Ponte so weit zu bringen, daß er den *Vin d'Anjou* von Ihnen zurückverlangte. Sie wußte ja nicht, wie hartnäckig Sie sein können... Das Schlimme ist, daß Liana schon immer davon geträumt hatte, einmal ein richtig spannendes Abenteuer zu erleben – voll von Intrigen, Liebesaffären und Verfolgungsjagden, wie bei ihrem Vorbild Milady. Und diese Episode, aus dem Stoff ihrer Träume gemacht, gab ihr dazu eine willkommene Gelegenheit. Sie hat sich also voller Enthusiasmus auf Ihre Fersen geheftet. ›Ich bringe dir das Manuskript in die Haut dieses Corso genäht‹, hat sie mir versprochen. Ich sagte ihr, sie solle nicht übertreiben, aber ich muß zugeben, daß die Hauptschuld bei mir liegt: Ich habe ihre Phantasie angeregt und damit die Milady freigesetzt, die in ihr schlummerte, seit sie zum erstenmal die *Drei Musketiere* gelesen hatte.«

»Sie hätte ja, verdammt noch mal, auch was anderes lesen können. *Vom Winde verweht* zum Beispiel, sich mit Scarlett O'Hara identifizieren und Clark Gable auf den Pelz rücken können, anstatt mir.«

»Ja. Ich muß zugeben, daß sie ein bißchen zu weit gegangen ist und ihren Auftrag zu ernst genommen hat.«

Corso kratzte sich am Hinterkopf, und es war leicht zu erraten, was er dachte: Wer die Sache wirklich ernst genommen hatte, war der andere gewesen. Der Kerl mit der Narbe.

»Wer ist Rochefort?«

»Er heißt in Wirklichkeit László Nicolavič und ist ein Schauspieler, der sich auf verschiedene Nebenrollen spezialisiert hat... Er hat in der TV-Serie, die Andreas Frey vor zwei Jahren fürs englische Fernsehen gedreht hat, den Rochefort gespielt. Überhaupt hat er nahezu alle bekannten Haudegen schon einmal verkörpert: Gonzaga in *Lagardère*, Levasseur in *Käpt'n Blood*, La Tour d'Azyr in *Scaramouche*, Rupert von Hentzau in *Der Gefangene von Zenda*... Er ist ein großer Liebhaber dieser Gattung und ein Anwärter auf *den Club Dumas*.«

»Jedenfalls hat sich dieser László seine Rolle auch sehr zu Herzen genommen.«

»Ich fürchte ja. Und ich habe ihn im Verdacht, daß er Meriten anhäufen will, um seinen Beitritt in unseren kleinen Geheimbund zu beschleunigen. Ich habe ihn auch im Verdacht, manchmal den Gelegenheitsliebhaber zu spielen.« Ich setzte ein weltmännisches Lächeln auf und hoffte, es würde überzeugend wirken. »Liana ist jung, schön und leidenschaftlich. Wir wollen es einmal so sagen: Ich befriedige mit ruhigen, romantischen Ergüssen ihren Wissensdrang, und László Nicolavič kümmert sich wahrscheinlich um die prosaischeren Seiten ihres Naturells.«

»Und was weiter?«

»Viel mehr gibt es nicht zu erzählen. Nicolavič-Rochefort wollte eine günstige Gelegenheit abpassen, um Ihnen das Dumas-Manuskript abzunehmen. Deshalb ist er Ihnen von Madrid nach Toledo und nach Sintra gefolgt, während Liana mit La Ponte nach Paris ging, für den Fall, daß Rocheforts Mission schiefgehen sollte. Der Rest ist Ihnen ja bekannt: Sie wollten sich das Manuskript nicht abnehmen lassen, Milady und Rochefort haben über die Stränge geschlagen, und so sind Sie letztendlich hier gelandet.« Ich dachte eine Weile nach. »Wissen Sie was? Ich frage mich, ob ich statt László Nicolavič nicht Sie als neues Clubmitglied vorschlagen soll.«

Corso wollte nicht einmal wissen, ob ich das ernst oder ironisch meinte. Er hatte seine verbogene Brille abgenommen und putzte sie mechanisch, aber in Gedanken war er Lichtjahre entfernt.

»Das ist alles?« hörte ich ihn endlich sagen.

»Aber ja.« Ich deutete auf den Festsaal. »Dort haben Sie den Beweis.«

Corso setzte seine Brille wieder auf und atmete tief durch, wobei sein Gesicht einen Ausdruck annahm, der mir überhaupt nicht gefiel.

»Und was ist mit dem *Delomelanicon*? Was ist mit der Verbindung zwischen Richelieu und den *Neun Pforten ins Reich der Schatten*?«

Er trat auf mich zu und klopfte mit dem Finger auf meine Hemdbrust, bis ich einen Schritt zurückwich.

»Halten Sie mich für blöd? Sie wollen mir doch nicht erzählen, Sie hätten keine Ahnung von der Beziehung zwischen Dumas und diesem Buch... dem Teufelspakt und dem ganzen Rest: der Mord an Victor Fargas in Sintra, der Brand in der Wohnung von Baronin Ungern in Paris. Haben Sie mich bei der Polizei angezeigt? Und was können Sie mir zu dem Buch sagen, das eigentlich aus drei Versionen besteht? Oder zu den neun Bildtafeln, die von Luzifer entworfen und von Aristide Torchia nach seiner Rückkehr aus Prag neu aufgelegt worden sind, *mit Privileg und Genehmigung der Obrigkeiten*? Was erzählen Sie mir darüber, hä?«

Es sprudelte wie ein Wasserfall aus ihm heraus, während er aggressiv das Kinn vorreckte und mich mit Blicken durchbohrte. Ich trat noch einmal einen Schritt zurück und starrte ihn entgeistert an.

»Sie haben den Verstand verloren«, protestierte ich entrüstet. »Können Sie mir erklären, wovon Sie sprechen?«

Corso hatte eine Schachtel Streichhölzer aus der Tasche gezogen und zündete sich seine Zigarette an, indem er die Flamme mit der hohlen Hand schützte. Dabei beobachtete er mich unablässig durch seine Brille hindurch, in deren Gläser sich das Feuer spiegelte. Dann begann er mir seine Version der Geschichte zu erzählen.

Als er fertig war, schwiegen wir beide. Wir lehnten nebeneinander an der feuchten Steinbalustrade und betrachteten die Lichter im Festsaal. Corsos Bericht hatte eine Zigarette lang gedauert. Den Stummel trat er mit der Schuhspitze aus.

Ich ergriff als erster das Wort.

»Und jetzt müßte ich wohl sagen ›Ja, so war es‹ und meine Arme ausstrecken, damit Sie mir die Handschellen anlegen können. Das hätten Sie doch erwartet, oder?«

Er dauerte eine Weile, bis er mir antwortete. Den eigenen Verdacht laut ausgesprochen zu haben schien ihn nicht unbedingt in seinen Schlußfolgerungen bestätigt zu haben.

»Aber es muß eine Verbindung geben«, murmelte er.

Ich betrachtete seinen schmalen Schatten, den das aus dem Salon dringende Licht auf den Marmorboden der Terrasse zeichnete und bis über die Stufen hinaus verlängerte, die in den dunklen Garten führten.

»Ich fürchte, daß Sie Ihrer eigenen Phantasie auf den Leim gegangen sind«, sagte ich schließlich.

Er schüttelte langsam den Kopf.

»Daß Victor Fargas ertränkt wurde, habe ich mir nicht eingebildet. Und auch nicht, daß die Baronin Ungern mit ihren Büchern verbrannt ist. Diese Dinge sind wirklich passiert. Das sind Tatsachen... Die beiden Geschichten sind ineinander verflochten.«

»Sie sagen ganz richtig: die beiden Geschichten. Vielleicht verbindet sie aber nur Ihre eigene Person miteinander.«

»Kommen Sie mir nicht damit. Dieses Kapitel von Alexandre Dumas war der Auslöser von allem.« Er sah mich wütend an. »Ihr verdammter Club. Ihre ›Spielchen‹.«

»Schieben Sie nicht mir die Schuld in die Schuhe. Spielen ist erlaubt. Wenn wir es hier nicht mit der Realität, sondern mit einer Fiktion zu tun hätten, dann wären Sie als Leser der Hauptverantwortliche.«

»Reden Sie keinen Unsinn!«

»Das ist kein Unsinn. Aus allem, was Sie mir bisher erzählt haben, leite ich ab, daß auch Sie mit den Tatsachen und mit Ihren persönlichen Literaturkenntnissen spielerisch umgegangen sind und eine Theorie aufgestellt haben, aus der Sie schließlich die falschen Schlüsse zogen. Aber die Tatsachen sind etwas Objektives. Sie können ihnen nicht die Schuld für Ihre eigenen Fehler geben. Der *Vin d'Anjou* und dieses mysteriöse Buch, die *Neun Pforten,* haben nichts miteinander zu tun.«

»Aber Sie haben mir vorgemacht...«

»Wir – und damit meine ich Liana Taillefer, László Nicolavič und mich selbst – haben Ihnen überhaupt nichts vorgemacht. Sie waren derjenige, der auf eigene Faust die Lücken gefüllt hat, als handle es sich hier um einen Detektivroman voller Finten, die der schlaue Lucas Corso entlarvt... Keiner hat Ihnen auch nur andeutungsweise bestätigt, daß die Dinge wirklich so gelaufen sind, wie Sie glaubten. Deshalb liegt die Verantwortung ganz allein bei Ihnen, mein Freund. Schuld ist nur Ihr übertriebener Hang zur Intertextualität, also dazu, aufgrund Ihrer persönlichen literarischen Vorbildung Querverbindungen herzustellen.«

»Was blieb mir denn anderes übrig? Hätte ich Däumchen drehen und abwarten sollen? Nein. Aber wenn ich vom Fleck kommen wollte, brauchte ich eine Strategie. Und wer sich eine Strategie zurechtlegt, kommt nicht umhin, sich ein Bild von seinem Gegner zu machen, ein Feindbild zu konstruieren, das sein Vorgehen bestimmt. Wellington macht das, weil er glaubt, daß Napoleon glaubt, er mache das. Und Napoleon...«

»Napoleon hat auch Fehler begangen, zum Beispiel den, Blücher mit Grouchy zu verwechseln. Eine Strategie birgt immer gewisse Risiken – im Krieg wie in der Literatur... Hören Sie, Corso: Es gibt keine unschuldigen Leser. Wir alle übertragen unsere persönlichen Perversitäten auf die Texte, die wir lesen. Ein Leser ist die Summe dessen, was er vorher gelesen und im Fernsehen und Kino gesehen hat. Zu den Anhaltspunkten, die der Autor gibt, wird der Leser immer noch seine eigenen hinzufügen. Und genau hier lauert die Gefahr: Das Übermaß an Literaturkenntnissen könnte auch Sie dazu verleitet haben, sich ein falsches oder irreales Bild von Ihrem Gegner zu machen.«

»Die Informationen, die ich hatte, waren falsch.«

»Nein, Corso. Das Wissen, das Bücher vermitteln, ist für gewöhnlich objektiv. Möglich, daß es von einem boshaften Autor auf eine Art und Weise aufbereitet wird, die den Leser irreführt, aber falsch ist es nie. Falsch ist Ihre Interpretation.«

Corso schien angestrengt nachzudenken. Er war ein wenig umhergegangen und stützte jetzt die Ellbogen auf das Steingeländer der Terrasse, das Gesicht dem dunklen Garten zugewandt.

»Dann muß es einen anderen Autor geben«, sagte er leise und mit zusammengebissenen Zähnen.

Er starrte reglos vor sich hin. Nach einer Weile sah ich, wie er die Mappe mit dem *Vin d'Anjou* unter seinem Mantel hervorzog und neben sich auf die moosbedeckte Balustrade legte.

»Diese Geschichte hat zwei Autoren«, sagte er hartnäckig.

»Schon möglich«, erwiderte ich, während ich das Dumas-Manuskript an mich nahm. »Und vielleicht ist einer von ihnen boshafter als der andere... Mein Metier sind jedenfalls die Unterhaltungsromane. Krimis fallen nicht in mein Ressort.«

XVI. Ein Hauch von Horror

»Das ist das Ärgerliche an der Sache«, sagte Porthos.
»Früher brauchte man nichts zu erklären. Man hat
sich duelliert und damit basta.«

A. Dumas, *Der Graf von Bragelonne*

Den Kopf an die Nackenstütze des Fahrersitzes gelehnt, sah Lucas Corso auf die Landschaft hinaus. Der Wagen war in einer kleinen Haltebucht der Straße geparkt, die an dieser Stelle eine letzte Kurve beschrieb, bevor sie zur Stadt hin abfiel. Wie eine bläuliche Geisterinsel schwebte der alte, mauerumgürtete Ortskern über dem Dunst des Flusses. Es war eine Welt, in der weder Licht noch Schatten vorherrschten, eine jener kalten kastilischen Morgendämmerungen, in der sich die Dächer, Kamine und Kirchtürme nur zögernd gen Osten hin abzuzeichnen beginnen.

Er warf einen Blick auf seine Armbanduhr, aber bei dem Gewitterregen in Meung war Wasser in sie eingedrungen, und das Zifferblatt war so beschlagen, daß er nichts erkennen konnte. Im Rückspiegel begegnete Corso seinen eigenen, müden Augen. Meung-sur-Loire, der erste Montag im April, mittlerweile war es Dienstag, und sie hatten das Städtchen weit hinter sich zurückgelassen. Es war eine lange Rückfahrt gewesen, so lange, daß er den Eindruck hatte, alle hinter sich gelassen zu haben: Balkan, den *Club Dumas,* Rochefort, Milady, La Ponte. Schatten einer Geschichte, die verblaßt, sobald man das Buch zuschlägt, oder wenn der Autor auf seiner Schreibmaschine – unterste Reihe, dritte Taste von rechts – den Schlußpunkt setzt, um die Geschichte mit diesem Willkürakt in das zurückzuverwandeln, woraus sie eigentlich besteht: simple Blätter mit Buchstabenreihen gefüllt – totes, fremd anmutendes Papier. Gestalten, die in die Anonymität zurückkehren.

In dieser Morgendämmerung, die so sehr dem Aufwachen aus einem Traum glich, blieb dem Bücherjäger – gerötete Augen, schmutzig und mit Dreitagebart – nur seine alte Segeltuchtasche mit dem letzten Exemplar der *Neun Pforten.* Und das Mädchen. Das war alles, was die Ebbe am Strand zurückgelassen hatte. Er hörte, wie sie leise neben ihm stöhnte, und wandte den Kopf, um sie anzusehen. Sie schlief auf dem Beifahrersitz, den Kopf an seine rechte Schulter gelehnt und mit ihrem Kapuzenmantel zugedeckt. Sie atmete ruhig durch den halb geöffneten Mund. Manchmal zuckte sie im Traum ein wenig zusammen, und dann stöhnte sie wieder, kaum vernehmbar, während sich zwischen ihren Augenbrauen eine kleine senkrechte Falte bildete, die ihr das Aussehen eines erzürnten Kindes gab. Eine Hand lag auf dem blauen Stoff und war halb geöffnet, als sei ihr soeben etwas entglitten, oder als wolle sie nach etwas fassen.

Corso dachte wieder an Meung und an die Reise. An Boris Balkan, wie er vorletzte Nacht neben ihm auf der regennassen Terrasse gestanden hatte. Mit dem Manuskript des *Vin d'Anjou* in Händen, hatte Richelieu gelächelt, bewundernd und mitleidig zugleich, wie ein guter, alter Feind: ›Sie sind ein ungewöhnlicher Mensch, Corso...‹ Ein letzter Satz als Trost oder als Verabschiedung – die einzigen ehrlich gemeinten Worte, denn der Vorschlag, sich doch den Gästen anzuschließen, war in wenig überzeugendem Ton geäußert. Nicht, weil Balkan seine Gesellschaft unangenehm gewesen wäre – er zeigte sich im Gegenteil betrübt, als sie auseinandergingen –, sondern weil er bereits voraussah, daß Corso ablehnen würde. Der Bücherjäger hatte sich lange nicht vom Fleck gerührt: Die Ellbogen auf das Steingeländer gestützt, war er allein auf der Terrasse zurückgeblieben und hatte über seine Niederlage nachgegrübelt. Allmählich war er wieder zu sich gekommen, hatte sich umgesehen, wie um sich neu zu orientieren, und war dann durch die dunklen Gassen von Meung langsam zum Hotel zurückgeschlendert. Rochefort hatte er nicht wieder getroffen, und im Gasthof »Saint-Jacques« erfuhr er, daß auch Milady inzwischen verschwunden war. Beide waren aus seinem Leben in die nebulösen Sphären zurückgekehrt, die sie hervorgebracht hatten: fiktive Gestalten, schuldlos wie Schachfiguren. Flavio La Ponte und das Mädchen dagegen fand er mühelos wieder. Um La Ponte hatte er sich nicht die geringsten Sorgen gemacht, aber was das Mädchen betraf, so war er doch sehr froh, daß sie noch da war. Er hatte erwartet – gefürchtet –, sie zusammen mit den anderen Personen der Geschichte zu verlieren. Bevor auch sie sich im Staub der Bibliothek der Burg von Meung auflösen konnte, packte er sie rasch an der Hand, schleppte sie zum Auto und fuhr los. Zur großen Bestürzung La Pontes, der im Rückspiegel zurückblieb. Völlig verdattert, ohne Fragen zu stellen – ein in Mißkredit geratener, überflüssiger Harpunier, auf den kein Verlaß war und den man mit einer Dreitagesration Zwieback und Wasser aussetzte: *Und jetzt versuchen Sie nach Batavia zu kommen, Mister Bligh.* Trotzdem bremste Corso den Wagen am Ende der Straße ab, legte die Hände aufs Lenkrad und starrte reglos auf den Asphalt vor den Scheinwerfern, während das Mädchen ihn von der Seite aus fragend ansah. Eigentlich war La Ponte ja auch keine reale Figur. Er legte also mit einem Seufzer den Rückwärtsgang ein, fuhr zurück und ließ den Buchhändler einsteigen, der während des ganzen Tages und der folgenden Nacht den Mund nicht aufmachen sollte, bis sie ihn in Madrid an einer Ampel absetzten. Ja, er protestierte nicht einmal, als Corso ihm mitteilte, das Dumas-Manuskript könne er vergessen. Viel gab es da auch nicht zu sagen.

Corso betrachtete die Segeltuchtasche zwischen den Füßen des schlafenden Mädchens. Natürlich schmerzte ihn auch dieses Gefühl der Niederlage, das er wie einen Messerstich empfand. Er war enttäuscht, weil er alle Regeln des Spiels befolgt hatte – *legitime certaverit* – und trotzdem auf den falschen Weg geraten war. Weil der Sieg, gerade zu dem Zeitpunkt, als er greifbar und fühlbar schien, in Bruchstücke zerfallen war. Bestenfalls eine gewonnene Schlacht auf einem Nebenschauplatz. Corso hatte den Eindruck, gegen Phantasmen gekämpft, mit Schatten geboxt oder in die Stille geschrien zu haben. Vielleicht spähte er deshalb seit einer guten Weile mißtrauisch auf die im Nebel schwebende Stadt hinunter, in der Hoffnung, daß sie auf festem Boden aufsetzen würde, bevor er sie betrat.

Der Atem des Mädchens an seiner Schulter ging ruhig und regelmäßig. Er betrachtete ihren nackten Hals, der unter dem Kapuzenmantel hervorleuchtete, und streckte dann die linke Hand aus, bis er ihr warmes Fleisch unter seinen Fingern pulsieren spürte. Sie roch wie immer nach junger Haut und Fieber. Es fiel ihm leicht, in Gedanken die langen, schlanken Linien mit den weichen Rundungen nachzuzeichnen, bis hinunter zu den weißen Tennisschuhen und zu der Segeltuchtasche. Irene Adler. Corso wußte immer noch nicht, unter welchem Namen er an sie denken sollte, aber er erinnerte sich an ihren nackten Körper, an die sanfte Wölbung ihrer Hüfte, die sich im Dämmerlicht des Hotelzimmers abzeichnete, an die halb geöffneten Lippen. Still und unglaublich schön, heiter wie ein ruhiger See, völlig in ihrer Jugend aufgegangen und zugleich eine jahrhundertealte Weisheit ausstrahlend. Und in ihren klaren Augen, die ihn eindringlich aus der Dunkelheit ansahen und schillerten, als hätten sie das Licht des Himmels eingefangen, sein eigenes Schattenbild.

Jetzt sahen ihn diese Augen wieder an, smaragdgrün zwischen langen Wimpern. Das Mädchen war aufgewacht, hatte sich schläfrig an seiner Schulter gerieben, sich dann aufgesetzt und erschrocken umgeblickt.

»Hallo, Corso.«

Der Kapuzenmantel rutschte auf den Boden. Unter dem weißen Baumwoll-T-Shirt zeichnete sich ihr perfekter Oberkörper ab, geschmeidig wie ein junges Tier. »Was machen wir hier?«

»Warten.« Er wies auf die Stadt: Es sah immer noch aus, als werde sie vom Dunst des Flusses getragen. »Bis sie real wird.«

Das Mädchen schaute in die angedeutete Richtung, ohne gleich zu verstehen, was er meinte. Aber bald erschien ein Lächeln auf ihren Lippen.

»Vielleicht wird sie das nie«, sagte sie.

»Dann bleiben wir hier oben. So schlecht ist der Platz doch gar nicht... mit dieser seltsamen, unwirklichen Welt zu unseren Füßen.« Er sah das Mädchen an und schwieg ein Weile, bevor er fortfuhr. »*Alles werde ich dir geben, wenn du mich aus freiem Willen anbetest*... Irgendwas in der Art wolltest du mir doch gleich versprechen, oder?«

Das Lächeln des Mädchens war voller Zärtlichkeit. Sie neigte nachdenklich den Kopf und sah Corso in die Augen: »Nein. Ich bin arm.«

»Ja, das weiß ich.« Es stimmte, und um das zu wissen, brauchte er nicht erst in ihren leuchtenden Augen zu lesen. »Dein Gepäck, der Sitzplatz im Zug nach Lissabon... Komisch. Ich war überzeugt, daß ihr dort, am anderen Ende des Regenbogens, über unbegrenzte Mittel verfügt.« Er verzog den Mund grinsend zu einem Strich, dünn wie die Klinge des Messers, das er noch immer in der Tasche trug. »Das Gold von Peter Schlemihl und so.«

»Dann hast du dich geirrt.« Sie preßte eigensinnig die Lippen zusammen. »Ich habe nur mich selbst.«

Das war auch wahr, und Corso wußte es ebenfalls von Anfang an. Sie log nie. Sie war naiv und weise zugleich, einfach ein verliebtes junges Mädchen auf der Jagd nach einem Schatten.

»Das sehe ich.« Er tat, als schwinge er einen Füllfederhalter durch die Luft. »Und du gibst mir kein Dokument zum Unterschreiben?«

»Ein Dokument?«

»Ja, früher hat man Pakt dazu gesagt. Jetzt ist es wahrscheinlich ein Vertrag mit viel Kleingedrucktem, habe ich recht? *Im Streitfall wenden sich die Vertragspartner an das Gericht von Soundso.* Schau mal, das ist lustig. Ich wüßte wirklich gerne, welches Gericht für diese Art von Prozessen zuständig ist.«

»Red keinen Quatsch.«

»Warum hast du mich ausgesucht?«

»Ich bin frei.« Sie seufzte melancholisch, als habe sie bereits dafür bezahlt, das sagen zu dürfen. »Und ich kann wählen. Das kann jeder.«

Corso kramte in seiner Manteltasche, bis er das zerknitterte Zigarettenpäckchen fand. Es enthielt nur noch eine Zigarette. Er zog sie raus, sah sie unentschlossen an und steckte sie dann wieder zurück. Vielleicht... nein, sicher würde er sie später dringender benötigen.

»Du hast alles von Anfang an gewußt«, sagte er. »Das waren zwei Geschichten, die nicht das geringste miteinander zu tun hatten. Deshalb hast du dich nie für die Dumas-Variante interessiert... Milady, Rochefort, Richelieu waren nichts als Komparsen für dich. Jetzt verstehe ich auch deine verblüffende Passivität. Bestimmt hast du dich schrecklich gelangweilt. Du hast in deinen *Musketieren* herumgeblättert und mich auf den falschen Spielfeldern ziehen lassen.«

Das Mädchen sah durch die Windschutzscheibe hindurch auf die Stadt in ihrem bläulichen Dunstschleier. Sie hob die Hand, wie um ein Gegenargument vorzubringen, ließ sie dann aber wieder fallen, als habe das, was sie sagen wollte, sowieso keinen Sinn.

»Ich konnte kaum etwas anderes tun, als dir zur Seite zu stehen«, sagte sie nach einer Weile. »Bestimmte Wege muß jeder allein gehen. Hast du noch nie etwas vom freien Willen gehört?« Ihr Lächeln war traurig. »Manche von uns bezahlen ihn sehr teuer.«

»Aber du hast dich nicht immer rausgehalten. Als ich an der Seine von Rochefort überfallen wurde: Warum hast du mir da geholfen?«

Sie berührte mit einem Fuß die Segeltuchtasche.

»Der Typ war hinter dem Dumas-Manuskript her – aber die *Neun Pforten* waren auch in der Tasche. Ich wollte lästige Interferenzen vermeiden.« Sie zuckte mit den Schultern. »Außerdem konnte ich nicht mitansehen, wie er dich schlägt.«

»Und in Sintra? Dort hast du mir gesagt, was Fargas passiert ist.«

»Klar. Da war das Buch ja auch im Spiel.«

»Und die Sache mit dem Stelldichein in Meung...«

»Davon wußte ich nichts. Das habe ich einfach aus dem Roman abgeleitet.«

»Ich dachte, ihr seid allwissend.«

»Dann hast du eben falsch gedacht.« Sie sah ihn ärgerlich an. »Überhaupt begreife ich nicht, warum du ständig im Plural von mir sprichst. Ich bin seit langem allein.«

Seit Jahrhunderten, dachte Corso. Und er hätte es beschwören können: Jahrhunderte der Einsamkeit – da war keine Täuschung möglich. Er hatte sie nackt umarmt, sich im Licht ihrer Augen verloren. Er war in diesem Körper drin gewesen, hatte ihre Haut geschmeckt, das sanfte Pulsieren ihres Halses auf den Lippen gespürt. Er hatte sie leise wimmern hören wie ein verängstigtes Kind oder ein gefallener, einsamer Engel auf der Suche nach Wärme. Und er hatte sie mit geballten Fäusten schlafen und unter Alpträumen leiden sehen, Alpträume von strahlenden blonden Engeln in ihren Rüstungen, unerbittlich, dogmatisch wie Gott selbst, der sie im Gänseschritt aufmarschieren ließ.

Durch sie konnte er Nikon jetzt, im nachhinein, gut verstehen, ihre Hirngespinste, die verzweifelte Gier, mit der sie sich ans Leben klammerte. Ihre Angst, ihre Schwarzweißfotos, ihr vergebliches Bemühen, die ererbten Erinnerungen an Auschwitz zu bannen, die Nummer, die sie ihrem Vater in die Haut tätowiert hatten, die Schwarze Ordnung, die alt ist wie der Geist des Menschen und der Fluch, der auf ihm lastet. Denn Gott und der Teufel konnten dasselbe sein – es war alles nur eine Frage des Blickwinkels.

Trotzdem blieb Corso grausam, genau wie er es mit Nikon gewesen war. Die Last war zu schwer für seine schwachen Schultern, und die Großherzigkeit eines Porthos besaß er nicht.

»Das war also deine Mission?« fragte er das Mädchen. »Über die *Neun Pforten* zu wachen? Dann glaube ich aber kaum, daß du einen Orden dafür bekommst.«

»Du bist ungerecht, Corso.«

Beinahe dieselben Worte. Das war wieder Nikon, hilflos den Stürmen des Lebens ausgeliefert, klein und zerbrechlich. An wen würde sie sich jetzt wohl in der Nacht klammern, um ihren Alpträumen zu entrinnen?

Er betrachtete das junge Mädchen. Vielleicht war die Erinnerung an Nikon sein persönlicher Fluch, aber er war nicht bereit, sich widerspruchslos damit abzufinden. Im Rückspiegel stand sein verkrampfter Mund.

»Ungerecht? Wir haben zwei der drei Bücher verloren. Und dann diese unsinnigen Todesfälle: Fargas und die Baronin Ungern. Du hättest sie verhindern können«, sagte er in vorwurfsvollem Ton, obwohl ihm die beiden im Grunde egal waren.

Sie schüttelte ernst den Kopf und wich seinem Blick keine Sekunde lang aus.

»Es gibt Dinge, die sich nicht vermeiden lassen, Corso. Es gibt Schlösser, die brennen, und Menschen, die hängen müssen, Hunde, die dazu prädestiniert sind, sich gegenseitig zu zerfleischen, Tugenden, die geköpft werden müssen, und Tore, die man aufmachen muß, damit andere sie passieren können...« Sie neigte den Kopf zur Seite. »Meine Mission – wie du es nennst – war, dafür zu sorgen, daß du deinen Weg sicher gehst.«

»Das war aber ein langer Weg, um letztendlich wieder am

Ausgangspunkt anzukommen.« Corso deutete auf die dunstige Stadt. »Und jetzt muß ich da rein.«

»Du mußt nicht. Keiner zwingt dich dazu. Du kannst die ganze Geschichte vergessen und abhauen.«

»Ohne die Antwort zu kennen?«

»Ohne dich der Probe zu unterziehen. Die Antwort trägst du in dir selbst.«

»Was für eine schöne Phrase. Laß sie in meinen Grabstein meißeln, wenn ich in der Hölle brate.«

Das Mädchen klopfte ihm aufs Knie – nicht aggressiv, eher freundschaftlich.

»Sei kein Idiot, Corso. Viel öfter, als man glaubt, sind die Dinge genau das, was man sich eigentlich wünscht. Sogar der Teufel kann verschiedene Gestalten annehmen. Oder Erscheinungsformen.«

»Gewissensbisse, zum Beispiel.«

»Ja. Aber auch das Wissen und die Schönheit«, sie sah besorgt auf die Stadt hinunter, »oder die Macht und den Reichtum.«

»Das Endergebnis ist jedenfalls immer dasselbe: Verdammnis.« Er unterzeichnete wieder in der Luft einen imaginären Vertrag. »Man bezahlt mit der Unschuld seiner Seele.«

Das Mädchen seufzte erneut.

»Du hast vor langem bezahlt, Corso. Und du bezahlst immer noch. Schon seltsam, diese Angewohnheit, immer alles am Ende abrechnen zu wollen, als gehe es um den letzten Akt in einer Tragödie... Jeder Mensch schleppt von Anfang an seinen Fluch mit sich herum. Und was den Teufel betrifft, so ist er nur der Zorn Gottes, die Wut eines Diktators, der in seiner eigenen Falle gefangen ist. Geschichte aus der Sicht der Sieger.«

»Wann ist es passiert?«

»Vor unendlich langer Zeit. Und es war sehr hart. Ich habe hundert Tage und hundert Nächte gekämpft ohne Rast und ohne Hoffnung.« Um ihre Mundwinkel spielte ein sanftes, kaum wahrnehmbares Lächeln. »Das ist mein einziger Stolz, Corso, bis zum bitteren Ende durchgehalten zu haben. Ich bin zurückgewichen, ohne mich je abzuwenden – unter vielen anderen, die ebenfalls vom Himmel gefallen sind. Heiser davon, meinen Mut, meine Angst, meine Erschöpfung hinauszuschreien... Endlich fand ich mich nach der Schlacht in wüstem Ödland wieder – ausgestorben und kalt, wie es die Ewigkeit ist... Manchmal stoße ich heute noch auf Spuren dieses Kampfes oder auf alte Kameraden, die mit gesenktem Blick an mir vorübergehen.«

»Warum ausgerechnet ich? Warum hast du dir nicht einen aus dem anderen Lager ausgesucht, einen von den Siegern? Ich gewinne nur Schlachten im Maßstab 1:5000.«

Das Mädchen wandte sich von ihm ab und ließ den Blick in die Ferne schweifen. In diesem Moment tauchte die Sonne am Horizont auf, und ihr erster Strahl zerschnitt den Morgennebel wie eine rötlich blitzende Klinge.

Als Corso zu ihr hinsah, wurde ihm schwindelig von dem gleißenden Licht, das die grünen Augen reflektierten.

»Weil die Intelligenz niemals siegt. Und einen Trottel zu verführen, lohnt die Mühe nicht.«

Sie küßte ihn – sehr langsam und unendlich zärtlich. Als habe sie eine ganze Ewigkeit auf diesen Moment gewartet.

Allmählich begann der Nebel sich aufzulösen, und die in der Luft schwebende Stadt schien endlich auf dem Boden aufzusetzen. Nun zeichnete sich bereits – grau und ockerfarben – der Alcázar in der Morgendämmerung ab, der Turm der Kathedrale, die Steinbrücke mit ihren Pfeilern im dunklen Wasser des Flusses. Wie eine seltsam gespreizte Hand spannte sie sich von einem Ufer zum anderen.

Corso drehte den Zündschlüssel, fuhr an und ließ das Auto im Leerlauf die verlassene Straße hinunterrollen. Je tiefer sie kamen, desto mehr zog sich die aufgehende Sonne von ihnen zurück, als werde sie oben auf dem Hügel festgehalten.

Die Stadt rückte immer näher, während sie langsam in die Welt der kalten Farbtöne und der immensen Einsamkeit eintauchten, die sich zwischen den letzten Resten des bläulichen Dunstes hielt.

Unter dem Steinbogen am Beginn der Brücke bremste Corso ab und zögerte einen Augenblick: Seine Hände lagen auf dem Lenkrad, der Kopf war zur Seite geneigt, der Unterkiefer nachdenklich nach vorn geschoben – das gespannte, wachsame Profil eines Jägers. Er nahm seine Brille ab und putzte sie, ohne Hast, die Augen starr auf die Brücke gerichtet, die – selbst verschwommen – etwas Abweisendes an sich hatte. Das Mädchen beobachtete ihn von der Seite, aber Corso wagte es nicht, den Kopf zu drehen. Er setzte seine Brille wieder auf und rückte sie mit dem Zeigefinger auf der Nase zurecht, aber die Landschaft machte ihm auch mit scharfen Umrissen keinen sehr vertrauenserweckenden Eindruck. Von hier aus schien das andere Ufer düster und weit entfernt. Der dunkle Fluß unter den Pfeilern erinnerte ihn an die schwarzen Wasser der Lethe. Corso hatte das deutliche Gefühl, als lauere in den letzten Schatten der Nacht eine akute Gefahr. Er spürte seinen Pulsschlag, als er die rechte Hand auf den Schaltknüppel legte. Noch hast du Zeit umzudrehen, sagte er sich. Dann wird nichts von dem, was geschehen ist, jemals geschehen sein, und nichts von dem, was passieren wird, jemals passieren. Und der praktische Nutzen des von Gott oder dem Teufel geprägten *Nunc scio,* Jetzt weiß ich, war noch lange nicht erwiesen. Was hatten diese Überlegungen für einen Sinn? Im Grunde wußte er genau, daß er sich in zwei Minuten auf der anderen Seite der Brücke und des Flusses befinden würde. *Verbum dimissum custodiat arcanum.* Corso starrte noch einmal zum Himmel hinauf, um nach einem Bogenschützen mit oder ohne Pfeil im Köcher Ausschau zu halten, dann legte er den ersten Gang ein und trat sachte aufs Gaspedal.

Außerhalb des Wagens war es kalt, er schlug seinen Mantelkragen hoch. Er fühlte den Blick des Mädchens auf seinem Rücken ruhen, während er, ohne sich noch einmal umzudrehen, die Straße überquerte und sich mit den *Neun Pforten* unterm Arm entfernte. Sie hatte ihm nicht angeboten, ihn zu begleiten, und eine innere Stimme sagte ihm, daß es so besser war.

Der Palacio reichte beinahe von einer Querstraße zur nächsten und beherrschte mit seiner wuchtigen grauen Steinfassade einen schmalen Platz, der von mittelalterlichen Häusern eingerahmt wurde. Mit ihren verschlossenen Türen und Fenstern erinnerten die Gebäude an reglose, taubstumme Komparsen. Vom Dach des Palacios ragten vier Wasserspeier herab: ein Ziegenbock, ein Krokodil, ein Gorgonenhaupt und eine Schlange. Das schmiedeeiserne Tor, über dem sich ein Mudejarbogen mit Davidstern wölbte, führte von der Straße in den Innenhof mit den zwei venezianischen Marmorlöwen und dem runden Brunnen, der mit Eisenplatten abgedeckt war. Dem Bücherjäger war dieser Ort bestens vertraut, aber er hatte beim Betreten noch nie ein so mulmiges Gefühl gehabt wie jetzt. Er mußte an ein altes Zitat denken: *Vielleicht durchqueren Männer, von vielen Frauen liebkost, das Tal der Schatten mit weniger Reue oder mit weniger Angst.* So oder ähnlich mußte es lauten, aber er war vielleicht nicht genug liebkost worden: Sein Mund war wie ausgedörrt, und er hätte seine Seele für eine halbe Flasche Bols gegeben. Und was die *Neun Pforten* betraf, sie waren so schwer, als enthielten sie nicht neun Holzschnitte, sondern neun Bleiplatten.

Die Stille war absolut und wurde, auch als er das Tor aufstieß, durch nichts unterbrochen. Die Sohlen seiner Schuhe riefen nicht das geringste Echo hervor, während er über die ausgetretenen Steinfliesen des Innenhofes schritt, die im Lauf der Jahrhunderte verwittert waren. Von hier führte, von einem schmalen Tonnengewölbe überspannt, eine steile Treppe empor. An ihrem Ende befand sich eine schwere, dunkle Tür mit mächtigen Ziernägeln, verschlossen: die letzte Tür. Corso entblößte einen Augenblick sein sarkastisches Wolfsgrinsen: unfreiwilliger Autor und zugleich Opfer des eigenen Scherzes oder Fehlverhaltens. Ein Versagen, das sorgfältig und rücksichtslos vorausgeplant war, mit all diesen versteckten, hinterhältigen Aufforderungen zum Weitermachen. Prognosen, die sich später als falsch herausstellten, um letztendlich vom Text selbst bestätigt zu werden. Wie die Konstruktion eines komplizierten Romans, was es aber nicht war. Oder doch?

Real schien im Augenblick jedenfalls nur sein Abbild auf dem brünierten Metallschild zu sein, das auf die Tür geschraubt war: ein Zerrspiegel, der einen Namen, einen Nachnamen und eine Silhouette enthielt, Corsos eigene Silhouette. Reglos hob sie sich vom Licht ab, das er hinter sich ließ – im Bogengang der Treppe, die in den Innenhof hinunterführte und von dort auf die Straße hinaus. Das war die letzte Station seiner seltsamen Reise zur Kehrseite der Schatten.

Er läutete. Einmal, zweimal, dreimal, ohne eine Reaktion von innen. Die Messingklingel war wie tot und leitete keinerlei hörbares Signal in das Haus weiter. Seine linke Hand berührte das zerknitterte Päckchen mit der letzten Zigarette in der Manteltasche, aber Corso widerstand auch jetzt der Versuchung. Er drückte ein viertes Mal auf den Klingelknopf. Und ein fünftes Mal. Schließlich schlug er mit der Faust an die Tür, kräftig, zweimal hintereinander. Da öffnete sie sich auf einmal – nicht mit einem unheimlichen Quietschen, sondern völlig lautlos, als wären die Angeln frisch geölt. Und auf der Schwelle erschien – auf die selbstverständlichste Art der Welt – Varo Borja.

»Tag, Corso.«

Borja schien nicht überrascht, ihn wiederzusehen. Sein kahler Schädel und die Stirn waren schweißbedeckt, das Gesicht war unrasiert, die Weste offen, und die Ärmel seines Hemds hatte er bis über die Ellbogen aufgekrempelt. Er wirkte erschöpft. Über seinen Wangenknochen zeichneten sich tiefe Ringe ab, als habe er die ganze Nacht nicht geschlafen, aber seine Augen glänzten ungewöhnlich – fiebrig, eindringlich. Er fragte seinen Besucher nicht, was er um diese Uhrzeit von ihm wolle, und bekundete kein Interesse für das Buch, das Corso unterm Arm hatte. Mehrere Sekunden rührte er sich überhaupt nicht vom Fleck und starrte ihn an, wie jemand, der bei einer diffizilen Arbeit unterbrochen oder aus Tagträumereien gerissen worden war und so schnell wie möglich wieder allein gelassen werden möchte.

Das war der Mann. Corso nickte innerlich, während ihm seine eigene Dummheit bewußt wurde. Varo Borja, natürlich: Millionär, weltberühmter Buchantiquar, angesehener Bibliophiler und methodischer Mörder. Mit beinahe wissenschaftlichem Interesse begann der Bücherjäger dieses Gesicht zu studieren, das er schon so oft gesehen hatte. Jetzt versuchte er, einzelne Züge zu isolieren, Merkmale zu entdecken, die ihn schon früher hätten warnen müssen – Spuren, die ihm entgangen waren, Winkel des Wahnsinns, des Grauens oder der Schatten in dieser vulgären Physiognomie, die er einmal zu kennen geglaubt hatte. Aber er konnte nichts finden, nur diesen fiebrigen, verklärten Blick, der weder Neugier noch Leidenschaft verriet, entrückt war in eine Bilderwelt, in welcher der Störenfried vor seiner Haustür nichts verloren hatte. Und doch trug Corso sein Exemplar des verfluchten Buches unterm Arm. Und er, Varo Borja, war ihm nachgeschlichen wie eine gefährliche Schlange und hatte im Schatten eben dieses Buches Victor Fargas und die Baronin Ungern getötet. Nicht nur um die siebenundzwanzig Holzschnitte und damit die neun richtigen Bildtafeln zusammenzubekommen, sondern auch um alle Spuren zu verwischen, auf daß es fortan nie wieder jemandem gelingen würde, das von Aristide Torchia aufgegebene Rätsel zu lösen. Varo Borja hatte den Bücherjäger in dieser ganzen Intrige nur benützt, um eine Hypothese zu bekräftigen, die sich als richtig herausstellen sollte: die Hypothese vom Buch, das eigentlich aus dreien bestand. Nebenbei war er zudem ein praktischer »Blitzableiter« für die Polizei. Corso mußte sich nachträglich zu seinem eigenen Instinkt gratulieren, denn jetzt fiel ihm auch wieder das seltsame Gefühl ein, das ihn beim Anblick des Deckengemäldes in der Quinta da Soledade beschlichen hatte – die Opferung Isaaks. Klar: der Sündenbock war er! Und der Buchhändler, der Victor Fargas zweimal im Jahr besuchte, um ihm einen Teil seiner Schätze abzukaufen, war natürlich Varo Borja. Während er sich noch in der Villa des Bibliophilen aufhielt, hatte Borja bereits in Sintra auf der Lauer gelegen und die letzten Details seines Planes ausgeheckt – in Erwartung, daß der Bücherjäger ihm seine These bestätigen würde, nämlich, daß alle drei Exemplare der *Neun Pforten* notwendig waren, um das Rätsel des Buchdruckers Torchia zu knacken. Für Borja war die Quittung gedacht gewesen, in der nur der Name des Käufers fehlte. Und deshalb hatte Corso ihn zu Hause, in Toledo, nicht telefonisch erreichen können. Freilich hatte Borja ihn dann noch in derselben Nacht – vor dem letzten Besuch bei Fargas – im Hotel angerufen und ein Auslandsgespräch vorgetäuscht. Und der Bücherjäger hatte ihm nicht nur seine Vermutungen bestätigt, sondern gleich auch noch den Schlüssel des Geheimnisses mitgeliefert und damit das Todesurteil über Victor Fargas und die Baronin Ungern verhängt.

Alle Teile des unheilvollen Puzzles paßten zusammen. Wenn Corso von zufälligen Übereinstimmungen mit der Intrige des *Club Dumas* absah – die falschen Bezüge, die er selbst hergestellt hatte –, so war Varo Borja der Schlüssel zu all den unerklärlichen Ereignissen dieses zweiten Erzählstrangs. Der diabolische Drahtzieher. Corso war nahe dran, in schallendes Gelächter auszubrechen, nur die tödlichen Folgen dieses verdammten Komplotts hielten ihn davon ab.

»Ich bringe Ihnen Ihr Buch zurück«, sagte er und hielt dem Antiquar die *Neun Pforten* hin.

Varo Borja nickte zerstreut, während er den Band entgegennahm, ohne auch nur einen Blick darauf zu werfen. Er drehte nur ein wenig den Kopf zur Seite, als lausche er auf irgendein Geräusch hinter seinem Rücken, im Inneren des Hauses. Nach einer Weile wandte er sich wieder zu Corso um und blinzelte, verwundert, daß er noch da war.

»Sie haben mir das Buch gegeben. Was wollen Sie noch?«
»Den Lohn für meine Arbeit.«

Der Antiquar starrte ihn verständnislos an. Offensichtlich war er mit seinen Gedanken weit weg. Schließlich zuckte er gleichgültig mit den Achseln, drehte sich um, schlurfte ins Haus zurück und überließ es Corso, die Tür zu schließen, im Eingang stehenzubleiben oder unverrichteter Dinge wieder abzuziehen.

Corso folgte ihm durch das Vestibül und einen langen Korridor in das Zimmer mit der Sicherheitstür. Die Fensterläden waren geschlossen, und die Möbel hatte man zur Seite geschoben, um den schwarzen Marmorboden frei zu machen. Die Glastüren einiger Bücherschränke standen offen. Dutzende von Kerzen, die beinahe abgebrannt waren, erleuchteten das Zimmer. Überall tropfte Wachs – auf das Sims des erloschenen Kamins, auf den Boden, auf die Möbel und sonstigen Einrichtungsgegenstände des Zimmers. Die rötlichen Flammen flackerten bei jeder Bewegung und beim geringsten Luftzug. Es roch wie in einer Kirche oder Krypta.

Varo Borja, der sich nach wie vor nicht um Corso kümmerte, blieb in der Mitte des Raumes stehen. Dort war, genau zu seinen Füßen, ein Kreidekreis von etwa einem Meter Durchmesser auf den Boden gezeichnet. Der Kreis enthielt ein Quadrat, das seinerseits in neun Kästchen unterteilt war. Römische Ziffern und seltsame Gegenstände umgaben ihn: ein Stück Schnur, eine Wasseruhr, ein rostiges Messer, ein Silberarmband in Form eines Drachens, ein goldener Ring, glühende Kohle in einem kleinen Metallgefäß, eine Glasampulle, ein Häufchen Erde, ein Stein. Aber es war noch mehr über den Fußboden verstreut, und Corso verzog mißbilligend das Gesicht: Viele der Bücher, die er erst kürzlich, sauber aneinandergereiht, in ihren Vitrinen bewundert hatte, lagen jetzt schmutzig und zerstört auf den Marmorfliesen herum, herausgerissene, lose Blätter, unterstrichen und mit rätselhaften Zeichen besudelt. Auf mehreren der wertvollen Exemplare brannten Kerzen, deren Wachs in dicken Tropfen auf die Einbände oder aufgeschlagenen Seiten floß – manche Kerzen waren bereits so weit heruntergebrannt, daß sie sogar schon das Papier angesengt hatten. Inmitten dieses Durcheinanders entdeckte der Bücherjäger die Holzschnitte aus den *Neun Pforten*, die Victor Fargas und der Baronin Ungern gehört hatten. Sie waren ebenfalls wachsbefleckt und mit mysteriösen Anmerkungen versehen.

Corso traute seinen Augen kaum. Er ging in die Hocke, um die Überreste der Verheerung aus der Nähe zu betrachten. Eine der Bildtafeln aus den *Neun Pforten* – die Nummer VI mit dem Gehängten, der am rechten Fuß baumelte – war von der Flamme eines Kerzenstummels bereits zur Hälfte verzehrt worden. Zwei Exemplare der Tafel VII – eine mit schwarzem, die andere mit weißem Schachbrett – lagen neben dem aus seinem Einband gerissenen Buchblock eines *Theatrum diabolicum* von 1512. Ein anderer Holzschnitt, die Nummer I, spickte zwischen den Seiten eines *De magna imperfectaque opera* von Valerio Lorena hervor – ein Wiegendruck von höchster Rarität, den Corso vor wenigen Tagen noch gerade nur mit den Fingerspitzen hatte berühren dürfen. Jetzt lag er zerrissen und zerfetzt auf dem Boden.

»Fassen Sie nichts an«, hörte er Varo Borja sagen. Er stand noch immer vor dem Kreidekreis und blätterte geistesabwesend in seinem Exemplar der *Neun Pforten* herum. Dabei machte er jedoch den Eindruck, durch die Seiten hindurch auf das gemalte Quadrat und den Kreis zu blicken, oder gar noch durch diese hindurch in die Abgründe der Erde.

Corso betrachtete ihn einen Augenblick reglos, wie man jemanden betrachtet, den man zum erstenmal sieht. Dann erhob er sich langsam, wobei die Kerzen um ihn herum ins Flackern gerieten.

»Ist doch egal, was ich anfasse«, sagte er und deutete auf die Bücher und Blätter, mit denen der Boden übersät war. »Nach dem, was Sie da angerichtet haben.«

»Was wissen Sie schon, Corso? Nichts. Sie glauben zu verstehen, aber Sie haben keinen blassen Schimmer. Sie sind ein Ignorant. Einer von diesen Dummköpfen, die das Chaos dem Zufall zuschreiben und keine Ahnung vom Walten einer geheimen Ordnung haben.«

»Hören Sie mir auf mit diesem Quatsch. Sie haben eine Bibliothek zerstört, und dazu hatten Sie nicht das Recht. Dazu hat keiner das Recht.«

»Sie irren sich. Erstens gehören diese Bücher mir, aber was noch viel wichtiger ist, sie sind zum Gebrauch bestimmt. Viel mehr als einen künstlerischen oder ästhetischen Wert haben sie einen praktischen Wert... Wer einen bestimmten Weg auswählt und beschreitet, muß dafür sorgen, daß ihm kein anderer folgt. Diese Bücher haben ihren Zweck bereits erfüllt.«

»Verdammter Spinner! Sie haben mich von Anfang an betrogen!«

Varo Borja schien ihm gar nicht zuzuhören. Er hatte die *Neun Pforten* aufgeschlagen in der Hand und starrte auf die Bildtafel I.

»Betrogen?« fragte er in verächtlichem Ton und machte sich nicht einmal die Mühe, Corso dabei anzusehen. »So viel Ehre kommt Ihnen gar nicht zu. Ich habe Ihre Dienste gemietet, ohne Ihnen Gründe zu nennen oder Sie in meine Pläne einzuweihen. Ein Knecht hat nicht Anteil an den Entscheidungen dessen, der ihn bezahlt... Ihre Aufgabe war es, das Wild aufzustöbern, das ich erlegen wollte, und nebenbei für die technischen Folgen gewisser Taten einzustehen, die unvermeidlich waren. Ich vermute, daß Ihnen die portugiesische und die französische Polizei bereits auf der Spur sind.«

»Und Sie?«

»Mich berührt das alles nicht, ich bin in Sicherheit. In einer kleinen Weile wird nichts mehr Bedeutung für mich haben.«

Mit diesen Worten riß er vor den entsetzten Augen Corsos die Seite mit dem Holzschnitt aus den *Neun Pforten* aus.

»Was tun Sie da?«

Varo Borja ließ sich nicht beirren und fuhr in seinem Zerstörungswerk fort.

»Ich verbrenne meine Schiffe, breche Brücken hinter mir ab und betrete die *terra incognita,* das unerforschte Land...« Er hatte eine nach der anderen alle neun Bildtafeln aus dem Buch gerissen und betrachtete sie jetzt aufmerksam. »Schade, daß Sie mir dorthin, wo ich nun hingehe, nicht folgen können... Aber wie lautet die Legende des vierten Bildes: Das Schicksal ist für jeden ein anderes.«

»Wohin wollen Sie?«

Der Antiquar warf sein verstümmeltes Buch zu den anderen auf den Boden. Dann starrte er abwechselnd auf die neun Bildtafeln und den Kreidekreis, als ließen sich geheimnisvolle Bezüge zwischen ihnen herstellen.

»Ich gehe, jemanden zu treffen«, war seine kryptische Antwort. »Ich gehe den Stein suchen, den der *Große Architekt* verstoßen hat – den wahren Grundstein der Philosophie. Und der Macht. Der Teufel liebt das Verwandlungsspiel, Corso: Als schwarzer Hund begleitet er den Faust, und als falscher Engel des Lichts versucht er den Widerstand des heiligen Antonius zu brechen. Vor allem jedoch langweilt ihn die Dummheit, und er haßt die Monotonie... Wenn ich Zeit und Lust hätte, würde ich Ihnen ein paar von den Büchern zeigen, die da vor Ihnen liegen. In mehreren ist nachzulesen, daß einer alten Überlieferung zufolge der Antichrist auf der Iberischen Halbinsel in Erscheinung treten wird, in einer Stadt, in der sich drei Kulturen überlagern. Die Stadt liegt am Ufer eines Flusses, der wie mit einer Axt in den Boden geschlagen wurde: der Tajo.«

»Das also haben Sie im Sinn?«

»Ja, und ich bin beinahe am Ziel angelangt. Bruder Torchia hat mir den Weg gewiesen: *Tenebris Lux.*«

Er hatte sich über den Kreis auf dem Boden gebeugt und einige der Bildtafeln um sich herum angeordnet, während er andere zerknüllt oder zerrissen und weggeworfen hatte. Die Kerzen beleuchteten sein Gesicht von unten und verliehen ihm ein gespenstisches Aussehen.

»Hoffentlich stimmt jetzt alles«, murmelte er nach einer Weile, und seine Miene glich einem einzigen dunklen Schatten. »Die alten Meister der Schwarzen Kunst, die den Buchdrucker Torchia in die schrecklichsten und geheimsten Arcana eingeführt haben, kannten den Weg ins Reich der Nacht... *Die Schlange, die sich in den Schwanz beißt, umschließt den Ort.* Verstehen Sie? Die Schlange, die sich in den Schwanz beißt, das ist der *ouroboros* der griechischen Alchimisten, die Schlange vom Titelblatt, der magische Kreis, die Quelle der Erkenntnis. Der Kreis, in den alles eingeschrieben wird.«

»Ich will mein Geld.«

Varo Borja schien überhaupt nicht gehört zu haben, was Corso sagte. »Haben diese Dinge nie Ihre Neugier geweckt?« fuhr er fort und sah ihn mit seinen schwarz umflorten Augen an. »Hat es Sie nie interessiert, Nachforschungen anzustellen, zum Beispiel über die Konstante Teufel – Schlange – Drachen, die seit dem Altertum in sämtlichen Texten zu diesem Thema vorkommt?«

Er hatte ein Glasgefäß genommen, einen Kelch mit schlangenförmigen Henkeln, und führte es jetzt zum Mund, um ein paar Schluck daraus zu trinken. Corso stellte fest, daß es sich um eine dunkle Flüssigkeit handelte, die an sehr starken, schwarzen Tee erinnerte.

»*Serpens aut draco qui caudam devoravit.*« Varo Borja lächelte ins Leere, während er sich die Lippen mit dem Handrücken abwischte. Trotzdem blieb auf seinem Mund und auf seiner linken Wange eine dunkle Spur zurück. »Schlangen und Drachen bewachen die Schätze: den Baum der Erkenntnis im Paradies, die Äpfel der Hesperiden, das Goldene Vlies...« Seine Stimme klang hohl, entrückt, als beschreibe er einen Traum. »Schon die alten Ägypter haben Schlangen oder Drachen dargestellt, die sich in den Schwanz beißen, um auszudrücken, daß sie aus sich selbst hervorgegangen sind und sich selbst genügen... Unermüdliche Wächter – stolz und weise. Verschwiegene Drachen, die den Unwürdigen töten und sich nur dem beugen, der gekämpft hat, wie die Regeln es vorschreiben. Hüter des verlorenen Worts, der magischen Formel, die dem Menschen die Augen öffnet und ihn Gott gleichmacht.«

Corso schob den Unterkiefer vor. Er stand aufrecht im Zimmer, regungslos und dürr in seinem Mantel. Das Licht der Kerzen höhlte seine unrasierten Wangen aus und tanzte auf seinen geschlossenen Augenlidern. Seine Hände waren in den Taschen. Eine berührte das Päckchen mit der letzten Zigarette, die andere umklammerte das geschlossene Springmesser neben dem Flachmann.

»Geben Sie mir mein Geld, habe ich gesagt. Ich will hier weg.« Seine Stimme hatte einen drohenden Unterton, aber es war schwer zu erraten, ob Varo Borja ihn wahrnahm. Corso sah, wie er langsam und widerwillig zu sich kam.

»Geld?« fragte er ihn mit geringschätzigem Blick. »Wovon sprechen Sie, Corso? Begreifen Sie denn nicht, was im nächsten Moment hier passieren wird? Sie haben ein Mysterium vor Augen, von dem Tausende von Menschen jahrhundertelang nur träumen konnten. Wissen Sie, wie viele sich foltern, verbrennen und vierteilen ließen, nur um sich dem zu nähern, was Sie gleich erleben werden? Natürlich können Sie mich nicht begleiten. Sie werden still dastehen und zusehen. Aber selbst der miesesste Meuchelmörder freut sich über den Triumph seines Auftraggebers.«

»Bezahlen Sie mich endlich. Und gehen Sie zum Teufel.«

Varo Borja würdigte ihn keines Blickes. Er ging um den Kreis herum und verrückte einige der Gegenstände, die neben den Zahlen lagen.

»Sehr treffend bemerkt. Das paßt zu Ihrer rüden Art. Wenn ich nicht so beschäftigt wäre, würde ich Ihnen sogar ein Lächeln schenken. Nur daß Sie sich aufgrund Ihrer Unwissenheit auch ungenau ausdrücken: Es ist nämlich der Teufel, der zu mir kommt, und nicht umgekehrt.« Er hielt inne und drehte den Kopf zur Seite, als vernehme er in der Ferne bereits das Geräusch von Schritten. »Ich höre ihn schon kommen.«

Er sprach mit zusammengebissenen Zähnen und murmelte dabei mit heiserer Stimme immer wieder seltsame Formeln. Manchmal hatte es den Anschein, als spreche er nicht zu Corso, sondern zu einer unsichtbaren dritten Person, die sich in ihrer Nähe, in einem dunklen Winkel des Zimmers, aufhielt:

»*Du mußt acht Pforten durchqueren, bevor du zu dem Drachen kommst...* Begreifen Sie? Acht Pforten, und dann ist man bei dem Tier, *dem Hüter des geheimen Worts:* die Nummer neun, die das letzte Geheimnis bewahrt... Der Drache schläft mit offenen Augen, er ist der *Spiegel der Erkenntnis...*

Acht Tafeln und eine. Oder eine und acht. Das stimmt, und zwar nicht zufällig, genau mit der Zahl überein, die Johannes der Evangelist dem Tier zuschreibt: die 666.«

Corso sah, wie der Antiquar niederkniete und mit einem Stück Kreide Ziffern auf den schwarzen Marmorfußboden schrieb:

$$
\begin{array}{c}
666 \\
6+6+6=18 \\
1-8 \\
1+8=9
\end{array}
$$

Danach richtete er sich wieder auf und sah Corso triumphierend an. Einen Moment lang fiel der Schein der Kerzen in seine Augen. Die Pupillen waren unnatürlich geweitet. Wahrscheinlich hatte er mit der dunklen Flüssigkeit irgendeine Droge genommen. Die Farbe seiner Iris war nicht mehr zu erkennen, sie war völlig schwarz, und das Weiße seiner Augen hatte den rötlichen Schimmer der Kerzen angenommen.

»Neun Bildtafeln oder neun Pforten.« Jetzt war sein Gesicht wieder eine einzige dunkle Maske. »Die sich nicht jedem öffnen... *Zu jeder Pforte gehören zwei Schlüssel.* Aus jeder Bildtafel läßt sich eine Nummer, ein magisches Element und ein Schlüsselwort ablesen, wenn man sie im Lichte der Vernunft studiert, der Kabbala, der okkulten Wissenschaft, der echten Philosophie... Wenn man sich des Lateinischen und seiner Bezüge zum Griechischen und Hebräischen bedient.«

Er zeigte Corso ein Blatt Papier mit seltsamen Wörtern und Chiffren. »Hier, lesen Sie, wenn Sie möchten. Obwohl Sie das wahrscheinlich nie verstehen werden.«

Aleph	Eis	I	ONMAD	Luft
Beth	Duo	II	CIS	Erde
Gimel	Treis	III	EM	Wasser
Daleth	Tessares	IIII	EM	Gold
He	Pente	V	OEXE	Schnur
Vau	Ex	VI	CIS	Silber
Sajin	Epta	VII	CIS	Stein
Cheth	Octo	VIII	EM	Eisen
Teth	Ennea	VIIII	ODED	Feuer

Auf seiner Stirn und um seine Mundwinkel herum bildeten sich Schweißperlen, als würden auch im Inneren seines Körpers Kerzen brennen. Nun begann er langsam und vorsichtig, um den Kreis herumzugehen. Dabei blieb er ein paarmal stehen und bückte sich, um einzelne Gegenstände leicht zu verrücken: das rostige Messer, das Drachenarmband. »*Die Elemente mußt du im Sinn der aufgehenden Sonne auf die Haut der Schlange legen*«, rezitierte er und fuhr dabei den Kreidekreis mit dem Finger nach, ohne ihn zu berühren. »Ich lege die neun Elemente um den Kreis herum, und zwar *im Sinn der aufgehenden Sonne:* von rechts nach links.«

Corso machte einen Schritt auf ihn zu. »Ich will mein Geld. Wie oft muß ich Ihnen das noch sagen.«

Varo Borja reagierte nicht. Er hatte ihm den Rücken zugedreht und deutete auf das Quadrat, das in den Kreis eingezeichnet war. »*Die Schlange wird das Zeichen des Saturn verschlingen*...Das Zeichen des Saturn ist das einfachste und älteste der magischen Quadrate: Die Zahlen von eins bis neun werden auf neun Kästchen verteilt, und zwar derart, daß sie vertikal, horizontal und diagonal addiert immer dieselbe Summe ergeben.«

Borja ging in die Hocke und zeichnete die neun Zahlen mit Kreide in das Quadrat ein.

4	9	2
3	5	7
8	1	6

Der Bücherjäger machte noch einen Schritt nach vorn und trat dabei auf ein Blatt, das mit Zahlen übersät war.

```
4 + 9 + 2 = 15    4 + 3 + 8 = 15    4 + 5 + 6 = 15
3 + 5 + 7 = 15    9 + 5 + 1 = 15    2 + 5 + 8 = 15
8 + 1 + 6 = 15    2 + 7 + 6 = 15
```

Auf dem versengten Titelblatt eines *De occulta Philosophia* von Agrippa von Nettesheim erlosch knisternd der Rest einer Kerze. Varo Borja war immer noch auf den Kreidekreis und das Quadrat konzentriert. Er betrachtete beide angespannt, mit vor der Brust verschränkten Armen und gesenktem Kinn, wie ein Spieler, der sich seinen nächsten Zug auf einem seltsamen Schachbrett überlegt.

»Da gibt es etwas...«, murmelte er, als helfe es ihm, seine Gedanken laut auszusprechen. »Ein kleines Detail, das in den alten Schriften nicht erwähnt wird – jedenfalls nicht ausdrücklich... Wenn ich die Zahlen des Quadrats von oben nach unten oder von unten nach oben, von rechts nach links oder von links nach rechts, oder auch diagonal addiere, so kommt als Summe immer 15 heraus. Wenn ich aber den kabbalistischen Chiffrenschlüssel anwende, dann habe ich es mit einer 1 und einer 5 zu tun, die zusammengezählt 6 ergeben... Und diese 6 umgibt auf allen vier Seiten das magische Quadrat in der Schlange, die wir auch den *Drachen* oder das *Tier* nennen können.«

Corso brauchte nicht einmal selbst zu überprüfen, ob diese Rechnung stimmte. Er hatte den Beweis vor sich auf dem Boden liegen und zwar in Form eines weiteren mit Zahlen und Zeichen übersäten Blatts.

	6	6	6	
6	4	9	2	6
6	3	5	7	6
6	8	1	6	6
	6	6	6	

Varo Borja war vor dem Kreis in die Hocke gegangen. Die Schweißtropfen auf seinem Gesicht reflektierten das Licht der Kerzen. Er hatte ein Blatt Papier in der Hand und starrte auf die seltsamen Worte, die darauf angeordnet waren:

»*Öffne das Siegel neunmal,* heißt es bei Torchia... Das bedeutet, daß ich die Schlüsselwörter auf die Kästchen mit ihrer jeweiligen Zahl verteilen muß, und dabei ergibt sich eine Sequenz.«

1	2	3	4	5	6	7	8	9
ONMAD	CIS	EM	EM	OEXE	CIS	CIS	EM	ODED

»Und wenn ich sie nun in die Schlange oder den Drachen eintrage«, er löschte die Nummern aus den Kästchen des Quadrats und ersetzte sie durch die entsprechenden Worte, »dann kommt zur Schande Gottes folgendes dabei heraus.«

EM	ODED	CIS
EM	OEXE	CIS
EM	ONMAD	CIS

»Es ist vollbracht«, flüsterte Borja, während er die letzten Buchstaben schrieb. Seine Hand zitterte, und einer der Schweißtropfen auf seiner Stirn rollte zur Nasenspitze hinab und fiel auf die Kreidezeichnung. »Torchias Anleitung zufolge müßte jetzt im Spiegel der Weg zu erkennen sein, der mich zu dem verlorenen Wort führt... zu dem Wort, *welches das Licht aus der Finsternis bringt.* Diese Sätze sind auf Latein – für sich genommen bedeuten sie gar nichts, aber in ihrem Inneren verbirgt sich die reine Essenz des *Verbum dimissum,* die Formel, mit der sich der Satan rufen läßt: unser Vorgänger, unser Spiegel und unser Helfer.«

Der Antiquar kniete jetzt mitten in dem Kreis, umgeben von den Zeichen, Wörtern und Gegenständen, die er auf dem Quadrat angeordnet hatte. Seine Hände, an denen Wachs vermischt mit Kreide und Tinte klebte, zitterten so stark, daß er die Finger ineinander verschlingen mußte. Er lachte wie ein Wahnsinniger, mit zusammengepreßten Zähnen, hochmütig und völlig von sich selbst eingenommen. Aber Corso wußte, daß er nicht wahnsinnig war. Er sah sich um, wohl wissend, daß ihm nicht mehr viel Zeit blieb, und trat auf Varo Borja zu, konnte sich aber nicht dazu entschließen, den Fuß in den Kreidekreis zu setzen, in dem der Antiquar kniete.

Borja warf ihm einen hämischen Blick zu, denn er ahnte seine Befürchtungen.

»Los, Corso. Wir lesen zusammen. Haben Sie Angst... oder haben Sie Ihr Latein vergessen?«

Licht und Schatten wechselten immer schneller auf seinem Gesicht ab, als habe das Zimmer begonnen, sich um ihn zu drehen.

»Brennen Sie nicht darauf, zu erfahren, was sich in diesen Worten verbirgt? Auf der Rückseite der Bildtafel, die dort zwischen den Seiten des Valerio Lorena steckt, finden Sie die Übersetzung. Halten Sie sie an den Spiegel, wie die Meister der Kunst es vorschreiben! Dann wissen Sie wenigstens, wofür Fargas und die Baronin Ungern sterben mußten.«

Corso betrachtete das Buch von Lorena – ein alter, stark abgegriffener Wiegendruck mit Pergamenteinband. Dann bückte er sich vorsichtig, beinahe ängstlich, als fürchte er, es mit einer tödlichen Falle zu tun zu haben, und zog schließlich mit den Fingerspitzen die Bildtafel heraus. Es handelte sich um die Tafel Nummer I aus dem Exemplar der Baronin Ungern: drei Türme anstelle von vier. Die Rückseite war beschrieben:

> SO VERDAMME ICH MICH
>
> SO BEFREIE ICH MICH
>
> SO GEBE ICH MICH

»Nur Mut, Corso!« Die Stimme des Antiquars klang heiser und gefährlich. »Sie haben nichts zu verlieren... Halten Sie das Blatt an den Spiegel.«

Ganz in der Nähe lag zwischen geschmolzenen Kerzenstummeln, die nahezu erloschen waren, tatsächlich ein Spiegel auf dem Boden – ein altes, barockes Stück aus Silber mit kunstvoll gearbeitetem Griff. Die Spiegelfläche war stellenweise schon blind, aber Corso konnte sich trotzdem noch darin erkennen, wenn auch in einer seltsamen Perspektive: weit weg, wie am Ende eines langen Korridors, der in rötliches Flackerlicht getaucht war. Nicht ein, sondern zwei Bilder sah er, den Helden und seine unendliche Müdigkeit, Bonaparte, todkrank an seinen Felsen auf Sankt Helena geschmiedet. Nichts zu verlieren, hatte Varo Borja gesagt. Eine desolate, kalte Welt, in der die Grenadiere von Waterloo – einsame Gerippe – Wache standen an den dunklen Wegen des Vergessens. Corso sah sich selbst vor der letzten Tür: Er hatte den Schlüssel in der Hand, genau wie der Eremit auf der zweiten Bildtafel, und der Buchstabe Teth kroch ihm wie eine Schlange über die Schulter.

Das Glas knirschte unter seiner Sohle, als er den Fuß darauf setzte, langsam, ohne Aggressivität, und dann zerbrach der Spiegel mit einem leisen Klirren. Die Scherben brachen das Bild in unzählige kleine Korridore, an deren Enden ebenso viele reglose Corsos zu erahnen waren. Aber sie waren viel zu weit weg und viel zu undeutlich, als daß ihr Schicksal ihn bekümmert hätte.

»Schwarz ist die Schule der Nacht«, hörte er Varo Borja sagen. Er kniete immer noch in seinem Kreidekreis, kehrte ihm den Rücken zu und beachtete ihn nicht mehr. Corso bückte sich nach einer Kerze und hielt ihre Flamme an eine Ecke des Holzschnitts Nummer I mit den zwölf in Spiegelschrift geschriebenen Worten auf der Rückseite. Dann ließ er die Türme der Burg, das Pferd, den Ritter, der den Betrachter zum Schweigen gemahnte, in seinen Fingern verbrennen. Schließlich gab er den letzten Fetzen frei, der sich sekundenschnell in Asche verwandelte, vom warmen Luftstrom der Kerzen emporgetragen wurde und davonflog. Darauf betrat er den Kreis und faßte Varo Borja am Arm.

»Ich will mein Geld. Sofort.«

Der Antiquar ignorierte ihn, völlig verloren in den Schatten, die zusehends Besitz von ihm ergriffen. Plötzlich bückte er sich, nervös und beunruhigt, und verrückte einige der Gegenstände auf dem Boden, als stimme etwas mit ihrer Verteilung nicht. Dann begann er, nach kurzem Zögern, rätselhafte Worte zu einem unheimlichen Gebet aneinanderzureihen:

»*Abaddon, Behemoth, Foras, Baphomet...*«

Corso packte ihn an der Schulter und schüttelte ihn heftig, aber Varo Borja zeigte weder Empörung noch Furcht. Er versuchte auch nicht, sich zu verteidigen, sondern fuhr fort, die Lippen wie ein Schlafwandler zu bewegen oder wie ein inbrünstig betender Märtyrer, der nicht auf das Gebrüll der Löwen oder das Schwert des Henkers achtet.

»Zum letzten Mal. Mein Geld!«

Es war sinnlos. Er sah nur zwei leere Augen vor sich, die durch ihn hindurchblickten, als existiere er nicht. Sie waren dunkel wie Brunnenschächte und starrten ausdruckslos in die Abgründe des Schattenreichs.

»*Leviathan, Baal, Marchocias...*«

Der beschwört die Teufel, schoß es Corso durch den Kopf. Der Welt entrückt kniete dieser Mensch in seinem Kreidekreis und rief die Teufel bei ihrem Namen herbei – ohne sich durch Corsos Anwesenheit, ja nicht einmal durch seine Drohgebärden im geringsten stören zu lassen.

»*Camael, Belial...*«

Nur als ihn der erste Schlag traf, unterbrach er sich kurz; eine saftige Rückhand, bei der sein Gesicht auf die linke Schulter flog. Seine Augen irrten orientierungslos umher, bis sie sich auf einen unbestimmten Punkt im Universum hefteten.

»*Samael, Astaroth...*«

Als er die zweite Ohrfeige bekam, floß ihm bereits blutiger Speichel aus einem Mundwinkel. Corso zog seine rot verschmierte Hand angewidert zurück. Er hatte das Gefühl, in eine schleimige, feuchte Masse zu schlagen. Er atmete ein paarmal tief durch und zählte zehn Herzschläge ab, bevor er die Zähne zusammenbiß, die Fäuste ballte und von neuem zuschlug. Jetzt troff noch mehr Blut aus Borjas verrenktem Mund, aber er fuhr fort, wie in Trance sein Gebet zu leiern. Um seine geschwollenen Lippen spielte ein verzücktes Lächeln. Corso packte ihn am Hemdkragen, riß ihn brutal aus dem Kreis und versetzte ihm noch einen Kinnhaken. Erst dann stieß Varo Borja einen tierischen Schrei der Angst und des Schmerzes aus und riß sich mit ungeahnter Energie von ihm los, um auf allen vieren in den Kreis zurückzukriechen. Dreimal wurde er von Corso wieder herausgezerrt, und dreimal kehrte er hartnäckig in den Kreidekreis zurück. Beim dritten Mal hinterließ er eine Blutspur auf dem Siegel Saturns mit seinen Zeichen und Buchstaben.

»*Sic dedo me...*«

Irgend etwas funktionierte nicht. Corso sah im Flackerlicht der Kerzen, wie der Antiquar ratlos innehielt und mit verstörtem Blick die Anordnung der Gegenstände in und um den magischen Kreis überprüfte. Aber seine Frist schien nahezu abgelaufen, denn aus der Wasseruhr flossen die letzten Tropfen Wasser aus. Borja wiederholte noch einmal seine letzten Worte mit mehr Nachdruck und berührte dabei drei der neun Kästchen des Quadrats.

»*Sic dedo me...*«

Corso hatte einen beißenden Geschmack im Mund. Während er seine blutverschmierten Hände am Mantelsaum abwischte, ließ er den Blick hoffnungslos durchs Zimmer schweifen. Noch mehr abgebrannte Kerzen erloschen knisternd, und der Rauch der verkohlten Dochte schlängelte sich spiralförmig in dem rötlichen Dämmerlicht empor. Wie die Schlange, die sich in den Schwanz beißt, dachte er mit bitterer Ironie. Dann trat er an den Schreibtisch, der zusammen mit den anderen Möbeln an die Wände geschoben worden war, warf die Dinge, die darauf herumlagen, auf den Boden und durchwühlte die Schubladen. Aber er fand kein Geld. Nicht einmal ein Scheckheft. Nichts.

»*Sic exeo me...*«

Der Antiquar setzte seine Litanei fort. Corso warf einen letzten Blick auf ihn: Varo Borja kniete im Zentrum des magischen Kreises, das entstellte Gesicht andächtig über den Boden geneigt, und öffnete mit verklärtem Lächeln die letzte der neun Pforten. Seine blutigen Lippen bildeten einen diabolischen, dunklen Strich wie von einem Messerschnitt.

»Schweinehund«, sagte Corso. Und damit war der Vertrag für ihn aufgelöst.

Er stieg die überwölbte Treppe hinunter, dem grauen Tageslicht entgegen, das sich am Ende der Stufen abzeichnete. Im Innenhof angelangt, blieb er neben dem Brunnen mit den venezianischen Löwen vor dem Tor zur Straße stehen und sog genüßlich die saubere, frische Morgenluft ein. Dann fischte er das zerknitterte Päckchen aus seiner Manteltasche und klemmte sich die letzte Zigarette zwischen die Lippen, ohne sie jedoch anzuzünden. So blieb er eine Weile still stehen, während sich der erste Strahl der aufgehenden Sonne, die er beim Eintritt in die Stadt hinter sich gelassen hatte, durch die grauen Steinfassaden des Platzes hindurch einen Weg zu ihm bahnte und das schmiedeeiserne Torgitter auf seinem Gesicht tanzen ließ. Der horizontal einfallende Strahl war so grell, daß Corso die übermüdeten, angestrengten Augen zusammenkneifen mußte. Als die Sonne dann höher stieg, drangen mehr Strahlen in den Innenhof und breiteten sich langsam um die venezianischen Löwen herum aus, die ihre Mähnen aus Marmor neigten, als würden sie von der Sonne gestreichelt. Das anfänglich nur zart schimmernde Licht verwandelte sich in eine Wolke aus Goldstaub, die Corso einhüllte. Da hörte er vom Ende der Treppe her, jenseits der letzten Tür ins Reich der Schatten, dort, wo das Licht dieser friedlichen Morgendämmerung niemals hindringen würde, einen Schrei – einen herzzerreißenden, unmenschlichen Schrei, einen Schrei des Entsetzens und der Verzweiflung, in dem kaum noch die Stimme Varo Borjas wiederzuerkennen war.

Ohne sich umzudrehen, stieß Corso das Tor auf und trat auf die Straße hinaus. Er hatte das Gefühl, sich wie mit Siebenmeilenstiefeln zu entfernen – gerade so, als gehe er in wenigen Sekunden eine Strecke zurück, für die er auf dem Herweg ewige Zeit gebraucht hatte.

In der Mitte des sonnenüberfluteten Platzes blieb er geblendet stehen. Das Mädchen saß immer noch im Auto, und der Bücherjäger wurde von einem tiefen, egoistischen Jubelschauer erfaßt, als er feststellte, daß sie sich nicht mit den letzten Schatten der Nacht verflüchtigt hatte. Sie lächelte ihm voller Zärtlichkeit zu, unglaublich jung und schön, mit ihrer Jungenfrisur, der braungebrannten Haut, den ruhigen Augen, die erwartungsvoll auf ihn gerichtet waren. Und der phantastische Goldglanz, den die schillernden grünen Augen verstrahlten, dieses Licht, vor dem die dunklen Winkel der alten Stadt, die Silhouetten der Kirchtürme und die gotischen Torbogen des Platzes zurückwichen, spiegelte sich in ihrem Lächeln, als Corso auf sie zuging. Nach ein paar Schritten senkte er resigniert den Kopf, bereit, sich von seinem eigenen Schatten zu verabschieden. Aber er hatte keinen Schatten zwischen den Füßen.

In dem von vier Wasserspeiern bewachten Haus hatte Varo

Borja aufgehört zu schreien. Oder vielleicht schrie er noch, aber an irgendeinem düsteren Ort, der zu weit entfernt war, als daß seine Schreie noch bis auf die Straße gedrungen wären. *Nunc scio: Jetzt weiß ich.* Corso fragte sich, ob die Brüder Ceniza wohl Kunstharz oder Holz verwendet hatten, um die fehlende Bildtafel – Laune eines Kindes oder Barbarei eines Sammlers – für Borjas Exemplar nachzudrucken. Wenn er an ihre geschickten, blassen Hände dachte, neigte er allerdings zur zweiten Möglichkeit: in Holz geschnitten und ohne jeden Zweifel von der *Bibliografia* von Mateu abgenommen. Deshalb gingen Varo Borjas Rechnungen nicht auf: In allen drei Exemplaren war die letzte Abbildung falsch. *Ceniza sculpsit.* Aus Liebe zur Kunst.

Er grinste mit zusammengebissenen Zähnen, wie ein grausamer Wolf, als er den Kopf senkte, um seine letzte Zigarette anzuzünden. Diese Art von Streichen spielen einem die Bücher nun einmal, sagte er sich. Und jeder hat den Teufel, den er verdient.

Glossar

apokryph: unecht, später hinzugefügt
bibliophil: eigentlich bücherliebend; bibliophile Ausgabe: besonders schön gestaltete und wertvolle Ausgabe eines Werkes
Bibliophile: Liebhaber und Sammler schöner und seltener Bücher
Bogen: großer Papierbogen, der bedruckt, gefalzt und schließlich zu den einzelnen Seiten zerschnitten wird; üblicherweise ergibt ein Druckbogen 16 Seiten
Buchblock: die gesamten, zusammengetragenen Seiten eines Buches, noch ohne Fadenheftung oder Klebebindung und ohne Buchdeckel
Bund: die Heftschnüre am Buchrücken, die bei alten Büchern erhaben hervortreten
Büttenpapier: ursprünglich nur von Hand aus einer Bütte geschöpftes Papier, das aus *Hadern* hergestellt wurde
Duodez, Duodezformat: Buchformat zwischen *Oktav* und *Sedez*, für das der Druckbogen sechsmal gefaltet wird (Abk.: 12°); ein Bogen ergibt 12 Blatt, also 24 Seiten; siehe auch *Folio-, Oktav-, Quart-* und *Sedezformat*
Druckbogen: siehe *Bogen*
Elzevier: niederländische Buchhändler- und Buchdruckerfamilie im 16./17. Jahrhundert
Exlibris: künstlerisch gestaltetes, meist auf den Innendeckel eines Buches geklebtes Blatt mit dem Namen oder dem Buchzeichen des Eigentümers
Fadenheftung: der auf das endgültige Buchformat gefaltete Druckbogen wird mit einem Faden am *Bund* zusammengenäht
Faksimile: Nachbildung einer Buchseite oder eines ganzen Buches, die mit dem Original identisch ist
Filete: Goldlinienverzierung auf Bucheinbänden und Stempel, mit dem sie aufgeprägt wird

Fliegenkopf: Druckfehler, falscher oder auf dem Kopf stehender Buchstabe
Folio, Folioformat: Buchformat, für das der Druckbogen nur einmal gefaltet wird (Abk.: 2°); ein Bogen ergibt 2 Blatt, also 4 Seiten; siehe auch *Duodez-, Oktav-, Quart-* und *Sedezformat*
Frontispiz: Abbildung (oft des Autors), die dem Titelblatt eines Buches gegenübersteht
Hadern: Stoffabfälle, Lumpen, aus denen Büttenpapier hergestellt wird
Hochdruck: Druckverfahren, bei dem die zu druckenden Teile der Druckform erhaben sind und mit Druckerschwärze eingefärbt werden
Holzschnitt: Abbildung, die in einen Holzstock geschnitten und von diesem abgezogen wird (ein *Hochdruck*verfahren)
Imprimatur: Druckerlaubnis einer weltlichen oder geistlichen Behörde
Index: Verzeichnis der von der katholischen Kirche verbotenen Schriften
Inkunabel: Buch, das im 15. Jahrhundert gedruckt wurde, auch Wiegendruck
Klischee: Bilddruckplatte oder Bilddruckstock
Kolophon: Vermerk am Ende alter Bücher über den Verfasser, den Druckort und das Druckjahr
Leporello: Buch, dessen Seiten aus einer harmonikaartig gefalteten Papierbahn bestehen
Oktav, Oktavformat: Buchformat, für das der Druckbogen viermal gefaltet wird (Abk.: 8°); ein Bogen ergibt 8 Blatt, also 16 Seiten; siehe auch *Duodez-, Folio-, Quart-* und *Sedezformat*
Pentagramm: Stern mit fünf Zacken, okkultes Symbol
Polyglotte Bibel: mehrsprachig abgefaßte Bibel
Quart, Quartformat: Buchformat, für das der Druckbogen zweimal gefaltet wird (Abk.: 4°); ein Bogen ergibt 4 Blatt, also 8 Seiten; siehe auch *Duodez-, Folio-, Oktav-* und *Sedezformat*
Recto: rechte Seite in einem Buch, bzw. Vorderseite eines Blattes
Ries: altes Papiermaß, entspricht in verschiedenen Ländern unterschiedlichen Bogenmengen (480, 500 oder gar 1000 Bogen)
Saffian, Saffianleder: feines Ziegenleder
Sedez, Sedezformat: Buchformat, für das der Druckbogen achtmal gefaltet wird (Abk.: 16°); ein Bogen ergibt 16 Blatt, also 32 Seiten; siehe auch *Duodez-, Folio-, Oktav-* und *Quartformat*
Signet: Zeichen des Druckers
spongiös: schwammig, porös

stockfleckig: fleckig infolge Feuchtigkeit bzw. Bakterienbefall
Titelei: die ersten Seiten eines Buches vor dem eigentlichen Text
Type: Letter, Druckbuchstabe
Typographie: Buchdruckerkunst
Velin: feines Pergament für kostbare Bücher, aber auch pergamentartiges Druckpapier für Vorzugsausgaben (eigentlich Velinpapier)
Verso: linke Seite in einem Buch, bzw. Rückseite eines Blattes
Vorsatz: die zum Überziehen der Innenseiten von Bucheinbänden verwendeten Blätter

Inhalt

I. Le vin d'Anjou 10

II. Die Hand des Toten........................ 39

III. Männer des Degens und Männer der Feder..... 60

IV. Der Mann mit der Narbe 88

V. Remember................................. 118

VI. Von apokryphen Ausgaben und
  eingefügten Blättern 140

VII. Nummer eins und Nummer zwei 166

VIII. Postuma necat............................. 208

IX. Der Antiquar in der Rue Bonaparte 237

X. Nummer drei.............................. 262

XI. Am Seineufer 300

XII. Buckingham und Milady..................... 331

XIII.	Die Intrige spitzt sich zu	356
XIV.	In den Verliesen von Meung	380
XV.	Corso und Richelieu	406
XVI.	Ein Hauch von Horror	435

*Eine Kirche, die tötet,
um sich zu verteidigen*

Arturo Pérez-Reverte
Jagd auf Matutin
480 Seiten, ISBN 3 522 72125 X

„In Sevilla gibt es eine kleine Kirche, die tötet, um sich zu verteidigen". Diese Botschaft hinterlässt ein Hacker, dem es gelungen ist, in das Computernetz des Vatikans einzudringen. Padre Lorenzo Quart, Mitglied des Auslandsdienstes IEO des Vatikans, soll den Hacker aufspüren und die Todesfälle aufklären. Dabei gerät er in einen wilden Strudel weltlicher und geistlicher Gefahren. Gefangen in einem Netz aus Intrigen, Täuschungen und Verlockungen kämpft er um seine Prinzipien und um sein Leben.

Aus Freude am Lesen

Kerstin Ekman

Kerstin Ekman wurde neben Selma Lagerlöf und Elin Wägner als dritte Frau in die Schwedische Akademie gewählt. Unbestritten eine der bedeutendsten schwedischen Schriftstellerinnen der Gegenwart, bestechen ihre Romane durch ihre brillante Mischung aus Thriller und tiefgründigem Psychogramm.

Roman
550 Seiten
btb 72062

Mittsommernacht 1974: Zusammen mit ihrer kleinen Tochter reist Annie Raft nach Nordschweden, um dort ihren Geliebten zu treffen. Auf ihrer Suche nach ihm stürzt in der Dämmerung ein junger Mann an ihnen vorbei, und kurz darauf findet Annie zwei verstümmelte Leichen. Jahre später trifft sie denselben Mann wieder – es ist der Freund ihrer Tochter.

<u>Kerstin Ekman bei btb</u>
Hexenringe. Roman (72056)
Springquelle. Roman (72060)